民国武侠小说典藏文库·还珠楼主卷

蜀山剑侠传

还珠楼主◎著

（第九卷）

中国文史出版社

目　　录

1

3

第二七九回

难越是情关　妙语翻莲矜雅谑

逃生惊鬼手　仙云如幄护瑶姬

朱文因听李洪在传声中唤她"蝉嫂"，便想起前两生李洪淘气，常拿自己取笑。把手将金蝉一推，娇嗔道："都是你闹的。洪弟淘气，你也不管，被人听去是什么样子？"金蝉也气道："我知你过河拆桥，少时出困，又不理我了吧？只要心迹双清，怕人笑话做甚？你怎不学轻云师姊的样，她和严师兄情如夫妇，有谁笑话？还说随我同去海外共证仙业呢，分明又是骗我。"朱文想起金蝉屡世深情和几番冒死相救之德，见他当真，于心不忍，忙道："蝉弟，你道力精进，已非昔比，为何还是这等小孩脾气？快莫生气，要见光明了。"金蝉笑道："我那里便是光明境，只不知你真去假去？"朱文笑答说："同向光明，永享仙福，哪有不去之理？"忽听暗中有人哈哈笑道："你们要往光明境，还有不少的路。我立刻大放光明如何？"刚听出是李洪的口音，一片风雷之声响过，眼前倏地一亮，一片佛光照处，果然大放光明。一看当地，只是魔宫西偏殿入口之处，内外只隔一条门槛。这一双深情仙侣，先前时机未至，只在黑暗之中冲突，竟会跳不出来。光明一现，立即脱困而出。

朱文见李洪笑嘻嘻望着自己，满脸顽皮神气。钱莱却正朝自己下拜，态甚恭谨，知是金蝉新收爱徒。见他仙风道骨，相貌英美，好生欢喜。因李洪是金蝉前生幼弟，和金蝉、霞儿情分最厚，说笑无忌，恐其随口乱说，又想起先前称呼，恐被外人听去，一面唤起钱莱，忙朝金蝉使一眼色。金蝉正收法宝，见状会意，知道钱莱不会本门传声，不对他说便听不出，便对李洪传声，令其不要多口。李洪笑答："蝉哥哥，兄弟方才一时失口，在朱师姊前替我说几句好话。你那光明境的大藕好吃，还有不少仙果，我这小和尚嘴馋，将来到了那里，不给我吃，怎好？"朱文听他说话俏皮，想起前言，面又一红，当着钱莱又没法说。金蝉恐她有气，忙道："洪弟不谈正经，专说空话做甚？"

话刚出口，忽见凌浑、崔五姑同了石完飞来。匆匆一说，才知乙休和凌浑夫妻在峨眉开府时，曾受灵峤诸仙之托。说门下男女弟子不久当有魔劫，

1

对头尸毗老人法力高强,神通广大,赤杖真人师徒又不便再启杀机,众弟子运数所限,无法避免。虽然炼有几件法宝和诸仙所炼五云幄,到时只能防身,仍破那魔法不得。尤其对方所炼神魔厉害非常,敌人恼羞成怒,难保不铤而走险,与所炼神魔重又合为一体,由此倒行逆施,仙凡均受其害。对方早想归入佛门,本无大过;真人师徒以前又发宏愿,永止嗔杀。对方只是一朝之愤,实不愿因此使其堕入邪魔,害人误己。而遭劫诸弟子,十九仙业将成,只此情关一念,尚未勘破,致为魔头所乘。只要渡过这层难关,不久便成地仙。多年师徒,不容坐视。知道此事只有妙一真人夫妇的生死晦明幻灭六合微尘阵能够解免,另外须几位长幼道友合力相助。等到难期将满,一面解救各派门人出险;一面派一凤根深厚、心智灵敏的峨眉弟子,前往附近深山之中寻一神僧,到了事急之时,前来解救。乙、凌、崔三人均和三仙至好,立时应诺。赤杖仙童阮纠说完前事,又说:"此事头绪尚多,暂时不宜泄露。只请转告妙一真人夫妇先为准备,难发之前,再当飞书奉告详情。事前最好不必推算,免得先有成见。"乙、凌、崔三人也都应诺。

这次七矮开府天外神山,乙休前往相助,刚由光明境大殿后把冒出地上的地肺真火、元磁真气截断,运用玄功,施展法力,化成一道长虹,打算带往九天之上,将其炼化消灭。刚飞到灵空仙域两天交界之处,忽见灵峤三仙驾着祥云冉冉飞来。见面先助乙休将那地火、磁气收缩成一个气团。然后详说前因后果,下手方法。并说:"日前凌浑夫妇带了黄龙山猿长老往索蓝田玉实,曾在仙府住了三日,已经告以机宜。只要照此行事,必可成功,只望道兄不可与老魔一般见识。须知对方将改邪归正,不可为一朝之愤,妄动无明。固然此人孽重魔高,此是他存亡关头,孽由自作,如能善处,并非不可避免。度一大恶人,胜积十万善功,何况并非妖邪一流。如由我们迫其走险,此人练就不死之身,除他既非容易,无形中要造不少的孽。因果循环,何时是了?"话未说完,乙休知三仙因为自己气盛,恐又偏激行事,预先叮嘱。笑答:"道友无须忧虑。我自铜椰岛与天痴老儿斗法以来,昔年疾恶性情已减少得多了。此人狂妄,虽想就便警戒,我必适可而止。自从峨眉一见,我对此事已有准备,虽不似道友美意周详,但也颇有成算。老魔即便怒极发疯,也办不到。只管放心,遵命便了。"三仙随说微尘阵六合旗门,已由凌浑借到,照约定时日分头下手,随即称谢别去。

乙休随向不夜城岛上七矮传书指示。自己照三仙之言,带了那团磁火,去往来复、子午两线交界之处,乘太火极光环绕地轴飞过时施展仙法,加以凝炼。后来南海双童师徒走过,又向石完赐宝,授以机宜。不久火珠炼成,便赶了来。这时,上空魔网高张,乙休那等神通,自然阻不住。为免警觉敌人,乘他收服神魔之际,乘虚而入,事前又用仙法迷踪,故此尸毗老人毫无所知。凌浑夫妇和猿长老已经先到,匆匆谈了两句,便各分头行事:乙休亲送石生和灵云、孙南等穿出魔网禁制;凌浑等三人便去天欲宫破法。这时只金蝉、朱文这一对,因尸毗老人负气,特意另禁闭在魔宫偏殿之内。那天欲宫除五淫台一处,并非真的宫殿,只是一座魔阵。方才石生、石完持了太清灵符,暗入魔坛,已将魔法妙用止住。

凌浑又有成算,一到便连余娲门下男女弟子也同救出。为了惑乱敌人心神,不令事前警觉,还放了好些替身在阵内。自用五云幄隐去云光,将被困诸人一齐护住,送往西魔宫,隐形旁观。然后又现身招呼金蝉、李洪、朱文、钱莱一同赶去。石完也已赶来,说石生已随乙休飞走,灵符已撤,魔坛恢复原状,特来复命。凌浑见他和钱莱使眼色,笑骂道:"你们两个小猴儿,仗着地遁专长,想淘气么?老魔头连我们都要留他的神,不是好惹的呢。"石完笑道:"我和乙老太公说过,那五云幄里面有多气闷,我和钱莱躲在地底下看,也是一样。"凌浑骂道:"我知驼子专一领头淘气,显他神通,也不想想你们有多大气候,便令胆大妄为。这五云幄中观战,有多舒服,偏去涉险。驼子将太乙玄门出入之法传授你么?"石完笑道:"凌太师叔不必多虑,乙老太公不但传授了,还赐有一道护身符呢。虽然只能用一次,老魔头决无奈何,何况我们又不惹他。"凌浑笑道:"吃了苦头,却莫后悔。真要动手,你那石火神雷专破魔光,可惜功力不够,捣乱尚可,切忌离他太近,至少也得在十五丈外动手。虽然不能伤他,多少也教他着点急。你二人在宝铠防护之下,得手速遁,或可无事;否则,被他魔手抓中,就不死也够受了。"钱、石二人回答:"遵命。"

凌浑随率众人隐身飞去。因已准备停当,一到先将空中魔网破去。尸毗老人全神贯注在神魔身上,竟未察觉,等到空中有人相继发话,知道魔网已破,强敌已在对面了。石完胆大天真,贪功好胜。钱莱情切私仇,见师父被困多日,自己也几陷魔手,心中愤恨。二人交情又厚,互一商量,觉着持有至宝防身,如有凶险,乙太师伯也必禁阻,如何还肯指点下手方法?便不听凌浑的话,先由地底赶往西魔宫,看出尸毗老人正在手忙脚乱,乙休又在空中发话,立意想使敌人吃点苦头。仗着石完能够透视石土,由地底暗中移到尸毗老人身前,突然飞出发难。石完耳听凌浑发话示警,两丸神雷已分头打出。同时觉出尸毗老人身上黄光爆发,一种极大的吸力也已上身,才知厉害,总算逃避得快。钱莱又在暗中加意防备,见石完胆大自恃,抢先上前发

3

难,忙追过去,宝铠神光往起一合,将二人一起护住,立往地底遁去。就这样,逃时仍将身形故意现了一下,再由地底飞行。到了小山前面,被凌浑开放云门,接了进去,见面自不免埋怨几句。

尸毗老人那么高法力,平日自负五千里内人物往来了如指掌,稍用法力,对方念动即知。不料敌人如入无人之境,又被两个幼童戏侮暗算,几乎受伤。又见被擒诸人全数逃出,并在自己面前随意谈笑讥嘲,如何不恨。怒火烧心之下,再也不暇顾及别的。又看出敌人虽仗仙云护身,却不似有甚还攻之力,自恃练就大阿修罗不死身法,把心一横,一面催动血光、火箭、魔焰、金刀,上下四外一起夹攻;一面暗中传令爱女、门人说:"敌人甚强,你们不可出手,速用魔法避入西宫地底魔坛以内,守护重地。到了事急之时,速将魔坛上主幡如法展动。我豁出以身唼魔,损耗真元,与敌一拼。至多两败俱伤,也决不使敌人全身而退。"魔女和田氏弟兄看出父亲、师长怒极心昏,已改常态,料知不是好兆,但是不敢违抗,只得应诺。尸毗老人说完,将手一挥,一片黄光罩向爱女和众门人身上,人便无踪,全数往魔宫遁去,依言行事。不提。

凌浑这面,除猿长老不愿藏身云幄,途中隐去,不知何往,神驼乙休在空中说了几句,随即飞走外,连灵峤男女弟子、余娲门人,共是四十七人。内中只李洪、石完不曾被困;钱莱虽然被困,未入魔阵。下余全在天欲宫中,因为五淫欲网好破,情关难渡,受尽诸般痛苦烦恼。灵峤男女诸弟子道力高深,性情温和,知是应有劫难,还不怎样。余娲门下诸弟子全部道力高深,火性未退,对于尸毗老人仇深根重,虽因凌氏夫妻劝阻,又曾尝到过魔法厉害,未敢妄动,依然仗着云幄护身,不畏侵害,乐得讥嘲,笑骂不休。金蝉等峨眉诸弟子,虽不似余娲门人那样气量褊狭,记仇心重,但都童心未退,一同随声附和。内中石完更是淘气,故意做出许多怪相,把魔头骂个不休。

白发龙女崔五姑看出尸毗老人表面镇静,面带冷笑,实则眼含凶毒,须发欲张。自听朱、金二人嘲骂以后,一手掐着五岳真形法诀,一手拿着白玉拂尘,任凭嘲骂,一言不发。料知发难在即,忙令众人不要过分,自己纵操必胜,也不应失却修道人的襟度,使其无法下台。话未说完,忽听尸毗老人大喝:"贼花子,既敢来我魔宫闹鬼,便应现身一斗,似这样藏头缩尾做甚?"随听空中有人接口道:"老魔头休要猖狂,别人怕你阿修罗魔法,我却偏要见识见识。凌道友夫妻不过想将你所炼死人头一一消灭,免被你那对头乘机盗劫,助长邪焰,多留后患。时机未至,特意看你闹甚把戏,暂缓动手罢了,真是怕你不成? 如不服气,放些本领出来,让老夫见识见识如何?"话未说完,人早现身。

众人见是猿长老身穿一件白色道衣,生得猿臂鸢肩,满头须发色白如银,两道白寿眉由两边眼角下垂及颊,面色鲜红,狮鼻阔口,满嘴银牙,两耳垂轮,色如丹砂,又长又厚,相貌奇古。通身衣履清洁,不着点尘。一对眯缝着的细长眼睛,睁合之间,精芒电射。身材又极高大,看去天神也似,在一幢亮若银电的白光之下凌空而立。才一出面,便双手齐扬,由十根瘦长指爪上发出五青五白十道光华,宛如长虹电射,由相隔二三十丈高空中飞出,直朝尸毗老人射去。尸毗老人似知厉害,手上拂尘一摆,发出数十百道金碧光华,夹着无数血色火星,迎敌上去,接个正着。同时一片黄光宛如匹练悬空,尸毗老人附身其上,连那十二神魔也全护住。猿长老所炼乾天太白精金剑气神妙无穷,威力至大,果然与众不同。那四外的血焰、金刀涌上前去,只一近身,便被消灭;血光、火弹被那十道青白光一冲射,也全纷纷爆炸,未容近身,便被消灭。金碧魔光也只勉强敌住,打个平手,此进彼退,时往时来,互相对面激射,谁也奈何不得谁。

尸毗老人没有想到敌人会有这等功力,怒喝:"猴头,教你知我厉害!"说罢,左手五岳真形诀往上一扬,空中忽现出五座火山,发出大片风雷之声,缓缓往下压来。猿长老看出厉害,不由激发怒火,一声裂石穿云的长啸,正待施展玄功变化,与敌一拼。忽听空中神驼乙休大喝:"猿道友,不值与老魔计较,他这些障眼玩意,随便打发一个后辈便可破去,理他做甚?"说时迟,那时快,由高空中突然射下一股千百丈长的五色星砂,宛如天河倒倾,凌空直射,来势比电还急,分布极广,晃眼便将那五座火山一起裹住,从千重血海之中吸出,悬向高空。猿长老忽然不见。神驼乙休突在空中现身,手指尸毗老人,哈哈笑道:"老魔头,你已孽满数尽,大难临身。你多年苦炼的五块小石头,已被天璇神砂吸起,一弹指间,便将这座神剑峰震成粉碎。你那不死之身,照样也禁受不住。只是血焰、魔火随同震散,难免伤害生灵,我先把它化去,再行还敬如何?"

那五座火山,乃尸毗老人采取五岳精气,多年辛苦炼成的厉害魔法。原体只是五座拳大山石,与五岳形状一般无二。平日藏在魔宫地穴法坛之上,不用带在身旁。用时只消手发诀印,立随心意发挥妙用,威力之大,无与伦比。自从炼成以来,尚未用过。当日恨极仇敌,立意一拼,正准备间,猿长老突然现身来斗,一时气愤,施展出来。因为这类魔法过于猛恶,又恐毁损灵景,好在山影所照之处,敌人多大神通也难幸免,为此降势颇缓。尸毗老人满拟整座魔宫均在火山覆压之下,猿长老固难逃遁,便对面仙云笼护下的数十个敌人也无幸免。心还在想:"对面这些少年男女,多半灵慧英美,全杀可惜。"不料千丈星砂自空飞堕,晃眼便将五座火山裹住上升。同时敌人乙休又在空中出现,肆意嘲骂,不堪入耳。无如所炼魔法如不能伤敌,便要反伤自己,威力越大,反击之力越强,所以不能轻易发出。惟恐强敌厉害,利用五座火山回敬,自己还好,全宫大众一个也休想活命。没想到敌人利用魔法短处,声东击西,并非真个要致他死命。一时情急,任凭敌人笑骂,乘着火山未爆发前,施展全力回收。同时拼耗真元,咬破舌尖,含着一口鲜血,准备万一。谁知那天璇神砂自与西方神泥合炼以后,越变成了专破魔法的克星。申屠宏受有指教而来,故意和他强挣,时进时退。尸毗老人觉出回收不是无望,便未施展杀手。

双方互一相持,眼看火山快要收回,猛又听神驼乙休哈哈笑道:"老魔头,你上了我的当了。"尸毗老人目光到处,一个鹅卵大小青白二色的气团,已由乙休手上飞起,悬向空中。看去不大,上面云光隐隐,毫无异处。可是才一出现,悬在血海之中,心灵上便起了警兆。再定睛一看,那弥漫全山的血焰、金刀、火箭、飞叉,就在此晃眼之间,竟消去了大半。下余的正电也似急,朝那小小气团涌去,好似具有不可思议的吸力,自己竟制止不住。同时因为心神略分,空中火山又被那千丈星砂向上吸起。不禁闹了个手忙脚乱,两头不及兼顾。心中一慌,一面吸收空中火山,一面想将残余血焰、金刀收回时,忽眼前一亮,所有魔焰、金刀、火箭、飞叉全数失踪,日光正照天心,重又恢复清明景象。

尸毗老人毕竟识货,看出敌人所持气团乃是元磁真气所炼至宝。无如敌人动作神速,所有法宝魔火已被收去。刚怒吼得一声,那五座火山忽然当头下压,空中星砂忽隐,一个大头麻衣矮胖少年正朝对面仙云中飞去。暗道:"不好!"不顾还攻,总算应变尚快,在火山压离头顶数丈,眼看爆发之际,抢前收去,手中法诀往上一扬,火山不见,总算不曾作法自毙。

这一惊真非同小可,当时怒发皆张,厉声喝道:"老夫今日与你们拼了!"随说随将手一指,那朵血莲本已缩成丈许大一团血光,包围住十二魔头,附在黄光之中,悬停尸毗老人足下,忽然暴长亩许,千层莲瓣一起开张,花瓣上先射出暴雨一般的金碧光芒。中心莲房共有十三孔,如正月里花炮也似,各有一股血色火花,轰轰隆隆,带着雷电之声,直升数十丈。到了空中,再结为一蓬天花宝盖,反卷而下。先前黄光匹练已经不见,尸毗老人身形忽然暴长,周身仍有一层黄色精光紧附其上,巨灵也似立在莲房中心。四围十二孔中的火花俱都高出天半,惟独当中一孔冒起四股高约两三丈,粗约两抱的血焰,火柱也似将尸毗老人托住。那十二骷髅魔头也同时飞起,一个个大如车轮,面向尸毗老人,环成一圈,口发厉啸,七窍内各有一股血焰黑气激射而出,神态狞厉,口中獠牙利齿,错得乱响,好似恨极,意欲反噬。无如被那黄光隔断,在百丈火花中刚要往起飞扑,尸毗老人扬手一个诀印,由十二莲房中又各射出一蓬彩气,射向魔头颈腔,神魔全被吸住,分毫动转不得。号啸之声与雷鸣风吼交相应和,震得四山齐起回音,声势越发惊人。

尸毗老人行法时,曾想:"这类大阿修罗法最是厉害,只等将本身精血真气喂完神魔,两下便合为一体,连自己也成了魔头,当时飞出,任多厉害的法宝都不能伤。对于敌人便可随意吞噬,吸取他们的精血元神,所杀越多,威力越大。为首诸敌法力均高,不会不知厉害,那附身灵光又并非不能冲破,就说本身无妨,这么多后辈门人,万不能当。对方必在行法作梗,并且还格外戒备。驼鬼最是可恶,先还见他自恃法力,在对面发狂。当此紧要关头,他自问能敌,固应下手,否则乘着空中魔网禁制全破,正好逃遁,也应退走,才合情理,如何不战不逃,连人也不见影子?凌浑夫妇仍率新逃出的数十少年男女,藏身五云幄中,视若无睹,是何缘故?"越想越怪,忙运用法眼四下里查看,对方仙云环绕中,只多出了先前那个麻衣少年,乙休、猿长老影迹俱无。

耳听钱莱、石完拍手欢呼,直喊:"师父、师伯快看,这老魔头真有玩意,这等好看的花炮,从未见过。不乘此时看个够,少时那些死人头,要被鸠盘婆趁火打劫抢夺了去,我们就看不成了。"又听李洪接口道:"死人头有什么稀罕?我倒是可怜他那女儿阮二嫂和田氏兄弟,分明是三个好人,迫于无奈,暗代尸毗老人去守魔坛,法力偏又不是人家对手,平白受害,才真冤枉。人家眼看家败人亡,闹不好成个孤老,你们小小年纪,幸灾乐祸,真个该打。"钱莱笑道:"小师叔,你为了阮师伯而帮他忙,可知他有多么可恶?魔运已终,除非及早回头,否则转眼身败名裂,作法自毙。小师叔帮他无用,弟子等有力难施,又非其敌。有此太清至宝五云幄防身,乐得看个热闹。"李洪笑骂:"你两个只知记仇,全没有修道人的襟度。可知度一个恶人,胜积十万善功么?"朱文笑道:"洪弟,你比谁都淘气,装甚正经?既看阮二哥的情面,何不劝他几句?"

李洪随即大喝道:"尸毗老人,你休妄动嗔恚。乙、凌诸位师伯叔和我们这些人虽然冒犯,并无恶意。你那两个真正对头,因愤你行事骄狂,伤他们门人,到你紧要关头齐来夹攻,暗下毒手。你便是练就不死之身,神魔也是你一害,原该消灭。你那爱女、门人及全宫大众,必难保全。你只顾倒行逆施,可知阴阳十三魔最是凶毒。你昔年不合自恃法力,只将十二阳魔闭入牢内,那主要阴魔,以为是你前师所赐,附有他的元灵,又只一个,一向与你相合。其实他阴柔凶毒,如影随形,表面从无违忤,暗中却在主持播弄,诱令其他神魔远善就恶,恣意横行。只等时机一至,猛施毒手,使你在万恶所归之下,身败名裂,形消神散,至死不悟,认作当然。否则,以你那么高法力智慧,早已皈依,何待今日?这些因果,我本不知,适才听人说起。念在令爱是我阮二哥的患难之妻,你生平也只此一念之差,致受阴魔愚弄,危机已临,毫不自知,为此略进忠言。请你仔细盘算得失之机,如能回头是岸,释嫌修好,免却这场祸患,有多好呢!"

李洪说时,尸毗老人正在行法,一边留神察听。闻言心中一动,猛想起眼前仇敌,除峨眉诸长老尚无一人现身,不知来了没有,下余还有两个强敌:一是赤身教主鸠盘婆,一是女仙余娲。照此说法,或许乘机来犯,也在意中。如在平日,还可行法察看,先期预防;今日却因魔头环攻反噬,正想用以伤敌,行法紧急之际,无暇分神。并且这两个敌人都是来去如电,等到发现,人已飞来,除凭本身法力与之对敌,别的全无用处。听到后来,越想越觉李洪之言有理。暗忖:"此子真个灵慧。自己本来早已立志归佛,只为无师引度,性又强傲,迁延至今。魔宫岁月也颇安闲,只说静待机缘一到,立成正果,谁知惹出许多事故,会有今日之变。细想起来,上次阮征逃走,来人虽然伤毁爱女和几处美景,但是对方救人心切,既成敌对,也是意中之事。就疑心对方师长暗中指使,意有轻视,所困是他门人,也是难怪。何况事情真假并未分明,自己当时既将来人放走,如何事后怀恨?不特峨眉门下,连灵峤诸仙与余娲这两处,事隔多年的一点嫌怨,也要报复,将他们下山门人一网打尽,全擒了来。鸠盘婆素无仇怨,铁姝追敌,自己迎头拦阻,还在其次,如何一言不合,便下杀手,使受重伤?对头焉得不恨?多年威望,虽不便为了幼童几句话便即罢手,照此四面强敌,委实不可大意。"

尸毗老人也是暗受阴魔潜制,闻言本已心动,有些醒悟,但一转念间,顿忘利害。又听仙云中余娲几个门人纷纷咒骂嘲笑说:"老魔头末日将临,这等狂妄无知的老鬼,理应坐视灭亡,才合天地人情,李道友不应提醒他。老魔如果胆小心寒,向我们跪下求饶,岂不便宜了他?"尸毗老人本来首鼠两端,只是微微有点疑虑,并非真个警醒,甘于悔祸,哪禁得起这一挑逗。再想当日连遭挫败,丢人太甚,不由满腔怒火,重被激动。恰值魔法准备停当,心中怒极,哪里还再计安危,竟豁出玉石俱焚,立意非制敌人死命,不肯甘休。

尸毗老人也不再反唇相讥,两道其白如银的寿眉微微往上一挑,一声冷笑,先张口一喷,立有十二血团飞出,分投十二魔口内。神魔立时张口接住,齐声欢啸,把先前仇视之态丢了个尽。仍在挣扎欲起,因被莲房所发火花中的那股彩气吸紧,不能如愿。尸毗老人随大喝道:"尔等稍安毋躁!你们也知我的法条,先前忘恩反噬,就罢了不成?"话未说完,将手一扬,指尖上立飞出五把金刀,齐朝当前魔头挨个斩去,一下劈成五六瓣。魔头见尸毗老人突然变脸,似知无幸,一个个面容惨厉。方在哀鸣求恕,金刀已电射而出。因被彩气吸紧,又无法逃避,刀光一闪,当时斩裂,只听一片惨嚎之声,五把金刀环身绕了一圈,尸毗老人把手一招,便自收回不见。魔头虽各斩裂成齐整整的六片,但未见流血,也无脑浆。六片头壳被那彩气托住,当中有一团暗绿色的鬼影,依旧惨嚎不已,声甚洪烈凄厉,风雷之声几为所掩,甚是刺耳难闻。尸毗老人见此惨状,意犹未足,眉头一皱,忽又有两蓬银针由那两道长眉上飞射出去,分两行射向魔头鬼影之中。嚎叫之声越发惨厉,听去令人心悸。

尸毗老人方始冷冷地问道:"你们今日知我厉害么?少时经我行法以后,虽然与我本身元灵重合一体,但是这次与前者不同,威力自然大增,稍有忤犯,便受诸般惨痛,却休怨我无情。"说时,那银针本向魔头鬼影之中攒刺出没,倏忽如电,群魔苦痛非常。尸毗老人把话说完,那细如牛毛、长约寸许的银针,忽然全隐向鬼头之中不见。紧跟着,尸毗老人左手掐一法诀,右手一招,当前一魔的鬼影,便带了六片头壳迎面飞来。尸毗老人遂将左手诀印发出,照准一个魔头一扬,双手一拍,头壳立时合拢,仍复原状。神魔便向尸毗老人肩膀上飞去,依旧缩成拳大一个骷髅头,附在尸毗老人肩膀之上,口中呜呜,意似献媚,态甚亲驯,迥不似先前猛张血口想咬人神气。尸毗老人也不理睬,二次又掐诀印,如法施为,动作甚快。似这样接连十二次,十二个神魔复原。

尸毗老人随将左臂膀露出,将手连指。群魔本全依傍在尸毗老人肩膀之上,尸毗老人连指两次,俱都未动,口中呜呜媚啸,意似不肯再噬主人,迫于严命,不敢过分违背神气,各将血口微张,露出两排利齿,分别在尸毗老人左膀之上轻轻咬住,并不咀嚼吮吸。尸毗老人态本严肃,到此方露出一丝笑容,回顾群魔道:"原来你们也有天良,既是这样,老夫也不勉强。对面敌人均是有根器的道术之士,待老夫行法助威,任凭尔等快意饱餐便了。"说完,张口一片血雨,喷向左臂之上。群魔立即飞起,各自一声怒吼,重又暴长,大如车轮,两只时红时蓝的凶睛明灯也似,在那百丈血莲火花之中略一飞舞,全身突现,全都恢复初见时形状。只是身材高大得多,神态也越发凶恶,周

9

身俱是黑烟围绕，碧光笼护，张牙舞爪，分列空中，朝着仙云中人连声怒吼，作出攫拿之势，好似等主人令下，便要立即发动神气。

钱莱笑说："这山魈丑鬼一类东西，老魔也值得大惊小怪，费上许多的事。我们光明境不夜城的海怪，且比他们长大猛恶得多呢。我先前攻破魔牢时，曾用家父千叶神雷冲打伤三个，有甚稀罕？师父可许弟子出去，给他们吃点苦头？省得张牙舞爪，看了有气。"一句话出口，石完首先应和，也要同去。余娲门下的毛成、褚玲因为欲网情丝所困，互相好合，失了真元，愧愤有加。褚玲更是气极，如非崔五姑再三劝阻，又知魔法厉害，早就上前拼命。这时因听凌浑接到大方真人神驼乙休传音，转告众人，得知一切就绪，成功在即。一则有恃无恐，再则道基已毁，愤不欲生，惟恐尸毗老人少时滑脱，复仇心盛，也在旁边附和，意欲率领诸男女同门飞身出斗，仗着师门法宝与敌一拼，好歹也出一口恶气。无如五云罂仙法神妙，先前不曾询问出入之法，惟恐冒失冲出，不能如愿，反吃灵峤诸仙讥笑。

褚玲正要开口，忽听李洪对钱、石二人道："你两个乱吵什么？把事情看得如此容易。眼前就有热闹好看，片刻工夫也等不得？我如非尝过味道，胆子比你们还大呢。"金蝉也看出神魔二次出现，威势大盛，正要开口劝阻钱、石二人，不令出去。忽见灵峤女仙赵蕙笑对钱、石二人道："此事已快近尾声，大家在此仙云之中静以观变，既可见识，又免得有甚闪失。否则，冷云仙子固不妨事，另一个女魔头不久大劫将临，也在倒行逆施，自取灭亡，种因便在今日。此人虽具深心，近年因自己不便出面，专命门人与正教中拉拢。只为铁姝强傲，不曾理会到她心意；金、银二姝心向正教，虽想假公济私，上次峨眉开府，并还前往道贺。但这两姊妹温柔胆小，法力不如铁姝，天性又厚，知道师徒会短离长，不舍久出离开师父，因此与正教中人交往无多。铁姝却喜在外惹祸横行，结怨甚多。这女魔头尽管存有戒心，但她天性刚愎古怪，人不犯她，她不犯人；真要触怒，多厉害的强敌，以及将来安危利害，均非所计。你们出去，一个不巧，与她对面，自吃大亏。再说这五云罂也不容你二人出去，还是安静些好。你们看凌真人、崔仙子还在么？"

众人只顾说笑，目注前面强敌施展魔法，不曾留意。闻言回看，凌氏夫妇果然失踪，仙云未动，谁也不曾看见怎样走的。赵蕙原是丁嫦门下，人最天真，因见当日形势十分凶险，变生顷刻，就快发作，恐钱、石二人闪失，本是师执前辈，便不客气，上前劝阻，原是无心之谈。没想到余娲门下男女弟子共十七人，平日自负得道年久，性较狂傲，不料会被尸毗老人擒来困了多日，受尽苦难，已是愤极。最可气的是自开府以后，便将峨眉派及其交好诸人全

10

恨在内,视若仇敌,不料这次对方竟以德报怨。本来已在万分危急之中,连发求救信号,师父不曾赶来,全仗对头解救,才得转危为安。并且灵峤同辈诸仙一个未伤,连朱文、金蝉那等学道年浅的人,被困之处又是魔阵中枢五淫台最凶险的所在,竟会安然脱身,毫发无损。惟独自己这面伤了两人。尽管对方这些人均愿借此一会,释嫌修好,到底相形之下,不是意思。

内中三湘贫女于湘竹被擒以前,连被敌人毁了好几件法宝,当时本能逃走,也因凶横任性,不知进退,激怒了田氏弟兄,强劝乃师乘其暗用法宝,隐形报复之际,被一同擒来。又故意放走门人魏瑶芝,令其归报;一面把她困入魔宫五行神牢之内。田氏兄弟并还肆意讥嘲说:"你这样六根不全的丑八怪,再转一百世也不会有人看中,单你片面相思也无用处。休看天欲宫欲网情丝厉害,你还不配进去走动见识。只为你狂傲凶横,已无人理,为此给你吃点苦头。也许你运气好,在我五行禁制之下,截长补短,变成一个整人,再去投生,变猫变狗,能找一个雄的配对,岂不也是便宜?"于湘竹生具畸形异相,最恨人说她六根不全的短处。以前游戏风尘,为此不知伤过多少人,哪禁得起对方这等侮辱。所受刑罚又极残酷。这一来,成了刻骨铭心之仇。只为天性阴狠,明知难胜,恨在心里,不曾发作。这时觉着仇敌转眼势败,有机可乘,自身还有两件厉害法宝未用,又善隐遁专长。意欲乘机赶往地穴魔坛,暗算田氏弟兄,报仇雪恨,正和同门暗中商量。赵蕙这样一说,言者无心,听者有意。于湘竹当时大怒,误认灵峤诸仙仗恃五云罂天府奇珍,非主人自己开放,不能出去。当时狞笑一声,意欲立即用法宝强行冲出,免得师父少时到来,见众门人全在对头保护之下,为她丢人。

那旁女仙宫琳最是灵慧细心,知道赵蕙失言,惟恐引起误会,故意笑对朱文道:"赵师妹只是不令师侄们冒险,实则五云罂虽具防身灵效,只要会少清妙玄仙诀,本身功力稍高,均可随意出入。不过今日事太凶险,已有各位道长神僧做主,事有定数,能不出去最好罢了。"于湘竹闻言,知其故意点醒出入之法,赵蕙先前实是无心。想起先前脱困时,因自己所困之处不在天欲宫内,受刑既惨,又无人知,如非灵峤诸仙看出踪迹,约了凌浑来援,此时还在受罪。人家既非有意轻视,不便再与计较,忙改笑容道:"我与老魔师徒仇深似海,意欲就便前往魔宫一行。诸位道友,可能容我么?"

宫琳见她满面晦容煞气,知她此行凶多吉少。无如此人天性强横,不通人情,劝她反而得罪,又不忍坐视灭亡,便点她道:"道友法力本可通行自如,不过我们被困多日,似应稍为休息。愚姊妹何尝不恨对头,也为魔法厉害,面上煞气尚重,吉凶难料,自知道浅力微,不敢妄动。道友能少待片时,相机

11

而动最好。真要非去不可，我们这里言语，除却有意取笑怄气的几句，敌人全听不出，走时也不会被他发现，但毕竟谨慎为是。"说时，毛、褚二人也看出于湘竹满脸晦色煞气，心中一惊。知她素不听劝，刚要伸手去拉，于湘竹已冷笑道："多蒙道友好意。我知自非老魔之敌，但这几个男女小魔，料还无害。当他行法正急，无暇旁顾之际，或者不致遭他毒手。既可通行，我便去了。"话到末句，人已手掐少清仙诀，穿云而出，一闪不见。

毛、褚二人没想到走得这等快法，一把未拉住。又见对面除诸魔分立，厉啸作势而外，尸毗老人行法未完，相隔尚有数十丈，云白天青，并未有甚埋伏禁制。想起师父好胜，这次不知何故应援来迟？少时飞到，如见门人托庇在对头云幄之中，必定不快。何如乘她未来以前，一同冲出，能够报仇，或将神魔除去，固可挽回颜面；即便失败，师父也必赶到，暗中还有几个能手相助，怕他何来？二人心念一动，便和宫、赵诸女仙一说，立即冲云而出。下余诸人也觉师父将到，留在里面面上无光，纷纷隐身追出。宫、赵诸仙见拦不住，只得听之。好在这些人俱是练过少清仙法的行家，不等开放云门，各自手掐灵诀，如法飞出云外。

石完也要追去，吃宫琳一把拉住，笑道："石贤侄，你怎如此冒失？请看敌人是好惹的么？凌、崔二位师叔不知何往，我们虽有云幄护身，还愁挡他不住，如何去得？"说时，金蝉因余娲这班门人神态多半骄横，走时对于自己这几个峨眉门下理都未理，心方有气，忽然看出异样，惟恐钱、石二人冒失飞出，刚一把抓住钱莱，宫琳也将石完止住。同时对面战场上形势大变。

原来尸毗老人自将十二神魔制服放出以后，他便趺坐血莲花上，恢复原来形状高矮。那激射空中的百丈火花，金碧光焰，随着往下一落，高只丈许，将尸毗老人紧紧护住。血莲也缩成丈许大小。尸毗老人随将双目垂帘，仿佛入定。那莲瓣上所射出的金碧血焰越来越强，却不向外发射，齐朝中央聚拢，渐成实体，宛如一朵丈许大小还未开放的千层莲萼，凌空浮立，当中包着一个须发如银的老人。众人看时，于湘竹等余娲门人刚走，尸毗老人身旁神魔仍作八字形分两边排立，火花一收，风雷立止，神魔也不再吼啸，神态却更激烈猛恶。余娲门人因都隐形神妙，一个未见，广场上静荡荡的。这一面是仙云滞空，冠裳雪映；那一面是红萼高矗，精芒丽霄，照映得满天云彩齐幻朱霞。琪树琼林，同飞异彩，端的气象万千，壮丽无伦。再加上那十二个身材高大的神魔一陪衬，越显得光怪陆离，奇诡惊人。

众人料知魔法将成，变生瞬息，不知是甚惊险场面，方在注视。只见那千叶莲花本是千层花瓣，由分而合，缓缓往上包来，只剩莲萼顶尖还未合拢。

尸毗老人身坐其中,宝相庄严,神态越发安详,加上那副慈眉善目,直似上方仙佛,偶现金身,哪像内中隐蕴无限凶机,十分杀气的景象。眼看莲萼顶尖已将顶层包没,忽听远远一声极清越的金钟响过,余音尚在摇曳,悠扬不息,莲萼尖上忽然激射起十三丝极细微的彩色精芒。中央一根刚升起丈许,顶尖上吧的一声,现出一团黄影。晃眼彩丝消灭,黄影暴长,先现出一个与尸毗老人相貌差不多的魔头,跟着现出全身,身材相貌与尸毗老人一般无二。只胸前围着一片碧叶战裙,通体赤裸。下余彩丝早分别朝神魔飞去,其疾如电。那十二神魔似早知道主人有此一举,一听钟声,立即回身相待,各把血盆大口一张,分头接去,一声欢嘶,跟着怒吼飞舞而起。血莲上面主魔正是尸毗老人的元神,也同飞起,只不前扑,口中厉啸连连,似在发令神气。那情态与神魔一般无二,只是比较沉稳。

群魔本朝众人存身的云幄扑来,闻得主魔啸声,忽然收势,先往四方八面分将开去,腾空而起。到了半空,各将那门板般大的利爪往下一扬,立有五股暗赤光华朝下飞射,急如雷电。似这样,二十四只魔手齐挥,晃眼之间,整座山头又成了一片血海。同时魔火所罩之处,余娲门人纷纷现身,各在宝光防身之下四散飞逃。有的边逃边由手上发出宝光雷火,朝神魔打去。哪知并无用处,至多将魔手挡住,得以逃生;或是稍为受伤惊退。可是魔爪又大又长,指上魔光更是厉害,刚刚惊退,晃眼又复当头抓下,动作万分神速。空中已被魔影布满,上面无法冲出重围,只得从下面,像冻蝇钻窗一般,狼奔豕突,东逃西窜。那二十四条魔手像网中捞鱼一样,到处乱抓。下面被困诸人,只于湘竹不在其内,余人全都狼狈异常。虽仗着修道多年,本身法力尚高,护身均是仙家至宝,逃遁神速,在魔手鬼影缝中钻来窜去,未被抓中,但是魔影由外而内,齐往中心而来,圈子越缩越小,眼看形势危急已到万分。

云幄中诸人自从主魔出现,魔影纵横,将余娲门人隐形法破去,便知不妙,虽然有了成算,也甚心惊。尹松云看出厉害,手掐法诀一扬,云幄早往后退去。那十二神魔也未前追,全神贯注下面诸人,满空飞舞,往来抓扑,厉啸之声,山鸣谷应,甚是惊人。灵峤诸仙早知就里,还不怎样;金、朱、钱、石诸人见下面诸人危急情势,全都动了义愤。金蝉首喊:"申屠师兄和洪弟均有降魔之宝,为何见死不救?我们大家同出,拼着冒险,救他们一救如何?"钱莱、石完更是性急,手掐凌浑所传的灵诀,往外便冲。因云门已被女仙赵蕙封闭,连金蝉、朱文也休想出去。朱文见石完急得乱跳,申屠宏、李洪却是微笑不语,忙劝金蝉道:"大哥素来持重,洪弟平时又很淘气,如何这等安详?果真这些人要遭惨劫,灵峤诸位道友也无坐视之理,要你师徒心急做甚?"话未说完，二十四只魔手一齐聚向中心。那十几个余娲门人也会合在一起，各将宝光结成一个大光团，似想合力抵御。但是八面受围，眼看魔爪鬼影重重交压，正缓缓往下降来，宝光也越发暗淡，耳听主魔又在长啸发令，眼看这十多个修炼数百年的道术之士难逃毒手，连形神全要被神魔吸去。

金蝉等四人正在代他们着急，猛然一声雷震，先是一团紫气，九朵金花，由下面飞将上去。紧跟着又是一道紫色金光往上飞起，将那魔手一挡。魔手上所发出的碧光，立被九朵金花照灭。同时一片五色云网电也似急飞起，罩向被困诸人头上，只一兜，便连人带宝一齐网去。

众人认得那三件法宝，正是凌浑的九天元阳尺、崔五姑的七宝紫晶瓶和采取五岳轻云炼就的锦云兜。心想人怎不见出面？凌氏夫妇已同现身。凌浑手指前面，笑骂道："老魔头，枉自费尽心力，纵魔行凶，眼看大难将临，还不醒悟。我们先将你这十二残魂朽骨的邪气破去，省得少时措手不及，被人趁火打劫。你不过丢几个死骷髅，却为别人留下祸害。"

这原是瞬息间事。凌浑话未说完，崔五姑七宝紫晶瓶内早飞出两股宝光，看去和火一样，但是色彩鲜明，从来少见。最奇的是初出好似两根火柱，百丈朱虹；才一出现，前头忽然爆散，化为龙眼般大的火珠，霹雳连声，宛如千万颗母子连珠炮同时爆炸，整座魔宫立被火雷布满，如海如山。只听神魔一声惨噑，全都震成粉碎。所幸尸毗老人识货，又与神魔心灵相合，收发绝快，认识那专破魔法邪焰的雷泽神砂，知道骤中暗算，难于抵御，忙即回收。尸毗老人看出受伤甚重，不由急怒交加，切齿痛恨。正待行法还攻，猛又听敌人笑骂："老魔头，少时自有人来制你。我不过见你行凶欺人，看了有气，稍为多事，谁耐烦和你这老不死的一般见识？"说时迟，那时快，那雷泽神砂也真神妙，本已由无量火星化为百丈红云，火海一般笼罩全山，除一朵血莲外，全魔宫的景物已成灰烬。就这晃眼之间，尸毗老人为神魔所炼法身一经消灭，那火海一般的红云只一闪，仍恢复原状，变成两根火柱朱虹，由大而小，仍往那小才寸许的七宝紫晶瓶口中射去，连人带宝一起不见。

再看半空云幰之中，敌人和所救十余人，又在里面现身说笑。同时猿长老也在云外出现，高呼："适才我在空中观察，那话儿快来了。凌道友留意，我去防护魔宫诸人，莫要受了误伤。"说完，青白光华一闪即隐。尸毗老人闻言，心便一动。及见对面敌人笑骂轻视神情，重又暴怒，张口一喷，那十二骷髅立时暴长，大如车轮，凶威再振。尸毗老人的主魔也随在后面，离开血莲上空，一同磨牙张唇，呼啸怒吼，迎面飞舞而来。凌浑大喝："老魔头！你那两个对头就要来到，当真要找死么？"尸毗老人在后督队，正往前飞，不料那云幄在仙法妙用之下，暗中另有埋伏，已由凌浑在现身破法以前，乘着主魔一意伤敌，心无二用之际，暗中布置停当，仙法禁制已生妙用，如何能够近前。

尸毗老人毕竟法力高强，见这晃眼即至之地，竟会不曾到达，已觉不妙。猛听风云破空之声，与寻常剑遁不同，又听凌浑这等说法，料知强仇劲敌已快飞来。对面敌人不知用甚仙法，颠倒挪移，以自己这么高法力，竟会追他不上。在未查明虚实以前，追也无用，还是抵御另一强敌要紧。尸毗老人心中一惊，立令群魔停住待敌。又听凌浑发话道："我本不难代你挡住，不令你那对头欺凌孤老，无如你这老家伙不知好歹，且将来人放进，看你有多大神通，敢于如此狂妄？"

尸毗老人先听敌人风云破空之声，尚在千百里外，方在戒备，向空观察，就这几句话的工夫，一片纯青色的仙云已驭空凌虚，乘风而来，晃眼飞到上空，云上现出三个女仙。朱文只认出内中一个穿素罗衣，背插如意金钩，手捧玉盂的，正是冷云仙子余娲。另外两位仙女，从未见过：一个穿一身雪也似白的仙衣，年约二十左右，手执一花，面带微笑；一是中年道婆，拿着一根珊瑚杖，上挂尺许大小的铁瓢。转问宫、赵二仙女，才知这两人也是灵峤诸仙的好友，名叫霜华仙子温良玉和瓢媪裴娥。虽和余娲道路不同，但都同在小蓬莱西滇岛上修炼。料被余娲强约了来，助其报仇。

正谈说间，仙云已经停住。余娲怒容满面，更不发话，左肩微摇，背后如意金钩化作一道百丈金虹，首朝群魔飞去。出手便自暴长，宝光强烈，只一闪，全山便在环绕之下。从未见过，看出仙府奇珍不是常物，一声厉啸，群魔一齐后退。主魔突现全身，看去好似一个又高又大黄色人影，上面顶着一个大如车轮的魔头。双方动作均极神速。尸毗老人魔影先被金虹圈住，连绞几绞，黄影立被绞成数段。旁观诸人方觉尸毗老人魔法不过如此，谁知神魔全身虽被绞断，魔头却被漏网，始终圈它不住。

第二八〇回

霞彩拥灵旗　万里枭声逃老魅
青莲消血影　四山梵唱拜神僧

余娲只图擒贼擒王，不知是计。敌人又只有一个，不便请同来二仙相助。满以为主魔乃敌人元神所化，只要将其除去，立可成功。认定仙府奇珍威力至大，见状怒喝："无知老魔鬼，我不过有事羁身，便宜你多活几日。在我手下还想逃命么？"随说，手掐法诀，朝外一扬，一口真气喷将出去。金虹似急电惊掣，宝光大盛，只闪得两闪，便将主魔裹住，在里面上下冲突起来。这时那金虹已绕成一个十多丈方圆的金球，将魔头包住。眼看主魔在里面由大而小，渐复原形，只是跳动越急，绕护魔头外面的一层血光也更强盛，并未消灭。

余娲方在奇怪，忽听裴娥说道："道友留意，敌人擅长玄功变化，莫要中了他的道儿。"余娲闻言，猛想起此宝何等神奇，仇敌已被困住，理应裹紧才对，为何光中空隙甚大，好似被甚东西撑住，莫要有甚诡计不成？心念才动，定睛一看，里面竟有一层黄影，由内而外将其绷紧。因都是黄色，不用慧目注视，绝看不出。最奇的是外层金光已只剩了薄薄一层，魔头仍在里面跳动，上下飞滚。余娲方料不妙，未及回收，猛听惊天动地，万金齐鸣，一声大震，金虹所化光圈竟被震成粉碎，上下飞射的残光金雨，立时笼罩全山，高涌百丈；日光之下，宛如平地冒起一座金山，声势猛烈已极。余娲如非法力高强，几被震伤。心惊急怒之下，正待施为，忽听身侧温、裴二仙同声大喊："老魔头，你待如何？"

余娲先见金尘高涌，仇敌所化主魔已由百丈光雨中冲空飞起。因为至宝被毁，心中恨极，只顾注意前面，想要下手报仇。刚把手中玉盂一举，一片冷光还未发出，闻言心中一惊，料有变故，忙把护身青霞飞起时，猛觉心头一凉。同时瞥见仇敌仍是初见时原样，头下黄影并未绞散，突在面前现身，满脸笑容，注视自己，立有一层黄影当头罩下。余娲当时心神便觉有些迷糊，通身冷战，幸而应变尚快，护身青霞同时飞起，虽未昏倒，已中魔法暗算。暗

16

道:"不好!"忙用玄功抵御。

另一面,裴娥将珊瑚杖上铁瓢一指,便有一股紫气飞向百丈金尘光雨之中,神龙吸水一般,只一裹,一片金铁交鸣之声响过,全数收去;温良玉将手中所持非金非玉,形如幽兰,其大如杯的奇花微微往外一点,立有青白两股云气朝前飞射出去。

余娲事前并非不知厉害,所以约好帮手,想下制胜之策。到时,因见门人丢脸,助他们脱困的又是平日对头,盛怒之下,觉着门人被困已久,自己因为魔法厉害,不敢冒失来救,所约帮手好些推托,迟到今日方始赶到,门人已为对头所救。对头索性就此动手也罢,偏是相持,不肯发难,分明算准自己要来,想较斤两。自己如若不胜,再行动手,以显他的法力。对头这等软斗,处处使人难堪,表面还装大方,使人无话可说。越想越愧愤,自恃所持二宝乃天府奇珍,便不照原定方略,意欲上来先给敌人一个重创,即便不能一举成功,多少争回一点颜面也好。谁知仇敌厉害,反将昔年费尽心力炼成的一件至宝毁去。而且猝不及防,竟为魔法暗算,虽仗功力高深,还能支持,但极勉强。尤其仇敌魔影老在面前含笑而立,自身法力竟会失效。

余娲正在悔恨惊惶,强摄心神,幸而温、裴二仙双双发动,尸毗老人准备就势反击的碎宝残金,首被收去。温良玉花上的青白云气又飞射出来,裹向身上,破了魔法。余娲神志立即恢复,平素虽然骄狂,毕竟修炼千年,深知厉害,好容易在千钧一发之间,把身前魔影去掉,元气已经损耗不少。凭自己的功力,本来不应如此大败,全由骄敌疏忽所致。这不是怄气的事,反正人已丢定,如何还敢恋战。这才飞退回来,满面愧愤,与温、裴二仙一起。

对面尸毗老人也是情急心横,知道强敌环伺,吉凶难料,竟起凶心杀机。将金球震破以后,既想利用那些残碎神金去伤敌人,又想乘机将余娲元神吸收了去,助长神魔威力,大举报仇,一网打尽。没想到温、裴二仙胸有成竹,法力又高,全被破去不算,本身如非飞遁神速,几为太虚清宁之气所伤。

尸毗老人方在惊怒,猛听遥空中似哭似啸,传来一种极凄厉的异声,知道又来强敌鸠盘婆。也是背运当头,明知鸠盘婆来去如电,声到人到,因是另有强敌当前,先前又吃了点亏,志在报复,正施魔法,一时举棋不定,微一迟疑,敌人已经飞到。云幄中众人先前觉着余娲等三仙来时仙云驭空,凌虚飞泻,快得出奇。不料鸠盘婆来势更快,异声才一入耳,一个年约四旬的丑怪妇人,已随着一股黑烟飞落场中。虽然好多人均未见过,但那来势早有传闻,一望而知是那赤身教主鸠盘婆亲自赶到。眼见之下,比起传闻更觉丑怪。

原来鸠盘婆身长不过四尺，生得又瘦又干，和僵尸差不多。头作鸠形，面黑如墨，一双碧眼凶光隐隐。通身赤裸，只在腰间围着一条鸟羽、树叶交织而成的短裙；上身穿一件同样材料的云肩，名为秘魔神装，乃赤身教中最厉害的五宝之一，金碧辉煌，好看已极。和魔女铁姝装束差不许多，只是有一蓬黑纱笼罩全身，看去似烟似雾，不知何质所制。她的手脚均和鸟爪一样。左手拿着一根鸠杖，鸠目闪烁放光，口中时有彩烟袅动。此外并未持有什么法宝。不似铁姝头肩等处，均有刀叉那等全身披挂。神态也极严肃。身外黑烟厚约尺许，宛如一条七八尺高的人形气团，当中裹着这么一个怪人。黑烟也停在地上，并不飞动。

众人正看之间，鸠盘婆已先发话道："尸毗老人，别来无恙？老身本定今日抽暇前来领教，到此才知尚有多人与你斗法。我素不愿乘人于危，但又不肯虚此一行，多少须见一点意思。好在你那神魔必送敌手，留它无用，事急反噬，更多操心，不如暂借老身一用。异日你如无事，随时请往我那里，亲自讨回如何？"说时，双方已经动手。先由尸毗老人的主魔头上发出五色奇光，朝鸠盘婆射去。鸠盘婆忙把鸠杖一摇，鸠口内也迸射出大股彩烟，将其敌住。开头双方还能扯直，两句话过去，魔口内又喷射出大股黄光血焰，鸠盘婆面色立现紧张，两臂一振，上身所着云肩立发出一蓬暗碧光华，将其敌住。同时鸠盘婆左手向头一拍，遂见一个长约半尺，与鸠盘婆同样的小人，由头顶升起，在一幢尺许大的碧光笼罩之下悬在头上，意似戒备，并未出斗。

双方都是魔教中的高明人物，互知深浅。为防两败，所炼神魔均未使用，各凭本身功力拼斗，看去反没有先前火炽。尸毗老人身形已幻化为二：一个去与温、裴二仙相斗，一个则与鸠盘婆互用魔火邪烟喷射，相持不下。尸毗老人一心两用，分身应敌，有点为难神气。那鸠盘婆也似强敌当前，表面强作镇静，口中发话，实则也是故作从容，丝毫不敢松懈。魔光火焰，对面冲射，互相时进时退，相差也只两丈出入，急切间也看不出谁占上风。尸毗老人早就怒极心昏，又见鸠盘婆元神已经飞起，正待与之一拼，刚怒啸得一声，忽听空中有人笑道："老魔头日暮途穷，众怨所归，还不省悟么？"声才入耳，鸠盘婆话也说完。

尸毗老人这里还未下手，猛听群魔厉啸之声。同时瞥见魔女铁姝同了几个赤身魔女，忽然现身；另有九个粉妆玉琢的女婴，电也似急，齐朝身后神魔扑去。两下里一撞，十二魔头立时缩成拳大，被那九个女婴和魔女各抱一个，腾空便起。尸毗老人也是一时疏忽，明知鸠盘婆诡诈多端，双方法力差不许多，此时乘机来犯，占了不少便宜。因来势特快，又在对面发话，已经动手,彼此无暇分神。先前因为余娲等来敌太强,既恐神魔措手不及,为敌所伤,又欲以退为进,先把神魔护住,藏向先前暗设魔阵之内,少时用以诱敌,一举成功。无如形势匆迫,强敌相继飞来,两头兼顾,未免心乱。没想到鸠盘婆暗带门人前来,又是行家,魔阵拦阻铁姝不住,鸠盘婆再特意激将,使其分神,一时疏忽,竟被铁姝用九子母天魔,冷不防乘隙将神魔盗去。

尸毗老人一着急,不顾再与敌人争斗,立纵魔光追去。不料鸠盘婆早有准备,元神电一般急飞起,只一闪,便到了尸毗老人前面,拦住去路,两下撞在一起,斗将起来。就这稍微停顿之间,铁姝已带了神魔,长啸一声,化为一溜黑烟,刚要往空射去。猛瞥见一片金霞,光墙也似横亘天半,拦住去路。铁姝素性恃强,见状大怒,左臂一扬,三把金刀刚刚飞将出去,忽听满山梵唱之声。同时接到师父鸠盘婆的警号,令其放下神魔速逃。百忙中定睛四顾,梵唱之声与平常和尚念经并差不多,阻路金霞虽然神妙,凭自己的法力,并非不能抵敌,何故如此胆怯? 不禁奇怪。鸠盘婆原身本在黑烟笼护之下,凌虚而立;元神正与尸毗老人主魔相持,未分胜败。不知怎的,发完速退警号,碧光一闪,连元神一起不见。尸毗老人立时回头追来。铁姝知非敌手,又听乃师在归途上连发传音警号,催令速回。同行魔女又已经奉命先逃。猛想起来时师父曾说,此行不过践约,出气未必如愿。

铁姝知道除了自己的敌人之外,还有几个极厉害的对头,因有仙法隐蔽行踪,推算不出心意,如与自己作对,暂时虽然不怕,后来却是隐患。按说最好不来,一则恶气难消,再则自己借与天门神君林瑞和萨若耶的几个神魔均被仇敌毁去。当初借人,原想师父近年法令更严,不许无故伤人,而自炼的几个神魔又不能久断血食,借与林、萨二人,由其自行放出,吸收生魂精血,与己无关,交了朋友,还可增加神魔威力,何乐而不为? 不料全数葬送,好生痛惜。铁姝既恨尸毗老人伤她,又想所炼神魔功力已深得多,师父恰算出尸毗老人当日惨败,正好趁火打劫,再三哀求。鸠盘婆本极爱她,因恨仇人欺人太甚,便赶了来。师徒说好应变必须机警,知进知退;否则仇报不成,还要吃亏。

这时虽见乃师逃退匆忙,必有原因,终以到手之物,不舍抛弃。一见仇敌追来,上空又被金霞布满,意欲穿地逃走。哪知微一迟疑,尚未将神魔放下,那九子母天魔所化的婴儿和魔女一同忽然不见,神魔重又飞起。知道师父见已违令,将九子母天魔收去,同门也被召回。先擒神魔尚未祭炼,不能随意隐遁,现既弃去,便能来去自如。想起仇敌可恶,何不赶往魔宫扰闹出气? 即使戒备森严,不能深入,多少也可出气。反正天空路断,非由地底逃走不可。铁姝心念一动,立即往下飞逃。

这原是瞬息间事,双方动作俱都极快。铁姝刚刚飞出不远,猛看见前面一道青光拥着一个手长脚短的畸形丑女,后面两道血光拥着两个头顶金莲花的短装道童,迎面飞来。百忙中不曾看真,那三人又是首尾相衔,看去好似一路。铁姝不知前面的正是三湘贫女于湘竹,后面是田氏弟兄,误认作同是仇敌。恰好于湘竹因往魔宫暗算,触动禁制,身受重伤,飞遁出来,迎头遇见魔女,后面随着尸毗老人,也把双方当成一路。于湘竹胆寒情急之下,想用法宝挡上一下,再往斜刺里遁去。不料平日凶横,恶满数尽,手中一团青色雷火刚闪得一闪,魔光已由铁姝手上发出,照向身上,想逃已是无及。本来连元神也被吸去,总算死运还好,身刚往下一倒,便听空中一声清叱,一道经天白虹,中杂无量亮若银电的毫光,忽自对面飞射过来。铁姝猛觉身后冷气寒光,从头下照,全身立被裹住,仇敌又在后面紧追不舍,知道不妙,忙用金刀自断一节手指,化为一溜血焰,穿地逃去。尸毗老人正发号令,命田氏弟兄速发动地底禁制堵截时,自身也被银光裹住。

原来那银光正是余娲所发。因自先前败退以后,正在切齿痛恨,忽见鸠盘婆隐形遁走,铁姝舍魔而逃,尸毗老人随后追去,忙把玉盂中宝光发出。本心是想乘机下手,先将十二神魔除去。忽见爱徒于湘竹由魔宫内负伤逃出,隐形法已为仇敌所破,忙指宝光前去接应,爱徒已为铁姝所杀。越发悲愤,再指宝光去擒铁姝,又被逃走。尸毗老人追来,恰被就便裹住。

尸毗老人方要施展魔法破那白光,忽然一闪收去,猛觉心灵上起了警兆。回头一看,魔宫上面忽现出六座数十丈高大的旗门,整座神剑峰魔宫已被金光祥霞布满,仙云遍地,瑞霭飘空,照得大千世界齐幻霞辉。内中的六座旗门在祥光彩雾之中时隐时现,正由大而小,往云幄前面收去。当中裹着那十二神魔,已被困入旗门之内,闪得一闪,便即无踪。同时,尸毗老人心灵大震,才知敌人暗中设有六合旗门,神魔已为所毁。急怒交加之下,意欲施展诸天十地如意阴雷与敌拼命,更不寻思,飞身便往旗门之中冲去。

这时余娲已被白发龙女崔五姑赶来婉劝,说:"今日之事,早有预定,尸毗老人命不该绝。只因他那本身元神已与阴阳神魔合成一体,受其暗制愚弄,才有今日之事。贫道等为了机缘未至,还须等一位有大法力之人前来化解,否则早已下手。此人练就阿修罗不死身法,只能劝其归善,除他极难。少时他必情急拼命,施展诸天十地如意阴雷,这座神剑峰方圆千里之内,不论人物,齐化劫灰。道友可带了令高足回转仙岛,免得见此惨劫;否则暂时请作旁观,容贫道等代劳除魔如何?"余娲一听,尸毗老人竟不惜损耗三数百年的功力，为此两败俱伤之计。知道这类秘魔阴雷，比轩辕老怪、九烈神君所炼不同，因以本身真气助长凶焰，威力之大不可思议，方圆千里，死圈之内，仙凡所不能当。自己虽然防身有宝，就不受伤，震撼仍所不免。其势又不便避入旗门之内。温、裴二仙也在示意相劝。一想无法，只得带了众门人一同飞去。

尸毗老人也已发现旗门，飞身追来。满拟仙阵神妙，敌人既将自己隔断在外，神魔一灭，旗门立即缩小，必是知道有此杀手，难于冲进。哪知刚到阵前，祥光一闪，人便陷入阵内，四顾茫茫。那金光祥霞，宛如泰山压顶，怒涛飞涌，上下四外一齐拥来。怒极之下，更不寻思，忙即施展魔法，将全身缩成一团碧光，和由血莲萼上刚飞起时的元神一般大小，将要自行震破。他这里刚刚准备停当，快要发难，忽听先前梵唱之声越来越近，四山应和，也不知人数多少。心方一动，那阴雷已似离弦急矢，未容寻思，突然爆发。

尸毗老人原是复仇心盛，拼却断送数百年苦功，将在场敌人连那旗门一齐震碎。以为练就玄功变化，元神分合由心，胜了固可报仇雪恨，即便不能尽如人意，元神当时随同震散，仍可收合为一。对方那么多的人，多少总伤他几个。自己虽然吃亏，所炼阴魔不过当时受伤，事后却可收摄好些修道人的真元。哪知阴雷爆发时，本身元神为了助长威力，本应随同雷火震散，不知怎的，竟在快化为无量雷火血焰，四下里飞射的这眨眼之间，猛觉身子一紧，面前一条暗绿色的鬼影闪得一闪，便即自行震散，化为一蓬碧光黑烟，四散消灭，并未听出雷声。同时霞光耀眼，身外一紧，全身均被金光祥霞裹住，也未随同震散。知道护身阴魔已被敌人消灭。如在平日，尸毗老人必定怒发如狂，愤不欲生。这时因附身阴魔已去，毕竟修炼千年，法力高深，见此情形，虽然仇恨难消，盛气已去了大半。又见仙阵厉害，神妙无穷，自己那么高法力，竟找不出它的门户。心中方生悔恨，忽听对面有人大喝道："你那附身多年的阴魔，已被我们除去。齐道友和灵峤诸仙念你修为不易，委曲求全，特命门人将尊胜、天蒙、白眉三位老禅师求请到此，用极大佛法为你化解恶孽。还不就此皈依，等待何时？"

尸毗老人抬头一看，先前云幄中的长幼敌人，正分立对面广场之上，神驼乙休、猿长老、灵云、孙南和三个未见过的少年男女也在其内。当中仍矗立着那朵血莲萼。面前一个破蒲团上，坐定一个身材矮瘦、面黑如漆的中年枯僧。身上一件百衲衣已将枯朽，仿佛多年陈朽之物，东挂一片，西搭一片，穿在身上。有的地方似已被风吹化，露出铁也似的精皮瘦骨。左手掐一诀印，右手拊膝，安稳合目，坐在血莲对面，态甚庄严。空中各立着一个神僧，正是以前向往的天蒙、白眉二老。同时身上一轻。再看仙阵已收,祥霞齐隐,只剩梵唱之声荡漾空山,琅琅盈耳。同时又发现爱女、门人已全跪下,正向蒲团上枯僧膜拜顶礼。知是初学道时,受自己魔法禁制,后来苦搜不见,也就不再理会的那个想要度化自己的和尚,当时省悟。

尸毗老人元神正待复体,往那血莲葶上飞去,刚刚到达,未及行法,莲葶倏地舒开,分披向下,尸毗老人也就复体,立即飞落。方想收去血莲,向三位禅师下拜,请求皈依。哪知血莲葶竟收不回,光更强烈。没奈何,只得走向蒲团前面,顶礼下拜,说道:"弟子愧负师恩,不敢多言,望祈佛法慈悲,恩赐皈依。"祝罢一看,只一个破蒲团在地,想是千年旧物,质已腐朽,当中现出一圈打坐的痕迹,已快深陷到底。心方惊疑,忽然身后说道:"徒儿,我在这里,你向何处皈依?"

老人忙即回头一看,尊胜禅师已端坐在血莲花上。天蒙、白眉二老扬手一片金霞照下,血莲立发烈焰,转眼变成青色,禅师头上随现出一圈佛光,身已涅槃化去。忽有三粒青莹莹的舍利子飞起,吃石生、钱莱、干神蛛随手接去。老人立时大喜下拜,更不说话,刚向破蒲团上坐定,一阵旃檀香风吹过,满天花雨缤纷,祥霞闪处,上下三神僧连尸毗老人和所坐青莲蒲团一齐不见,四山梵唱之声顿寂。魔宫人众也都悲泣起来。乙休笑道,"你们先前已得神僧点化,你们师父此去便成正果,有甚伤心? 各照禅师和我所说,自投明路去吧。"

乙休说完,众人俱都收泪应命。只有田琪、田瑶慨然说道:"家师现往师祖昔年打坐之处,尚须三年始成正果。师妹因奉各位师长之命,必须移居天外神山。弟子等感念师恩,在家师未证果以前,实不舍离开;何况鸠盘婆师徒心怀深仇大恨,早晚必来侵害,家师定中,也须有人护法。望乞各位真人仙师恩准弟子,将魔宫封闭以后,去往家师洞前守护三年,略报深恩。只等家师功行圆满,再求去拜师如何?"乙休、凌浑同声笑道:"你兄弟二人志行可嘉。令师魔孽甚重,此三年中决不安稳,我们索性成全你们吧。"凌浑又道:"老伴,可将雷泽神砂取点出来。"随说,早由崔五姑七宝紫晶瓶内,倒了十二粒绿豆大小的红珠,传以用法,赐予田氏兄弟。

乙休随向众人道:"魔女、宫众,我已另有指示安排。我因在铜椰岛与天痴老人斗法,几造无边恶孽,事后颇悔。不料这次得了赤杖仙童指点,无意中将尸毗老人度化,并代尊胜禅师、丽山七老居士了却千年心愿,同归正果,实是快意之事。幻波池不久有难,我本来想去助易、李诸人与老怪卝南公一斗,因采薇僧朱道友再三劝阻,来时途中又遇芬陀老尼说起此事,丽山七老证果在即,也想和他们聚上几日,并为护法送行,只得中止。光明境相隔太远,你们往返需时,又不宜在期前赶去。我的意思,除申屠宏与干神蛛夫妻往助花无邪外,余人如想回转小南极,暂时便可无须再来,令师休宁岛事完,自有使命。幻波池事虽凶险,现只开端,你们去了,不过多杀几个漏网妖孽,事情还是一样。如欲前往,便须候到英琼事完之后,在洞中相助,撤去圣姑所留五遁禁制的法物,开建仙府,始能回转。为日颇长,你们去留任便。不过李洪转世年浅,还不到下山时候,乘他师父不在山中,便在外面惹事,胆子又大,容易与妖邪结怨,最好不去。你意如何?"

李洪知道诸长老均极爱他,便走向身前,拉着乙休的手笑说道:"老世伯,侄儿蒙你几生厚爱,才有今日。你不是常说,侄儿以前几生,常受邪魔侵害,理应今世回报?师父不让出门,好容易他老人家不在山中,又曾许我下山,难得有此机会。师父一回山,弟子便须守在山中,要过好几年才能出来走动。难得遇到这等机会,为何不令我前去?即使妖人厉害,有老世伯在场,也不会让侄儿吃亏,怕他何来?"乙休手抚李洪的头,笑道:"你真顽皮胆大。我如坚执不令你去,你必不快,还当我老世伯怕事。去是无妨,却不可和众人做一路。你和他们聚上两日,可去高丽贡山井天谷中寻我,就便参拜七老居士。这里事完,你去也恰是时候。既免途中淘气,还可得点好处。"李洪闻言大喜。

金蝉和朱文本已说定,同往小南极一行。朱文早就想念幻波池诸友,见金蝉欲言又止,恐其说出不去的话,忙先开口道:"幻波池诸姊妹久已未见,不知为何不能早去?"乙休笑道:"此时还难明言。我看你们师徒五人全都想去,事应两月之后。在此期中,可在西南诸省行道,一切任意而行,也许还有甚事。到了第七十天上,你五人再同往幻波池,李洪也必赶来会合,这样便可将那潜伏东海已三百年的两个妖邪除去。孙南随意。灵云速返紫云宫,如遇小寒山二女,可告谢琳留意:如遇一个头生肉角的妖妇,千万不可放她逃走;如被逃走,也须追上。此事忍大师已早知道,但不肯说。我和凌道友夫妻、猿道友还要往高丽贡山去寻七老一叙。你们聚上几时,也自走吧。"说罢,四人飞走。

灵峤诸仙送走乙休等四人,也各告辞。内中只宫琳、花绿绮二女仙后走,分向朱文、齐灵云二人话别,双方俱都依依不舍,宫、花二女均说不久还要再见,方始别去。灵云因紫云宫有事,又因大难之后,看出孙南道心坚定,知他想往紫云宫一游,便约同往,一同飞走。魔女和田氏弟兄见众仙纷纷飞去,挽留不住。知道申屠宏、金蝉等暂时无事,再三挽留,请往东宫一叙。这时西魔宫已经全毁,法坛也被破去,只东魔宫完好如初。众人好些事尚不知道,又见魔宫景物奇丽,主人情义殷厚,全部应诺。朱文先向魔女请教,才知尸毗老人原是藏族人。魔女已经七老赐名,改为明殊。并奉乙休之命,在当地只留七日,便用所赐灵符,飞往天外神山,去与阮征同修仙业。此事全由乙、凌二老前辈深恩成全。

原来那日古神鸠奉了杨瑾之命,仗着芬陀神尼灵符掩护,赶到神剑峰魔宫之上,突然现身,抓破上空魔网,将困陷金蝉、朱文的魔火血焰,用所喷丹气裹住,朝空飞遁。同时尸毗老人也已警觉,立即命田氏弟兄去追。神鸠回顾敌人追来,立将所吸血焰舍去,仗着灵符之力,隐形遁走。田氏弟兄正要行法回收,忽见血焰宛如朱虹飞堕,往下面山坳中射去,竟收不回来,好生惊奇。跟踪飞落一看,下面乃是形如天井的深谷,四面皆山,危崖环立。当中一片三四亩大的平地,草木不生,石色如火,景甚荒寒阴森。四面崖壁上分列着七个仅容一人起坐的小洞。当中地上环列着七个蒲团,上坐七人,都是白发如银,年已老迈,装束非僧非道,人也胖瘦不一。地上放着一个瓦钵,那道血焰正往钵中投进,一闪不见。

田氏弟兄见状,又惊又怒,刚飞到地上,正要开口喝问,七老忽然不见。再往崖壁上一看,那七个石洞中,各有一个须发如银的老者坐在其内,身上衣服破旧,面容庄严,仿佛入定已久。因想以前常在空中来去,从未见到过这等人物、景地;师父魔光何等厉害,怎会被人收去?知非寻常。忽然福至心灵,便向正面一个年纪最长的老者躬身下拜道:"诸位老先生尊姓大名?为何无故作梗,将我阿修罗神焰收去?"连说三遍,不听还言。刚要发怒,猛想起魔光与师父心灵相合,休说外人决收不去,就被制住,师父也必警觉赶来,怎会毫无动静?越想越怪,不敢造次,二次躬身说道:"弟子奉命追敌,不曾追上,又将神魔失去,归必受责。望乞诸位老前辈勿再为难,感谢不尽。"说完,便听有人发话:"你那魔焰自向我天浮杯中投到,现在你的身后,自己取走便了。"回头一看,那瓦钵果在原处未动,只是空无所有。方在惊疑,又听左壁上有人发话道:"七弟,此子不是我门中人,何必费事?由他去吧。"说到末句,声如巨雷,宛如当头棒喝,心灵皆震。田氏弟兄偷觑崖上发话之处,洞中老人仍各端坐,无一言动。同时瞥见上空血光一闪,耳旁又听有人喝道:"你师父大劫将临,回去不可多言,到时还有解救。去吧。"

说时田氏兄弟已发现那片血光在上面浮沉游动,似是无主之物。连忙飞身直上,刚刚回收,脚底忽起风雷之声。低头一看,已变成一座童山危崖,方才人物和那井形深谷全都不见,忙即飞回。

刚到魔宫，师父正与敌人斗法，敌方群仙相继飞到，从此多事，始终无暇向师请问。后来去镇魔坛，与魔女明姝说起经过，正在忧急愁虑，于湘竹忽用法宝前往暗算。魔坛根本重地，埋伏重重，何等厉害，于湘竹还未攻进，便已受伤逃走。田氏弟兄因愤于湘竹骄狂凶狠，又见外层禁制也被她破去三道，魔幡毁了好几面，越发有气，便令魔女暂为主持，自己追出。不料迎头遇见铁姝杀了于湘竹，穿地遁走。师父传令追击，意欲急飞魔坛，相助魔女行法，发动地底禁制，将铁姝困住。不料就这追敌晃眼之间，魔法未破，魔坛上却多出前遇七个老人，另外还有两个少年男女。魔女、宫众已被一片灰白光影网住，刚刚收去，一个个呆若木鸡，言动不得。田氏弟兄不禁又惊又怒，扬手两股血焰、金叉刚飞出去，忽听魔女急呼："此是丽山七老，我刚想起前生之事，不可无礼。"话未说完，魔女已先下拜。同时两柄金叉也自落地，身上似有一片金花一闪，当时打了一个冷战。紧跟着法坛上七老不见，却现出一圈金光，正照在自己和全体宫众身上。立时洞悉前因，醒悟过来，佛光也已敛去。

　　原来魔女知道众人虽为降魔佛光所照，泯去杀机，心生畏惧，但好些事还不知道。同时又怕父亲当此危机一发之间，强敌又多，稍为疏忽，便无幸免。忙去台上重新主持，又向众略说经过。干神蛛夫妻原奉神驼乙休之命，仗着那道青灵符来到魔坛前面守候，正愁无法入内，忽见另一魔徒随着二田追出，遥望铁姝飞来，立时缩退回去，立即附身同入。一到里面，便照乙休所说，用蛛网先将魔女、宫众困住。魔女猝不及防，正待反攻，七老忽在台上现身。内中一个把手一挥，魔女、宫众全被逼下魔坛，蛛网也自收去。同时一片佛光照向身上，魔女首先醒悟，想起以前几世的经历。余人自从佛光照体，也都心平气和。魔女再一下拜拦阻，全都不敢再动。连干氏夫妻也便泯去杀机。

　　及听魔女说起前因，才知尸毗老人初得道时，遇见一位高僧，便是那尊胜禅师。禅师想将尸毗老人度化，不料道浅魔高，虽然尸毗老人不肯伤他，仍被他魔法所困，受尽苦痛。尊胜禅师不稍畏缩，到第七次上，并发誓愿：如不将此魔头度化，绝不离去尘世。尸毗老人神通本大，但因尊胜禅师欲以虔心毅力感化，施展最高佛法金刚天龙禅唱，木鱼之声日夜不断。尸毗老人始而因觉对方纯是好意，又为至诚所感，虽然不愿归入佛门，但也不忍杀害。后嫌梵唱之声老是萦绕耳际，无时休息，不由激怒，便施展大阿修罗法，将尊胜禅师封禁在高丽贡山一座崖洞之中。那地方大只方丈，左临绝壑，瘴气蒸腾，前有高山低覆，终年不见日光，阴风刺骨，暗如黑夜，四外俱是前古森林，

25

毒蛇猛兽成群出没，端的危机四伏，凶险异常。

尸毗老人将尊胜禅师禁闭之后，笑道："我本不想伤你，是你惹厌。我今将你禁闭在此，只要悔过服输，将我洞口所留铁牌翻转，立可脱身无事；否则，这里夏有酷热，冬有奇寒，夜来阴风刺骨，日间瘴毒蒸腾，还有毒蛇猛兽，均能出入侵害，你却不能出洞一步。你禅功虽高，无甚法力，如何禁受？死活在你自己。"尊胜禅师笑道："我已对你发下誓愿，如不将你亲自度化，甘堕地狱。否则我门下七弟子均具佛道两家降魔法力，焉知不是你的对手？"

高丽贡山中，本有七位无名散仙隐居在内，法力甚高，新近才被尊胜禅师度化，还未披剃。起初也和尸毗老人一样，不肯皈依，并将尊胜禅师擒去，用法力禁制，受尽苦痛。尊胜禅师始终坚持，不受摇动。七老终于悔悟感动，决计归入佛门。因去所居茅棚参拜，发现尊胜禅师被尸毗老人擒去，大怒赶来，见面便要动手。被尊胜禅师拦阻，笑道："你们既然志切皈依，如何又犯嗔戒？我志已定。你们如若真个志行坚定，各自回去，礼佛虔修，只等度了这业障，便我师徒功行圆满之时。"说时，尸毗老人已先狂笑而去。当时魔女和田氏弟兄因觉禅师是个怪人，随往观看，也在一旁。

时经数百年，尸毗老人始终未得所留法牌的感应，尊胜禅师又不似化去。尸毗老人天性倔强，始而厌恶，听其坐困。只有一次，行法推算，得知尊胜禅师门下七居士，每隔一百二十年，必去送一蒲团，别的全无所知，也不知如何送进。不愿再往，也就忽略过去。直到三百年前，尸毗老人忽然改变心志，欲归佛门。想起前事，觉着尊胜禅师志行坚定，大是可敬，心生悔恨，忙即赶去。哪知踏遍全山，都找不到那所在，也推算不出一点因由。因当初尊胜禅师曾说："你这业障入魔已深，我必在你万分危难，百死一生之际前来度你。到时，任你魔法多高，全无用处。"当时心虽疑虑，恐应前言，否则这师徒八人均在山中，怎会用尽心力，毫无踪影，也推算不出行迹？无如素性强傲，又有阴魔暗制，不甘示弱，想过便罢，直到今日。

原来尊胜禅师本坐枯禅，自从被困时与七老说过一阵，由此坐关，冥然若死，从未开口。七老虽知师父佛法日高，但见僧衣受了长年风蚀，已全腐朽，当初再三苦求，只允每人孝敬一个蒲团。有一次七老前去参拜，蒲团已将换完，师父还未醒。恐僧衣化尽，便成赤身，刚在行法禁护，师父头上忽起了一圈佛光。七老连忙口宣佛号，拜伏在地，当时大彻大悟，心地空灵，拜罢回去。由此七老各以元神化身，去往人间救度众生。

乙休曾与七老见过数面，只知法力甚高，也未说起乃师坐关之事，近才备知底细。七老知道尸毗老人魔法厉害，所炼阴魔如不去身，终难皈依。正好乙、凌诸仙也早胸有成竹,所以先将六合旗门暗中布置,将八个阳魔先行除去,激令尸毗老人施展诸天十地秘魔阴雷来拼,乘机将他元神与阴魔隔断。再由石生同了齐灵云、孙南,前往尊胜禅师洞前礼拜,代将禁制魔牌毁掉,以应尊胜禅师决不自动那魔牌的前言。七老先发出金刚禅唱,然后飞入魔坛,用极大法力,使魔坛上主幡与阴魔生出感应。再将魔法破去两处,然后隐去。以免尸毗老人万一阴魔禁制不住,元神必受大伤。阴魔一灭,魔坛立生反应,所有设备一起消灭。魔女和田氏弟兄虽因佛光一照,备悉前因后果,终是忧疑,仍想到坛上以全力细心主持。只要看出尸毗老人阴雷将发,立时釜底抽薪,将那魔阵颠倒,稍作补救。

魔女正和众人说起前半经过,忽听耳旁有人大喝:"你等若不快走,便化劫灰了。"同时眼前金光电闪,身子似乎微微一动,定睛一看,人已落在广场之上,正向三位神僧下拜。尸毗老人已经飞出阵来,顶礼皈依,随同飞去。石生也同了灵云、孙南,按照乙休指示,刚寻到尊胜禅师洞前,依言行事,将那两面法牌取出,跪拜在地。眼前佛光连闪,耀目难睁,一晃眼间,自己已在西魔宫广场之上,天蒙、白眉也突然现身。众人说完,均觉佛法无边,赞仰不置。

魔女一面和众人说笑,一面早命侍女设下盛宴。众人见山珍海味,琪花异果,罗列满前;所有桌椅器皿,全为珊瑚明珠、神金宝玉所制,五光十色,耀眼欲花。虽然久断烟火,偶一为之,原无妨害。加上魔宫酒食味美绝伦,也各食指大动,畅饮起来。

李洪笑道:"这么多的好器皿,过几天都拿来埋葬毁掉,有多可惜!"朱文笑道:"你这小和尚不守清规,又犯贪、痴两戒。你师父知道,日后许你下山才怪。"李洪笑道:"这些东西我又不要,我是爱惜物力,想把这些东西做阮二嫂嫁妆,带往天外神山,暂时作为布置嫂嫂们的新房点缀,将来请我吃喜酒好看。赶上需钱救灾,随便拿两件往人间变卖,便可救上不少的人。自来成物不可毁伤,明珠岂应埋藏?杀孽与毁物,同是罪恶。佛法慈悲,原极广大,你当只有血气的东西才值爱惜么?真正欠通呀欠通!"朱文知他暗点自己与金蝉海外同修之事,此事尚未奉到师命,只在出困后听崔五姑暗中示意,恐被外人听去,面上一红。

魔女情痴,人又素来大方,前听阮征说李洪是他屡生患难骨肉之交,见他小小年纪,这么高法力,先自心喜。再听喊她二嫂,不但不以为忤,反倒高兴。笑道:"洪弟,仙人不似俗世夫妻要设新房,这些东西本定带去。你如光降,我和你阮二哥必定请你尽量痛饮如何?"李洪转对朱文道:"你看,还是我

27

二嫂好。"

朱文恐他再说别的，装不听见，起身走向一旁。金蝉忙朝李洪使一眼色。李洪还想说时，申屠宏觉着李洪虽然历劫九世，今生毕竟年幼，童心太盛，这等童言无忌，终非所宜，也使眼色禁阻。李洪欲言又止。朱文心虽不快，其势不便和金蝉反口，单独行动，闷了一会，经众一阵说笑，也就岔开。

田氏兄弟本留众人住满三日再走。申屠宏挂念花无邪安危，惟恐去晚为二番僧所伤，虽是应有劫难，早到比较要好得多，首先同了干神蛛夫妻告辞，起身飞走。

第三日，金蝉忽想起，自从离开金石峡，便往北极陷空岛求取灵药，被陷空岛主诱入地璇宫，误走子午线，直飞小南极光明境，开府天外神山，一直有事，尚未回山去过。那金石峡，乃道家西南十四洞天之一，地名又与自己名字暗合，必有原因。离山多日，洞中尚有黎女云萝娘和乃弟云翼、石生新收弟子韦蛟，在彼守候，定必盼望。还有凌云凤门人沙佘、米佘在内养伤，经过陷空岛灵药医治，当已痊愈。更有云凤误杀雷起龙，与人结仇之事，尚还未完。同门师妹，又有海外相助之德，云凤法力未必是那女仙对手，何况对方为夫报仇，又非妖邪一流，岂容坐视？金蝉心料云凤如不往投邓八姑，便是送还古神鸠后，向神尼芬陀、杨瑾师徒二人领了机宜，回往金石峡，医好沙、米二小，仍在自己洞中守候，也说不定。乙、凌二位老前辈最爱七矮弟兄，遇事每每暗示仙机，事前却不明言。否则他们明知光明境仙府新开，幻波池之事应在七十天后，此时飞遁神速，极光太火之险现已减少十之八九，尽可从容来往，为何示意不令回去，并还限定在西南诸省行道？其中必有深意，便向众人说了。石生早就想念门人韦蛟，只为连日无暇，主人又再加挽留，情不可却。心想时间颇多空闲，正好就便回转金石峡一趟。本定离开魔宫时，再告金蝉诸人，一听金蝉之言，自是赞同。

李洪喜道："蝉哥，你那金石峡我未去过，也想跟去看看。如果真好，你们有天外神山灵境仙府，要此无用，将来我下山后，如我找不到好地方，借与我吧。"金蝉笑道："洪弟样样都好，就是人太天真，童心甚重。乙老世伯命你往见丽山七老，必有深意。我因小神僧阿童随同我们一起三数年，出力甚多，自身却受重伤，虽然因祸得福，反而增长道力，毕竟吃了一场大亏。现被他师兄采薇大师朱世叔带回山去。依我本意，还想先往云南石虎山看望他一次，再转金石峡，往返少说有好几天。明日你便须去见七老，如何能来得及？你如暂时不去，这座金石峡，就是师命有用，不全送你，也必把那最好的地方与你留下。不比匆匆往来，走马看花强得多么？"李洪故意把嘴一撇，负气说道："蝉哥,你现在讨嫌我么?"

金蝉和他弟兄感情最好,以为他真个负气,忙走过去抱住他的肩膀,笑道:"好弟弟,你莫多心,我如何会嫌你? 既是一定要去,我们先往金石峡,然后再往石虎山如何?"李洪笑道:"原来蝉哥还是对我好,没有因为……"底下话未说出,朱文便接口埋怨金蝉道:"本来是你不好,洪弟难得下山,听你有这好地方,欲往一游,如何拦他高兴? 你有天外神山那好地方,亲生兄弟,便将金石峡全送与他,也不为过,说甚分居? 我要是洪弟,宁肯无处栖身,也不要了。"李洪笑道:"原来文姊姊也对我好,那我不去也罢。我本是说着玩的,共只一天半日的工夫,如何能赶得上?"说时,瞥见田氏弟兄嘴皮微动,似有话说,笑问:"田大哥、田二哥,有甚话说?"

田氏弟兄因见李洪法力甚高,人却是个幼童,相貌又生得玉娃娃也似,言动十分天真,老是一脸笑容,自从初见,便对心思,再一相交,越发投契。同声笑答:"我弟兄因奉乙师伯密令,本说引进到采薇大师门下,先命明日起身。嗣因愚弟兄感念师恩,向其求告,欲等家师飞升之后再去。此时想起,先持乙师伯的书信前往拜师,再向大师求说,回到这里守候家师飞升,必蒙允许。诸位道友如先往石虎山,愚弟兄也同了去如何?"

金蝉、李洪方要开口回答田氏弟兄,魔女明殊已接口道:"二位师兄还是慎重些好。采薇大师戒律甚严,不似我们修阿修罗法的随便。万一拜师之后不令离山,爹爹闭关坐禅,无人守护,一旦仇敌来侵,妹子又不在此地,如何是好? 就说许你们回来,在这数日之内万一有变,妹子转劫多世,不似二位师兄永随爹爹,从未离开,如凭原设禁制,来了敌人还可应付,如凭本事对敌,妹子比两位师兄法力要差得多,实是可虑。既与乙师伯说好,还是仍照原议,不要更改,免生枝节。你看如何?"

第二八一回

神斧劈凶妖　灭火飞泉　功消浩劫
天环联异宝　同心合璧　缘证三生

田氏弟兄原因从小便被尸毗老人度去，爱如亲生，遇事放纵。久闻白眉门下戒律精严，操行尤苦。自己早听恩师说过，将来必归正果，难得有此佛缘，自是万分可喜之事，但恐言行失检，误犯规条。心想阿童乃师长同门，又是七矮至交，意欲随同前往，由金、石诸人转托阿童照应。闻言转念暗想："恩师此次坐关，全凭定力战胜外来邪魔，所有魔法至宝，均失灵效，无人在侧，处境太险。师妹奉命，必须先往光明境，无多停留；再说她那法力，也非鸠盘婆师徒对手。自己虽然强不了多少，但是师父几件异宝全在手内，至多不胜来敌，专一防护恩师法体，只守不攻，怎么也能抵御。先前又曾说明缓去，不应中途生变。"想了一想，也就终止前念。只托金、石、李洪三人，如见阿童，请其照应；并请丽山七老勿念旧恶，恩师如受仇敌侵害，在七老飞升以前，请其随时相助。

三人全都应诺，同起告辞，说："来日方长，不在多此一二日之聚。"意欲先行。田氏弟兄见众人和自己一样，多有一点幼童心性，想到就做：一是惦念金石峡留守诸人，一是急于往见乙休、七老，全都忙着起身，不便再留，只得握手殷勤，各道后会而别。

朱文见魔女明殊美丽若仙，对人十分真诚。尤其是对阮征情痴义重，分明是名义夫妻，不知怎的那等痴法，只要说到阮征，便是满面笑容，好似情发于中，不能自已，却又不带丝毫轻浮神态，纯任自然。心想："轻云师姊近和严师兄虽不似魔女这样，也颇相敬相爱，并无一人笑他们。记得前生恩师妙一夫人和今生师长餐霞大师，曾有让自己与金蝉先结夫妇，了此情缘，再同转世之意。自己也为李洪和霞儿师妹的两句戏言，坚邀金蝉立誓：尽管深情蜜爱甚于夫妇，必以童身成道，任转多劫，必矢双清。只要心志不渝，管他人言做甚？何况这班男女同门，均非世俗中人，自己如何偏存世俗儿女之见？以后何不也学他们的样，索性放大方些，既免金蝉犯小孩子脾气，也少被李洪、霞儿取笑。"朱文想到这里,故意对李洪道:"幻波池事完,我便开读恩师仙示,只要崔老前辈说得不差,便随你蝉哥哥同往天外神山共修仙业。你这个小淘气如去光明境,我和二嫂必以上宾之礼相待。就怕你师父管得严,去不成呢。"

李洪看出她的心意,笑道:"我本想长侍爹娘膝前,稍承欢笑,爹娘偏不疼我,一年只许省亲一次。难得哥哥嫂嫂们肯疼我,再好没有。师父又不忌嘴,你们那里好东西多,只要文姊真心请客,不是借题发挥,我豁出挨打,偷着下山,也要前去。何况师父顶多说上两句,还决不会打我呢。"朱文尽管近来功力精进,因是生自世家,从小娇惯,师长又极钟爱,心高好胜,积习难忘,又有一点小性,闻言笑道:"你只要不怕受责,谁还不愿你去?敢打赌么?"李洪道:"我幻波池事完同去,迹近取巧。等师父休宁岛回来,照理不能离开片时,不论明暗,二月之内,如不往你天外神山吃那玉藕,从此见了文姊,决不敢多说一个错字,并还听你处罚如何?"

石完在旁接口道:"小师叔常说佛门规条,你和朱师伯打赌吃藕,又是贪,又是嗔,不是犯了好多戒么?"石生喝道:"石完怎无规矩?我告知甄师兄,教你好受!"金蝉知道石完天真烂漫,性又粗豪,语言无忌,脱口而出,也佯怒道:"你对小师叔怎如此放肆?再如冒失无礼,幻波池也不要你去了。"朱文笑道:"上梁不正下梁歪,怎能怪他?"李洪笑道:"石完虽然无礼,话却说得不差。我一怪他,岂不又动嗔念?我要往寻乙世伯,去见七老,也许不和你打赌,连那光明境也不去了。"说完,一道金光,人便破空飞去。

石完本是无心之言,只当众人真个怪他;又因甄氏兄弟深知石完浑金璞玉,天真未凿,平时管教颇严,屡说峨眉法严,犯者无赦,惟恐众人回去告诉;又见李洪走得太急,越发疑虑。再三央告:"各位师伯叔,宽宥弟子年幼无知,把话说错,下次不敢。"朱文笑道:"不要紧,都有我呢。"石生道:"朱师姊,话不是这样说。以后门人甚多,我们又都年轻,如果老是这种样子,无甚威严,过于随和,以后门人由涎脸变作胆大妄为,如何是好?你看钱莱,虽是年轻,多么恭谨。"随告石完:"今番饶你,下次不可。"石完诺诺连声,也学钱莱的样,不问不再多言。貌既丑怪天真,这一矜持,神态越显滑稽。连钱莱也忍不住好笑,凑近前去,低声说道:"师弟无须这样,你只要少开口,遇事请问一声,便不妨事了。"

石完本和钱莱交好,方要开口,众人忽见前面山坳中本是云雾弥漫,忽然波翻浪滚,云如奔马也似往四外散去。众人本是联合同飞,且说且行,遁光迅速,已经飞到贵州边界,离金石峡只数百里。前行不远,便是苗岭主峰云雾山。那一带山岭杂沓,林莽纵横,乃苗岭最幽险的所在。沿途除偶然发现生苗、野猓而外,往往二三百里不见人烟。众人先见山势险恶,瘴气浓厚,当中却结着那一片云雾,已经奇怪。尤其朱文从小便随餐霞大师行道,经历较多,一见那云无风自开,又是四下分散,那等快法,首觉有异。因自己隐形法为人破去,尚未修炼复原,忙告金蝉:"速将遁光连人隐去,看清形势再说。反正无事,如是妖邪一流,就便除害,岂不也好?"

说时迟,那时快,众人遁光才隐,云雾已全散尽,下面现出一条山谷,四外均是密压压的森林布满,那山谷便藏在方圆数百里的森林中间。山本不高,再吃那原始森林遮蔽,下看一片苍绿的树海起伏如潮,片石寸土也看不见。只谷外一片平地,广约百亩。当中危崖突起,约有五六十丈高下,中藏天生石门,高广竟达十丈。崖顶平坦,上下壁立,草树不生,却有两条瀑布,由崖顶两头相隔里许的丛树中奔腾而出,齐往崖前交汇,化成一条宽约二十多丈的大瀑布,凌空飞堕,恰将谷口天生石门遮住。下面是一个水池,约有五六亩大小,比瀑布略宽,恰巧接住。如非空中注视,决想不到瀑布后面藏有谷口石门,进去八九丈,内里还藏有那么大一条山谷。最奇的是谷中地势,比外面低了约二三十丈,谷中却没有水。谷并不深,长约里许,便到尽头。通体圆形,两边危崖环护,宛如大半个葫芦横卧地上。尽头处一段,宽只一二丈,里面似有一洞。

众人俱都好奇喜事,见那收云之法,虽不似妖邪一流,却也不是玄门正宗法术,立意往探。因料这等形势,上空多半设有禁网。金、石二人更因以前寻找洞府,踏遍西南诸省,苗岭上空曾经飞过多次,从未看见这等景物,分明内中有人,当地一向都在禁法掩蔽之下;不然,凭金蝉目力,多厚云雾也能透视,方才云开以前,怎会看不见下面景物?那云收得极快,晃眼无踪,四外不见一点残云断絮,谷中主人如非善良,必不好斗。二人便用传声商议好了,不由谷中心往下直降,先往侧飞,装作飞过,然后缓缓飞回,往谷外空地落去。

刚一落地,便见石门高矗,瀑布又宽又大,大幅银帘匹练自顶飞堕。石门隐藏在内,作穹顶形,甚是整齐高大。水光耀眼,冷气逼人,喧声如雷,震得山摇地动,势绝雄奇。众人贪看瀑布,并未留意。走到崖前,正待试探着穿瀑而入,忽见池上横卧着一座朱栏长桥,直达瀑后。众人方想先前这桥怎未看见?心中微动,银光闪处,瀑布忽似一匹白练珠帘,自顶切断,直坠池中,立时水势全收,涓滴无存。当中石门也自现出,才知那桥直达门内。白石清泉之上,横卧着十来丈长一道长桥,再吃四外山光树色一陪衬,看去也颇壮丽。

众人都在观察,石生笑道:"这瀑布收得奇怪,主人似有延客之意。就是恶人,我们也不怕他,索性放大方些现出身形,就由桥上步行入内。蝉哥哥和文姊以为如何?"钱莱打一手势,意似想和石完穿山入内,相机应付;金、朱、石三人步行进去。金蝉颇以钱莱之言为然,随用传声,命钱、石二人穿山入内,不听传声呼唤,不可冒失。二人领命先行,径由左侧崖上石逢飞入。金蝉等三人也到了桥前,把话想好,现出身形,果无异状,以为石生所料不差,便同往桥上走去,暗中仍在戒备。三人走到桥中,朱文笑说:"这里白练垂空,长桥卧水,树色泉声与天光云影交相辉映,这等美景,也实少见。"

话刚说完,猛瞥见光影乱闪,同时雷电轰轰,三人立被大蓬红光裹住,连桥往石门中电也似急飞去。三人原有准备,知落敌人伏中,又急又怒,各纵遁光飞起。朱文刚把天遁镜取出,还未施为,红光一闪即止,仍复原状。再看人已入门,那条长桥正往来路蛇窜一般退去,晃眼不见。细查谷中,并无异兆,也不知主人心意善恶。因那红光不带邪气,好似主人想要示威,因见三人法宝、飞剑厉害,知难而退。对方既未动手,也就收势,暗中戒备,仍往前走。

这原是瞬息间事。刚把法宝收回,便听谷尽头有一女子口音,微带愁苦说道:"贫道接引诸位到此,并无恶意。只为这水门洞为仙法封闭,已四甲子,谷口设有先师玉龙锏、风雷针,恐诸位入门触伏,虽然诸位法宝神妙,于人无伤,终非待客之道。又因前犯师门教规,言动均受禁制,语声不能外达。如若错过今天机会,便少脱困之望。那接引神符,只此一道,没奈何,只得把诸位用灵符引了进来。不料仍被误会,差一点没将封洞法宝毁去。贫道俞峦,乃幻波池圣姑伽因昔年好友,与现已转世改名易静的白幽女,全是至交。请到谷底一谈,幸勿见疑如何?"

三人听出语声十分娇柔,口气不恶,又是圣姑和易静的前生之友,不知何故被师长禁闭在此,闻言好生欢喜。朱文首道:"我三人无知冒犯,道友幸勿见怪。"说时,金蝉、石生因钱莱、石完已先穿山而入,恐其冒失,引起主人不快,便想用传声告知,令其退出,待命而进。口还未开,忽然一声雷震,谷顶上空一蓬极强烈的红光一闪不见,同时左崖壁上又是大片金花火星暴雨一般纷飞四射,钱、石二人已由壁中飞出,宝光立隐。三人料知钱、石二人误触埋伏,主人难免见怪,方想赔话,假意责备钱、石二人几句。忽又听谷底发话道:"多谢诸位好友相助脱离大难,必有以报。蜗居窄小阴晦,先前身困此间,无法脱身,没奈何,只得请诸位近前面谈。只说仙机莫测,诸位虽能出入,那禁制贫道的枢纽仍未出现,下面火山就要爆发,多年推算,尚查不出它的下落,何况外人。心正愁急,没想到会藏石内,竟被这两位小道友将它无心破去。诸位不必再进,下面火山就快爆发,待我收完封洞二宝,到了前途,再作长谈吧。"

众人本未停步,谷径又短,相隔尽头只三数丈。见前面乃是一个大只容人起坐的石洞,本有一片白影,淡云也似罩住钱、石二人,刚一出现,白影便化成一片红光,一闪即隐。同时洞中现出一个长身玉立的道姑影子,倩影娉婷,似颇秀丽,只身上笼着一片红雾,看不甚真。等到众人把话听完,红影忽散,同时现出全身。这才看出那道姑竟是披头散发,满脸鲜血,身上绑着六七条火链,灵蛇也似,只一闪,便已烧尽。道姑也便飞起,用左袖掩着头面,似有愧容,电一般往谷口飞去。众人看出道姑必是和圣姑伽因同时的女散仙,不知何事犯了师规,被禁在此二百余年,被这一行人无心解救出困。回顾谷口,石门依然,虹桥不见,道姑也不知何往。便在当地等候,并问钱、石二人如何破禁而出。二人答说:"因听朱师伯与主人问答,口气颇好,随意飞出,只见身前金花一闪,立即不见,别无所知。"

众人正谈说间,忽见道姑驾着一道红光飞回,换了一身白衣道装,缟衣如雪,霞帔霓裳,已不似先前狼狈神态。人本绝艳,遁光又是红色,互相映照,越显得朱颜玉貌,仪态万方。刚一飞到,便急喊道:"地底乃是火口,本早该爆发,因被先师禁闭在此,勉强镇压了二百余年,眼看制它不住,幸蒙诸位道友助我脱难。但是火山仍要爆发,请快随我走吧。"

朱文忙问:"这等巨灾大劫,就是附近千百里方圆内无甚人烟,生灵要伤害多少,怎不制止?"道姑面带愧容道:"此事说来话长。这里火口,自从贫道被困以来,日常拼受苦难,每日三次引其向外宣泄,火势比起昔年,相差已不可数计。只是地壳逐渐消融,一个时辰以内必要崩塌,所幸灾区不大,四外无人;否则,引起强烈地震,更是不得了。"金蝉道:"我们新近学会太清禁制,只请道友指示火灾所在,将四外禁住,引火向上,不令生出野烧,岂不要好得多?"道姑喜道:"我不知诸位道友年纪不大,竟擅太清仙法。这样再好没有。贫道如非独力难支,也早下手了。"

石完接口道:"师伯、师叔,钱莱身有六阳辟魔铠,弟子也不怕火,先往一探如何?"金蝉方说:"这火有甚探头?"道姑忽似想起甚事,忙道:"我还忘了一事,近日地底震势颇奇,与往常不同,令高足能往地底一探,看看是否有甚异处,好有准备。"金蝉未及答,石完性急,见三人点头,有了允意,立拉钱莱往地底穿去。

道姑瞥见先前坐处前面，已有青烟由石缝中往外透出，越来越多，先只一处缕缕上升，晃眼多出十来处，烟势渐急，内有两处更是向上激射，道姑喊声："不好！"随说："今日之事，大出原来意料，一个不好，便成大祸。早知如此，我拼身殉此劫，也无去理。请三位道友急速施为，贫道自往火穴上空相机应付。千万留意，否则方圆千百里内化为火海，不知要伤多少生灵了。"三人闻言大惊，忙各飞身而起，一同施展太清仙法，将火穴周围禁制。本意将火迫成一根冲天火柱，任其自向高空消灭，免伤生灵。因是初经这等险恶形势，这类太清禁制之术学成不满一年，初次施为，未免惊疑。

　　三人正在全神贯注，望见谷中道姑所指发火之处，地上青黑二色的火烟已在满地迸射，道姑全身红光笼护，正在施为，晃眼整座山谷已被烟光迷漫。只见道姑一条红影在内飞舞，约有半盏茶时，耳听道姑大喝："三位道友，留神妖物遁走！"话未说完，忽见下面连声唦唦怒啸中，紧跟着天崩地裂一声大震，整座山谷连地表突然爆裂崩塌，无数大小山石向空激射。吃三人禁法一迫，夹着百丈尘沙，正往原处下压。就这不到一眨眼的工夫，已听钱莱、石完同声大喝。先是一股十来丈粗细的烈火浓烟由火穴裂口冲霄而起，那声势之猛烈，从来少见。同时火头上飞出一个猴形怪物，周身通红如血，头和前后心约有数十只怪眼，金光闪闪，奇亮如电，直似一条血影，带着一蓬金星，破空直上，火头随着向上高起，势极猛恶，神速无比。紧跟着火里又冲出一幢冷荧荧的碧光，中裹两人，正是钱莱、石完。一个手持千叶神雷冲，宝光电射，风轮电旋，正朝怪物追去；一个手指墨绿色的剑光，随同夹攻，又将灵石神雷向上乱打。霹雳之声，连同轰轰隆隆的风火之声，震得山摇地撼。怪物似已受伤，左臂已断，但那火势随同怪物起处，晃眼升高百余丈，当时满天通红。三人万料不料来势如此快法。又听道姑急喊："千万莫放火妖逃走！"越发惊惶，各将飞剑、法宝、太乙神雷一齐施为。

　　那怪物因在地底吃亏，本来想就势勾动地火，将敌人炼化，不料诡计又被道姑看破，不等发难，先将火穴震开。敌人追赶又紧，断了一臂，知道不妙，怒发如狂，出来又想到处发火，寻人泄愤。一眼瞥见上空环立三个少年男女，生性猛烈，妄想加害，已经飞过去，又复回身，猛朝朱文扑去。也是怪物该当遭劫，头一个便遇见照命克星。朱文早就防备火势太烈，宝镜不曾离手，一见怪物出现，天遁镜首先迎面照去。金、石二人也已发动，各把太乙神雷连珠发出，满天金光雷火，齐朝前面打去。怪物自然吃不住，见三个敌人更加厉害，好容易冲出宝镜光霞之外，满天雷火又连珠打到，情知不妙，将头一拨，负伤逃走。

下面道姑本在法宝防身之下，准备封闭火口。一见怪物不往上走，往横里飞去，知道所过之处，不论山石林木齐成焦炭，城镇生灵尽化劫灰。喊声："不好！快追！"不顾下面火穴，跟踪追去。怪物虽然连受重伤，飞行起来仍如电一般快，所过之处，下面林木立即着火。众人见势不佳，忙催遁光朝前急追。那怪物与火相连，始终不曾离开火头，后半虽被禁法隔断，但它本身能够发火，火势越来越盛。前后数十点金星，带着一条火龙，横空乱云而渡，不论大小云层，挨近便成了红霞。下面是随着怪物所过之处，先起了一条火街，再往两旁燃烧过去。

　　众人虽然飞遁神速，转眼追近，但见火势如此猛烈，怪物飞行又快，既恐追它不上，又恐除它不了，心正愁急。忽听怪物轰轰连声厉吼中，前面忽有破空之声，一道青虹迎面飞来。众人刚觉眼熟，怪物也真死星照命，分明见后有追兵，前面又有人挡路，不但不怕，反想拿来人出气，轰的一声怒吼，火箭般迎面冲去。金蝉、石生远远望见青光眼熟，知道怪物厉害，忙用传声大喝留意时，只见青光中飞起一道斧形碧光，一出便自暴长，小山也似，已朝怪物当头劈下。怪物躲避不及，一声惨嚎，劈成两半，还在飞舞，想要合拢逃遁。两半边怪物刚要合拢，又有一团酒杯大的暗碧光华由青光中发出。随听来人大呼："诸位道友，勿发太乙神雷，待我除此火妖。"声才入耳，碧光已经爆散，化为千万点鬼火一样的碧荧，约有数十百丈大一片，暴雨也似，一下便将怪物裹住。说也奇怪，那么强烈的火，吃碧荧裹住，当时消灭。只剩两半边红影，在荧网星雨中左冲右突，转眼由急而缓，红影变黑，荧光忽收。空中落下两片尺许长的黑影，吃先前斧形碧光往下一压，立成粉碎，斧光也自收去。

　　来人早已现身，正是黎女云九姑。金、石二人大喜。双方相见，正要问话，女仙俞峦忽道："且喜大害已除，下面野烧将成，我们合力将它消灭再说吧。"说完，回身飞走。九姑见众人各将飞剑、法宝放起，想逼住火势，再施仙法灭火。因那火区太广，开头一段已成火海，烈焰腾空，满山林木已被引燃，前面已是六七十里长一条火河，正往两面延烧，火势甚猛，众人救灾心急，似颇心乱。九姑忙道："无须介意，这火容易熄灭。"随将碧光发出，又化成数十百丈一片碧荧光雨，飞射而下，先将火头兜住，然后迎着火的来势往前卷去。所到之处，那么强盛的野烧，立即全被消灭，只剩老长一段烧焦的树木。凌空下视，宛如一条墨龙，蜿蜒于林木绿野之中，将近原发火的山谷一带方始散开。俞峦从对面飞来，下面火势也被熄灭。同时身后飞起一条又粗又大的白虹，定睛一看，正是那条瀑布被仙法引来，长虹经天，一直往前飞去，直到火场尽头，方始停住。俞峦回手一扬，一片吧吧之声连珠响过，瀑布全数爆散，化为百十里长一大段寒云冷雾，往下飞堕；望去直似整条银河忽然漏底，齐整整凭空坠落。离地二三十丈，方化为倾盆大雨，往下暴降。下面水烟溟濛，怒涛起伏；上空却是红霞丽霄，长空万里。两相映照，顿成奇观。

这时九姑已和众人相见，惊佩道："这位仙姑是谁？怎看不出她的家数？早知仙法如此神妙，我也不敢班门弄斧了。"说时，俞峦也已飞回，见面笑道："事情真巧，方才发现先师遗偈留音，才知一切早已算就。那碧灵斧与阴磷神火珠，正是消灭火怪的克星。贫道若事前得知，也不致那样愁急了。我已无家可归，诸位道友何往？可能同去前面，寻一风景较好之地，稍谈片时么？"金蝉等正要问她来历、经过和九姑何事远出，金石峡中有无事故；尤其朱文见那女仙和玉清大师神情面貌都好些相似，越发投缘，便同约其回山，再作详谈。俞峦喜诺。

当地离云雾山金石峡原不甚远，仍将遁光联合同飞。金、石二人急于想知金石峡中近况，便向九姑询问。才知凌云凤由小南极回来，先飞到川边倚天崖龙象庵，往谒杨瑾，神尼芬陀仍未回庵。匆匆谈了几句，便飞往金石峡，将沙、米二小医治痊愈。因与邓八姑路遇，云凤知道对头已往峨眉寻她，因仙府禁闭，未得入内。后又到处寻访，云凤人往海外，不曾寻见。现向同道借来法宝，正在查看，只要发现云凤踪迹，立往寻仇。云凤欲请八姑相助解围。八姑答说："我自姑婆岭回转苏州，曾代你细心推算，得知事并无碍，不过也颇凶险。此事非我力所能及，便众同门也难相助。霞儿师妹同了弟子米明娘，现已移居雁荡山绝顶小天池，正炼禹鼎，优昙大师亲为护法，如往求，必有解救。再不，往藏边青螺峪，请求你曾祖姑崔老前辈也好。除这两处而外，别人却寻不得。如遇同门兄弟姊妹，不可约其相助，免生枝节，无益有损。"

云凤医好沙、米二小，便同飞走，也未说明去往何方。才走不久，那对头女仙便带了她丈夫雷起龙的元神，寻上门来，问知云凤已走，还不肯信。说是昨日在她道友洞中用法宝观察，看出云凤现在金石峡，为二小医伤，怎走得如此快法？九姑自不便和她说云凤受了八姑指点，知对头法宝笨重，不能随身携带，算准她要起身寻来以前离去，使其扑空。见她不信，便请入洞察看，对她道："道友不必多疑，凌道友师徒是峨眉门下高弟，又是神尼芬陀器重的人，极光太火，亘古神仙所难渡越的奇险，尚且为她冲破，通行自如，如真在此，怎会避而不见？只管回山用那法宝察看，是否真假，就知道了。"女仙闻言，先颇不快。嗣因九姑温言劝慰，十分礼待；又把误杀雷起龙之事详为告知,责其不该与妖人同流合污,难怪云凤妄杀;又说峨眉仙府颇多至宝灵丹,此事只可设法挽救,不宜操之过急,一个失当,至多两败俱伤。何况云凤身有至宝,又有许多前辈仙长相助,未可轻敌,何苦逼得两伤?最好释嫌修好,设法挽救,或送雷道友转世,再行度化,比较要好得多。

女仙虽未允诺,因见九姑措词温婉,方始转了笑脸,双方谈得颇为投机。别时忽说起来时路经苗岭,发现下面石缝中青烟缕缕,地底必是火穴,大约日内火山就要爆发。烟带邪气,也许地底伏有怪物,如火魈之类。可惜鬼母朱樱已经转劫,不知下落。否则前与此人曾有一面之缘,如将她的碧磷七宝借到一两件,这场大功德立可成就。休说地火邪焰,便真伏有火魈等类精怪,也必手到伏诛。九姑闻言,想起前向红花鬼母朱樱转劫门人杨原借来的碧灵斧、阴磷神火珠尚在身边,不曾送还,正好应用,便和她说了。女仙笑答:"事情真巧,否则我便有心,也无此法力。有此二宝足能成功。"随即指示机宜,并代算好起身时刻。又说凌云凤必定有人暗助,以致行踪难于推算,必须仍回原处,用那法宝观察,随即飞走。九姑便照所说时刻赶来,只留乃弟云翼和石生门人韦蛟守洞。不料果将火魈除去,并与众人巧遇。

金、石二人料知云凤必往上说两处求援,无须相助,只得罢了。

众人飞行神速,不觉飞到金石峡上空。九姑行事谨慎,惟恐妖党乘虚往犯,两条入口均经行法封闭。刚一开云撤禁,韦蛟便已迎出,说由瀑布传真,望见师父、师伯同了各位仙长、师兄飞来,特出迎接。师徒见面,说了几句,便同入内。云翼也刚迎出,同往仙府落座,重新礼叙,并向俞峦请问经过。俞峦面上一红,叹道:"说起来,实是惭愧。好在劫后余生,事已过去,以我所经,为修道人作一借鉴也好。"随说被困经过。

原来俞峦以前乃有名前辈女散仙潘六婆爱徒,起初和圣姑伽因、白幽女均甚莫逆。彼时艳尸玉娘子崔盈见她貌美温柔,人甚和气,时时请教。俞峦天性温厚,向不与人难堪。明知崔盈背师淫恶,终因双方相识在先,虽然辈分不同,情如姊妹。初意还想引她改邪归正,见面必定婉劝。哪知崔盈淫凶阴毒,非但忠言逆耳,反倒恼羞成怒,想拉她一起下水。暗中勾结妖党,出其不意,用邪法迷乱其心神,以致失身妖邪,眼看同流合污。崔盈忽因杀师盗宝,为圣姑所困,俞峦还未觉悟。

这日正与所交妖道欢聚,坐关多年,快要成道的恩师潘六婆忽然飞降,一照面,便将妖道杀死。俞峦也身受重伤,忙即跪地哀求免死。六婆始而置之不理,随即入定。俞峦知道恩师脾气,见自己身在宝光笼罩之下,不能行动,断定九死一生。只不知恩师何故突然此时神游,心中惊疑,忧急如焚。

惟恐恩师法严,少时连转人世也难如愿,急得跪地痛哭哀求。连跪哭了七日七夜,六婆忽然醒转。刚看出神情稍为缓和,有了生机,猛觉精光奇亮,闪得一闪,已被红云摄走,晃眼落向山谷中。六婆随即现身,戟指说道:"以你所为,本应连元神一齐诛戮。姑念你误中邪法,失身只妖道一人。虽曾相从为恶,迫于无奈,不是本心,又有多年师徒情分。为此恩施格外,给你两条路走:一是追还法宝,任你游魂自去投生转劫;一是此谷地底有一火穴,再有数十年便要爆发,如能不畏苦厄,在此镇压,只要熬过二百多年,使地火泄去多半,再任发火,你不特难满出困,还可借此减去许多孽难,成就正果,但这身受之苦,却非人所能堪。你意如何?"俞峦早听师父说自身孽重,早晚必遭惨劫,知是因祸得福,立时答应愿走第二条路。六婆便命她住在谷底小洞之内,每日三次镇压火穴。

俞峦初来,心志却颇坚定。无如身受太苦,每次镇压火穴时,必须按照师传引火烧身,再以法力炼化,将火气送向高空化散,免得火毒伤人。贴身虽有仙衣防护,法力又高,事后无害,当时却是热痛难禁。每日三次,那火越往后越厉害。师父又不准离洞一步,勉强熬了几十年。这日俞峦实忍不住痛苦,算计师父成道坐化已经七日,彼时表面上无甚禁制,意欲出山一游,寻圣姑、幽女二人相助。不料刚一离洞,便遭雷击,差一点没被震死。随见面前现出一片白光,上有金字,大意是说:

  俞峦孽重如山,非此不能解免,为何自背誓约?幸是寻人相助,尚无背叛之意,稍差一点,早被神雷震死。经此一逃,全谷禁制已全发动,从此不到时机,不能出入。否则,谷口埋伏二宝,必生妙用,休想活命。如能洗心革面,照着师传,将全谷行法封闭,不使外人看出,自在洞中清修,只要候到四甲子后,火口左近石缝中渐有烟焰喷出,空中也必有人路过,可将其引入谷内,来人自会破法,助你脱困。不过事机瞬息,稍纵即逝。如若错过,你身被宝链绑紧,不能脱身,到时火山爆发,至多逃得元神,连数百年功力也全葬送。那接引来人的灵符只有一道,现在身后。照我传授施为,立化长桥,将人引进。如若事前躁妄,不到时机,发现有人飞过,妄自接引,定必弄巧成拙,连来人也无幸免。如能遵守前言,挨到时机,事完可往幻波池水宫地底,将昔年我命你好友伽因代藏的法宝、灵丹取出,再助新主人御敌,不久便可成道。

看完,光便隐去,身上却多了七条彩链,将其绑紧,除双手外,休想行动一步。那彩链每当镇压火口之时,必要发出烈火焚烧自身,端的惨痛无比,好容易才苦熬二百多年。

这日,俞峦发现石缝冒烟,遥闻破空之声,忙即开云撤禁,将人引来。一见来人,竟是几个少年男女和幼童,最大的看去才只十六七岁,心正怀疑,想请到面前谈说脱困之策。不料钱、石二人无意破法,身上彩链随同消灭。后又回封火口,闻得恩师所留传音,指点幻波池之事,并知害她的仇人艳尸崔盈已经伏诛,越发心喜。

俞峦心想:"众人都是峨眉门下,年纪虽小,法力却高。"有心结纳,意欲觅地畅谈。及被约来,见洞府美景如仙,石室甚多。想起自己这短短二三百年中,一班师友同道大都转劫成真,只剩一好友也在闭关,孤身一人,无处栖止。难得当地景物灵秀,又与朱文、九姑十分投契,想借两间作为修炼之用。说完前事,便向众人示意。朱文豪爽,首先应诺。后想起此是七矮别府,如何自己做主借人?又见金蝉始而面有难色,及听自己一说,立时随声应诺,反更殷勤。俞峦已先称谢,自己不便改口,知道金蝉为了体贴自己,勉为其难,越发不好意思,托故走出,暗取道书锦囊背人一看,不禁大喜。

原来朱文和金蝉海外同修,师父竟有明命,现出字迹。并且女仙俞峦,还是一个去幻波池的好帮手。对于借住金石峡之事,虽未提到,并不见怪,可知无碍。方在高兴,忽听身后金蝉笑道:"好姊姊,这回你同我去,放心了吧?"朱文把身一闪,佯嗔道:"照你这样婆婆妈妈的神气,我就讨厌。你像开府时对我那样神气,多好!"金蝉气道:"彼时你见了我就讨厌,再不就给我气受,你还说是好呢!"朱文笑道:"大家好在心里,又不是世俗中人,被外人看见,是甚样子?石生弟真好,除却一味帮你,从不和我取笑。洪弟看见,又该笑我了。"

随听有人接口道:"朱师姊说得不差。同门虽多,情义也都不浅,但我和蝉哥哥最厚,谁和他好,我就欢喜,怎会取笑?"二人见是石生突然掩来,朱文笑道:"你本少年老成,实在好,否则尊胜禅师的舍利子怎会单被你接去,别人无此佛缘?佳客远来,你两兄弟怎么都出来呢?"石生笑道:"这位女仙真好,她得道已数百年,一点不以老前辈自命,和玉清大师一样,谦和极了。你和蝉哥哥好,不知怎会被她看出?你们两个刚走,她便推说要往洞中各处一游,请九姑姊弟同往,连三个门人也被引去。我借故溜来,看朱师姊背后骂我没有?"朱文气道:"你看人家刚来,就被见笑,都是蝉弟闹的。总算石生弟还好,要是别的同门,传出去岂非笑话?"石生把小脸一绷道:"我们三人好好的,无非屡生患难,同门义重,说话亲热一点,也是应该,有甚可笑?谁再和你二人取笑,我和他打架如何?"金蝉方呼:"岂有此理!本来无事,是你文姊多心。"

朱文还未及答,忽见韦蛟飞跑出来,高呼:"师父、师伯,快看古仙人留藏的奇珍竟出现了。先师曾有一次在洞中入定,发现出一点迹兆,费尽心力发掘,均未到手。方才那位俞仙子竟然识货,一到内洞便指出来。现在宝光已将后洞布满,法宝似还不只一件,收它却难,人不能近。俞仙子防它遁走,正在行法封闭宝穴。俞仙子说,只有天遁镜和玉虎金牌能够制它。还不快去!"

金、石、朱三人闻言大喜,忙即往里飞进。刚刚到后洞,便见前面俞峦手指一片红光,将上次走前新开出的一间石室封闭,正以全力施为。内里金霞紫焰乱飞乱闪,还有两道形如龙蛇、云水的各色奇光,带着风火雷声,也在里面往来冲突,隐闻石壁碎裂崩塌之声。三人暗道:"不好!"忙指宝光冲上前去。忽听霹雳一声,前面三团其大如碗的紫色火焰追一道龙形银光,已将那厚约十丈的崖顶冲破,向空激射而起。朱文一见不妙,一指天遁镜照将过去,挡了一挡未挡住,仅将裂口封闭。金蝉看见法宝遁走,一着急,放出霹雳剑,身剑合一,飞身直上。那条银光先被天遁镜一照,势已略缓。金蝉看见法宝遁走,红紫两道剑光急追上去,围着一绞,当时收下。那三朵紫焰已先逃走,不知是何法宝,其势比电还快,晃眼射向高空密云之中,一闪不见,无法再追。金蝉一看所得之宝乃是一根龙形玉尺,刚往下飞,便听一片铿锵鸣玉之声。朱文站在石室顶上裂口之处,笑唤:"蝉弟快来!"宝镜已收,众人欢呼四起。

金蝉忙即飞落下去一看,钱莱、石生、石完、韦蛟四人,各拿着一件法宝。钱莱拿的是心形玉环,与枯竹老人前赠自己专护心神的天心环形式一般无二。只是一为冷气森森,侵入肌发;一为光气温暖,照在人身,具有一种阳和之气,通体生春。仿佛两环一阴一阳,可以合璧并用。忙将枯竹老人所赐取出一比,不特大小形式相同,更具互相吸引的妙用,可分可合。知道原是一对,不知怎会分开,阴环被枯竹老人得去;阳环却被古仙封闭此洞石穴之内,历时千百年,禁法失效,方始出世。

金蝉以为定数应为己有,才有这等巧事,不禁大喜。金蝉便将两环分开,阳环递与朱文道:"文姊,你我魔宫里同共患难,全仗枯竹老仙恩赐,始得脱险。此宝具有震摄心神妙用,带在身上,万邪不侵。你我每人带上一环,恰好又是心形,一阴一阳,以后同心努力,共修仙业,不论遇上多厉害的邪法,也难侵害,岂不是好?"朱文见他喜极忘形,情不自禁,随口说话,全无顾忌,不禁秀眉一皱,微嗔道:"这么多的人,宝只四五件,知道是否为你所有?何况又是钱莱取到,如何随便送人?"钱莱忙道:"师伯没有看清,这几件法宝,弟子等和二位仙姑用尽心力,均制它不住,后来裂顶破壁,相继逃走。幸亏朱师伯宝镜一照,才全落下。并还有一字帖,现在石师叔手内,一看即知,定是师父、师伯与石师叔所有无疑。否则云道长早到手了。"

话未说完,金蝉见朱文玉颊红生,面含薄慍,想起此宝一阴一阳,又是心形,分赠朱文,隐喻同心之意,当着众人,难怪脸红。又见俞峦、云氏姊弟俱都微笑相视,自知失言。方要开口,石生已含笑走了过来,对朱文道:"此宝名为天心环,与枯竹老人所赠本是一对。阳环应为文姊所有。蝉哥哥因与文姊累世患难同门,亲如手足,情分自比别的同门厚些,你们以后又在一起同修,就此赠你,也是应该,何必客气?你看这束帖就知道了。"

金、朱二人已看见石生手里拿着一张青纨仙束。石生等三人所持法宝也是三寸圆径的宝环,非金非玉,上刻古篆和天风、海涛、云雷、龙虎之形,各具青、红、黄三色,精光外映,时幻异彩,又是三环合成一套的至宝奇珍。二人先接束同观,才知原来当地最初是秦时修士艾真子所辟洞府,后得到一部天府秘笈,道成仙去。艾真子飞升以前,推算前因后果,特将平日炼魔镇山的四件仙府奇珍埋藏后洞石室地穴之内,外用仙法禁制,留赐有缘。除已飞走的兜率火另有得主,不久自知而外,一名天心环,一名玄阴簪,一名三才清宁圈。并说天心环本是一对,当年苦寻阴环下落未得,直到道成前数年,才知此宝为东溟大荒山无终岭青帝之子所有,将来展转落一后辈地仙手内,与阳环合璧,得宝的人与艾真子有极深渊源。除已飞去的兜率火外,下余三宝均归持有阴环的人随意领受,任其转赠,或是自用。束上附有口诀用法,如以太清仙法炼上六十四日,威力更大。虽未说出得宝人的姓名,与艾真子是何渊源,但归金蝉所有无疑。

金蝉看完,越发喜出望外。忙和朱文、石生及钱、石、韦诸弟子一同向空跪下,礼拜通诚,叩谢古仙人的恩意,拜完起立。束上除用法之外,并注明:只玄阴簪是一根,只可一人用;下余三宝,全可分开用。便将那玄阴簪转赠石生;三才清宁圈分赠三弟子:钱莱得天,石完得地,韦蛟得人。三弟子拜谢不迭。

朱文见金蝉喜形于色,高兴已极,便笑道:"照仙束所示,你天仙已经无望,还喜欢呢。"金蝉这次却留了心,看了朱文一眼,用传声说道:"我只想与姊姊永享仙福,长生不老,永不离开,情愿和灵峤诸仙一样,做一地仙,心满意足,便大罗金仙我也不换。"朱文偷觑众人,正在传观仙束、法宝,互相赞赏,无人留意,也用传声答道:"你真没出息。我二人如能飞升灵空仙界,同做瑶池、紫府嘉宾,岂不是好?"金蝉笑答:"一受仙职,难免仍有拘束,不过免去每隔一千三百年一次天劫而已,有甚好处?哪似你我上天下地,自在游行,神山仙景,出入必偕,来得快乐?不论做甚仙人,我只不离开姊姊,于愿已足。"朱文见他这等痴法,本想说他两句,又觉彼此心迹双清,不过情深爱重,出于自然,诚中形外,不能自禁,也就未再开口。

俞峦本和九姑并立旁观,忽然走过来笑道:"贫道前后修炼也数百年,三宝却未见过,但是曾得先师传授,颇有一两分眼力。方才偶来后洞,本意想向主人觅地借居。刚到这里,见全洞石室虽多,内中门户甬道俱都相连,只后洞孤悬,与前面不相连续。仿佛后洞门外,本是通往溪边的空地,凭空多此一座小石山,石色也与前洞不同,贫道心中奇怪。

"后问云道友,才知她初来此山时,前后洞本是一片,中间也没有这片空地。后经甄道友看出后洞一带石壁太厚,穿山观察,触动古仙人的禁法,山石凭空中断数十丈,方发觉这座石洞。又听韦师侄说起前主人癫师兵解前数年,入定时发现光怪,用尽心力观察,毫无所获。虽觉仙人禁制封闭如此严密,其中必有藏珍。正搜查间,便遇强敌来犯,一去不回。云道友姊弟又跟踪察看多日,终无异兆可寻。只在今晨微闻金玉交鸣与隐隐风雷之声起自地底,但察看不出是在何处,忙于救灾,未及探寻。

"回山正想告知,三位道友便相继走出,令我就便观察。贫道本看出这座后洞好些可疑,闻言细一观察,当初果是空地,经用仙法移来一座小山,再用法力造成石室。又见宝气隐隐外映,料知出世在即。方嘱九姑留意,忽听雷鸣风吼。忙用法宝刚将洞口封闭,珍藏便即出现。如非事前戒备,钱、石二高足精于地遁,听贫道一说,立即穿石入内,仗着宝铠防身,法宝神妙,将其绊住,稍差一步,早被全数逃走。韦蛟又将三位道友请来,居然仙缘遇合,得此至宝,真乃可喜之事。

"这三件法宝,贫道以前虽无所知,那兜率火的来历却是深悉的,为数不止三朵。昔年听先师说,此宝乃紫清玉府太虚宫中乾灵灯上所结灯花,被几位谪降的天仙带临凡世,仗以御邪防身。先后共是七朵,威力也各有大小不同。方才三朵,单在此山地穴已藏一二千年,威力之大,定必惊人。此与西方佛火心灯的用法功效有好些不同。本是紫虚仙府神灯灵焰,本身具有灵性,能发能收。若能得到前古神油,加以补益,威力更大。发时作如意形,神妙非常。来时听先师遗偈留音,只提到贫道与幻波池生前旧友易静曾有愿约需践，再过两个多月便须前往。此时她那里正受强敌围困，危机四伏。照家师所说，仇敌势盛，决非贫道所能解围。内有两个潜伏东海已数百年的左道妖人，尤为厉害。我才想起兜率火正是破那邪法的至宝，不知怎会被它飞去？道友不久便往幻波池应援，此宝却在期前出现。仙柬并令道友用太清仙法重炼六十四日，炼成后前往，正是时候。以我猜想，非但今得三宝与此行有关，连那兜率火也决不会被外人得去。

"贫道先因师命说幻波池不宜早去，无处栖身，才向道友借居。本想道友出山行道，权代留守，照此形势，分明成了一路。道友最好日内加功重炼，贫道抽空出山访友，往返约有一月，回来正当要紧关头。彼时宝气精光上冲霄汉，休看道友禁制严密，仍然掩蔽不住。虽有云道友姊弟护法，如来强敌，恐难应付。道友应敌固是必胜，无如中断不得，一经重炼，便赶不上。不炼虽仍能用，比较却差。贫道赶回时，正当宝气上升前后紧要关头，仗着先师留赐之宝相助护法，或可无事，只是以速为妙。贫道现已变计，明日便告辞了。"

金、朱二人知她乃前辈女仙，与圣姑至交，法力必非小可，适才灭火已见神妙。只是为人谦和，不肯炫露，所说必有深意，同声谢诺。俞峦见众人对她礼敬，自居后辈，再四谦谢道："贫道虽然痴长数百年，诸位道友也都历劫多生，凤根深厚，何况贫道前堕迷途，得附交游，已为光宠，如再客气便见外了。"众人见她再三谦逊，恭敬不如从命，也全改了称呼。金蝉并命门人及云氏姊弟，一齐改称师伯。云翼还想谦谢，金蝉知他心意，力言将来必为引进，方始应诺。

石生见钱莱等三人自将三才圈分得到手，便去一旁互相传观，各用自身法力演习，看出好些妙用，全都欢喜非常。刚领命行礼改了称呼，又跑向外面如法施为。内中石完得的地圈，恰与天赋本能相合，再妙没有。又经钱莱看出此宝除总名"三才清宁圈"外，每圈上还有古篆，一名天象，一名地灵，一名物神，各有名称，越发大喜，说笑甚是热闹。石生比石完高不多少，也是童心，便赶出去笑问："你们吵些什么？还要经过太清仙法重炼六十四日，才能应用呢。"石完笑答："我这个无须，方才试过，能发风雷五遁，威力大着呢。恐伤仙景，未敢发挥。不信，师叔你看。"说完，扬手一圈五色精光，环绕全身，往地便钻。被石生一把抓住，笑骂道："不成材的东西！你知道什么？"原来石完先问九姑，知乃姊石慧因女仙杨瑾十分爱重，又以云凤多事之秋，特意留在倚天崖，传以道法。如用此宝，地行更快，任何阻力皆所不惧，想乘众人炼宝之时，抽空往倚天崖去寻乃姊，闻言方始终止前念。金、朱、俞、云四人也同走出。

俞峦见石室顶破一洞，下面又陷一深穴，笑说："这后洞石室本为藏珍，现已无用，反为仙景减色，最好移去，在空地上种些花树，将后面溪流开出一片湖荡，岂不更好？"话未说完，忽又笑道："艾仙长真个法力无边，诸位快请后退。"俞峦说时，金蝉手持仙柬，本打算将古仙人的手泽带往前洞珍藏，刚出石门走不几步，柬上字迹忽隐。紧跟着银光乱窜，如走龙蛇，柬上忽现好些符箓。心方一动，猛觉手中微震，仙柬忽化作一片银霞，飞向前去，只闪得一闪，一声雷震，由先前宝穴中爆发。那数十丈高大的一座小山石室，忽然拔地而起，在一蓬银光笼罩之下，电也似急，往前山飞去。同时地面上陷落了一片广约数十亩的大坑，随着数十股清泉由内涌出，高出地面好几丈，化为好些水柱，向上喷射不已，转眼便成了一片湖荡。

石完见水直往上涨，便喊："师伯快将水禁住，漫上岸来，满地皆水，就无趣了。"朱文也说："这数十根水柱喷泉，又为此地添一奇景，果然不令上岸才好。"俞峦笑答："不会。文妹你看，这位艾仙长法力多高，相隔近两千年，先机布置，如此周密，连水道也全留下，真令人敬佩无地呢。"众人往所指处一看，原来平湖侧面有一缺口，恰与原有广溪相连。那一带地势较高，水顺缺口往溪中直泻，宛如一道两丈来宽的匹练，银光闪闪，横卷而下，水声浩浩，与那数十根水柱喷溅之声相应，如奏宫商；又似数十株玉树琼林，森列湖心。下面珠飞玉滚，翠浪奔腾；上面灵雨飘空，银花四射，飞舞而下。端的又好听又好看，耳目为之一新，仙法神妙，俱都赞佩不置。

众人赏玩了一阵，同去前洞。韦蛟又将仙法保藏的佳果珍馐，连同所藏美酒，一齐取来，请众饮食，欢聚了一天。次日子夜，便照师传结坛，行法炼宝。

俞峦自从藏珍发现，回忆来前乃师遗偈留音，细一推详，忽全醒悟，又惊又喜。立把先前打算借地暂居，静修些日，往访一位多年未见的至友，求其相助，到日同往幻波池去的主意改变。本是行家，知道金蝉等刚习仙法不久，虽以福缘深厚，具大智慧，毕竟初次运用；又料用这等玄门最高仙法炼宝，重要关头，宝光上升霄汉，必有变故。因此除金蝉等自用本门禁制，封闭上空谷口外，并代设了两层埋伏；又暗告九姑姊弟暗中留意，使其知道在自己未回以前，发生变故如何应付。九姑听出事甚艰险，惟恐法力有限，不是来敌对手，好生愁急，再四挽留。

俞峦笑道："我受诸位道友解救之德，岂有不顾之理？未来尚属难知，只照仙示遗偈语意，两月以内必有巨变。贫道出山访友，便为此事而行，我料定必逢凶化吉。只这三宝关系幻波池之行十分重要,非先炼成不可。我定期前赶回,至多相差三二日。有我所留埋伏,必能抵御。已和文妹说过,不到万分紧急,金、石二人千万不可离开法坛。可将天遁镜和金、石二弟几件至宝交与钱莱,拼着天象圈稍减威力,也能抵挡三数日,我和帮手也赶到了。钱莱还有千叶神雷冲,足可无害。可惜仙机难以预测,如能算出所来强敌是谁,更好应付。因为金、石二弟主持行法,不宜分神,故只暗告文妹一人。虽有好些不曾明言,行法前已将法宝要过,暗交钱莱,传以用法,贤妹放心好了。"说罢,作别飞去。

当下由金、石二人主持行法,余人为辅。等将法宝炼成,再行传授。只要能运用本身元灵与之相合,不消多时,便和二人一样,由心运用。本来师徒六人各持有一件法宝,均须炼过,也是俞峦想出的权宜之计。照此炼法,钱莱等三弟子功力虽然较差,但经金、石二人炼过之后,法宝威力丝毫不减,钱莱等三人事后不过多用上数日苦功,一样成就。彼时为首三人均已无事,便有强敌扰害,也无妨了。朱文本应和金、石二人同炼,因所得恰是天心环,本是一宝分而为二,两心相印,如磁引针,中具微妙,朱文功力又高,故此无碍。

九姑姊弟连经忧患之余,越发胆小谨慎。听俞峦行时口气严重,先本愁虑,惟恐有失,日夜守伺巡查,一毫不敢疏忽。及见众人炼了五十来天,法坛所列法宝虽然精光外映,与初见无二,但上空谷口均有仙法禁制,连去外面升空察看,仙法掩蔽之下,只是一片苗山中常见的森林密莽,深沟绝壑,并看不出一点行迹。已到俞峦所说日限,宝光终未外映,心情稍定。由此每日子夜,均去谷外观察,均与前见一样。眼看已是两月将尽,毫无异处,也未见有妖人侵扰。

这日夜间,见法坛上三宝悬向师徒六人面前,反倒精光内蕴,返虚入浑,不似日前宝华外映的强烈情景,料知金、石诸人功力深厚,期前便可炼成。方觉俞峦言之过甚,只要宝光不透出禁网之上,决可无事。猛瞥见金、石二人手掐太清仙诀,朝前一扬,一口真气喷射出去,一道银光同了一红一蓝两团心形宝光首先暴长。紧跟着,三才圈的天、地、人三环宝光也突然大盛,并还现出风、云、雷、电、龙、虎、人物、五行、仙遁等各种形影妙用。金、石二人面上立现喜容。当时毫光万道,霞影千里,照得整座金石峡到处奇辉眩目,精芒电耀,五光十色,交织灿烂,照眼生缬,不可逼视。云氏姊弟才知宝主人连日先用本身真气将它凝炼,当晚无心中试验威力,不料功候尚差,求进太切,一发不可复收,非到功候精纯,尚难由心运用。虽然到时一样炼成,还可提前些日，但是精光宝气定必透出禁网之上。俞峦未回，金、石诸人又不能离开法坛，如有强敌来犯，凭自己姊弟的法力，实是可虑。

九姑姊弟心中大惊，忙即飞出察看。刚到峡外，便见当地依旧大片丛林密莽，只是精光霞彩、宝气奇辉已经上冲霄汉。在凡人眼里，虽只似几根笔直的雨后长虹矗立林野之上，下垂至地；如在道术之士眼里，一望而知下面有人炼宝，并还不只一件。尤其左道妖邪见了，决不放过。想起俞峦前言，心中叫不迭的苦。身受主人救命之恩，如有失闪，何颜见人？预料那宝虹在千里以外都能看见，越想越怕。略微商议，只盼俞峦能在来敌发现以前赶回，除此无法。

正待飞回，加紧戒备，忽听东南方破空之声猛烈异常，从所未闻。心惊侧顾，一片红云带着千万点火星，正由遥天空际疾驶而来，看那来势，便知厉害。想不到宝光刚一外映，敌人便来得如此快法。九姑情急之下，想起身带法宝颇多，并有鬼母朱樱的两件至宝，连同下面的禁制埋伏，也可抵御一阵，为何这等胆小？刚把心一横，往下飞降，才进峡口，猛又听西北、西南两方异声大作，鬼哭啾啾，宛如狂潮怒涌，中杂阴风雷电之声，由远而近，铺天盖地而来。九姑前在黎母门下，曾经见识过强敌的厉害。方在惊慌，百忙中回顾上空，那西北、西南方的碧云火星直似飞云电卷，星雨流天，已离当地不远。来人是谁，也已看出，越发胆寒心悸。

要知来敌是谁，请看下文分解。

第二八二回

宝气千重　鬼语啁啾飞黑𪊽
仙城万丈　朱霞潋滟亘遥空

话说金蝉、朱文、石生、钱莱、石完、韦蛟等六人在金石峡后洞之内,将古仙人遗留的天心环、三才圈、玄阴简得到手内,并为仙府添出一片喷泉奇景。随照仙示所说,在洞外设坛,用太清仙法重炼所得诸宝,黎女云九姑、云翼姊弟在旁护法。女仙俞峦行时再三叮嘱,说所得三宝关系幻波池之行甚大,非经重炼,使与宝主人心灵相合,便不能完全发挥它的威力。可是此宝乃天府奇珍,炼到快收功时,精光宝气上烛重霄,虽有仙法禁制,也难遮蔽,一被异派妖邪发现,必定群起劫夺。坛上六人正当紧要关头,不能分身,九姑姊弟必须留意戒备。俞峦如果能够期前赶到,或者无妨;一个不巧回得稍晚,非但功败垂成,还要毁损灵景。九姑姊弟既感金、石诸人救命之恩,加以心向正教,意欲立功自荐,觉着事难责重,日夜留心,眼看功成七八,并无异兆,俞峦也未回来,所说期限已经过去,方觉言之过甚。

这日夜间,忽见三宝同悬坛上,突然宝光大盛。忙又赶往峡外飞空一看,宝光已和彩虹也似,照耀天中,下面禁法竟掩它不住。方在惊疑,先是东南方暗云之中飞来一片红云,万点火星,其疾如电,晃眼便已邻近。刚看出那是昔年曾与恩师黎母斗法三日未分胜负,后被同道劝和的南海著名妖仙翼人耿鲲,慌不迭便往峡中赶回,欲借禁法和埋伏的法宝暂为抵御。不料两姊弟未到峡口,西南、西北两方又传来两种异声:一是卿卿啾啾,鬼语如潮;一是厉声轰啸,尖锐刺耳。由极远处划空而至,毫不间断。三起来势全都神速猛恶已极,声才入耳,晃眼飞近。耿鲲更是当先飞到,相隔也就百十里路,弹指即至。

九姑知道后来两起妖人中有一个乃澎湖岛海心礁禁闭多年,近年方始出世的妖孽恶鬼子仇魄。前年偶往海外访友,曾见他在一个无人荒岛之上残杀生灵,玄功变化,邪法高强。幸亏老远发现邪气,身形已隐,先有戒备,否则难逃毒爪。就这样,九姑仍被他惊觉发现,飞身追来,扬手便是大蓬七煞黑眚丝,暴雨一般飞出,天空立被布满,差一点即被擒去,休想活命。总算命不该绝,九姑见势不佳,立用声东击西之策,故意放出幻影,朝前飞遁,略现即隐,人却往相反方向逃走,才免于难。后来九姑回望妖孽似上当激怒,满空乱放黑眚丝,身子也随同满空追逐,直似一片广约千百亩的黑云黑网,罩向海面之上,连天都被遮黑,最近时追离自己只数十丈远近。虽是无的放矢,途向不对,未被追上,那动作之快,生平尚是初次见到,端的神速无比。这两妖孽已是万分难斗,那另一个还不知是何强敌,想必也非寻常。不由心胆皆寒,急匆匆闪进峡口,三起妖邪已相继飞来。

九姑心想:"恶鬼子仇魄飞行神速,照例人随声到,也许还要赶在耿鲲和另一妖邪的前面。"哪知仍是耿鲲和另一妖邪先到,两下里差不多。先是一个身材高大,胁生双翅,各有丈许来宽,由翅尖上射出千万点火星银雨的怪人,宛如银河泻天,火雨流空,电驰一般飞来。到了金石峡上空,扬手先是大蓬火雨,夹着风雷之声,往那宝光涌处射下,意似试探有无埋伏。火星刚一爆炸,下面禁制立被触动,千百丈方圆一片祥霞突然涌现。

耿鲲原因上次在南海上空遇见凌云凤师徒,因记峨眉派旧仇,欲上前加害。不料弄巧反拙,被申屠宏、李洪等师徒飞来,结果敌人一个未伤,耿鲲的一粒内丹反被古神鸠巧计夺去。如非长于玄功变化,用三根翎毛化成替身,隐形遁去,命都难保。事后想起,自己素来强傲,纵横于东南两海,多少有名望的海外散仙俱都不敢轻视自己,不料自向宝相夫人寻仇,东海一败,由此走了背运,连遭失利。两翅上炼作化身的十八根长翎竟损失了一半以上,又将数百年苦功炼成的内丹元珠失去,并还败于几个无名后辈之手,怎能不恨。

耿鲲越想越难受,立志报复。心想:"峨眉派诸长老和乙、凌等强敌,暂时自然无奈他何,即便寻去,也非敌手。杀死几个峨眉后辈,总还容易。"于是炼了一件法宝,径来中土。本是相机寻仇,遇上仇人门下,立施毒手,杀得一个是一个。这时峨眉诸弟子各在四处行道,耿鲲邪法甚强,只有限数人还能抵挡一阵,多半遇上便休想逃命,本是危险已极。总算峨眉气运昌隆,耿鲲因自己身具异相,如往人间寻访,一则费事,再则引起俗人惊怪,展转传说,反使对方惊觉。心想:"自己目力素强,能够查见千百里外人物。敌人空中来往,老远便能发现。不如在离峨眉两千里内,寻一高山隐形守伺,发现敌踪,便可追截。这样既可报仇,还免打草惊蛇。"

耿鲲主意打定,刚选好了隐伏之处,只待半日,忽见宝气上升,映照天心,先只当是埋藏土中的至宝奇珍。赶到当地仔细一看,下面虽是林莽纵横,宝光起处那一片却是空的,情知有异。立发妖火试探,果将禁法触动,才知下面有人炼宝,所用禁制正是峨眉仙法,不由又急又怒。耿鲲知道禁制神妙,暂时攻它不破。又不知敌人深浅,连败之余,尽管切齿痛恨,怒发如狂,惊弓之鸟,终有戒心。刚刚飞身而起,意欲发火攻打,查明了虚实,再以全力进攻,忽听异声邻近。他想起来时曾见西南、西北两方遥空中各有黑影异声飞来,势甚迅速,想必也是对方仇敌乘机来此劫夺。同仇原好,不过这类妖邪,比自己还要凶狠心贪,莫被他们捡了现成,坐收渔人之利。看敌人禁法如此神妙,必非弱者。何不暂缓一步,容他们先行发难,自己相机下手,报仇之外,法宝也要到手,才合心意。

耿鲲念头才动,那由西北方来的大片绿云,已拥着好些恶鬼头的影子,都是白骨狰狞,奇形怪状,面如死灰,利齿森列,一双双豆大凶睛碧光闪闪,一路浮沉翻滚,铺天盖地而来。身后一个身材高瘦,相貌狰狞,裸臂赤足,手持一个上画人头白骨锤的妖人,也已飞近。想是看出下有禁网,一到便把手一挥,那千百鬼头便随着大片绿云展布开来,将整座金石峡一齐笼罩在内。立时异声大作,如泣如诉,鬼语如潮,鬼声凄厉,令人闻之心神皆悸。这时整座金石峡均有祥霞笼罩,上面再加上大片绿云,中杂无数恶鬼头,时上时下,浮沉往来。再上层,又有一个胁生双翅的怪人,带着大片银光火星,凌空飞翔,上下相映,顿成奇观。

耿鲲认出那妖人乃是昔年在东海居罗岛神尼心如手下惨败漏网的天恶真人谈嘻。彼时自己也曾在场,因见佛法厉害,知难而退,不曾动手。但是主持约去与心如斗法的九烈神君,曾为此人引见,有过一面之缘,本来相识,多年未见,不料在此相遇。耿鲲暗想:"彼此同仇,又是熟人,这厮不特视若无睹,并且一到便施杀手,来势猛急,自己如非飞升得快,差一点没被妖云裹住,虽然无害,情实可恶。尤其那恶鬼呼魂的邪法,似连自己也算在其内,毫不留情,有的还在哭喊自己姓名。这类邪法最为阴毒,全由行法人心灵主持,同道在场,并非不能避免。照此形势,谈嘻分明又贪又狠,目中无人,虽未公然为敌,竟想冷不防搞阴谋暗算,就便连自己元神也摄了去。自己如非擅长玄功,又是内行,心神微一摇动,便即镇定,几遭暗算。"

耿鲲性如烈火,见对方这等凶横,毫无情面,立被激怒。刚怒喝得一声:"谈道友,认得我么?"谈嘻阴沉沉狞笑了一声,更不发话,把手一指,立有数十百个恶鬼头,带着一股绿气,一窝蜂由下面飞起,哭喊着"耿鲲来呀"的鬼啸,飞拥上来。耿鲲见对方一言未答,竟施毒手,不由怒火上撞,怒啸一声,身形一晃,真身立隐。同时用一根长翎化成一个替身,迎上前去,与恶鬼头斗在一起。本身一面施展随身法宝，一面朝谈嘻隐形扑去。耿鲲练就独门玄功，擅长隐形飞遁，长翎化身照样能显神通，发出大片火星银雨，闪变神速，敌人决难看出。

谈嘻自从居罗岛一败，逃回阴山妖窟以后，因所炼三尸元神被心如神尼与屠龙师太师徒二人连斩其二，始而心胆皆寒，一连隐藏了一个多甲子，不敢出头。后将妖书《阴魂秘箓》炼成，自恃邪法，重又骄狂起来。他这次本是想寻屠龙师太报仇，又恐不敌，欲寻妖尸谷辰商议，与之合谋。碰巧由老远天空发现宝光来此，一见耿鲲已经先到，想起以前同受九烈神君夫妇之托，往寻神尼心如斗法，约定同时下手，不料自己心粗性急，先行动手，结果九烈夫妇与自己同遭惨败，惟独耿鲲狡猾，不战而退。彼时他若上前助战，自己三尸元神决不会被佛家降魔慧光罩住，葬送其二。谈嘻怀恨多年，早想遇机报复，只为对方也非弱者，惟恐弄巧成拙，未敢冒失。新近刚把恶鬼呼魂大法炼成，恰在这里相遇，想起前恨，分外眼红。只为多年未见，深浅难知，意欲暗中下手一试，成功更好，不成，再相机行事，以免冒失，在妖人自己还觉忍让。谁知近年正邪各派都是人才辈出，尤其许多后起之秀不是好惹。便耿鲲多年未见，法力也已增高。

谈嘻初次出山，还不知道轻重利害，耿鲲隐遁变化时，竟未发现。见由下面分出来的百余个鬼头拥上前去，耿鲲已在数十丈碧云邪气包围之中，周身火星乱爆，飞射如雨，竟似不能冲出重围；但是恶鬼呼魂，连声哭啸，心神又似未受摇动。谈嘻心方奇怪，元神忽生警兆，未暇寻思，绿云中的千百个恶鬼头忽然同声惨号，满空火星银雨飞射中，全数炸成粉碎。原来耿鲲身上翎毛，根根俱有妙用，立意要给对头一个厉害。先把身子一抖，那鸟毛立似暴雨一般，朝众恶鬼飞去，乘其张口哭喊之际，投入口内，然后施威，化为火星爆发。这些都是两翅羽毛炼成，比针还细，又经行法隐蔽，鬼头均是凶魂炼成，全仗邪法主持，如何得知。妖人注视仇敌假身，再一分神，稍微疏忽，那经过数十年苦炼而成的妖云恶鬼，立被炸成粉碎。谈嘻当时心神大震，元气也受了好些损耗。方自激怒，猛又瞥见空中鬼头也被消灭，敌人不见，却化为一道三丈来长亮若银电的火光，从对面射将过来。谈嘻正忙行法抵御间，忽然脑后风生，耳听头上有人大喝："无知妖孽，教你知我耿鲲厉害！"同时眼前一亮，耿鲲两翅横张，脚上头下，翅尖上火星银雨密如飞蝗，已经凌空下击，离头不远，全身业被两翅风力裹住，火星也打到了身上。如非应变尚快，先飞起一片绿云将身护住，早已不保。就这样，仍是受伤不轻，附身邪气差一点没被震散。不由大惊，一声怒吼，化为一道暗绿光华，破空便逃。

耿鲲性烈心凶，又知对头邪法颇高，此举骤出不意，方得将计就计，破了邪法。如不就此除去，将来又是强敌后患，索性一不做，二不休，猛追上去。谈嘻因对头追迫太紧，空有一身邪法，竟无所施。正在心慌忙乱，猛听一声厉啸，由斜刺里飞来一片黑光，将二人隔断。同时上空也是黑色光网布满，像天幕一般飞压下来。二妖人看出这是千万年前海底阴煞之气积炼的七煞黑膏丝，知道厉害，又被来人占了先机，急切间无法与之对抗。只得随同飞堕，想往横里飞去，避开来势，再与对敌。谁知来人准备严密，未容旁遁，满空黑膏丝已朝四边飞降，其势比电还快。这一来，宛如一面奇大无比的密网，反兜过来，连人带金石峡一带全被罩住。

二妖人惊急之下，正在戒备，怪声已自空飞堕，落下一个形如鬼怪的妖人。定睛一看，来人高只四尺，瘦骨嶙峋，其形如猴，通身漆黑，被一片薄如蝉翼的黑色妖光紧裹身上，好似未穿衣服。来人一到，便止住二妖人，咧着一张阔口笑道："敌人一个未见，自家人打些什么？休看里面虽是几个无名后辈，他们人多势众，又有传音告急之宝和一些老鬼相助。事贵神速，一个不巧，偷鸡不着蚀把米，岂不冤枉？并非小看你们，连我仇魄一起算上，他们只要把那几个老鬼招来，就算能敌，得手也是万难。适见心形宝光，不知是否昔年枯竹老鬼曾经用过的天心环？此宝于我大有用处，特地赶来。如肯听劝，便请旁观，由我一人下手。得到以后，我只要这两件心形法宝，下余四件由你二人平分，岂不是好？你们真要火并，便请一旁斗去，免误我事，还教敌人笑话。"说时，早把手一扬，那下垂至地的妖网立时两边向上张起，意似好心相劝，并无敌意。

谈嘻虽然痛恨耿鲲，但上来便惨败，觉出敌人功力较前更深，虽然受伤失宝是由于疏忽，便是明敌，恐怕也难占上风。本就有些胆怯，再听后来妖人竟是前被极乐真人禁闭在澎湖岛海心礁二百多年的恶鬼子仇魄，越发心惊。知道此人是有名的笑面虎，素来一意孤行，遇事专断，开头总是一张笑脸，稍有违忤，立遭毒手，端的凶横已极。邪法又高，生平只败在长眉真人与极乐真人手下两次，谁也不是他的对手。再听所说，也颇有理，方想开口应诺。

耿鲲性如烈火，宁折不弯，又仗恃练就玄功化身，素不向人低头。只因骤出不意，身在妖网笼罩之下，急切间难于还攻，化身长翎又所余无多，不舍轻用，只好强忍怒火，一面静听，相机应付。及听对方虽似不存敌意，但那言动神情十分狂傲，本要发作。继一想："久闻此人翻脸无情，最是厉害。但敌人设有太清仙法禁制，不是邪法所能即时攻破，只有自己所炼纯阴之火或者

52

有效。乐得坐山观虎斗，看他口出大言，到底有何功力。"但耿鲲又不甘就此示弱，冷笑一声，答道："道友解围，虽是好意，我也颇愿领受，无如我生平不愿无功受禄。还有谈嘻老贼，以前也曾有过一面之交，适才无故欺人，你也想必看见。既以取宝复仇为重，容他暂活些时无妨。但我平生不愿借助朋友，好在敌人缩头未出，虚实难知，万一人多，你一人兼顾也较费事，最好同时下手。成功之后，所得法宝如何分配，悉随尊意。我只取那几个仇敌性命如何？"

仇魄见耿鲲答话，本瞪着一双凶睛，在旁静听，见对方辞色高亢，也似将要发作，及听到末两句，方始又现笑容。回顾谈嘻笑问："你意如何？"谈嘻先前本想就便恭维几句，不料耿鲲已先开口，当着对头，自不便话说得太软。忙笑答道："道友美意劝解，自应遵命。我与这厮仇怨已深，事完我再寻他。天心环应为道友所有，不必说了。下余法宝，道友既不愿要，我和这厮各凭法力，谁取得，便算谁的好了。"话未说完，仇魄已不耐烦，冷笑道："你两个都要动手么？既不愿享现成，请各自便，各行其是也好。如再火并，却休怪我不讲情面。"说罢，人影一晃，连满空妖网一齐失踪。

耿鲲天生神目，竟未看出去向，才知对方果然名不虚传，看这情势，也许另有通行之法，或用地遁入内。自己此行固然志在报仇，但那几件法宝也颇重要，如被捷足先登，岂不可惜？还要丢人。不禁又惊又急，也不再理谈嘻，大喝："峨眉鼠辈，速出纳命！"连喊两声，无人答应。重又飞起，两翼一振，翅尖上火雨银星，立似暴雨一般，朝对面彩光层中射去。谈嘻看出耿鲲施展全力向前猛攻，恶鬼呼魂之法又为所破，不曾用上。自己所仗只有两件法宝，惟恐落后，也由囊中取出一件上画鬼头，大约尺许的铁盾，将手一晃，鬼头七窍中便射出七股绿光，喷泉火花一般由侧猛冲。耿鲲和谈嘻一左一右，各自施为，那五彩祥霞却将金石峡笼罩得风雨不透。

二妖一连攻打了二日，仇魄始终未见，也不知攻入没有。内中耿鲲更是情急，见火星打到祥霞之上，纷纷爆炸，枉自激射起千层霞影，电漩星飞，一毫也攻不进，打了多时，仍是原样未动。一时性急，咬牙切齿，把心一横，拼舍一根救命长翎，将左翼一抖，立有一道红光似朱虹电射般朝对面祥霞中冲去。到了祥霞外层，突然爆炸，惊天动地一声大震，祥霞被冲开一洞。眼看光云飞涌，快要合拢，耿鲲更不怠慢，将身一闪，通身齐发烈火，银芒四射，电一般急，跟踪往里冲去。这一来，果然冲进重围。

耿鲲到了峡内，落地一看，身外祥霞已经合拢。面前人影一闪即隐，耳听仇魄哈哈笑道："你果然还有一点门道，等将法宝取得，决不令你空手回去。"听到末句,声音似已入地。耿鲲才知仇魄竟是隐藏身后,等自己冲破外层坚阵,立即跟踪飞入。自己毁了一根珍如性命的长翎,却让对方捡了现成,再想起先听狂言,如何不怒,怒吼得一声,想要喝问。随听仇魄笑道:"你休以为我取巧,实则我破敌人禁制较难,惟恐旷日持久。虽略沾光,你们也有益处,省力不少。我一到里面,便能将他头层禁制破去,免得又生变化,不信你看。此事你我只算扯平。敌人埋伏并不止这一关,有甚法力,你们各自施为便了。"说时,一片黑光突然向上飞起,只听吧的一声大震,那笼罩峡上的祥霞立被震破,一闪不见,黑光也已隐去。仇魄语声时远时近,时上时下,急切间不知何意。

耿鲲只得忍气朝前一看,当地正是峡中玉牌坊前面的大片平地。敌人法坛设在前面,大只三丈,被一幢金光似一口大钟将坛罩住。前面不远,是一座玉石牌坊,下面立着昔年在黎母山见过的云九姑姊弟,其面上神情似颇紧张,周身均有青光防护,也不过来对敌。耿鲲料知坊下必有埋伏,正待发话前进,忽见谈嘻手持妖盾,自空飞堕。本朝法坛扑去,盾上七道绿光刚射向下面,九姑忽把手一扬,立有一片红光火龙也似飞起,将谈嘻敌住。

耿鲲见云翼手掐灵诀,目注自己,又看出那红光十分强烈。情知坛上敌人此时还不出斗,只凭九姑姊弟抵御,必是功候将要完成,不能松懈。太清禁网虽被破去一层,护坛金光却难攻破,所设埋伏必非寻常。既恐敌人炼到火候,一齐出敌,所炼法宝将与心灵相合,无法夺取;又防仇魄诡计多端,乘机下手,暗中将宝夺去。于是怒吼一声,又发出大量火雨银星,朝前猛冲。刚到牌坊前面,忽又飞起一片红霞,内中一束刀形白光射出万道毫光,飞舞而来,挡在前面,休想冲过。

耿鲲正斗之间,侧顾谈嘻,只见他一面用妖盾敌住红光,一面扬手发出一团团的绿光,出手便即爆炸,红光立被荡开了些。谈嘻越发得意,便将绿光连珠发出,霹雳之声震得天摇地动,知是所炼阴雷。眼前同道中,轩辕法王、九烈神君而外,只他阴雷厉害。眼看红光连受激荡,似已不支,敌人面带惊惶之色。耿鲲自己为敌人宝光所阻,急切间竟难前进,相形之下,自觉难堪。厉声喝道:"无知贱婢、狗道,你师父尚且不行,螳臂如何挡车? 快快降服,放我过去,取那峨眉小辈狗命,还可饶你们不死;否则,我一伸手,你们全成粉碎,悔之无及了。"随说,张口一喷,立有三团形如连环的银色火球,亮晶晶悬向牌坊前面,不住流转闪动。

九姑先见一下来了三个强敌,本就惊惶。后见太清禁制神妙,到第二日尚无一人攻进,心方略定。不料敌人又破禁而入,援兵不到,更加愁急。起初原定事到急时,便由钱莱持了金、石诸人的几件至宝出敌,这样可好一些。谁知金、石诸人若无其事,同在最后一层禁光防护之下一心炼宝,连法宝、飞剑均未放出。这等厉害强敌,凭自己姊弟和俞峦所留的两件法宝及禁制埋伏,决非敌手。哪知坛上金、石诸人已早有人指教,所炼法宝关系太重,非得炼完,不能松懈。法坛之下,又经事前暗设禁制,加上石完独门仙法防御,坛底四外均被灵石仙剑护住,多高法力的妖人也难侵入。

九姑姊弟不知底细,如何不急。正在愁虑,红光已被谈嘻阴雷冲荡,相形见绌。耿鲲又喷出三团连环银光。两人知道此宝乃耿鲲用数百年苦功,聚敛月魄寒精炼成。昔年与恩师黎母斗法,曾经见过,刚一出现,便被人劝住,不曾发挥威力。嗣后听说此宝威力大得惊人,一经爆炸,方圆数百里内山崩地陷,奇冷无比,所有生物全数毁灭,不震成粉碎,也都冻成坚冰,休想活命。不过耿鲲性虽凶横,对于人类,若不侵犯他,还不肯轻易杀害。此宝又是发易收难,用后必有损耗,元气也连带受伤。为防气性暴烈,一向深藏海底巢穴之内,轻易不带出来。彼时功力尚浅,光大如杯,已有那么厉害,何况现在加大了好几倍,并由口中喷出,足见功候完成,收发由心。照着昔年所闻,即便金、石诸人能耐奇冷,自己决不能当。这么好一片仙山灵境,也必化为死域。越想越发心惊胆寒,只得硬着头皮,强笑答道:"耿道友,我知你九天寒魄珠的厉害,但是此宝一发,要伤无数生灵,这里诸位道友与你无仇无怨,何苦造此大孽? 徒伤生灵,于事无补,你还讨不了好去。"耿鲲大怒,喝道:"贱婢,你敢出言顶撞? 峨眉师徒老少皆我仇敌,只要肯献出法宝,跪下纳命,听我处死,还可保得元神去转轮回,免伤这几百里内的生灵。"

此时二人忽听空中有人说道:"大哥,你看这扁毛畜生和那妖孽多狂,不给他们点厉害,也不知天高地厚。我先把他喷的三个水泡收去,你去杀那妖孽如何?"九姑方想:"此是何人? 声如婴儿,说出这等大话?"猛瞥见阴雷连声爆炸之下,红光已挡它不住。谈嘻正持妖盾开路,朝牌坊下冲来,只要把第二道禁网冲破,便能深入法坛之下,岂不又多一层危险? 心正着慌。同时耿鲲也闻得阴雷爆炸声中,空中有两个幼童对答,语声虽细,听去十分清晰,并还离头不远。心虽愤怒,因见谈嘻已快冲破敌人禁网,不暇兼顾,一时骄敌,妄想把话听完,便发宝珠,连敌人带谈嘻一齐炸成粉碎。

耿鲲刚把头上人末一句话听完,猛瞥见一片银光拥着一个形如初生婴孩的小人突然出现。那小人高还不到二尺,生得身白如玉,头挽抓髻,短发斜披,穿着一身粉红色的短衣短裤,赤足芒鞋。两肩后各插着一口金光闪闪的宝剑,长才八九寸。相貌甚是英悍,身材虽似初生数月的婴童,但是神情老练,动作如电。刚出现,才瞥得一眼,一片淡薄得几非目力所能分辨的水烟已经随同飞起,一下便将空中三团银光网住,刺空飞去,一闪不见。

耿鲲不由大惊,急怒交加之下,同时又瞥见数十百丈一道金霞连同一道形如火龙的红光后面,有一粉面朱唇,与前见婴童差不多的道装小人,随同自空飞堕。耳听谈嘻惨叫了一声,百忙中也未看清。心痛至宝,不暇旁顾,立即展翼追去。这原是瞬息间事,刚一飞起,就这转身一瞥之间,两口金剑忽由小人去路迎面飞来,看去长才七八寸,但与寻常剑光大不相同,直似两口小剑对面射来,剑锋精光奇亮,来势又快,突然出现,一任精通玄功变化,猝不及防,连转念工夫都不容。敌人更似深知自己来历虚实,双剑竟朝两翼左右分射,正是翅根与肉身相接之处。乍见不知厉害,全身又有火光环绕,微一疏忽,剑已由千重火星银雨中穿进,猛觉奇热如焚。耿鲲知道不妙,慌不迭再用玄功变化飞遁,已是无及。总算功力尚高,飞遁得快,未将两翅齐根斩断。但内中一剑已穿翅而过,另一剑又将长翎斩断了三根,差一点便非全数斩断不可。剑锋过处,当时全身发热。这一惊真非小可。暗忖:"是何仙剑如此厉害?"方运真气抵御,金剑已撤回。小人又在前面空中现身,拍手笑骂:"你这扁毛畜生!我师父那年在北海容你漏网,你不做缩头乌龟,又来人前现眼。今日可知厉害?"

耿鲲性最暴烈,见这小人既非精怪修成,又不是甚道家元婴,自己枉自修道多年,竟看不出他的来路。生平不曾受过这等重伤,又是偶然疏忽,致遭暗算。不由怒急心昏,更不寻思,咬牙切齿,强耐伤痛,二次飞身追去。并由两翅上发出大量火星,欲将当地高空布满。敌人隐遁多妙,只要挨近,立时警觉,便可用玄功变化,身外化身,隐形追上,冷不防猛下毒手,报仇雪恨。耿鲲正在寻思,金剑忽由斜刺里飞来,如不是预有戒心,差一点又受伤不轻。等往旁追,人剑同隐,晃眼又在前面出现。妙在越来越高,老在火星层上,空洒了一天的火雨银星,竟是无奈他何。似这样,时左时右,隐现无常,逗得耿鲲怒发如狂。又见小人除却隐遁神妙,诡诈非常而外,似无他长。金剑虽颇厉害,只要事前防备,也难再伤自己,如能追上,立可报仇。便不顾命一般朝前追去,越追越急,不由追出老远。这且不提。

另一面,九姑原因耿鲲厉害,一面指挥红光去敌谈嘻,一面回头答话,不料微一疏神,红光竟被荡开,不由大惊。方想抵御,只见数十百丈金霞连同一道火龙,已自空中突然飞射而下。妖人猝不及防,先吃金霞罩住,欲逃无及。火龙也便飞到,环身一绕,立时烟消火散,连人带阴雷一起消灭。紧跟着飞下一个羽衣星冠,赤足芒鞋,背插尺许长的单剑,生得粉妆玉琢,形似童婴的道装小人。九姑素来谦和，只当是前辈仙人元婴神游相助，忙同云翼下拜。幼童连忙避开，笑道："贫道是李健，二位道友不必多礼，还有强敌未除呢。"随说，扬手又飞起一团银光，出时甚快，晃眼加大。到了空中，宛如一轮初生明月，约有丈许方圆，悬向空际，徐徐转动，光并不强，但是银霞闪烁，寒辉四射，照得山石林木全变成了银色。紧跟着，光中现出一条黑影，正是妖人恶鬼子仇魄，看光中所现景象，似由地底刚刚冲出，想要逃遁神气。九姑知道妖孽厉害，性又凶狡刚愎，如被逃走，从此多事，永无宁日。又始终认定来的这两个小人是天仙一流人物，忙喊："李道长，留意妖孽逃走。"

李健原奉极乐真人之命而来，知道仇魄擅长玄功变化，动作如电，那幢银光便是专破隐形至宝。仇魄也是恶贯满盈，恃强太甚，先想由地底穿入法台，冷不防夺取天心环，就便能伤人更好，否则便由地底遁回山去，不料法台四围底层均有防备。仇魄发现墨绿光华阻路，不能再进，刚看出是石仙王关临的独门灵石剑气，防御地遁最有妙用，急切间决难冲过。正想运用邪法勉为其难，只要稍现空隙，立可侵入，忽听上面太乙神雷连声大震。昔年吃过极乐真人大亏，最怕的就是此人和屠龙师太、媖姆师徒等四人，一听雷声相似，惊弓之鸟，未免疑虑丛生。反正法坛难于攻进，便即出土窥探。

仇魄刚到上面，瞥见一个形如婴儿的小道人，不禁吓了一跳。这时仇魄隐形邪法虽被银光照破，还不自知，逃走原来得及，无如性太凶暴。分明见耿鲲受伤追敌，不见回转，谈嘻连元神也未保住，形势不妙。因看出新来敌人并不是极乐真人，又想起那天心环关系极大，本来不舍就走；再听九姑一喊，骂他妖孽，立时激怒。自恃邪法高强，心想猛下毒手将九姑先擒了去。刚怒喝一声："贱婢纳命！"李健一见妖人隐形法已破，忙把手中宝镜一扬，百丈金霞首先带着连珠霹雳，朝前射去。

仇魄因为出土稍迟，只见谈嘻形神俱灭，剩了一些劫灰。李健事前受有指教，镜光已隐，致使仇魄匆促间竟未看出人是怎么死的。又吃了性暴心急的亏，对敌时老是阴沉沉蓄势待发，一经出手，便是又狠又准，志在必得。仗着邪法高强，动作神速，向例百发百中，极少失手，平日便以此自满。这时虽见银光异样，敌人身形小得出奇，心中惊疑。因见九姑一时大意，为向来人行礼，走出禁地，以为可以顺手牵羊，声到手到，先将九姑姊弟元神抓去。然后趁着禁法无人主持，冲过牌坊，改由上面下手，直闯法坛，去夺天心环。声才出口，忽见九姑姊弟飞遁回了原位，百忙中猛觉自己隐形被破。方在失惊，一双鬼爪发出大蓬黑霅丝，已连人扑向坊前。猛又瞥见金霞电射，照向身上，数十百丈金光雷火同时打到。仇魄知道不妙，想逃已是无及。在连珠霹雳纷纷爆炸中,虽仗邪法防身,没有当时炸死,身已负重伤,元气也被震散了不少。最厉害的是宝镜金霞具有极大吸力,将身裹紧,难于逃脱。太乙神雷又连珠打到,如何禁受得住。再不见机,迟早将护身烟光一齐震散,连元神也会保不住。惊慌情急中,咬牙切齿,把心一横,一面施展全力抵御,一面运用玄功邪法,身外化身保了元神遁走。

李健虽因向道坚诚,深得极乐真人钟爱,用功又勤,近来法力越高,毕竟无甚经历。见仇魄已被镜光困住,以为绝逃不掉,手指神雷朝前猛击,忘了另用法宝防备。正在得意,忽见一片黑光似花炮一般爆散,妖人全身震得粉碎。李健只当妖人形神已灭,心方一喜。就这微一疏神之际,三缕黑烟突然由雷火烟光中激射而出。先还当是被神雷击散的残余妖氛,忽听九姑姊弟大声疾呼:"李真人,留神妖魂逃走!"声才入耳,那黑烟已化成三条黑影,与妖人一般模样,晃眼合而为一,黑影也由淡而浓,与人无异,厉啸一声,向空逃去。李健想起师祖行时之言,一见妖魂逃走,好生惶急,飞身便追。不料妖孽仇恨已深,便李健不追,也想一试毒手,回顾仇敌追来,正合心意。又知仇敌追不上自己,乐得就便复仇,扬手便是大蓬黑眚丝,似暴雨一般打来。李健深知邪法厉害,想不到妖人已死,元神尚具神通,一见满天黑眚丝飞来,慌不迭飞身往上遁避。同时用镜光去照时,当前妖丝虽被镜光照散,妖魂已乘机逃走。

李健见妖魂逃远,方悔追时疏忽,匆促中忘用宝镜开路。忽见遥天空际突然现出一片红霞,长城也似横亘天半,正挡妖魂逃路。就这微一停顿转盼之间,妖魂已逃得只剩了一点黑影,几非目力所及。吃红霞一挡,冻蝇钻窗般上下左右连闪了几闪,不论逃向何方,均被红霞挡住,晃眼便向金石峡原路上空逼来。妖魂似颇情急,周身妖光、黑眚丝爆射如雨,全无用处。李健见状,知有前辈仙人相助,便纵遁光追去,意欲两下夹攻。妖魂似知不妙,改往来路上空飞逃,一溜黑烟,其疾如电。刚往斜刺里窜来,忽听空中一声雷震,当空突又现出大小六十四面云旗。妖魂一逃,刚刚投入云旗阵中,红霞立似电一般卷到,围向云阵之外。这时晴空万里,更无片云,天色十分晴朗。碧霄之中,突现出数十片祥云,各拥着一面灵旗,凌空招展。本就仙云如焰,瑞霭浮空,光景奇丽,再吃那经天红霞围拥上去,映得满天空奇幻异彩,好看已极。

李健本快投入阵内,猛听对面有一女子大喊:"道友请留云步。"忙收势往前看,对面飞来一个道装美女。九姑姊弟也同离阵飞来。双方见面,未及说话,就有一阵风雷之声响过。道姑把手一招,红光飞回,云旗忽隐。只剩下一朵大只尺许的祥云，拥着一个形如婴儿的白衣少女，立身云上，朝众人含笑点了点头，便往东方飞去，晃眼不见。众人随同下落。

九姑姊弟见先后四个援兵，除道装美女是俞峦外，下余三人全部形如婴儿，好生奇怪。等到互询来历，才知那小道人便是极乐真人所收徒孙、前听凌云凤师徒谈到过的小人李健。那诱走耿鲲的名叫玄儿，现在岷山白犀潭韩仙子门下，已从师姓，改名韩玄。这两人和沙、米二小一样，均是凌云凤前在白阳山小人国所收，虽是僬侥小人，因为向道心坚，各有仙缘遇合，数年之间，练就如此神通，俱都惊佩不止。因金蝉等炼宝未完，宝气上升，恐又惊动别的妖邪前来侵害，便不进洞，礼见之后，各就山石坐下，互相请教。

俞峦见健儿谦恭诚谨，问知奉了极乐真人之命来此解围，除那两个妖孽，途遇韩玄，说起乃师韩仙子前在北极上空已将耿鲲困住，一时疏忽，被其变化逃走，知他凶狠，恐留未来隐患。当日早起，算出耿鲲赶来中土寻仇，意欲就势除他，特命韩玄来此诱敌，将其引往白犀潭去除害。韩玄飞遁没耿鲲快，但是法宝甚多，足可防身；人甚机警，又精隐形飞遁之法，足可无碍。李健因奉师命须与金、石诸人会合，同往幻波池去，为易、李、癞姑诸人接应，故此不曾随往，仅在途中谈了几句。这一耽搁，差点没被妖孽遁走，幸得俞峦约一女仙相助，才得成功。否则初次下山，便未完成使命，回山何颜交代？九姑随问俞峦："如何来得这么晚？差点没出乱子。"

俞峦本来被困多年，同道至交只剩两人。自从发现藏珍，悟出恩师遗偈留音，知道这几件法宝，尤其那天心环关系重要，非经重炼，不能发挥全力。但是炼到收功之时，宝气上升，必有妖人前来扰害，凭自己的法力，恐非对手。照着仙示，内中一个好似昔年仇敌恶鬼子仇魄。俞峦本来算准日期，准备请来帮手，期前赶到。不料所寻两人：一个新近数月方始成道化去，费了好些时，方查问出底细；另一个便是朱文、申若兰前在仙霞岭所遇女仙倪芳贤，无奈多年不见，所居花云崖，有仙法层层禁制，休说入内，直看不出一点形迹。后又展转寻人打听，仍未查明虚实。连用仙法传声，请求一见，把一座仙霞岭全部寻遍，也无回音。心疑不是受了对方禁制颠倒，占算不出迹兆，便是人已成道飞升，或是移居别处，不在当地。眼看日期已到，恩师遗命寻找帮手，一个也未寻到。

俞峦心中愁急，惟恐误事，正打算赶往云南雄狮岭长春崖无忧洞，去向五福仙子孙洵探询芳贤下落。忽然霞光一闪，四外都是烟云布满，看出正是百花仙子倪芳贤的家数，不禁大喜，忙喊："芳姊，我找得你好苦！"紧跟着眼前一花，异香扑鼻，云光散处，人已落在花云崖深谷之中。芳贤也已现身，将其迎往所居崖洞之内。

俞峦想起昔年彼此道力全差不多，如今芳贤已有成就，自己偏因一时铸错，被师父禁闭二百多年，受尽苦难，才得出头，前路仍是艰难。方在感叹，来意还未出口，芳贤已先笑道："我知那天心环前古奇珍，关系重要，休说贤妹非它不可，便我和静虚、洵妹，他年也须借它一用。但那妖孽练就玄功身外化身，静虚日前与我谈起，虽已命一徒孙拿他两件法宝前往除害，终恐难收全功。如被妖魂逃走，将来必留隐患。我和静虚、洵妹自不怕他作祟，你却可虑。这妖孽又是诡计多端，来去如电，一被逃走，寻他更难。静虚又须往应齐漱溟夫妇之约，到时无法分身，令我带了他的九宫朱灵旗去灭妖魂。此宝我未用过，一算时日，尚有余暇，便在洞中重加练习。你在本山寻我，并非不知，只为妖孽机警神速，必须一举成功，方可无事。累你苦寻多日，实不过意。现在妖孽同了耿鲲、谈嘻两个妖人已到金石峡，因有两三层禁制埋伏，急切间攻不进去，并且李健已奉静虚之命先到；对于金、石诸人，也曾传声指点，不令出手，以防功亏一篑，再炼费事，延误幻波池之行。你我至交姊妹，难得相见，不如在我这里谈上两日，到时前往，包不误事。"

俞峦闻言大喜，便在花云崖洞中住了两日，再同起身。刚飞到金石峡前面，便见韩玄、李健相继现身，一个引走耿鲲，一个杀死谈嘻，仇魄也被镜光裹住。芳贤笑说："事已无碍。"仍照预计，令将师门至宝赤城仙障隐去华光，埋伏遥天空际，去挡妖孽逃路。芳贤也忙隐身，飞往金石峡上空。刚把九宫朱灵旗布成仙阵，未及施为，妖魂已经遁走。总算下手尚快，赤城仙障威力神妙，只要被红光照向身上，如影附形，任逃何方，均被挡住去路。妖魂连放黑眚丝，均无用处，只是一片朱霞，其长经天，环亘空中。先还左冲右突，打算乘隙逃遁。后见仇敌现身，猛想起此宝来历，不由亡魂皆冒。方准备拼受神雷一击，将三尸元神化分为三，逃得一个是一个，仙阵突然发动，二仙合力将其消灭。芳贤也自飞走。

四人正谈说间，俞峦忽然侧顾法坛，惊喜道："想不到金、石诸位道友的功力如此纯厚，刚到正日，竟能归真返璞，将此天府奇珍如期一举炼成。即使此时有妖邪来犯，也不怕他了。"九姑等闻言回顾，果然坛上所悬六件法宝，宝气精光忽全敛去，各自悬向金、石诸人面前，渐复原质。大家知道大功告成，相见在即，俱各欣喜。李健道："家师祖原说，六十三日之内便可炼成，与本身元灵相合，便老怪丌南公也难夺去。为防万一，可多炼一昼夜，使坛上六位师叔、师弟全能交换应用。我昨日一早便赶来了，曾用传声代达师祖之命。许是三位师叔精益求精，又多炼了个把时辰，否则早该完事了。"

60

正说之间，神光忽隐，禁制齐撤。四人赶过去一看，那法宝共是三种六件，已由金、石等六人收下，持在手内，正在传观，互相庆贺。李健随向众人分别礼见。金、石二人和健儿自从峨眉一别，尚是初次相见，俱都欣喜异常。朱文随将前在含鄱口，因说李健身量不大威武，李健卖弄神通，身形暴长，立成大人之事说出，俱都好笑。石生见李健脸有愧色，笑道："这有什么不好意思？想我初入师门时，谁都当我小孩，秦二师姊还抱过我一次。我就老着脸，由他们去，冷不防一打挺，跌了她一跤，引得哄堂大笑，由此也就无人再和我闹。生得小，有甚相干？更显天真。要都和洪弟那样，才好玩呢。"朱文笑道："其实洪弟哪样都好，不知怎的，今生快要成道，反更顽皮，学了一张贫嘴。"金蝉笑道："姊姊你莫理他就好了。洪弟童心最盛，你越多心，他越得意。他又灵巧，老想和我们一路，此时背后说他，就许暗中掩来，故意逗你生气，岂不冤枉？"

朱文恐被外人听出，刚把凤目微睁，想要发话，忽听石生道："大家快莫说话，你听这是什么？"众人侧耳一听，原来是一种极淫艳的乐歌之声，那声音起自地底。九姑姊弟首先大惊失色。俞峦也是玉容骤变，扬手一片红霞闪过，再向众人说道："诸位留意，此是前山暗谷附近潜伏的魔教中有名人物金神君，本是尸毗老人师弟。想是发现这里宝光，意欲暗中夺取。乐声乃他魔教中迷魂邪法，难怪百花仙子来时赠我灵符一道，说可震摄心神，日内有用，原来为此魔头而发。只奇怪九姑姊弟虽非玄门正宗，也曾修炼多年，方才乐声初起，便觉不支。如非我深知这厮来历，用禁法将其隔断，再待一会，人必入魔昏迷。诸位道友竟如无事，天心环虽是制魔之宝，怎连三位师伯也如未闻？"金蝉随把枯竹老人所赐青灵符取出，略说前事。

第二八三回

疾恶毙穷凶　无限缠绵悲死孽
痴情怜覆水　双心灿烂傲飞仙

俞峦听了金蝉之言，不禁大喜，立请金、朱二人将符转借九姑姊弟佩戴。随即说道："魔头虽擅长晶球视影之法，但他只看出我们同在坛上说笑，以为禁网已撤，魔法阴毒，闻声逐渐昏迷，手到擒来。他因为昔年誓言，不走前洞，许由地底来犯，忙于行法开山，一时骄敌疏忽，不曾再看下文。又是亲身赶来，专心运用魔法，既没料到我们有此太乙青灵符可以防护神心，更未想到我是他昔年的仇人，魔法又先被我隔断，声形全隐。我再现出些幻象，假装人已入魔昏倒。等他到后，蝉弟、文妹可将天心环如法施为，立可致他死命，省得留在世上害人。"众人一听，全都打起精神，准备应敌。

俞峦将金蝉、朱文所佩竹叶灵符转交九姑姊弟，随即行法，手掐灵诀朝外一扬，面前不远立现出一座法坛和众人幻影，有几个已先昏倒坛上，剩下三两人也都作出昏昏欲睡情景。然后向众说道："我已布置停当。这厮魔法虽然不如尸毗老人，也是魔教中残留的有名人物，素来行事谨慎，休看魔法发动，还有一会才会出现。照我这样作法，便他另有教外同党飞空来探，也看不出我们真相。诸位自做准备，等我把手一举，一起发难，便不怕他跑上天去。"

九姑姊弟先闻乐声，便已心旌摇摇，云翼简直昏迷欲倒，直到佩上青灵符，始复原状。细看众人，却是气定神闲，若无其事。可见峨眉传授果然神妙，由此倾向之心更切。

众人听那地底乐声时远时近，老在峡口一带，久等不来，方在不耐，乐声忽止。俞峦笑道："这厮真个狡猾，行法已久，毫无反应，还不放心，又退了回去，也许命甚同党飞空来看。大家最好照我手势行事，免被漏网，除他便难。"

石完忽道："我和钱师兄先往地底埋伏，断他归路，可好？"便俞峦笑道："你二人果然去得，只是事要隐秘神速，听你师父、师伯传声方可下手。"钱、石二人领命,刚往地底隐形遁去,耳听破空之声,两道青光忽由峡口飞来,到了法坛前面凌空停住,现出两个道装男女。金、石、朱、云四人认出女的正是前在昆仑门下被逐出门的阴素棠,九姑更认出男的便是阴素棠的情人赤城子。幻象中法坛人物和真的一样,均在真坛前面。

这两人一到,便互打手势,嘴皮微动。女的意似浑水捞鱼,就便杀他两个,以报峨眉之仇。男的好似不愿,恐被魔头知道。女的不听,便往坛上下降。金、朱二人方觉这两人一落地必被看破,露出马脚;再看俞恋,手掐灵诀,目注前面,若无其事,心正奇怪。阴素棠行事也颇慎重,降到中途,忽又停住,细看了看,柳眉一竖,面上立带杀气,扬手一道青光,便朝坛上金、石二人的幻影飞去。不料剑光到处,坛上忽起了一片红霞将坛护住,青光几被卷落坛内。同时地底乐声又起,阴素棠也便失惊飞起。赤城子面带埋怨之色,朝她看了一眼,故意说道:"我早知道这些小狗男女虽然昏倒,所设禁制埋伏尚未失效,杀之不易。姊姊只想报齐漱溟之仇,杀他两个出气。暂时既伤他不了,不如归报金道友,免得他那门人多心,还当我们想要染指呢。仍由金道友一人包办,由地底下手。我们如能把这几个小畜生要来杀死,也是一样出气。我们走吧。"

忽听地底有人哈哈笑道:"二位道友何必如此太谦?这几件法宝我虽有用,二位道友如若心爱,尽管拿去,听便好了。"话未说完,先是喀的一声,坛前不远裂一地缝,人影连晃,便现出一个穿着华丽的中年道装男子。阴、赤二人看出道人面带狞笑,口气不善,同声分辩了几句。道人正是魔头金神君,冷笑答道:"本来无主之物,人人有份,不过我看此事未必如此容易。二位如有雅兴,只管伸手。否则我这人说了必做,二位当所深知,照例与我相识的人,不论亲疏长幼,向不容他口是心非。阴道友明知峨眉群小不是好惹,知我对于黎女不会忘情,两次巧语诱激我来,遂你二人心意。若得手,你们可报仇;不得手,也为峨眉树一强敌:用心实在巧妙。我如不来,必当我连几个峨眉后辈也都害怕,一时不忿,为你二人所惑。就这样,你们心犹不足,还想借作探敌为由,浑水捞鱼。不料你们刚走,便接到教主心灵传语,才知他自神剑峰皈依佛门之后,见本门只剩我师徒数人,今日正是我的成败关头,念在昔年同门之谊,特以心声传语警告。再经晶球查看,你们果想坐收渔人之利。既有此心,便请下手,真个敬酒不吃,便吃罚酒了。"

说时,阴、赤二人本是面带愁容,相对而立,猛瞥见各人背后突现出一个相貌狰狞,其红如血的魔鬼影子,往身上扑到,一闪即隐。二人法力并非弱者,事前竟会毫无警觉。当时打了一个冷战,知道弄巧成拙,悔已无及。金神君是有名心辣手狠，言出必随，除了照他所说，或者无事；否则魔鬼附身，即便仗着道力暂时不为所杀，这附骨之疽，如影随形，何时才可去掉？一面暗用玄功抵御，一面听他说完。阴素棠首先满脸悲愤，抗声说道："我实为与峨眉师徒仇深恨重，见这些小狗男女昏倒坛上，意欲就便杀死两个雪恨。不料外有禁网防护，不曾如愿，实则并无他意。你全不念多年情分，如此多疑，意欲如何？我二人照办好了。"金神君怪笑道："你当事情容易么？照你所见，对头现在对面，我也别无他求，只请你二人破禁入坛，任你们报仇。便将法宝全数取走，我也决无话说，附身神魔自会撤回。如办不到，却休怪我无香火之情。"

阴素棠也是淫孽太重，恶贯已满，竟未悟出言中之意。以为金神君素来胆小心黑，震于峨眉威名，恐对方还有厉害埋伏，意欲借故相迫，令自己去破禁网。只要豁出不要法宝，得到以后双手奉上，便可无事。哪知对方已接尸毗老人警告，一切均有准备而来，因魔法已经发动，势成骑虎，不能回收，把阴、赤二人恨同切骨。阴素棠大劫临头，毫不自知，还想双方多年交情，此举许因自己和赤城子情厚，由于一时妒念，未必真个翻脸便下绝情，何况本身法力也还能够抵御。念头一转，心又略放。便和赤城子使一眼色，各将身剑合一，朝前冲去。

众人见二人剑光十分强烈，又当情急之际，志在必成，施展全力，越显得如虹驰电射，威力异常。朱文悄告金蝉说："这两人以前原是昆仑派名人，可惜甘居下流，自投邪路。看他们飞剑功力，比那年所见更强，我如似从前那样，还真不是他们的对手呢。"俞峦接口道："此事奇怪。我疑心魔头已经警觉，但又内讧做甚？我那禁光反正早晚被冲破，蝉弟、文妹可照原计行事，只将天心环照定魔头，仍以手势为号，我先撤去禁光幻影，看他是何用意。"说时，假坛前面红光已被阴、赤二人快要冲破，二人面带喜色。金神君却不住狞笑，望着前面一言不发，面上更带愁愤之容。俞峦随将禁法收去，并将原来法坛用仙法移向洞前小峰上面，隐形旁观。

阴、赤二人眼见禁光里面敌人全数昏倒坛上，方想起来时山外所见宝光何等强烈，便敌人原有的飞剑、法宝，多半也是仙府奇珍，如何不见影迹，莫非是诈不成？二人心念才动，红光一闪不见，面前法坛敌人全数失踪，竟是一片平地。匆促之间，不及收势，将石地穿裂了两条大缝。耳听身后冷笑之声，知道不妙，情急心横，一面强摄心神，一面准备相机应付，好说便罢，否则出其不意，先与一拼，怎么也比束手待毙强些。

二人刚一回头，金神君已冷笑发话道："我自教祖隐退以来，本已自知运数将终,便照昔年所发誓言,来此潜修,多年不出走动,魔宫岁月,原极逍遥。自从二十年前被阴道友寻上门来,从此多事,不时引诱我的门人出山寻仇,我两个得力门人已经送你手内。我因他们自取其祸,事前又未禁阻,又念与你交好之情,也就罢了。近年你和峨眉派仇恨日深,受了五台淫妇许飞娘之托,屡次邀我出山为你卖命。我因不愿背誓失信,自取灭亡,已经坚拒不允,你终不死心。上次你以黎女云九姑为饵,欲借癞僧一斗,引出峨眉强敌。总算黎女贞烈,我素不愿强人所难,不曾上套。这次知道天心环与我关系重要,又与你的情人勾结,怂恿我由地底来此盗宝。事前说好,由我一人下手,只取天心环,休说伤人,连别的法宝也都不取。你如寻仇,须等敌人醒后,由你二人自行动手。我想地底通行,不见天光,不算背誓失信。已经行到中途,忽想起取宝时仍须出土,偶生疑虑,回宫取宝。你二人便自告奋勇,先来空中查探敌人虚实。我刚回宫,便接教祖心声传示,得知你二人不特违约,还想就便盗取法宝,等天心环到手,立即遁走,觅地隐炼,用以制我,迫令从你与峨眉为仇,用心十分阴毒贪狠。并知敌人早已警觉,有了准备。为此心中气愤,才赶了来。魔法已经发动,难于收回,尚在其次;还有心念已动,就令终止,也是违背誓言。你二人既然如此贪狠卖友,必有几分自信。照我方才所说,如能办到,我便自认晦气,与你们无干;否则,你们当知我厉害。"

金神君话未说完,二人听出口气不妙,知将发难。阴素棠首先情急拼命,冷不防宝、剑齐施,朝前杀去。金神君也是一时轻敌疏忽,以为神魔已附在对方身上,已占先机,动念即可致人死命;又以昔年双方一见倾心,一直无事。哪知对方法力深浅和几件有名法宝全未见过,内中一件最厉害的本是阴素棠昔年瞒心昧己,由亡友金针圣母洞中巧取偷来,为防人知,改名泥犁玄阴轮,又经仙法重炼,恰是降魔至宝,威力绝大。又当神魔附身,存亡关头,自然下手又快又猛,相隔更近。一任金神君魔法高强,也难抵御。只见七八种各色剑光、宝光一齐电掣飞出,只闪得一闪,耳听一声怒吼,一片血光过处,一条人影先已飞起,同时又是一声惨叫。

金、石诸人定睛一看,见金神君已经断去一臂,两脚也被飞剑、法宝齐膝斩断,身受重伤,成了残废,在一片比血还红的火焰环绕之中,满空飞舞。阴素棠身上魔影已现,因有法宝防护,功力又高,面色虽带苦痛,仍指飞剑、法宝向那敌人追逐。另一面,赤城子身受却是惨极。想系法力较差,无力震摄心神,但仍随同情人发出飞剑。魔法也已发动,魔鬼血影突然出现,紧附全身,几成一体。因受魔制,自将飞剑收回,持在手内,人和疯了一般,不住哭喊号叫,满地乱蹦乱滚,不时回手向身上乱刺,晃眼便成了一个血人。

金神君也因断了一臂，不能施展全力，仇敌法宝、飞剑又颇厉害。一面用独手施展魔法抵敌，一面口中厉声喝骂："淫妇万恶！我今日原该遭劫，否则我也不来。但决饶你两个狗男女不得！我先把你情人碎尸万段，再令魔鬼啖他生魂，使你心痛，看个榜样；然后再把你这淫妇如法炮制。休看你这贼淫妇有几件飞剑、法宝，我只是一时疏忽，被你暗算，此时可能伤我一根毫发？"随说，随将手一指。赤城子立即回手一剑，砍落自己半条手臂，化为一股丈许长的血光，朝宝光丛中飞去。跟着接连几剑，残肢断体，纷纷化为血光飞起，将空中法宝、飞剑一齐敌住。赤城子只剩了半截身子，一条手臂，人在魔鬼血影附体之下，满地滚跳，哀号之声惨不忍闻。

阴素棠眼看情人受此惨毒，无法往援。自己也是神魔附身，本就苦痛难支，虽仗功力尚高，暂时未遭残杀，再稍分神，便和赤城子一样，也许更惨。除将仇敌杀死，万无活路。后见所有法宝、飞剑全被血光敌住，有的已被斩成粉碎，反倒由少变多，化为一团团的血块，紧附宝、剑之上，无法去掉，空自悲痛急愤，无可如何。金神君将空中宝光分别敌住以后，停了一停，哈哈狂笑道："贼淫妇！我本定将你情人惨杀，喂了神魔，再把你慢慢切割。可惜我的时限将临，大大便宜了你，你先看个榜样。"

阴素棠知他要下毒手，想将赤城子残杀，喂那神魔。自己实忍不住心中悲痛，哭喊一声，竟不顾利害，猛扑过去。金神君原因阴素棠功力较深，急切间神魔竟奈何她不得，特意引她分神，见状正合心意，大喝："贼淫妇，教你好受！"阴素棠刚扑到赤城子身前，一把将人抱起，赤城子还在猛挣不已。阴素棠知受魔法禁制，身不由己，心方酸痛，忽听敌人喝骂，跟着胸口一凉，知道不好，喊声："我命休矣！"就这心神一分之际，附身神魔立时施威，周身如火热针刺，奇痛麻痒同时交作。只心里比赤城子稍微明白，知道一时疏忽，受了暗算，所受必更残酷。阴素棠惊悸亡魂之下，情急失神，大声哭喊："我背叛师门，勾结左道，虽死有余辜，但此邪魔也太惨无人理。我也不望生还，只求诸位道友勿念旧恶，看在同是三清门下，速急现身，用飞剑赐我一死，并去掉我附身邪魔，为世除害，感谢不尽。"说到末句，人已昏迷，回手将招回来的飞剑朝左膀一斫，玉臂立断。

众人见此惨状，早就不忍，因俞岔注定魔头尚未发令，只得隐忍未动。及见阴素棠也为魔头所制，金神君飞向二人前面得意洋洋，怒骂道："我不将你二人碎尸万段，并将元神喂魔，难消我恨！"随说随用魔法残害敌人。阴素棠满面流血，已在惨号，实在使人看不下去。石生、韦蛟正要动手，忽听有人接口骂道："该死魔鬼，如此凶残，你的恶报到了！"随说，一幢青莹莹的冷光拥着石完、钱莱突由地底飞出。金神君好似出于意外,吃了一惊。忽又面带狰厉,先把手一指,那刚由空中下落的碎块残尸重又飞起,化为血焰,朝二人飞涌上去。他这里手刚一停,阴、赤二人痛苦也便稍减。阴素棠立时乘机放下赤城子,一面运用玄功,重又奋力抵御,口中哀号:"二位道友所用法宝,想是枯竹老人所赐。此宝专制邪魔,休要放他逃走。"石完笑答:"你这女人放心,他的逃路已被我用灵石真火封闭埋伏,上空决逃不掉,放心好了。"话未说完,那数十百丈魔火血焰吃钱莱手掐法诀一扬,身外青光突然大盛,二人再联合一冲,纷纷震散消灭。同时俞峦也突然扬手发令,众人一齐现身,蜂拥上前。

金神君先受尸毗老人警告,本意借此兵解,以应昔年誓言,自去转世。谁知以前恶孽太重,发觉上了阴、赤二人的当。想起自己早该遭劫,全仗魔法神通,带了门人和所爱魔女,隐遁山腹地洞之中,匿迹多年,不出外走动,魔宫岁月,何等逍遥自在。只为天性好色,偶由晶球中发现阴素棠由当地经过,暗用魔法诱了进来,挟制成奸,从此种下祸根。金石峡藏珍中恰有他梦想多年,闻名而未一见的天心环在内。此宝如能得到,加以魔法祭炼,立可背誓出山,和以前一样任性而行,成为不死之身。但以取宝时必须出土,违背昔年向教祖所发"从此不见天光,见则必死"的誓言。又知后山炼宝这些人虽是峨眉后辈,道力颇高,法宝尤为神妙,不是好惹。正在迟疑,耿鲲等三人同时飞来,结果两死一伤,他越发心惊胆寒,妄念已消。不料阴、赤二人赶到,再三蛊惑,劝其施展多年未用的阿修罗秘魔妙音迷魂魔法,将敌人迷倒,再由地底入坛取宝,利令智昏,遭此杀身之祸。先还只说教祖已归佛门,正在坐关,不再主持本门严刑。哪知教祖魔法神妙,不可思议,虽归佛门,一切因果仍要在此三年之内了结,其应如响。不特丝毫不肯通融,而且事前不加拦阻,等到动念行法以后,方下警告,便中途罢休,也不能免死。

金神君本就悔恨交加,同时发现阴、赤二人又在生心背叛,明里唆使自己背誓树敌,暗中趁火打劫,倒戈相向,如何不恨。明知不能免死,即使败逃回去,教祖昔年所留应誓毒刑,也必突然发难,所受更惨,只得硬着头皮应付钱莱。意欲到时再用魔法,照教祖所说,向法坛上猛扑;坛上石生见来势厉害,定要用飞剑抵御,立可兵解。就是钱莱、石完出时,如以本身对敌,石完性急心粗,也必将灵石剑飞出光外,只要肉身往上一迎,元神仍可遁去。只因金神君天性凶残,因为孽重惧祸,隐遁多年,一旦遇敌,下手惟恐不毒。自恃魔法高强,那天心环虽是克星,只听师长说起,不知微妙。妄想将阴、赤二人凌虐个够,非到万分危急,不令送命,使其到死前还要备尝诸毒,以为快

67

意,连元神也不令逃走。

哪知心太狠毒,坐误两次良机。因见太乙清灵神光专御魔法,不舍速死,一面行法抵敌,一面想用毒手残害二人。缓得一缓,瞥见阴素棠因是法力较高,神志渐复。越发暴怒,正待施为,抽空先给她一点罪受。忽听石完那等说法,心方一动,对面峰上敌人突然出现,各指飞剑、法宝夹攻而来。金神君认出内一女仙竟是多年夙仇,自己底细虚实,对方全知。心正发慌,一青一红的心形宝光突在上空出现,晃眼合而为一。内圈先变青、白二色宝光,立时加强百倍;外圈射出红、蓝二色的万道精芒,日轮也似,比火还热得多。刚射上身,身外魔光一齐化尽。知道不妙,教祖先前警告已验,不禁心寒胆裂,哀号道:"诸位道友,手下留情,允我一言。"想要逃遁,全身已被宝光裹住,知无幸免,急得大声哭喊起来。

众人见魔头已被困住,各收法宝,正在旁观。金、朱二人见那么厉害的魔头竟被制住,才知双心合璧,威力大得出奇。正在相对欢喜,想将魔头消灭,俞峦忽令暂缓施为。随指金神君笑道:"你这厮淫恶如山,我为你受害二百余年,想不到你也有今日。阴、赤二人虽然叛教党邪,除与诸正教中人作对外,从未残杀生灵。就说你中她计,当初你不引鬼上门遂你淫欲,也无此事。不自悔祸,反下这等人神共愤的毒手。你想使他们身受奇惨,再行杀死快意,谁知反害自己。你放出的魔鬼,难道还要我来收回?那你就要受罪了。"金神君闻言,颤声哀告道:"昔年我虽累你受了多年苦难,看你如今分明转祸为福,我却落得这般光景,你也足够消恨了。你既可怜两个狗男女,我将他们放掉,收回神魔,情甘多受一点苦痛,只请你开恩,容我兵解如何?"俞峦冷笑道:"你恶贯已盈,还想带了魔鬼前去投生,重又为害生灵,岂非做梦?实对你说,我生平最是随和,与人无争,惟独对你恨如切骨,为你早有准备,你今日便不自投罗网,迟早也必上门寻你。如今天心环已经合璧双辉,便你教祖自来,也救你不得。既不听话,我偏不使你称心快意,以此要挟,更是做梦!"说完,不再答理。转向金、朱二人道:"有劳蝉弟、文妹,暂将这邪魔制住,等我救这两人之后,再行除害。"

众人见俞峦那么温和的人,忽然辞色如此悲愤,料有隐痛。方答:"遵命。"俞峦已令钱莱将太乙青灵铠照向阴、赤二人身上。那两条血影立由二人身上跃起,在青光中一挣,便已消灭无踪。阴素棠虽不似赤城子那等惨状,也是周身伤痕,血流遍体。总算青光收去,魔法全破,法力又高,俞峦一用玄功,再取些丹药嚼碎,化为一片彩雾,喷向二人身上,痛苦全止。阴素棠独手抱着赤城子的残体,满脸悲愧之容,走向众人面前下拜,说道:"我二人今日也无话可说，可惜回头已迟。仇人已被诸位道友困住，我也无力报复。若用自己飞剑兵解，有好些妨害，欲求诸位道友成全到底，赐我二人一剑，感恩不尽。"

众人知她以前还是师长一辈，俱都不肯受礼，各自闪避。又看出二人已知悔过，遭遇如此惨痛，俱生怜悯。方要开口，俞峦已先答道："你二人不必如此。我知昆仑门下飞剑另具威力，用以兵解，要耗不少元神，苦难之余，更难禁受。助你们兵解不难，但我见你二人面上晦色未退，恐怕难不止此。我意不妨暂留残身，等将邪魔除去，你二人可略为消恨。索性就在本山养息些日，自用玄功尸解坐化，比较要强得多。"阴素棠慨然笑道："道友好意深恩，铭感入骨。但我二人自知孽重，人已残废，即便厚颜托庇，无如元气大亏，已难运用玄功，转不如求诸道友赐我们兵解，还痛快些。至于仇人，和我一样，自有他的孽报，我二人也无所用其快意了。"俞峦知她无颜再留，笑道："既然如此，昔年我蒙好友伽因赠我几道护神灵符，尚未用完。现赠你二人两道，以免此去万一遇上有力量的妖人为难。我再令石贤侄用他祖父的灵石剑送别，免被太白真精之气所伤，如何？"阴、赤二人闻言，更是感激涕零。

俞峦随命石完将灵石剑放出，一道墨绿光华绕向二人颈间，立有两道青光拥着二人的元神飞起，朝众举手谢别，电也似疾，往山外飞去。只剩两条残尸，横倒在地上。俞峦笑对众人道："我看这两人本是正教门下，只为一时失足，铸成大错，由此陷溺日深，落得这等惨况。这类修道人的元神，最引妖邪觊觎，她事前既无准备，虽仗功力尚高，随身法宝也都带走，但是越这样越可虑。元神在飞剑、法宝护持之下，四处飘流，寻找生机，万一撞上异教中几个元凶，必被擒去，又受炼魂之惨。可见我们修道人必须谨慎，丝毫大意不得呢！"

这时金神君在天心环宝光笼罩之下，始而哀声求告，惨号不已。自从神魔消灭以后，神情越发惨痛。俞峦始终不理。他又向众人求告苦诉，说："我本意也为想求兵解，并无与众为敌之心。处治仇人虽然太过，但这两个也是你们对头。我除盗宝以外，并无侵害之念，为何连兵解也所不许？"众人天性疾恶，又见女仙那等光景，料知这类邪魔不能轻放。李健无甚经历，心肠又软，竟看不过去，笑问女仙道："这厮虽然可恶，身受已够，给他一个痛快如何？"俞峦苦笑道："你只见他此时惨状，可知邪魔残害生灵时的残酷么？否则他教祖尸毗老人也早救他来了。我此举实有用意。既是这等说法，请蝉弟、文妹消灭了吧。"金神君听李健一说，方觉有了一些生机。又听了俞峦之言，自知绝望，面色立转狰厉，怒吼道："贱婢休狠！我虽形神皆灭，但我教是最重恩怨，我还有几个门人，已早被我接着师祖警告时遣走，早晚定必寻你报仇。"话未说完，金、朱二人手指处，天心环宝光大盛，裹着魔影只一绞，便由浓而淡，神影齐消。俞峦道："我知魔徒把师仇重如山海，照例必来为师拼命，特留他多活些时。谁知竟被事前遣散，又留后患，还不如早除去呢。可将残尸移往山外掩埋，就便往魔宫查看一回，谁愿同去？事完，日内也该往幻波池去了。"众人均料魔宫景物奇丽，多愿同去，只云翼一人独留。众人随即行法，一片红光，将地上残尸血肉一同卷起，相偕飞起。

众人纵遁光同行，飞到前山魔宫门外一看，乃是一座危崖，地势隐僻，内里光景黑暗，甚是污秽。众人方要走进，石完在前，猛瞥见大蓬金刀烈火电掣飞来。金、石、朱三人知触动埋伏，各人法宝刚刚飞起，想要抵御，一片红霞已先飞向前去，挡得一挡，那千万把金刀本如潮水涌来，忽然一闪不见。众人方觉奇怪，猛听地底轰隆之声大震，危崖似要崩塌。俞峦猛喝："诸位速退！许还有变。"众人见俞峦面带惊奇，刚同飞出洞外，俞峦手指处，阴、赤二人残尸刚投入洞内，又听琅琅梵唱之声，鼻端闻到一股异香，眼前大放光明。众人听出这是金刚天龙禅唱，方想此是佛门中最高降魔大法，魔头已死，此是魔窟，怎会有这禅唱之声？难道内中埋伏厉害，有甚前辈神僧赶到不成？抬头一看，正是尸毗老人在一片佛光笼罩之下，刚由魔窟之中飞出，一闪不见。经声也由近而远，渐渐隐去。跟着，地底雷鸣风吼响了一阵，危崖倏地整座下陷，几乎成了平地。俞峦喜道："我只说魔徒必要报仇，不料全宫徒众全被他们教祖用佛法度化，解去冤孽，连魔宫也被毁去。照此情形，已无后患，我们回山去吧。"

众人方要回山，忽听破空之声。抬头一看，两道白光正横空飞来。石生认出是本门中人，忙纵遁光迎上前去。双方相遇，便同降落，来人正是石奇、赵燕儿。好久不见，俱都心喜，忙同约往峡中叙阔。燕儿似有话说，石奇拦道："师弟你忙做甚？到了金石峡再谈，不是一样？"

众人随到峡中落座。一问来意，才知燕儿自从幻波池脱难以后，回山与石奇同修了些日，便下山修积善功。这日在云贵交界深山中遇见一位跛了左脚的女异人，也不肯说名字，自称修道数百年，一向独居洞中，有一法宝能查知过去未来之事。二人见那女异人一身道骨仙风，知是前辈女散仙，便同去她洞内。见那法宝是一形如鹅卵的大球，非金非玉，半青半黑，乍看无奇。主人行法之后，立时通体晶明，随同心念现出许多人物影子。二人因而得知，目前徐祥鹅在大峇山附近深山中，被一隐迹多年的妖妇困在洞内，欲与苟合，祥鹅固执不从，现为邪法所困，尚有二日灾难。并连不久幻波池也有妖邪来犯,金、石诸人均要往援,以及七矮开府金石峡与小南极天外神山,好些经过,一齐现出。二人本就惦念这些男女同门,本身法力又差,便向主人求教。异人答说:"祥鹅该有七日灾难,尚差二日,不宜早去。幻波池也在日内有事,你们去否,均无妨害。不过金、石诸人此行关系颇重,现时人在金石峡,那里还有我一个师侄,如能替我带封信去,你们双方都有益处。"二人听完,未容回答,眼前一花,便被移出老远,手上多了一封信。再回原处寻找,连人带洞全都隐去。便照所说飞来,途中遇见一个身材高大、白发红颜的老和尚,给了一个锦囊,托令转交金蝉,带与李洪,随即也是一闪不见。随将书信、锦囊递过。

俞峦惊喜道:"原来是我跛师叔所赐书信。想起昔年我去求助时,她那侄孙稽一鸥为了我事,曾代跪求三日夜,始终不肯赐见,只得痛哭而去,不久便受师罚。想不到她老人家早成地仙,对我并未忘情,此函必有恩意。"随即向空跪祝通诚,然后开看,面上立现喜容。朱文问她:"有何喜事?"俞峦笑道:"我昔年失身妖邪,便为先前邪魔求婚不遂,表面不肯勉强,却助同党暗算,致我被逐师门,受此苦难。非圣姑为我留藏的灵丹、法宝,不能成道。而那水宫宝库,经她仙法封闭,既要我本人亲到,另外还有好些阻力。我势孤力弱,实是艰难,主人又非素识。易道友虽是老友白幽女转世,但是去时正值强敌围攻之际,那宝库又只有当日能开,时机瞬息,稍纵即逝。虽与诸位道友同行,省事不少,终拿不稳。有跛师叔指示仙机,我固有望,还可为主人除去一个大害,岂非喜事?石、赵二位道友所遇,便是尸毗老人佛法化身,所赠锦囊,中有法宝,不过须等李道友面交,才能开看罢了。"

金、石二人因徐祥鹅天性至孝,入门年久,法力却不甚高,一班同门都对他敬爱。他人也谦和,从不以先进自居。都恨不得立时赶往救援。俞峦笑道:"此是定数,跛师叔信上也曾提到。只差半日,定要先去也可。但那妖妇邪法既高,人又刁猾,狡诈多疑,自被婶姆禁闭多年,越成惊弓之鸟。所居山洞,地势广大,内有三条道路,多半远通百里以外,稍被警觉,立时遁走。人还不易救出,甚或投鼠忌器,受她要挟。我们又不能说了不算。最好我们分成三起,明日起身。照那三条出口,由石道友往正洞一带诱敌,下余两路,俱都隐形前进,三面夹攻,断她逃路。同时由钱、石二位贤侄穿山入内,寻到徐道友,能救则救,不能则用太乙青灵铠将他暗中护住,免受痛苦,到了时机自会脱困。诸位以为如何?"

众人知她法力甚高,算计周详,全都说好。本留云氏姊弟和韦蛟留守,俞峦说九姑持有鬼母朱樱两件法宝,此行有用,令和自己同出同归,事完便借金石峡暂居。韦蛟恋师，又羡慕天外神山灵景，意欲同行。金蝉说："本山须留守，幻波池之行又极凶险，就去也等事完回来同行。"韦蛟不敢多说，只得罢了。众人随依俞峦照信上所说，指明地点，分别起身：金蝉、朱文、石生做一路；云九姑、李健、赵燕儿做一路；石奇独带钱莱、石完去往正面诱敌；俞峦隐形，暗中策应。由金蝉与俞峦各施仙法，封闭仙府，下了两层禁制，然后一同飞起。行近大岺山上空，方才分路，隐形下降，只石奇等三人到了妖窟附近降落。

那妖妇名叫五铢神女萧宝娘，以前本是五淫尊者情妇，因是生性淫凶，恣情淫欲，又移情别向，后被发现，已被困在魔牢以内，将被残杀。不料媄姆师徒寻上门来，用修罗刀和太乙五烟罗将五淫尊者杀死，形神俱灭，妖窟也被仙法封闭。妖妇便在里面用尽心力，破牢而出。无如出口已被仙法封闭，苦熬了些年，每日用法宝开山，开通两条长路。正开出口，恰值小寒山二女火炼毒手摩什，在七宝金幢、天璇神砂诸般至宝与魔火阴雷震撼之下，附近山岳崩塌了好几座。当地原是五淫尊者安置妖妇的别宫，与毒手摩什的魔宫甚近，媄姆的禁法无意中被佛光照破。妖妇先还不敢出来，事完之后，本想另找地方，但不舍魔窟富丽，又因地势隐僻，暂时不会有人知道。为防万一，又将所开两条洞径打通，设下许多埋伏。起初还不敢明目张胆任性为恶，只是暗往城镇中摄些壮男，回山淫乐，把人弄死，再炼生魂。

妖妇这日偶往山外，路遇徐祥鹅，用邪法诡计诱入洞中，困入牢内，再用邪法强迫顺从。祥鹅定力甚强，宁死不从。妖妇从未遇到这等好根骨的美少年，不舍杀害，正在相持不下。石奇等三人到时，妖妇正因所摄壮男已被淫死，祥鹅又甘受痛苦，只在飞剑、法宝防身之下，不受摇惑。妖妇简直无可如何，一时急怒，决计先往山外寻找几个壮男回来，暂解心烦。在此数日之内，此人降顺便罢，否则对方乃峨眉门下，一放立有杀身之祸，只好施展魔法将其杀死，连元神也不能放走。因洞中原有侍女，早被五淫尊者怒发时全数杀死，剩了妖妇孤身一人，惟恐祥鹅逃遁，行时并用邪法层层封闭。

妖妇不料刚一出洞，便见下面山径上走来长幼三人。定睛一看，内一道装少年，品貌根骨均不在徐祥鹅之下。随行两幼童，一个俊美如仙，一望而知是个有根器的美质；另一个却是丑怪瘦小得出奇。料定三人均非庸流。因三人是步行，不知深浅。又想旁门中不会有此人品，疑是祥鹅同党。先还不敢冒失，准备好了邪法，布下罗网。然后闪向道旁大树之后，暗中留神查看。谁知这三人似和常人一样，不能远看，并未发现自己，径由下面绕山而过。看来意似想采取右侧山坳中新结实的佛棕果，并非为己而来。又觉出对方法力似乎有限,忙即赶去。快要到达,忽见同来两幼童各喊:"师伯,我二人往那边去玩一会。"说完,便往斜刺里危崖后飞步跑去,一闪不见。妖妇也是色令智昏,这一临近,越觉那少年丰神俊朗,宛如玉树临风,越看越爱。也未留意两幼童因何不见,喜孜孜走上前去,故意做些媚态,娇声喝道:"你知这里是什么地方?随便采我仙果,胆子不小。"

其实这少年便是石奇,因受俞峦指教,早就发现妖妇,故意侧走,本意想将妖妇引开,再令钱莱、石完穿山入内,往护徐祥鹅,以防妖妇警觉逃遁,或是情急伤人。恰好石完目光最强,忽发现前面谷中好些大树,俱都东歪西斜,好似经过地震,倒地重生。内有十几株从未见过的奇树,却是株株挺立,高约三丈,下半苍鳞如铁,干粗皮厚,上半也无枝干,只在顶上密层层生着一丛长达一两丈,形似芭蕉,比较宽长的翠叶。叶丛中心一株尺许高的金茎,顶上一朵尺多方圆红花,莲瓣重合,鲜艳非常。花底生着一圈长圆六棱,与茎同色的拳大果子。石完忙用手一指,令石奇看。石奇认出是陀罗蕉,又名佛棕,乃南海大浮山落星原所产仙果,每隔十三年开花结实一次。每丛必须十三株同植,挨次结实,周而复始。峨眉开府时,小寒山二女曾带了百多枚作为贺礼。说是路过大峇山发现此果,采得以后,才知是毒手摩什由南海移来,差点没把小命送悼。此果色、香、味三绝。采时不能近铁,并要算准时候,在旁守伺,一过中午不采,便即坠地入土化去。生的也颇好吃,只欠灵效。石完也曾听祖父说过,此是磁铁精气所化。略一商议,便同赶去。钱、石二人首将快成熟的采了几个,瞥见妖妇赶来,连忙借故走开,乘其未见,隐形穿山,往妖洞中飞去。

石奇刚采了一个果子在吃,忽听身后妖妇发话,暗中戒备。回头一看,那妖妇生得骨瘦如柴,细眼疏眉,小鼻小口,两颧高耸,面白如纸,周身仿佛笼上一层淡烟,活像吊死鬼,却故意媚声媚气说话,满脸阴险狡诈神情。心想:"我也曾见过旁门中好些妖妇,虽然一身邪气,多是美色,几曾见过这等丑八怪也想迷人?"忍不住又好气又好笑,假意问道:"此是野生之物,人皆可采,如何认为己有?"妖妇不知石奇天生笑脸,又想借着说话耽延,好令钱莱、石完入内下手,暗中早有防备。妖妇以为容易勾引,把腰一扭,媚笑道:"你在那里做梦。此是灵树谷,果名佛棕,乃我由大浮山落星原移植来此,吃了能够长生。看你像个修道人,我洞中仙果、灵丹甚多,只是孤身寂寞。如肯与我交好,同去洞中享受,包你无穷快乐。你意如何?"石奇虽见妖妇由洞中走出,因貌又丑又瘦,走起路来故意扭扭捏捏,仿佛弱不禁风神气,其状太怪,心更厌恶,还拿不定是否萧宝娘本人,喝问道:"你叫什么名字?如此讨厌!"妖妇见石奇怒容相向,也不发急,仍媚笑道:"我便是五铢神女萧宝娘。你是何人?"话未说完,石奇一听正是萧宝娘本人,大喝:"无知妖妇,今日休想活命!"说时手扬处一道白光,连同下山新得的坎离神梭早同时发将出去,紧跟着又将太乙神雷连珠打出。

妖妇背运当头,不料石奇如此辣手,相隔又近,猝不及防,忙施邪法防身,已是无及。那坎离梭最是神妙,出手红、黑两道精光电一般射到。等将护身妖光放出,一条左臂已被炸成粉碎。未容还攻,神雷又当头打下。总算石奇功力尚差,妖妇邪法颇高,飞遁神速,只被神雷震出老远,未将妖光击散。妖妇措手不及,怒吼一声,往洞前逃去。石奇见她逃时咬牙切齿,面容狞厉,上来得手,哪知厉害,暗忖:"似此丑怪妖妇,又无同党,何值小题大做?"还恐妖妇惊逃,忙纵遁光追去。还未到达洞前,先是一片极淡薄的黑烟由头上飞过,微闻狐臊焦臭之气。知是邪法,忙将身剑合一,扬手太乙神雷往上打去。哪知并未生效,眼前倏地一暗,四外漆黑,全身已被浓烟笼罩,什么也看不见。同时面前突现出一面黄光闪闪的妖牌,另有三根针形妖光相继射到,当时便觉头晕。

原来妖妇因被坎离梭所伤,成了残废,恨极石奇,仍未忘了淫欲之念,竟想用所炼阴灵牌与迷阳针,将仇人迷倒,擒入洞内,吸完元精,再加残杀。石奇一见妖网飞来,雷击不散,立将身剑合一,虽然不曾当时晕倒,也觉头晕心烦,神昏欲醉。暗道:"不好!"又见妖牌连连晃动,妖针不住飞舞攒刺,与剑光稍一接触,身便酸痛发软,才知邪法厉害。只得把随身法宝全施出来,太乙神雷也发个不休。经此一来,虽然好些,但那黑烟越来越浓,随散随聚,也分不出方向进退。

石奇正想自己人多,只要守定心神,怕她何来?眼前忽又一花,黑烟全收,身已落在一个极高大华丽的洞府之中,四外环立着好些旗幡。妖妇便在外面厉声喝道:"你已陷入五淫尊者遗留的小诸天五淫色界魔阵之内,休看四外无甚阻隔,你只冲出试试。如若从我,还可免死;否则,我只将魔法发动,任你法宝防身,不消三日,形消神灭而亡。"

妖妇说时,石奇已觉出身上似有极大吸力裹住,不想冲出还好,稍一前冲,妖旗微微拂动,鼻端立时闻到一股温香,口生异味,耳听淫声,眼前现出诸般微妙的幻景,心头杂念纷呈,周身酸痛麻痒同时交加,知道厉害。忙即回光内视,定虑澄神,在宝剑防身之下,强自忍耐,潜心待救。

妖妇没想到先后所擒之人,定力如此坚强。对于石奇更是咬牙切齿,恨入骨髓。无如五淫尊者遗留的邪法、异宝,只这一两件最为阴毒,自身只能照本画符,却不能发挥它的全部威力。方在厉声咒骂,心灵忽生警兆,知道左右两洞俱都有人侵入。本来情虚,心方一惊,一道金霞已由侧面飞来,跟着又有数十百丈金光、雷火打到。仗着当地乃昔年五淫尊者法坛重地,所留埋伏甚多,均极厉害,立即施为,暂时还能抵御。

来人正是李健。他本随俞峦和云九姑一路,到了东洞入口,李健笑问:"妖妇共只一人,我们何须如此戒备?"俞峦笑道:"妖妇妖法虽高,尚非我们对手。但她本是海外一位散仙的弃妾,后投左道,练就三尸化身,稍不留意,便被遁走,又留后患。还有她那前夫当分手时,曾许以危急性命关头,必往救她一次。此人法力颇高,少时恐要来援,必须在他到前除害。否则人被救走,一个不巧,还树强敌。我与云道友已经商定,在外守候,分头下手;你持有令师祖的宝镜,可由东洞入内,到了中洞广场,金、石、朱三位道友也由西洞赶到,两下里会合,立可成功。"

李健闻言大喜,忙照所说途径赶来,仗着宝镜神妙,沿途埋伏全被冲破。妖妇复仇心急,色令智昏,分明已发现有了警兆,仍想迫令石奇降顺。这一迟疑,李健来势又极神速,等到觉出不妙,敌人已经飞到。忙将洞中原有埋伏发动抵御,虽然未为雷火所诛,但是敌人宝光强烈,威力甚大,必难持久。妖妇先还自恃前随五淫尊者刘独,练就三尸化身,长于隐形飞遁,魔法甚高,又有原留魔法、异宝,以为无妨。偏偏遇见敌人持有极乐真人镇山之宝,正是克星。相持不多一会,除魔法禁制暂时尚能仗以自保外,连所用两件法宝,均为宝镜破去。敌人又将飞剑放出,敌住三根飞针,专一运用宝镜破那诸般禁制。那面阴灵牌已被宝镜照破,大片神雷连珠爆发,四外洞壁已震塌了百余丈,满洞都是金光雷电布满,越往后威势越盛。

妖妇心虽发慌,不舍这片基业。后又看出李健是天生小人,并非道家元婴炼成,不如意料之甚,心又放定了些。以为洞中三条逃路,均有邪法埋伏,又有两件法宝不及取用,还想支持一会,真个不行再说。在这一迟疑中,忽又觉出西洞也有敌人破禁而入。心方吃惊,又是数十百丈一道金霞和红、紫、银、白四道飞剑齐由身后飞来,并还夹着霹雳之声,两道宝镜金光相对一照,魔法埋伏首被破去大半,不由心胆皆寒。匆迫间刚刚逃进小诸天五淫色界妖阵以内,惊魂未定,猛又瞥见一幢青莹莹的冷光裹着三个人飞来,正是前见两幼童和日前被困牢中的徐祥鹅。三起敌人刚一会合,两幼童朝自己望了一望,忽然隐去。妖妇以为敌人是想隐形入阵,暗忖:"我这魔阵虽不能发挥它的全力,用以退守,还可无害,隐形何用? 稍微挨近,立时警觉,略一施为,便可将人擒住,并不足虑。只是敌人太强,四面包围,除非豁出受伤,决难遁走。"

　　妖妇正想暗中准备，收那色界魔阵妖幡，能全身而退更好；否则自己一生便吃了又瘦又丑的亏，除前夫是为凤世情孽，真心相爱外，所有情人全靠邪法媚术强迫而来，从未得人颠倒，想起就气。这类肉身无甚可惜，况又残废一臂，转不如就此弃去，日后另寻一个美女附形重生，岂不是好？妖妇先前害怕，无非惜命。既肯舍此躯壳，至多把三尸元神葬送一个，生魂仍能保全，还有何怕？主意打好，自认得计，反倒拿稳起来。忽见石奇尚在宝光护身之下，同在阵内。外面敌人神雷、宝光尽管强烈，外层护阵的玄武乌煞罗睺血焰神罡虽被激荡起千万重乌金色的光云血焰，电漩星飞，看去危险异常，急切间尚攻不进来。

　　妖妇想起前仇，不由怒从心上起，反正不能如愿，乐得报仇。当此危机一发，情急逃生之际，仍欲妄逞凶威。正在暗中施为，打算在临逃以前，冷不防猛下毒手，用外层妖光魔火将石奇震死，就势惑乱敌人心目，以便逃走。忽听脚底有人喝骂："丑妖妇，你的劫运到了！"心方一惊，声到人到。猛见那幢青色冷光突然裂地而出，同时又有一团银红色火花飞起，当时爆炸，一声天惊石破的迅雷震过，阵中心要收未收的两面主幡首先粉碎。青光立即暴长，石奇首被罩住，救出阵去。

　　原来钱莱、石完由魔牢内救出徐祥鹅，本定在当地待机，因闻雷声而寻来。一见石奇尚未出困，妖妇也逃入阵内，众人竟奈何她不得。以为邪法厉害，心有成见，只想由地底冲入阵去，将人救走。却不知道魔阵妙用全在那些妖幡上面，并与外层魔焰妖光有内外相生之妙。外层玄武乌煞神罡为轩辕师徒独门邪法异宝，五淫尊者更将它炼成为一件法宝，比毒手摩什还要厉害，如非妖妇功力较差，众人直奈何它不得。就这样，急切间也难攻进。可是内层主幡一破，外层神罡灵效大减。主幡本就脆弱，太乙青灵神光和石火神雷又是它的克星，用得恰到好处。其实魔阵已破，二人只消再一进攻，妖妇三尸元神一个也休想逃走。二人只顾救人，急切间不知魔阵已破，等将石奇护住，一同冲出，妖妇已吓得亡魂失魄，哪里还敢再留，忙施邪法，在一片暗灰色妖光护身之下，运用邪法，准备变化逃遁。

　　阵外诸人看出外层焰光乃轩辕老怪邪法，也是惊疑，大家惟恐妖妇逃遁，各以全力进攻。金、石二人正想用玉虎金牌连同每人二十七口修罗刀一试，朱文的天心环先取了出来，正在高呼："蝉弟，你那心环呢？"一言未了，钱莱、石完突在阵中裂地而出，外层乌光血焰竟被震散。金、石二人的玉虎金牌各发出百丈金光，千道银霞，飞压上去，魔阵立破。猛瞥见妖妇飞身欲逃，金蝉修罗刀恰在手上，急切间忙用天心环，连同石生共是五十四道寒碧精光飞将上去，刚将妖妇裹住。忽听洞顶有一老人口音大呼："道友，刀下留情！"声如鸾凤，甚是清越。二人疾恶心甚，又听语声不熟，心虽惊奇，并未理会，仍指五十四道寒光碧电也似只一绞，妖妇全身粉碎。

二人百忙中还不知妖妇得有前夫和五淫尊者真传，最善玄功变化，除非先有太乙五烟罗那样至宝，否则人虽杀死，元神仍不能诛戮。刀光过处，不见妖魂飞起，只当形神皆灭。耳听洞顶裂石之声，宛如疾风怒鸣，从来不曾听过。洞顶上面便是高山，厚达百丈，来人语声竟能直达。二人恐是妖党，正在戒备，说时迟，那时快，就此瞬息之间，忽听朱文、李健同声大喝："留神妖妇元神逃走！"话未说完，金、石二人已瞥见三条妖女黑影，被朱、李二人宝镜无心照出。一条已被朱文天心环吸入光中，惨号一声消灭；两条被镜光照定，身上灰色烟光乱爆如雨，尚在惨叫挣扎。金蝉更不怠慢，也将天心环放出，刚刚把一条残魂吸入心环宝光之内，朱文天心环也正朝残余的一条妖魂飞去。猛又听咔的一声大震，那厚达百余丈的洞顶突然中裂了一个大洞，内一相貌清癯，白面无须的道装老人猛从洞顶飞降，口喝："诸位道友，怎丝毫不留情面，这样斩尽杀绝？"随说扬手先是两片青霞，电也似急飞起，正拦在朱文前面，将妖妇残魂护住。同时又有一片红霞由东洞电掣飞来，也抢在妖魂前面。两边来势虽都神速异常，无如天心环专戮妖魂，宝光照处决无幸免。另一妖魂黑影已被金蝉吸入环光以内，一声鬼叫，已先消灭。

众人见这老人满脸悲愤之容，青光却不带邪气，正待喝问为何袒护妖邪，心念才动，还未开口，那红光正是俞峦，已随红霞现身，高呼："蝉弟、文妹，不可造次！此是妙一真人好友南海青荷岛主洪真武。"金蝉闻言，忽想起开府时所下柬帖中曾有此人，后听说因事未来。不料这样一个有名散仙，会与妖妇相好。正待向前礼叙，讥嘲他几句，老人已朝金蝉、朱文怒视了一眼，微微叹息了一声，一言未发，将手一招，连青霞带妖魂一齐收去，一片青光闪过，仍由原来裂口飞走，随听轰隆大震一声。

众人心疑来人怀恨，有甚报复举动，俞峦笑说无碍。雷声过处，洞顶裂口已经合拢复原。才知来人虽然愤怒，未存敌意。这么厚山石竟被喝开，并使复原，其法力可想而知。

正待询问，忽见云九姑带了一个少女飞来。众人见这少女并不相识，年约十五六岁，生得秀丽入骨，又穿着一身雪也似白、非丝非帛的云裳仙衣，宛如奇花初开，自然娟秀，美玉明珠，光艳夺目。一见面，便向金、朱、石三人跪拜在地，口称："师叔，弟子上官红拜见。"三人才知少女竟是易静爱徒上官红，无怪上次在碧云塘，癫姑、英琼夸之不已，果是仙骨仙根，一身道气，便差一点的女同门也比不上她，俱都喜赞不置。朱文更是爱极，一手拉起，令与余人分别通名礼见。

九姑一说经过，才知俞峦得道多年，见闻甚多，知道妖妇乃洪真武弃妾。真武本是得道多年的散仙，人也颇好，只因未成道前风流自赏，纳此妖妇为妾。后虽逐出，情孽未断，仍有故剑之思。昔年曾许妖妇危难相救，到时必要来援。俞峦受了前辈仙人指教，既恐留害，又恐金蝉等法宝神奇，与洪真武发生误会，于是把人分成三路。东洞一路，只令李健入内。自己隐身空中，暗中相机应付。由九姑用鬼母朱樱的两件法宝拦阻来人，与之相持，只等众人成功，再放入内。不料对方法力甚高，那碧磷斧和九姑的几件法宝竟阻他不住，又不便出面相助。洪真武虽知妖妇罪恶，为尽人事而来，但是情孽未断，必以全力救护；金蝉等自是不容，双方只要破脸，从此多事。正在为难，忽见一道经天白虹电掣飞来，一到便用飞剑、法宝助战。洪真武吃二女绊住，先是大声恫吓，二女不听，又不肯结怨伤人，竟拼舍去一件法宝，化身脱出宝光圈外，喝石开山而下。俞峦恐双方动武，忙来阻止，妖妇残魂虽被救去，但是三尸元神已灭其二，除来人孽缘未断，或许受累而外，已无能为力；双方又未结怨，乐得做个好人，由他救去。

朱文再问上官红怎会来此？上官红随说起幻波池之事。众人闻言，不禁大惊。

欲知详情，且听下回分解。

第二八四回

情重故人　名山访道侣
喜收神火　奇宝吐灵辉

　　原来易静、癫姑、李英琼同米鼍、刘遇安、上官红、神雕钢羽、灵猿袁星等师徒诸人，自从大破幻波池，起先还牢记李宁行时之言，只在洞中布置仙府，修道炼宝，以备他年遵奉师命，开建别府，并防妖邪来犯。日月一久，见无事故发生，无形中也就松懈下来。易静等三人功力又复大进。英琼更把前得的几件至宝奇珍，连同莽苍山木魅脑中的一块青灵髓和矮叟朱梅所赐形似冰钻之宝，一齐照下山时所奉仙示炼成。那钻形之宝，英琼先因朱梅只说将来有用，未说出它有何妙用，法宝又多，还不十分看重。直到奉命下山，才知此是前古奇珍燧人钻，威力至大，但须炼过，也不可以轻用。及用大清仙法炼成一试，威力果然神妙，心中自是欣喜。

　　英琼虽然刚烈疾恶，心直口快，但是性情中人，不特对父纯孝，对于同门也极诚恳谦和，人又生得美秀天真。近年勤修道业，更似仙露明珠，精神朗润，神仪内莹，丰标特秀，望如瑶岛飞仙，桂府霜娥，容光照人之中，别具一种冷艳出尘之致。使人对她爱中生敬，不敢逼视；再不便是自惭形秽，如有仙凡之分。休说不常见的人，便是易静、癫姑朝夕同修的至交姊妹，也往往有此感想，觉着英琼这两年来，性情神态一毫未变，不知怎的，另具一种清华高贵的威仪，俱都称奇不置。癫姑原本最爱英琼，见她后来居上，总共才几年光阴，竟有这等境界，功力尤为精纯。料知将来承继道统，秀出群伦，必定有望，每和易静谈起，全都代她高兴。三人情分越处越厚。

　　仙山岁月，本甚逍遥，再经法力兴建布置，把幻波池仙府点缀成了玉室瑶宫，比前更多景致。幻波池仙府原有五遁禁制，威力已极神妙；三人又将圣姑所留道书总图全数得到，如法勤炼，悟彻玄机，比起从前威力更大得多。外人休说深入五宫重地，只一进门，不用三人动手，门人、雕、猿也先自警觉，略一伸手，便可将人困住，死活由心。尤其上官红根骨最厚，人也最美，最得师长怜爱。易静初次收徒，便得到这等美质，期许自不必说。癫姑、英琼也都对她爱极,全都尽心指点传授。上官红也真自爱,识得轻重,尽管感激师长深恩成全,奋勉勤修,对众同门和那神雕,却是始终恭敬谦让,从不以此自满。英琼见她如此好法,想起袁星近年功力也颇精进,米、刘二徒限于根骨天赋,比起上官红虽有逊色,但也是知道向上,从未犯甚过错,对师也极忠诚。自己小小年纪,末学后进,收到这样徒弟,也非容易。只是二姊癞姑,具有佛道两家之长,人更诚厚义侠,三人中独她一个门人都没有。本来还可出山物色,只为父亲行时叮嘱,说沙红燕和众妖邪还要卷土重来,甚或连老怪丌南公也可能被引出,势甚凶险,全仗应付得宜,才能免祸,因此不敢轻出。谁知历时已久,并无甚事发生。

李英琼日前拜观恩师仙示,所说多是两三年后之事,语气甚好,直似不会有甚事故发生情景。只内中几句偈语,隐喻三人不久还要收徒,论资质似还不在上官红以下,也未明言何人所收。这是新现出来的字迹,未来如真凶险可虑,恩师事前必有指示,怎未明言? 至少在此两三年内无甚大事发生。也许爹爹爱女心慈,惟恐自己法力尚未炼成,骄敌生事;或是疾恶多杀,致树强敌,故意如此说法。

人多静极思动,英琼早就动念,有了出山之想。这日三人闲谈中谈起癞姑尚无门人,未免委屈,因而谈到仙示所说不久收徒之言。英琼又想到至交姊妹中,只有余英男亲如手足,身世可怜,屡次向师长求说,许其同来幻波池修炼,未蒙允准,说英男尚有一事未办,事完始许同修。久未相见,不知境况如何? 如照仙示语意,仿佛诸男女同门,这数年多在外积修外功,各有遇合成就。只自己三人深居幻波池内,从未离山,一个同门也未见过。反正无事,即便妖人来犯,仗着原有五遁禁制,决不致被他冲进。如果只守不攻,怎会将老怪物引来? 越想越觉无碍,便向二人提议,欲往山外访看余英男和诸同门,询问各人近况,并代癞姑物色门人。

易静自在幻波池连受挫折,又加修炼功深,已不似从前那样轻敌自恃。又想到身是众人之长,如有失闪,贻羞师门,还使几个量小一点的女同门轻笑,行事更谨慎起来。听了英琼之言,想起李宁行时所说,本想劝阻。

不料癞姑恰在日前悟出仙示隐意,又想起恩师屠龙师太分手前所说的话,知道英琼与众妖邪因果定数难移。李宁全为爱女杀机太重,恐误仙业,又知她素来孝顺,欲使先将太清仙法炼成,再行出山,免得法力尚浅,骤遇强敌,难于应付。反正群邪早晚来犯,故意如此说法,实则事已注定,不可避免。也早知道英琼天生是妖邪的克星,遇事逢凶化吉,决可无虑,否则师父也不会委以重任,许其率意而行。此时静极思动,正是英琼消灭群邪的开端。仙示原命自己随时暗助，必定指此。于是忙先接口笑道："英男师妹委实可怜，从小孤独，历尽艰危，又受寒冷冻骨之灾，比谁都苦。虽然名列三英，此时功力、法宝尚非别人之比。听说下山时，诸男女同门均蒙师长恩赐，独她一人所得最少。除自己冒险得到那口南明离火剑威力甚大而外，只蒙师长赐了一件法宝，并还只供防身之用。目前妖邪有多厉害，凭此一剑，遇上强敌，便非对手。琼妹与她患难深交，自是想念。再说我们久不与诸同门往来，连个音信也没有。最可气的是灵云大姊她们，当铜椰岛分手时说得那么好，计算日期，紫云宫当已入居，又常轮流出宫修积，便不能来常聚，也该顺便看望一下，我们听了也好喜欢；如今连个音信都无，仿佛幻波池深居地底，就不该上门似的。琼妹就便寻找她们评个理儿也好。至于我这丑怪样子，纵收徒弟，也和屠龙恩师收我一样，不会有甚灵秀资质。休看我丑，我偏最爱琼妹、文妹和小寒山二女以及红儿那样的人品。如收一个丑八怪，师徒二人法力不如人高，却拿丑和人对比，多么气人！还不如没有呢。这个不劳琼妹费心。我的意思，妖邪不来，何苦守株待兔？本定日内和易师姊说，在群邪未来以前，由易师姊暂领门人坐镇，我和琼妹轮流出山修积外功。不过琼妹照例一出山，连人带雕、猿便是五个，人要去上大半，这么大一座仙府，剩我和易师姊、红儿三人，不特太单，外洞也无人轮值。若让你孤身出外，又觉无伴。我想红儿近来法力足能应付，莫如令其同去，长点经历，多认得几个本门师长也好。别人就不用去了。"

易静见癫姑说时暗使眼色，知她机智过人，胆大心细，平素谨慎，当此群邪早晚来犯之际，忽许英琼独自出山，当有原因。连日为防妖邪来犯，专一勤炼五遁禁制，不曾开看仙示，想是无碍，便即应诺。英琼因自己学道日浅，又是一个年轻小妹，对于两位师姊奉命惟谨，早想出山一行，惟恐拦阻，心正盼望，闻言甚喜。急于往寻余英男，忙答："二位师姊放心，我此行无多耽搁，连神雕也不带去，只和红儿寻到英男妹子，再往姑婆岭看望秦寒萼和几位师姊妹，顺便探询诸男女同门近况住处，立即回山，预计数日之内，就和英男同回了。"

癫姑笑道："你只随意所之，不必担心。这里有易师姊和我在此，洞中五遁威力近来更大，就有妖邪来犯，也能对付一阵。你要替我物色徒弟，就不如红儿那样好看，人品也须过得去，莫收个丑八怪来气我。"易、李二人见她摇头晃脑，似真似假，神态滑稽，俱都好笑。易静笑道："我还不是生得又丑又小，红儿何尝像我？包在我身上，怎么也得找个美慧灵秀的徒弟。如何？"癫姑道："你是道家元婴炼成，如何能比？我生平最厌丑人。可是前听小瞎尼师姊口气，仿佛我的徒弟比我还要丑怪，此人向无虚言。我们诸同门虽不说男的金童,女的玉女,十有八九也差不多。就几个年长一点或是品貌稍差的,至少丰神俊朗,带着几分秀气。男的虽有几位貌丑,如南海双童、尉迟火、商风子等有限几个,看去也不讨厌。女同门便都个个是美人,只我一个奇丑无比。我再收两个丑徒弟,岂不笑话?我一想起就心烦,惟恐遇上,不收不行,收了有气,索性就不去想了。"

英琼知她爱说笑话,并非真有成见,互相说笑了几句,便起身辞别。易静随令上官红近前,指点了几句,又将随身七宝中的灭魔弹月弩和兜率宝伞令她带在身旁,以备御敌防身之用。上官红前随易静往南海玄龟殿省亲,曾蒙易周、杨姑婆夫妻赐了一件白云诃,也是兼备防身、御敌妙用的奇珍。另外还有一口仙剑。癫姑、英琼也各赐了一件法宝。如非无甚经历,已可孤身行动,除非遇见几个强敌首恶,决可无害。上官红见师恩如此深厚,感激得几乎流下泪来,随即拜命辞别。英琼行时,似见米、刘两矮怏怏不乐,料是不能随行所致。英琼忙于起身,也未在意,随带上官红往山外飞去。

英琼只知余英男和李文衍、向芳淑三人同在浙江东天目后山深处松篁涧古仙人成公旧居崖洞之内,还未去过,此时不知人在那里没有。江、浙诸省,还是小时随同父亲避祸时曾往一行,东西天目山均曾到过,尚还记得。上官红前随易静南海省亲,曾由江、浙上空飞过,易静爱她,曾将沿途所经名山一一指点,记性又好,竟比英琼还熟。二人遁光连在一起,把臂同飞。英琼见她秀美温柔,女同门中极少这样人品。暗忖:"癫师姊不愿收丑徒,不知是真是假?此行如有机缘,能像此女这样收上一个,给她带回,岂不是好?"二女一路说笑,一过汉水,便顺长江东下。此行只是思念旧友,无甚要事,沿途名胜所在,虽未下降,飞过时必在空中流连观赏一会,方始前飞。三湘洞庭和鄱阳湖孤山等处,并还绕道前往,沿途耽搁,飞行自然较慢,飞了两日一夜才到京口。

英琼怜爱上官红,恐她飞久疲倦,对于师长又最恭顺,有话不肯求说。想起昔年随父南游,欲往焦山访友,正值江中风狂浪猛,父亲恐被仇敌发现踪迹,欲行又止。曾说焦山庙中,住有一位老友,姓汤名成,以前私交最厚,庙中素斋甚好。何不前往一访,就便歇息,一览江天之胜?心念一动,一同隐身飞降。寻到江心寺一问,汤成已在庙中披剃多年,法号大明,人尚健在,年已八旬,并还做了庙中方丈,只是年老喜静,轻易不见外客。二女知他为前朝名臣,隐名为僧,不便明言来历,便和知客僧说久闻禅师道高德重,特地渡江求见。知客僧方代推病辞谢,英琼已问出方丈居室,正待隐身入内。大明听说有两位道装少女求见,意甚坚诚,虽疑是故人之女,但是来人年纪太轻,又觉不对,遂暗出窥探。上官红窥见窗外有一老和尚,忙用传声告知英琼。英琼试用传声说出来意。大明本有一事为难,一听是昔年忘年至友齐鲁三英中李宁之女,又见二女穿着虽然朴素,神采照人,望之如仙,人未见面,便在耳边说出来意,知非寻常。好在自己苦修多年,清名在外,记名女弟子颇多,无甚顾忌,忙即回房,令人来请。

二人随了知客僧同去禅房,假装慕名参拜,自道姓名。大明随令沙弥走出。然后笑道:"知客随我多年,室无外人,贤侄女但说无妨。"随问:"令尊现在何处?贤侄女年纪这么轻,远涉江湖,家学渊源,不必说了。适才竟能在我耳边说话,莫非武功之外,还精道法不成?"英琼便把父女出家修道之事一说。大明大喜,失惊道:"贤侄女竟是峨眉派剑仙么?我正有一为难之事,昨求神佛默佑,还在愁急,不料贤侄女师徒今日来访,岂非幸事?"

英琼问故,才知庙中隐有一位高僧,先来庙中挂单,名叫镜澄,本是侠僧轶凡的徒弟,为奉师命,除那江心泉眼中恶蛟而来。大明见他相貌清奇,操行艰苦,背人一说,大为投契,留在庙中居住。不久,便乘大雷雨夜,将恶蛟除去。行藏绝隐,除大明外,并无一人知道。事完本要他去,大明不舍。再四挽留,由此一住数年。除每日用功入定外,从不出外,也无他事。

日前偶同大明去往山前闲眺,发现前面两条大官船,正在扬帆顺风疾驶。刚过去不久,镜澄忽然"咦"了一声。再看左侧,有一小船驶过,船上一僧一道,船行迅疾如箭,晃眼追上官船,依傍同行。先与船人似在争辩,一会便同跳上船去。回顾镜澄忽然不见,到晚回转,说在日间管一不平之事,虽然救了两船人的性命,但与妖人结下深仇。并说庙中寄居,便为避一仇敌,想等师父闭关期满,前往求助。不料今日所伤妖道,竟是仇敌门下,踪迹已泄,早晚必然寻来。镜澄本可一走了事,惟恐贻祸,自己又非仇人对手。算来只有昔年师弟赵心源与峨眉、青城两派剑仙多有师门渊源,听说人在川西行道,如能寻见,或可无事。镜澄当日曾与妖道约定,要在一月以后往九华山斗法,一决存亡。又暗告大明,这类妖人多无信义,万一期前来寻,就说自己本是游方僧人,在庙中寄居。只装众均厌恶不理会的神气,不可与来人多言,说话务要谦和。说完匆匆飞走,一晃已二十来天。

这日忽有男女二妖来寻,话甚强横,说奉乃师龙真人之命,令秃驴镜澄三日之内前往天台山顶纳命;否则全庙和尚均无幸免。并称换地斗法,并非因为九华山乃峨眉派贼道往来之所,便不肯去,实为龙真人不屑与秃驴定约之故。说完,故意示威,扬手一道碧光,将后殿台上一座七尺多高的铁香炉,连石台斩成两半,腾空飞去。庙中和尚自是惊惶,幸而都是大明嫡传徒子徒孙，事情不曾外泄。虽因女妖人行时，知客答话得体，又见全庙均是寻常僧众，口气缓和，只令速寻镜澄，告知前事，未再口出伤人，但心终不放。

大明深知镜澄精于剑术道法，看他行时匆促神情，知道敌人厉害。正在愁急，不料二女寻来，竟是峨眉门下高弟，听口气直未把妖人放在心上。先还不信二女小小年纪有此法力。英琼因对方乃父亲至友，便把学道诛邪经过说了一些，又取飞剑、法宝略显神通。大明看出二女本领果比镜澄高强，惊喜交集。便问知客僧，如何应敌人之约。知客僧答说："二人原说，乃师近往仙霞岭访友，尚须数日才回天台，故此限令第七天到达。如等他亲自上门，全庙人众休想活命。现在刚过三天。"大明便留二女在附近民家或觅山洞暂居，到日前往。英琼欲寻英男，不肯留住。后经相劝，谈到天黑，吃了一顿丰盛素斋。英琼赠了大明三丸灵丹，说往天目山访看三个女同门，到日同往天台诛邪。镜澄如回，告以事决无害。大明以妖人凶恶，不甚放心，坚邀英琼在成功之后再来一见。英琼笑答："这类妖人决非自己对手；事如不成，妖道必要前来寻事。实是事忙，恐难再来。"说完辞别。

英琼因受大明之托，又不知妖人虚实来历，心还在想："各异派中有名人物，并无姓龙的妖道。"等到了天目山松篁涧，刚要下落，忽见下面飞上一道白光，中一青衣少女，见面笑问："二位道友，可是来寻家师的么？"二女早看出对方是峨眉家数，一问名叫楚青琴，乃英男新收女弟子。见她相貌美秀，新学本门剑术已有根基，心中甚喜，便说了来意。青琴一听，二女竟是师父至交，向往已久，不禁狂喜，忙唤："师伯、师姊，请入洞中礼拜。"

英琼得知英男等三人，连同李文衍新收弟子司空兰，都因事外出，说要第三日才回。见洞中石室虽只七八间，外景灵秀，又经英男、芳淑时常布置，陈列精雅，全洞光明如昼，净无纤尘。又见青琴根骨法力虽不如上官红，人却老成温柔，对自己和上官红亲热异常，再四挽留。心想："反正要到第七日才往天台除害，英男等三人回来同去，正是时候。"便把先前打算寻见英男，不到日期先往仙霞岭搜除妖道的原意打消，就在洞中住下。青琴貌美灵慧，早听乃师说起英琼法力之高，将来并有入居幻波池同修之望，想见面已非一天，留住以后，一面诚敬款待，一面殷殷求教。英琼也极爱她，每问必答，谈得十分亲热。

到了第二日夜间，正值山中大雨之后，山光如染，夜景澄鲜，明月吐辉，碧空万里。青琴为表恭敬，特在崖顶设下酒肴，把乃师新从海南各地采来的佳果，连同洞中腌腊笋蔬之类，全数搬了出来，请二女食用，对月畅饮。英琼正对上官红笑说："我们自从入居幻波池以来，只三月前你师父寿日，曾往静琼谷同吃了一回寿酒,仙府中除偶用酒果外,从未动过烟火之物。你余、向二师叔都会做菜,讲究饮食。你幼受恶人虐待,人间珍味多未尝过,以后道成,便断烟火。难得有此现成美食,何不吃个畅快?"

话未说完,青琴忽然惊呼:"妖人来了!"英琼随手指处一看,西北方遥天空际,忽有三点紫色星光游动,并不甚快,细看也无邪气。因朝自己飞来,忙把身形隐去,悄问青琴:"怎知妖邪?"青琴答说:"弟子看错了。那日有一妖道龙飞,遁光也是紫色,只是较暗,被师父用南明离火剑赶走。这紫光乍看相似,以为妖人来犯,不料看错了。师伯,紫光是如意形,正朝我们飞来,看去像朵灯花,里面又没有人,是何缘故?"

英琼近来法力大增,已看出那紫光似是无主之物,载沉载浮,在皓月明辉之下,互相激撞引逗,时缓时快,迎面飞来,相隔已近。心疑是甚奇怪法宝,也许主人遇敌受害,因具灵性,自己飞回。忙用太清仙法设下禁网,并将圣姑留赐的一面宝网拿在手内,准备此宝如有主人,便放过去;如系无主之物,便用分光捉影之法收下,再作计较。刚布置好,忽听侧面又起了破空之声,又是一道暗紫光华飞来,看意思似向前面三朵紫焰追了上去。这时那紫焰相隔英琼只十来里,空中望去,宛如三朵如意形的灯花,时大时小,舒卷无常,灵焰流辉,精光明艳,好看已极。本来飞不甚快,晃眼便被暗紫遁光追上。方疑宝主人追来,忽听青琴高呼:"紫光便是妖道龙飞,师伯留意!"

英琼先听青琴一说,知道天台山妖道竟是昔年在成都辟邪村斗法漏网的妖道七手夜叉龙飞。师叔风火道人吴元智便死在他子母阴魂剑下。前听人说他已经伏诛,怎会还在?早就打算遇上时决不再令漏网。及见暗紫妖光飞来,心中一动。又听青琴指说,正要上前,那三朵紫焰刚被妖光追上,略一接触,忽然由慢而快,电掣星飞,迎面射到。后追紫光中妖道也已现身,好似宝光快要到手,忽被逃遁,妖光也被荡退老远。略一停顿,重又急追,势甚神速,还未追上。先是数十道暗绿光华夹着大片阴云惨雾,狂风鬼啸之声,急涌而来。英琼低喝:"妖光厉害,青琴不可动手。红儿先去迎敌,我收完三朵紫焰,再同除害。"

英琼原因看出紫焰与佛火心灯所发灯花神光相似,知是至宝奇珍,不是妖道所有,一时疏忽,只顾收那紫焰,不曾先除妖道,于是惹出好些事来。说时迟,那时快,英琼话刚说完,紫焰朝人直飞,已经自投太清禁制之内。英琼如用手中宝网将其兜住,除了妖道,再收不迟。只因紫焰强烈,吃太清禁制一挡,光突然暴长,上下乱冲,想要挣逃,惟恐遁去,又知上官红必能胜任,连法宝、飞剑均顾不得使用,立将身剑合一,朝那紫焰圈去。一面施展分光捉影之法,一面发出手中宝网,大蓬其亮如电的银丝朝上网去,三管齐下,自是成功。其实神物有主,英琼那口紫郢剑正是古仙人艾真子的故物,与这三朵灵焰气机相感,原有应合。英琼剑光往上一圈,那大蓬银丝乍一出现,还未罩上,紫焰已被英琼接去,落在手上。见是三朵形似灯花,若实若虚,温软轻浮的宝光,急切间看不出是何质地,但知是异宝奇珍,心中大喜。恐其遁走,仍将宝网招回网住,同放法宝囊内。

再看上官红,已与妖道交手。妖道来势甚急,本不知崖顶有人隐形相待。一见紫焰飞到崖顶,金霞突现,阻住去路,看出前有太清禁制,猛想起下面正是前遇峨眉门下三女弟子所居,来时怎会忘却?不禁又惊又怒,惟恐至宝被夺,忙催遁光急追,想先下手为强。忽听一声清叱,对面崖顶另飞起一道紫光和一蓬银丝,正朝紫焰网去。光中人刚现身,同时对面又飞来一个白衣少女,美艳如仙,从所未见,不由色心大动,妄想擒回山去受用。刚一转念,一道银虹已迎面飞来。

龙飞邪法原高,近年加功苦炼,较前更凶。看出对方剑光强烈,方觉峨眉这些小狗男女怎都持有仙剑?为想生擒敌人,暗使阴谋,先把随身飞剑放出迎敌。再将一套子母阴魂剑化为数十道惨碧妖光,想将对方围住,即便飞剑不受邪污,稍微沾上邪气,人也晕倒。哪知凶星照命,上官红胆大心细,遇敌惟恐丢人,未曾动手,先防败路。又见来势猛恶,满空妖云邪雾,阴风鬼号,料知邪法厉害,早有准备。不等妖云围拢,玉臂一振,身穿白云诃立化为一幢银霞,将身护住。紧跟着,扬手便是一粒弹月弩,酒杯大一团寒光,出手爆炸,一声大震,剑光立被荡退,妖云邪雾也被震散了一大片。

龙飞见状大怒,正待施展邪法再下毒手,猛瞥见那三朵紫焰已被另一少女收去。紧跟着,一道紫虹电掣飞来。忽想起敌人这道剑光,颇与传说中的紫郢剑相似,心方一惊。英琼对敌素来胆大疾恶,心灵手快,法宝又多,剑光刚飞出去,紧跟着又把新炼成的青灵髓和燧人钻一起施为,再将太乙神雷连珠打出。当时金光百丈,霞彩千重,雷火漫空,精虹电舞,一齐施威。满空妖云邪雾,固是转眼消散,连龙飞的九子母阴魂剑,吃紫虹、青霞、火钻、神雷四外夹攻,立成粉碎。甚至连当头的朗月疏星,飞云断絮,也全被映成了好些异彩,霹雳之声,震得山摇地动,响彻重霄。

妖道已经警觉那收紫焰的少女就是峨眉三英中第一号人物。因其年轻美貌,犹存侥幸之心,见机稍迟,没想到敌人这等厉害,一套子母阴魂剑先被消灭。另外一件法宝刚发出手,妖光闪得一闪,还未发出威力,又吃上官红弹月弩一团寒光飞来,立被击破。敌人法宝、飞剑、太乙神雷又复一齐夹攻而至。不由吓得心胆皆寒,忙纵妖光想逃,已是无及。紫虹先已上身,一团六角形的青色奇光又相继迎头打下,猛觉周身如坠洪炉,奇热如焚。知道不妙,只得运用邪法,将右臂往上一扬,施展化血分身,化为一溜紫红色的妖光,电也似急刺空飞去。

英琼因想妖道不除,必留后患,焉肯容他逃走,忙喝青琴速回守洞,随带上官红飞身追去。双方飞遁均快,宛如惊鸿渡空,流星赶月,向前疾驰。妖道回顾敌人穷追不舍,虽然咬牙切齿,暗中咒骂,还有两件厉害法宝未用,但因敌人威力太大,休说寻常正教门下,便昔年辟邪村所遇对方诸长老,也极少这等法力。最可恨的是敌人欲斩尽杀绝,早晚追上。正在惶急万分,忽见前面高山入云,峰巅杂沓,知道正是越城岭黄石洞左道中名人秦雷、李如烟夫妇所居。暗想:"这两人邪法甚高,以前本是同道至交,因为刁狡险诈,知道正派势盛,不肯与众合流,借口人不犯我,我不犯人,日在山中逍遥快乐,差一点的同道,多不肯见面。这厮还有一弟一女,更是凶横异常,虽被禁止出外,心实不服。此时必在洞内外下棋、种花,何不假装托庇,引鬼上门? 能仗他所设八反风阵,将敌人炼化报仇更好;否则,这厮平日狂傲,专说大话,仇敌上门欺人,也必难堪,怎么也不肯甘休。"毒念一生,立往黄石洞飞去。

事也真巧。秦雷这日心灵上忽有警兆,如在平日闭洞不出,外有邪法禁制,龙飞急切间也冲不进去,原可无事。偏是他多疑情虚,想起平生淫恶,害人太多,虽因见机隐迹,久未出山,终是提心吊胆,惟恐正教中人寻上门来。一时情虚,去往洞外演习妖阵,以防万一。事完,见无异兆,天色又极晴朗,日丽风和,谷中繁花盛开,景物奇丽。妖妇李如烟,因秦雷近年常说峨眉敌党,近派门人下山行道,虽是一班小狗男女,竟比老的还要厉害,万一寻来生事,却是惹厌,最好就在洞中闭门不出,或保无事。想起时常气闷,见当日这般好景物,便笑秦雷过于胆小怕事,空负多年盛名,传说出去,岂不被人笑话? 弟、女二人再一附和,秦雷想起多年盛名,这等胆小怕事,虽是家人,也觉难堪,竟被激动。于是四人分成两起,下起棋来。

一局未完,秦雷心终不定,一想谨慎些好,便回洞内去取法宝,以备临事应敌之用。谁知刚一入洞,龙飞便已逃来。下面三人虽听破空之声由崖后传来,偏那一带危崖高矗,遮住目光。又正当专心下棋之际,听出是同道中的飞行之声,只是快得出奇,方一寻思,来人遁光已绕崖飞近,以为龙飞有甚急事相求,不知后追强敌。刚起身招呼,还未看真,妖光才一到地,一道紫虹和一道白虹也跟踪追到,看出来了两个女敌人。也不想想龙飞邪法并不寻常,如何这等狼狈? 秦雷之弟秦迟,因和龙飞交厚,首先扬手一道黑光,放过龙飞，迎上前去。

英琼、上官红追敌时，为求迅速，除遁光外，法宝、神雷全都备而未用。一见下面现出一条山谷，风景甚好，中有男女三人，龙飞正往右崖洞中逃去，已疑对方定是妖邪一流。又见妖党迎敌，如何能容，法宝、神雷一同发下。三妖人也真该死，分明见来敌剑光不是寻常，依然自恃谷中设有妖阵，以为略一施为，便可将人困住。做梦也未想到对方出手如此神速，法宝威力大得出奇，紫虹迎着妖光只一绞，立时粉碎。秦迟见状大惊，正待施展妖阵，数十百丈金光，雷火连同各色宝光、飞剑，已同时夹攻而来，端的比电还快。未容施为，先吃上官红一弹月弩，将身子炸成粉碎。妖妇李如烟母女更是措手不及，刚惊呼得一声，化道妖光想往左侧闪避，并发挥妖阵时，妖女先被燧人钻那一道带有五色火花的红光穿胸而过，炸成粉碎。妖妇一见爱女危险，情急欲援，青灵髓已当头压下，人被青光罩住，当时周身奇热如火，空有一身邪法异宝，一件也未用上，当时惨死。二女剑光、神雷再往下一压一绞，连元神也一起消灭。

龙飞见状，猛想起当地形如一个钵盂，上空已被敌人剑光、神雷布满，没有逃路。秦雷人最狠毒，知道自己如逃进洞，阴谋必被看破，不问对敌与否，必对自己先下毒手。到了洞门以内方一迟疑，只见英琼杀完三妖人，一指飞剑、法宝，正往洞中攻进。忽听一声怒吼，眼前一暗，天日全昏，只见愁云漠漠，惨雾沉沉，四外阴风飕飕，风虽不大，吹上身来竟有寒意。雷火、宝光照耀之中，四外都是一样，先前崖洞花树，已全不知去向。英琼知陷妖法之中，便往左右冲了一阵，也未冲出。雷火、宝光虽仍强烈，但只冲不出去。耳听另一妖人与龙飞争论咒骂之声，时近时远。等用神雷、飞剑射去，始终未见人影，却也无害。暗忖："如今紫郢仙剑威力越发神妙，身剑合一，万邪不侵，妖阵并不能伤自己。除四外妖雾黑暗而外，并无他异。到底是何作用，怎未觉出？"

英琼心正奇怪，忽见上官红飞近身来，笑问："师叔，可觉冷么？"一句话把英琼提醒，暗忖："自己近来功力大进，休说微风，便连北极陷空岛那等奇寒，都无奈我何，怎会身上有了寒意？红儿虽然不如自己，但也曾服小还丹和圣姑指名留赐的毒龙丸，怎会冷得脸都变色？前听易师姊说有一个最厉害的妖人，邪法狠毒阴险，所炼风烟邪雾，能在不知不觉之中使人中毒昏迷，能连全身化尽。如若遇上，要将心神护住，再打主意除害，以免冷不防误中暗算。幸亏我仙福深厚，法宝众多，又有仙佛门中至宝如定珠、紫郢剑、青灵髓之类，如善运用，仍可转败为胜。照此形势，必是所说邪法无疑。"英琼刚与上官红联合，待将青灵髓招回防身，先御邪风，再取定珠一试时，忽听龙飞笑问:"秦道友怎不下手?"妖人答说:"我这八反风阵威力极大,多高法力也迟早会被吹化。尤其贱婢雷火越强,阴风受了激荡,威力越大,早晚必将贱婢擒住,报仇泄恨,你忙做甚?"

二妖人原因仇敌虽被困妖阵多时,只一个面上略带寒色,另一个更是若无其事;又见宝光、神雷威力神妙,虽有邪法、异宝,出手等于白送,无法应用。因而故意说此反话,想诱敌人收回法宝、神雷,免得一时疏忽,不及转变阵势,被敌人仗着法宝、神雷之力猛冲出去。哪知英琼天生是邪魔的克星,胸有成竹,佛家至宝又极神妙,哪把邪法放在心上,闻言仍将定珠放出,全不理会。那粒定珠又与心灵相合,炼成第二元神,一运玄功,一团佛家慧光祥霞,立即从头上飞起,晃眼加大,竟达亩许方圆,将二女护住,阴寒之气立止。英琼知道定珠神妙,不可思议,邪法越强,慧光也是越盛。一见珠光暴长亩许,才知邪法果然厉害。就这转盼之间,忽听八方风动,狂飙怒号,宛如海啸,波鸣浪吼,声势猛恶,比起前在莽苍山风穴所闻风声还胜十倍,但不现甚行迹。初次经历,因觉风声猛恶,没想到妖阵已被佛光破去。英琼正想如何才可冲出,刚把遁光合在一起,打算冲出阵外再说,猛觉那风并不上身,似往四面吹去。晃眼瞥见天光,当空阴云惨雾也齐化为残絮,急如奔马,随着狂风往外卷去,一闪不见,天色重转清明。只见前见崖洞换了方向,知被邪法颠倒阵形所致。

二妖人刚由洞前驾了妖光向上飞起,见定珠慧光出现,以至破阵,共总一两句话的工夫,休说英琼不曾留意,便妖人也没想到这等快法。尤其秦雷心痛妻女之死,妖阵被破,竟忘逃走。及见龙飞先逃,妖风全灭,忽然警觉,跟踪飞起时,二女也同看破,忙纵遁光急起直追。秦雷也是运数将终,心恨龙飞,意欲逃出敌手,先将他杀死出气。一见背友先逃,更是怒极。仗着飞遁神速,怒吼一声,抢向前去。龙飞知他心凶手毒,时刻提防,闻声忙即闪避。秦雷飞遁极快,立被越向前去。偏那地方是片危崖,必须绕崖而过。秦雷正往上斜飞,刚绕过崖角,猛听破空之声,方在心惊,一道朱虹已迎面飞来,看出厉害,事起仓促,忙逃无及。微一惊疑之间,朱虹先已上身,二女人还未到,法宝、神雷先由妖人身后一齐打来。秦雷多高法力也是无用,一个措手不及,顿时形神皆灭。

龙飞却是机警异常,往侧一偏,瞥见对面飞来一个少女,手发朱虹,正是日前所遇持有南明离火剑的余英男,身后又有两个强敌,不由亡魂皆冒,慌不迭往斜刺里飞去。英琼见英男飞来,心中欢喜,略一缓势,龙飞已经逃走。匆匆不顾说话,一声招呼,联合一起急追下去。

第二八五回

救仙童　误投玄牝阵
援道侣　同返幻波池

话说龙飞见三女追来，惊魂皆战，不顾命地朝前飞驰。英琼、英男一受父执重托，一受妖人日前欺侮，全都愤激，立意除此一害。彼此又是至交姊妹，敌忾同仇，疾恶之心尤甚，不问青红皂白，只管穷追。上官红自然也随同追赶。追来追去，不觉追上回路，到了庐山五老峰上空，天光已到了半夜，月照中天，碧空如洗。眼看龙飞在前，即将追近，忽由五老峰上飞起一片暗红色的妖光，将龙飞接了下去。

英琼、英男、上官红也已飞近，见峰腰磐石上坐着一个奇形怪状的丑胖妖妇，龙飞正在大声疾呼："师姊留意，贱婢法宝厉害！"妖妇方答："无碍。"同时前见红光已将男女二妖人一齐护住。妖妇手持一支红光闪闪的小叉，似想发出。不料三女来势神速无比，竟未容她施为，连神雷带飞剑、法宝同时下击。龙飞早就觉出不妙，因为连受重创，元气已伤，又知再逃仍无活路，本心只想乃姊飞龙师太近将元神凝炼，无异生人，神通越大，如往求助，不求免死，只求舍却肉身，在她妖法护庇之下保住元神遁走，便是万幸。不料妖妇仍是当年狂傲骄敌的心性，不容分说，反用妖光将他一起护住，连想单逃都不能够。正急得乱叫，数十百丈金光、电火，连同红、紫、银三道剑光以及青霞、火钻同时压到身上。休说妖妇，便是天仙，也难禁受，当时全成粉碎，连残魂一齐消灭。

三女方在快意，忽听身后崖洞中有鬼哭之声，心中奇怪。英琼凑近前，便听鬼声哭喊道："外面可是李英琼、余英男二位道友么？"英琼一听，语声颇熟。又见崖脚是片整石，并无洞穴，知道人被妖法禁制。只想不起被困的人是谁。英琼便问："你是何人？怎会知我二人名姓？"随听壁中答道："我二人现为妖法所困，不能脱身，肉体已在日前兵解。因不听金蝉、石生他们之劝，意欲转世，不料途遇司空湛门下男女妖徒，将我二人摄来此地，欲与妖妇合谋，用我二人生魂祭炼法宝。妖徒因寻隐僻所在祭炼妖法，出山物色地方去了。多亏三位道友飞来，将妖妇杀死。我们以前也非无名之辈，此时一败涂地，无颜自解。只请三位道友念在玄门一派，用贵派太乙神雷，朝着正面离地三丈的崖壁上打去，再用李道友佛家定珠朝残魂一照，邪法自解，那时再说详情吧。"

英琼性急，越听那语声越似以前听过，偏生想不起来。及听说起人已兵解，并与金、石诸人相识，正要下手解救，又听出另一人是个女子口音，却甚耳生。方想他们是何人？忽听英男手指壁间笑问道："你二人怎的不说名姓？我们知你们是好人坏人？"说完，仍不听回答。英琼方要开口，吃英男摇手示意，便即住口。英琼方用传声问故，上官红站在旁边错会了意，以为内中被困的是左道妖魂，又听对方口气可疑，暗忖："此人既遇七矮师叔，如是好人，决不会容他兵解，又被妖徒寻来，不加闻问。"同时瞥见空中似有红云一闪不见。李、余二女只顾查听对方，不曾留意，便把乙木仙遁暗中准备，以防万一。

随又听壁中女子微微叹息了一声，说道："英男贤妹，我的声音你也听不出来么？"英男笑道："我早听出你那同伴口音，便料有你在内，不然我也不问。想当初，你虽强迫收我为徒，并非恶意。尤其贱婢孙凌波对我凌虐，你并不袒护她，只有帮我骂她。虽因心志不投，背你逃走，受尽苦楚，但我并不恨你，何必藏头缩尾？如以为只要出困，便可脱身，除非我三人肯放你们逃走，否则仍是无望，何不实话实说？"女的叹道："说来话长，一言难尽。擒我二人的对头，乃是一男一女，均得司空湛真传，淫凶狠毒，几无人理，隐形飞遁，更是神速。乃师前年为大方真人所败，自知不了，逃往海外隐藏。二妖徒不曾跟去，并向乃师夸口，欲炼邪法报仇。仇敌来去如电，说回就回。我对你不敢再说师徒情分，只请你念在当初我虽强迫你拜师，终是好意，请念昔年香火之情，先将我二人放出，再谈详情，以免万一仇敌赶回，措手不及。

英琼闻言，忽想起男的正是在峨眉强迫自己随他同行，后在莽苍山遇见仇人，把自己放在古庙内的赤城子。听女的口气，必是阴素棠无疑。暗忖："这两人以前也是昆仑派有名剑仙，只为一时失足，误入歧途。二人法力颇高，怎会落到这般光景？按他们以前行为虽然可恨，自己和英男总算因祸得福。"闻言心肠早软，笑说："男妹，他二人既受邪法禁制，必多苦痛，放出再问，也是一样。"

英男刚一点头，猛瞥见红影一闪，忽听壁内惊呼："二位道友救我！"声才入耳，离地三丈的崖壁突现一洞，一片粉红色的妖光裹着阴、赤二人的生魂电也似急飞起。同时红光中现出男女二妖人，一个摄了生魂向上急飞，一个手指一片同色妖光朝三女当头罩下。事也真巧，李、余二女均想先破邪法，救出二人生魂，再问经过，手中太乙神雷正往外发，双方正好撞上。接连两声震天价的大霹雳，雷火、金光四下里横飞中，二女两道飞剑也已出手。妖人似知不妙，慌不迭纵起妖遁，向上斜飞。二女看出妖遁神速，阴、赤二人生魂又被另一女妖人摄了先飞，惟恐妖人隐形逃走，不易追上，方在着急，一同追去，忽听上官红笑说："妖人决逃不掉，二位师叔放心。"

上官红说时，一片青霞中杂无数巨木影子，忽由上下四外突然出现，齐向中心压到。二妖人已经先后离地，飞起数十丈高下。女的带了生魂在前，闻得雷声，失惊回顾，当空青霞神木忽现。男的看出对方飞剑、神雷厉害，果不虚传，差一点没受重伤。方想一面飞逃，一面示意妖女，令其隐形同遁，等把生魂摄走，再打复仇主意。猛觉青霞照眼，看出是乙木仙遁，知已入伏，喊声："不好！"想逃无及，连女的一齐被困住。上官红正想施展全力，用乙木神雷将二妖人打死，忽听英男疾呼："红侄，且慢，不可伤那生魂。"上官红笑答："遵命。"把手一指，青霞连闪几闪，便将阴、赤二人身外红云荡向一旁消灭。再把手一招，二人生魂便脱出重围，向三女面前飞来，口中疾呼："妖邪诡计多端，留神遁走。"

上官红原本细心，见妖人被困青霞之中，四外神木宝光正在疾飞电漩，往上压去，晃眼神雷便要爆炸，正在施为，猛想起妖人邪法颇高，怎会身困阵内，毫无抵御？忽又听英琼一声清叱，一道紫虹往上一绞，只听接连两声惨号怒吼，两条红影突往左侧地底穿去。女的一个稍微落后，吃英男飞剑拦腰一绞，扬手一片金光雷火，震成粉碎。只男的被英琼斩断双脚，受伤逃去。

原来这男女二妖人，一名金泰，一名温如花。自从妖师隐逃海外，便与许飞娘等妖人勾结，专与正教中人为难。这日行经苗岭，缺少两个生魂。阴、赤二人晦运当头，认出前面遁光眼熟，心想："此去转世，如无人相助，好些不便。"又自恃身带法宝，尚能运用，不但未逃，反倒迎上前去，意欲看清来人，相机求助。谁知自投罗网，刚一对面，认出来人竟是司空湛的妖徒金泰、温如花，知道二人淫凶狠毒，翻脸无情，心中着慌，只得硬着头皮上前答话。刚说得一半，发现女的目射凶光，嘴皮微动，觉出不妙。正在戒备欲逃，一片妖云已当头罩下，虽有法宝防身，但是原身已失，功力太差，勉强能够自保；对方邪法又高，对于搜摄鬼魂，又具专长。不多一会，法宝被人夺去好几件，元神也被擒去。妖人初意，将二人生魂炼那妖幡。因缺少一个帮手，知道妖妇飞龙师太元神新炼成形，正好合谋。又因阴、赤二人尚有飞剑不曾夺去，为防逃遁，便将二人生魂带往五老峰，禁闭洞内，交与妖妇防守，自去寻觅设坛之处。等把地方找到,归途遇见小南极四十七岛两个旁门散仙,也是一男一女。得知南海双童和金钟岛主一音大师叶缤师徒两下里夹攻,四十七岛妖人十九伤亡。这两人本是夫妇,不知叶缤手下留情,有意放走,妄想逃往中土,寻人报仇。行至五老峰附近,撞见二妖人,又被将生魂摄去。

二妖人正想和妖妇飞龙师太商议,多炼一面妖幡,遥闻杀声震天。连忙飞往查看,瞥见妖妇飞龙师太尸横就地,崖上立着三个少女。隐身往探,听出是峨眉门下,又惊又怕。忙使邪法分途下手,想将阴、赤二人元神先行摄走,就便暗算仇敌。先因师言峨眉三英最是难斗,上来还留有退步。不料上官红预有戒备,早将乙木仙遁暗中埋伏,原防崖中妖魂逃走,恰好用上。二妖人最是机警狡诈,见势不妙,假装被困,各幻出一个化身,暗中紧附阴、赤二人之后,随同遁出。本心先前只是骤出不意,自己精于地遁,逃时还想暗放冷箭,报仇出气。不料所摄两散仙的生魂本非弱者,看出仇敌势败,意欲乘机遁走,出时突然猛力强挣,哀声呼喊求救。英琼先听英男一说,早就心动,闻言警觉,立把定珠慧光放出,恰将妖人隐形法破去。两散仙也便挣脱邪法禁制。英琼又扬手一神雷,英男飞剑一绞,二妖人一死一伤,穿地逃走。两散仙也是孽重,英琼不曾想到另外还有他两个生魂,吃佛家慧光一照,本身邪法全破,仅比寻常游魂强不多少。又因对方也是峨眉门下,慌不迭乘机逃去。等三女想起,打算喊回盘问来历,助其转世,已经逃远不见。

阴、赤二人脱险以后,即向三女下拜,说起兵解经过。三女觉对方也是前辈剑仙,落得这般光景,又对自己如此卑躬屈膝,自称从此悔悟,改邪归正,越动怜悯。一面还礼,问其意欲如何。阴素棠凄然答道:"我二人本意想往人间,选一积善人家投生。此时想起良机难遇,一个不巧,再遇这类妖邪,仍难免祸。最好求贤师徒深恩成全,助我二人转劫重生,感恩不尽。"三女俱都心慈,对方一经归正,早有同情。二英回忆昔年,也颇有知己之感,英琼首先应诺,英男、上官红自无话说。行时,因见残月犹挂林梢,空山无人,到处泉响松涛,五老峰一带景甚幽静。上官红笑说:"此时离天明尚早,何处寻访人家? 此山夜景清幽,我们闲游到天明,再计较如何?"李、余二女闻言笑诺。随即行法,把残尸去尽,步行下峰。遥望鄱阳湖波光云影,上下同清,斜月光中,宛如大片水晶琉璃,上面放着两三个翠螺,景更清丽。

阴素棠偶说含鄱口望湖,风景更好。英琼性急,便同飞往。到了含鄱口,众人再改步行。快要到达,阴素棠忽然悄说:"我们速隐身形。"三女依言,随她手指处隐形飞降。一看,前面崖后立着两幢红影,正是先前受伤逃走的妖人同了妖女生魂,面前倒着两个少男少女死尸,正在行法,一边争论:

意似想要借体重生，为防原死人的生魂突然回转，并被外人看破，正商议行法，隐避行迹。余英男见男女妖魂已经飞起，等待女尸抢扑上去。男的因双足已断，说女的只剩元神，不必忙此一时，将其拦住，意欲抢先。余英男猛想起阴、赤二人正在寻找庐舍，正好学样，恐妖魂附体，便有顾忌，又防逃走，一时心急手快，也没和英琼说，飞剑、神雷一齐发动。二妖人已成惊弓之鸟，本就胆寒，女的又是元神，逃遁较易，剑光雷火一现，首先遁走，英男飞剑没有追上。只男妖人私心太重，为防仇敌追来，意欲抢先，不料众人由后掩来。等到他闻得雷声想逃，已被神雷击中，飞剑又拦腰一绞，当时伏诛。元神刚待飞走，英琼、上官红的飞剑同时夹攻，电掣飞来，当下将妖魂围住，只一绞便已消灭。

英男随对阴、赤二人说起前意。二人早看出地上两人十分俊美，又是修道多年的法体，闻言也颇合意。便对三女道："这两人必是前逃两生魂的法体，也是旁门中人，因胆怯情虚，又被佛家慧光一照，元气大伤，只能另投人身。借用他们的躯壳无妨，但是这类旁门中人道路不同，身上邪气也还未尽。最好仍请李道友用佛家慧光再照一下，我二人便可回生，永拜大恩了。"英琼笑诺。随将定珠放起，照定死尸头上。阴、赤二人随运玄功，往上一合，当时复体重生，坐了起来，伏地拜倒。三人连忙避谢不迭。一看那两具肉身功力甚厚，又是一男一女，俊美非常，佛光照后，不带一丝邪气。二人因妖人伏诛，只逃得一个元神，试用玄功一收，先失去的法宝均在妖人法宝囊内，妖人死后，由空下坠，落向危崖之内，立连宝囊飞回，还多得了几件法宝。二人欲送三女收用。三女见他们意甚坚诚，只得各分取了一件。

事完，互相劝勉两句，正待分手，阴素棠道："李道友眉间杀气甚重，虽无大害，也须留神。前两月偶游黄山，云路中突遇沙红燕，同了辛凌霄师妹，说起幻波池诸位道友，仇深恨重，正在约人前往报复。所约人中，内有两个乃是潜伏东海已二百多年的妖人，妖法甚高，不可不防。以我猜想，必在日内往犯。三位道友如无甚事，最好回山待敌，比较稳妥。易道友他们法力虽高，又有圣姑所留五行仙遁，固是无碍，但李道友这粒定珠关系甚大，有此佛门至宝，便老怪丌南公亲来，至多不胜，也不致便遭毒手。不过事情还须善于应付，否则沙红燕乃老怪爱徒、宠姬，如若杀死，老怪纵因道友为后辈，也必不肯甘休。此女虽是左道，近年因受老怪再三告诫，有所收敛，已少为恶，能不伤她最好。辛师妹更是昆仑派同道，与贵派师门颇有渊源，素不为恶，只是受人蛊惑；又以丈夫卫仙客惨死，不知悔改，一意孤行。虽然愚昧无知，处境可怜，也望诸位道友网开一面，免得多树强敌。贫道以前也是正派中人，一朝失足，不可自拔，以致骑虎难下，才有今日。如非贵派诸位道友两次解救，连元神均难保全。此时幸得重生，悔恨无及。尚望诸位道友采纳愚见，仙福无量。"

英琼闻言，想起父亲行时之言，本就心动，听完猛觉心灵上起了一点警兆。忙向二人称谢辞别，同了英男、上官红回山。途中英男想起师命所办的事已经办完，正好移居幻波池，与英琼等同修。因为爱徒楚青琴尚在天目山留守，算计李、向二同门必已回山，意欲回转天目山，带了青琴，就此移往幻波池。和英琼一说，英琼因方才心灵上有了警兆，便令英男师徒随后再去，自带上官红先返幻波池相候，以防万一。其实英琼如不急此一时，随了英男去天目山，携带青琴，便可岔过，不致受那危难。一则定数所限，不能避免；再则英琼如不先遇妖人，发难便缓，个人虽然无事，幻波池仙府却也未必能够保全了。经此一来，英琼虽吃点亏，易静、癞姑却有了准备。并且时机瞬息，好些巧合之处，稍差一些，便成大害。此是后话不提。

英琼、上官红听阴素棠一说，惦念幻波池安危，归心似箭，别了英男，二人一同加急飞行，往幻波池飞去。当地离依还岭云路约三千里，二人飞遁神速，不要多时便飞了一多半。天已过了中午，沿途云白天青，到处山光如黛，晴空万里，天风不寒。二人破空疾驰，飞得甚高。上官红笑说："今日风日晴美，弟子沿途留神观察，不见丝毫征兆。也许师叔听了阴素棠之言，一时多疑，并无甚事。"英琼方答："我今日心神不甚宁帖，多半有事。"话未说完，人已飞到巫峡上空。遥望前面一山，高矗云外，只要再飞过去三数百里，便到依还岭对面的宝城山。因飞得高，老远望见隔山依还岭上静悄悄的。英琼心刚一放，只顾朝前观看，互相问答，没有留意到山那面有无异状。等到飞过十来里，依还岭已经在望，二女脚底山甚高大，内中颇有峰峦洞壑之胜。虽与依还岭遥遥相对，相去只有二百来里，因为易、李、癞姑三人自到幻波池一直无暇，仅在空中路过，来往两三次，发现下面景甚奇秀，屡欲往游，未得其便。二女过时，想起前面中部一带，风景似乎更好，这才低头俯视，既然顺路，就空中查看过去。便将遁光降低，向前飞行。先前因飞行太高，只见下面一片苍绿，大小峰峦玩具也似。这一降低，越看出山的好处，只见沿途白石青松，树色泉声到处迎人，应接不暇，虽是走马看花，也觉有趣。英琼暗忖："此山与依还岭相连，中间只隔着一带危崖大壑，想不到风景这么好，洞壑又多。将来开辟两处，以供门人修道之用，岂不也好？"心念一动，又看出幻波池不似有事情景，相隔又近，瞬息可达，既然无事，便不必忙。于是又把飞行放缓，只顾留意观察，始终没有回看来路山头一带。

正飞行之间,瞥见下面一条白光,白练也似蜿蜒于山半树海之中。定睛一看,原来下面乃是一道广溪,那发源处是一山谷,水由谷中奔腾而来,穿行于丛林绿野之间,沿途分成许多支流,再顺山势往前面绝壑中化为大小瀑布,飞舞而下。记得以前虽也见过,因为飞得太高,水势无此洪大,又当有事之际,没有在意。这时见这山谷两边峰崖对峙,势均灵秀,中宽五六丈,均是水道,不见一点陆地。由高下视,宛如一条缩小的江峡,而景物灵奇,又复过之。一时好奇,想看这条溪峡到底有多长,有无别的奇景。方和上官红同往峡口下降,猛瞥见石口外溪岸旁泊着一条梭形的独木小舟。心想:"这里山高路险,与世隔绝,怎会有船停泊?"

　　英琼方要开口,上官红忽将身形隐起,悄说:"师叔你看,那三小孩多好!"英琼目光到处,三个幼童年均十二三岁,正由对岸草树中飞纵出来,手上各拿着一些花果,急匆匆往独木舟上一纵,朝天看了一看,各持竹竿双桨,驾舟往溪峡中如飞驶去,不时偏头回看,面上各带惊慌之色。二女也早落地,见幼童共是两女一男。内中一女生相奇丑,身材又极矮胖。而且身上到处浮肿,东一块西一块,坟起寸许高下。肤色也是红白紫黑相间,闹了个五颜六色,更加丑怪。下余二童,却是粉妆玉琢,美秀入骨。又都穿着一身树叶兽皮织成的短裙披肩,臂腿一齐裸露在外,各赤着雪白的双足,每人腰背间均插有两三件奇怪兵器,大都土花斑驳,似新出土不久,刃尖却有金光外映,一望而知不是常物。船用独木制成,三童操舟之术极精,转眼便已穿进峡口。

　　二女见了觉着奇怪,本要追去,因三童纵出之处似有光气上升,知道下面藏有宝物,以为幼童既往峡中,不怕寻他不到,先未追踪。赶往树林中一看,见草地里倒着一株大树,似是连根拔起,下陷深穴,宝光隐隐,映着晴日,幻为异彩。英琼见穴甚深,没有下去。试行法一招,一圈旁有五孔的金花突然飞起。忙用分光捉影之法收下一看,竟是一枚上刻五孔和十二元辰的金钱,背面还刻有不少风云水火符箓,都是密层层叠在上面。虽然不明用法,但已看出是件异宝,不期而得,心中大喜。再将遁光往下一照,见这地穴深达三丈,离地丈许以下,便成六角井形,整齐如削。旁边放着一条长藤,好似幼童用以上下。穴底还有一个陶罐,也用法力收了上来。只见罐大尺许,形式奇古,通体无口。拿在手上一摇,内有水声,不知何用。料非常物,便交上官红收好。穴中已空无所有,重又向峡中追去。

　　二女飞到谷口,见相隔二里的转角上,独木舟和幼童影子一闪。等到赶去,就这晃眼之间,连人带船一齐不见。那地方两崖上挂着好几道瀑布,都是白练高悬,由上直下,喷珠溅玉,声若雷轰,激得水烟溟濛,涌起数十丈寒雾。定睛四顾,前途哪有木舟影迹。方想这船怎会隐逃这么快?忽听上官红喊道:"在这里了!"随说,便纵遁光往左边瀑布中穿去。同时接连好几支竹箭由水中迎面射来,又听幼童喝骂之声。这类寻常兵器,原奈何英琼不得,还未近身,便吃遁光消灭。紧跟着,上官红已将男女三幼童擒了出来。

原来瀑布里面,乃是一座极大的水洞,离转角处甚近。幼童事前发现空中飞来遁光与破空之声,疑是对头寻来,慌不迭驾舟入谷飞逃。本还以为峡口外有仙法禁制,外人不能走进,心方略定。丑女忽然想起,当日禁法应失灵效,船到转角,觉着可虑,便连人带船,一齐藏入水洞之中,往外查看。忽然有人说话,跟着现出一个美貌少女,凌波而立,正在张望。幼童一时情急,便将平日防身竹箭隔水射了出去。不料人未射中,猛觉身上一紧,另一少女突然现出,连人带船一齐制住,押了出去。俊美的两个童男女以为身落毒手,正急得破口大骂。丑女忽然大喝:"三弟、姊姊住口!这不是那妖人,莫不是救我们的师父吧?"男童已急得粉脸通红,闻言怒答:"仙人不是说你师父和你此时长得差不多,好点也有限么?怎会比姊姊还好看?又说谷口今日禁制失效,妖妇必要寻来。他们人多,必是她的同党。反正我们须听仙人的话,宁遭残杀,决不拜她为师。"丑女急道:"三弟说得不对,莫非会飞的就是妖妇?也许是师父派来的呢。等问明情由,再骂不晚。"另一少女似是长姊,本随男童同骂,自听丑女一说,便住了口。略一寻思,便朝二女问道:"你们从哪里来的?我们三人均有师父,决不再拜别人为师。如杀我们,又和你们无仇无怨,再说仙人也不饶你们,还是放了我们得好。"

说时,英琼已看出这三个男女幼童全部根骨深厚,灵秀美慧,竟不在上官红以下,任其喝骂争论,只是查看。闻言笑道:"我们决不伤你们,只问你们姓名、来历,怎会在此居住?有无师长、父母?至于强收你们做徒弟,决无此事。就你们肯,我还不一定收呢。"随命上官红撤去禁法,听其回答。

长女方要开口,丑女忙抢向前拦道:"姊姊、三弟,等我来说。"随对英琼道:我名竺笙。他们是我姊姊竺生和三弟竺声。我三人乃同胞孪生,因是生相丑怪,身包厚皮,被父母弃往深山之中。为大鸟抓到本山竹林以内,本要抓吃,幸遇仙人将怪鸟杀死救下。托一女仙抚养,指竹为姓,起名音同字不同。到七岁上,女仙出山不归,断了食粮。我们仗着力大身轻,本山鸟兽山粮又多,苦候了四五年。

"这日往采黄精,我姊姊、三弟无意中吃了两个奇怪草果,回来人便晕倒,只气未断。我误认为毒果,将带回的十几个一齐丢掉。哪知过了三日,他二人身上厚皮脱光，越长越好。只我没吃那果，如今还是丑怪。再往原处寻找，一枚也看不见了。

"这日正在后悔，前救我们的仙人忽然飞来。我们小时见过，女仙又曾说他法力甚高，再来时便拜他为师，或求接引。仙人先是不允，说还未到时候。后经苦求，方说我们师父在依还岭幻波池内，早晚自会寻来。并说峡外山顶石洞里面，隐藏着一个妖妇，不久出世，如见我们，必要强收为徒，千万不可答应。峡中设有禁制，外人不能走进。但是峡外古松之下，藏有东西，应为我三人所有。必须在今日午后，用他灵符前往发掘。东西到手，禁法便失灵效。不久妖妇也必醒转，来寻我们晦气。我们师长此时如不寻来，必为所擒，不依她，便难保命。令我们到时务要小心，得手速回。只要挨到仙缘遇合，拜师之后，至多受场虚惊，成仙却有指望。我因不曾见过师父，恐怕惜认，向其请问，他说师父和我现在一样貌丑。

"仙人去后，偶往峡外采取山粮，也是三弟胆大，知道妖妇此时睡在洞中，和死人一样，想将她杀死，免得害人。于是我们同去，十几里的山路，一会赶到，见近顶危崖之下，果有一洞。先未见人，等到走进，忽有白光一闪，当中山路上坐着一个怪女人。三弟连放好几箭，挨着妖妇便化成灰。我们看出不妙，正要退走，妖妇忽然醒转，用一片黑烟将我三人困住，立逼拜师。我们先未答应，吃了不少的苦，在洞中被困好几天。妖妇本是一个骨头架子，不知怎的越长越胖，也未见吃东西，渐渐长得和好人一样。跟着，来了好些同党。我知不能脱身，乘她睡时，打手势商量：等她醒来，答应拜师，说我们喜欢吃荤，家中留有腌肉、衣服，必须取来，请放我们回山一行。妖妇居然应允，我还在喜欢。到了路上，才看出每人身后均有一蓬黑烟随定，妖妇并还看破我们心意，老远鬼叫，说她已用仙法遥制，想逃必死。我们虽然害怕，无计可施，想回原住洞中，在墙上画字，留给仙人师父观看，好救我们。哪知刚进峡口，一道青光闪过，黑烟尽散，遥闻妖妇怒骂之声，也未理她，由此不敢再出峡外。

"今日算计老松下面藏珍该当出世，只得硬着头皮，乘妖妇此时打坐未完之际，前往掘取。刚一到手，便听破空之声。因为妖妇同党全都会飞，也是这等声音的多，心中害怕，刚藏入洞，你们便寻了来。我看你们不像妖妇说话凶横，也许是好人。反正我们听仙人的话，宁死不从，话已言明。你们如非妖党，请给我们想个法子脱难；如是妖党，只好由你们杀害。可是仙人决不饶你们。随你们便吧。"

英琼笑问仙人名姓，丑女答说："仙人是个手持青竹的少年。"英琼再问相貌，知是枯竹老仙，不禁心动，便将癞姑相貌说出，问："你三人所等师父，可像此人？"三幼童闻言，惊喜交集，同声笑问："我师父正是这样。你怎知道？可能带我们寻她仙？"英琼随说自己是癞姑师妹，以及在幻波池同修之事。竺氏姊弟大喜道："原来你是李仙师，我们三人本该拜在三位仙师门下，早说幻波池，也不敢无礼了。"说时早同跪拜，求告起来。英琼看出三童都是极好根骨，又问知自己和易静、癞姑各收一人为徒。枯竹老人并还留有一片竹叶为信，竺生已经取出。上写："三人仙根仙骨，福缘甚厚，务望器重，多加传授，不消数年，必有成就。"暗忖："这三人只竺笙奇丑，偏又拜在癞姑门下。"方在暗笑，竺笙见英琼对她注视，笑道："李师叔嫌我丑怪么？他二人未吃异果以前，比我更丑。听仙人说，这身上厚皮，早晚脱掉，和姊姊长得一样，就不讨嫌了。"英琼见她姊弟三人资禀差不多，竺笙却更灵慧机警，天真可爱，偏生得这等丑相，本代可惜，闻言越喜。再一细看，果然身材相貌均和乃姊差不多，只为紧附头脸身上的厚皮所掩，变成丑怪神气。闻言知能医好，越发喜欢，拉她手笑道："我怎会嫌你？只有爱你。这是你们师姊上官红，见完礼一同走吧。"

竺氏姊弟和上官红正在礼叙，英琼猛觉心灵上又起了警兆。暗忖："今日心神为何两次不宁？仍以早回为是。"竺氏姊弟所居在尽头处山洞之内，还想去取衣服。英琼笑说："幻波池有不少仙衣，你们的既非珍物，不必去取。"随驾遁光，带了竺氏姊弟同往峡外飞去，准备一出峡口，直飞依还岭。到了峡外，竺声忽说："师父，我还有一件法宝没取到手呢。"英琼只当还有藏珍未取，随同下降，仍是先前树穴。竺声探头一看，惊呼："法宝被妖妇偷去了！"英琼一问，才知所说正是那枚六角金钱，不由好笑，告以前事。并说："等与你易师伯看过，知道用法，仍还与你。"竺声笑说："此宝甚难收服，师父拿去最好。如被妖妇偷去，就可惜了。"

英琼知他得了枯竹老人指点，正待要问，眼前似有一片极淡的红光微微一闪，因在说话，青天白日，别无他异，自恃法力，也未在意。正要起飞，忽听身后冷笑一声，随听竺氏姊弟同声大喊："妖妇来了！"同时一蓬粉红色的烟丝已朝众人当头撒下。妖妇隐身前来，动作绝快，骤出不意，几为所算。总算英琼近来功力大进，身藏至宝有好几件，均能随心运用。定珠更具极大威力，闻声一团慧光祥霞先已飞出，恰好敌住。粉色邪烟也便收去。就这样，竺氏姊弟已中邪法，昏迷欲倒，幸被佛家慧光一照，方始复原。

英琼百忙中瞥见一个面容妖艳，肩挂葫芦，腰佩宝剑的妖妇，一闪即隐。当时天旋地转，四望昏沉，到处茫茫，一片灰色暗影，和在越城岭陷身妖阵情景差不多。方才的天光云影，树色泉声，以及大小峰峦，全都失踪。心中大怒，忙将青灵髓取出，先将竺氏姊弟护住。跟着太乙神雷往外打去，想将邪法震破。哪知往常出手便千百丈的金光神雷，这次竟会无甚光焰，只现出百点酒杯大小的红火，略闪即隐；雷声也甚闷哑，毫不洪烈。阴沉沉的天幕愈来愈低，随着连珠神雷，快要低压到头上。敌人却不见影迹。情知邪法厉害，不比寻常，惟恐一时疏忽，误伤三小姊弟，便命上官红施展乙木仙遁，将其护住。收回青灵髓，仗着几件仙剑、至宝向前开路，能除妖妇更好，否则依还岭便在对面，易静、癞姑定必警觉，里应外合，也将妖妇除去。

英琼主意打定，上官红已放起一片青霞，将三小姊弟护住，想请英琼也藏身在乙木仙遁之内。英琼因为天性疾恶，又因先前连起警兆，断定妖妇是强敌大仇，留必为患，不肯与上官红联合，只命上官红暂守勿攻，见机行事。自己身剑合一，再将定珠和别样法宝纷纷放出，朝前猛冲。正喝妖妇现形纳命，偶一回头，上官红连护身青霞一齐不见。微一疏神，猛又觉出神思昏昏，身上有了倦意。再看环身飞舞的那些宝光，除定珠外，也渐渐减色起来。知道不妙，忙照师父传授，运用玄功，镇定心神。总算功力精纯，转眼灵智恢复，那几件与身心相连之宝重放光明，尤其那团慧光祥霞分外晶莹。可是四外的暗影也越来越浓，吃宝光逼住，宛如在雾海之中浮沉着数十百丈一团精光宝焰，闪起千重霞影，顿成奇观。英琼才放了心，恨极妖妇，立以全力朝前猛冲。

也是妖妇该死，分明已看出敌人法宝威力神妙，虽因经历尚浅，初次遇到这等玄阴六戊邪阵，不知破法，但想要伤人已是万难。恰巧又来了两个妖党。妖妇本在主持阵法，颠倒五行，想将敌人引入阵中心玄牝门内迷倒。因和同党相见，只顾谈说咒骂，不料敌人已被引近旗门前面。妖妇如果被英琼看出形影，便难活命。因那同党中的一个正是沙红燕，知道李英琼厉害，忙喊："敌人持有佛门至宝，不可大意！"说时英琼已被引到妖妇所居山洞前面的玄牝旗门之下，因为初上来神雷无功，又见上官红失踪，差一点神志昏迷，有些胆怯，不求有功，先求无过，专一自保，虽有制胜之宝，竟未敢轻举妄动，只把燧人钻持在手内，相机待发。正往前冲，猛觉慧光照处，前面现出一个无底黑洞，无数黑影乱箭一般飞舞，环射上来，吃定珠慧光一照，全都消散。英琼还不知主要旗门已被定珠无意中所破，见前面黑洞洞的，心中一惊，待要后退。妖妇却着了慌，忙使邪法，企图补救。就这倒转阵势之际，那旁上官红已看出破绽，竟然带了三小姊弟逃出阵去。妖妇还要追赶，吃沙红燕拦住，悄说："阵法虽然神妙，但困敌人不住。心身相连的奇珍与神雷不同，此阵早晚必破,岂不可惜？转不如将阵收去,我们三人合力,先与敌人较量,能胜更好,如不能胜,索性等各位道友前来,再图大举。"说时,三妖人忘了妖阵中枢已破,声形已不能掩。

英琼恨极妖妇,早就跃跃欲试。闻声扬手一燧人钻,朝那发声之处打去。此宝乃前古奇珍,发时一道两头尖的红光,长只丈许,前锋尖上射出五彩精芒和大股火星,宛如连珠霹雳,爆炸如雨。更能随着主人心意追杀仇敌,一个抵挡不住,不死必伤。

妖妇名叫宝城仙主屠媚,昔年和幻波池圣姑寻仇斗法,结下深仇。不久走火坐僵,藏在本山近顶崖洞之内,隐迹多年,本无人知。新近沙红燕偶往东海寻一隐藏多年的妖人屠霸,才知妖妇乃屠霸之妹,以及她走火坐僵经过,意图勾结,与幻波池诸人为仇。特意赶回黑伽山,把丌南公所炼固形丸偷了两粒送去。妖妇本就梦想幻波池的灵丹藏珍,难得有此倾心结纳助她复体的死党,自是喜极,双方十分投契。沙红燕知她服完灵丹尚须四十九日始能复原,所居宝城山正对依还岭,惟恐事机不密,被仇敌看破,约定复原后再见一面,和辛凌霄分头约人,以图一举成功。

当日因新约到一个能手,要在三日之后才可赶到,特来商议。妖妇最是骄横,自恃炼就好些厉害邪法妖阵,本想建功。没想到敌人这等厉害,初次出手,便遭挫折,自觉脸上无光,仍想再用邪法一试,不肯就收。微一迟疑,燧人钻已当头打到,本就难逃一死。英琼先被邪法颠倒,颇生疑虑,没想到成功如此容易。瞥见燧人钻上雷火强烈,一片霹雳声中,烟雾纷纷消散,对面现出男女三妖人,沙红燕也在其内。忽然醒悟,有了破阵之望,忙把法宝、神雷一齐打出,慧光正冲旗门而过,千百条黑影闪得一闪,全数消灭,清光大来,重见天日。同时妖妇已被燧人钻所伤,负痛欲逃,吃英琼紫郢剑电掣般追上,只一绞,形神皆灭。

沙红燕及另一妖人比较见机,又各持有防身法宝,等红光一现,早各放出一片碧光将身护住,另放飞剑、法剑迎敌。英琼因不见上官红和三小姊弟踪迹,急怒交加,上来便使全力,双方在当地恶斗起来。另一妖人也是老怪丌南公的爱徒,名叫伍常山,生得扁头大肚,身材矮胖,一双鱼眼凶光闪闪。周身碧光笼罩,更擅玄功变化,隐现无常。手指三道钩形妖光,满空飞舞,光甚强烈。威力极大的紫郢仙剑竟奈何他不得;别的宝光、神雷打将过去,妖人更似不曾在意,打得周身碧光乱爆,宛如银雨横飞。不时身形一晃不见,忽化作一只两三亩大碧光环绕的怪手,朝下抓来。英琼如非定珠护身,几为所伤,连元神也可能被摄去。

101

沙红燕也是一个劲敌，又偷了丌南公两件法宝，比起那年初遇难斗得多。沙红燕因所约党羽未来，本不想就动手，因为妖妇疏忽，枉有好些邪法，一件也未用上，便遭惨杀，不由激怒。先想同党神通变化，或者能将仇敌元神抓去。及见英琼持有定珠，邪法、异宝无奈她何。正在愤恨，忽听有人笑骂道："无耻妖妇，哪里弄来这些山精海怪？既敢上门现眼，便该到我幻波池走一遭，只在这里乌烟瘴气做甚？"英琼听出是癫姑口音，心方一喜，话还未听说完。伍常山一听有人发话，声音似在沙红燕前面，知来了敌人，自恃玄功，暗忖："莫非这个敌人也有定珠防身？好歹抓死他一个再说。"便幻化一只大手，朝发话之处抓去。初意敌人仗着隐形嘲骂，自己所炼仙人掌势急如电，只要在百丈方圆以内，不论敌人隐形如何神妙，也是难逃毒手。不料撞在钉子上面，一下抓空，敌人语声又在左近发出。似这样时东时西，时前时后，一下也未抓中。

　　癫姑近来法力越高，又精地遁之法，特意引敌分神，给他吃苦。仗着隐形地遁，挑逗戏弄，激令发火。等话说完，妖人方在愤怒，又在妖人耳旁骂道："你有鬼手，我有神手。本来不想打你，是你自己惹出来的，不能怪我。且先让你挨一巴掌，试试味道如何？"妖人忽见面前人影一晃，猛伸怪手一把未抓中，吧的一声巨震，后心上早挨了一下重的。此是癫姑师祖心如神尼独门传授的伏魔金刚掌，近年功力更高，多厉害的防身妖光也必受伤。妖人以为人在前面，没料到动作这等神速，这一下打得心胆皆震，元气大伤。不由急怒交加，猛施全力，双手齐挥，朝发话处抓去。不料就这一转身抓敌之际，左脸上又着了一掌，打得两太阳穴金星乱冒，护身碧光全无用处。急痛昏迷中，就势乱抓，一把居然将敌人抓中，心中大喜，觉着是条手臂。正想下毒手将敌人抓裂雪恨，猛又觉出轻飘飘无甚分量，也未挣扎。低头一看，所抓乃是先前被燧人钻炸断的妖妇一条臂膀，而敌人早已不知去向。妖人不由怒火上攻，随将轻易不用的一件法宝取将出来，正待施为，忽听敌人大喝："师妹快走！这扁头大肚子的丑怪物，被我两巴掌打昏了心，竟把他师父那座落神坊偷了出来。如为我们破去，老怪物必定恼羞成怒，上门讨厌。方才玉清大师和青囊仙子送来好些仙果，易师姊正等你回去吃呢，懒得斗怪玩了。"妖人只见前面人影一晃，现出一个奇丑无比的癫女尼，拉了先斗敌人，招回空中法宝、飞剑，一同往幻波池逃去。

　　伍常山所用法宝，形似一座黄金牌坊，共有五个门楼。出手向空一掷，立时高达数十丈，在五彩云烟环绕之中，由门内发射出狂风烈火，迅雷飞叉，夹着轰轰隆隆雷电之声，怒涛一般，朝前涌去，声势猛恶，无与伦比。所过之处,休说是人,便是整座山岳也被化成劫灰,端的厉害非常。丌南公因为此宝威力太大,曾下严令:非遇强敌,不许妄用;便用,也不许骤然发挥全力,更不许在离地十丈以内施威。妖人发出时,原意敌人必用法宝、飞剑抵挡一阵,自己也欲擒先纵,等到风火云雷、太白金刀将敌人前后罩住,再施全力报仇雪恨。不料敌人早用传声暗告英琼,故意诱敌,逃得又是那么快法。想起两掌之仇,怒吼一声,把手一指,那矗立半空的一排五座牌楼声威更盛,百十丈风火云雷排山倒海一般朝前追去,二百来里的空路,一晃相继飞到。

英琼回顾,见风火牌楼在前,妖人在后,光焰万道,照得满天通红,宛如一座大火山,横空直驰过来,更有无数金刀火叉朝前猛射,霹雳之声仿佛连天都要震塌,声势猛恶,从所未见。前面越过危崖,便是依还岭,猛想起仙山景物本就灵秀,又经自己师徒数人匠心布置,得有今日,也费了不少心力,雷火如此猛烈,惟恐损坏仙境。心想:"红发老祖和幻波池五遁,那么厉害惊险的场面,均仗定珠之力化险为夷,怕他何来?"一时情急,方欲回身一试,不料癫姑早已想到,低喝:"琼妹,怎不知轻重利害?伯父行时之言,已将应验,稍失机宜,幻波池全山齐化劫灰,岂可大意?来时已有准备,还不快走!"说时,二人越过依还岭前绝壑,英琼正待前飞,猛瞥见身后突冒起一片灰白色光华,一闪即隐。随听神雕鸣声起自白光之处,心疑另有妖党潜伏岭上,也许神雕被困在内。正想回看,无奈手被癫姑拉紧,不得脱身,忙喊:"二姊稍停!"癫姑答道:"这是你那几个孽徒大胆惹事,好在暂时无碍,还有解救。我们回洞见了师姊,再出迎敌,或守或攻均可。事已至此,由他们去吧。"

伍常山见二女飞遁神速,暗骂:"贱婢,你的巢穴就在前面,就算你能逃我手,也必将你幻波池化为劫灰。"又恐功力不如乃师,驾驶不住,违背师训,回山受责。反正不易追上,索性把稳前进,准备飞临幻波池上空,再下毒手。这一缓势,双方相隔便差了好几十里。

英琼、癫姑二人已到幻波池,妖人追离依还岭尚有二三十里。因在牌坊之后,前面风火云雷又甚强烈,岭上烟光隐现甚快,并未看出。晃眼追近,又是一片五色轻烟突然涌现,贴着全山地面,也是一闪即隐。伍常山素来骄横,一毫不以为意。

沙红燕却深知敌人与幻波池禁制的厉害,见伍常山不照预计行事,所约帮手一个未到,便先下手,已觉冒失。又见敌人不战而逃,尽情戏侮,途中不时回顾,分明是诱敌。但知伍常山一向刚愎自用,轻不出山,蒙他相助,又把师父交他掌管的落神坊私带出来,实是绝大情面。那么自负的人,平生极少遇见敌手,却被一个无名小癫尼打了两掌,自难怪其气愤。又想:"此宝威力大得出奇，崩山坏岳，易如反掌，差一点的法宝、飞剑稍微接触，便被金刀雷火化尽。即使幻波池禁制神妙，不易攻进，先将依还岭震成粉碎，稍出恶气，当能如愿。"因此不曾拦阻。追时暗中留意，先前烟光虽未看出，那五色彩烟却被瞥见。沙红燕认出此是昔年五台派之宝太乙五烟罗，还有三套佛教中的修罗刀，均被媖姆得去，重新炼过，威力越发神妙。这些异宝均是左道克星，轩辕法王的大弟子五淫尊者便被此二宝所杀。专能抵御邪法异宝，一任多厉害的风雷水火，全能挡住。自己和伍常山均怕修罗刀，必须留意，免为所伤。忙喝："敌人已用太乙五烟罗护住全山，师兄且慢，看清虚实，下手不晚。那修罗刀想必也在敌人手内，留神被她暗算。"

伍常山虽非妖魂炼成，也曾费多年苦功，练就身外化身，又深知修罗刀的厉害，闻言又惊又怒，答说："师妹不必多虑，我自有道理。"说时，风火牌楼已经飞过绝壑，到了依还岭上空。伍常山虽然恨极敌人，仍守丌南公之戒，始终未将牌楼降低。那五烟罗紧附地上，薄薄一层淡烟，在未接触发生妙用以前，直看不出一点影迹。当空雷火刀叉虽极猛烈，离地数十丈，自然不觉。伍常山又只是闻名，不曾见过。见幻波池就在面前，敌人已早飞落，并无异状。心想沙红燕言之过甚，把手一指，大蓬风火云雷连同金刀飞叉，排山倒海一般往下激射。满拟这等猛恶的威势，敌人纵有法宝防护，也难抵御。哪知数十百丈雷火金刀暴雨一般射向地上，竟似被甚东西挡住。池中灵泉依旧滚滚翻花，齐向中心飞射，化为一根水柱飞瀑，直落数百丈。伍常山因敌人降时，好似胆怯匆忙，隐蔽灵泉上面的树幕，并未放落复原，隔水下望，池底五座高大洞门经过主人仙法兴建之后，比起以前沙红燕三人幻波池所见，还要壮丽得多。只被烟网隔住，下面且不说，池周围的草树也没有伤到一根，水波也未被那雷火冲动。

沙红燕看出敌人戒备严密，弄巧还有厉害埋伏，有如惊弓之鸟，想起前情，未免疑虑，正在低嘱同党，留意敌人暗算。伍常山素来凶暴，见状非但未有戒心，反倒大怒，大喝："师妹且退一旁，豁出回山受责，我不将幻波池炸成粉碎，誓不为人！"口说着话，手掐法诀，往上一扬，那三十六丈高大的金牌楼，即带着数百丈风火云雷，千万把金刀火叉，朝下压去，一近地面，仍吃阻住。伍常山越发气愤，竟以全力施为，将手连指。一阵雷鸣风吼之声过处，牌楼由合而分，裂成五面，分别向下面五座洞门各发出大股风雷烈焰，朝下猛射。这一来，紧附地面的五色轻烟渐渐由淡而浓，虽将雷火刀叉勉强敌住，似有不支之势。灵泉受了猛烈震动，也已腾涌起来，随着水面烟网起伏如潮。二妖人先还高兴，以为乃师法宝神奇，只要把五烟罗冲破，即使前途难料,将上半灵景毁去,也可稍微泄愤。伍常山一味骄敌恃强,哪知厉害,为想增加威力,竟照师传布成阵势,把牌楼定在地上,朝下猛攻。

又隔一会,沙红燕见那么强烈的雷火,除冲得五色彩烟越发光彩鲜明,不住起伏震荡而外,并不见有别的动静,渐觉不妙。因见伍常山持久无功,怒火重又勾动,不便明劝,拿话笑点道:"敌人虽是几个无名后辈,俱都诡诈多端,又各有两件法宝,仗着幻波池原有五遁禁制,越发骄狂。今日之事,甚是奇怪,如说诱敌,不应隔断入口,又不出斗,其中必有诡计。"伍常山接口怒道:"师妹平日何等自负,怎对峨眉群小如此胆怯?为代师妹报仇,除这落神坊风火牌楼而外,又把师父天罡雷珠带了两粒。再隔一会,如攻不进,拼着闯祸,也要将此山炸成平地,看他如何藏头缩尾?"

随听身后有人骂道:"放你娘的春秋屁!我师父、师伯不屑与你这妖孽一般见识,随便放点烟云,你连草都不能伤一根,还吹什么大气?如若不服,无须各位师长出手,就凭我们几个门人后辈,教你知道厉害!"二妖人闻声回顾,见发话的是一个身材高大,手持两把长剑,貌如猩猿的怪人,不禁大怒,扬手一道钩光朝前飞去,人已不见。跟着,又在侧面现形,仍在嘲骂。等飞钩光过去,又是一闪不见。

沙红燕看出敌人仗着少清隐形飞遁之法,故意挑逗对手怒火,虽料对方志在诱敌,却也有气,正准备冷不防暗下毒手。忽又听左侧又有一人笑骂道:"袁师兄,你怎不出手?这妖妇是丌南公的小老婆,为防老怪拼命,容她多活些日,也还罢了;这丑怪物有多讨厌,还不早点打发他回去?"说时,左侧危崖上又现出一个道装矮子,正在大声喝骂。沙红燕最恨人说她是丌南公的宠姬,不由怒极,立纵遁光追赶。矮子似知敌人厉害,一闪不见。沙红燕心中恨极,立将邪法、异宝一齐施为,扬手大片青光,天幕也似,电掣飞去,晃眼连人带宝追出老远。沙红燕忽听身后哗笑之声,雷声忽止,回头一看,不禁大惊。

原来沙红燕追敌时,伍常山因被袁星讥嘲,激动怒火,见对方隐现无常,连用飞钩不能伤他分毫。以为风火牌楼已经排成阵势,暂时无人主持,不过威力略有强弱,并无大碍。又看出敌人法宝、飞剑不如前遇二敌,怒火头上,一时疏忽,便暗用邪法挡住敌人逃路,等一现形,立下毒手。正施邪法,待要起飞,忽听身后又有人笑骂:"狗妖孽,你的报应到了!"伍常山闻声刚一回顾,一蓬灰白色的光丝已当头撒下,对面又现出另一道装矮子。百忙中看出那是地底阴煞污秽之气炼成的黑眚丝,先前轻敌太甚,没想到敌人会有这类左道中最阴毒的邪法异宝,不禁大惊。想用玄功逃遁,已是无及,全身立被绑紧。情急之下,仍想将身畔天罡雷珠放出,炸断妖丝,索性毁灭全山,与敌一拼。只见妖烟邪雾突然飞涌,面前又现出三面妖幡环绕身外,喊声:"不好!"妖幡上面早飞起一片暗绿色的影子照向身上。

对方正是英琼门下的袁星、米罳、刘遇安三人,事前受有高明指教,想好下手方法,伍常山一时骄敌心粗,竟受暗算,空有一身邪法,并未用上。那幡本是莽苍山妖尸谷辰多年心血炼成的邪法异宝,事败逃走时,被米、刘二矮偷了三面,又是主幡,最为阴毒厉害。伍常山先吃黑眚丝绑住,如何能敌,当时觉着心神昏迷。自知无幸,怒吼一声,情急拼命,竟在快要昏迷倒地以前,将天罡雷珠由身畔自行飞出。两团酒杯大小的精光刚往上飞,眼看暴长,猛觉疾风压顶,一片白影带着两点金星,突自空中现形飞堕,宛如流星飞射,双爪齐伸,将两珠一齐抓去。伍常山刚看出是一只大白雕,神志已全昏迷,倒于就地。满山五色彩烟,忽然电也似疾,齐往中心掣动,闪得一闪,便将那五座牌楼一齐裹住;又有一片佛光往下一压,立时雷住风停,火散烟消,仍化作尺许高一座小牌坊。被那彩烟裹住,穿波而下,往池底飞降。

当沙红燕回顾时,风火牌楼已被敌人收去,对面崖上站定两矮子和那猿形怪人,手指地上卧倒的伍常山说道:"无耻妖妇,我们因奉师命,不肯伤你同伴,还不将他带走,要放在这里示众么?乖乖带了回去,自行设法解救。否则,此宝乃妖尸谷辰所炼妖幡,我们只能擒人,不能破解。你若不自想法,七日之内,你那同伴就没命了。"沙红燕闻言,自是急怒交加,无如同伴尚在敌人手内,如再逞强,立有性命之忧,空自咬牙切齿,无计可施。微一迟疑,对面三人一雕忽然一闪不见。没奈何,忙赶过去一看,伍常山已是面如死灰,昏迷不醒。周身均是黑眚丝交错缠紧,更有一片暗绿色妖光深嵌入骨,知道危险万分。

沙妖妇又是愧愤,又是急怒,其势不能不先救人。正想带人飞起,寻人解救,忽听西北方遥天空中传来一声长啸,宛如一支响箭破空冲云而来,势甚迅疾,声还未住,一条红影已随啸声飞堕。沙红燕不禁喜出望外,忙喊:"邬道友,你居然先期而至,此仇必报无疑了。"

要知来人是谁,请看下文分解。

第二八六回

恨重仇深　长啸曳空来老魅
危临敌盛　宝云如雾护仙山

　　话说沙红燕正打算将受伤的伍常山救走，化去黑眚丝，再想报仇之计，忽听一声长啸，来自遥天，晃眼一道碧色的妖光，拥着一个身材矮小，其瘦如猴，周身穿得火也似红的赤面妖人，已随啸声自空飞堕。看出来人正是被杀妖妇屠媚的情人赤手天尊邬勤。知道此人神通广大，邪法高强，更擅玄功变化，炼就阴火碧云。人最阴毒，凶狠沉着，动作如电，声到人到，飞行绝迹，瞬息千里，又精五遁之术，厉害无比。前被极乐真人与长眉真人禁闭在东海底水眼之内已数十年，新近方始脱困出来。他本就恨极正教诸仙，再经自己前往怂恿，于是合谋，连同另一妖人，约定日内往幻波池盗取毒龙丸和圣姑藏珍，并杀易、李、癞姑师徒，报仇雪恨。不料伍常山性急，又看中屠媚美色，强约往访，致遇英琼、癞姑，狭路相逢，伤人失利。邬勤与屠媚本来有奸，双方多年不见，好容易复体脱困，未及叙旧，便被仇人杀死，自是恨极，必以全力与敌一拼。

　　沙红燕心中暗喜，表面却作悲愤之容，凄然说道："邬道友晚来一步，媚姊轻敌，不肯听劝，已死于李英琼贱婢毒手了。"邬勤妖光已先收去，闻言把紧压怪眼之上的一字浓眉微微一皱，阴沉沉狞笑道："我早知道了。伍道友身上黑眚丝，乃妖尸谷辰在地底苦炼多年而成之宝，厉害无比，非我不能化去。稍迟人必受伤，任他法力多高，三日之后便无救了，此时救人要紧。幻波池这些小狗男女，命在我的手中。他们有太乙五烟罗，此时决攻不进。非我施展神通，炼成法宝，不能成功。我们走吧。"说完，朝沙红燕看了一眼，将手一招，一片碧光微闪，带了伍常山和沙红燕，一同破空飞去。

　　妖人走后，袁、米、刘三人本来隐身在侧，忽同出现，空中神雕也便飞下。米、刘二矮首先问袁星道："师父回山必知此事，如何是好？"袁星答道："师父法令虽严，但你二人志在立功诛邪，与炼邪法害人不同，平日又无甚过失。丑媳妇难免见公婆，况你们今日又立下功劳，足可折罪。还是随我一同回去,见师请罪的好。"

刘遇安道:"话虽如此,但是师伯、师父建立仙府之时,曾下严令,门人犯规,决不宽容,何况第一次立法,必更严厉。你没有听易师伯所说的话么?师父对我们虽极恩厚,但是人最好胜,性刚疾恶。如知我二人背师祭炼邪法,三位师长只她门人犯规,必定大怒,如何能容?我二人也是该死。已经立志改邪归正,本无二心,只为初拜师时,见师父年纪太轻,无甚法力,只仗一口紫郢剑,虽知名列三英,后望无穷,终恐遇见强敌,不是对手。难得遇到邪教中这等异宝,以为有用,本心实想建功,别无他念。后到仙府,见恩师蒙师祖器重,法力日高,几次想将妖幡毁去,一则无暇,再则邪法厉害,毁它甚难。又知师祖和各位尊长神目如电,不会不知,既未禁止,也许将来有用,心里也不舍,因循至今。

"日前恩师出山远游,大师伯忽命我们往静琼谷用太清仙法设一埋伏,以为妖人来犯时,作一呼应。心想此幡到手,尚未炼过,遇见强敌,尚难如意运用。米师兄再一劝说,意欲乘机改用本门仙法重炼,将邪气除掉,免得带在身旁,还要设法隐蔽,终日提心吊胆,恐被师长发现怪罪。等到炼成,自行检举,同时托二师伯说情。哪知邪气上升,被人发现,起了误会,往告大师伯,将我二人唤去,当时便要处罚。如非二师怕和华太师叔再三讲情,许我们在静琼谷待罪,几乎当时便将师祖所赐法宝、飞剑收去,重责之后,逐出门墙。休看事情已过,并不算完。一则师父未回,不能作准;二则幻波池开府立法之始,三位师长曾经言明,任何门人犯规,一律处治,决不姑息。大师伯不过是看华老前辈情面,特让师父自去立法,以为惩一儆百之计。此时如回去,还可借着大师伯之命,作为待罪在外,等到建下功劳,再托各位师伯叔向恩师求情,至多挨上一顿打,还可无事。否则恩师对我二人出身左道,本不放心,再知此事,必以为故态复萌,处罚重些尚非所计,就怕怒火头上,追去法宝、飞剑,逐出山外,不要我们为徒,那就糟了。

"那后来妖人邬勤,曾听以前先师说过,知他底细来历。这厮邪法甚高,精于玄功变化和五行遁法。他知太乙五烟罗难于攻破,现正回山炼宝,正可暗往下手。好在来时,我们身形已隐,未被看见。适和米师兄商议,意欲深入妖窟探他底细,豁出妖幡送他手内,相机与之一拼。如能暗中除害,自是万幸;即或不行,仗着师祖所赐防身法宝,也不致有甚大凶险,怎么也能立点功劳回来。那时恩师见我二人志诚心苦,盛气已消,再有几位师长说情,便可从轻宽免。如就此见师,想起平日师训,实在不敢。因恐三位师长万一生疑,故向师兄明言心事,否则,妖人走时,我们早在暗中跟去了。"

说完，神雕低声急啸。袁星本通鸟语，便劝二人道："钢羽说你二人面有晦色，去不得呢。师父怪罪如重，我愿替你们受罚，还是不去最好。"米鼍苦笑道："袁师兄厚意深情，万分感谢。不过你随恩师多年，还不知她性情？尤其二师伯人最义气，待下恩厚，法力又高，料事如神，她早看出我们心意，如可挽回，早就传声相唤了。你看洞门紧闭，太乙五烟罗未撤，分明不许再进仙府。呆在这里，毫无益处，只有早点立功，或能表明心迹。至于面有晦色，我也知道，如无晦色，焉有此事？真要该死，有甚凶险，也是在数难逃。我想师祖既允恩师收我二人为徒，将来多少必有成就，不致便遭惨劫。我二人久想立功，以赎前愆，难得有此良机，师兄不必劝阻。"袁星因听神雕啸声，说二人此去凶多吉少，仍想劝阻，笑道："你说洞门未开，我并无过，如何也不令进去？你们就要去，也等我见过师父，探明心意，真个不行，再走不迟。"二矮同声笑道："如等师父有甚严令再走，那就是逃，罪更大了。不如在未奉命以前，先向恩师遥拜通诚，就此离山，将来回山请罪，还有话说。"说罢，便同向幻波池跪下，虔心祝告，先诉背师隐藏妖幡之罪，再说此行心志，等到建有微功，可明心迹，再行回山待罪。因奉大师伯之命，暂时不许擅入仙府，故未当面拜别，望乞深恩宽恕。拜罢起立。袁星还想强行阻止，二矮将手一拱，道声："再见。"身形一晃，便即隐形飞去。

　　袁星一把未抓住，人已无踪，忙喊："钢羽大哥，怎不追他们回来？"神雕便用鸟语回答，意思说二矮此去，本是定数，师长多半知道，不过敌人太凶，为尽同门之义，向其警告，使知戒备，其实拦也无用。

　　双方正问答间，忽听幻波池底癞姑传声相唤。紧跟着彩烟浮动，光影闪变，再看身子已在太乙五烟罗笼罩之下。袁星暗忖："此宝为何始终不撤？连放自己入洞，也是这等严密，难道形势真个紧急不成？"那太乙五烟罗，本是薄得几非寻常目力所能辨认的一层淡烟，紧贴地上，这时因唤雕、猿回去，高起一条，以作归路。袁星正在寻思，神雕忽用鸟语急唤快走，料知有事，忙同往池底飞下。到地一看，洞门竟是大开，好像在诱敌神气，便向中洞赶入。迎头遇见癞姑，笑骂道："你真胆大！连我们此时还不敢冒失出外，你有多大本领，敢和米、刘二人去惹强敌？沙红燕这个妖妇何等狠毒，也是你们几个所能应付的？他二人走了么？"袁星乘机跪禀道："他二人虽然背师祭炼妖幡，实是贪功心盛，并无他念。他们因立法之始，恐师父法严，不敢来见，现往妖窟去探虚实，意欲立功赎罪。此行实是危险，还望师伯开恩，念其平日无过，代向恩师求情，加以宽免。"癞姑笑道："此是他二人劫数，不能避免，非此也难成道。否则他们私自离山，如何能够？你当他们还能生还么？"袁星一听口气不妙，便惶急起来，急喊："二师伯素来待我们恩厚。弟子常听米、刘二师弟说，他们根骨禀赋均非上乘，早年又不该误入旁门，虽得本门传授，功力尚浅。他们是师父初收门人，师父何等威名，而他们和诸位同门比较，好些不如，实在自惭形秽。如非此时兵解有好些危害，早去转世，何待今日？务望师伯深恩垂怜，设法解救，感恩不尽。"癫姑笑道："你这猴儿倒也义气。不过定数难逃，不经此难，永不如人。你师父为三英之秀，将来门人众多，只他二人不济，岂不难堪？你无须操心，我们已有安排。不久群邪大举来犯，你和神雕均有使命，见过你师父，可照以前传授，各守阵地，相机待敌。去吧。"袁星还在求说，忽见英琼走出，面有怒容，不敢开口，向前行礼，叫了一声："师父。"英琼便问："米、刘二人何往？"袁星看出师父神气不佳，便把前事委婉陈述，并代求恩。英琼怒道："他二人就算心迹无他，即以隐匿妖幡，背师行事而言，已犯重规，如不念在相随这些年，平日无过，早用飞剑斩首，还能容他们走么？你也专喜胆大妄为，如不以他们为戒，一旦犯过，悔无及了。"袁星哪敢再说，诺诺连声而退。

原来英琼同了上官红走后，易静忽想起群邪不久来犯，静琼谷斜对幻波池，如在谷中设下太清禁制和五行仙遁，到时再命得力门人前往埋伏，里外夹攻，可有好些用处。因觉米、刘二矮在旁门中多年，经历甚深，好些妖邪均知来历；近又用功，通晓五行仙遁，便令前往布置。哪知二矮自在莽苍山得到妖幡以后，惟恐背师行事一旦发现，必受重责，时常想起害怕。后才醒悟青囊仙子华瑶崧已在得幡时，经其默祝，代将邪气清除，故此无人得知。及至峨眉开府，恐师祖怪罪，暗中祷告了几次。后见奉命下山时并未提及，心虽放宽，但因师父疾恶性刚，听平日口气又极严厉，始终不敢明言。此幡非经炼过，又不能用，难得有此机会，布完仙遁，便在谷中私自祭炼。刚刚炼成，可以随身应用，不禁又叫起苦来。

原来那妖幡乃数千年地底阴煞之气，又经妖尸多年邪法炼成，华瑶崧禁制一破，邪气立时上腾。二矮虽能应用，那邪气却掩藏不住，知道回山必被师长看破。既已炼成，看出它的威力甚大，既不舍弃去，也轻易毁它不了。实在无法，只得将它暗藏谷中，不带在身旁。以为谷中设有仙遁，外人不能出入，可以隐瞒。哪知第三日回去复命，二矮正向易静禀告埋伏停当，玉清大师命门人张瑶青，拿了一封书信来见易、李、癫姑三人，指点未来机宜，刚到依还岭，便看出静琼谷中邪气隐隐，以为藏有妖邪。瑶青人甚谨慎，并未去探，直飞池底，正遇袁星，问明来意，引到里面。当着二矮说出，也还有个推托，偏生易静因瑶青乃玉清大师初传弟子，人又极好，为了自己之事而来，意欲厚待。二矮的话恰巧说完,便命仍往谷中,再加一道灵符,隐蔽行迹。

二矮领命走后,瑶青方说来时所见妖气之事。这时癞姑正在西洞入定,接到眇姑心声传语,正在问答,还未来晤。易静一听岭上面现出邪气,当地又是静琼谷一带,以为妖邪已来,不禁大惊,忙同瑶青隐身飞去查看。到时正值二矮仗着灵符隐蔽,发挥妖幡威力,得意洋洋,不禁大怒,随即现身。二矮大惊,跪地求告。易静本要处罚,将二人逐出山去。后经二矮再三哭诉求饶,易静因是立法之始,还待不允宽恕,癞姑忽然寻来,一面代为力求,一面暗用传声示意,说适才接到眇姑心声传语,少时再说。易静方始会意。但因奉命创立教宗,以后门人众多,无论如何,赏罚必须严明。尤其二矮出身左道,初犯这等重条,不加责罚,异日胆子更大。又知英琼回山,必定不容。这才改命二矮在静琼谷戴罪立功,等英琼回来,三人商议之后,再行论罚。易静本意将妖幡毁去,青囊仙子华瑶崧寻来,朝易静使了一个眼色,故意说道:"此幡经仙法重炼,正好以毒攻毒,就不想要,也留待将来和妖人一拼。随便毁去,岂不可惜?"易静应诺,陪了来客同回仙府。一问来意,和玉清大师柬帖差不多,只是比较详细。

原来沙红燕自从上次幻波池大败回去,自觉偷鸡不着蚀把米,恨极仇敌。先是回山向老怪丌南公哭诉,丌南公只说:"凭我的法力威望,如何能与这群无名后辈动手?将来法宝炼成,必要扫荡峨眉,将敌人师徒一网打尽,报仇不在此一时,你何必忙?"沙红燕本是丌南公两世宠姬,平素娇惯,看出妖师意甚坚决,不为做主,深知老怪习性,不敢再强。但心存怨望,当时不说,暗中勾结老怪门人伍常山,并四处约人,意图大举。老怪法力甚高,本难隐瞒,只因宠爱沙红燕,见吃了人亏,也颇愤恨。无如对方势盛人多,上次铜椰岛已尝过味道,深知敌人道法高强,应援神速,牵一发而动全身,此去败多胜少,还落一个以强压弱之名。转不如表面不管,任凭沙红燕自去约人,双方功力相当,能胜更好,败也不背平日信条。好在沙红燕对自己法宝均能使用,只要带一两件防身,敌人便无可奈何。哪知老怪一时疏忽,沙红燕竟会和他负气,只去约人,不去盗他法宝。更因老怪忙于炼法,心无二用,长日入定,没想到自己那么严厉的法令,门人会将他镇山之宝盗出去惹事。

事有凑巧,妖徒伍常山平日最是恭顺,奉命惟谨,这次竟会看透师父心意;又因沙红燕巧言蛊惑,许以重利,除答应事成之后,把幻波池藏珍和毒龙丸分他一半外,并说好友宝城仙主屠媚快要复体重生,愿为媒合。伍常山以前好色如命,只为相貌奇丑,又受一妖妇遗弃,一怒回山,恰奉师命在山坐镇,炼法炼丹,轻不得外出。对于沙红燕本来爱极,因是妖师禁脔,不敢问鼎,私心却甚爱慕,言听计从。再听说起屠媚天生尤物,浓艳绝伦,不禁大喜。乘着妖师入定之际,便带了镇山之宝落神坊,随同偷下山来。如非沙红燕连遭失利,深知幻波池五遁厉害,想多约几个能手相助,已早来犯。除这男女三人之外,还有东海两个著名妖邪:一是屠媚之兄屠霸,一是昔年在长眉真人手下漏网的老妖孽席圆,大约不久也要来到。

玉清大师和青囊仙子从另一妖党和昆仑派女仙崔黑女口中得到消息,知道事机危急,恐幻波池诸人难于应付,特来告知。张瑶青途遇诸葛警我,得知大方真人神驼乙休和凌、白诸老对于此事已有一点准备,不过本人都不能来,只在暗中传语峨眉诸同门,令其到时来助,事情仍是可虑,命众留意。易静转问癞姑:"眇师姊有甚话说?"癞姑笑说:"我这位瞎姊姊,对我实在真好。此是她日前偶听屠龙恩师说起,特用玄功入定,详参前后因果,已知就里。但她命我照计而行,不许先说。米、刘二徒颇关重要,你还好说,琼妹最是疾恶,又爱面子,对外胆大,对内胆小。前为一班同门,以为她最年幼,却最先收徒,又收的是两个左道中人,时常担心。恐其出身邪教,禀性难移,受他们连累,故对两矮严厉,不稍宽假。日内回山得知此事,必不能容,到时你我还须合力劝解。你是大姊,不可再推波助澜了。便照直的说,两矮虽然不合背师行事,心实无他,人也颇知向上。他们此去,所受甚惨,如非此是他年成败关头,转祸为福,我已早代他们隐瞒了。少时我还要出山一行,太乙五烟罗现在师姊手中,可交与我,将全山护住。别的均照华老前辈所说行事便了。"

癞姑说罢,又互相商议了一会。癞姑说:"你听地底震动,远远传来雷声,琼妹必已回山,在宝城山遇敌,我去接应她回来吧。"易静回顾,雕、猿均不在侧,笑说:"这么大一座仙府,门人却只有五个,其中还有一雕一猿。米、刘二徒再一被逐,就剩红儿一人了。"癞姑笑道:"我还一个门人都没有呢,等我去了回来,不久便可添人进口,从此源源而来。并且英男师妹日内也要来此同修,她再收有门人,以后不怕人少,只怕要为他们操心呢。"易静料知眇姑已示前因,方要询问,癞姑说:"时辰已至,不久就有热闹,师姊陪着华老前辈谨守洞府,我去去就来。"

癞姑说罢飞出,到了上面,先将太乙五烟罗暗中埋伏。侧顾雕、猿和米、刘二矮正聚池前,手指对山,互相密议,身形已隐,未被发现。遥闻神雷连震,由对山传来,知众门人已经看出宝城山上敌我相持,二矮要仗黑眚妖幡前往接应,便用传声笑骂道:"凭你们几个没出息的东西,也敢以卵敌石?万不可去。那是你们师父,还听不出?守在这里接应,不是一样?"米、刘、雕、猿听出癫姑口音,忙喊:"二师伯!"

癫姑说完,已经飞走。刚到宝城山,便见下面烟光高涌中,上官红带了三个男女幼童,用乙木仙遁护身,突围而出,却不往本山飞回。又见阵中英琼的定珠在发出佛家慧光,知道无碍,便朝上官红赶去。双方见面,正要说话,身子忽被一股极大的潜力吸紧,往斜刺里山头上飞去,知有前辈高人接引,也未强挣。上官红方说:"师叔可见三师叔么?"

眼前倏地一花,长幼五人一齐落在一座大只两丈方圆,上下钟乳如林的石洞之中。靠壁晶幕下面,坐定一个面容清秀,白发如银的年老道婆,从未见过。癫姑知非庸流,便率上官红等下拜,恭问:"弟子癫姑同了师侄上官红等,被仙法接引来此,不知老前辈法讳,有何赐教?"道婆微笑命起,说道:"我在东极大荒山南星原,一住千年,偶然游戏人间,也只元神来往,预先算定,事完即回,不似枯竹老怪有许多做作,连令师妙一真人尚少见面。我的行动均有法力隐蔽,外人更推算不出,难怪你们不知我的姓名、来历了。"癫姑一听,知是齐霞儿上次所寻东极大荒山前辈女散仙卢妪,不禁大喜,重又跪拜道:"你老人家便是卢太仙婆,弟子得拜仙颜,福缘不浅。群邪不久围攻幻波池,太仙婆既许弟子等拜见,必有赐教。"

卢妪二次命起,笑道:"你无须如此恭礼,我虽痴长些年,如论令师前生,原本同时,以前况又少通交游。虽与令师祖长眉老前辈,为擒血神子邓隐,有过一面之缘,并无深交。不要如此称呼,唤一声师伯叔足矣。我此行便为幻波池之事而来。当初令师借我吸星神簪,事完被我当时收回,实因当时尚有他用,不便在外久留。不料我那对头得知此事,故意将他性命相连之宝巽风珠留在令师那里,以示大方,显我小气。我气他不过,为此以元神飞来中土,欲助你们脱此一难。原恐此宝关系重要,难于付托,不料你们五人俱都美质,你更与我投缘,功力也颇深厚,堪当大任。不过敌人神通广大,先机不能预泄。好在此宝与我心灵相通,又经我预用法力禁制隐蔽,到时自能发声,照以行事,决可无害。这三个小顽童乃我对头所救,既然看重,就该传点防身法术,偏是鬼鬼祟祟、藏头缩尾。今既遇我,就是缘法。现你三人已将赤杖真人昔年遗留的几件防身之宝得去,这几件法宝已经真人法力封禁,你们拿去重加祭炼,须费好些时日。幸我识得他的妙用,只要将禁法一解,立现威力。

"现有柬帖一封,灵符两道,等将诸宝解禁之后,由上官红率领竺氏姊弟,去往依还岭昔年未拜师前所居之处,设一法坛,将第一道灵符如法施为,仇敌多大神通,也难查见你们底细。等到两月之后,阵法由心运用,可命三小姊弟代为主持。休看他们年幼道浅，仇敌决不能伤他们。况且此时不曾正式拜师，未入幻波池，遇敌时照我柬帖的话答复，便可无事，气也把他气走。此洞现在我法力禁制之下，敌人虽难查听，一出洞门，你们不可再提此事。到了依还岭，先发灵符，后看柬帖，看完不久也自化去。此时岭上虽有太乙五烟罗笼罩，我用土遁送你们去，事更隐秘，决不致被人察觉。非等上官红把人约来，不可再与师长同门相见，以防泄露。"

卢妪说罢，先将吸星神簪交与癫姑，传了用法。再命三小姊弟近前，将所得法宝取出，分别传授，指点用法。并将柬帖、灵符交与上官红，令其依言行事。癫姑暗中偷觑卢妪是元神出游，但精神凝炼，无异生人，如非事前知道，决看不出，好生敬佩。正在暗赞，卢妪似已觉察，笑道："你将来前途远大，闲中无事，何妨到我南星原一游呢？"癫姑方率众拜谢应诺，卢妪又道："我送上官红往依还岭，就回山了。李英琼现已将妖妇杀死，你们快去吧。"

卢妪说完，伸手一挥，一片奇亮如电的银光一闪，立有一股极大潜力袭上身来，将人托起，往洞外飞去，晃眼便达战场。癫姑为了诱敌，存心戏弄，先用地遁隐身，猛然出现，连打了伍常山几下金刚神掌，将其激怒。随带英琼飞往幻波池，与易静、华、张三人相互说完经过。料知群邪不久必来围攻，为防万一，太乙五烟罗仍罩全山，准备多挨时日，等到过几天再行收去，纵其入洞，用五遁禁制御敌，相机行事。

英琼闻知米、刘二矮私藏妖邪法宝，经过多年，不曾自首，好生气愤，本要重罚，众皆力劝。癫姑又说："二矮心坚志苦，禀赋又差，非仗此劫，不能转祸为福。现在自知罪重，不敢来见，正好听其自然，既显你的宽厚，又使异教门人知所警戒。"英琼方始允诺，心终不快。

随谈起巧收竺氏姊弟之事。易静笑道："二师妹想收一个美秀门人，不料仍是难师难弟。"英琼接口道："此话不然。我听他们说身是异胎，身包厚皮，满是紫斑，奇丑非常。后来两个服了异草，将皮脱去，长得和金童玉女一般。只癫姑师姊的高足未服，至今皮还未脱。但我看他三人，以她最为灵慧，一旦将皮脱去，必在她姊弟以上。"癫姑接口笑道："她长得丑八怪，才能与我相称，这个无妨。我先前本是开读恩师仙示，知我三人每人要收一个徒弟，偶然说笑，莫非真个以貌取人么？倒是方才我见此女双目隐蕴杀机，煞气竟不在琼妹以下，根骨心思也以她最为灵巧，将来淘气无疑，不知要费我多少事呢。"华瑶崧道："只要真好，淘气何妨？你们本是应运而生，群邪皆当遭劫，我看杀气越重的人，将来成就越大。不过遇敌时，总是宽厚些好，不要疾恶太甚。否则事虽定数，你们也不致妄杀，但树敌太多，到底讨厌。"

癞姑看华瑶崧说时朝易静、李英琼看了一眼,知有原因,方要开口探问。英琼忽想起余英男师徒就要前来,人必在途中,便把先前自己与英男约定在幻波池同修之事说出。又将所得法宝紫灵焰取出,与众同观。华瑶崧喜道:"此是紫青神灯兜率火所结灯花灵焰,共有七朵流落人间,乃九天仙界至宝奇珍,与谢道友佛家心灯有异曲同工之妙。英琼所得还是最大的三朵,威力更大。我还知道此宝用法,现时如炼,只消十九日,便可由心运用,神妙无穷。有此异宝与佛门定珠,从此虽不能说是所向无敌,用以防身避邪,绰绰有余了,可喜可贺。如按《太清宝箓》第七章祭炼,再用贵派本门心法,更有威力。本来此宝最启妖邪觊觎,难得幻波池深居地底,又有五遁禁制,宝气不致上腾,等到炼成,与本人心灵相合,多大法力也夺不去了。"英琼闻言,自是心喜。易静便令英琼速往东洞炼宝。英琼因念英男师徒人在途中,现当多事之秋,恐与群邪狭路相逢,欲往接应,回来再炼。易静答说:"此宝既是关系重要,速炼为是。我代琼妹接应余师妹回山。还有新收三个弟子,我尚未见,也想就便一看。琼妹就不必去了。"英琼素对易静恭谨,连声应好。癞姑笑道:"那三姊弟我已见过,个个美质,看固无妨。但照卢老前辈所说,最好不要入阵交谈,看完就回来吧。"易静随口答应,随即飞走。

易静到了岭上,因静琼谷改由雕、猿轮流防守主持,而袁星去见英琼尚未回来,只神雕盘空守望,见了易静便飞过来。易静见它通身亮若银霜,二目金光电射丈许,知道近来功力越深,甚是喜爱,夸奖了几句。令等袁星出来代为传示,由此便在谷中主持,听传声和预定神雷暗号发动埋伏,无须再回仙府。并问空中可曾发现别的异兆?神雕昂首长鸣,将头连摇。易静知它神目如电,远视千百里外,料知妖人未到,也许为时尚早,便朝英男来的一面飞迎上去。刚过宝城山,便见英男同了楚青琴师徒二人迎面飞来。双方会合,高兴非常,略谈两句,便同回飞。易静先前原是一时乘兴,随便一说,本要回转。反是英男听见易、李、癞姑三人各收了一个弟子,根骨既好,恰巧姊弟三人又是枯竹老人引进,料定不凡,欲往一视。易静本也心动,便同往后山飞去。

哪知卢妪禁法神妙,设坛之处竟看不出一点迹兆。易静暗忖:"身为师长,门人行法之处竟看不见,如在外人眼里,岂非笑话?"因以前来过,知道法坛所在,忍不住唤了一声:"红儿!"随听上官红传声应道:"师父可是命师弟他们出见么?"易静听上官红用本门传声答话,料知事关机密,心想不见也罢。英男好奇,因有英琼门人在内,不知底细,仍想一见。易静面软,又爱英男美秀天真,身世可怜,不愿扫兴,仍用传声问上官红,是否可以出见?上官红答说:"卢太仙婆法力神妙,师父来此已被算出,在阵法未布成前,弟子等四人已难自行出入,望师父宽恕。"英男只得罢了。本意往见英琼,因听易静说她现在东洞炼宝,也只好作罢。

英男初来依还岭,见当地景物如此灵秀,沿途观赏过去,不由走慢了些。易静又说起前居静琼谷境更幽胜。幻波池虽是云廊霞壁,玉柱金庭,到处珠光宝气,精丽非常,可惜深居地底,没有园林之胜,是个美中不足。等到这次大难之后,还要用法力重新开建,与上面几处灵秀清丽之境打成一片。因见英男随地流连,赞不绝口,随邀英男往谷中走去。英男人本随和,又爱美景,便即应诺。

易静途中问起以前师父命办何事,因何迟来,于是走得更慢了些,英男话未说完,已到谷口。正值袁星见完英琼,得知乃师去往东洞炼宝,易静已行,癞姑要往各洞巡视,重加禁制,奉命往静琼谷主持埋伏,便即飞回。一见易、余、楚三人从后山走来,人已落在烟网之下,知将英男接回,好生欣喜。所去又是静琼谷一面,仰视空中神雕,不知何故忽往山外飞走,唤了一声未应,忙即赶上前去。英男和英琼至交姊妹,因袁星是英琼开山弟子,见它虽是异类修成,一别数年,居然一身道气,功候颇深,又听说有脱胎换骨之望,好生代她师徒欢喜。令与爱徒楚青琴礼见之后,便夸奖了几句。

英男说不两句,正要同往谷中走进,忽听空中厉声怒喝:"余英男贱婢,今日休想活命!"语声未歇,五六丈方圆一团烈火,已如火山崩坠,当头下压。空中立现出一个火也似红的怪人,双手齐发火团,落地便即轰的一声展布开来,晃眼之间,静琼谷一带立成火海。这怪人形如童婴,相貌并不丑恶,来势却是又猛又急,突然由空现身,事前连点飞行声息均无。易静那么高法力,又是久经大敌的人物,直等敌人出声发难,方始得知。如非人在太乙五烟罗下,一任二女法力多高,骤出不意,也难免于受伤。先已听英男说过,得知一点怪人来历,不禁大怒。因灭魔弹月弩和兜率宝伞均在上官红手内,无法取用。口喝:"大胆妖孽!敢来我依还岭扰闹行凶,叫你知我厉害!"随取一粒散光丸,隔网往上打去。那太乙五烟罗自经娥姆重炼,越发神妙,敌人任多厉害的法宝,均难侵入。而自己人不特出入由心,法宝、飞剑也可穿网而出,应敌时分合由心。

原来怪人因为英男日前取宝,吃了大苦,心中恨极,偏值元神凝炼要紧关头,空自急怒交加,无可如何。一经成形脱困,震破罗网,立时到处搜寻敌人踪迹。因是练就独门玄功,长于飞遁,经人指点,先到英男旧居东天目山松筸涧,见人未在,发现英男与李文衍留书,得知人往幻波池,立即跟踪寻来。行时愤无可泄，将全洞用太阳真火炸成粉碎。幸而李文衍等他出，只弟子司空兰一人留守，又正采药在外，人甚机警，归时发现一个火人突然现身入洞，看出厉害，忙即隐向一旁，未遭毒手。怪人将洞炸成粉碎，便往幻波池飞来。以前曾听人说起，圣姑所留五遁禁制十分厉害，还格外加了小心。仗着天生神目，能透视云雾，远及千里，特由两天交界之处，御着乾天罡煞之气飞来，其疾如电。

起初尚在踌躇，惟恐入池报仇，误陷癸宫水遁以内，便无胜理。到时发现仇人正在下面，立时凌空下击。满拟所炼太阳真火猛恶无比，又是得隙即入，寻常法宝、飞剑决不能挡，就被发现也禁不住，何况仇敌毫无警觉。仇人相见，顿犯恶性，也未思索查看有无异状，竟想连仇敌同伴一齐烧死。及见一团团的大火球随手发下，虽似红雪崩坠，溶散开来，将当地化为火海，隔火下视，又好似有一层薄薄的彩烟，将火像山一般托住，敌人除面带惊愤之容外，一个未伤。怪人知敌人有法宝防护，越发暴怒，正待加工施为，猛瞥见一点银光由下飞起。刚一入眼，未容抵御，吧的一声大震，前发烈火竟被散光丸震散大半。暗骂："贱婢！你哪知我厉害。倒是那五色彩烟十分神奇，不将敌人诱出，决难如愿。"念头一转，将计就计，乘着烈火受震，四面飞扬中，暗中行法一收，火便消散大半。

易静不知是计，一见敌人好似手忙脚乱神气，先前英男的话还未听完，想这妖人能发这等猛烈的毒火，决留不得，意欲为世除此一害。也没和英男说，立即行法，由烟网中冲出，一面放出师传飞剑和那护身七宝中的阿难剑，一面左手连发太乙神雷。刚把六阳神火鉴取在手中，未及施为，猛想起敌人所用分明是太阳真火炼成，如何以火御火？一个不敌，岂不上当？同时发现敌人身上飞出两道赤虹，将双剑敌住，并无退意。易静看出是诈，耳旁又听英男传声急呼："师父有命，此人不可轻敌，必须小心。妹子话还未说完呢。"心中一动，未及将鉴收起，忽听怪人大喝："先杀你这贱婢，也是一样。"随说，数十百道火虹已电射而来。跟着，怪人将手连扬，下面烈火又由分而合，暴涌上来，将人围住。那火虹比电还疾，内中一道已经上身。易静手中六阳神火鉴上六道相连的青光还未飞起，吃火虹一射，忽转红色，知道不妙。幸是心灵相合之宝，应变又极机警，见势不佳，阿难剑首先飞回，与身相合。易静觉得那火势热得出奇，而且火虹中杂有无量数细如牛毛的银色光针，竟与大五行绝灭神光线的威力差不多。等再发太乙神雷和牟尼散光丸想去震散时，已是无效，并且一击之后，火势略分即合，只有加盛，端的厉害无比。如非近来炼了太清仙法，功力大增，在火虹初射时，应变稍迟，便非受伤不可。

117

身在阿难剑光环护之下，虽然无碍，但是火力奇大，越来越盛，身上渐觉奇热难耐。耳旁又听英男传声急呼："师姊先退。"

易静这才想起太乙五烟罗自经师长转赐之后，只自己和英琼、癞姑三人能随心出入，英男被隔在下，这等急呼，必有原因。自居幻波池以来，初次遇敌，心终不甘就退，急切间想不出破法，防身宝伞又在爱徒手内。于是一面运用玄功，仍指飞剑、法宝御敌；一面打算试将上官红手中宝伞收回。忽听咝咝连声，有一少女口音娇呼："易师姊，不要理这种混蛋，到时自有对头来收拾他，我们乐得看热闹。且同到下面一叙如何？"随说，两道青莹莹的箭形冷光，已由斜刺里冲焰分火而入。易静方觉眼熟，来人已到身前，正是前在碧云塘相遇，后来奉命随灵云暂往紫云宫同修的方瑛、元皓。那冷光便是枯竹老人赐予二人的太乙青灵箭，所到之处，千寻烈火直似狂涛怒奔，立被冲开了一条火衖。

见面未及回答，又听元皓用本门传声说："奉师长之命，请先下去一谈。"料有缘故，便将准备发放的两件新得法宝停手不发。三人同道一个"请"字，青灵箭光往下一指，便同冲火而下。怪人见状大怒，想运用玄功跟踪追去，还未追近，冷不防一团形如璧月的寒光迎面打来。刚认出是太阴月魄寒精所炼之宝，心中一惊，待要退避，寒光已经爆散，化为千万银雨，四下激射。同时另一道童手上又发出几团三寸大小乌油油的墨色精光，只听吧吧连声中，齐化玄云炸裂。下面烈火遇上，便即消灭，立时荡开一片空地，彩烟轻扬，闪得一闪。等到烈火重合，潮涌而上，敌人已全数退下。

怪人起初还疑后来二敌是对头克星门下。继一想："对头门人虽有两个，全都是穿着一身冰纨雾縠，仪态万方，美绝天人，并且远居极海，闭宫多年，怎会来此？对头师徒衣饰最是清丽绝尘，分明不是这等装束。"又见敌人将同党接引下去，便不再出手，互以师姊妹相称，执手殷勤，笑语十分亲切，分明全是峨眉门下。只不知由何处把对头的寒雷玄珠取了些来。以为敌人伎俩只此，企图困守待援，不敢迎敌。自己差一点没有上当，被敌人吓退。想起至宝尚在仇敌之手，如何罢休？不由怒火上攻，厉声喝道："贱婢速急出斗，免我火炼全山，多伤生灵。否则，便将月儿岛所得法宝还我，或可两罢干戈，不再与你们计较。"

方瑛接口朝上骂道："无耻妖孽，月儿岛最末一次藏珍，乃本门连山祖师所藏，理应为本门弟子所有。昔年嵩山二老师伯连去几次，独此一件不曾寻见，何况英男姊姊？虽然彼时连山祖师曾有'以火济火'的几句偈语，乃指南明离火剑而言，与你何干？你自贪心糊涂，已将《坎离神经》得到，自恃玄功与火珠护身,致犯神碑之诫,妄想连宝取走,才被神雷震死,毁去躯壳,被困火穴之内。好容易参悟神经,炼成形体,见英男姊姊取走此宝,妄动贪嗔,寻仇到此。莫非那数百年火炼苦厄不够你受,非要遭劫,连元神一齐消灭才称心么?"

这几句话一说,怪人直似火上加油,急怒交加,厉声喝道:"神碑偈语,原有玉我于成之言,此宝分明应为我所有。被贱婢乘隙偷进,捡了我的现成;行时又妄用离火剑引发火山下面埋伏,使我多受苦难。你们还敢花言巧语。休看你有法宝防御,我这太阳真火最具威力,至多四十九日,任何法宝皆能炼化。那时连人带山齐化劫灰,休怪我狠。"方、元二人闻言,朝着上面扮了一个鬼脸,说道:"你不怕吃苦头,随你的便。我们同门至好,许久不见,懒得和你这类孽畜废话,要找地方谈天去了。"

易静因上空虽然布满千重烈火,下有宝网笼罩,仍是通行无阻,连草木也未燃焦,此宝用来防身御害,真个神妙无穷,先前真未想到有如此威力。心正赞美,闻言想约大家同返幻波池。元皓已先说道:"闻说这里有一静琼谷,我们谷中谈心去,以便看这妖孽现眼,另外还有话说呢。"易静笑答:"这样也好。只是池中还有两位远客呢。"话才出口,张瑶青忽然飞来,说癫姑已请青囊仙子华瑶崧代易静在中洞坐镇,癫姑也在一起。近月余内,尚无甚大不了得的事,请众人留在静琼谷中,待机听请,当敌人未擒以前,不必回去。"

易静知癫姑先听眇姑心声传语,又遇南星原前辈女仙卢妪,两次均未明言详情;方、元二人忽然来到,又劝去静琼谷中叙谈,越知有事,随口应诺,开了谷口禁制入内。瑶青说完,已先飞走。随即谈起各人经过。方、元二人前事另有交代,暂且不提。

第二八七回

遗偈悟连山　获藏珍　双英并秀
飞光离远峤　惊浩劫　一女还山

原来英男自从在苗疆碧云塘与英琼分手之后，想起李文衍因被化血神刀所伤，暂住姑婆岭秦寒萼洞中，等候七矮陷空岛取来灵药医治，才能复原；易、李、癫姑三人随去北海。剩下自己孤身一人在外行道，现当师长闭关和休宁岛群仙胜会，群邪势更狓猖，诸须留意。师父又命自己不久有一要事，必须办完，始许与英琼在幻波池同修，不知能否胜任。越想越觉可虑，几次开看仙示，后半空白，终无字迹。心想："何时才能应验，得与平生良友同修？"

英男正在日日盼望，这日偶从莽苍山经过，想起昔年风雪被困，受那寒冰冻髓之苦，如非英琼舍命相救，又得诸同门照护，早已惨死，事后想起十分心寒。同时又想到上次元江取宝，曾得到一件前古奇珍，此宝形如一块黑铁，无甚宝光。开府时师父妙一夫人只说关系她今后成就甚大，时至自晓，也未传授用法。莫非与师父所说那件要事有关不成？心中寻思，不觉飞近山阴，意欲就便去往风穴一探，看那狂风是否还有那样厉害，就便试验自身道力能否忍受。

心念一动，便即寻去。因为当初受创太甚，回思尚有余悸，分明近来功力大增，仍然谨慎，不敢直飞风穴。到了穴前下降，步行走去，耳听穴中悲风怒号，异声乱起，山阴一面，昏沉沉惊沙蔽空，暗无天日，与山阳日丽风和，繁花盛开，大不相同。风已归穴，并不猛烈，声势尚且如此厉害，越发不敢大意。方要去往穴口，忽见前面乱石丛中似有黄色妖光闪动，忙即隐身，悄悄藏在左近，仔细探听。才知是两个妖人，一名全绍，一名史准，恰是万珍、李文衍昔年强敌，因为被二女所败，正在商议报复之计。

原来月儿岛火海之下困着一个怪人，名叫火无害，本是人与大荒异兽火犴交合而生，其形如猿。后在东极大荒南星原左近得到一部道书，将周身红毛化去，成了一个异派中的有名散仙。怪人因是天生异禀，从小便能发火，成道以后更擅玄功变化。偶听人言,月儿岛火海之中藏有连山大师遗留的好些奇珍,并有一部火经,如能得到,便能吸取太阳真火,炼成火仙。他想起自己天赋异禀,正好合用;加以生来不畏烈火,不问入口是否发火时期,均可前往,因此一得信便赶了去。事有凑巧,那月儿岛自经连山大师仙法封闭,常年烈火千丈,由火山口内喷出,上冲霄汉;再不便是布满冰雪,全岛坚如精钢,就是那精于穿山地遁的人也休想入内。

彼时刚巧嵩山二老取完法宝走去,火口未到封闭时候,火无害既是火精,正好入内,立时冲焰冒火而下。当时觉着火势十分猛烈,运用全力才得勉强下降,仿佛奇热之内,另具一种威力。火无害人极自恃,毫不在意。等到入内,又是容容易易将那火经得到,看完大喜。明知火海禁忌,一任来人多大神通,要取法宝,只凭各人缘福,取上一件,当时就走,方可无事。但他心生贪念,以为下面最厉害的是那烈火,既无所惧,又见守洞石人已被斩断,破了禁法,所以并不厉害。临走时发现中洞一座神碑上有"双英并美,离合南明,以火济火,玉汝于成"十六字偈语。旁加小注,说碑中藏有一件至宝,名为离合五云圭,乃大师昔年降魔镇山之宝。本是阴阳两面合成的一道圭符,阳符另有藏处,尚未出世;大师所藏只是阴符,特意留赠有缘来人得去,如与阳符合璧重炼,便具无上威力。火无害以为应在自己身上,又不知火海法宝只此一经一宝,下余已被嵩山二老相继取走。本来火口已封,此是大师仙法神妙,早就算出前因后果,特意放其入内,使仗本身火力与所学火经炼那神碑,好使法宝出世,留赐英男。

火无害当时便在碑下习那火经,不消数日,便已精通。正在如法施为,开碑取宝,上面火口忽然封闭,一声雷震,断了出路。火无害自恃神通,又将火经炼会,妄以为从此太阳真火可随意运用,取之不尽,颠山覆岳,易如反掌,毫未放在心上,仍在烈焰之中化炼神碑。炼到四十九日过去,忽然满洞金光云霞似万道金蛇闪得一闪,惊天动地一声大震,当即把全身震成粉碎。虽仗玄功变化,应变神速,元神得以保住,但被阴阳相生的五行真火包围,四面更有千万根奇亮如电的七色金银光针环身乱射,只当中留有一个大圆空洞,元神被困在内。不想冲出还好一些,那千万光针近身即止;只一想逃,立由上下四外猛射过来,元神立被击散。认出是大五行绝灭神光线,威力之大,不可思议。性又浮躁,也不知吃了多少苦头,元神常被击散,后来实在受不住那苦痛,只得停止。始而藏身中心空处,忍苦待机;后被悟出玄机,竟在里面修炼起来。连经数百年,居然将元神炼成形体,和观音座前红孩儿神情相似。末两年静中参悟,得知大师禁法再有数年便解。这时神碑已被炼开,中现一洞，离合五云圭便藏在内。因碑上有"以火济火"之言，认定此宝为他所有，正在里面苦心耐守。

全绍、史准不知由何处探出底细，想将风雪中的风母精气摄去，炼成八面妖幡。然后再施邪法，用一阵极大妖风将月儿岛自顶揭去，救火无害出困，与之联合，去寻白云大师与万、李二女报仇雪恨。

英男一听妖人说得甚凶，又知妖幡已经炼成七面，用邪法隐蔽，收藏在月儿岛上，只等最末一幡炼成，立时下手。又听说起"离合南明"的偈语，好似应在自己身上，不禁跃跃欲试。但因人单势孤，不知对方深浅，有点踌躇。恰巧女空空吴文琪就住在附近不远，已由山顶上两次发现妖踪。因值妖人事成回去，等到赶来，人已逃走。这次有了成算，算好时日，隔山遥望，发现妖光，立即寻来。没看出英男隐身左侧，只见妖人用一面妖幡正施展邪法，将穴中数十百根风柱摄起。眼看无数大小风柱矗立穴中，发出极凄厉的异啸，互相挤轧排荡，电潨星飞，凌空急转。忽然随着妖人手指处，由风柱丛中飞起一根，被一股黄光裹住，急转了一阵。倏地由大而小，化为一缕黑烟，往幡上飞去，晃眼不见。看出邪法厉害，不由大怒。

二妖人也是该死。先炼邪法，是在穴中，本来神不知鬼不觉，便可成功。因为连番无事，渐渐胆大，又不耐穴中狂风玄霜之苦，便在上面行法祭炼，致被二女先后发觉。吴文琪比英男修道年久，颇有经历，看出妖幡炼成，是个大害。又由侧面隐身飞来，见状更不寻思，左手一指仙剑，朝妖幡上飞去，右手猛发太乙神雷。等到妖人警觉，已是无及。幡悬穴上，吃剑一绞，当时粉碎，妖人却未受伤。紧跟着，吴文琪将雷火金光似暴雨一般打去。妖人将最重要主幡失去，方在急怒交加，想要迎敌，英男也已现身，手指南明离火剑，化为一道朱虹，电掣飞出。二女也忙见面，联合一气。妖幡一破，幡上所摄风母也全复原，化为滚滚狂风，重又归穴。英男南明离火剑最具威力，妖人还未施为，一道朱虹已经上身，持幡妖人先被腰斩。另一妖人见势不佳，纵起妖光便逃。

英男本来谨慎，这时因见妖人邪法有限，忽然胆大起来。想起前在峨眉，师长同门曾说月儿岛火海藏有连山大师好些奇珍，关系重要。白、朱二老连去数次，虽然取走不少，最后一次更将守洞石人斩断，法宝全数取走。但下山时听师父口气，好似门人还有岛上之行，内中法宝藏珍也未取尽；又听妖人之言，岛上还有七面妖幡，万一所说阴谋成功，岂非异日大害？本来就想追去，耳听文琪身后急呼："余师妹，此是八反教下妖人，不可放他逃走。我须封闭风穴，不能同行。你那离火剑是他克星，但追无妨。"

英男闻得传声，人已飞起，再听这等说法，自然穷追不舍。妖人飞遁本快，因同党被杀，恨极仇敌，回顾英男追来，不时在前现身引逗，意欲将英男引往月儿岛，用邪法诱入火海之中烧死报仇。英男更是急怒，连追了一日夜，也不知追出多远，看出妖人志在诱敌，也未放在心上。料定是往月儿岛，所去方向也对，不特不肯停止，除害之心反而更切。正急追间，忽见大海茫茫，无边无岸，脚底波浪滔天，鱼龙隐现，势甚险恶。又追了一阵，遥望最前四面愁云低压中，由海上冲起一根大火柱，浓烟滚滚，直上天半，把当地天空全映成了暗赤颜色，上空暗云也被冲开了一个大洞。定睛一看，前面现出一座荒岛，上有火山，那火柱直由岛中心火山口内喷出。妖人已往岛上飞去，忙即加急前追，晃眼追近。那根擎天火柱带同千丈浓烟，突似惊鸿飞堕，直落下去，现出全岛。等飞到岛上，妖人已无踪影。为防逃遁，暗将新学的太清玄门禁制施展出来，先将全岛暗中罩住，然后降落。

英男到地一看，这岛自经上次嵩山二老带了金须奴末次取宝，发生过一次地震，已不是平日所说的原形。四面断崖零落，宛如一个极大的破盆，中现一个数十丈方圆的大火口，浓烟刚往下落。环岛波涛汹涌，骇浪如山，暗雾蒸腾，湿云若幕，风却静得一点都没有。岛上满地都是熔石浆汁所积的怪石，残沙满地，色红如火，硫黄之气，闻之欲呕。全岛更无一个生物，端的炎热荒凉，无异地狱。英男运用慧目查看，并无异兆。因无妖党来迎，也未见有别的动静，胆子越大，以为妖人巢穴就在岛上，不知藏身何处。烈火浓烟已经归穴，想起昔年所闻，欲往火口内连山大师藏珍之所瞻拜遗容，求取藏珍，以冀不虚此行。到了穴口，又因妖人未除，妖幡不知藏在何处，曾听说过月儿岛火山的厉害，不敢冒失，欲下又止。准备寻到妖人，破了邪法，再入火口觅取藏珍。以前惦记英琼，时常拜观仙柬，终无字迹出现，竟忘取看，便在岛上穷搜。哪知妖人已与穴中怪人火无害勾结，人已隐在火口之内，等其入阱。

英男查听全岛毫无迹兆，最后想到妖人一到，立时火止烟消，断定妖人藏在下面。孤身深入，不免谨慎，几次想下，不敢冒失。后想妖人法力如高，经此半日早已发动。为求万全，何不隐身而下，相机行事？主意打定，便将法宝、飞剑准备停当，隐身往火穴中降落。那火穴深达数百丈，自经地震之后，形势已变，到处满是沸浆熔石。连山大师藏珍的洞府，石门已经紧闭。英男见下面仍无妖邪迹兆。大师为本山第一代开山三师祖之一，法力无边，不可思议。虽听妖人说过，内里不时仍发浓烟烈火，猛恶非常，危机四伏，人不能近。但自己身为本门弟子，既有机缘来此，决可无事。于是便放了心，一心取宝,竟把洞中所困妖人忘却,便朝洞门下拜,通诚默祝道:"弟子余英男追一妖邪到此,遍寻不见,才知仙府佳城,就在当地。敬乞太师祖深恩垂怜,准许弟子入内,瞻拜法身,并乞恩赐法宝,使弟子微末道行,以后仗以诛邪行道,为本门发扬德威,感恩不尽。"

祝罢起立,暗忖:"新近学会太清玄门禁制,不知能否开禁而入?"正待行法开门,那两扇石大门忽然无故开放,徐徐往两旁分开。料知先前祝告,大师显灵,许其入内,不禁大喜,二次下拜,恭恭敬敬走了进去。入内一看,里面乃是一座广堂,石色如玉,昔年所闻四壁所留各种法宝痕影,均已无踪。正面壁上却现出大师遗容影子,羽衣星冠,丰神俊秀,望如大罗金仙,神态如活。知道大师虽不出现,既容瞻仰,可见有缘,断定此行不虚,越发心喜。

英男第三次跪拜下去,正在通诚祝告,忽见满洞金霞乱闪,惊惶四顾中,似见大师手指后左壁,朝她微笑,随即金光彩霞一闪即隐。方想左壁也许藏有法宝之类,欲往观看,正面洞壁忽然不见,中现一洞,内里红光奇亮,精芒射目。定睛一看,原来门内便是后洞,离地丈许,凌空悬着一个大火球,大约五丈。中有丈许空隙,内里一个形如童婴的红人,通体精赤,安稳合目而坐。身困火球之中,上下四外都是烈火包围,火中更杂有千万丝其细如发的七色光线,如暴雨飞芒,环身攒射,只是射离红人两三尺便即回收,毫光闪闪,闪烁不停。红人似有警觉,面现怒容,但未睁眼说话。猛想起来时妖人之言,火中所困必是所说怪人火无害无疑。看情势似为仙法所困,不能为害,也未管他,暗中戒备,由火球旁绕了过去。英男也是一时疏忽,下时身形已隐,仙法神妙,外人本看不出,因在入门之时发现大师遗容,又无别的异兆,为示诚敬,将隐身法撤去,不曾再用,致被红人看出行迹。等到绕过火球,回头一看,红人身子也已掉转,光线立发威力,精芒突盛,乱箭一般朝中心攒射上去。红人好似禁受不住,面上立现痛苦悲愤之容。等到坐定不动,隔了一会,才复原状。

英男看出那是平日所闻大五行绝灭神光线,只不知怎会多了两样颜色。因知火中红人身受禁制,不能为害,也就不去睬他。本打算绕行一周,再去左壁之上查看。刚由右面绕过,忽见左侧有一神碑,上现"双英并美,离合南明,以火济火,玉汝于成"十六个朱书篆字,并有好些符篆。暗忖"双英"、"南明"均与自己暗合,不禁狂喜,忙赶过去。刚到碑前,碑上便发奇光,再看上面,又现出两行字迹。大意是说:

　　碑中藏有一件法宝,名为离合五云圭,本是阴阳两面。昔年连

124

山大师只得到一面阴圭，仗以威震群魔，为连山著名四宝之一。此圭本是前古至宝。那面阳圭与另一件至宝归化神音原藏在元江江心水眼金船以内，不曾出世。这面阳圭威力绝大，但是非将阴圭得到，两仪合璧，再经仙法重炼一百零八日，不能发生灵效。阴圭因经大师苦心炼过，自具威力妙用。为此在成道以前，算准前因后果，将阴圭藏在神碑之内，等英男得到阳圭，数年之后，亲自来取，重用本门仙法炼过，便可由心运用。但是炼时必须缜密，能在地底更好。

并且注明取宝收用之法。字迹甚小，随看随隐，看完便已不见。碑上一洞立发奇光，耳听风雷之声发自碑中。才知大师特留至宝，等她来取。同时想起元江所得那块如黑铁的宝物和妙一夫人平日所示先机，才知那黑铁便是阳圭。因听碑中雷声隆隆，越来越急，惟恐延误，忙即谢恩，匆匆起立，如法施为。

先将阳圭取在手内，手掐太清诀印，向碑立定。再将南明离火剑化为一道朱虹，朝碑上所现朱痕轻轻落下。剑光到处，只听霹雳一声，神碑立分为二，一幢墨绿色的圭形宝光突然由内飞出。初现时高才三尺，精芒万道，耀目难睁，当中裹着六七寸长一根圭形黑影，凌空直上。刚离碑顶，宝光大盛，其力奇大，剑光几乎制它不住。附近熔石吃墨光稍微扫中，立时粉碎消灭，无影无踪。英男见此宝威力大得出奇，不敢怠慢。同时又听前面风火交鸣，全洞壁都在摇撼，当是应有文章。心想："太师祖既留此宝与我，可见一切早已算定，无须害怕。"全神贯注在取宝上面，也未在意。一面指定剑光，以全力将神圭紧紧裹住；一面暗照仙示，用元江所得阳圭，左手掐诀，右手一扬，将阳圭朝墨光中打去。说也奇怪，就这晃眼之间，墨光已经暴长好几丈，洞顶已被攻陷一洞，碎石下坠，纷落如雨，南明离火剑几乎制它不住。谁知那么一根暗无光华的黑铁打到里面，只听当的一声，墨光突收，化为七寸长短一柄宝圭，停立空中。再用分光捉影之法一招，立即随手飞来，那柄阳圭已经不见。英男仔细一看，原来阴圭和阳圭差不许多，只是较大，中有浅凹，仿佛正反两面的古令符，阳圭正嵌其中，严丝合缝，成了一体。合璧以后，连那阳圭也是宝光外映，精芒眩目，英男自是喜极。

英男回顾火球中所困红人，见他双目怒睁，注定自己，咬牙切齿，好似愤怒已极，无可奈何神气。碑上只注此宝取用之法，对于所困红人和前追妖邪一字未提。深知这大五行绝灭神光线的威力，人又谨慎，觉着法宝已经到

125

手,师祖将此怪人困在这里,不杀不放,必有原因,仍以省事为妙。但是碑上曾说,此宝需要重炼,才能由心运用,偏又注明收用之法甚详,是何缘故?好在能发能收,荒岛无人,又在地底,不怕伤害生灵,何不试它一试?一时好奇心盛,念头微动,立即如法施为。满拟和初收时一样容易,何况南明离火剑可以将其圈住,不致有失。哪知仙机莫测,两圭合璧以后,威力大增,再一出手,便比先前厉害得多。当时发时,侧顾火中红人,满面惊惶,张口乱喊,但为火球所阻,听不真切。手微一动,上下四外的光雨立即暴长乱射。红人似吃不住,却又万分情急,无计可施。英男因自己名列三英,功力独次,法宝又只几件,平日想起便觉惭愧。一旦得此至宝奇珍,正在志满意足之际,哪将红人放在心上。只听外洞风火之势越发强烈,认定大师算就前因,预有安排,必无他害,只稍微心动了一下,仍旧如法施为。刚照碑上所传用法扬手发出神圭,猛觉出手时力大异常,疾逾电掣,虎口几被震裂。同时眼前墨光暴长,精芒四射中,洞壁上下纷纷崩陷消熔,还在继长增高,南明离火剑大有圈它不住之势。宝光虽作墨绿色,但是奇亮无比,所到之处无坚不摧,如非应变神速,飞身纵避,另取法宝防身,遁向一旁,直非受伤不可。

英男大吃一惊,正以全力指挥剑光,如法回收,忽听身后有人厉声大喝道:"火道友无须气愤,我已将八反神风发动,贱婢休想活命!"声才入耳,前洞烈火红光已随着无量狂风潮涌而来,风火中更夹有千万飞刀火剑,却不见妖人影子。等到把话听完,上下四外的洞壁已似雪山崩塌,带着千丈尘沙,纷纷倒塌下来,立被困在里面。那柄神圭已快收转,微一疏神,重又暴长,威力更大,收它更难。一面还须应敌。万分情急之下,因见上下四外均是烈火狂风包围笼罩,知道此是后洞深处,相隔地面不下千丈,多高法力也难冲出。来路为火所断,势最猛恶,不敢冒险前冲,又恐至宝得而复失。惊惶忙乱中也未看清,便将身剑合一,本意先收神圭,再打出困主意。及至身与剑合,未等施为,忽看出那些烈火狂风挨近神圭宝光,便被荡开,那困陷红人的大火球也是如此。这高达百丈,大有数十丈方圆的后洞,已成火海,全洞已被烈火狂风、飞刀飞箭布满,只当中神圭和那火球所在之处,四外各有一圈空隙,风火刀箭挨近便即消灭。但那风火的声势越来越猛,宛如山崩海啸一般,洞壁又在纷纷崩塌,全洞一齐摇撼,地面也似波涛起伏,仿佛就要地震陆沉光景。

英男惊魂乍定,心想:"妖人不见踪影,本洞本是火山,如今火势已被引发,加上邪风刀箭十分厉害,还不知有无其他阴谋埋伏。幸而所得法宝威力神妙,不曾受害。照此形势,只能仗以防身御火,不能再收。似此相持,何时是个了局？初来不知底细，万一被妖人真将全岛揭去，引发地火，如何能当？"正在愁急，心中默念："连山太师祖，速显神通，助弟子诛邪脱困。"猛又想起："情势凶险，师父所赐仙柬今日未看，也许现出字迹。"心念一动，便将仙柬取出，暗中观看，不禁大喜。原来仙柬说师命所办要事，便指离合五云圭而言。并说：

> 三英并秀，两女一男，以后英男、英琼一同行道，相得益彰。英男法宝虽较众同门少，此宝炼成以后，却具无上威力。不久还因此宝另有遇合，关系将来成就不少。但那红人火无害暂时无须理他，此人不久也必脱困，来向英男寻仇。如与相遇，不到时机，不可迎敌。到时自知，自有安排。所得神圭，杀气最重，出必伤人，必须重炼，也由于此。妖人乃八反教中著名余孽，必须除去。但其隐形神妙，又得火无害前在洞中被杀时遗留之宝防身，难于下手。看完柬帖，可将下山时所赐法宝禹王鉴朝东北角上照去，邪法立破，现出妖幡、妖人，速用太乙神雷震碎妖幡。内中一面上绘风火刀箭的主幡，乃妖人本门至宝，必来抢护。只等妖幡由身侧飞起，可冷不防连人带神圭朝前冲去，妖人必死。再照大师传授收了此宝，不问何处，一直上冲，立可脱险。不过此宝威力特大，又是身剑合一，前半须要仗它开路攻山，脱出火围，方可回收。诛邪以后，此宝有了反应，收时虽较容易，地火仍被引发，整座月儿岛都将崩裂，沉入海眼之内。此时无论是何异景，不可流连回顾，速往中土飞回，立可无事。再隔二三年，便与英琼相见，先后同往幻波池修炼，那时便可重炼神圭。

底下还有几句奖勉的话。英男看完，大喜心定，胆子更壮。

那妖人也是该死。自仗火无害所留法宝，连同自炼妖幡，发动风火之后，见敌人身剑合一，守在神圭宝光之中，一任全力施为，全无用处。不时又见火无害使用平日双方所定眼色、手势不住示意，怪其弄巧成拙。知道此人性如烈火，法力又高，虽然与己道路不同，但不久脱困，可以是一大助，极力倾心结纳。末了见火无害怒目相视，顿生毒念，暗忖："前数月费尽心力，冒险入洞，与之相见，对方始而意存轻视，置之不理。后经同伴苦口劝说，卑礼相求，始允联合，但须将妖幡炼成，助其取宝脱困，才肯下交。虽乘日前每百年一次的神光减退之时，面谈过一切，允将洞中遗留之宝借用，神情仍是强傲无比。身在困中，尚且如此，将来未必能如己意，去与正教中人为仇作对。今日偏又弄巧成拙，定必愤恨，纵不为仇，也难望其一党。反正不妙，莫如乘此时机，连他带仇敌一齐葬送。就算道书、五云圭都不能到手，借用之宝总是我的。"

妖人心念一动，立即施为，英男也正下手，双方恰好同时发动。妖人不现身，尚要破他隐形邪法，妖人事前再一大骂，英男惟恐一击不中，闻声先将禹王鉴取出，一道青红二色形似坎、离二卦的宝光冲破火层，由火海中照将过去。右手太乙神雷不等妖幡出现，先就连珠打出。妖人瞥见敌人手上突现出一面宝镜，上有坎、离二卦，射出一青一红长短各四五道奇光，猛射过来，邪法立破。那七面妖幡本在邪法隐蔽之下，在火海中分立招展，邪法一破，也全出现，心方一惊，对方连珠霹雳已经打到，近侧三面妖幡先被震碎，如非逃避得快，人也重伤。百忙中瞥见那面师传主幡正在敌人身右，随手可以破去，此宝一失，再炼休想。情急万分，顿忘利害，又恃飞遁神速，一纵妖光，忙抢过去，正待回收。英男还没想到妖人会自寻死路，一声清叱，连人带宝一齐施为。手中灵诀一发，那神圭吃剑光和太清仙法强行制住，本就郁怒待发，再经主人施为，威力立时暴长百倍。只见墨光精芒突然大盛，电一般朝前冲去。妖人见状大惊，知道不妙，想逃无及，吃墨光射中，当时惨死。

英男因恐其元神逃走，又用神雷乱打。不料神圭威力太强，一经施为，上下四外一齐加增，一头宛如撑天晶柱向上突伸，一头便往地底冲去。四外宝光再一加强，四壁挨着便倒，连那火球也被荡了好几荡，内中七色光线自然发生威力妙用，红人又是受苦不小。英男百忙中见宝光如此强烈，晃眼便将后洞毁去了大半，地底又被宝光攻陷了一个大深坑，火中红人又是那么苦痛悲愤，心想："此宝新得，妙用莫测，威力再加，一个制它不住，反而不美。而且师命原是诛邪即去，连回顾都不许，如何停留？"心念一动，立照预定行事，将手一指，连人带宝一齐朝洞顶冲去。就这功成迟疑，微一停顿之间，地底烈火已被引发，由宝光攻陷的深坑中，一股浓烟激射出来，直射洞顶，晃眼由黑转红，化为百丈烈焰。又与常火不同，其红如血，火力又大又猛，耳听轰轰怒鸣，火穴随即加大，靠近穴口的地面立即熔化，成为沸浆。火口越来越大，火势越旺，略一回顾，洞顶火冲之处，也和地面一样，着火便即消熔。沸浆熔汁宛如瀑布飞泉，四下喷射，映着火光，发出亮晶晶的异彩，壮丽无俦。

英男因仗神圭护身，已经冲破洞顶，超出火上。回顾下面，声势如此烈猛恶，不由耳鸣目眩，心神惊悸，虽有仙束预示，也甚胆寒。方想当地离上层不知多少丈，这等烈火，怪人怎会不死？猛觉脚底火头上冲荡之力其大无比,往上冲来,休想稍微迟延。总算宝光神奇,不可思议,那么坚厚的玉石洞顶,吃宝光一冲,只听一连串轰轰隆隆之声,所到之处,洞石直似残雪遇上大火,挨着便即消灭,现出一个井形大洞,一直向上开去,连熔石沸浆都见不到一点。不多一会,便将那数百丈的地底攻穿,冲出岛上。英男正忙着收回法宝,想要飞走,脚底来路火口一股烈火浓烟已激射上来,晃眼升高数百丈。同时先前下降的旧火口还有大股火烟狂喷出来。两火口前后对立,直似两根冲天火柱矗立岛上,比起初来所见,猛恶十倍。地底异声大作,宛如百万天鼓雷霆发自地中,全岛一齐摇撼。当地形势险恶,本就雾暗云愁,骇浪如山,又受烈火浓烟热力鼓荡,越发惊涛群飞,海啸大作。那一座月儿岛,仿佛一叶孤舟漂行于茫茫大海,突遇飓风,浮沉起伏于万丈洪涛之中,眼看就被海中恶浪卷去光景。

英男正待收宝回飞,猛瞥见神圭上面飞起一片银霞,略闪不见,已经收到手内,忽生异兆,不知何故。心方惊疑,忽又听圭上有人发话道:"孙儿大功告成,还不快走!百里以内,不许回顾。"听出是连山大师留音仙示,又记起仙柬现字,忙答:"孙儿遵命。"更不怠慢,一纵遁光,加急飞行,往来路飞去。行时身后银霞隐而复现,似还有别的宝光彩霞围在身后,那被烈火映成暗赤色的海水也改映成了金银色,惊波万丈,齐幻异彩,骇浪千重,尽闪霞辉,海天无涯,景更雄奇。奉命在先,不敢回顾。

英男心想:"地底烈火何等厉害,太师祖的法体正藏火穴之内,万一为火所化,岂非憾事?何况火山崩裂,必将发生海啸地震,这一带海水全被煮沸,至少千里方圆之内,海中生灵决无幸免,自己偏又无此法力挽救灾劫。太师祖命在百里以内不许停留回顾,必有原因。莫非仙机莫测,事前早有准备不成?"心中寻思,飞遁神速,不觉飞出百里以外。忍不住停身回顾,只见先前来处,满空都是金光银霞,将月儿岛全部笼罩在内。宛如一口极大银钟,罩在茫茫黑海万丈洪涛之上,直达海底。中有两股烈火浓烟由顶透出,直射天心,空中愁云惨雾被冲开了两个大洞,火柱特高。远望过去,上半好似无数彩绢裹着两支奇大无比的红烛,用尽目力,也看不出到底有多高。四边云雾也被映成了千万层冰纨彩縠,料已直射九天高处。

英男正眺望间,先前所见羽衣星冠,丰神秀朗的仙人,在一幢银霞笼罩之下,悬空立在岛上光钟以内,手掐灵诀,用剑向那火柱连指。火势越来越盛,突然连根拔起,朝空直上。大师将手一扬,发出两片金光,将那离地而起的火柱底层托住。紧跟着远远一声雷震,钟形银光忽隐,连人带火柱便同朝空飞起,一串霹雳之声响过,便已无踪。再看月儿岛,已整个不见,海上波涛仍和初来时所见一样。只天心高处略有两道赤虹，由暗影中破雾冲去，刺空直上，晃眼高出重霄，几非目力所及。英男至此才知连山大师对此灾劫已早防到，特意假手后辈门人来此取宝，开一穴口。再由本身元神以极大神通，将这隐伏地底万千年的烈火毒焰送往两天交界之处，连同劫灰一齐化去。法力之高，端的不可思议。师命不许停留，也未回首观察那火无害的生死存亡，便自回飞。

英男到了东天目山，听门人楚青琴说前山有一妖人时常经过，形迹可疑。李文衍也已伤愈回山，正在商议。原来那妖人正是七手夜叉龙飞，因听妖徒归报说，东天目山住有几个峨眉女弟子，相貌极美，竟然上门生事。李、余二女合力应敌，龙飞大败而去，许久不曾再来。二女后遇徐祥鹅，说起龙飞来历，又知祥鹅与之有杀师之仇。于是三人联合一起，前往天台山连寻几次，均未遇上。为防打草惊蛇，隐忍多时。这日徐祥鹅独往天台山查探，二女忽接法牌传声，说与龙飞路遇，正在苦斗，请即往助，立即赶去。英男用南明离火剑连毁龙飞两样法宝，又被遁去。祥鹅志切师仇，不时仍往东天目山去访二女，本意合力除害，屡被漏网，以为二女尚难除他，想再约两个有力同门相助。祥鹅走后不久，二女偶往仙霞岭寻人，归途文衍因事他去。英男回山闻报英琼来访，并在山头收了一件异宝，正赶龙飞寻来，为英琼、上官红所败，负伤逃去。英男立即跟踪追赶，与英琼见面，恰好各人所持仙柬全现字迹，准其在幻波池同修，俱都大喜。英琼因恐幻波池有事，作别先走。英男也想回去，与文衍师徒辞别，并带新收爱徒楚青琴同行。

火无害原因元神逐渐凝炼，成道在即，又算出那大五行绝灭神光线不久便失灵效，本在静心耐守。后为二妖人所劝，意欲先期出困，致被英男寻来。不特多年想要的至宝被人夺去，又将地火引发，如非来人只顾取宝，不与为难，几乎送命。就这样，仍受了不少痛苦。最厉害的是连山大师早就算定月儿岛他年崩发，必将引起一场大劫，特意算就前因，预为布置，将那地火先分成好几次发泄，最后再以本身元灵将其送往天空消灭。当火发时威力绝大，火无害人在火口以内，自然禁不住；身外又有神光包围，不能逃脱。事定之后，全岛陆沉，海水倒灌而入，风浪极大，火球受了水力冲荡，神光便生反应，人也同受苦难。因而越发把英男恨入骨髓，刚一脱困，便寻了来。本意想往峨眉窥探，中途遇见昔年海外老友凌虚子崔海客问起前情，先用好言婉劝，不听。后来又说："峨眉鼎运方隆，万去不得。你那对头现在东天目山，不久便往幻波池圣姑伽因旧居修道，这几人均颇难惹，必须留意。"

火无害不知崔海客受了一音大师叶缤之托，特意将他引往幻波池，并激他将二女东天目山故居毁去，以防文衍师徒在彼势孤，为妖邪所暗算。闻言暴怒，立即寻去。到了东天目山，暗入洞中一看，人已不在，桌上放有英男留书，知道已往幻波池。怒不可遏，便用所炼太阳真火将全洞炸碎。总算司空兰运气还好，采药他出，刚刚回来，发现一个红人破禁入洞，知道厉害，藏在远处窥探。正打不出主意，猛听一声大震，全洞已成粉碎，千百丈烈火红光，惊沙碎石飞涌中，红人已破空直上，一闪无踪。洞府全毁，只得在附近另觅居处，等乃师回来，再作计较。不提。

火无害由当地赶到依还岭，发现仇人在下面，还同了两个同伴，自是眼红，便将所炼太阳真火发将出去，化为一片火海，将静琼谷笼罩在下。无如太乙五烟罗自经媖姆重炼之后，威力越发神妙，一任毒火猛攻，全无用处。火无害看出法宝神妙，又看出敌人功力甚深，想起崔海客之言，也颇惊心。无如事已至此，只好一拼，便以全力猛攻，想将全山炼化，以报前仇。易静见上面火势越盛，看出太阳真火厉害。因英男话未说完，方、元二人神态从容，知必无害，也就听之。回到谷中旧居洞内落座，先由英男说完取宝经过，元皓随说来意。

原来方、元二人自从碧云塘与同门师兄弟姊妹分手，随了灵云、轻云、紫玲三女在外面行道。不久便同往紫云宫，开建海中仙府，与宫中潜伏的散仙斗了些日，最后双方和解。散仙知道三女本是宫中旧主人，也就不再相强，只将前破紫云宫的神兵残金要走多半。五人随将独角龙鲛收服，同在宫中修炼了好些时。又将门人金萍、龙力子、赵铁娘等招去，传以本门道法。方、元二人本有根底，又得枯竹老人和本门传授，功力日高，不时也分头出外行道。

这日方、元二人和轻云又来中土，在洪泽湖龟山遇见严人英与华山派四妖人苦斗，三人上前助战。刚将妖人杀死或逐走，忽遇女仙杨瑾说起幻波池之事，形势十分险恶，给了一封柬帖，命其来援。轻云见杨瑾说时，先用佛光将当地罩住，似恐被人听去光景，心方惊奇，身旁仙柬又忽发奇光。这类事最是少见，知关重大，忙向师门跪拜，通诚开看，空白柬忽现字迹。大意是说：

> 幻波池日内有一异人火无害往犯，此人原禀丙火之精而生，天赋奇资，已经炼成火仙，得道多年。虽是旁门，性情刚烈，平素并不为恶。并与本门师祖连山大师有渊源，本人却不知道。大师早就算明因果，已将他困入火海二百多年，火性尚未完全磨退。近始出

131

困，来向英男寻仇，一开始无须理他。英男所得神圭，本须重炼一百零八日，始能随心应用，无如有事，决来不及。此宝乃前古奇珍，威力太大。那面阳圭形似穿山甲，腹有十八只九指利爪，便是制火无害之宝。因其炼时宝光强烈，上冲霄汉，易启外人觊觎，以致到手多时，尚不能炼。目前恰是时机，又得杨瑾所赐芬陀大师灵符，可以速成，勉强应用。看完仙示，轻云、人英另外有事，不必同往。方、元二弟子，可拿了杨瑾所赐灵符、柬帖速飞依还岭，传示易、余二女，由易静先率众人在静琼谷中防守，依言行事。英男独往幻波池后宫重地，炼那神圭，仗着灵符之力与地底隐蔽，宝气不至外露。用太清仙法加功重炼，约有五十五日便可成功，可以勉强运用。将来尚有一个强仇大敌，须仗此宝御敌除害，届时再行重炼。别的机宜，均由方、元二人临时告知，不能预泄。

易静、英男闻言大喜，立即如命行事。略为叙谈，易静便带英男隐身先往幻波池，见过华、李诸人，由英男设坛炼宝，易静再回静琼谷防守待机。仙法神妙，来去无踪。火无害毫未看出，连用火攻，一晃八日，见下面始终被那一层五色淡烟护住，端的连草也未烧焦一根。先是急怒交加，越想越恨，暗忖："我这太阳真火何等厉害，任你法宝如何神奇，早晚连人带山化成灰烬。"

火无害后见炼了多日，毫无动静，忽然想起："我被困近三百年，以前又在极海潜修，中土之事不知详情。听崔海客说，峨眉派出了许多后起之秀，比起昔年长眉真人在时声势还要强盛，今日一见，果然不虚。敌人退时并无败意，尤其大荒枯竹老人的青灵箭又是真火克星。自己虽在火海被困，苦炼多年，真火威力极大；出困时又将地底残余的毒焰全数收来，按照连山大师所留《坎离神经》苦炼，功力越高，不畏此箭。对方并不知道底细，既有法力，怎不出战？不是另有大援，便是别有制胜之策。门人如此，师长可知。自己前困火海，受尽苦难，好容易才得脱身，对方师长又是连山、长眉一脉真传，莫要弄巧成拙，仇报不成，反中敌人圈套。虽说练就元神玄功变化，到底可虑，不能不防。"火无害方在心虚，猛又想起："那离合五云圭关系自己成败太大，如能得到，本身真火便能化炼精纯，大小分合，由心运用，可以细如毫芒，不致一发不可收拾，波及无辜，造那无心之孽，累及将来功行。更可将那真火炼成丹元，早成正果。"

于是重又激怒，猛力进攻起来。似这样举棋不定，不觉过了多日。几次施展玄功变化，化为一道尺许长的烈焰，混在火中，打算乘隙暗入谷中，猛发烈火,里外夹攻,但均为宝网所阻,无隙可乘。易静奉有机宜,又将谷口禁制故意变动隐现。火无害素看出谷中还设有太清禁制和乙木仙遁,青霞万道,神木如林,风雷殷殷,随时隐现,情知厉害。暗忖:"圣姑五行仙遁,敌人已能全部应用,神妙无穷。休看木能生火,能长自己威力,如是先后天互相化生,难免不为所制。"越想越可疑,就此退走,心又不甘。

这日火无害正用烈火加紧攻打,忽见一道人飞来,正是老友崔海客,见面便说:"峨眉势盛道高,神圭本是连山大师留与余英男之物。道友既非此宝不能成道,海外仇敌又多。最厉害的便是那九烈神君夫妇,听说道友出困,已在合谋,想要报复前仇。你一人势孤,如何能敌?依我之见,不如就拜在对方门下,不特此宝可为你用,并还得益不少,更不畏仇人夹攻。再不,索性与这班妖邪联合一气,也可苟全一时。凭你一人,决非峨眉对手,似此孤立,必定自误。"连将带激,语气甚巧。火无害素性刚强,竟被激怒,负气说道:"先母遗命,说我身具恶质,务要勉为正人。因此虽以旁门成道,向不与群邪交往,以前遭忌也由于此。火海脱困前,几为两妖人所动,与之联合,至今悔恨。以后不特宁死不与妖人一党,只要敢犯我,必与一拼。至于拜师一层,休说后生无名贱婢,不配做我师父,况又是我仇敌,岂非笑话?就算她法宝神妙,我也必以全力再接再厉,不将神圭得回不止。任她人多势众,料难伤我,怕她何来?"

海客笑道:"道友息怒,我实好心。休看对方年轻,已得玄门正宗传授,拜她为师,有何辱没?何况对方取才甚严,还未必肯收呢。人各有志,难于相强。我知道友独断独行,向不容人忠告,不过日内如有左道中人来此侵犯,你意如何?"火无害以前曾因树敌太多,受海客解围之德,生平只此至交。却不知海客受人之托而来,故意诱激,语有深意。气愤头上,不假思索,脱口答道:"当我胜败未分以前,不问来人是何用意,只要伸手,哪怕同向贱婢作对,也无异我的仇敌。我也知你恐我情急势穷,去与妖邪联合,故意激将。但我生平言出必践,放心好了。"崔海客知他中计,便不再说,略为劝勉几句,随即别去。

这时已是五十天过去,火无害见持久无功,下面敌人索性把谷口禁制撤去,现出内景,笑语之声,隐隐传来。方、元二人性又滑稽,更指着上面笑骂不已,说:"余师姊正炼神圭,到日便要取你狗命!"语极刻毒。火无害恨到极处,忽想起幻波池乃敌人巢穴,恨不能一齐毁灭。一发狠,便将那丈许大一团团的烈火,连珠也似朝下打去,整座依还岭立时全成火山。同时又将轻不使用的太阳神针满山乱发。此宝也是采用日华炼成,其细如针,发时一道亮若银电的精光，所到之处，多么坚固的山石，挨着便即攻陷成一大洞，威力极猛。本来此宝阴毒，奉有遗命，不许妄用。火无害这时愤极出手，心想不论何处，攻破一洞，立可穿山入内，夺宝报仇。哪知宝网神妙，一经对敌，便生灵效，并且隐现无常，无论飞往何处下手，均有五色淡烟护住，仍攻不进去。

火无害正急得无计可施，忽又想起那火经上又曾载明神圭的妙用，好似一落敌手，便为所制，敌人所说必是真情。正在满山飞舞，怒火头上，忽见一道纯青色的长虹带着极强烈的破空之声电射而来，晃眼临近，现出一个相貌丑恶的矮胖妖道，见面便厉声喝道："何方道友，快些收手。敌人有太乙五烟罗防护，决难攻进，待我下手。"话未说完，火无害已经犯了本来恶性，正在眼红之际，一听来人辞色狂傲，又看出是左道中人，想起海客之言，不由怒火上撞，天性暴烈，也没问其来历、姓名，接口大喝："我得道千年，向不许人干涉我的事。事有先后，敌人就在下面，你有法力只管施为，问我做甚?"

来人正是日前受伤，被沙红燕、邬勤救走的伍常山，也是一个猛恶任性的人。来时发现依还岭上有一小红人满空飞舞，手发烈火，朝下乱打，因怀盛怒而来，又恃攻山法宝厉害，急于收功，冒失上前，没问对方来历，便喝停手。不料遇见对头，闻言大怒。又以素性狂傲，不愿输口，说为太阳真火所阻，不能下手的话。当时暴怒，口喝："鼠辈无知，敢于口出不逊!"扬手一道青色刀光，发了出去。

火无害法力本高，更有天赋奇能，动作神速。先前只为易静等所用法宝恰到好处，才落下风。一见伍常山，心早厌恶，扬手先是一团烈火，紧跟着一声长啸，飞身而起。因愤来人神态可恶，又将太阳神针暗发出去。

第二八八回

烈火弥天　神圭擒异士
飙轮舞电　飞剑斩妖人

话说伍常山不知对方便是在月儿岛脱困的火精，加以背运当头，那么高法力的人，因为师门至宝落神坊被仇敌收去，又吃大亏，虽将伤他的米、刘二矮杀死，偏被人将元神救走，仇人就此超劫，反而转祸为福，又为同党讥笑。满腹怨气，怒极如狂，一时疏忽，以为所用飞刀厉害，自己又擅玄功变化，没想到对方乃是元神炼成，飞刀所不能伤。见刀光如电，已经上身，敌人好似躲不及的神气。一面敌那烈火，还想运用元神摄取敌人生魂时，忽见刀光已将敌人围住，绕身而过，斩为两段，化为一幢红影飞起。伍常山百忙中看出底细，方觉不妙，红影已迎面扑来。正待抵御，忽听哑哑两声，腰间所佩葫芦首先无故熔化。紧跟着，身后奇热奇痛，未容转念，便已身死。元神刚飞起想逃，忽然满空上下俱是烈火，包围上来。眼看危急万分，连元神也难保全，猛瞥见一道寒光，宛如飞星电射，直投火中。未及看清来人是谁，便被一片冷云裹住，冲烟冒火而起，往回路逃去。

原来火无害正动手间，觉出飞刀厉害，又见敌人腰间葫芦作六角形，猛地想起一人，暗道："不好！"假装惊慌，把太阳真火暗布空中，再把那大小由心、其细如发的太阳神针发出七根，等将敌人四面罩住，再行施为，前后夹攻。伍常山竟未警觉，腰间葫芦首先断送，背上又中了两神针。因为上来骄敌，未及防御，对方出手极快，又是先将宝光隐去，前后夹攻，等到发现所借至宝为敌所毁，惊惶失措，急怒攻心，想要防御，已是无及。火无害本想将他元神一起炼化，忽来救星，看出来人寒光冷云不是寻常，暗道："不好！"已被妖魂逃去。方想今日又树强敌，忽听身后有一女子声音笑骂："无知妖孽！竟敢将老怪丌南公的门人杀死，并将水母宫的奇珍地寒钻毁去。还不快些投降我余师姊，做个徒弟，真想形神俱灭么？"回头一看，正是前遇男女幼童方瑛、元皓，不禁大怒，知道烈火无功，便将太阳神针明暗打去。哪知二人早得高明指教，又在下面看明虚实，故意来此诱敌，收那六十四根太阳针。说完,便在青灵箭冷光护身之下,穿火逃去,一针也未上身。

火无害好容易盼来两个敌人,又是不战而退,怒火难遏,忙即追去。本来是想随着敌人,跟踪追入,不料敌人只在火海中环山飞驰,并不下降。并还边逃边说,仿佛不该轻敌出门,如被追上,难保不乘隙侵入,如何是好?语声虽低,隐约可闻,好似心意被他看破,神情十分慌乱。经此一来,自然更加不舍。追了一阵,几次追离地面,眼看彩烟飞动,敌人似想穿网而下,均因自己追得太急,重又停止。火无害心想:"神针本与心灵相连,只要能乘隙入内,便有成功之望。追得太急,反而无用。"便把六十四根神针一齐准备,待机而发。后来追到一处,下面便是山坳,敌人似因相隔已远,忽然穿网而下。火无害忙将飞针全数发出,满拟针到下面必生威力,自己也可乘隙入内。哪知有如石投大海,毫无反应。方在惊疑,待要回收,已被宝网隔断,最奇的是连点行迹俱无。

火无害正在情急无计,猛瞥见方、元二人穿网而出,同时神针在下面也有了感应,只是收它不回。敌人不知何故,又行飞出,神态慌张。出口近在脚底,不顾追敌,忙往彩烟之中冲下。那地方初看本是一个山坳,彩烟紧贴地上。刚随敌人上升之势分合飞扬,还未复原,火无害容容易易便冲了下去。待将真火发出,上下夹攻,猛觉眼前一花,青光耀眼,无数成排大木影子发出万道青霞,四方八面潮涌而来。再看形势大变,人已落向静琼谷中,陷身太乙大阵内。知落埋伏,先觉木能生火,方想一试,未等施为,那青光闪闪的千万根大木,互相摩擦激荡,忽发烈焰。火无害心中大喜,忙将太阳真火发出助威,一片雷鸣之声,丙火忽然化生戊土,万丈黄沙,夹着无量大小戊土神雷,八面打到,威力猛恶,从所未见,太阳真火竟被挡住。才知敌人五行仙遁果是先后天正反应用,如其五行合运,如何能当?幸是炼就元神,精于玄功变化,否则直无生理。敌人又未再见一个,料是厉害,盛气一馁,忙运玄功,化为一条红影。

火无害正要冲出阵去,身上一轻,光华尘沙忽然全隐,现出一片空地。对面一座山洞,洞前立着几个少年男女,仇人余英男也在其内,与一未见过的少女并肩而立,旁一猿形怪人随侍。少女手指自己喝骂道:"你这无知火精,还不投降!你已身陷五行仙遁之内,因怜你千年修为,不是容易,金、水二遁不曾施为。再要不知好歹,你师父已将神圭炼成,你就吃大苦了。"火无害仇人见面,早就眼红,不等说完,便将太阳真火朝前打去。哪知还未近身,便似被甚东西吸去,消灭无踪。怒极前冲,想要拼命,不知怎的,相去数丈,竟冲不上前。看出敌人精于五行大挪移仙遁,方始有些惊惶。

忽听英男对少女说道："琼姊，这厮如此凶横，我不稀罕收甚徒弟，将他形神消灭，免留后害吧。"话才出口，一条形似穿山甲，旁有十八条九指怪爪的墨绿色精光已由敌人手中飞出，突然暴长。刚看出是月儿岛所见那面阳圭，只是与初见那幢圭形墨光形态不同，宛如一个成形精怪。才一出现，便觉来势虽然不猛，吸力却绝大。方想闪避，身上一紧，已被那十八只形似怪爪的光影连身抱住。一任施展玄功，想要逃遁，无如身被极大潜力吸紧，休想逃脱。稍一挣扎，墨光便射出万道精芒，环身乱刺，痛苦非常，和月儿岛火球中所受绝灭神光竟差不多。才知厉害，急得破口乱骂。

英男怒喝："你这业障！不教你尝点厉害，也难悔过。"随说把手一扬，那面阴圭也便放出，又是一幢圭形墨光，发出轰轰雷电之声，迎面飞来，那面阳圭便往前迎去。火无害看过《坎离神经》，识得此宝威力，阴阳二圭只要合璧，就是元神炼成，迟早也被消灭。心方一惊，两圭相对，阴圭凹槽中墨色精光已直罩过来，当时元气消铄，痛楚更甚。但又不甘心输口屈服，正在胆寒，忽听旁立少女笑道："师妹，这厮火性尚未磨尽，何必与他一般见识？"随说，扬手发出一团慧光，正照在阴阳二圭之中。火无害身上立觉一轻，虽未脱困，痛苦已经减少十之八九。惊魂乍定，忽然想起得道千年，为一位小女子所制，重又暴怒。刚一发威想骂，不料那团慧光竟随人心意发生反应，重又痛苦起来。试把心气压平，痛苦立止。虽知对方法力高强，这两件法宝尤为神妙，身已受制，无计可施，无如赋性刚烈，怒火难消。然而只一动气，立受奇苦；气平便止。似这样时发时止，越是暴躁，所受越惨。没奈何，只得强捺气愤，静心忍受。

易静见他一言不发，先代众人指名相告。然后笑道："你休不知好歹。前杀妖人乃丌南公嫡传妖徒，你当知道此人厉害；何况妖徒又与水母门人勾结，将他水宫至宝地寒钻借来，被你毁去。你树此两个强敌，便有多高法力，也非对手。我本不难放你出去，但是此举无异让你送死。你现虽被困，老怪素来骄狂自大，决不肯捡这现成。念你修为不易，暂留在此，如知悔过，拜在我余师妹门下，以求正果，自是两全其美；否则，念在无知冒犯，素无恶迹，等我们日内事完，也必将你放走。休看此时被困，实是助你脱难。只要你心平气和，自知理短，这两件法宝与宝主人心灵相合，妙用无穷，决不伤你。况有佛家慧光照去你的凶野之性，只有好处。听否在你，你如不信，这里不久有事，到时就知厉害了。"

火无害闻言，猛想起丌南公果是神通广大，决非其敌。先前分明已看出飞刀异样，怎连姓名也未问，便下毒手？那水母虽然坐关多年，但她元神仍能出游，门下两个女弟子法力颇高，所用法宝，多半是自己的克星，将来狭路相逢，实是凶多吉少。回忆心惊，正在盘算，对面敌人已说笑走去。心想："便照所说，也不屈服，看她到时肯放不肯？只不知满空烈火收去也未？"抬头一看，空中云白天青，哪有丝毫火影。

原来到了五十多天上，英琼、英男先后将法宝炼成，一同赶往谷中。方、元二人便与众人密计，按照仙示，假手火无害把伍常山除去，破了攻山至宝地寒钻，再由二人上去诱敌。易静在下面主持五行仙阵，先收去火无害的太阳神针，引使入伏。刚把火无害困住，五行未全合运，白发龙女崔五姑忽令大弟子白水真人刘泉拿了五岳锦云兜、七宝紫晶瓶、雷泽神砂和一封柬帖飞来，告知易静事变将发，迟恐无及，可速用神圭将火无害困住，免为敌人所伤，并可借此去激老怪。又由刘泉用所带法宝，将空中太阳真火一齐收去，以备将来之用。易静本想使火无害知道众人年纪虽轻，法力却高，欲令心悦诚服。闻言知道事在紧急，不能再延，忙即分头行事。等将火无害擒住，癞姑已在上面传声相唤，便同飞去。刘泉也将太阳真火收完，恢复原状。于是各按仙示，分别隐形埋伏，等候敌人到来。

刚停当不久，便听遥天破空之声甚是强烈。先是五道各色遁光横空冲云而来，晃眼飞堕，落在岭上，现出三男二女。内中一个正是前在幻波池，为妖尸邪法所败，勉逃残生的金凫仙子辛凌霄，同了紫清玉女沙红燕。还有三人似是海外散仙一流，除一个面红如火，身材高大，背插四柄烈焰叉，腰挂葫芦，左肩上停着大小三个朱轮，一个套一个，火焰熊熊，不住闪灭，像是左道中人外，余均不带邪气，相貌也颇古拙。刚到依还岭落下，离地丈许，便不再降。

先是红面道人发话道："幻波池中小狗男女，速出答话；否则，你们那太乙五烟罗只能对付别人，对我无用。再若藏头不出，惹我性起，全山人物齐化劫灰，悔之晚矣！"

另两道人也同声接口道："我知你们不过仗了峨眉隐形之法，藏头缩尾，其实并无用处。我二人乃西海火珠原琪琳宫主留骈和车青笠，这位便是火龙礁主庞化成。我三人均是得道千年，久居海外，量你们后生小辈也不知道。本来久已不来中土，不愿管人闲事。只因沙、辛二位道友说起峨眉派自恃人多势众，目中无人，专一欺凌同道；幻波池前主人圣姑伽因所留法宝、灵丹甚多，更有道书目录，本是留赠有缘，你们全数攫为己有，不肯一毫公诸同道，并将仙府霸占，夜郎自大，为此前来问罪。既然恃强，就该出来一分高下。如仗区区五烟罗就想保全全山，岂非做梦？休说庞道友的日月五星轮有颠倒乾坤之妙，万丈高山，弹指立成齑粉；便我二人想破此宝，也非难事。

你们与其束手待毙，何如撒宝一拼，分个强存弱亡？如仍仗着洞中有五行仙遁，我们也可自行入内，看你们能有多高法力？我们如败，自无话说；我们如胜，只要将原有藏珍和毒龙丸等灵药、道书献出，也可饶你们不死。"

话未说完，庞化成二次接口喝道："二位道友，这班无知小狗男女，和他们有甚话说？已然警告在先，料他们心贪胆小，欲仗五烟罗和原有五遁苟全一时，决不敢出头对敌。只有用我日月五星轮将全山先行毁去，再破他们的五遁禁制便了。"

沙红燕因是屡受重创，深知敌人得天独厚，法力并非小可，又各有两件至宝奇珍，不可轻视。自从日前一败，事隔多日，敌人依旧声色不动，太乙五烟罗也未撒去，分明暗有准备，决非怯敌。又还有几个帮手未到，想等人到齐，合力进攻。而且留神查看，觉得淡烟笼罩之下，全山景物有些俱已隐去，断定此行机密先泄，敌人不会不知厉害。自己虽约有几个好帮手，偏被对方两个门人暗中赶来，用黑眚幡将那最厉害的法宝毁去，有一人还受了暗算，连医伤带炼宝，延迟多日。伍常山又一怒而去，说向水宫二女借宝，并约相助，也无音讯。此时虽然帮手多了几个，但照以前经历，未必便有必胜之望。所幸防身法宝神妙非常，胜固可喜，败亦无甚大害。满拟敌人必定约人相待，怎倒如此沉静？沙红燕越想越觉可疑，偏又查看不出一点迹兆。想起敌人隐形法甚高，莫要和对付伍常山一样，突然发难，吃他暗亏。心中疑虑，未及开口。

庞化成是西海旁门散仙中有名人物，一向心骄志满，这次原受沙红燕的蛊惑，又对毒龙丸起了贪心，意欲捷足先登，故不等同党到达，特意用飞光遁法抢在前面。因受前师遗诫，说师传至宝日月五星轮颠山覆岳，易如反掌，威力过大，一旦施用，必伤无数生灵，造孽太重，非到万不得已，不可出手，传时并命立誓，因此慎重。对于太乙五烟罗并未放在心上，一见对方置之不理，不禁大怒，一面厉声喝骂，一面取出另一件法宝待要施为。

忽听有人笑道："红脸妖贼，乱叫什么？"声才入耳，还未听真，猛觉眼前一花，吧吧两声，左右开弓，早各中了一个大嘴巴。庞化成当时被打得头晕眼花，两太阳穴火星乱进，连牙都几被打落。他在海外横行多年，几时吃过这么大的亏？情急暴怒之下，耳听一声娇叱，一道青光由身侧电掣飞过，往左侧射去，同时现出一个相貌丑怪的癞头小女尼，不知用甚方法打了自己两下，刚往左侧飞去，被沙红燕在旁发现，用一道青霞将人罩住，手忙脚乱，正在光中挣扎。庞化成心中恨极，忙喝："沙道友，且慢下手，待我将这小贼尼生擒回去，给她多受一点报应，然后处死。"随说，便要往前抓人，青光忽收。

猛又听沙红燕大喝："道友留意！"底下话未听完，当胸又中了一掌。这一下打得更重，空有多年功力，竟会禁受不住，只觉五脏皆震，眼黑口甜，几乎晕倒。幸而辛、车二人看出不妙，忙各放出一幢青光，将庞化成罩住，暂保无事。一看小癞尼，只在第二次打人时身形略现，重又隐去。同来诸人俱都气极，各用法宝防身，纷纷用飞剑朝前追去。无如敌人动作如电，隐现无常，尽管剑光、宝光虹飞电舞，向前夹攻，人已不知去向。

原来沙红燕早就生疑，自在暗中戒备。只因所约三人，只车青笠一人是多年老友，留、庞二人俱是新交，又都骄狂自大。来时看出庞化成除贪得藏珍而外，并还垂涎自己的美色，暗中有气。虽为报仇心盛，又是自己约来，不愿他吃敌人的亏，比较却冷淡得多。又想此人成名多年，既说大话，许有胜望，便对他不甚留意。正暗告辛、车二人，说敌人法宝厉害，隐形神妙，内一小癞尼更擅金刚神掌，须防暗算。癞姑已打了庞化成两嘴巴，往侧遁去。沙红燕忙飞起一片青光，将其罩住。忽想起敌人功力甚高，怎会不曾还手？定睛一看，果是幻影，忙即收回，喝令留意。庞化成又挨了一下重的，虽然激怒，敌人已隐，无可如何，心中恨极。

沙红燕见庞化成一张红脸已气成了紫色，二次又取法宝，厉声咒骂，正待下手。经此一来，已看出他空负盛名，除法宝厉害还可一试外，功力不过如此。再想到来时竟敢调戏自己，不由勾动恶念。暗忖："约此三人，仅为增加威势，所重仍是另外两个同党，不料这厮如此狂谬。反正上来挫了锐气，这太乙五烟罗料也未必能破。如想毁损全山，这厮又是畏首畏尾，好些顾忌。不如与敌人言明，照来时预计，稍微提前，往破五行仙遁，成功更好，否则索性借刀杀人，免得日后纠缠，并为峨眉树敌，也是好的。"沙红燕心念一动，忙喝："庞道友且慢！你便将全山毁去，敌人深藏池底，仗着五行仙遁，仍可无事，何苦多伤生灵，违背令师遗命？我们入池一试如何？"

沙红燕说罢，转向前面喝道："易静、李英琼、癞姑，你们与我姊妹仇深恨重，有你无我。今日我已约了诸位道友，特意来此，见识所设五遁。是好的，可将法宝撤去，开放门户，容我五人入内破法，免得庞道友用日月五星轮将全山化为劫灰，多伤生灵。"

话未说完，面前人影一晃，癞姑重又现身，并哈哈笑道："本来我们既在此为本门开建仙府，便不怕人上门请教。你们来时若以礼求见，这红脸贼怎会挨这三下冤枉打？我小癞尼最讲道理。这太乙五烟罗乃玄门至宝，并非因怕你们，用以防御，这是我余师妹想收徒弟，偶然放起。我见近来妖邪横行，到处乱飞，我们照例人不犯我，我不犯人，这天空不是私有之物，不好意思拦阻,又怕邪气污了本山草木;再说本山灵境仙域,上面蒙着一片五色轻烟,怪好看的,就懒得撤了。谁知你们会来? 好好说话也罢,竟如疯狗一样乱叫,怎能怪我生气打他呢? 本来想让你们干看着着急,不来睬你们,看看他那大小三个套狗圈,是什么玩意? 你这么一说,怪可怜的,放你们进去无妨。只是一件,别人不相干,你那邘南公疼爱你好几辈子,虽在他寿终以前,我们还不想伤你,但是仙遁神妙,万一你自投死路,回去可对你那人说,这是你自己带人上门生事,非送死不可,与我无干。他不要恼羞成怒,乘着我们师长休宁岛赴宴未归,自恃邪法,以大压小。我们虽然不怕,他胜之不武,不胜为笑,把平日吐出来的口水又吞回去,却丢了大人哩。"

庞化成见是仇人癞尼,分外眼红,又听话甚刻薄,几次发怒想动手,均吃沙红燕止住。后来越听越难听,沙红燕素来阴险沉着,也已气极。但知敌人隐遁神速,更有穿山入地之能,太乙五烟罗似能分合由心,除照预计入池破禁,由内下手,或能成功外,对方有此宝防御,急切间决攻不进,师门至宝落神坊尚且无用,何况别的。被敌人晾在外面,反更无趣,只得强忍气愤,冷笑道:"卖弄口舌,有甚用处? 既敢放我们进去,胜败存亡,各凭法力。我师父岂肯与你们这些无知鼠辈交手? 你们不必害怕,只管现出门户。"癞姑笑道:"这是你说的,将来顾点脸皮,不要赖啊。"

沙、辛二女不知敌人早由华瑶崧暗中主持,上下均有布置,并得有高明指教,只因援兵尚未赶到,特意借这太乙五烟罗将上下隔断,分减敌势,并将内中几个极恶穷凶就此除去。

辛凌霄心痛夫仇,满腹悲愤。又以出身正教,当初一念之差,受此大害,其势不能不与左道为伍。这类妖邪有甚好人,见她美艳如仙,又是孤鸾寡鹄,多半心生垂涎。辛凌霄人甚坚贞,心虽愤恨,但又不能过于得罪,只能隐忍闷气,在未发难以前,一味躲避。当日被沙红燕约来,越想越恨,决计此行只要将毒龙丸到手,可备他年丈夫转世成道之用,不问胜败,也必兵解殉夫,所以始终冷冰冰地一言不发。这时因见敌人不住讥嘲,好似借故延迟,心中生疑,忍不住喝道:"既然如此,何必多言?"癞姑笑答:"你本好好一对神仙美眷,如今闹得家败人亡。虽因当初一念之差,到底今日来人以你最好。我把话说完,便请你入内,到了里面,也决不存心难为你。不过五行仙遁今非昔比,你虽立志殉夫,不畏兵解,但是金宫威力甚大,反应极强,万一不巧,连元神也难逃遁,你却须格外留意呢。"

沙、辛二女还未答言,庞化成见敌人相貌丑怪,摇头晃脑,肆口讥嘲,只管延宕,不由怒火上冲,大喝一声,扬手便是亮晶晶各具一色的碗大精光,朝前打去，眼看暴长。癞姑一晃不见，耳听哈哈笑道："红脸贼，要找死么？且把你一人留在上面，反正逃不了，倒看看你会闹甚把戏，能动我一草一木不能？"

沙红燕不知癞姑早有算计，见庞化成发难，方欲拦阻，敌人忽然不见。紧跟着眼前一花，耳听发话，再看时人已落在幻波池下，快要到地。面前现出五座洞门，除南洞门未开外，其余洞门大开。门前各立一人，倒有三人不曾见过。癞姑也已立在西洞门外含笑相待。才知敌人暗用五行大挪移法，乘着问答之际，冷不防撒宝，将人放了下来，并把庞化成一人留在上面，事前竟会毫无觉察。想不到数年之隔，会有这高么法力。心方惊疑，耳听破空之声由远而近，上空风雷大作，料是敌我双方均有人来，深悔方才不该性急，致落敌人算中，照此情势，决非佳兆。事已至此，无法中止。好在预计也要入池，各人法宝神妙，早有准备。已经深入重地，只好一拼，并待后援。

癞姑独立西洞门外，朝辛凌霄笑道："我姊妹三人入居仙府以来，圣姑禁条已改，只要沾一点邪气的人，入洞必死，形神皆灭。你不是那样的人，元神或能保住。我知你持有专破庚金之宝，先给你引路，使你少吃点亏如何？"辛凌霄连听对方道出心意，先颇惊疑。再一想到丈夫恩爱，为此而死，不禁愤极，怒吼一声，扬手一道白光飞将过去。癞姑也将屠龙刀化为一弯寒碧金光，敌住辛凌霄，并且笑道："你莫着急，今天包管你称心如意。如非成全你的心志，你并非对手，怎的不识抬举？实不相瞒，我们真爱惜你。休看毒龙丸就在里面，你们明偷暗盗，谁也不能得去。等你夫妻转世重来，准定各送一粒，放心好了。"辛凌霄闻言，心又一动。侧顾沙、留、车三人，已由二女一男分头迎敌，各往东、北、中三洞分头追去。癞姑说完，也已退入西洞。辛凌霄情知事情艰难。原定五人并攻一洞，到了里面，后面援兵也已赶到，各仗专破五行的异宝奇珍，里应外合。不料敌人法力之高，出于意外，五人同下，临时忽把一人留在上面，分明预有成算无疑。方一延迟，耳听癞姑在门内笑道："辛仙子，你丈夫乃妖妇所害，与我们何干？我对你实是怜爱，趁早抽身，不与群邪为伍，还来得及。只要转念，我必送你回去。你一进门，就活不成了。"辛凌霄闻言，忽又想起丈夫惨死，悲愤填膺，咬牙切齿，把心一横，往门内追去。暂且不提。

当癞姑诱敌之际，庞化成法宝也已出手，猛瞥见前面轻烟闪动，敌人与四同伴略闪即隐，相隔竟在数十丈外。知被敌人暗用法力将人分开，只留自己一人在上，不禁愧愤交加，怒发如雷，一指宝光，正待追去，意欲冲烟而下。平日飞遁，本来神速，法力也高，哪知此时敌人比他更快。刚一飞起，就这不到一眨眼的工夫，满山头五色轻烟似海波一样起伏飞扬，耳听吧吧吧连串响处,突由对面飞来七团酒杯大的银光,正打在七色精光之上,当时爆炸。顿时满空彩芒银星激射如雨,只闪得几闪,便同消灭。自己多年苦炼成的北斗珠竟被毁去,心方一惊,面前已现出一个矮瘦奇丑,形若幼童的小道姑。一时情急,便将左肩一摇,立有两柄飞叉各带着五股烈焰朝前飞去。

那道姑正是女神婴易静,刚用飞剑敌住妖叉,便听东南、西北破空之声,随有多人分头赶到。庞化成看出西北方来人多是日前分手的同党,还有几个不认识的。这时觉出敌人果是厉害,锐气已挫,自己肩上日月五星轮少时再要无效,事前曾夸大口,何颜见人?而新来诸人中,有两个又是多年好友,气方一壮,双方已飞近岭上,还未下落,便在空中动起手来。易静见自己这面来人,乃是庄易、吴文琪、陆蓉波、杨鲤、廉红药、万珍、郁芳蘅等七人。

原来林寒、庄易自从在汉阳得到诸葛警我指示,说群邪年内来犯幻波池,奉了嫄姆密令,把朱文、申若兰、云紫绡三女送走之后,便照所说,在数月前便暗中赶来依还岭附近高峰之上,由林寒主持,设下一处法坛,以为接应。起初为了事机缜密,一意准备,先不往幻波池见易、李诸人。所以当时连对朱文等三女均未明言,托故飞到幻波池东面高峰之上,寻到地方,择一山洞栖身,先将诸葛警我转交旗门取出,将第一道灵符发动。等到当地设下禁制,方将柬帖取出观看。林寒一见大惊,立即依言行事。准备停当,便在峰头上眺望,迎接各地来援的男女同门。前两月并无人来,只有廉红药展转到此。

原来廉红药因在苗疆红木岭、碧云塘两地用修罗刀连伤左道妖邪,树敌太多,先奉师命归就邓八姑,历久无事,便放了心。加以频年修为,功力日高,渐把前事忘却。这日静极思动,想起近来修为甚勤,外功立的太少,恐落人后,便和八姑说,想要出外修积。八姑知她暂时无碍,又知嫄姆师徒对她怜爱,有事必往应援,化险为夷,稍微劝勉,也就听之。

红药因和蓉波、朱文、英琼、英男诸人交厚,意欲便中探看,并往东洞庭参见嫄姆师徒并谢恩。哪知嫄姆本是元神成道,近参上乘功果,飞升在即,因有件俗家的事未了,不在山中。姜雪君又应采薇大师之约,往云南石虎山谈禅未归。红药打算先去东天目访看英男,再转幻波池。途遇严人英、徐祥鹅说起日前路遇英男,正往成都,于是想起玉清大师许久不见,意欲往访,就便寻到英男,同往幻波池去,与易、李、癫姑三人叙阔。不料赶到成都又扑了个空。本来要飞幻波池,忽遇醉道人门下韩松、林鹤二童,说起大岱山毒手摩什已经伏诛,当地产有佛棕仙果,无人采摘,自身法力不济,未敢前往。

红药便欲就便采些与幻波池带去,别了二童,刚到大岱山,便遇上两个妖人:一名裴懿,一名张则,均乃苗疆所杀妖人死党,怀仇已久,也采佛棕,无心相遇，便争斗起来。红药以为修罗刀专杀妖邪，不料二妖人淫恶刁狡非常，邪法阴毒，红药几受暗算。幸而万珍、郁芳蘅奉了密令，往依还岭助林、庄二人设坛布阵，空中路遇，将二妖人杀死。红药已中邪法，救醒以后，郁芳蘅深知二妖人来历，恐遇妖党，偶看仙示，越发心惊。便不再往别处去，先期赶往依还岭，令红药随同林、庄二人一起，不可离开，等到幻波池事完，妖人之师如来，有众人在，自可除害；否则也可寻上门去，永绝后患。万、郁二人原是护送云紫绡，中途分手，按照崔五姑前说的话，来与林、庄二人会合。于是便同留下，每日演习仙阵，分班轮值。到十日前，吴文琪、陆蓉波、杨鲤也先后来到。

这时依还岭早在火无害百丈烈火笼罩之下，如非林寒持重，众人早已往援。后见火无害被擒，又有五个敌人飞到，虽然不知详情，既用太乙五烟罗防御敌人，历久不撤，可知厉害，本就跃跃欲试。林寒坛上有一片法光，乃媖姆所传仙法妙用，视千里内外人物的往来形声，犹如对面，这时忽然发现西北方飞来十数道遁光，均是左道妖邪，知欲夹攻幻波池而来。众人原因诸长老仙示，均说易、李诸人人少势孤，尤其五行仙遁必须有人分别主持，全要飞往应援。林寒知道时机已到，不过还有好些人未到，并要接应伤败的人，便令庄易照着日前密计，率众前往，自己留守。众人刚到岭上，群邪也已飞临，便在空中斗将起来。

易静见那来敌大多是相貌凶恶，神情诡异。内有五个身材矮胖，相貌狞恶，各穿着一身黑衣，道童打扮的妖人，装束神情全差不多。背上各有一个妖幡，肩头上各钉着两根黑光闪闪的妖钉，手持一柄两面出锋的锯齿刀，满身都是黑气笼罩，颇似传说中的查山五鬼弟兄。知他们黑狗钉出名厉害，妖师乃火法真人黄猛的师兄吼天王童斯，最是护犊，邪法又高。即此五人，已非弱者。另外还有两个身材高大，形如巨灵的妖人，也是同胞弟兄，各持一杵，腰间法宝囊甚大，好似藏有不少东西。这伙妖人，上次峨眉开府均未见过，善者不来，来者不善，何况还有两个大强敌未到，故易静惟恐众同门万一有失。而对手之一庞化成，邪法还在其次，最厉害的是那日月五星轮，如不能破，便须防他狗急跳墙，改由山外攻打，地底开路入内，太乙五烟罗却只能防备上面和全山四外。此轮乃左道中的有名异宝，一旦制它不住，近山生灵必要遭殃，并还毁损附近风景。再者依还岭地域广大，敌人众多，此时虽未到齐，已不下二十来人。万一敌人知道五烟罗的底细，四方八面一起进攻，稍微运用失当，必由山外攻入，本山美景必有损毁。自己这面人数又少，如何照顾得来？易静忙用传声告知庄易等七人，令其留意。同时暗中通知癫姑,将先前的四敌人引入洞中以后速急撤出。好在对于辛凌霄,本心不愿伤她,不妨宽她一步。

正说之间,空中妖人已死伤了几个。原来易静因时机未到,知道敌人日月五星轮虽极厉害,用时却须准备,上来便以全力进攻,法宝、飞剑纷纷放出。庞化成不料敌人这等厉害,忙用法宝分头迎敌,仗着飞遁神速,先前又吃过大亏,不再轻敌,虽被逼得手忙脚乱,空自痛恨,无暇施为,可是易静急切间也伤他不了。

英琼、英男本来奉命在静琼谷待机,等候屠霸等敌人到来,再行出战。不料众妖邪大举来犯,人数甚多,邪法又强,只好提前出手。庄易等七人如非易静传声,斗时不求有功,先求无过,上来便用法宝、飞剑护身,吴文琪、郁芳蘅几为邪法所伤。只有万珍所用三花神梭威力神妙,出手便是金、红、白三色奇光交织如梭,环绕全身。每遇邪法异宝来攻,前面便有金花爆散,飞射出千万点银雨金星,在妖光邪雾之中往来冲突。虽也时常遇阻,却比较占上风,敌人拿她也无可奈何。还有廉红药,在飞剑护身之下发出二十七口修罗刀,也是满空飞舞,所到之处,除查山五鬼和那两个大汉能够抵挡而外,余者全都纷纷逃避。无如下余五同门却是仅能自保,难于还攻。尤其是敌人先就来了十七个,后来的还不算,连沙红燕这一起,先后竟达三十一人之多。也是幻波池诸人该有这场险难。

庞化成本身法力还在其次,那日月五星轮本是前古奇珍,被乃师得去,重又苦炼多年,越发厉害。英琼开头如与易静夹攻,杀死妖人原是易事。只因生性疾恶,最护同门,一见敌势太盛,以为易静决不妨事,并未上前。也未等到发令,便朝空中飞去。英男自和英琼一路,相继飞起。空中群邪正在耀武扬威,纷纷喝骂,不料来了两个杀星,紫郢剑与南明离火剑都是仙府奇珍,况又加上英琼的青灵髓与佛门定珠,威力更是神奇。

内中查山五鬼先用飞刀对敌,看出敌人用仙剑、法宝防身,难于侵害,便将黑狗钉发将出去。那黑狗钉出手便带着雷鸣犬吠之声,外层是道黑光,内里却裹着一根暗赤色的钉形红影,为邪教中最阴毒的法宝。不特中人必死,而且黑光中所发出来的血色火花细如牛毛,得隙即入,尤为厉害,沾上便无幸理,专门污秽法宝、飞剑。五鬼因是素性刁狡,本对藏珍存有贪念而来。后见人数甚多,那两个大汉又是西海黄鱼岛有名的巨灵神君商弘、商壮,原是土木岛主商梧孽子,因犯大恶,被禁在黄鱼岛上已有多年,新近才得脱出,被沙红燕约来。这两人法宝最多,五鬼恐显不出自己。本还不打算用黑狗钉出斗,因见敌人虽然势弱,但都防身有宝,无一能伤;内有两少女更是难斗，一个不巧，就许被修罗刀所伤，方始施展出来。这原是瞬息间事，双方恰好同时发动，五根妖钉刚一出现，二女仙剑一紫一红，已如惊天长虹，电射而来，刚一接触，妖光先被双剑绞散多半。五鬼把此宝珍如性命，不禁大惊，总算收势尚快，不曾斩断。

廉红药因和英琼、英男至好，一见出斗，心中大喜，连忙赶去，恰值五鬼收钉旁遁。另两妖人因见万珍法宝神奇，欲加暗算，乘着混战之际，退到一旁，将邪法准备停当，正打算冷不防骤起发难，一眼瞥见李、余二女由光网下冲烟而起，因都久居海外，不知峨眉派的厉害，虽见剑光强烈，依然自恃邪法，以为查山五鬼黑狗钉决不至于败。见二女美貌如仙，竟生妄想，意欲抽身下手，将人迷倒，擒回山去。不料死星照命，他们的邪法刚一发动，红药突然飞来。英琼正待追敌，忽见斜刺里两幢黄光，光中两个妖人，一高一矮，各持一面形如鱼头的法宝，口眼各喷黑气，腰间鱼皮袋内各有一股白烟，蓬蓬勃勃向外激射。又见红药由侧飞来，邪烟腥秽，料非寻常，恐其中邪受伤，便将定珠放出。二妖人见敌人发出一团佛家慧光，祥霞激滟，流辉四射，才一出现，邪烟立被消灭，知道不妙，忙即回收。红药也听易静传声，令其留神邪法，防身要紧。一见慧光朗照，邪法将破，更不怠慢，一指修罗刀，电掣飞出。二妖人刚想起此是左道克星修罗刀，想要逃遁，已是无及，吃那二十七道寒碧刀光将全身裹住，只一绞，便成粉碎。英琼百忙中瞥见妖人已死，所用鱼头形法宝尚在狂喷邪烟，惟恐妖魂逃遁，忙指慧光照将过去，扬手又一太乙神雷，霹雳声中，慧光、雷火夹攻之下，已经消灭无踪。

英琼见敌人越来越多，知红药性虽温柔，遇敌时却极胆大贪功，素无机心，此时满空均是敌人邪法、异宝纵横飞舞，光焰四射，邪雾横飞，恐其无心受害，忙与会合，同在慧光护身之下，合力应敌。至交姊妹，久别重逢，红药对英琼最是亲热，相见惊喜，免不得说了两句。就这匆匆问答，转瞬之间，众妖人见同党败逃，伤亡了好几个，全部大怒，各以全力施为，夹攻上来。英琼见众同门除癞姑身与刀合，满空纵横飞舞，正追五鬼，众妖人挡她不住而外，只万珍能仗法宝之力抵御群邪，未分胜负。下余五同门已为群邪所困，各仗法宝防身，仅能自保。不禁情急，便率余、廉二女向庄易等五同门赶去。三女所用刀剑，全是仙府奇珍，众妖人如何能敌？只见丈许大的一团慧光，带着红、紫两道长虹，二十七道寒碧刀光，满山电舞虹飞，所到之处，任何邪法异宝全都无用，不是雾散烟消，妖氛尽扫，便是光消人死，形神皆灭。三女又将太乙神雷向外连珠乱打。

庄易等受敌围困，见双英数年不见，竟有偌大威力，全都惊喜交集，出于意外,也各将太乙神雷由防身宝光中向外乱打,八人晃眼会合一起,威力越盛。万珍量小,对于英琼,本认为师长偏爱,有意成全,及见倩高功力,不由心中钦佩,自愧弗如,立改成见,也赶上前去会合。众人法宝、飞剑本非寻常,只为敌强势盛,更须防到邪法暗算,以致吃亏。在佛家慧光防身之下,外邪不侵,全都胆壮,不再顾忌,各以全力御敌,威势越来越盛。不消片刻,三十多个敌人先后伤亡了一半。

内中只那两个巨人商弘、商壮正斗之间,发现癫姑正追查山五鬼,所用刀光乃屠龙师太镇山之宝屠龙刀,五鬼竟被追得望影而逃。最厉害的是刀光神妙,竟能分化,人与刀合,隐现无常;太乙神雷似暴雨一般打出,更有别的法宝助战,无一件不是威力极大。五鬼微一分开,便吃大亏,只得联合一起,几次想用背上妖幡,均被追得无法出手。暗忖:"莫怪峨眉势盛,一个无名小癫尼,也有如此厉害,余者可知。"心方惊疑,猛想起父、叔均与妙一真人夫妇有过嫌隙,屠龙师太更是对头,此女定是她门人,何不将计就计,将父亲、叔父引了出来?心念一动,忙即赶去。

癫姑原因接到易静传声,令其出战。当时辛凌霄已经被困金宫之内,癫姑便对她道:"你已被困,任你多大神通,也难逃走。但我姊妹实在不愿伤你,此时各宫五行仙遁一起发动,不能放你。如听忠告,可守在这里,等我事完回来,将你放走。如再恃强,想保元神兵解都办不到,后悔无及了。"匆匆说完,便自赶出。知黑狗钉乃邪教异宝,最是阴毒,现被英琼、英男破去一半,正好除害,便不再顾别的,加急追去。不料五鬼邪法甚高,法宝又多,虽黑狗钉已收,非连人杀死不能除害。

癫姑本来追击五鬼,心正盘算下手之法,见商氏弟兄飞来。癫姑认得二商,先还想以一敌七,毕竟人单势孤,这七个敌人又都是能手,飞遁尤为神速。五鬼本想在百忙中抽空施展邪法,见二商飞来,稍挡得一挡,立即飞身遁去。癫姑无法,又知二商所用宝杵乃家传至宝,法宝囊内并还带有土木神雷,不敢轻敌,只得先用飞刀将敌人所发杵形黄光敌住,笑骂道:"你两个违犯教规,被你们父亲困禁多年,刚得脱身,又出来为恶。尔父早不肯认你们这不肖之子,有何脸面见人,还敢勾结妖人来此扰闹?趁早回归海外,免得送死。"商氏兄弟全都身高九尺,金刚巨灵也似,声若巨雷,望去威武非常,人却阴险狡诈。闻言并不发怒,各咧着一张大嘴,冷笑道:"小贼尼!你想激我们用土木神雷么?家父对我弟兄已经宽宥,即便使用,也决不会将我二人追回。何况老贼齐漱溟和老贼尼沈琇,均是家父的对头。我二人此来,决不空回,除在胜败未分以前,献出藏珍毒龙丸,或能饶你狗命,否则叫你知道厉害!"

二商原意是激怒癫姑，使其心中愤恨分神，冷不防猛发土木神雷、二行真气和别的法宝，将敌人杀死。不料癫姑见商弘发话，商壮指宝杵应敌，另一手暗掐灵诀，面上神情有异，早料敌人必有阴谋。心想："别的法宝尚在其次，最厉害的是二商家传的二行真气，一经发难，整座依还岭均能震成粉碎。此时虽有太乙五烟罗防护，但这两人天性凶恶，素无人性，不可不防。此时虽有太乙五烟罗护身，但群邪势盛，地域广大，一个照顾不到，得隙即入，除幻波池仙府而外，本山灵景固要毁灭，即或不然，四外群山也必震碎。日月五星轮又是一个大害，另外两个强敌尚还未到，岂可大意？自己无妨，英琼等九人有慧光防身也不足虑，要想保全别的灵景，却非容易。"

癫姑心正忧虑，二商把话说完，突然将手一扬，大片青、黄二色合成的二行真气已似电一般潮涌飞出，晃眼把依还岭盖上大半。同时又有两团同色奇光流辉若电，晶莹耀目，飞将起来，大只如杯，也未当时爆炸，出手便是流星赶月，直上高空，在离地数十丈的空中停住不动，宛如两轮彩月，精光朗照，方圆数百里内，全被映成了青黄色。那光更是越来越强，只管加盛，这时夕阳已早落山，天空星月竟为所掩。

癫姑见是二商之父商梧所炼至宝二行珠，比土木神雷威力更大，一经爆发，千里内生物齐在死圈之内，化为劫灰。只有在未发难前用法宝收去，送往两天交界之处消灭，才可无害。心正愁急，打算拼着以身殉道，以全力将其送往高空消灭。耳听商弘大喝："诸位道友速退，免遭波及。"才知敌人恐伤同党，特意延迟。众妖人多半识得此宝厉害，闻警纷纷收宝遁退。英琼等九人还在追杀。癫姑心想："英琼的定慧珠乃佛门至宝，也许能够抵御。但二行珠威力绝大，稍受震荡，立即爆炸，纵令英琼能够抵御，附近生灵仍遭毁灭，一个不巧，众同门必受重伤。还是用定珠慧光将众人护住，自己独任其难为是。"刚把心一横，忙用玄功赶去，眼看二行珠停在高空，忽似飞星电漩，流转不休，仿佛就要对撞神气。英琼等追赶群邪，已快追出依还岭边界；易静独斗庞化成和另一妖党，双方均若无事。

癫姑心虽奇怪，危机瞬息，不暇寻思，一纵遁光，正朝上空急飞，猛听幼童口音在空中喝道："诸位师伯，休放妖人逃走。待弟子韩玄将这二行珠给不肖畜生的父亲送去。"话未说完，高空中突现出一个形若童婴，背上插两口尺许长金剑的短装幼童，通身都是霞光笼罩，将手一扬，先是一只大若亩许的手形金光捞起两团珠光，带着一连串霹雳之声，比电还快，直向高空飞去。紧跟着，另一只手撒下大片淡薄的青烟，也和电一般快，自空飞堕。

第二八九回

玉殒香消　感深情　金宫援倩女

恶盈数尽　施妙法　火遁戮凶魂

话说二商原因沙红燕一味推崇所约屠、邬二妖人，心中大愤，到时故意敷衍，想等众人不行，再行发难，以显他们的威风。后被癞姑激怒，方始打算提前出手。只因同党人多，尚与敌人相持，想等退出死圈，再行下手。以为二行珠无人能破，只一接触，立即爆炸，敌人必死。正在得意洋洋，口中喝骂，忽见癞姑运用玄功，向高空中追去。还恐敌人不知厉害，将珠震破，发难太早，伤了同党。刚指珠光想使上升，不令追上，忽见一个形如婴童的敌人，扬手便是一只金光大手，将二行珠抓去，不由大怒。二商忙即行法，向空一指，想将二行珠爆炸，同时腾空追去。不料那片青烟已经飞堕，似网中捞鱼一般，将那弥漫大半山，正向全山展布的二行真气一下网住。同时另一敌人忽然飞降，手持一个晶瓶，先飞起一片锦云，笼向青色光网之外。两下里一合，立时由大而小，合成一团轻烟彩雾。晶瓶又飞起一股七色彩光气，将其裹住，晃眼由大而小，嗖的一声，吸入瓶口以内。二商见二行珠已被金光大手收走，一任施为，毫无反应，正在情急，还未追上。

癞姑一听来人竟是韩仙子门下小人韩玄，那金光大手不是芬陀、媖姆二老前辈元神所化，便是所炼神符。知已无害，心中大喜。一见二商飞来，立即回身迎敌。就这略一停顿之际，下面二行真气已被收去。二商看出敌人所用法宝，乃是五岳锦云兜与七宝紫晶瓶，情知宝珠、真气已落敌手，不禁悔恨交加，又急又怒。那金光大手来历更大，韩玄又生得形如童婴，误认作快成天仙的道家元神，料非对手，再说也追不上。不得已而思其次，想将二行真气夺回，如能成功，再将敌人紫晶瓶夺来，岂不更妙？情急万分，本不暇再与癞姑恋战；又见下面敌人收了二行真气，立时破空遁走，心疑敌人似往土木岛送还法宝，越发着忙。慌不迭舍了癞姑，便朝那人电驰追去，双方全都飞行神速。韩玄也已飞降，正向癞姑行礼回答，英琼等和众妖人也已飞回。

原来易静独战庞化成，忽听有人传声，自称韩玄，奉了韩仙子之命，拿了

149

芬陀大师一道灵符，来收二行珠。并说邬、屠二妖人就要来到。日月五星轮将来有用，此是定数，附近山林景物终须遭劫，最好在二强敌未到以前任其发难。否则庞化成人最恃强，又最珍爱此宝，轻不使用，来时心存奢望，见不如人，就许负愧逃去，或是不肯出手，收它便难了。

这时另一新来妖党伊佩章，乃华山派老辈中妖人，正随庞化成一同对敌。当二行珠飞起，二妖人知道厉害，本想逃走，不料易静恐妖人逃光，发难太早，韩玄不及下手，突将太清禁制施展出来，将二妖人困住，迫令出手，并作缓兵之计。同时传声英琼，说强敌将临，可速退回。残余的十来个妖人无一弱者，本非真败，又都各怀奢望，想要染指。

英琼等一退，见空中宝珠不见，二商追敌飞走，纷纷追回，双方又斗在一起。庞化成见仙法神妙，身外满是金霞笼罩，知道敌人发动太清禁制，自己虽有法宝防身，但是压力极大。晃眼之间，金霞中又现出千万根大木影子，互相挤轧排荡，潮涌而来，本就惶急，伊佩章再一连番怂恿，顿忘师戒，立用四柄烈焰叉将身外金霞挡住，随喝："诸位道友留意，速往我这里来。"左肩一摇，一口真气喷将出去，肩上大小三轮立即朝空飞起。易静知道敌人法宝乃前古奇珍，不愿为他所破，立收仙遁隐身，追上英琼等，匆匆说了几句，便和癫姑、韩玄同往静琼谷中遁去。

伊佩章最是刁狡无耻，因见仙法神妙，惟恐庞化成无暇施为，由身旁取出一方形如手帕的法宝，向空一抖，立有一片暗赤色的妖云，腥秽难闻，飞向空中。易静恰巧收法遁走，伊佩章以为所用赤霞玄阴障厉害，敌人被其惊退，正向庞化成口发狂言。不料韩玄手疾眼快，机警绝伦，师传法宝又多，本随癫姑同往谷中退去，正由二妖人身侧飞过，闻到奇腥，觉着有些头晕，不由有气，因已隐身，二妖人全未看出。庞化成仗着师传，发难以前，先有一幢七色宝光将身护住，还不妨事。伊佩章自恃年老成精，易静一退，越发骄狂自满，以为妖光邪云笼罩之下，敌人必不敢近身。不料韩玄经过，如非身佩师门至宝护神牌，几乎晕倒，不禁大怒，已经飞过，也未告知癫姑，忽然一剑飞来。那两口金剑与寻常飞剑不同，乃韩仙子昔年初得道时，用前古神金炼成的防身至宝，发时只是金光闪闪的小剑，长只数寸，比电还快，又是万邪不侵，相隔甚近，如何能防。等妖人发现一口其亮如电的金剑在眼前一闪，想逃无及，竟被那剑追上，由头到胯斩为两半。一道血光裹着妖魂刚要飞起，癫姑回头望见，扬手数十百丈金光雷火，将妖魂连空中妖光一齐消灭。方同往谷中退去，照眇姑之言布置。不提。

那日月五星轮也已飞向空中，化为大小三轮奇光。头一轮是日轮，其红如火，飙轮电驭，急转不休，四边发射出千万朵火焰，猛射如雨，晃眼全山便在火星笼罩之下，红雪飘空，上下飞舞，光芒万丈，烈焰烛空，与先前火无害太阳真火的威力又自不同。火焰朵朵，所到之处，满山五色轻烟全受激荡，起伏如潮，风雷之声，山摇地动，形势万分猛恶。第二轮是月轮，却似一个大冰盘，寒光四射，正罩在众人头上，先未在意，晃眼光更强烈，照在身上，似有极大吸力，如非慧光护身，几被吸去。这还不说，最厉害的是那第三轮五星轮，外边上有五色星光，迎空暴长数十百倍，各射出一股光气，罩向众人立处，压力之大，迥异寻常，下面太乙五烟罗竟敌它不住，虽未冲破，环着众人身外一圈，已被冲破数十亩方圆的一圈裂缝。这时众妖人已各纷纷退去，与庞化成会合一起，各指英琼等喝骂不休。众人因受癞姑指教，立意收那日月五星轮，故作不支。同时由英琼运用定珠慧光将众护住，只守不攻，也不去理睬，想等收宝的人一到，立即下手，收宝除害。依还岭上重又光焰万丈，上彻重霄，宛如日月合璧，五星联珠，一同自空飞降，离地仅数十丈。只见烈焰千重，彩光万道，星光如雨，红雪缤纷，寒光若电，流辉四射。又当深夜之际，整座依还岭宛如一座霞光万道的火山，照得方圆千里内外明逾白昼，壮丽光怪，亘古未有。

庞化成不料慧光这等厉害，日月五星轮乃师传奇珍，竟不能伤它分毫。太乙五烟罗也未冲破。敌人虽似困住，终究奈何他们不得。正想三轮合运，朝下压来，试上一试，先不伤人，且将五烟罗碾破，以便接应池中同党，里应外合。正与一同党妖人商议间，忽见一片银光先在月轮旁闪了一闪，疑有敌人，定睛一看，已无踪影。方在奇怪，日轮中心又有豆大一点的黑影，一闪即灭。紧跟着，五星轮上又飞起一蓬乌金色彩丝，均是从所未见的异兆。

庞化成想起此宝乃师父传授，曾说与自己共存亡，不到万分危急，并还理直气壮，不许妄用，又曾立过重誓。虽具无穷威力，仗以横行，从未用过。日前因受沙红燕蛊惑，想分得一粒毒龙丸，冒失来此，突生异兆，莫非有甚变故不成？心正惊疑，忽听月轮内有一女子喝道："无知妖道，敢忘师诫！认得我女殃神邓八姑么？看你师父面上，赐你兵解。还不快逃，等待何时？"说时一根长只尺许的黑光，并不甚亮，突在日轮中出现，只闪得一闪，日轮便即停止不动。紧跟着又有九朵金花，一团紫气，由空飞堕，满山火焰立收。刚认出这是前师所说天狼钉与九天元阳尺，只见一团冷光银霞又由月轮中突然涌起，光中现一黑衣道姑，正是前师旧友邓八姑。月轮忽隐，立还原形。星轮上又有一片乌光，大蓬金线飞起，收得更快，话未听完，三轮全失。庞化成不由心惊胆裂，亡魂皆冒，忙喊："邓仙姑开恩！"话还未了，耳听一声长啸，起自遥空,宛如响箭穿云,破空而来。庞化成未及回顾,星轮上一片乌光已罩向身上,护身法宝立破。惊魂震悸中,一道青虹又飞上身来,耳听八姑喝道:"红佺看我面上,休伤此人元神,放他走吧。"庞化成自知难活,青光已绕身而过,斩为两段。一条人影在那四柄烈焰叉环护之下,往斜刺里破空飞去。

就这一两句话的工夫,一条红影已随同长啸之声飞堕。同时东北方又飞来一片暗蓝色妖云,疾如奔马,铺天盖地而来,晃眼临近。众妖人见庞化成惨死,正在心惊,一见来了两个大援,又都惊喜,齐呼:"二位道友,怎此时才来?"英琼等看出来敌甚强,正准备迎敌间,忽听八姑传声喝道:"诸位师弟妹,速照计行事。这里须受妖人数日围困,我送红佺脱离阵地。此时不便相见,到日再来。"话才出口,八姑已在雪魂珠护身之下,带了上官红,化作一团银色冷光,比电还快,往左侧面破空飞去,听到末两句,语声已在数十里之外。

英琼等方在钦佩,新来二强敌也相继飞到。一个身穿白衣,装束诡异。一个赤面蓝衣,其瘦如猴,身后背着一个大葫芦,内喷蓝色烟云。才一到达,便海涛也似当头压下。耳听易静、癫姑分头传声,令众分退静琼谷中待命,破阵的人尚还未到,妖孽数也未尽;洞中所困四人均持有克制五行之宝,也须有人主持相助。现在人少,最好听其攻打,到时自有解救。否则即便能胜,后患甚大。癫姑又说辛凌霄带有法宝甚多,甚是厉害,五行仙遁须人主持,令英琼往金宫相代。由癫姑自去对付沙红燕,以防张瑶青法力稍差,不是对手,万一疏忽,生出变故。英琼等闻言,同在慧光笼罩之下,往静琼谷飞去。

英琼将众送到谷中,再行飞出,只见蓝云如海,高涌如山,整座依还岭全被罩住。太乙五烟罗已化为大蓬彩烟,向上飞起,护住全山,离地约有十丈高下。妖云正在下压,恰好接住,虽能抵御一时,仍是妖云势盛。那穿红衣的妖人也正发难,扬手发出大片阴雷,互相击撞,千万霹雳一齐爆炸,震荡之势,比起先前几次还要猛烈十倍。方才对敌诸妖人似恐波及,各在后来二妖人所发两幢红蓝二色交织成的光幢笼罩之下,飞翔云海雷火之中,耀武扬威,连声喝骂,也用邪法、异宝相助攻打,尤其对幻波池、静琼谷分外猛恶。内一妖人名叫玉神君唐双影,因同伴为众人所伤,报仇心切,哪知厉害,怒火头上,只顾见敌眼红,也不想想中间隔着那层五烟罗本就难破,又经邓八姑来时用一道灵符加增威力,比方才还要神妙得多,怎攻得进?

事有凑巧,英琼出时不曾隐身,被二妖人发现,因听说过相貌,猜是三英中第一人,各用阴雷、邪法朝下猛攻。这两个妖人正是屠霸和赤手天尊邬勤,均在东海被困多年,近始逃出,邪法甚高,炼有不少极厉害的法宝。尤其邬勤,乃九烈神君师弟,所炼阴雷威力极强,并能随发随收,化生无穷。他乃昔年邪教中有名人物,又擅长独门玄功变化,精于五遁。如非五烟罗防护,邬勤所炼攻山异宝百灵冲与十七面妖幡又被米、刘二矮暗中尾随破去,早被侵入重地,全山仙景也为妖云熔化。就这样,那丙庚精气会合各种龙蛇虫兽毒涎炼成的妖云,稍差一点的法宝、飞剑,沾上便即污毁消熔,厉害非常。其阴雷又极猛烈,太乙五烟罗虽经媖姆仙法重炼,如非八姑带来那道灵符,仍难持久。这一合力攻打,威势更大,宝气彩烟立被激动,纷纷飞扬,起伏如潮。

唐双影只当宝网将破,想起自己成名多年,此来寸功未立,反伤了两个同伴;屠、邬二人一到,便将敌人惊退,声威立盛,自觉不是意思。又因身藏异宝尚还未用,想收渔人之利,于是诱敌出斗,连发出三支阴灵箭,一见无功,破口辱骂,语甚污秽。

英琼由宝网下面飞过,已经快到幻波池边上,见一油头粉面的敌人,手指三道妖光追来,全身有粉红色的光焰笼罩,众中只他一人穿行妖云雷火之中,若无其事,口中又在秽骂不休,不禁大怒。暗忖:"照癞姑师姊所说,虽然时机未至,冷不防除去一个,有何妨害? 何况这妖孽必是极恶穷凶,万万容他不得。"心念一动,立时回身,手掐灵诀,冲烟而上。唐双影一见敌人出斗,英琼又是身剑合一,定珠不曾放起,以为敌人中计,所用邪法赤阴球最能迷人心魂,发动极快。性又贪淫,心中还存妄念,打算生擒回去。一面指挥妖箭迎敌,一面将球放出。不料英琼近来法力日高,身有佛家至宝定珠,万邪不侵,因恨敌人出口淫凶,立意除他。一见妖箭迎面飞来,也不用紫郢剑迎敌,先将开府所得圣姑遗赐的太白金刀化为一条银电,朝前飞去,自身却向妖人追去。

就这对敌晃眼之间,忽听妖人大喝:"邬道友停发阴雷,待我生擒贱婢回山,一同享受。"话未说完,身形忽隐。邬、屠二邪见英琼出战,正发阴雷、妖云朝前夹攻,闻声忽然退去,齐喊:"唐道友说得对,这丫头果然美貌。好在她已难逃罗网,你如不行,我们再来。"那三支妖箭本极厉害,不料英琼无心中放出太白金刀,正是克星,银光一绞,首先粉碎。那赤阴球也随同妖人隐处,飞向空中。此宝与妖人心身相连,阴毒淫恶,无与伦比。

英琼对敌人的话还未听完,瞥见当空现出一团暗赤色的妖光,晃眼由浓而淡,变作粉红颜色。光中现出好些俊男美女,都是一丝不挂,互相搂抱,颠倒横陈,活色生香,备诸妙相。光球里面,另有两条人影若隐若现,与妖人一样相貌，也是赤身露体，一丝不挂。忙纵剑光追去，扬手又一太乙神雷。不料那球看似停悬空中，徐徐转动，但是闪变神速，隐现无常，飞剑、雷火竟未击中。英琼心中奇怪，想把定珠放起。妖人也是该死，分明见英琼神态无异，并不似平日敌人一见便即中邪晕倒神气，仍不死心，还以全力施为。英琼正追逐间，球上忽飞起一片粉红色的薄雾，色彩越发鲜艳，球中男女色相更多，鼻端微闻一股温香，心神忽然微动，觉出邪法厉害，不知如何破它。刚一迟疑，又听癞姑传声。心想退走，又觉有气。猛听吧的一声，球忽爆散，化为大片粉红色彩烟。中有两条赤身人影，比电还快，当头罩下，竟然不畏仙剑威力。英琼当时便打了一个冷战，喊声："不好！"心随念动，定珠慧光首先飞起，并将身带几样法宝，连同太乙神雷，一齐施展出来。

妖人原因持久无功，侧顾群邪，多半停手耳语，心越愧愤。一见敌人惊疑神情，不知英琼定力最强，更有至宝防身，不过稍现警兆，并无大害；误认为中邪，只为法力颇高，不曾晕倒。惟恐失却机会，自恃发难神速，连人带宝猛扑上去。此举动作如电，本极厉害，偏生遇见凶星照命，劫数当终。妖人又将元神化身一齐向前飞扑，准备将人迷倒。四手齐伸，带着大片妖光刚往下扑，慧光暴起，邪法立破。同时又是一幢青霞罩上身来，飞剑再往上一绕，数十百丈金光、雷火暴雨一般当头打下，多高邪法也禁不住。何况事前心存必胜之念，未有退意，当时连人带宝一齐消灭。

英琼本想再杀两个，因癞姑传声催促，只得回飞。邬、屠二妖人见状大怒，各施邪法、阴雷急追过去。英琼在宝光防护之下，虽然不怕，也觉出阴雷震荡之势十分猛烈，那蓝色妖云压力更是奇大，才知果然厉害。刚刚冲烟而下，不料邬勤玄功变化，飞遁神速。先见英琼上时，彩烟飞动，已早生心。英琼一退，立时隐形追来。英琼的定珠原与心灵相合，下时虽觉微有一点警兆，却不知邬勤邪法神通，得隙即入，已经紧附在外。以为五烟罗能随心意分合，间不容发，决不会被他随同追入。满空阴雷又在乱打，百忙中竟未发现。也是幻波池不该毁坏，否则全洞虽有仙法禁制防护，池底灵泉必为阴雷所毁，就能修复，也须费事了。

邬勤因见敌人法宝神妙，难于暗算，惟恐打草惊蛇；又听同党说起沙红燕等四人已先入洞，久无动静，料已被困。一心迷恋辛凌霄的美色，意欲卖好，竟忘了毁损仙景，紧紧随在英琼身后，想混到里面。哪知癞姑早得高明指教，得知妖人乘虚侵入，一见英琼出战，便舍了辛凌霄，运用仙法，将南洞开放，下余四洞一齐关闭。英琼本不知癞姑心计，一见南洞大开，便飞了进去。正想转入右洞金宫，忽又听癞姑传声，说妖人已经侵入，令其留意，须等困入南洞火宫,方可撤去法宝,以防暗算。英琼闻言,自是气愤,先不发作,直飞火宫重地,暗中准备。

邬勤还以为敌人毫未觉察,打算英琼宝光一撤,立发阴雷,将其打死,再破火遁,去与沙、辛二女会合。正觉敌人已经回洞,防身法宝怎还不撤?身已追入火宫深处,发现所经之处是一螺形甬道,又长又窄,上下洞壁好似画着不少火焰,若有若无,时隐时现。知是火宫重地,自恃精于五行遁法,也未在意。邬勤以为敌人不曾惊觉,只要在未发难以前将那最重要的火宫神灯毁去,全阵威力便要减去一半,成功较易。英琼忽然回身喝道:"妖贼自投罗网,休想活命!"说罢,手中灵诀往外一扬,一片风雷之声过处,邬勤眼前红光一闪,敌人、甬道一齐不见,也未见有甚别的异兆,身却落在一座大约两亩的广堂以内,通体红色,洞壁宛如红玉,四外空空,不见一人。只当中一盏金灯,下有翠玉灯檠。灯上结着一朵灯花,时青时紫,时红时白,色彩鲜明,别无他异。

邬勤向在海外横行为恶,被仙法禁闭已三百年,对于幻波池五遁威力只是耳闻。以为自己是行家,不知仙法神妙,神力无边,尤其不知那五行法物均为仙府奇珍,非比寻常。所以虽知自己身落埋伏,毫无畏心,反想引发火遁威力,试上一试,成功更好,至不济也可遁往别宫去寻同党。邬勤的主意打定,扬手一阴雷,朝那星灯打去。阴雷本是一点豆大绿光,出手随人心意,化为百丈妖光雷火爆炸,无坚不破。哪知出手并未爆炸,打到灯上,宛如石投大海,形影全无。心方一惊,眼前倏地一暗。紧跟着光焰万丈,风雷大作,全身立陷火海之内。先尚不知厉害,怒吼一声,在邪法、异宝防身之下,先发阴雷,四外乱打。仙遁神妙,不可思议,攻势越大,反应之力越强。只见碧荧如雨,出手消灭,一闪不见,并还收不回来。越往后火力越大,竟是无可奈何。身外烈焰早已合成一片,无异投身在一座极大无比的洪炉之中,用尽方法,火力只有更强。在烈火中连用邪法异宝,均不能破。

最后想用火遁窜往别宫,去寻同党。刚一施为,飞出不远,忽见无边无际的火海深处,现出一盏前见金灯,灯焰停匀,奇光迸射,由对面缓缓飞来。方想攻打破法,忽想起先前阴雷无功,此灯乃火宫法物,必是一件奇珍,稍失机宜,必为所败,岂可冒失?忙即停手退飞。那灯浮沉火海之中,看似极缓,不知怎的,无论如何加急后退,老是离身不远,并还越隔越近。暗忖:"似此相持,何时是个了局?"顿发凶威,一声厉啸,忽然改退为进,运用玄功,想借火遁往别宫窜去。

说时迟,那时快,耳听沙红燕传声急呼,说五遁厉害,问众同党是何景象。话未说完,语声忽断。邬勤得道多年,人本机警狡猾,闻声方在失惊,猛觉出灯上奇光精芒迸射如雨中,忽有一种极大潜力吸来,身子立被吸住,再也挣扎不脱,所习火遁全无用处。眼看金灯越长越大,光焰越强,挺立火海之中,灯上光焰飞射火中,幻为异彩,耀眼欲花。邬勤才知不妙,幸仗玄功变化,练就身外化身,先将元神遁出,想用本身一试真火威力。好在身外还有宝光防护,无事更好,否则元神决可保全。多年苦修,元神已早凝炼,不须肉体,一样神通,并且敌人法力多高,也难加害,那时报仇不晚。元神刚一离体,原身立被灯焰卷去,重又缩小,恢复原状。定睛一看,仍是前见那盏小金灯,原身已被裹向如意形灯焰之上,缩成寸许大的一个小人,带着一点法宝余光,略为挣扎,一缕淡淡的青烟冒起,连人带宝齐化乌有。眼前一暗,身外一轻,金灯不见,身外烈火忽然一晃,消灭无踪,只剩元神落在广堂之中,四外静悄悄的,哪有一点行迹。

邬勤肉体已毁,还失去两件法宝。如非应变神速,不是所用法宝多与心灵应合,几乎全数葬送。惊魂乍定,悔恨交加,又急又怒。细看四外洞壁,通体浑成,全无一丝缝隙。连用五遁,想要冲出,俱都无效。心正惶急暴怒,四壁忽现出无数火焰影子,重重叠叠,飞舞起来,与来时甬道所见相同,晃眼布满全壁,越聚越多。宛如万朵火花上下翻飞,精光闪闪,潮涌波腾。忽然轰的一声大震,那无量数的火焰立将全堂布满,又成了一片火海,元神被陷其内。但那无数如意形的火焰并不合成一体,只由上下四外一齐打到,近身便即爆炸。精芒电射,毫光万道,前消后继,越来越盛,比起雷火还要猛烈十倍。一任邪法高强,玄功变化,也禁不住那么大威力。如非先受重创,有了防备,护身法宝均是奇珍,元神早已受了重伤。后来,邬勤实在禁不住那雷霆万钧之势,只得运用玄功,将元神缩成寸许长一个小人,并将所有法宝一齐放出,化成一个空心光球,元神藏在其内,再用阴雷向外乱打,方始稍好。但是烈焰熊熊,漫无际涯,无论窜往何方,均无止境。

邬勤情知弄巧反拙,凶多吉少。忽听左近有一少女低语道:"这妖孽元神真难消灭,五行合运如何?"另一女子答道:"琼妹怎的性急?为时尚早,乐得教这些妖邪受点活罪,忙他做甚?我们不是想要保存辛凌霄,只给沙红燕这泼妇吃点苦头,使其知难而退么?五行合运,使他们同归于尽,太便宜了。不过这妖邪气他不过。先听辛凌霄暗中祝告,诉说这些妖孽对她不怀好意。何不把这厮移往金宫,见他心上人一面,再用木、火二行合围,倒要看他妖魂余气有多大神通。你看如何?"

邬勤想不到自己成名多年,法力高强,却被米、刘二矮将制胜之宝暗中毁去，身受重伤。满拟此来可报仇雪恨，谁知好些邪法、异宝均未用上。不合轻敌心骄，只说自己精于五遁隐形之法，得隙即入，有胜无败。谁知敌人如此厉害，刚进火宫，隐形先被破去，肉身随毁，连元神也被困住。现在闻听二女交谈之言，不禁暴怒，意欲猛施全力，分出两件异宝，试朝发话之处冲去。刚厉声怒骂得"贱婢"二字，眼前火焰忽然连闪数闪，由分而合。再定睛一看，原来存身之地，哪是什么广堂，乃是一幢形如火山的灯焰，元神便困其内。火外立定癫姑、英琼两个敌人，正在戟指笑骂。幸亏不是肉体，邪法又高，更有法宝防身，暂免于死，否则早已灭亡。那金灯神妙无穷，所见必是幻景，这一惊真非小可。方要强行突围，猛又瞥见黄尘万丈，光雾千重，压上身来。百忙中发现黄光雾中裹着一团宝光，中一道人正是沙红燕所约同党之一，正在奋力挣扎，狼狈已极，一闪而过，身外火光不见，似已脱出金灯之外。邬勤方想冲上前与之会合，尘雾中忽射出一片金霞，黄尘人影一齐不见。耳听女子悲声喝骂和急呼之声，定睛一看，正是辛凌霄被困在一片银霞之内，上下四外布满无数金刀，电溅星飞，一齐团团围住，但不朝人下落。

　　邬勤见二敌正朝辛凌霄说话，笑指自己道："辛道友，我们对你并无仇怨，你丈夫为妖尸崔盈、毒手摩什所杀，我们为你报仇，有德无怨。你虽无故勾结左道妖邪来此侵扰，终念你本是正人，无心做贼，一念之差，实迫处此，此时当已后悔。我们因听你哭诉心事，知受群邪欺侮，志拼必死。逼迫你最厉害的便是东海新逃出来的两个妖孽邬勤和屠霸。邬勤已经被杀；屠霸迟早伏诛。我们现转变五遁，将邬勤的元神引来，当着你的面除去，为你出气。你的后患已绝，剩下沙红燕这个泼贱自身难保，决不会再逼你从邪。只要你回头是岸，我们念你本是正人，为了一朝之愤，身败名裂，不愿使你遭此惨祸，情愿放你回去。不过我们事尚未完，只要你点头，豁出费点事，放你脱身，在后洞守候数日，等到群邪伤亡，送你回山，实为上策。否则，这太白金刀与先后天庚金真气格外厉害，只一施为，形神皆灭，危险万分。我们决不加害，只请守在这里，静候事完，再作打算，任凭尊意。如何？"

　　辛凌霄满面悲愤，慨然答道："我知你们好意，事已至此，有何可说？我与先夫情深义重，誓共生死，既不能为他报仇，又受群邪挟制，何必苟活人间？如蒙周全，请赠我夫妻两粒毒龙丸，以为转世之用，足感盛情了。"癫姑笑道："辛仙子，你真要兵解么？现在却非时候，还望暂时耐守，稍安毋躁。因你先前过信阳乌球的威力，欲以真火克金，却不知我们五行仙遁可以合运逆行，神妙无穷，瞬息万变。你将先后天庚金威力一齐引发，如非琼妹来快一步，早无幸理。现时我们也被隔断在外，你如妄求兵解，连元神也难保全。

我们定必成全你的心志，那毒龙丸也必奉赠。此时千万不可造次。你如不信，我们先戮妖魂，与你看个榜样，就知厉害了。"

邬勤本被银霞裹住，一见辛凌霄，色心又起，连呼辛道友，想要赶前会合。无奈银霞之力奇大，将身困住，上下四外其重如山，仿佛将他埋在坚钢以内，丝毫转动不得。耳听敌人这等说法，更加急怒交加，厉声怪吼。辛凌霄已接口怒骂道："无知妖孽，万死不足蔽辜！我自先夫惨死，经诸同门再三劝解，知与峨眉弟子无干。只为友人所误，又想毒龙丸可助亡夫转世，致与群邪为伍。不料尔等天生淫邪，再三凌逼，我不得已，决计不论此行成败，必从先夫于地下。你来时何等骄狂，以为手到成功；并说成功以后，定必逼我顺从，不怕我逃上天去。想不到你也有今日。"

话未说完，英琼见她玉容惨变，辞色悲壮，想起她乃昆仑派前辈剑仙，有名的神仙美眷，一念贪嗔，这等下场，不由心生怜悯，忙劝她道："辛仙子无须气苦，这等淫孽，何值多言？当初我与易师姊实是道浅无知，无心之失，致误贤夫妇仙业，至今愧对。我们必照尊意而行，将来定助贤夫妇成道，合籍双修，重成正果便了。"辛凌霄闻言，似颇感动。

邬勤看出形势不妙，妄想身是元神，先困火宫尚且无害，现仅被困，外有宝光防身，至多受点苦痛。反正难逃，把心一横，一面厉声辱骂，一面运用邪法玄功，还想冲突。谁知金、火、土正反相生，三行逆运，比起先前威力厉害百倍，休说妖人，便是天仙一旦入伏，也难幸免。他还未骂上两句，敌人已经发难，眼见身外银霞似电一般先闪得几闪，紧跟着一片黄云压上身来。方觉身外宝光受不住无量压力，往里紧缩，烈焰又起，更有千万把金刀环攻而至。邬勤方怒吼一声，所有邪法、异宝一齐消灭，仅剩元神仍停陷在方才灯花火焰之上。身外裹着一层黄云，千万金刀似暴雨一般刺到，痛苦非常。用尽邪法，全无用处。元神被戊土真气裹紧，庚金神刀乱绞乱刺，烈火再一焚烧，所受楚毒比起肉身还胜百倍。元神精气逐渐耗散，疼得不住惨号。英琼心虽疾恶，却不愿见此惨状，手掐灵诀，如法施为，金、火、土三行神雷突然爆发。妖魂因陷火宫法物金灯之上，自觉黄沙如海，金刀如雨，烈火千重，霹雳大震，猛恶非常。从辛凌霄眼里看去，却似一盏半人高的灯，灯花只有两三寸长短，光甚停匀，妖魂只寸许大小，困在其内，挣扎乱滚。忽见一片极淡黄光银霞微微一闪，一串极轻微的爆音过处，妖魂消灭，神灯立隐。

经此一来，辛凌霄才知仙遁神妙，不可思议。敌人对她一片好心，十分感愧，再不认输，必和妖魂一样形神皆灭。方想改口向主人分说，忽听地底传来风雷之声，癞姑、英琼面上立现惊容，同声说道："东宫乙木已将沙红燕困住,忽生变故,我二人必须前往查看。好在话已言明,化敌为友,辛仙子万不可动,我们去去就来。"说时,英琼已先飞走。癫姑临行回顾,并说道:"别宫困有敌人,暂时不可撤禁,请辛仙子暂候,我们决无恶意。如生变化,只要不逆它,拼受围困,以静相待,便可无事。恕不奉陪了。"说罢,刚飞走不久,金宫忽生巨变。

原来辛凌霄心痛夫死,欲以身殉,刚入金宫,癫姑本心不愿伤她。无如幻波池中人少,又知查山五鬼在上,想将黑狗钉破去,免留后患。在应敌时嘱咐了辛凌霄几句,暗示趋避之法,以为必可照办,不会身投死路。哪知辛凌霄志决心坚,全未在意;又听说毒龙丸便藏金宫之内,贪心又起,想将灵丹得到,遁回山去,托友宝藏,然后兵解。并恃所持阳乌球和新借法宝能克真金,致将埋伏一齐引发,身困金刀银霞之内,法宝全毁。正在惊惶强挣,想要就势兵解,又恐元神全灭,眼看危急万分。总算她出身正教,向无过恶,癫姑忽然匆匆飞回,见面大惊道:"辛仙子,怎不听话,真要自取灭亡么?"辛凌霄虽有悔意,因敌人本是后辈,不愿输口。虽经癫姑强用仙法将庚金制住,减去大半威力,不致受伤。无如人已被困在内,下余三宫困有敌人,庚金已被引发,稍一疏忽,必被逃走,甚或毁损仙景,引出他变。癫姑没奈何,只得好言劝解,令其暂忍目前,自往别宫查看。果然下余三敌所用法宝要强得多,金宫如若复原,辛凌霄逃走无妨,沙红燕等三妖人便难免不乘隙进攻,越发不敢大意。刚用传声催令英琼速回,谁知英琼贪功,仍将妖人引下。癫姑事前在洞门外暗藏着一件照形之宝,看出英琼下时身后附有一条极淡红影,知道事有定数,果如眇姑所言,妖人仍被放入,只得传声警告,赶往会合,费了许多事,才除去妖人。辛凌霄刚被感化,本宫重地忽又传来警兆,英琼先往赴援,癫姑正嘱咐辛凌霄不可再动,猛想起李宁别时之言,木宫所困正是沙红燕,不禁心动,匆匆赶去。

癫姑刚走,辛凌霄正想起前事,愧悔交集,那环绕四外的金刀、银霞不知怎的忽闪奇光,刀尖上更有五色火花,环身猛射,虽还未像先前一样涌上身来,已觉出威力绝大,不禁大惊。虽仗残余法宝防护,已经禁受不住那金火互相生克的威力。又听癫姑传声急呼,说东宫有强敌,由千寻地底潜入,现正紧急,望辛仙子忍耐待救,稍缓即来相助脱险,万不可就此兵解或与冲突。但是情势已万分危急,眼看宝光逐渐减退,方喊:"我命休矣!"忽见一片青霞拥着千万根大木影子排山倒海而来,以为正反五行又化生出别的威力,如何能当?不由心惊目眩,神魂皆颤。那青霞木影忽然冲入重围,将那四围的金刀排荡开去。紧跟着大木上忽发出烈火,与那万千金刀混合,激撞起来,雷声隆隆,震撼全洞。

辛凌霄正在心悸,青光一闪,倏地现出一个白衣少女,丰神绝代,美艳如仙,认出是前在幻波池上所遇少女上官红,想不到数年之隔,竟有偌高功力。知其有意来援,双方话已说明,化敌为友,不禁惊喜。方要负愧开口,上官红已躬身行礼,匆匆说道:"辛仙长,弟子对你实感知己之恩,回山闻说误陷金宫,又当强敌侵入之际,特意来援。但是此时危机瞬息,老怪丌南公许要前来都不一定,事在紧急,尊意如何,还望示知,无不惟命。"辛凌霄前听癞姑说过,此时五行仙遁不能轻撤,就能脱身,也无颜回见一班同门,难得敌人以德报怨,允赠灵丹,并助将来转世成道,正好兵解,以践昔年与丈夫同生共死之约,生生世世永为夫妇。忙答:"贤妹犯险相救,甚感大德。峨眉门下果是不凡。我已不愿求生,无如本门飞剑好些顾忌,最耗元神,况又身陷重围。方才令师叔已经言明,请赐兵解,便感盛情。"上官红喜道:"弟子原恃师恩怜爱,回山闻警,拼受责罚,私自来援,不料双方化敌为友。本意拼着葬送一件法宝,助仙长出险。但是群邪凶威正盛,强敌将来,好些顾忌。既然如此,再好没有。仙长元神飞出既难,更恐妖人暗算,最好由弟子保护,送往安全之处,事完送去转世。尊意如何?"辛凌霄闻言,越发感动,悲喜落泪道:"贤妹根骨心性俱都天仙中人,我虽无此福缘收你为徒,前番相迫,实由爱你太甚。想不到贤妹不念前嫌,反存知己之感,拼受师责,冒险相救,令人感愧万分。事正紧急,不应迟延,此是定数,请下手吧。"

就这双方问答之间,乙木、庚金正反相克,声势越发猛烈,满洞霞光万道,电漩星飞,万雷怒鸣,震耳欲聋。上官红一面应答,一面行法强制,面上已现惊畏之色,闻言匆匆答道:"势果危急,弟子遵命。"辛凌霄方说:"残尸应劫,可减庚金威力,无须顾惜。"一道青光环身而过,元神刚刚飞起,上官红扬手一幢金光,将其裹住。方说:"弟子无礼,望乞恕罪。"将手一招,一同收入袖内。那两段残尸已被金刀神木裹去,一串雷声过处,可怜一个修道多年,仪态万方的美貌女仙,就此香消玉殒,化为乌有。

幻波池除灵泉通路外,原有两条秘径:一通静琼谷,尚未开通;另一条便是上官红昔年误入的后洞入口。近受南星原女仙卢姬之教,所设仙阵便在后洞以外,地名青松坪。本来太清禁制封闭严密,仙阵又设其上,威力神妙,休说群邪,连不久到来的丌南公,因卢姬事前设有仙法颠倒,出于意外,发动以前,也难看出一点影迹。上官红原因女仙卢姬所传阵法布成之后,见竺氏姊弟一经行法,周身均有一层宝光笼罩,连用仙剑、法宝试探,均不能伤;三小前得法宝,又都炼成。

上官红正在心喜,忽听吸星神簪上发出语声,说:"时机已至,可助邓八姑收那日月五星轮。成功之后,必有强敌飞来,速随八姑用雪魂珠护身,九天元阳尺开路,避开正面,由左飞出重围,再行分手。八姑速将所收之宝送往紫云宫,交与二云重炼备用。以防留在幻波池,万一有失。上官红速往大岜山告知金蝉等七矮,令众来援。中途如遇李洪,令照七老所说,单独行事,不可随众一起。"上官红领命,知道事在紧急,丝毫不能松懈。刚一出阵,正值八姑飞到,用本身雪魂珠和凌浑所借天狼钉、九天元阳尺,将日月二轮制住。上官红再用吸星神簪制住星轮,大功告成。那吸星神簪本由癫姑按照卢姆所说施为,交与上官红,前往布阵行法,事完便化作一道黑色精光,仍朝癫姑自行飞去。八姑随带上官红分头行事。

上官红刚飞到大岜山,金蝉、朱文、石生、俞峦、石奇、李健、赵燕儿、云九姑、钱莱、石完等十人刚将妖妇五淫神女萧宝娘用天心环除去,气走洪真武,正在说笑,忙即上前拜见。众人见她慧质仙根,秀丽入骨,个个称赞。等到问完前事和卢姆所示机宜,全都大惊,忙即起身飞去。

刚到中土,便见一道金光、一道红光合在一起,由斜刺里电掣飞来。知是正教门下,未及细看,来势绝快,双方已经对面。原来正是李洪,同了一个相貌灵秀,看去不过十来岁,极似道家元婴,驾着一道极强烈的朱虹,挽手飞来。二人年貌均差不多,看似幼童,功力却都甚高,偏看不出那幼童是甚来路。方在惊奇,李洪已将遁光停住,对众说道:"蝉哥哥、文姊姊,你们快看,此是我忘年之交陈岩。"金蝉方要开口,令其独行,李洪已先笑道:"蝉哥哥莫讨嫌我,我二人早就知道,不和你们一起。我这位陈哥哥的法力大着呢。我不过把双方引见,不到依还岭就分路了。"众人见那陈岩分明和李洪一样,是个未成年的幼童,装束也差不多。只是头戴珠冠,身披粉红色荷叶云肩,下系翠鸟羽织成的短战裙,红绿相映,金碧辉煌。手臂腿足全露在外,又生得粉妆玉琢。腰系玉环,项挂金锁,宝光隐隐,背插短枪,金光四射,腰边挂着一个鱼鳞宝囊。和李洪一比,简直一个哪吒,一个红孩儿,一对金童下临凡世,仙风道骨更不必说,俱都暗中称奇。

一边飞行,一边礼叙,话未谈完,已经飞到宝城山。老远便见依还岭上烟光杂沓,妖云弥漫,高涌天半,依还岭全山均在笼罩之下。金、石二人都是慧目法眼,本能透视云雾,定睛一看,妖云之下,全山并无人影,只有一片彩烟托住,众妖人正在耀武扬威,朝下猛攻。不禁大怒,方要追去,耳听李洪笑说:"少时再见。红侄可要随我同行?"上官红忙答:"弟子遵命。"李、陈二人同说:"这样走法不行,我们须要暗来。"说罢,扬手一片金霞闪过,三人同时不见，休说人影，连个破空之声均无。金蝉等七人见李洪九世修为，法力未失，更得有几件仙府奇珍，时遇仙缘，不去说他；陈岩从未听说，那么强烈的遁光也未见过，匆匆不及询问，竟看不出他的来路，走后重又称赞不置。

上官红原奉卢妪之命，只说最好先回，赶在前面，没想到是李洪携带。闻名已久，不料如此神通，当时只觉金霞耀眼，闪得一闪，身子便似被什么大力摄起，耳听天风呼呼乱响，却吹不上身来，晃眼便到依还岭上空。方想下有五烟罗，正准备行法下降，以防降势太快，万一疏忽，致被邪法侵入。忽听李洪传声说道："你自入洞，莫管我们。"说时，人已冲烟而下。上官红不及施为，才知二人法力真高。等到幻波池旁，李、陈二人忽然不见。忙往池中飞去，青囊仙子华瑶崧忙即开洞放入。上官红见五行仙遁全被敌人引发，忙往后洞去寻易静，不知何往。

上官红拜见华瑶崧，谈了一阵，才知辛凌霄被困金宫，危机顷刻。想起以前她想收自己为徒，对自己十分期爱，又是正教前辈，自己如非先遇恩师，定蒙收录，仙业仍可有望，顿生知己之感。又听华瑶崧口气，师长对她钟爱，从此只管任性而行，不必遇事禀告。心想："如寻恩师请求，似辛凌霄这样人必定宽容。"时机危急，本准备先去救人，再向师长奉告。刚到金宫，便看出中宫有警，牵制全局，五行仙遁齐生威力，不禁大惊，决计拼受师责，救她一命。及听辛凌霄那等说话，越发放心，暗忖："此时五行仙遁行将合运，便自己师徒精通仙法，也须按照总图施为，不能疏忽，外人决逃不脱。何况主要的强敌不久飞临，金、石诸位师长、同门也必到达上面，正在混战，形势凶险，如欲脱身，也实艰危。难得她自愿兵解，并与二位师叔说定。"立即应诺，收了辛凌霄的元神，欲往中宫会合。

易静忽引朱文、石奇、赵燕儿和女仙俞峦、云九姑五人一齐飞来，见面便说金蝉、石生带了李健、钱莱、石完已到依还岭，正与群邪恶斗。另有同门数人赶到，内中徐祥鹅和新下山的木鸡、林秋水已经受伤，被对峰林寒用仙法接去，尚在救治。翼人耿鲲因念金石峡之仇，岷山漏网以后，特地赶往海外，乘着天乾山小男去休宁岛赴宴，偷入三连宫，将十八粒天罡珠盗走。事前又将海穴中法宝连同门下水族炼成的妖徒一齐带上赶来，并用法宝查出小人韩玄现在静琼谷待机，越发愤怒，飞来报仇，一到，便在静琼谷上空恶骂叫阵。韩玄人小心高，上次得胜，未免骄敌，把事看易，竟不听劝，自恃这次持有师门至宝如意水烟罗和另两件法宝，足可防身御敌，强行出战。一照面便被一粒天罡珠震伤，如无法宝防身，几遭惨死。幸而沙佘、米佘二小奉了凌云凤之命赶来助战，用伽蓝珠和毗那神刀，将其护送往对峰林寒阵内。耿鲲

162

本想用十八粒天罡珠连山带人震成粉碎，刚发一粒，太乙五烟罗便几被震破。幸而金蝉等赶到，勉强用天心环将那分而复合的千万年乾天罡气制住。紧跟着，天乾山小男在休宁岛得知宝珠被盗，立命随侍大弟子师真童拿了天乾袋和一道灵符，用飞光遁法电驰飞来。耿鲲已将另十七粒天罡珠发出，眼看五烟罗将被震破，人也要伤不少。师真童恰好赶到，由天乾袋内发出青、白二气，将珠一起收去。金蝉刚将玉虎神光放起，想要抵敌，猛瞥见一片青色云光拥着一个身材高大的道童，一言不发，才一照面，朝着耿鲲冷笑一声，便将天罡珠收去。又朝众人把手一拱，青光一闪，飞云已到天边。

耿鲲知道进退两难，反正无幸，妄想拼命。便把全身羽毛化成无数火星，往下飞射。带来的一班妖徒也各将元丹和所炼阴火纷纷喷出，满空飞舞。金蝉等各施飞剑、法宝还攻，并扫荡满空蓝色妖云。忽见青松坪那面飞来一道佛光和三支如火箭之宝，其疾如电，突然出现。耿鲲竟被佛光罩定，炸成粉碎，佛光、火箭立隐，更不再现。妖人屠霸本与耿鲲相识，见众妖人纷纷伤亡，耿鲲正在暴怒发威，陈岩突然现身，不知用甚法宝，竟将满空蓝色妖云点燃，轰的一声大震，化为火山也似大片蓝焰，直上高空消灭。

双方正在相持，易静见妖云虽破，还有强敌将来，丌南公不久即至，五烟罗挡他不住，不愿断送，一会便要撤去。索性纵令群邪一半入宫，用五行仙遁除去；一半由金蝉等分人在上抵敌。只是仙府人少，须人相助，为此将五人带下。又令上官红去往木宫替出癫姑，请其飞往上面，按照卢妪仙示主持。

上官红领命欲行，癫姑恰由木宫飞来，见面警告道："沙红燕为琼妹毁了她的容貌，仗着地底来敌相助，用老怪法宝仍由地底穿山逃去。如今老怪丌南公已由黑伽山落神岭起身而来，转眼到达，乱子不小。我们虽有安排，还须谨慎。师姐速往中宫坐镇，主持总图。我到上面等候他去。"

话刚说完，猛听远远天空中有一老人口音哈哈笑道："无知小狗男女，我本不值与你们计较，无如欺人太甚，情理难容！先将你们擒回山去，等你们师长寻我要人便了。你们只管准备，老夫还未起身呢。"说时，语声并不十分强烈，但是入耳心惊，连地皮均似受了震撼。癫姑心想："此老果然厉害，能由数万里外传声来此。"

癫姑方在心惊，忽听一幼童口音接口骂道："凭你也配？你由地底传声，有甚稀罕？我随便答话，便能高出九天之上，老怪物听见了么？你不过倚老卖老，以强凌弱，自己打嘴。休说各位师兄师姐，就我一个幼童，你便休想伤我一根毫发。有本事只管前来，空吹大气做甚？"随听哈哈大笑之声由远而近,比前还要强烈。

癫姑知道丌南公已被激怒,就要飞到,虽有布置,也甚惊惶,连忙往上飞起。五烟罗已被易静撤去,群邪纷纷往池中飞降。癫姑一面传声,告知诸同门分头迎敌,并说老怪丌南公不久即至,各自戒备,不可力敌。

要知峨眉派小辈如何大战老妖丌南公,请看下文分解。

第二九〇回

独朗慧光呈宝相　灵生兜率火
群飞星雨毁花容　误放弥陀珠

话说癫姑正用传声告知诸同门小心戒备，猛瞥见余英男由静琼谷中飞起，身后随定一个形如幼童，火也似红的怪人，正朝群邪扑去。认出他是月儿岛火海异人火无害，已被英男收归门下。癫姑恐老怪兀南公赶来撞上，吃人的亏，正想传声拦阻，猛又瞥见英琼由幻波池中突然飞起。英琼乃老怪兀南公师徒的大对头，如在池中隐藏，或者无碍。癫姑暗怪英琼胆大，立即传声警告，令其留意。忽听四面天风海涛之声震耳欲聋，空中却是云白天青，只残余诸妖党和诸同门对峙，尚在苦斗，势已不支，别的更无迹兆。风声虽急，却不见风，断定老怪兀南公已经发难，善者不来，来者不善。又见英男师徒一到，火无害扬手便是大片太阳神针，银电也似的针光闪得两闪，纷纷爆炸，众妖人当时便伤亡大半。英男闻得传声，随即率众同门各照预计，往静琼谷飞去。下余还有四妖人，吃英琼追上，扬手发出紫郢剑和太白金刀，往上一绞，两个当时了账，下剩的两人也各负了重伤。

癫姑恐英琼穷追涉险，方要赶上去，身旁卢妪吸星神簪忽发警号，令其速退回阵。同时又见一道佛光拥着两个幼童，往静琼谷飞去，一闪即隐。因势紧急，也顾不了许多，只得往青松坪仙阵中退去。因和英琼至交，关心过甚，未及和竺氏三姊弟问话，一到阵中，便朝外面观望，连用传声警告英琼说："琼妹该有这场险难，但非完全不可避免，如照预计，怎么也可少却许多危害。老怪兀南公神通广大，法力高强，虽以旁门成道，苦修千余年，几成不死之身，连经两次大劫，均被逃脱。长眉师祖那么高法力，因恨其引诱师弟血神子邓隐，两次想要除他，以气运未终，未能如愿。各位师长对他尚存戒心，你如何犯此大险？"英琼也用传声回答说："日前炼那紫清神焰兜率火时，忽悟玄机，生出许多妙用。现在神焰不特与我本身元灵相合，并使白眉师祖所赐定珠与之连为一体，使此仙佛两家至宝有互相感应离合由心之妙。此举一则是想试探此宝威力；二则又以身受师门厚期，照理不应伤折。既然定数难移，与其勉强逃避，终于不能免却这场危难，转不如沉着应付，听其自然。既免敌人先入幻波池，时久生变，微一疏忽，被其毁损仙景，并还借此试验自己道力与敌人看看。"

癫姑劝她不听，又看出英琼面朝阵地，独立在斜阳影里静以观变，人既美艳，加以仙骨珊珊，一身道气，吃本山灵景一陪衬，休说常人，便天上神仙也未必能有许多这样人品。癫姑知其凤根深厚，用功更勤，智慧、定力无不超人一等。尽管胆大包身，对于大敌当前，危机已迫，依然气定神闲，处之泰然；但非骄矜自满，一味胆大可比，表面上从容，实则神仪内莹，星光湛湛。真有心包宇宙，气罩山川，而又岳峙渊渟，与天同化之概。将来分明是天仙一流人物无疑，难怪师长垂青，许其领袖英云，表率群流，独领女同门，别张一军，继承师门法礼，与申屠、诸葛、阮、岳诸先进男同门旗鼓相当，分庭抗礼。自己虽得仙佛两家真传，入门较久，如论根骨福缘，先就比她不过，何况将来成就。本门竟有这等人物，真乃可喜之事。

癫姑正暗中赞佩间，竺笙忽然悄声说道："师父留意准备，请去主持仙法，以备到时釜底抽薪，老怪物快来了。"同时又听吸星神簪上发话，令癫姑留意，无论英琼和诸同门有何危难，不到时机，千万不可妄动，否则有害无益。因那仙阵妙用，必须到时方能发挥全力。吸星神簪关系重要，因有卢妪在南星原以本身元灵遥为主持，每遇紧急，能按需要，自行飞往应用。好在一切用法，日前见面均经指示，凡与此宝有关，如易静、上官红等俱都知道，此时只应自保，以待化解。癫姑深知此老仙法神妙，遇前曾运玄机潜心推算，吉凶祸福早已算定，惟恐泄露，不肯先说，连所布置的仙阵也都循序渐进，非到时候不发挥它的全力，愁急无用。只得如言去往林中所设法台之上，观战待机。癫姑刚一上去，便见台上现出一圈极淡的银色光影。定睛一看，才知仙法真个神妙，连丌南公偌高法力，事隔十万里外，其一举一动，竟会被它全数摄来。因在事前准备严密，预有仙法迷踪，颠倒阴阳，棋先一着，老怪空具神通，竟一毫也未警觉。不禁大为惊佩，喜出望外。一面按照所传行事，一面朝那光影中仔细观察。

原来沙红燕这次来时，抱着必胜之念，先和乃师负气，几件至宝全未带来，只有老怪前赐的一件异宝和一道神光遁符藏在身旁，一直未用。后因伍常山骄敌妄动，如非敌人留情，当时惨死。沙红燕眼见落神坊乃师门镇山之宝，尚不能奈何敌人，被其收去。又想到邬勤所炼陆沉混元幡眼看炼成，可将依还岭全山化为劫灰，先给敌人一个厉害，就算幻波池仙府有五行仙遁防御，暂时不能攻进，只用此幡炼上三十六日，也必将那五遁外层炼化。再如无效，便将地肺中蕴积千万年的太火毒焰引发，一任幻波池五行仙遁如何神妙，也将四外山石地土一切灵景化为劫灰，好歹也出一口恶气。不料会被米嚢、刘遇安二矮两个无名后辈仗着峨眉传授，暗中隐形，掩入洞外，乘着屠霸和自己初见说笑，为伍常山医伤之际，潜入地穴深处，埋伏法坛之内。邬勤又骄狂自恃，以为那幡本身虽然易毁，但是法坛四外有几层邪法禁制，只有当中法台共总三丈方圆空处，坛前又设有照形邪法，敌人一到禁圈外层，立可发现，何况上面还有三个厉害同党，多大本领也难混进。一时自满太过，又因法坛设在后洞地穴，离地三四百丈，最是隐秘，于是疏忽。而且那邪法照形，又是专注上面和洞口一带，变为照远不照近，以致有隙可乘。

米、刘二矮本是行家，本门隐形更为神妙，一直尾随到了法坛，便看情形藏好。因那妖幡关系尚小，最厉害的是毒火邪焰，妖人经数百年始炼成，如不全数毁去，仍可重炼。加以入洞之前，因无妖人飞遁神速，到得较迟，知道洞中尽是强敌，此来虽怀必死之念，事如不成，岂非白送？敌人邪法厉害，稍被警觉，便无生理。二矮正在发愁，在洞外隐伏待机，不敢妄进。忽然发现左近山坳中有一幼童驾着一道红霞飞堕，看出是正教中高明人物，只奇怪怎会那样年幼？因见妖窟邪气太浓，无法走进，一时福至心灵，跟踪寻去。到时正遇幼童采了一株仙草，似将飞走。这一对面，越看出对方仙风道气，功力极高，越发惊奇，忙即现身拜见。幼童见二矮不问来历、姓名，先自下拜，执礼甚恭，又问出是峨眉门下，越发投缘，略一闭目寻思，便笑对二矮说："我姓陈名岩，适才默运玄机，得知你二人此举必能成功。"便告以出入妖窟和下手之法，并说他是李洪好友，到时愿为应援，但二矮功成后必死。二矮喜出望外，便将飞剑、法宝全数交与陈岩代存，托其日后转交师父，自带黑眚幡赶回妖窟。正值屠霸刚飞到，妖人迎出，宾主四人正在说笑，立时乘机掩入。跟着邬勤回坛炼法，忙即尾随下去，冒着奇险，掩在坛后，一直提心吊胆。挨到妖幡快要炼成，幡上毒火邪焰已全凝聚，先化为无数蓝、黑、红三色的烟丝往幡上投去，一晃不见。只要再炼上几昼夜，便可如意施为。

沙、屠二人因伍常山负气，单独飞去，正往外追，尚未觉察。邬勤却看出前洞有了警兆，心疑敌人寻上门来，妄想诱入洞内，一试妖幡威力，匆匆追赶，自恃禁制重重，未先将幡收起。不料中了陈岩调虎离山之计。二矮立照预计，将黑眚幡取出，发挥全力，将整座法台与台上主幡一起用黑眚丝裹住；跟着又把新学会的太乙神雷连同乙木仙遁一齐施为。两下里对撞，那万丈毒火邪烟未等发难，便与妖幡同归于尽。因在法坛中枢要地，四外虽有禁制，并无用处，二矮本能逃走，只为贪功心切，志在转劫重修，死生早置度外。

因恐妖幡太强,万一不能毁去,岂非徒然?黑眚幡外,又将神雷、木遁发出,功成收法,稍微缓了缓。邬勤来去如电,闻得地底雷声,知道中计,立时赶回。另一面,沙、屠二妖人因追伍常山不上,也已飞回。如非陈岩法力高强,应变神速,志在救人,不与相持,仗着法宝护身,跟踪赶往地穴,二矮几乎连元神也难保。

二矮本意大功已成,能逃则逃,但恐元神受害,正待隐藏一旁,相机出险。邬勤已经飞回,料定敌人必有隐形仙法,人还未到,先将禁制一起发动,合围上去。经此一来,二矮宛如笼中困鸟,网里逃鱼,在重重邪法包围之下,略一逃窜,便看出不妙,各出先备佩刀,对刺兵解。满拟原身在法力运用之下,受那千百把飞刀毒箭、烈火妖云环攻之下,假意逃窜,可混敌人耳目,伺隙逃遁。哪知妖人见妖幡被毁,怒火攻心,虽见敌人现身,已被千万刀叉飞箭绞为肉泥,仍疑元神尚在,正待施展妖法搜魂。二矮元神原仗仙法隐蔽,在刀叉火箭丛中穿来穿去,眼看危急万分。就在晃眼之间,陈岩忽然飞到,急速连人带宝化为一道朱虹,纵入重围,收了二矮元神,往外飞遁。

邬勤见人来救,心中越发暴怒,忙用邪法封闭出口,同时把那蓝色妖云似狂涛一般飞起。与此同时,沙、屠二妖人也已赶到,正待两下里夹攻。陈岩正要还手,忽听有人传声,令其速退。因愤妖人凶恶,冷不防扬手一大蓬金花,似暴雨一般照准敌人打去。同时哈哈一笑,骂道:"无知妖孽,我不耐与你纠缠,过日我往依还岭寻你便了。"声随人起,话未说完,霹雳一声,扬手先是一片红光,将蓝云挡得一挡,就势拨转朱虹,朝洞顶穿山直上。只听一大串嚓嚓裂石之声,晃眼无踪,便已遁去。三妖人满拟四面邪法包围,出路已断,本身法力又高,敌人万无逃走之理。不料敌人竟会改下为上,把那三千丈深的山石穿裂而逃,其去如电。欲待跟踪,分头追赶,轰隆一声大震,山摇地动,震耳欲聋,整座山洞忽随敌人起处崩塌下来。如非邪法均高,邬勤、沙红燕均精穿山地遁之术,见势不佳,不顾追敌,忙护屠霸逃到上面,几被压埋地底。这还不说,最气的是敌人只是一道朱虹,耳听发话,便不见人影。逃时所发大片金花,又不知是何法宝,其细如豆,来势猛烈。屠霸以为敌人乃网中之鱼,自恃必胜,微一疏忽,竟被扫中了些,纷纷爆炸,闹了个遍体鳞伤。随之伤处化为一种怪火,往里熔化,其痛钻心透骨,万难忍受。虽幸沙红燕带有老怪灵丹,本身又精玄功变化,忙把元神离体,再行救治,残余火气虽被制住,但仍难于复原。为此另寻同道解救,又耽延些时日。直到重炼别的法宝,重新寻来,始终不知那朱虹的来历。

沙红燕触目惊心,暗忖:"敌人如此厉害,如无万全之备,岂可轻举?伍常山往水宫求助,不知如何?"急切间寻他不见,无颜回山见师,只得乘着邬、屠二妖人炼法之际,飞往海内外,连借法宝,带约能手相助。虽将火龙礁主庞化成、西海火珠原琪琳宫主留骈和车青笠,以及土木岛主商梧之子巨灵神君商弘、商壮,连同查山五鬼等能手妖邪约来,本定到日一齐夹攻。谁知这伙旁门散仙左道妖人俱都成名多年,骄狂自满,多半把事看易,以为对方只是几个入门不多年的峨眉后辈,至多仗着幻波池原有五行仙遁,凭自己的法力,还不是手到擒来。又都各生贪念,妄想捷足先登,把池中藏珍和毒龙丸攫为己有,谁也不肯落后,纷纷抢先赶来。沙红燕无法,只得同庞、留、车三妖人及辛凌霄做一路。

本意想仗庞化成日月五星轮之力,将太乙五烟罗破去,各持克制五行之宝,飞入池底仙府,破阵报仇。谁知敌人早有准备,因自己这一起飞遁较快,后面接应尚未到达,便连受敌人戏侮。末了还是敌人想要诱其入网,才得下到幻波池,却把庞化成隔断在上,预计各攻一宫的主意已缺其一。料知敌人预有成算,空此一门,必有深意。无奈一时气愤已极,中了激将之计,势成骑虎,不得不进。

那木宫门外迎敌的正是张瑶青,年纪虽轻,入门又不久,因其心性灵慧,又是玉清大师开山弟子,甚是钟爱,来时见她初次出山,玉清大师除原赐法宝、飞剑和仙佛两教御邪防身的各种仙法而外,并将自用炼魔之宝罗刹金刀赐她带来。她因听说过沙红燕的容貌,一见便被认出。因为初经大敌,未免谨慎过度,惟恐给师门丢脸,上来便以全力应付。索性迎斗到底也罢,打着打着,忽又想起奉命诱敌入网,哪能恋战?骂了两句,便收宝败退。沙红燕见她法力颇高,所用飞刀、法宝无不神妙,正待猛施杀手,忽然不战而退。明知诱敌,但因对方骂得刻毒,正中平日心病,一时激怒,立意追上,在未入重地以前将其杀死,或是给她吃点苦头。正寻思间,忽见前面现出一条甬道,沙红燕知是木宫入口,自恃身有异宝,毫未在意,连忙追去。方想昔年三入幻波池,曾经陷身其中,所有五行仙遁和各种禁制,差不多均已见识,今日所见为何全不相同?沿途毫无动静,决不似要发动景象,难道敌人竟将五行仙遁重新布置不成?果如所料,更须先发制人,免得吃亏,中其埋伏,虽有制胜之宝,到底费事。一时心狠,妄想把瑶青先行杀死。

瑶青回顾敌人飞行特快,还未引入重地,便被追上,情面难堪。又见敌人法宝来势厉害,一时心慌,猛一扬手,将师传佛门至宝弥陀珠回手打去。此宝发时,一团青、紫、绀三色的祥光立时化成千百朵五色金花,暴雨也似,无论何物遇上,便作轻雷之声,纷纷爆炸,随灭随生,生生不已,威力绝大。

更能分别对方善恶,敌人邪法越高,威力越强,全随人的意念与善恶气机感应。对方如非极恶穷凶,至多受伤,决不致死。如不是妖邪一流,因与宝主人发生误会,致起争斗,那千百朵金花便只将人包围逼紧,上下飞舞,不令进退,对方嗔念一消,立时复原飞回。玉清大师原因钟爱瑶青,既恐在外吃亏,又恐少不更事,树敌伤人,特把恩师神尼优昙昔年所赐镇山降魔之宝转赐,使其在防身御敌之下,不致误伤好人。瑶青年轻好胜,又见峨眉门下一班同道都是年纪轻轻,法力高强,惟恐失机丢人;仙府人数又少,所遇偏是最有名的强敌,不免担心。回顾敌人追近,木宫甬道刚刚出现,惟恐在自己尚未飞入以前吃敌人追上,假败变成真败,心内一急,不暇寻思,便将此宝发出。

沙红燕本有乃师为她特炼的乾天罡煞之气笼护全身,寻常法宝、飞剑决难侵害,平日也颇以此自豪。那年三探幻波池,虽为妖尸所困,也因仗有罡气护身,本身未受伤害。又见五行仙遁尚未发动,一心自恃,想要伤敌。不料遇此专破邪法的佛门至宝。眼看敌人快要追上,法宝也已取出,待下毒手,猛瞥见一团酒杯大的紫、青、绀三色祥光在面前一闪,还未看清来路,已化为万点五色金花,暴雨一般迎面扑到,发出轻雷之声,纷纷爆炸不已,护身青气当时震破,这一惊真非小可。连忙行法抵御时,敌人忽又收回法宝,往甬道中飞去。总算沙红燕法力高强,应变神速;宝珠威力虽大,瑶青初得师传,功候尚浅,不能尽量发挥,要差得多;又是志在诱敌,小胜即止,乘着敌人受伤停追,知已入网,由此永落下风,不怕她逃,忙收宝珠向前飞去。否则沙红燕受创更重。

初遇一个无名少女,吃此大亏,如何不急怒交加?以为防身有宝,只待取用,护身青气将来仍可重炼。怒火攻心之下,哪还再计利害。于是取宝防身,力催遁光,切齿咒骂,恶狠狠朝前急追。接连三把三尖两刃的飞刀刚发出去,猛觉眼前青霞电一般疾,微闪得几闪,那条长甬道忽然隐去,敌人踪迹不见。耳听少女喝道:"不要脸妖妇,你虽旁门左道,邪法甚高,落伽山黑神岭高居天半,风景更极灵秀,你在老怪物宠爱护庇之下,如若安分守己,除却应有天劫,谁肯无故招惹?平日仙山修炼何等逍遥,无故倚势横行,屡次结党欺人,不是明偷,就是暗盗。玄门中哪有你这样败类?幻波池灵丹、藏珍,前主人本有遗令,留与转世旧友和有缘之人,并非无主之物。你以前不知难怪,现既知道物各有主,就应死心。上次你和同党为妖尸所困,又全仗李、周二位师姊以德报怨,救你出险。不料你和同党刚脱危境,立即反恩为仇。自来因果循环,只要平心细想,你也修道多年,并非无识之人,此番你们如能成功,岂有天理?现你困入木宫,转眼遭劫。似你这样忘恩昧良的无耻之人,本不值与你多言,因奉师命,为免不教而诛,良言相劝。如能革面洗心,回头是岸,趁五行仙遁尚未发挥威力以前,急速死心退去。你那师父情人虽是旁门,自从躲过四九天劫以来,隐居落伽山,重定条规,不再自出为恶。只你是个祸水,虽因你师溺爱袒护,仗他威势,在外横行,也不过是喜近群邪,仇视正人,并不似别的妖妇一味淫凶,无恶不作。再者你师徒修炼多年,劫后余生,也实不易。为此与你一条生路,免得牵动全局。你师父本与此事无关,也因你卷入漩涡。就算他此时仗着法力,受你蛊惑,自食前言,以大欺小,略占上风,实则与人无伤,早晚你师徒同归于尽,何苦来呢? 如听良言,便放你走。至于你所约那些妖党,十九极恶穷凶,能逃生的极少,必被主人一网打尽,劫数使然,你就不用问了。"

说时沙红燕早就激怒,气愤已极。无如甫道隐去以后,当地便成了青蒙蒙一片其大无垠的广场,四面青气氤氲,无边无际,敌人语声时远时近,一任施展法宝、飞刀朝前猛冲,均无动静。知已入伏,有心想要施展特备的几件异宝奇珍,因为仙遁威力尚未发动,更恐敌人事前惊觉,有了准备,一个不巧,被敌人用那两件仙佛两门的至宝占了先机,心思岂不白用? 不如上来示怯,暂忍一时,相机发动,成功便罢,万一又和那年一样,便以全力猛然发难,以毒攻毒,就着敌人五遁威力,把整座依还岭震成粉碎。即使灵药、藏珍不能到手,好歹也杀他几个,稍出胸中恶气。沙红燕只顾心存毒念,也不想想此举要造多大罪孽,修道人如何能有这等贪残阴毒的念头? 一面咬牙切齿,厉声咒骂,静候敌人把话说完,相机行事;一面行法传声,向同来的辛凌霄、留骈、车青笠三人询问有无成功之望和敌情虚实,一个也未回答。料知形势艰危,越发气愤,心中恨极。

张瑶青性情温柔,丰神美艳,连举止神情也全像玉清大师,只是年轻气盛,比乃师疾恶得多。因听易静等说起幻波池这场危难全由沙、辛二女而起,沙红燕更是罪魁祸首,所有妖党也都是她约来,结果双方均有伤亡,来的妖人更是极少逃免,越发痛恨。虽以师命难违,事前加以警告,话却不大好听。因知就照乃师之言婉劝对方,也是平白耽延时间;不知乃师藏有深意,正想借此延挨时刻。不过终因素敬乃师,明知徒劳,依然把话说完。见对方一味毒口咒骂,直如未闻,越发有气,突然现身喝道:"无耻妖妇! 祸到临头,好意劝你,还要骂人。"说完,手掐灵诀,朝外一扬,形势立时大变。

沙红燕瞥见敌人在前现身,怒火头上,先把三口五毒飞刀化为绿阴阴三道光华,朝前飞去。随取法宝,正待施为,倏地青霞奇亮,敌人身形忽隐。同时眼前忽又一暗,青霞敛处,大地上立时一片昏暗,四顾暗雾沉沉,身外浓黑如漆,什么也看不见,这与以前被困所见景象大不相同。方想五行仙遁神妙无穷,此地虽是东宫乙木所在,敌人如在此数年之内真能悟出玄机,随心分合运用,化生无穷,必比以前还要厉害,就许运用正反五行,由乙木化生癸水、戊土,来诱自己上当,均未可知。阵中藏有大五行挪移仙法,反正冲不出去,不如静以观变。便把盛气强行忍住,运用玄功,以防不测。

沙红燕正在戒备中,忽听乐声悠扬,听去十分娱耳。接着万木萧萧,狂飙骤起,澎湃奔腾,走石飞沙,万籁竞号,如擂天鼓,一阵紧似一阵,汇成轰轰隆隆的厉啸,中间更杂着一种极尖锐刺耳的异声。渐渐声势越来越恶,直似地轴翻折,海啸山崩,千百万密雷一齐怒鸣。沙红燕那么高法力的人,竟由不得闻之心神皆为震悸。暗忖:"敌人果然尽得仙遁微妙,刚开头发难仅是耳闻,乙木威力已有如此猛恶,下面危机必比昔年加倍厉害。如换常人,不必别的埋伏发动,单这奇异的风木之声,早就把人震死。"方自入耳心惊,晃眼之间,面前由暗趋明,现出一片青蒙蒙的微光,仍和先前一样,除一片浑茫看不远而外,更不见半点影迹。

沙红燕心想:"似此相持,等到几时?同党声息难通,不知所经如何?多半落在下风无疑。反正要拼,何不试他一试?"扬手又把飞刀发出,猛觉前面似有极大吸力,暗道:"不好!"忙即回收。三道刀光本已投入青云杳霭之中,仗着应变机警,收回得快,刀光只在青蒙蒙的暗影里微挣了两挣,居然收回,不曾失落。埋伏却被引发,先是眼前一花,一片青霞微微一闪,晃眼烟岚杂沓,碧云如浪,由上下四外铺天盖地潮涌而来。起初时沙红燕还未觉出十分猛恶,刚一上身,风木怒啸之声忽止,碧云立化青霞压上身来,当时成了一片云海,人困其中。那力量大得出奇,如非先有法宝防身,功力又高,几被压死。就这样,护身宝光以外,行动仍是艰难,大有进退不得之势。那碧云青霞有如电闪涛翻,越来越急,势也更猛。环身四外忽又现出大小千百万根木形青色光柱,纷纷挤压上来。前排到了身前,为宝光所阻,便即停住,不再前进,后面的又冉冉飞翔而来,挤将上去。一层跟一层,越来越多,势也由慢而快,越来越密。一会工夫,便密压压成了一圈青柱密林,为数何止千万,除却护身宝光,数丈方圆以外全被青色光柱塞满。前排的为宝光所阻,环绕矗立,本难再进。无奈后面光柱为数太多,争先拥到,一味前冲。等到挤成一片,便又互相旋转,摩擦起来。渐渐越转越急,发出一种极繁密的轧轧怒啸,比起先前万木鸣风所发异声更是尖锐凄厉,震悸心魂,那压力也增加了不知多少倍。

沙红燕到此境地,才知敌人于数年之内,果然悟出玄机。便昔年妖尸在此苦练百年，又是圣姑门人，尚无如此厉害。有心施展太白精金之宝，以金克木，又防敌人中藏反正生化之妙，由木生火，反克真金。如照预计，由同来五人分攻一宫，互用传声联系，各仗克制本宫之宝同时下手，就说仙阵难破，也可无害。偏是敌人厉害，才一飞进，便失联系，连用传声，均无回音。一个较强的同党又被隔断在上，空出一宫。敌人全占主动，开头便被占了上风。历时已久，所约援兵一个未见下来，想连邬、屠二人也被隔断在上。照此情势，分明败多胜少，自己无妨，辛凌霄、留骈、车青笠三同党却是凶多吉少。

沙红燕正在越想越急，打算再迟一会，乙木神雷发动以后，或是光柱顶上发出火花，然后猛施全力拼他一下，就势冲往别宫，索性与辛、留、车三同党会合一起，相机再下毒手，以免牵动全局，使同党也遭池鱼之殃。正在奋力抵御，待机欲发，觉着乙木威力越来越大。不特防身宝光被其四面逼紧，寸步难移，那压力之大更是惊人，防身法宝连受四面重压，已渐禁受不起。倏地天崩地塌般霹雳连声，前排刚一震散，后面光柱立时狂涌上来，将其塞满，仍旧电漩星飞，互相挤轧排荡，相继爆炸不已。当时情势，宛如百万迅雷纷纷爆炸，前灭后继，生生不已，威力越来越猛。只见青霞群飞，精芒电射，身外宝光受不住那无量冲击压力，四外震撼，眼看就要破裂碎散，凶多吉少。虽然她身藏异宝，预有准备，至不济，尚有脱身之策，仍然心惊胆怯起来。正在奋力抗拒，并做准备，以防万一。

事也凑巧，当沙红燕正在紧急关头，剑拔弩张，将要发难之际，英琼恰将邬勤误带入阵。英琼因愤妖人凶残，癫姑也是疾恶如仇的心理，刚巧留骈、车青笠妄恃带有克制之宝，将水、土两遁引发，仍然不知进退，二女心想："今日来的妖邪甚多，势已至此，除得一个是一个。"定数所限，竟把沙红燕这一个祸胎忘却。正发挥反五行威力，想把邬勤、留骈、车青笠三敌一齐除去，忽想起辛凌霄可怜，恐遭波及，又防她不知好歹，特把总图转动，把三妖人伏诛情景现与辛凌霄看，使知戒惧。各宫五行仙遁原有呼应，癫姑和辛凌霄问答，由英琼主持仙遁，只顾除恶快意，忘将木宫隐蔽，她这里如法运用，木宫也自现出景象。

沙红燕本就愤极，忽见万丈青霞中先现出一片黄色光雾，裹着一团宝光，中一道人正是留骈，在雾影里奋力挣扎，神情狼狈已极。方想冲上前去与之会合，黄雾影里忽冒起一片金霞，奇光激射，一闪即消。

紧跟着，又现出一盏金灯，灯花只有两三寸长，光焰停匀，中裹一个寸许大的妖魂，正是费尽心力约来的靠山之一赤手天尊邬勤。只见邬勤挣扎乱滚，似走马灯一般快，由青霞影中飞过。火头上忽有一片极淡的黄光银霞微微一闪，一连串极轻微的爆音过处，连妖魂带金灯全都不见。

　　紧跟着，又是一片玄云波翻浪滚，中有无数水柱，车青笠被困在内。虽只小小数尺方圆的一片水云，看去却是波涛汹涌，水柱林立，光影明灭，和乙木光柱一样，互相挤轧排荡，隐闻水雷乱爆，密如贯珠。车青笠人小如豆，困在里面，越显得形势险恶。车青笠似比留、邻二人明白，神情虽然狼狈，只在一片青、黄二色的宝光环护之下奋力防御，并不挣扎。眼看癸水将要化生乙木，就在青霞初闪，要起未起一瞬之间，车青笠身旁忽发出一蓬烈焰，乙木得火，越发威猛，眼看要糟。沙红燕心中悲愤，刚失口"哎"的一声，不料车青笠就在这千钧一发之间，扬手发出一股黄气，身形一闪，化为一道红光，迎着前发的烈焰，连人带宝光在那万千水柱中连闪几闪，忽然不见，玄云也便隐去。沙红燕知他法力较高，识得五遁生克之妙，肉身虽死，元神凝固，又长玄功变化，带有几件克制五行之宝，应变机警沉着。一经陷入重围，知难幸免，便不与强抗，以免激出反应，增加危害。静候五行合运，癸水生出乙木妙用之际，先用烈火，故意助长乙木威力，实则自身精于火、土二遁，以退为进，另用戊土之宝反克癸水，再驾火遁，由危机四伏，死亡一瞬之际逃去。就这样，是否又遇别的埋伏，能否安然出险，尚不可知。

　　经此一来，同来四人已死其二，还饶上一个大帮手。

　　当三妖人相继伏诛之际，沙红燕又发现辛凌霄被困金宫，四外虽有千万金刀箭雨布满，银霞电耀，却不上身。癞姑、英琼二强敌正与对谈，似已化敌为友神情。车青笠元神一逃，便不再见。

　　自己这面乙木威势本来稍缓，等先见景象一幕接一幕似走马灯一般闪过，威力重又大盛，并由木柱顶上射出极强烈的火花，上面又有无数木形青光往下压到。沙红燕心神一荡，脚底忽冒起一株宝树，枝叶葱茏，苍翠欲滴，通体都有青气浮动，宛如雨中春树，雾约烟笼，华盖亭亭，美观已极。本来上下四外均是压力，加上万千乙木神雷连珠般爆炸，防身宝光已禁不住那强力冲击排荡，危险万分。又见同党伤亡，形神皆灭；辛凌霄那么强的性情，又是为报夫仇而来，竟会腆颜降敌，如非存亡呼吸，万般无奈，怎会如此？虽然自己身怀异宝，照此形势，能否如愿，实不可知。心中惊疑，欲发又止。就这略一停顿之间，乙木威势突又加强。

　　沙红燕正在举棋不定，万分难支，心中悲愤，切齿咒骂，那树一现，脚底立时一轻，不但下面压力全消，并还轻松异常，空若无物。可是头上和四面冲击压力越发大增，只有下面一条路，防身宝光已快冲破，如换常人，定必被迫朝下避去。沙红燕毕竟累世修为，得道年久，见闻广博，深知五遁厉害。

才一入眼,便看出那是木宫法物,一落树上,便和三妖人一样形神俱灭,休想活命。总算见机得早,不特没有下落,反倒运用全力朝上猛冲。暂时虽免奇险,但那头上和四外的木雷光柱威力越猛,再加上千万朵火花激射如雨,更是难当。她知道陷身神木之上,固连元神也难保全,少时乙木化生丙火,又加一重威力,如何能敌?稍微疏忽,困入火宫法物金灯神焰之上,死亡更快。端的危机密布,九死一生,奇险异常。

本就情急,猛又觉脚底生出一股极大吸力,竟连宝光也被吸住。百忙中往下一看,原来那树先前高只丈许,就这转眼之间,忽然暴长,枝叶扶疏,由小而大,蓬蓬勃勃,向上高起。树上又有无数青色光气朝上激射,已将身外宝光裹住,往下猛兜,力大异常。上面和四外的木雷、光柱、青霞、火雨更似排山倒海一般,朝身上压击而来。眼看那树亭亭上升,树上千枝万叶精芒迸射,霞光万道,离身已近。又被那具有极大吸力的青色光气裹住,朝下猛扯,上下夹攻,休想挣扎。不由吓得心惊胆寒,亡魂失魄。加之有妖党前车之鉴,不禁气馁疑惧,把来时必胜之念消个干净。

当此危急存亡关头,沙红燕也就不暇再与乃师负气,想起了向屴南公发那求救信号。于是把胸前密藏一枚形似宝珠的传音法宝取出,伸手一弹,吧的一声极轻微的炸音,由近而远,往地底钻去,晃眼无声。同时把所借几件至宝取了两件,先由手上发出一道白虹,朝那裹身青气绞去。果然庚金克木,一绞便断,身上一轻,才知所借白虹钩果然神妙。心中一喜,忙取第二件法宝,防备万一。同时手指白虹,环身绕成一圈,然后由内而外,朝那四边青色光柱反荡过去。再若成功,然后斩那神木,只要木宫法物一破,五行失驭,便五遁不能全破,敌人威势必大减退。上面屠霸、伊佩章、唐双影、查山五鬼和商弘、商壮如果乘机而入,由商氏兄弟用土木二行真气去破癸水、戊土两宫,屠霸和五鬼弟兄夹攻助战,庞化成日月五星轮再一施威,整座依还岭连同幻波池仙府便一齐毁灭,均在意中。

沙红燕心中一喜,精神大振。正打着如意算盘,不料白虹电掣,刚环成一圈,还未向外展开,就这一眨眼的当儿,青霞如电,闪得两闪,眼前一暗,所有乙木神雷、万千光柱、大片青霞连同脚底神木大树,忽然一闪不见,重又恢复到先前黑暗景象。她那护身宝光本极强烈,光外白虹钩更是向西海白虹岛师执至交太白仙姥借来的太白金精所炼前古至宝,发时白光如虹,光芒万丈,理应照出老远。幻波池仙府虽广,当地不过一间石室,能有多大,就仗法术隐蔽,颠倒挪移,无非逃不出去,实质至多数十亩方圆一片,况还未必。这等至宝,不论多坚厚的物质,照例挨上便成粉碎。然而护身光幢已近十丈高大，这圈白虹范围更广，不特没有丝毫山石破裂之声，而且光幢以外，依旧黑暗非常。白虹紧附光外，看去还好一些，只一加大，便成了一圈白影，环绕在光幢外面的暗雾之中，仍是什么也看不见。情知厉害，反正非拼不可，求救信号已先发出，决计沉着应付，看清下手。

沙红燕也是运数当终。既然横心拼命，胸有成算，求救信号又先发出，索性多挨片时，便丁南公不好意思亲自前来，也必命人来援，何至惨败，误己误人。只因同党伤亡，仇恨越深，急于报仇；身在阵中受了仙法暗制，心神无主；加以妄用庚金之宝，当时似乎小胜，因而不愿久等。

张瑶青虽奉师命，令对沙红燕不要过分，最好纵令其全身而退，等其恶满自毙，心中却很痛恨。又见三妖人相继伏诛，以为双方势成水火，反正骑虎难下，照沙红燕的口气，便放她走，也必不会悔祸死心，转不如痛痛快快除此一害。因此一见沙红燕已入幻境，还在咒骂逞能，并把宝光频频伸缩，越发有气，便照易静所传，催动五遁禁制，使其合运。仙法神妙，不论何宫，一受敌人挫折，自生变化，来势越强，反应之力越大。便不去催动，也要发作，经此一催，来势更快。

沙红燕偏又急于报仇，认定乃师宠爱，一接警报，决不坐视，而且神速已极，估量不久即至。欲在乃师和援兵未到以前，先行发难，以便将事闹大，使乃师势成骑虎，欲罢不能。只顾行法试探，自己还以为是临敌谨慎，稳扎稳打。哪知危机四伏，一触即发；犹如好些地雷火药，药引早已点燃，哪再禁得起烈火焚烧，自然祸发更速。沙红燕原是行家，早算计敌人五行正反相生，不是乙木化成丙火，便由先天逆行，转化庚金。自己恰借有专制金、火二行之宝，以为戒备严密，即使不能获胜，也不至于伤亡。便将水府奇珍极光球取出，试探着朝黑影中放出。此宝本是千万年两极寒精凝炼而成，任何烈火当之立消。初意乙木必要化生丙火，意欲抢占先机，万一反化庚金，再用身带的阳金至宝金乌神火破它。此着虽被料中，但是仙遁威力神奇微妙，生发之间变化万端，不可思议。

沙红燕的极光球刚化为一团冷艳艳的五色寒光，飞向广场前面，精芒万道，流辉幻彩，正在暴长；张瑶青也正催动仙遁，双方正好撞上。寒气才现，倏地眼前大亮。先是千万朵烈焰突然出现，轰的一声，一齐爆散，当地立成了一片火海，来势神速异常，连人带宝齐困火中。对面又有一盏半人多高的金灯，由一翠玉灯檠托住，沉浮火海之中，时隐时现。灯上结着一朵如意形的灯花，光焰停匀，时青时白，时红时紫，彩色晶莹，变幻无常。同时那极光球也已暴长亩许大小，吧的一声极清脆的炸音过处，当时爆散，化为一片极长大的五色晶幕,璎珞流苏,寒光若电,五光十色,奇丽无俦。才一出现,便带着一股奇寒之气,罩在护身光幢之上,那么强烈的火势立被挡住,近身即灭。沙红燕方在欣喜,忽见矗立火海之中的那盏金灯的灯头上突发出五色奇光,灯花也自暴长,高达丈许,火势骤盛。虽被极光球所化晶幕挡住,不得近身,但那火势越来越猛。更由灯头上飞出一朵朵火花,精光闪闪,由火海中飞舞而来,晶幕一挡,立时爆炸,毫光万道,火雨千重。虽然同是一火,前者一片深红,仿佛一个极大的洪炉,人困其中,因有晶幕护住,声势只管猛恶,还未觉出它的厉害。这些灯花,开头全是如意形,火作金色,跟着五色变幻,纷纷爆炸以后,立即化生成一朵朵的五色火焰,上下飞舞,潮涌波翻,重重叠叠,暴雨一般打到。又是前灭后继,随灭随生,宛如亿万金花杂着无量彩星灵焰,潮涌于火海之中。霹雳之声,比先前乙木神雷更猛百倍,身不受伤,那万雷怒震之势也吃不住。因被晶幕一挡,好似郁怒莫宣,威势越来越盛,火中更有极大潜力,上下四外全被挡住,行动不得。

沙红燕心想:"擒贼擒王。圣姑五遁法物,只这一盏乾灵灯乃九天仙府流落人间的至宝奇珍,最为神妙,本身便具无穷威力。极光球乃万载寒精癸水奇珍,正是它的克星。并且大小舒卷,可以由心运用。此时火势虽被挡住,仍有相形见绌之势。何不另用法宝防身,将此宝朝那灯头打去? 只要将灯上神焰打灭,便有成功之望。"

沙红燕心念微动,立即施为。哪知危机已迫,此是应有景象。她这里刚把晶幕化为一团寒光,往火海中打去,暗中主持的敌人张瑶青看出敌人法宝厉害,也未用传声向主人请问,便将先后天五行正反相生运行起来。癸水之宝虽能克火,无如乾灵金灯与另外四件法物不同,本身自具极大威力。极光球连与真火对抗,暂时虽能抵御,暗中实已损耗不少;神灯所发灯花烈焰,却是生生不已,又有仙法挪移。所以灯头并未打中,却将五行仙遁一齐引发。

第二九一回

有意纵妖娃　宝树婆娑　青霞散绮

隐形擒异士　精虹潋滟　红雨飞花

话说沙红燕一面发出癸水之宝；一面妄想以火御火，并还借此防御乙木运行所化庚金；一面又将新借来的天木神针和师门防身之宝二气环分别拿在手内，以为克制。五行之宝已有其三，况又加上从来备而未用的法宝、灵符，自以为万无一失。再若不济，便仗这道灵符逃回山去，再打报仇主意。沙红燕因见信号发出已久，尚无回音，正在满腹幽怨，心恨师父薄情，平日那么恩爱，当此危急之际，竟不肯破例来援。猛瞥见那团寒光在火海中星飞电驰，朝前急追。但金灯始终矗立火中，未见移动，只是追不上。那亿万金花神焰仍如潮水一样，随着万丈烈火涌来。并且上面晶幕一去，神火所结光幢竟挡它不住，已快逼近护身宝光之外，周身奇热如焚，火雷威力更是猛恶难当，连人几被震散。

沙红燕方在触目惊心，金灯神焰上忽射出一片黄尘彩雾，只闪得一闪，便朝极光球飞来。先前金灯在前，寒光朝前直冲，四外金花火焰挨着寒光，纷纷爆散消灭，当时冲开一条火衙，只是打那金灯不到。及至丙火化生戊土，黄尘一起，来势比电还快，只一晃眼，便将寒光包没，吧的一声，精芒万缕，迸射如雨，当时炸散，射向火海之中，立时沸腾，化为大片热雾，随着火势，发出轰轰隆隆万雷怒鸣之声，潮涌而来。同时那片黄尘也由大而小，化为千万层黄色云涛，由上下四外齐往中心压到，神灯已经不见，烈火却是未消。万丈黄云影里，更杂着千万点暗黄色的星光，暴雨飞蝗般纷纷打来，挨近防身宝光层外，便化神雷爆炸。末后越现越多，不到身前，便已冲击排荡，纷纷爆裂。看去大只如杯，便那极大的迅雷也无此猛烈，数又繁密，生生不已。只听轰轰巨震之声，令人心神皆悸，魂魄欲飞。火花星光互相激撞，又似千万花筒相对射击，合成一片火海星山。

沙红燕知道戊土神雷已是难当，如果火、土二行联合来攻，更不知底下还有什么变化。后援不到，危机瞬息，迫于无奈，二次横心，便把前在东极大荒山向青帝之子巨木神君骗来的天木神针朝那黄尘影里打去。因用巧计诈取而来，虽知用法，不明微妙，用时迫于无奈，心实踌躇。此宝与主人心灵相通，巨木神君因爱沙红燕貌美，故意由她骗去。别时曾用言语暗点说："此宝任多厉害的戊土真气均能克制，但是对方如有乾灵纯阳真火，我不肯使此至宝平白葬送。你如无法抵御，我必将其收回。再用来取，只要不失信，永远由你使用，否则便只能用这一次了。"

沙红燕本意也只想骗一次，破了戊土便罢，惟恐事前收回，连演习也未敢用过。不料这天木神针威力之大果是惊人，才出手便是一溜光色极深的苍霞，奇亮无比。打向黄尘之中，只听惊天动地一声大震，那么广大一片杂着亿万土雷火星的云海，吃那长仅尺许的一溜苍霞打到里面，当时烟消云灭，眼前景物突现。见那地方乃是一片广场，四面玉壁上巨木如林，青光涌现，似要飞舞而出。离身不远，地上有一堆金光闪闪的黄沙。天木神针钉在上面，已现原形，乃是一根四五寸长苍黑如玉的木针，奇光隐隐外映，别无他异。最奇的是黄沙下面压着一堆烈火，火焰熊熊，由沙下往四边迸射飞溅。知道天木神针不特克制戊土，并还连敌人的丙火也被反克在下。只是上下洞壁一齐震撼，似要倒塌神气。同时风雷、金刀、烈火、狂涛之声又如海啸天鸣，由上下四外急涌而来。料是五行仙遁已制其二，正反失驭所生感应。

沙红燕方在惊喜交集，只不知如何下手，天木神针如何收回。就这微一迟疑之际，猛听二少女连声清叱。先是张瑶青扬手万朵金花，带着一道剑光迎面飞来。先前吃过她的亏，早就怀恨，仇人相见，分外眼红。刚把飞刀、白虹钩一齐飞出，猛又瞥见李英琼身剑合一，电驰飞到，扬手飞出一朵如意形的紫色灯花，朝那天木神针上飞去。苍霞一闪，神针立隐，轰的一声，先前黄尘烈火突又出现。

因那天木神针镇压戊土，反克丙火，将五行仙遁一起引动。英琼不来，乱子更大，沙红燕固是不免于祸，仙府也必受到毁损。先前四外风雷震撼，刀兵火水之声，便是正反五行齐生感应所致。沙红燕哪知厉害。及至英琼飞来，一见戊土为神木所制，虽不知它的来历，但想五行仙遁何等神妙，竟被对方法宝所制，并因丙火也受反克，知道变生瞬息，事出非常。心料那天木神针必是东方乙木精气所萃，恰巧前得紫清神焰兜率火新近炼成，正可应用。一时情急，扬手一指，先将神焰放起，为防万一，又将定珠和青灵髓放起，来势又都神速异常，沙红燕如何禁受得住。神木一去，丙火、戊土重又施威，已极厉害，下余乙木、庚金也在此时突然发动。只见亿万金刀，千寻恶浪，连同那无量数的青色光柱一起出现，狂涌上来，水火风雷、金铁交鸣之声汇成一片繁喧巨响,比起先前威势更加强烈万倍。

英琼见沙红燕在光云火海、金刀巨木、光尘水柱环攻之下,已急得面容惨变,走投无路,手上拿着一件形式奇怪的法宝,正想发动。英琼知道五遁已全引发,便丌南公亲来,也未必能从容抵御,沙红燕如何能行? 猛想起昔年老父别时警告,方喊:"贱婢不必惊慌,五遁被你引发,只要谨守不动,等我行法复原,和你说话,还可暂时饶你活命。"话未说完,沙红燕一见五遁环攻,悲愤情急之下,以为对她决无好意。英琼虽用仙法传声警告,无如沙红燕痛恨英琼,不特无心去听,反倒厉声咒骂,神态凶横,又将师传防身至宝施展出来。就此逃走也罢,偏又记仇心盛,临逃还想放把野火,致将英琼激怒,终于引出事来。

这里英琼一面发话劝诫,一面连用仙法使五遁复原。眼看五遁运行已复常轨,所有烈火、金刀、黄尘、水柱已全消灭,只剩千万根青色光柱环列如林,将敌人围在中心。正待向前发话,纵令逃走,偏生事机变化绝快,英琼仙遁复原,沙红燕也施展杀手,双方恰是不先不后,同时发动。那乙木光柱本来环绕在外,吃英琼止住,尽管青霞激滟,并未发威前攻。沙红燕却不知好歹,见先前形势厉害,又因五行仙遁撤退时各射奇光,相继闪变,比电还快,看去分外强烈,不知敌人有心败退,以为还有别的变化,越发情急。

沙红燕本要逃走,临时又想起许多同党多为自己而来,弃众而归,以后何颜见人? 微一迟疑,欲将二气环先发出去,准备先拼一下。心想:"此是师门最著名的六件前古奇珍之一,和落神坊有异曲同工之妙。师父因见自己前生遭劫惨死,几乎形神皆灭,便为法力、飞剑不是敌人对手之故。等将自己的元神救回山去,炼成形体重生以后,想起前情,十分怜爱,特传此宝,以作防身之用,威力绝大。初发时,只是一个淡微微青、紫二色的光圈环绕身外,大只数尺。跟着发出一片光雾,将人通身包没,成一青红二色的气团,随人心念发生妙用。敌人如若知机,就此让路,任其飞走,还可无事;否则,一经发难,当时精芒猛射,晃眼暴长千百倍,形如一个日轮,连宝主人也制它不住。无论上天下地,任何厉害的飞剑、法宝、钢铁、石土,挨着便成粉碎。因它威力大得出奇,传时再三告诫,不许妄用,正邪各派中人又都闻名,自己也从未遇到这等情急拼命之事,因此尚未用过。那年我三探幻波池,师父为防仙遁神妙,二强相遇,一个不巧,便要惹出巨灾浩劫,特将此宝索回,另赐了两件法宝。后为妖尸所困,几乎送命,并还伤了一个同门至交,我回山哭诉,向师埋怨。师父因见敌人势盛,法宝未成,时机未至,表面推说门人背师行事,与他无干,心中却是气愤,又被自己一激,才将此宝发还。并附一道玉叶灵符,加增此宝威力,使其易于收发。只要敌人稍微见机,不与它强抗,并不多伤生灵,引起地震山崩,发生浩劫。现见敌人如此可恶,莫如在行前试它一下,万一转败为胜,固是极妙;至不济,也使敌人受伤,或将敌人所用飞剑、法宝破去一两件,稍出心中恶气。"主意打定,一面施展法宝,化成一个光环,罩向身外;一面将先前身外光幢和飞刀、法宝一齐收去。

英琼、瑶青见她目射凶光,连声咒骂,对她所说的话全未入耳,已经有气。忽见青、紫二色的光环飞起,只一闪便成一个气球,人在中心,手掐法诀,似在行法施为神气,先前防身法宝和那飞刀、白虹钩忽全收去。料知敌人想作困兽之斗,出手定必厉害,二女全生戒心。见那气球将人包没以后,乍看雾气只薄薄一层,吃四外金霞一照,里外通明,看得逼真。耳听沙红燕在里面厉声怒喝:"峨眉贱婢,还我三位道友的命来!"随说,左手法诀一扬。那气球本来虚悬光柱之中,大只丈许,光气又淡又薄,看去本似一个大水泡,忽然由淡而浓,变成实质。球上先是光云电漩,奇亮夺目,宛如一轮红日。紧跟着上面射出青、红二色的火花,晃眼暴长。四围乙木光柱虽被英琼阻止进攻,反应之力仍极强烈,来势又快得出奇,晃眼便将那将近十丈的空处占满。宝光万道刚射向光柱丛中,立生剧变,只听风雷轰轰,青霞电耀,前排光柱吃敌人宝光火花暴起排荡,当时震裂了一大片。乙木遇见强烈攻击,立生反应,惊天动地般一声大震,那千百根光柱随着惊涛骇浪般的大片青霞,电也似的连闪几闪,全都不见。跟着红光奇亮,烈焰突起,风雷、金刀与万丈洪涛之声纷纷怒鸣相应。

英琼看出敌人法宝厉害无比,从来未见,五行仙遁竟被激动,不禁大怒。气愤头上,竟将定珠和那兜率火紫清神焰猛发出去。双方下手均极神速,那气球形的宝光本来急如雷电,一发不可收拾,无坚不摧。火光精芒所射之处,任何坚固之物,甚或差一点的飞剑、法宝,只一射中,便化乌有,死圈所及,能达数百里外。沙红燕手持灵符,暗中戒备,本心还想此宝威力太大,如若奏功,宝光所及之处立成死圈,惟恐上面同党也遭波及。正持灵符戒备,想将宝光制住,只将仙遁破去,杀敌报仇,于愿已足,免得死圈太大,整座仙府连依还岭一齐震碎,同党也受误伤。及至发难以后,百忙中瞥见气团化为日轮暴长,吃四围光柱一挡,前排虽被震裂,但颇吃力。心想:"此宝一经施为,便似迅雷爆发,非经宝主人行法回收,绝无止境,非把当地景物全数毁灭,化为劫灰,四面皆空,毫无阻止,不会停歇。照此情势,并不如师父平日所说那等猛烈神速。"又见青霞电耀,烈焰群飞,乙木受挫,又生丙火。宝光虽仍往外暴长,无形中却似被一种大的潜力阻住,不似预想之快。方在惊疑，就在这应敌瞬息，不到一句话的工夫，猛瞥见敌人在火海中双双扬手，一个飞起万朵金花，一个发出一朵长才寸许、奇光晶莹、精芒四射、如意形的紫色灯花，以及以前敌人常用的定珠慧光，一同打到。灯花来势绝快，出手便如一颗流星，迎面射将过来。那团慧光却是大如栲栳，祥辉流转，冉冉飞来，看去要慢得多。

沙红燕因在平日过信师门至宝威力妙用，早知敌人持有佛门至宝，并未放在心上，以为就算法宝无功，护身逃遁，决可无虑，惟独害怕敌人的那粒定珠。心念才动，那团慧光不知怎的竟会当先飞到，未暇寻思，祥辉暴长，已将那气球形的宝光罩住，休想似前暴长发威。她知道不妙，不禁大惊。刚把右手玉叶灵符扬起，未及施为，慧光照处，耳听远远有人高呼："琼妹，且慢下手！"刚听出是敌人癞姑口音，人也随声飞来。说时迟，那时快，那朵形似灯花的紫清神焰兜率火已打向气球之上，当时穿光而入，化为一片紫色神火精芒，当头打到。沙红燕骤出意料，不及防御，万分惊惶之下，忙将玉叶灵符展动，人已受伤。本来非死不可，幸而癞姑恰在此时赶来，一见李、张二女各用法宝夹攻，最厉害的是那兜率火，想起前事，忙即喝止。哪知已经晚了，只差句把话的工夫，英琼已先发难。英琼闻声想起老父行时告诫，又见气球已被慧光制住，停在火海之中，不能再动，忙即回收，已经无及。气球本被慧光罩定，又被灵焰震破一洞，但未散裂。

就在这收宝瞬息之间，忽由沙红燕手上飞出一片青白色光气，将头面全身一起裹住，使沙红燕立成了一个青人。同时气球上光云电漩，前发火花精芒一闪即灭。紧跟着气球由大而小，成一青、红二色的光幢，将沙红燕紧紧裹定，电也似急往上腾起。只听一连串的爆音往外响去，晃眼响出老远，少说也有百十里外。

癞姑忙收仙遁查看，那么禁制重重的仙府，竟被穿山透石，逃了回去，所经之处，洞壁上现出些尺许大的空洞裂口。才知此宝兼备五遁之长，穿金透石，如鱼游水。那么严密的禁制，竟阻它不住。又知沙红燕自负绝色，最爱她那副面容，方才英琼误发灵焰，已将她玉颊烧残，仇恨越深。此去回山哭诉，老怪丌南公心怜爱宠，必不甘休。自己百计求全，到底仍是英琼惹祸，可见定数难移。也就不再埋怨，笑问："此女本有青气护身，如何不见，竟为神焰所伤，花容残毁？"瑶青笑告前事。并道："事关定数，我们该有场魔难，不必说了。早知这样，反正成仇，转不如将这一害除去，还好得多呢。"癞姑笑道："你哪知道，此女天生尤物，丌南公爱之如命。自从她昔年遭劫，元神逃回山去，丌南公本想令她转世重炼，她偏爱惜前生容貌，一任劝说，始终倔强。老怪竟不忍违她心意，亲自为她炼丹炼魂，费了多年苦功，硬将元神炼成形体。身上青气虽可防身，她却认为是有损花容的一件憾事。只为当初助她炼形的人也是一个老怪物，丌南公又是强娶她为妃，非所心愿，故留此一点缺陷，美中不足，尚向乃师撒娇絮聒。丌南公因此举逆数而行，又以事太繁难，他本身灵元还要受伤，不肯为她去掉。不料青妹弥陀珠正是罡煞之气的克星，为她破去。虽然元神不免损耗，多年憾事居然去掉，我料她定必心喜，事完回去，正好向老怪物献媚，不料脸会残破。这类元神凝炼的形体，如是别人，定必分合由心，虚实兼用，更具神通。她却爱美过甚，既想讨情师的欢心，又恃独门玄功变化，宁甘多受三年苦痛，用固神胶和乙木青灵真气凝炼，照样长骨生肌，无异生人。可是一为法宝、飞剑所伤，便难复原。虽然仇恨越深，老怪物禁不起她缠磨，必来生事，终比杀死的好。否则，他师徒情孽纠缠，已历多世，丌南公宁失天仙位业，归入旁门，便为了她。现虽受伤毁容，以乃师的神通，还可医治；至多转世重修，更合初意。如令形神皆伤，必来拼命无疑了。"

英琼气道："你们都是怕事。自来邪正不能并立，福善祸淫，定理不移，怎见得会遭她的毒手？你看好好一座仙府，被她穿破好些洞穴，老怪物如来，正好由此钻进，岂不惹厌？终不如将她除去，才消恨呢。"癫姑笑道："琼妹偏是这么天真，你已快是神仙中人了，你看你小嘴一噘，生气神气多么可爱！无怪人说自来美人，不管是哭是笑，薄怒轻嗔，无一样不好看，动人怜爱，看了心疼。要似我这样丑八怪，休说生气，这麻脸缺嘴叫人看了，只有肉麻恶心，便把眼泪哭出两缸来，也无人理，反倒讨厌。天下事就这样不公平，同是一样人和处境，一美一丑就差得多，你说多怪！"

英琼忍不住笑道："姊姊，这是什么时候，还打趣么？也不想个方法把贱婢所开洞穴封闭，真个想让敌人长驱而入不成？"癫姑笑道："你把丌南公太看小了。他平日眼高于顶，自居前辈，如非爱徒宠姬哭诉，便我们把群邪一齐杀光，也不会来。此来他以为胜之不武，不胜为笑，便可全胜，也有损他的威严声望。来时必定预先通知，公然登门问罪；决不肯做那鼠窃狗偷之事，来钻狗洞。至于别的妖人，漫说本洞禁制重重，就被穿破，当时复原，也钻不进来。再若深入重地，真是找死。愁它做甚？倒是你们说那一根木针，竟将戊土神砂钉住，末了又会自行化去，威力这等神奇，极似恩师以前所说东极大荒巨木神君用东方先天精气所炼神木，比那铜椰岛木剑厉害十倍。如非琼妹得有三朵紫青灵焰，还真讨厌呢。"

癫姑说时，忽听身旁吸星神簪发出卢妪传声说：

183

沙红燕先发求救信号，恰值乜南公为御天劫和报峨眉之仇，炼宝正急，法坛封闭，内外隔绝，信号被门人接去，不敢通报。后来还是乜南公由定中警觉，忙即开坛，未等命人来援，沙红燕已仗法宝、灵符之力遁回山去。人在途中，知已受伤，本就急怒。少时沙红燕回山，再一哭诉，必然寻上门来。好在事前已有准备，事已至此，可速依预计行事。

癞姑因在意中，虽然为时尚早，也须先做准备，忙告二女，匆匆飞出。见了易静诸人，略说几句，便即飞上。本想玉清大师和青囊仙子华瑶崧均说英琼杀气太重，敌人太强，不可大意，料知情势凶危，关心过切，恐其胆大冒险，各位师长前辈又无一人能来解救，应付之间稍失机宜，纵令英琼仙福深厚，不致受害，伤痛危难，也许不免。事前屡次叮嘱告诫，令先趋避，须到万不得已，方出面应点，不可冒失。

英琼平日温婉娴静，对诸同门姊妹最是谦和礼敬，一旦遇敌，便当仁不让，从未计较艰危。近来功力日深，勇毅沉练，已非昔比。知道命中该有这场劫难，不可避免，素性疾恶好胜。幻波池仙府灵景无边，恐为邪法残毁可惜，吉凶命定，不能避免，事由自己而起，理合身先急难。再者修道人常有三灾八难，不经险阻艰难，如何能成大器？平日自负向道坚诚，誓为本门效忠宣勤，使其发扬光大，以报师恩。而修仙业既以崇正诛邪、降魔除害为务，以往诛戮妖魔如同剪草，入门不久，便以三英之名威震群丑，纵然修为年浅，全仗福缘深厚和父师尊长怜爱期许，毕竟也有光彩，如何遇见强敌，便自退缩，仿佛欺软怕硬？同是旁门左道，敌势一强，便不敢与之争锋，岂不丢人？休说受命自天，老怪物未必能奈我何；即便为道殉身，也使异派群邪知我峨眉门下一个入门未久的小女弟子有此智勇胆力，竟敢以卵敌石，不为老怪物凶威所屈，虽死犹荣，似这样藏头缩尾做甚？英琼主意打定。因听易静、癞姑再三劝诫，说敌人实太厉害，何必多受苦难？良友好意，不便明拒，心中却想借此试验自身道力。

也是英琼该当有此奇遇。当炼那紫青神焰兜率火时，因此宝十分难炼，功力稍差，便不能与心灵应合；威力又是极大，倘不能收发由心，一个制它不住，反而受害。必须以本身真火元灵，与之合为一体，方可发挥它的无边妙用。先用太清仙法施为，好容易才得制住，可以随意收发，仍只能勉强应用，将来还须重炼，为美中不足。到了三十六日过后，始终没有进境。这日英琼忽动灵机，暗忖："此宝与佛家心灯既是异曲同工，寒月大师的心灯佛火已与他本身元灵相合,我怎不能? 现在定珠已与元神相合,不畏心火自焚,何不按照师传,用这定珠将元神护住,索性以火济火,由明化空,返虚入浑,使与本身真火合为一体,炼成第二元神,随意发收,并还增加自己道力,岂非绝妙?"于是便用仙法重炼。

英琼虔心毅力也真坚强,上来便拼尝苦痛和火宅坐关,受那灵焰罩体炙身灼肤之苦,始终按捺心头火,不令外燃,一味守定心神,使体外灵焰神火无法侵入。她起初还用定珠慧光护定元神,志在尝试,由渐而入。到第七天上,偶然触机,猛地悟出微妙,当时返照空明,明见三朵神火化为一幢紫焰笼罩身外,全仗本身功力和那凝聚心头的三昧真火,内外防御。虽然不曾烧伤皮肉,热痛异常,一经悟彻玄机,心火立灭,当时透体清凉。就在这有相转为无相的瞬息之间,三朵灵焰立被收为一体,与本身元灵相合。只见定珠慧光大放光明,三朵灵焰已被降伏,收为己有,不在体外,时间也恰满了四十九日。

英琼满心欢畅,微笑而起,大功告成,欣慰非常。由此随心应用,弹指即出,大小分合,无不如意。暗忖:"有此仙佛两门至宝防身,并与元神相合,多高邪法均所难施。久闻丌南公自尊自傲,平日号称敌人生死只在他反掌之间,一击不中,便不再击。只要挡得过这开头一阵,便可无害,怕他何来?"惟恐易静、癞姑劝阻,只说宝已炼成,并未明言。及至飞到上面,明听癞姑传声急呼,假装追杀妖人,随口应答,却不照她预计退入阵内,自往当地立定,静待强敌应战。后听天风海涛之声由远传来,知道敌人先由十万里外传声示威,无非是先声夺人,以示他的威力,心中好笑,也不理睬。

英琼正在暗中准备,忽见李洪同一幼童隐形飞来,到了面前,忽在佛光中现身,含笑点头,把拇指一伸,意似称赞,一闪即隐,似往静琼谷一面飞去。英琼忽想起:"英男身世、经历最为可怜,与自己患难至交,亲逾骨肉,她虽名列三英,法宝不多,功力也不如严人英师兄,孤身在外行道,日常代她担心。难得她这次远赴月儿岛,巧得离合五云圭前古奇珍,又收了火无害这等异人为徒。看她对敌情景,比起从前要强得多。姊妹情分太深,少时见我为敌所困,定必出手,却是可虑,怎忘了招呼一声?"

英琼心方一动,果见英男去而复转,正由谷中飞来,吃火无害抢前拦住,意似不令她来,师徒二人还在争执。忙用传声推说奉有前辈仙师预示,决无妨害,别人出来不得,务望退回,免自己分心,反而有害。说不几句,忽又瞥见李洪和那幼童又在谷口现身,朝英男师徒将手连挥,意似劝令退回。英琼原未见过陈岩,这时见他相貌神情和李洪相似,几如孪生兄弟一般,功力根骨也均不在李洪以下。又穿着一身大同小异的短装,越显得粉妆玉琢,俊美可爱。心方奇怪,见幼童侧耳一听,二次口说手比,催令英男速退。英男师徒刚刚退走,烟光闪处,人全不见。谷口一带,原本设有太清玄门禁制,只自己人能够随意出入透视;外人看去,只是一座危崖,山形早变。便丌南公亲来,若不是事前知道底细,或是细心观察,急切间也难查见。李洪虽然年幼,因是九世修为,近年法力也许恢复,不去说他。那幼童明明不过十岁左右,如何也能随意出入,不现一点迹象?

忽听极猛烈的破空之声,由遥天空际冲风穿云而来,那么洪大的天风海涛之声,竟丝毫掩它不住,来势万分神速。当入耳时,听那声音来处,少说也在千里以外,高出九天之上,常人绝听不出。可是才一入耳,便似两支响箭电射而至,晃眼工夫,声到人到。只见两道青光,由来路老远高空中流星过渡,斜射下来,直落静琼谷外,现出两个豹头环眼,扁脸狮鼻,虎口燕颔,相貌装束无不诡异的矮胖道童,好似谷中动静,老远便被看见。二道童落处正对谷口,又似觉出当地设有仙法禁制,面带惊疑之色,落地先互相对看了一眼。内中一个穿黄衣的厉声怒喝:"李英琼贱婢,快出来纳命!我师父命我二人来此先行通告,命尔等自行准备,引颈就戮。我二人因师父还有些时才来,想起我长兄仟备前随沙师姊来幻波池取宝,与你们无仇无怨,为李英琼贱婢暗算,久欲报仇,未得其便,特在师父未到以前,来取贱婢狗命。适才在路上遥望这里,谷口内有一少女穿着神情,与沙师姊所说贱婢李英琼相似。等我弟兄赶来,你们已用禁法隐蔽,缩头不出。是好的,快出来纳命,分个高下。如以为区区障眼法便可隐身保命,直在做梦!再如延迟,惹我弟兄性起,只一举手,这座依还岭便成粉碎了。"

话未说完,便听一幼童口音在旁笑道:"洪弟,你认得这两个小妖孽么?他便是老怪丌南公门下,号称黑伽三仙童的仟氏弟兄中的两个。师父年老成精,老而不死,门下徒弟也个个这样丑怪讨嫌。仟老大曾来幻波池盗宝,在北洞水宫卖弄伎俩,为你李师姊所诛。这是老二、老三。听刚才风涛怪声,老怪物必将起身,故意闹此玄虚欺人,不知何事耽延未到。这两个小怪物仗着老怪物在后面,有了靠山,来此狐假虎威,仗势欺人。本来我们不愿多事,他偏狂吠不已,看了有气。洪弟你如高兴,我弟兄一人对付一个,先给他们吃点苦头,扫扫他师父的老脸。他不是说举手便要粉碎全山么?莫如我两个乳臭未干的小祖宗,也举一回小手,教他尝尝味道,你看如何?"

这两道童乃丌南公爱徒黑伽三童中的仟盛、仟江。因乃兄狮面仙童仟备前探幻波池,为轻云、英琼无心误杀,怀仇数年。乃师知道劫运当然,峨眉势盛，自己多年名望，不出手则已，出手便须全胜。上次妙一真人夫妇率领长幼群仙往铜椰岛，为天痴上人、神驼乙休和解救灾，丌南公带了两个有力同党，乘着妙一夫人和玄真子送那天火毒焰，去往两天交界之处消灭时，暗用邪法，前往作梗。结果阴谋未成，平白造孽，同党还受了伤。试出长眉真人虽然仙去，门下十二弟子和一班同道敌党，竟是个个神通广大，法力无边，一个不巧，就许身败名裂。丌南公决计暂时忍辱，等那两样异宝、邪法炼成，再与敌人一决存亡。成则独自称尊；败则乘机转世，就便避那末次天劫。好歹也在事前多杀几个敌党，以消胸中恶气。见宠姬、门人相继伤亡，心虽痛恨，表面却不露出，反说门人未奉师命，自取灭亡，凭自己的身分，难道还与这班后起的无知小狗男女交手不成？把门人骂了一顿，置之不理。仵氏兄弟修道多年，均颇狡猾，看出师父是因知道峨眉势盛，去了仇报不成，或许还要送命。也只得假装做遵守师命，不敢离山，连沙红燕屡次约他们同报兄仇，均以婉言辞谢。这日见乃师为沙红燕受伤激怒，亲自出马，心中大喜。暗忖："我弟兄三人，一母孪生，此仇不报，岂不被同道中人耻笑？"身后又有靠山，顿起轻敌之念。

丌南公自命得道年久，在异派散仙中，与大荒二老、大雠山青环谷苍虚老人同是修炼千年，经过两次四九天劫，均得无恙，素极自恃。每一出洞，照例要有好些排场做作。未到以前，先使当地风云变色，山川震撼，有时还有门人和仙音仪仗前导，以显他的威势。风涛之声，便是来前个把时辰，向敌人所下警告，表示旗鼓堂堂，未来便先通知，好使敌人先行戒备，决不暗算。仵氏弟兄一心想捡现成，乃师又命前行通知，立即飞来，本想当时能报仇更好；如果不能，依还岭全山已在乃师法力遥制之下，随时可以发难，人也随后就到，也可显显威风，故气粗胆壮，没将敌人放在眼里。二仵邪法本高，老远看出谷口有一女三男聚谈。因未来过，英男和英琼相貌身材又差不多，二仵本来就分辨不清。恰巧当日二女因为知道来的都不是常敌，特将开府所赐仙衣穿上，二女更加相像。二仵前听沙红燕说过英琼的相貌服饰，又见谷口烟光明灭，山形立变，人也隐去，误认英男为英琼，立催遁光飞来。不料丌南公刚将邪法发动，飞行中途，忽被两人拦住，来迟了些。又因和那两个人说话，无暇行法查看当地情形。二仵正发狂言，忽听幼童在旁笑骂，不禁大怒。但因素性阴毒险狠，知道峨眉隐形神妙，既敢在旁讥嘲，必有所恃，惟恐一击不中，上来便先丢人，强忍愤怒，照样问答辱骂，故作不闻，暗中却施展邪法，留神查听。正准备冷不防猛然发难，谁知怒火头上，成见又深，以为有恃无恐，只顾猛下毒手伤敌，一举成功，不曾想到防御本身。

二仵这里邪法刚一准备停当，对方话也说完。另一幼童接口笑说："李师姊不必动手，由我和陈哥哥先给他吃点小苦，省他狗嘴骂人。"话还未完，二仵刚把手中法诀扬起，各把左肩一摇，肩头所佩扁长葫芦立有数十点酒杯大小的青光飞起。还未及往两幼童发话之处飞去，就这转眼之间，面前疾风电扫，吧吧两声，每人嘴上早各中了一掌，力大异常，比钢还坚，当时满口门牙一齐打断，舌头也被残牙咬碎，鲜血直流。骤出不意，遭此猛击，空有一身邪法，竟无所施，牙碎舌破，疼得连话都说不出来。剧痛神昏，情急暴怒之下，似哼似吼怒叫了一声。因觉着敌人是个小孩的手，连法宝也忘了施为，忙伸双手去抓。不料敌人隐身灵巧，人未抓中，仵盛右膀又被那坚逾精钢的小手打了一下，当时打断。耳听幼童笑骂："这等脓包，也敢人前撒野！"声到手到，这里骨断筋折，奇痛攻心，右脸上又挨了一记巴掌。那幼童正是李洪，所用乃是佛家金刚神掌，仵盛多高邪法也禁不住。事前骄敌，毫无防备，一下打得头晕眼花，仰跌地上，几乎晕死过去。负痛昏乱中，凶心仍然未死，不顾行法止痛，先由地上飞起。左手一挥，正待把那葫芦中的宝光朝敌飞去，匆迫中未先行法防身，左手刚伸，手指上又似中了千万斤重的一块钢板，左手五指又被打断了三指，痛得周身乱颤，发怒如狂。仵盛刚想起敌暗我明，吃亏太大；又因背师行事，上来丢人，挫他锐气，恐受责罚，不敢告急求救，只得忙运玄功，行法止痛。紧跟着身剑合一，化为一道青虹，朝敌人来路电驰卷去。但一任往来飞翔，敌人依旧毫无迹兆。乃弟邪法也已发动。

原来仵江先和仵盛一样，被陈岩一掌照样打得齿碎血流，舌根几被咬断。但他人较机警，知道厉害，一受伤，先自行法防身，准备把痛止住，再去应敌。一面把葫芦中的青光暴雨一般分布开来，朝前射去。本想敌人就在对面，纵令隐形神妙，宝光分布甚广，也能伤敌。一面正待施展先前所准备的埋伏，手中法诀刚一扬起，当的一声，后心上又中了一下钢拳。最奇的是修炼多年，又已经行法护身，竟无用处，这一下来势更重，打得心脉皆震，脏腑几要崩裂，口里发甜，眼前乌黑，两太阳穴直冒金星。一个旁门中的散仙能手，竟和常人挨打一样，这一拳竟把他打出去好几丈远，几乎立脚不住。总算比乃兄略善应变，又有一点准备，就着前蹿之势，忙运玄功，强定心神，纵遁光飞起。同时邪法也已发动，当时便是青光一闪，大片青色火花似乱箭星飞突然出现，把静琼谷外一带笼罩在内。

英琼独立阵前，遥望逼真。先见妖徒骂人，心想事已至此，迟早对敌，何必顾忌？正打算出手，先挫敌人锐气。忽见李洪和同来幼童隐形发话，似想让自己观看。连幼童也是本门隐形之法，李洪又在大声喝止。刚一停顿，二妖徒便连遭毒手,狼狈已极。这两小孩胆大得出奇,竟敢空着双手去打敌人。敌人邪法、异宝虽然那么厉害,竟会抓捞不着,一照面,便接连挨打,被打得头晕眼花,骨断筋折,顺口血流。打时形势也颇冒险,敌我互相对面,敌人伸手可及,李洪又是纵身连打,不曾闪退,差一点没被毒手抓中。因这两人看去全是十来岁的幼童,而敌人相貌狰恶,一身邪法,相形之下,休说不知底的人认为以卵敌石,犹捋虎须,强弱相差天地;便自己深知李洪和那幼童法力均高,照这等空着双手,毫无准备,去向虎口中讨便宜,也由不得代他们捏一把冷汗。及至邪法发动,大蓬青色火花满空飞舞,电射如雨,越聚越多;两幼童仍未施展法宝,只在光雨丛中飞来飞去,宛如两个天上金童,飞翔星花雨海之中,驰逐为戏,又都生得那么玉娃娃也似,吃青光一照,俊美无伦,顿成奇景。二妖徒行法之后,血虽止住,牙齿全碎,大嘴内凹,一个又成了残废。当此心中恨极,暴怒如狂之际,貌更丑怪,神情狼狈已极。李、陈二人虽不再打,却不时飞近前去,这个捏一把,那个抓一下,急得二妖徒连哼带吼,咒骂不绝。别的法宝又无暇施展,语声含混不清,宛如狼嚎鬼叫,惨厉刺耳。

英琼到底年轻,童心未退,看得好玩,连用传声赞妙,笑个不住,还问那位道友贵姓。李洪听英琼喝彩赞好,越发得意,引逗敌人更急。因相隔近,忘用传声,脱口笑道:"这是我陈岩哥哥,前三生的好友,日前才得巧遇,因他相貌已变,几乎都不认得了。"二妖徒受尽戏弄,无计可施,一听敌人自道姓名,越发又惊又怒。仵江哼声喝问:"小狗中有陈岩么?我弟兄和你前生有杀姊之仇,既有本领,怎不现身一斗?鬼头鬼脑,暗算伤人,岂非无耻?"

说时,英琼闻得癞姑在阵中急呼:"卢老前辈仙法已将完成,连你们的声形均被隔断。老怪物现为仙法所迷,全看不出这里真相,只当二妖徒已经攻入仙府,但他不久就来。小师弟可陪陈道友将妖徒诱入静琼谷内,困向乙木仙遁之内,有英男师徒监防。妖徒惧怕离合五云圭与火无害的太阳神针,决不敢逃。只是不要杀他们,以备事完给老怪物添烦添气,也是好的。事不宜迟,以速为妙。"

同时李、陈二人也在光雨丛中现身,指着妖徒笑骂道:"无耻小妖孽,我弟兄只凭一双空手,你们便吃足苦头,如再现身施为,还有命么?我弟兄也不怕你们的师父恼羞成怒。你们既求我二人明斗,有甚伎俩,快些使来。如想等老怪物来为你们撑腰,可速跪下告饶,我们便停手。否则,再挨打就更重了。"二仵和陈岩有仇,只听已死之兄说起,并未在场,不曾见过。一见敌人现身,竟是两个八九岁的幼童,同在一片红光护身之下,连敌那青色光雨似均勉强;不知陈岩是故意诱敌,把宝光隐去大半,作为仗仗隐形神妙,取巧

189

暗算,诱令入网。二仵想起先前吃亏之事,怒火越发上升,越想越恨。大援未到,说不上不算来,一半轻敌,一半心横,便把葫芦中的青光大量发出,双双纵身,各化为一道青虹,朝二人飞去。

陈岩见妖徒飞剑青光强烈异常,仵江手指法诀,似要施展别的法宝。知他们曾得屮南公的传授,幸是自己和李洪,如是飞剑、法力稍差的人遇上,单这两道剑光,便非其敌。剑的本质也是神物奇珍。见李洪想用断玉钩,恐其伤折可惜,意欲收来转赠别人,忙喝:"洪弟且慢!他们要是有本事,同我们静琼谷斗去。"随说,早回手拉了李洪,同往谷中飞去。

二仵背运当头,明明见敌人背上两道精虹,欲起又止,决非常物,因李、陈二人身旁宝光早已隐去,都是空手,仅仗那片红光护身应敌,见敌人纵身想逃,同声喝骂,随后追来。双方飞遁神速,晃眼便到。二仵见敌人过处,前面现出一条宽大谷径。想起来时连用法眼查看,均未看出门户,此时突现谷径,必有埋伏在内。心方一动,飞遁特快,又未停住,猛觉金霞乱闪,烟光明灭之间,人已追到谷内。前面敌人也收红光停住,并立对面崖石之上,正指自己说笑。忙追过去,相隔只数十余丈,不知怎的,竟未追上。跟着猛觉手上微微一空,前面飞剑和那大蓬青色星光忽然一闪不见。心中惊急,忙即行法回收,毫无动静。而且敌人就在前面不远,只是追不上。崖石上却多出一个前在空中所见少女和另一猿形怪人。那地方乃是一片广场旷野,四外青蒙蒙一眼望不到底,除敌人立处崖石之外,空无所有。方觉不妙,忽听殷殷风雷之声,一片青霞闪处,面前忽又多了一个美艳如仙的白衣少女。

仵氏弟兄已入埋伏,仍未忘了报仇之事。同声喝骂:"哪个是贱婢李英琼?速来纳命!"少女笑道:"你连我都打不过,还敢见我三师叔么?"二仵大怒,扬手把两支青色火箭发了出去。少女微微笑一笑,把手一挥,身忽隐去。同时眼前青霞电耀,上下四外全是青色光柱布满。随之听万木风号之声,迅雷大作,那千万根巨木的青色光柱便互相挤压排荡,一起压上身来。耳听敌人同声笑骂:"投降免死!"

二仵知已落入乙木仙遁之中,一时情急,欲以全力拼命。忙取宝防身,并想把先前追赶敌人时未及使用的两件厉害法宝取出一拼,能胜更好,败便自杀,免得受辱,去犯师门重规,连投生转世俱都无望。猛听空中大喝道:"无知业障!你火爷爷在此。李师叔逗你们玩的,谁还要你们投降?乖乖守在阵中,等老怪少时把你们领回山去,免得形神皆灭。你们那鬼心思我全知道,以为你们师父的法严,门人应敌,照例宁死不辱,能拼则拼,不能拼便自行兵解,归向老怪物哭诉,仍可转世。此举直是梦想,我火无害早已看清。

莫以为你们那两件现世宝尚未使用,仿佛死不甘心,休说身陷乙木仙遁,你们元神决逃不出去,我火无害的太阳神针便是专灭妖魂之宝。你们那大师兄伍常山,便死在我手。你们比他如何?况还有我师父在此,略一弹指之间,你们连残魂余气也休想保全一丝一毫。不信你们就试试。"

仵氏弟兄久闻火无害之名,抬头一看,只见一个形似红孩儿的小人,周身都是烈焰包围,手指上射出无数奇亮如电的光针,时长时短,伸缩不停,正在停空飞翔,手指下面喝骂。上空也是青霞神木光柱布满,互相挤轧排荡,轰隆之声,天惊地撼。火无害飞行其中,木光竟如虚影,并无所阻。二仵心想:"五行仙遁虚实相生,何不乘机试它一试?只要逃出阵地,立可运用师传玄功变化,逃了回去。"心正寻思,忽听说师兄伍常山乃火无害所杀,心更悲愤,忙将师传多年,不到万分危急,轻易不许使用的青雷子和大有圈,同时施展出来。

丌南公门下弟子,各有一两件至宝奇珍。那大有圈发时是一环淡悠悠的彩虹,月晕也似。初发光并不强,一经发动,便由小而大往外开展,电也似疾,连转不休,越长越大,光也越来越强烈,晃眼暴长千百丈。然后化为光雨爆散,光雨所及之处,无论是人是物,当之均无幸理,整座山峰均能炸裂,荡为平地。这还不说,最厉害的是那青雷子,乃千万年前残留空中的罡煞之气和日月五星的精气凝炼而成,比起轩猿、九烈两老怪所炼阴雷还要厉害。并且这两件法宝能发能收。震散以后,方圆二三百里全成了光山雾海。这类光雾,重如山岳,敌人被陷在内,就不震死,也被压死,厉害已极。丌南公毕竟修道多年,连经两次天劫,想起寒心,恐多造孽,再三告诫徒子徒孙说:"我生平行事向无后悔,已经传了你们,自然不肯追回。但是此宝威力太大,非当性命关头,受辱太甚,不许妄用。用时也须留意附近生物多寡,震圈更不许远及五十丈外,务要适可而止。"

仵氏弟兄仇深恨重,情急万分,才出此下策。想起来时师父曾有"此宝敌那五行仙遁或能成功"之言,满拟可将四外神木震破,逃出重围,也许还能杀死两个敌人,都在意中。哪知二宝才一出手,猛听空中火无害一声怪笑,扬手飞起一条形似穿山甲,腹下具有十八条带钩利爪的墨绿光华,停空不动。一珠一圈未等发生妙用,好似被一种奇大无比的潜力吸紧,朝那墨绿宝光飞去,用尽心力,休想收回,晃眼缩小,恢复原状。同时火无害对面现出初来时所见少女,手指一座具有凹槽的圭形宝光,朝先见宝光迎去,一闪合榫,同时无踪。这一惊真非小可。随又听火无害厉声喝道:"这便是我师父所用前古至宝离合五云圭,休说是你们,便比你们邪法更高十倍,也是送死。真想形神俱灭,我成全你们如何?"说罢,将手一扬,五个手指尖上立时有大蓬太阳神针往下射来。这时二仵已被四围青霞神木将防身宝光逼紧,行动艰难。知道此宝若一上身,防身宝光必被震破,真连元神也保不住。互相长叹一声,闭目等死。耳听幼童笑道:"这两个业障倒也硬气,火贤侄休下杀手。谷外已有音乐之声,老怪物想必将到。他师徒还有几年运数,暂且饶他们,交你看守,等少时老怪物自来领回吧。"

仵氏弟兄抬头一看,敌人不见,只四外青霞合成一个光团,包没全身,防身宝光以外,休想移动分毫。侧耳细听,果有鼓乐之声由谷外隐隐传来,知道师父将到。看敌人说得这等把稳,或许连师父也未必能操胜算。空自愤怒悲恨,无计可施,只得耐心困守,以待救援。初意乃师神通广大,一到必将自己救出。哪知丌南公暗受两位前辈散仙仙法禁制,骤出不意,受了暗算,只知门人被困当地,连地方都未算出,详情经过更是不知,心中也是惊疑。无奈素来强傲好胜,性情古怪,预料敌人这面必有能者暗助,多年盛名,惟恐万一吃亏,或是不胜,全都丢人。到后再一细查当地形势,竟与遥空所见好些不同。他虽表面骄横自大,暗中也有戒心,决计事完救人,竟未查见他二人的下落。仵氏弟兄等了一会,不见动静,越发惶急不提。

第二九二回

灿烂祥霞　双飞莲座
庄严宝相　自有元珠

话说李英琼自从李洪、陈岩引走二妖徒后，因听癫姑传声告警，知道强敌将临。便问癫姑："卢老前辈对我有无仙示？"癫姑回答："依我之见，只需稍应劫难，便少好些凶险。琼妹想借此磨炼自己的道力定功，使强敌知峨眉三英二云，英琼独秀，不是虚语，也大佳事。此时已不及更改，由你小心应付吧。"又接易静仙府传声，也说丌南公将来，敌势太强，务望沉着应变，转危为安，不可自恃，胆大涉险。现知她孤身待敌，十分愁虑。最好乘其未来，仍照预计，引入仙府，仗五行仙遁之力，将其绊住，以待时机。

英琼知道良友关心，恐其担忧，正想把炼宝所得，传声告知。四外天风海涛之声忽似潮水一般响过一阵，声音便小了下来。随见遥天空际，云旗翻动，时隐时现。隔不一会，又听鼓乐之声起自彩云之中，由天边出现，迎面飞来，看去似乎不快，一会便已飞近。那彩云自高向下斜射，大只亩许。云中拥着八个道童，各执乐器、拂尘之类，作八字形，两边分列。衣着非丝非帛，五光十色，华美异常。相貌却都一般丑怪，神态猛恶。云朵后面，拖着一条其长无际的青气，望去宛如经天长虹；前头带着一片彩云。由极远的九天高处，往当地神龙吸水一般斜抛过来。自从天风海涛之声由洪转细之后，晴空万里，更无片云。华日仙山，景本灵秀，忽有彩云夹着一道其长无际的青虹自空飞堕，越显得雄伟壮丽，从古未有之奇。那彩云、青气宛如实质，离地丈许，便即停住，正落在英琼的对面。八童分执乐器，仙韶迭奏，此应彼和，并不发话。

英琼见为首敌人未到，料在后面，始而视若无睹，不去睬他。暗笑："左道中人专喜这些排场，分明是旁门，偏要东施效颦，自命天仙一流，弄些音乐仪仗，装点门面。昔年灵峤诸仙峨眉赴会，何尝不是仙云丽空，祥霞若焰，冉冉而来，何等从容，全是一派清灵祥淑之景，不带一丝霸道，哪是这等光景？"心方寻思，忽听身侧不远的小峰上面有一幼童，似是玄儿，发话笑道："健哥，你看老怪物多教人恶心！要来就来，偏有许多过场。他还没死，连送葬的乐器都带来了。我越看这八个小怪物越有气。来时，恩师赐我两件法宝，内中一件，乃是新由崔老前辈给师父的一把雷泽神砂，经师父为我用了四十九日苦功炼成，尚未用过。我想拿妖徒试试手，你看如何？"随听李健拦阻，意似劝其慎重，不可妄为。

英琼听两小隐身在旁窥探，已是胆大异常，又是这等狂言无忌，料被妖徒听去。久闻敌人神通广大，妖徒虽是道童打扮，任何一个，至少也有三数百年功力，如何能够轻举妄动？正代两小担心，以为对方必要发难，哪知众妖徒竟如未闻，只左边第三人面色微变，随即复原，全不理会。心方奇怪，料知强敌转瞬即至，说来就来，惟恐玄儿犯险吃亏，便用传声劝阻。猛瞥见一点紫艳艳的星光在彩云前面一闪，一声霹雳，当时爆炸。数十百丈雷火飞射中，只见前面彩云只略为震荡了一下，云光转幻，一晃复原。众妖徒仍立云中未动，乐声也未停止。耳听李健急呼："玄弟快来！"

英琼方料不好，果然左侧第三妖徒两道浓眉往上一竖，当时目射凶光，把手一扬，云中立有一圈碗大青虹突然涌起，随由里面射出一道寒光，照得当前百亩方圆一片全成青色。玄儿隐身法立被照破，现出全身，小手刚刚扬起，背后金剑也刚飞出，看神气似因神雷无功，另取法宝、飞剑二次施为。李健也似因拦劝不听，正由小峰上面纵着一道金光出来，想要拦他回去光景。就在这双方发动，时机不容一瞬之际，玄儿身形一现，法宝、飞剑还未离身，对面彩云已化作一蓬彩丝，激射而起，将玄儿连人带宝一齐裹住，转动不得。健儿吃青光一照，隐形也被破去。健儿情急救人，扬手一道金霞，正朝玄儿冲去，想将彩丝荡开。忽听云中妖徒冷笑一声，手指处，彩云略为飞动，竟连李健一齐裹住。李健所放金霞较强，上来便将彩丝荡开了些，两小会合。玄儿虽不似先前那样，防身宝光全被逼紧，难于挣扎，然而仍是冲突不出，彩丝反倒越发加强，急得玄儿在里面连声咒骂，敌人仍是不理。

英琼最爱白阳山四小，方在情急气愤，待要出手，猛听左面连声呼喝，都是幼童口音。刚听出有李洪、陈岩在内，猛瞥见两团佛光带着两弯朱虹，先由斜刺里电驰飞来。中拥两个小人，正是凌云凤的爱徒沙佘、米佘两小，各在伽蓝珠与毗那神刀护身之下，突然出现，同声喝骂："小妖徒敢伤我们的大哥、四弟，教你尝尝宙光盘、子午神光线的厉害！"话未说完，两小身前早有一盘椭圆形的宝光出现，大只三尺方圆，盘中浮涌起一根七寸来长的光针，针头上突射出大股比电还亮的光雨，精芒电射，带着轰轰雷电之声，猛烈异常。光头先射向李健、玄儿两小身前，身外彩丝立似雪花遇火，当即消灭，冲破了一个大洞。四小人会合一起,玄儿方喊:"这法宝太好了,快杀上去!"沙、米二小面有难色,刚把针光扫向对面,彩云立被冲破一洞,众妖徒突然变色,纷纷欲起。

就在双方剑拔弩张之际,又听李、陈二人同声大喝:"老怪物快来了,够他丢脸的了,还不快走!"话未说完,一幢佛光祥霞簇拥着一个金莲宝座已电驰飞来。四小还在惊顾,另一圈佛光已罩向身上,宝座往前接住。李、陈二人也未现身,便同冲霄而起,一闪不见。随听李洪空中大喝道:"快告诉老怪物,你们连峨眉下三代的几个小人都敌不住,还现什么世?"说罢,声影全无。众妖徒好似看得那彩云极重,见被敌人冲破,一面暴怒欲起,一面仍在张皇抢护,想要收起,闹得手忙脚乱,十分狼狈。与初来时骄狂自傲,把敌人视若无物神气,大不相同,颇有外强中干、心虚胆怯之状。敌人一去,带着满面愤激,也未追赶,互相看了一眼。为首一人手掐灵诀一扬,彩云仍复原状,乐声重又吹起。

英琼正笑妖徒无耻,刚吃了亏,敌人才走,又来装腔。忽听远远遥空中传来一声冷笑,众妖徒面色骤变,乐声立止。那条青气仍是长虹经天,由当地起一直挂向天际,始终未动,也看不出它的尽头到底多长。笑声由远远天空传来,听去极远。乐声才停,便见最前面苍霞杳霭之中,有一点青光闪动,晃眼由小而大,由那长不可测的青气之中飞射过来。随见青光越来越大,现出全身,乃是一个身材长瘦、青衣黑髯的道人,羽衣星冠,相貌清瘦奇古,不带一丝邪气,周身罩着一层青光,简直成了一个光人。刚一入眼,便随青气飞堕,来势神速,晃眼临近,声息皆无。可是才落彩云之上,便觉全山地皮一齐震动,似欲崩塌,猛恶惊人。道人先朝众妖徒看了一眼,众妖徒立时面无人色。为首一人嘴皮微动,也未听出说些什么。道人笑道:"我早知道,此事难怪你们,只不应违命出手罢了。可惜途中遇人,晚来一步,被小业障们逃去,一时无暇寻他们。我虽不值与什么小丑计较,但既敢对我无礼,至少也应擒回山去,命他们师长向我要人,为何容他们放肆?暂且不说,可令贱婢李英琼和幻波池一干小狗男女上前答话。"

为首妖徒刚刚领命,未及开口传话,英琼早知来人是兀南公。本要上前喝问,心想还是沉稳些好,先作未见,闻言方始从容喝问道:"来人是兀南公么?想你得道千余年,虽是旁门,连经天劫,俱都无恙,仙山岁月,何等道遥。你自负前辈,法力无边,令高足沙红燕去幻波池盗宝的经过,当已深知。是非曲直,自有公理。她不是我解救,早已命丧妖尸之手。如今恩将仇报,明知物已有主,仍然勾结妖党,来此侵扰,她今本已身陷五通之内。我也并非怕你，只为你近数百年，除与正人为仇而外，也颇像个清修之士，又最宠爱这个女徒，不计是非。我奉师命，崇正诛邪，险阻艰难，我自当之，便为道殉身，亦复何惧？只恐操之过切，你受爱徒蛊惑，难免为她倒行逆施，激出事来，因而祸害生灵，引起浩劫。为此网开一面，纵令逃走。我已委曲求全，谁知你仍自毁平日信条，来此兴戎，乘我师长休宁岛赴会，上门欺人。来前，并还虚张声势，志在恫吓。我因令宠乃我所伤，与众无干；又知你法力高强，不问胜败，难免不毁我仙府灵景，为此孤身在此相待。我李英琼勤修道业，不计艰危，休说你师徒九人，便十万天兵天将一齐下凡，也只笑你量小作态，决不皱眉。现在我就在你面前，意欲如何？"自从丌南公一到，整座依还岭便在震撼之中波动如潮，如非早有仙法防御，已经震裂，声势猛恶已极。

丌南公见她仙骨珊珊，一身道气，言动从容，神态英爽，独立艳阳之中，仙容光彩，照耀岩阿，不特没有丝毫惧色，身外也未见有法宝防护。老怪暗忖："莫怪峨眉英云名不虚传，此女果是天仙一流的根骨人品。自己法力虽高，至多使其受点苦难，未必便奈她何。"明知此来自违信条，大失身分，胜之不武，不胜为笑。无如爱徒一味哭诉，纠缠不休；夙世情孽，两生爱宠，空自修道千年，早无床第之私，偏会怜爱已极，放她不下。本想威名远震，对方不会不知，师长暂时又难来援，必定害怕，只要肯服低认过，献出毒龙丸，使爱徒复原，或是乘机转世，再不随同回山，静待敌人上门，再分高下，稍出爱徒恶气，挽回一点颜面，也就拉倒。不料一时托大，被两位与他同时的前辈散仙暗用仙法，出其不意，颠倒愚弄，好些均未算出。来时途中，又被两位轻易不见面的地仙故意拦住叙阔，到晚了一步，门人已为他先丢了人。与两位地仙分手之后，遥望依还岭，先派的仵氏弟兄不见踪影。只见英琼独立岭上，仿佛有恃无恐神气。众妖徒所驾彩云，本是一件镇山之宝，特意用来示威，以壮声势，竟会受了残损。偏又查算不出，仅知内有几个峨眉后辈，将法宝几乎毁去，凭自己的慧目法眼，事前竟未看见。丌老怪料知敌人就这个把时辰，已有了准备。弄巧敌人师长也许由休宁岛赶回，行法隐蔽，占了机先，所以毫无影迹可寻。心想："果然对方师长在此也好，省得自毁信约，凭自己的威望身分，落个以大压小。"到时还当仇敌有意欺人，自不出面，却令一个少女孤身相待，来扫自己颜面。所以暗用玄功，震山撼岳，想将依还岭先行震裂，好将敌人首脑引出。及见全山虽然震动甚烈，连草树也未折断一根，越料对方已先行法防护，暗有能者主持。

丌南公正令门人呼唤英琼答话，英琼早已出面应答，并且竟是孤身应敌，好生惊奇。因对方答话讥嘲，太已难堪，不由勾动无明，冷笑喝道："你就是李英琼么？我本不值与你计较，只为你们这些峨眉群小欺人太甚。当伽因遗偈未得以前，彼此全是心贪藏珍，想除妖尸，双方素无仇怨。我门人仵备与你何仇，为何一言未交，便用飞剑暗算，将他杀死？我也知你师长均往休宁岛赴宴未归，暂时不难为你。只要献出灵丹，唤来易静、癫姑，由我将幻波池封闭，也决不动你一草一木。你们好好随我回山，等你们师长寻我要人，必先释放你们，再与你们师长分胜负曲直。如若不听良言，我一伸手，你们身受苦难，甚或形神皆灭，悔之晚矣！"

英琼亢声笑道："你枉自修道多年，不明是非顺逆。我也不愿和你多说废话，只是不肯波及生灵。我自在此，决不逃走，你有何法力，只管使来，看看可能将我擒走？"丌南公早在暗中查看，见对方除神仪莹朗，道力精纯而外，身旁虽有宝光外映，别无十分奇处；先前那么多的人全都不见，又不似全退守在幻波池内。对方竟敢说此大话，越想越怪，以为少女无知，恃有几件法宝，便欲以卵敌石。想说满话回答，欲言又止，略一寻思，微笑答道："三英之名不虚，单这胆力已是少见。如非你们太已骄横，我真不忍加害。既这等说，我如擒不了你，便先回山，等你师长回来，他不寻我，我再寻他。只是你一人难代全体，今日你们伤人虽多，与我无干，但是欺凌我门人的，一个也饶不得。你那几个同门姊妹如不出面，我自往池中寻她们去。"英琼笑答："你若是有法力破我五行仙遁，不拿生灵出气，谁还怕你不成？"丌南公笑道："我素来对敌，明张旗鼓。闻你法宝甚多，又不施展，真个想找死么？"

随听有一幼童口音接口笑道："这老怪物不要脸，上次铜椰岛使用阴谋暗算，鬼头鬼脑，那也是明张旗鼓么？"丌南公闻言，面上立带怒容，怒喝："竖子何人？速来见我！"随即伸手一弹，立有豆大一团青光朝那发声之处飞去。青光到了空中，便即暴长，当时布满半天，狂涛怒卷，电驰飞去。同时又听喝道："我化身千亿，给你看看何妨？"话未说完，那青光比电还快，早循声飞去，只一闪，便又飞回，缩成丈许大小一团。内中裹着两个粉妆玉琢幼童，正是李洪、陈岩，看神气似被青光困住，每人手指一道金红光华，将那青光撑住，不令往里缩小，只是面上仍带笑容。

英琼深知敌人厉害，恐二人真遭毒手，一时情急，方想拿话激将，使其释放，青光已裹了二人，眼看投向彩云之中。因是势太神速，二人笑语之声尚还未住，已被青光擒来。丌南公目注青光来处，面上似有惊异之容。刚喝得一声，二次伸手往前一扬，忽听李、陈二人在空中大笑之声，听去似在静琼谷左近。英琼心方奇怪，忽听震天价一声迅雷，满地俱是金光雷火，青光已经爆散，内里二人忽然不见。那雷火金光本朝敌人打去，吃丌南公手指处，飞起大片来时所见青气,只一闪便将雷火打灭。才知李、陈二人用仙法幻化身形,却用一丸神雷藏在里面,想和敌人开个玩笑,不料被敌人看破。

英琼想不到二人竟有如此法力,心方惊喜,丌南公已是气极,先伸手向空连弹了几次。只见无数缕青色光丝,连同其细如沙的火花,向空飞射,微微一闪,便即不见。英琼心想:"李、陈二人,敌人尚且无奈其何,我怕他做甚?"心胆更壮,故意气他道:"丌老先生不要生气。这两人一个是我小师弟李洪,今年未满十岁;另一位是他好友陈岩,年纪想也不大。你修道千余年,和我们这等末学后辈交手,已失体面。他们年轻,见你以大压小,未免不忿,年轻人多喜淘气,何值计较? 莫如还是和我先斗一场,再往幻波池荒居一游,分了胜败,各自回山,安慰你那爱徒去吧。"

癞姑藏身阵中,见英琼从容应敌,措词巧妙,和往日一味躁进勇敢不同,又爱又喜又担心。正想用传声叫她和老怪物定约,不问胜败,以三日为限。英琼又接口往下说道:"你无须顾虑,死活认命,决不怪你暗算,如有本领,只管施为便了。"丌南公也是怒火头上,表面虽顾身分,言动从容,暗中气在心里。闻言冷笑道:"你既如此胆大妄为,且先叫你见识见识。"随即把手一扬,左手五指上立射出五股青色光气。初出时细才如指,出手暴长,发出轰轰雷电之声,飞上天空。后尾也离手而起,化为一幢大如崇山的手形光山,朝英琼头上罩来。英琼见来势较缓,但离头还有十丈,便觉压力惊人,重如山岳,不敢怠慢,也以全力应付。先不发作,故意延挨,暗中防御。估量压力重得快难禁受,光山快要压到身上,离头只有丈许时,方照预计行事。

丌南公因自己所炼五指神峰不特重如山岳,内中并藏好些威力妙用,乾罡真火尤为猛烈,多高法力的人遇上也不能当。而见英琼目注上面,若无其事,法宝、飞剑全未放起,实在不解。觉着此女虽是爱徒之仇人,这等美质,就此形神皆灭,也实可惜。方要警告,猛瞥见一团慧光突然涌现,祥云霏微,人也离地上腾,丈许大一团祥霞包没敌人全身,凭自己的慧目法眼竟未看出如何发动,才知敌人持有佛门至宝。照此情势,分明已与本身元灵相合,休说急切间不能如愿,便炼上数日夜,也未必能够奏功。不由羞恼成怒,先前怜惜之念去了一个干净,立意想让英琼吃点苦头。便把双手一搓,往外一扬,手上立有两大股青、白二气朝光幢中飞去。

英琼被困光中,虽仗定珠之力不曾受伤,但是上下四外宛如山岳,其重不可思议,休想移动分毫。及至青、白二气射到光幢之中,先是烟云变灭,连闪几闪,二气不见。光色忽然由青转红,由红变白,化为银色,中杂无量数的五色光针环身攒射,其热如焚。知是敌人采取九天罡煞之气所炼乾罡神火,全身如在洪炉之中,正受那银色煞火化炼。虽有佛门至宝防身,心灵上也起了警兆。急忙潜神定虑,运用玄功,静心相持,虽觉烤热,还好一些;心神稍乱,火力暴增,顿觉炙体灼肤,其热难耐,连心头也在发烧。大有外火猛煎,内火欲燃之势。这等景象,乃修道人的危机,自入峨眉以来,尚是第一次遇到。深知厉害,心中一慌,火势忽止,连四边压力也已退尽。忙用慧目注视,四外青蒙蒙,只蒙着一团轻烟,行动已可自如。换了常人,决不知此是敌人最厉害的诸天移神大法,只要心神把稳不住,妄想冲出重围,或用法宝、飞剑施为,稍微移动,立陷幻景之中,不消多时,便被煞火炼成灰烟而灭。除临死前苦痛难禁,也只一眨眼的工夫。道力稍差的人,还不知怎么死的。端的厉害非常,阴毒已极。

英琼本来危险异常。一则,仙福深厚,不该惨死;再者,她的功力远非昔比,道力更极坚定。一见形势突变,身上一轻,仗有定珠护体,本身定力仍极坚强;又以强敌当前,就算青光为定珠所破,敌人也还必有杀着。始终以静御动,只用慧目查看,未作逃走之想。方想青光如破,怎会还有青气笼罩?这一念竟占了便宜,转危为安。一眼瞥见敌人师徒望着自己,似乎笑容初敛,内中两妖徒并在以目示意,猛触灵机。暗忖:"敌人法力极高,师祖当年两次除他,均被逃脱。第一次在东海路遇,斗法两日夜之久,才得获胜。自己能有多大气候,如何能与对抗?诸位长老前辈均说事甚凶险,必须善为应付,结局也只能将其气走了事,并非真胜,还须留意毒手,不可轻视。反正须困两三日,索性不等末两日,先连兜率火放出,与佛家慧光连成一片,在里面打起坐来,不问来势如何,付诸不闻不见,且过了三日再说。"英琼二宝本与元神相合,随心运用,动念即生妙用。心念一动,那三朵灵焰已经分合由心,化为一朵,威力更大,再与定珠联合,越显神奇。

事也真巧。丌南公见敌人张目四顾,身外慧光祥霞似稍减退,知其将入幻景,方顾妖徒微笑,忽想起此女已得仙佛两家真传,功力深厚,如何大意,轻其年幼,未用法力隐蔽本身?反正对方法宝神妙,不是急切间所能成功,便打算把英琼陷入幻境,交与门人主持,自往幻波池去寻敌人晦气。

这时英琼危机系于一发,幸亏敌人发难,英琼也恰好打定主意,一朵紫色灯花,在元灵主持之下,突在慧光中出现,晃眼化为一片紫色祥焰,飞出慧光层外,仿佛一朵丈许大的紫色灯花灵焰。上面托着一团佛家慧光,光中裹着一个白衣少女,双目垂帘,安然趺坐,端的仪态万方,妙相庄严,好看已极。丌南公见状大惊,想不到一个后进少女,竟有偌高功力。双方虽是仇敌,到底修道多年,与别的旁门左道不同,见此情势,也由不得心生赞许,认为从来所无。英琼自从灵焰飞起以后,便觉四外压力奇热重又暴长,恢复原状。这才醒悟,方才原是幻境。经此一来,越发小心,专一运用玄功,哪敢丝毫疏忽。到了后来,觉着心有敌人,仍是有相之法,出于强制,故此觉得压力奇热未退。于是便把安危置之度外,一味潜神定虑,回光内烛。等到由定生明,神与天合,立时表里空灵,神仪分外莹澈。一切恐怖罣碍,立归虚无,哪还感觉到丝毫痛苦。

丌南公见她宝相外宣,神光内映,那粒定珠已与本身元神合为一体,升向头上,祥辉柔和,乍看并不强烈。先那佛家慧光已经透出光幢之外,那朵紫青神焰不知怎的忽然由上而下,到了敌人脚底,宛如一朵丈许大的如意形灯花,凌空停立,将人托住。英琼趺坐其上,灯花上紫色祥焰由四边往上升起,包没全身,已不似方才分作里外两层景象。表面宝光只有一层,似比先前容易攻进。实则上面慧光照顶,灵霞耀空;下面紫焰护身,祥辉匝地。那五指神峰所化形如山岳的光幢,相形之下,不特比以前减色,内层并现出一个两三丈高的空洞,相隔五六尺便难再进。

丌南公知道敌人初悟玄机,还不知尽量发挥,否则就此冲出,都拦她不住。不禁大惊,又急又怒。暗忖:"一个学道才不久的少女,竟有这等功力。那两个敌人不曾见过,闻是此女师姊,修炼较久:一个是道家元婴炼成;一个更是大对头神尼心如徒孙,兼有仙佛两门传授。就许比此女还高明。自己枉然修炼多年,苦炼了好些法宝,满拟人能胜天,拼遭重劫,时机一至,扫荡峨眉,将仇敌师徒一网打尽,使齐漱溟不能代师完遂昔年所发宏愿。谁知铜椰岛之行阴谋未成,反有伤损,坐看敌人成功而去。因见对方功行已将圆满,破坏无用,想起昔年长眉真人手下三败之仇,仍不死心。费尽心力,炼了两件颠倒乾坤、震撼宇宙的左道至宝,打算最后一拼。不料法宝尚未炼成,门人先已多事。凭着多年威望和以往信条,本不应亲自出手,无奈爱徒受伤,激起无明怒火。只说区区无名后辈,何堪一击,手到可以成功,先还打算适可而止。谁知这等厉害,平白虚张声势,上来便丢了两个徒弟,至今推算不出下落吉凶。未来前,又还受人戏侮,几将镇山之宝毁去。仇恨越深,偏无奈何。照此情势,将来报仇固是极难;便是目前,胜之虽也脸上无光,到底还好一些;万一不胜,丢人更大。自己又和别人不同,持久无功,便须退走,不能和别的左道中人一样苦缠不休,受人轻笑。好歹也要伤他两人,才能退走。此女又是祸首为仇,不给她一点厉害,休说外人,便爱徒面上,也无法交代。"

丌南公越想越恨,于是变计,打算往幻波池破那五行仙遁,就便搜寻先来二徒仵氏兄弟的下落。因敌人正运玄功，潜光内照，不会睬理，徒自取辱，便不再发话。只将身旁法宝如意七情障取出向空一扬，立有一幢七彩色光合成的彩幕笼向神峰光幢之外，以防自己去后，敌人乘机逃遁。再用传声暗告门人，说敌人已有准备，遇事难先推算观察，令其留神戒备，以防敌人另有诡谋。看今日情势，对方必有能者，不可轻敌。即便万非得已，也要一面还手，一面报警，以防再伤人受愚。说完，尚恐英琼法宝神奇，光幢阻她不住，自己一走，出与门人为难，特意留下一个幻影，方始走去。

癞姑藏身仙阵之内，闻得卢妪神簪传声，说丌南公已往仙府扰害，令照预计行事。试用仙法一看，果见一条人影电也似疾，正往池中飞去。自己就在对面留神观察，竟未看出丝毫影迹，如非仙阵中设有照形仙法，绝看不出。就这样，也只看到一点极轻微的淡影，一瞥不见。再看丌老怪所留幻象，与本身一般无二，照样具有神通。暗忖："老怪物连经天劫，几成不死之身，真有通天彻地之能，旋乾转坤之妙。以他法力，如非与峨眉拼命作对，势不两立，各位师长见他虽是旁门，自从隐居黑伽山数百年来，已不再为恶，无故决不会去惹他。只要将最后一劫再渡过去，便成不死之身。如今偏要自寻死路。固然女人是祸水，如非沙红燕引起，不致如此，但到底还是前孽太重，嗔念难消，以他那么神通广大的人，竟会执迷不悟。"

癞姑一面寻思，一面忙用传声向幻波池、静琼谷诸男女同门警告。并说："英琼虽被困住，决可无碍，时至自解。尤其英男师徒，事完尚有余波，万万不可轻举妄动。以英琼法力、法宝之高，尚非其敌。别人出来，平白吃亏，不死必伤，决占不到丝毫便宜。"话刚说完，忽听有人接口说道："癞师姊，休这等说。我和陈哥哥不是你们约来，也不在你所限范围之内，你不用管。"癞姑听出是李洪口音，忙传声急呼："洪弟与陈道友法力虽高，仍不可造次轻敌。休说别的，我幻波池仙景如被老怪物毁损，也是冤枉。"李洪笑答："我们如非防他毁损仙府，还不多这事呢，包你没事。休说陈哥哥，便我来时，也得有几位老前辈相助，连人都请了来，你们自看不见罢了。我恨他狂妄，今日准教他丢脸回去。我已准备停当，和蝉哥哥、文姊姊他们说好，连李健、韩玄、沙佘、米佘、钱莱、石完六个小人全都带上。他喜以大压小，我便教他尝尝小的味道。蝉哥哥他们，已照预计布阵待敌。我们如果不行，他和文姊姊一个鼻孔出气，能答应我么？"

说完，便见对面八妖徒身后现出一伙人来，老少都有。除李洪所说八个而外，下余还有七个老者，都是相貌清奇，长髯飘胸，穿着多半破旧，却甚整洁，高矮不一，一个个仙风道骨，飘然有出尘之致。手上各拿着一串佛珠，穿的却是道装。随在八小身后，一同出现。内中一个相貌清瘦的黑须老者手掐诀印，由中指上发出一片淡得几非目力所能看见的青色祥辉，将八人一起笼罩在内，好似特意现与癫姑观看。只闪得一闪，便即隐去。只见一大团青光如轻烟电卷，往幻波池中飞堕。由此更无形声，问也不再回答。去前似见陈岩手朝卂南公的幻影一扬，若有施为，但未看出行迹。最奇的是对面妖徒无一弱者，大队敌人就在身后现形，又由身侧飞过，竟未觉察。匆促之间，未暇用仙法照影，看这七个老者，法力决不在李、陈诸人之下，行辈必高。李、陈二人来时，曾与上官红路遇，并未听说有此七老同来；自己方才还和二人相见，谈了几句，也未看出。就算来人长于隐形，或是后到，此时本山禁制重重，更有照形仙法，外人到此，无论法力多高，断无不见之理，使用本门隐形法更不必说。怎么想，也想不出这七个老人是怎么来的。

癫姑想了想，终不放心，又朝朱文传声询问："可知李洪同来七老人的来历，是何因缘？怎未听说？此去有无危害？"随听朱文在远方回答说："我与洪弟匆匆一见，当时只有陈道友同行。方才按照各长老的仙示，在依还岭布阵，洪弟与陈道友突然飞来，取出乙师伯的柬帖，柬帖上也只说是老怪物可恶，洪弟此来，得有异人暗助，尽可由他任性而行，无须顾忌，详情未说。当时也没见洪弟同有第三人。洪弟认定老怪物仇报不成，必然羞恼成怒，难免毁损仙府灵景，强将钱莱、石完二弟子要去。我因见四人面上并无晦色，又有乙师伯仙示，不曾拦阻。休说七老人不曾见到，连李、韩、沙、米四小也未见到。洪弟虽然淘气胆大，但他仙福至厚，机智绝伦，谁也比他不上，照乙师伯仙示口气，料无妨害。只不知把这六个小人带去做甚。"癫姑闻言，才稍放心。

待不一会，便听易静由幻波池底传声说："老怪物已在池中现身，与青囊仙子华瑶崧对面答话。因华师叔措词极巧，将他将住。双方约定：先请老怪物破五遁，三日无功，便即收兵回去。现刚开始破五行仙遁。我因得有诸长老指教，仍照预计，故意延宕，暂不出面，暗以全力运用总图，以免被老怪物发现中枢要地和金门锁钥，去毁总图。等到挨过明日，再将五行仙遁正反合用，给他一点厉害。李、陈等八人我已见到。洪弟忒也大胆，同来全是一伙小人，个个年轻喜事，胆大妄为。虽不放心，无奈劝他们不听，中枢要地又不能离开，只得请华师叔随时留意照护，如遇危机，便为警告。华师叔竟说无妨，不知何故。也未见有七老人同来。"

易静说完，癫姑方在寻思七老人的来历，忽听池底传来风雷烈火之声，知道双方斗法正急。心方惊疑，待了半日，卢姬神簪又在传声警示：

另有强敌将要乘机来犯，事情虽应在第三日上，但敌人已将寻到。敌人乃是九烈神君老怪夫妇，因和火无害多年深仇，近闻他在月儿岛火海脱困，到处搜寻，日前才知被困静琼谷内。知他性情刚傲，决不屈服，又与峨眉派不曾破脸，意欲先礼后兵，亲自赶来，将火无害要去。如允便罢，否则，便强行下手，能将离合五云圭一同夺去更好，至不济也乘火无害陷身在内，不能行动之际，用他一粒子母阴雷珠将其震成粉碎，以消多年杀子之恨。九烈夫妇还未起身，恰巧发生一事，有人寻他，耽延了数日。届时我的仙法已经发动，禁制神妙，外人休想查见一点形声，所以火无害拜师之事，不曾看出。

老怪想起大劫将临，心虽惊异，但仇恨太深，如不是火无害将他一部修炼未完的魔经烧去，早成不死之身，连爱子黑丑也可保全，越想越恨。乃妻枭神娘又在一旁力争，絮聒不休，这才决计来此寻仇。惟恐峨眉这班后起之秀法宝神妙，便在魔宫设了一盏魔灯，来去更是万分神速。总算老怪顾虑将来，非到万不得已，不敢树此强敌，上来只向主人商量，不先发难；否则火无害虽经火海苦修，有多年功力，本身不至于死伤，而老怪夫妇来去如电，却难于预防，依还岭上灵景必被毁去不少。

同时一音大师叶缤正约凌云凤和与云凤化敌为友的前辈女仙申无垢的记名弟子南海翠螺洲女散仙杜芳蘅一起，同往小南极扫荡四十七岛那伙妖孽，并助南海双童父子重逢。因乌鱼岛余孽逃往魔宫，跟踪追赶，想起九烈夫妇以前积恶如山，意欲就便除害。老怪夫妇到后不久，必接魔宫告急信号。两老妖孽全都心性不定，暴如烈火，一见多年苦心经营的魔宫根本重地被强敌侵入，反正难免于祸，又恃炼就三尸元神，不致形神皆灭，情急心横，必以全力拼命。

老怪九烈神君道力虽不如丌南公，所炼邪法、异宝俱非寻常。尤其是自从炼成后，只在青玕谷与苍虚老人斗法用过一次、并未再用的独门子母秘魔阴雷，威力猛烈，无与伦比，便用太乙五烟罗防护，也必被震破，别的法宝更不必说。只有用英琼新得的紫清神焰兜率火和金蝉、朱文天心双环合璧并用，才能破去。危机瞬息，本极艰险。幸而老怪夫妇知道丌南公性情古怪，不喜旁人参与，临行发现在此生事，迟疑不决；后虽起身，只在宝城山绝顶准备待机，并未就来。单等丌南公被众人气走，立时赶到。届时金蝉等虽得仙示，在岭侧峰顶埋伏，无奈来势太快，英琼又刚脱困，一个措手不及，就算众人应变机警，也必难当。至少依还岭四外仙景，将被他一雷震散消灭；左近多高大的峰峦，也会被整座铲去。碎土沙石布满天空，四外激射，方圆千里内外的地面全成死域。无论人畜田舍，全被这满天石雨打成粉碎，压在下面，并还引起极强烈的地震。就依还岭勉强保住，也只是一座孤峰，矗立千里沙漠之上，何况未必能保，端的厉害非常。

为此，卢妪传声详示：

　　等老怪九烈神君夫妇到时，由英男将离合五云圭放起，把火无害假困其中，故意拿话延宕，使老怪夫妇看出五云圭的威力妙用，不敢轻举妄动。挨到英琼飞来，再令火无害变化遁走，把老怪夫妇诱往金蝉仙阵之内。火无害飞遁神速，骤出不意，又擅玄功变化，幻有替身，老怪发现必迟。等其警觉，追往仙阵之内，接到魔宫信号，知道上当，怒极发难，天心双环已经合璧飞起，将那大小九粒子母阴雷珠制住。英琼再用兜率火飞入心环之中，以火克火，内外夹攻。老怪本有顾忌，上来便被众人占了先机，必定胆怯心惊。加上魔宫告急信号接连飞来，锐气一挫，只图回救根本重地，不敢恋战。但他子母阴雷珠决不肯舍，必要软硬兼施，向众索讨言和。因在仙阵之内，全阵均是太清仙法禁制，成了一片光海，多高魔法也无所施。众人无须理他，久必自去。但再激怒拦阻不得，否则仍不免于急怒攻心，只图泄愤，逃时乱发独门阴雷和别的邪法、异宝，依还岭虽不至于毁损，宝城山一带峰峦仍被击碎，化为乌有。等他想起后悔，巨灾已成，生灵不知伤害多少。
　　老怪魔法甚高，近年为防外敌探他虚实，魔宫内外设有九重禁制防御，又在海心泉眼之内，深达千丈，多高仙法也难推算，连我也是在老怪出宫起身之后，才得知悉。如老怪非首鼠两端，中途耽延，直难预防。因老怪夫妇不似丌南公一味自尊好胜，还要顾全身分威望和以前的信条，道力虽然较差，来势危机只有更盛。应付之间，稍一失机，立成大害。

204

卢妪并说：

各派妖邪蓄机数年，已多准备停当，不久便要蠢动，在三次峨眉斗剑以前，专寻各正派门人的晦气。峨眉诸弟子近来功力虽然大进，往往后来居上，法宝、飞剑威力也多神妙，但是道高魔高，群邪势力也比以前加盛。尤其是五台派妖孽，近奉万妙仙姑许飞娘为首，勾结的异人能手最多。妖妇为报凤仇，处心积虑，多年苦心，本炼有好几件厉害法宝。近又牺牲色相，与西海鹿革岛潜伏多年的老妖人鬼王冼盈勾引成奸，声势越发浩大。还有华山派烈火祖师，也是未来强敌；赤身教主鸠盘婆与女神婴易静，又有一场恶斗。从此多事，来日必有大难。当此邪正互争存亡、各正派师长功行将完闭关之际，到处隐伏危机，丝毫疏忽不得。我昨日为此用了一昼夜的玄机推算，始悉因果，虽然结局多半无害，便遭兵解的几个也全转祸为福，但到底厉害。我又因本身天劫将临，不能随时相助，为力只此。癞姑要速为转告诸同门，期望众人好自为之。

癞姑听卢妪不厌其详，口气十分慎重，知关紧要。但对李、陈等八个幼童潜入仙府，轻捋虎须，一字未提，料无危害。心虽稍放，但那九烈夫妇有名邪魔，已经敛迹多年，忽又亲出生事，此来决非容易打发。心中惊疑，便用传声向众同门嘱咐，并问金蝉仙阵妙用。金蝉答说："上来只照师父仙柬空白处所现字迹和几道灵符，如法施为，不知底细，以为接应同门之用。直到刚才，胸前贴身宝藏的仙柬锦囊忽发金光，朱文也是如此，同取拜观，才知所设二元仙阵是为九烈老怪夫妇而设，来势十分凶险。英琼师妹已早知道。"癞姑闻言，心方一定。

这时恰值上官红隐形飞来，说奉卢妪仙示，用所传仙法灵符往来策应，并仗五行仙遁掩护，用乃师开府新得的一面宝镜查探丌南公动作，随时传知，以免强敌隐形暗算。她还说："当丌南公初入仙府，身形全隐，金宫仙遁起了强烈反应，几被牵动全局。幸弟子由宝镜中看出行迹，暗告师父和华太师叔，暗中准备。后由华太师叔出面，向其劝告。丌南公虽是旁门，心性倒也刚直。因到金宫时，昔年圣姑隐藏的一座神碑突然出现，上有灵符，骤发妙用，丌南公受了仙法蒙蔽，以为他那么高的神通法力，敌人既无能手相助，不便蛮来。持久无功，心虽愤怒，表面仍装大方，哈哈一笑，就此允诺。因华太师叔礼貌谦恭，自言来此是因主人年幼道浅，意欲解劝，并非与之为敌，自居后辈,话说极巧。现与言明:不问如何,只要被他在三日之内将五行仙遁破去,立令主人束手待擒,任其处治;否则,纵令有甚冒犯之处,均请原谅,各自回山,不与计较。以他法力威望,带了门人,声势汹汹,乘人师长闭关赴宴,上门生事,已有以大欺小之嫌;再如相持不下,即便后来得胜,也违平日信条,有损威望。何如妙手空空,一击不中,翩然飞去,显得豪爽,来去光明。况限三日之久,胜已不武,不胜再不肯去,问他何以自解? 卅南公急怒之下,又受圣姑仙法感应,一时疏忽,竟被将住。刚一随口应诺,华瑶崧太师叔便以礼谢别隐去。事前李、陈二位师叔和诸小同门李、韩二道友相继出现,卅南公的法宝竟被损毁了好几件。定约以后,闹得更凶。师父和华太师叔先颇代这长幼八人愁虑,知道卅南公法力甚高,只要被追上,就许受害。经过这多半日,才看出长幼八人真个神通,也不知用甚法宝隐形飞遁,卅南公那快动作,一任飞腾变化,怎么也追他们不上。小师叔和石完师弟更是淘气:一个是出没不定,声东击西,抽空使用神雷、法宝暗算;一个更精地遁,仙府洞壁、地面坚逾精钢,竟会一闪穿入,毫无影迹,挡他不住,也是一抽空,双手连发石火神雷,上下乱打,雷发人隐,神速已极。二人出现时,不是扮些鬼脸,便是说些难听的话。下余六人,也是各有拿手,动作如电。卅南公空自激怒,无可奈何。这才看出八人此来,不是受人指教,便是有恃无恐。据华太师叔说,小师叔他们法力多高,也非卅南公对手。最奇的是五行仙遁何等威力,他们随意飞行,出没于光山火海、风雷水柱之中,如鱼游水,毫无反应,又是个个如此。师父先还恐小师叔们胆大妄为,受了误伤,随时留意,不料心神一分,差点没被卅南公占了上风。后见这等情势,又听小师叔连声疾呼,力言无妨,这五行仙遁专制左道旁门,不会伤他们,只管全力施展,免得投鼠忌器,被老怪物占了便宜。师父试将五行仙遁正反相生,逆行合运,威力自然暴增,虽伤卅南公不了,但看出他要应付也颇为难。小师叔们再一作梗,卅南公急于擒人泄愤,顾此失彼,往往闹得手忙脚乱。几次想用邪法把仙府毁去,均被华太师叔拿话激将。说:'卅南公前辈,你连幼童都伤害不了一个,徒自毁损灵景,只显量小,有何益处?'万南公被问得无言可答。现已变计,在法宝防身之下,一心想将小师叔他们擒住,如今越斗越凶,谁也不能奈何谁。师父因卅南公不知用何法宝,师叔刚才传声说话几被听去,知道卢太仙婆仙阵能够隔断语声,特意行法,写一柬帖,命弟子送来,请师叔一观。"

说时,癫姑早把上官红手中柬帖接过。因是本门仙法书字,看完即隐。大意和上官红所说差不多。只后面嘱咐癫姑,说刚才在百忙中拜观锦囊仙示,查看李洪等这类举动有无妨害,空白上果现字迹,对李洪等所为一字未

206

提。只说陈岩与易静将来安危关系甚重,必须一谈。但到第三日事完,陈岩必走。届时易静要使五行仙遁恢复原位,好些事情无暇分身,想托癞姑就便连李洪一同挽留,请往仙府少坐晤谈再走。癞姑本觉陈岩那么高法力,人又是个幼童,自己学道多年,见闻颇广,竟不知此人的来历;再看易静来书口气,分明与此人颇有渊源,越发奇怪。

上官红辞去之后,青囊仙子华瑶崧忽然隐形飞来。癞姑忙把门户开放,请入一谈。才知上面暂时安静,只有英琼被困五指神峰之下;幻波池仙府敌我相持,已闹得河翻海转。

第二九三回

五遁显神通　烈火玄云呈玉碣
一环生世界　青阳碧月耀金宫

　　原来卅南公因见英琼功力高深，道心坚定，并有仙佛两家至宝防护心身，急切间休想伤她分毫，自觉轻举妄动，丢人太甚。又一想到事成骑虎，欲罢不能，不由着起急来，便往幻波池中飞去。本想破那五行仙遁，能将敌人擒去几个更好，否则寻到金门宝库，将藏珍毒龙丸取回山去，拼着再用一年苦功，将爱徒沙红燕医治复原，或是乘机转劫。虽然此举有欠光明，到底还可交代。为防英琼警觉逃遁，便隐形前往，先未想到暗来。到后看出仙遁神妙，大出意外，分明设有太清仙法隐蔽，以自己的法力，竟不能在未到以前查见虚实，不由吃了一惊。因为平日威望，意欲仗着玄功变化，把金、木、水、火、土五宫威力全都观察清楚，探明虚实，一举成功，以防持久，授人口实。哪知身后有人跟来，对方主持人虽未看出他本身，也已警觉，隐形之法虽高，并无用处。卅南公刚由木宫走到金宫，见所行之处乃是一条极长甬道，四边墙上戈矛纵横，刀箭如林，似画非画，精光闪闪，作出矸射之势，隐现明灭，为数何止千万。甬道口外，还站着一个道装少女，手持一个黄色晶球，金光内蕴，隐隐流转，闪幻不停，面上却带愁容，似颇矜持。知是黎女云九姑在此把守诱敌，敌人仙遁已全发动。卅南公看出此是入口，若是常人到了里面，必然立生感应，发出无限威力。幸而自己擅长玄功变化，深悉五行生克感应之妙，暂时不去犯它，便可无事。以为凭自己的身分，也不值与区区黎女为敌，所以略为观望，仍旧隐形飞入。卅南公的法力也确实真高，那么神妙的五行仙遁，里面更是千门万户，随人心念变幻无穷，他竟深入重地，毫未触动埋伏。便是主持仙遁的人，也仅在他初入洞门，触动头层禁网，稍微有一点警觉，以后便不知人往何处。

　　易静深知来人厉害，偏又谨慎太过，把师传宝镜交与上官红，令其飞行各宫往来查看，以便一心运用，主持全阵，而免旁顾分神，以致开头简直不见敌人形影。后来还是上官红由火、土二宫巡查过来，方始警觉。同时卅南公刚把甬道走完，见前面乃是一个广大洞室，除上下四外洞壁上隐现出各种刀矛戈箭而外，当中还有一座数尺方圆的法台，上面凌空悬着一把金戈。本想由当地转往北洞水宫，得便先破灵泉水源，没想到就此发难。上官红恰由暗中赶到，因听易静传声示警，说是来了敌人，正用宝镜沿途查看，刚到金宫，便看出一幢淡微微的青光，中有一人，不住飞腾闪变，时大时小，有时竟缩成尺许长短，满室飞翔。五行各宫重地，除四壁上下五行光影而外，尚有无数隐去形迹的金刀、大木、烈火、水柱、沙堆之类，各按阵法，棋布星罗，上下排列，用尽目力也看不出。又是疏密相间，最窄处，空隙只三数寸。人到此固是一触即发，陷入埋伏之内，便不去触动，如不知道门户和五行躔度，走错方向，仍要引发埋伏，或是困在里面，进退两难。丌南公竟似深悉仙阵微妙，顺着躔度，往复穿行，直若无事。上官红不禁大惊，忙用传声告警。正在准备自将仙阵发动，丌南公已将木宫阵地走完，快达水宫入口。

丌南公忽然想起木宫法物遍寻未见，金宫为何不同，竟现出金戈？心疑敌人已有警觉，一半诱使他发难，一半想使他陷入埋伏。不禁有气，暗骂："峨眉小狗男女，我已通行两宫，那先后天互相应合的五遁真气所化神木金刀之类，仗我法宝之力，已经查见迹象，走完躔度，通行无阻，你就发动，能奈我何？索性给你一个厉害，再作道理。"他心念一动，想把金宫法物就手破去，给敌人看点颜色。于是扬手弹出一点火星，朝那虚悬法坛的金戈飞去。

此系丌南公千余年苦功所炼纯阳真火，以前曾仗它抵御天劫，以为真火克金，十九可以破去。哪知火星飞到法坛之上，还未挨近，坛上金戈忽变虚影，电也似疾连闪两闪，金戈不见。那团真火看似豆大，但是威力强烈，任何坚厚之物，甚至西方太白元金所炼法宝，挨着也必熔化消灭。人与法坛相隔只有丈许，去势又极神速，照理连眨眼的工夫都不会有，便要发生威力。不知怎的，真火飞到法台前面，尽管作出向前飞射之势，相隔二三尺，竟会打它不到。

丌南公料知上当，仍然有恃无恐，忙扬手一招，将真火收回。就这转眼之间，法台不见。同时风雷大作，金铁交鸣，上下四外的刀矛戈箭之类的兵器突然一齐飞动，精光电射，一齐合围，全身立陷在刀山箭海之中。风雷怒吼，形势骤变，上不见天，下不见地，四外无边无涯，全是这类奇亮如电的各种金光银光布满，全身立被紧紧裹住，难于冲突。如非丌南公法力高强，身有宝光防护，当时便遭惨死，形神皆灭，脱身更谈不到。又见戈矛刀剑互相摩擦击撞，生生不已，越聚越多，一会便发射出亿万火星，随同那无数火箭，暴雨一般环身射来。知道敌人正在暗中运用，已将庚金神雷一齐施威。耳听雷鸣凤吼,烈焰烧空,杂以万木摇风,金沙怒鸣之声,宛如海啸山崩,远近相应,潮涌而来。丌南公一时性起,忙取法宝就地一掷,立有一团碧阴阴的光华翠晶也似飞出。初发时大只如杯,脱手暴长成亩许大小,四围刀箭戈予竟被荡开。庚金真气受了反激,威力越强,无量金刀火箭如排山倒海一般猛压上去。翠球四外受压,不再暴长,两下相持,发出一种极强烈的金石相击之声,声若密雷,势甚惊人。

上官红一面用宝镜查看,一面传声告知易静,请做准备。易静也是小心过度,一意延挨,想将这最紧急的三日度过。见五遁受了强敌反应,已被一起引发,不特没有施展全力,发挥妙用,反倒强行遏制,不令全发。经此一来,几乎惹下乱子。丌南公原有破遁之法,已准备停当,将手一指,那亩许大的翠球突然爆炸,震天价一个大霹雳过处,四外密结的刀箭戈矛,竟被这一震之威荡退出好几丈,当中现出一片空地。丌南公就势放起一幢青色浓烟,人在其中,却不现形,不用宝镜仍看不出。翠球震破之后,化作千百道翠色烟光,细才如指,由退改进,二次潮涌而上。迎着一绞,只听一大串连珠霹雳之声,其直如矢的宝光,立被纷纷截断,闪得一闪,化为许多与先前同样大小的翠球,全是晃眼暴长。随着上下四外的金刀火箭环攻猛压之下,大小不等,为数不下千百。经此一来,宛如一片金山银海之中,拥着无数大小晶莹透明的青阳碧月,互相映射,精芒万道,耀眼生缬,顿成奇观。庚金真气的威力,竟被化整为零,不似先前专向一人夹攻。丌南公得意微笑,突将光幢缩小,四外刀箭戈矛虽然齐压上去,因抗力均在那千百翠球之上,此宝又具吸力,互相牵制,相持不下。丌南公身外压力自然减退,随即施展玄功变化,在光幢包围之下,由刀山箭海之中,化为尺许长一个小人影子,穿行过去。

上官红看出敌人用心诡诈,并还深明阵法,所行正是金宫中枢要地,知其想破金宫法物。此举看似徒劳,但五行受激,反应越强,敌人神通又大,一个不巧,至少仙府灵景为其所毁。心方惊疑,传声急呼:"请师父留意!"易静因对方隐形神妙,只见金宫已被翠球布满,看不出敌人行迹,有心五行合运,又恐敌人太强,万一铤而走险,震山坏岳,引起浩劫,如何是好? 老想耐得一时是一时,不到万不得已,不轻发动,正以全力主持总图。同时暗告上官红,令用宝镜查看敌人行动,随时报警。师徒二人正担心事,忽见丌南公现身光海之中,略一寻思,身又长大复原。乘着四外刀箭戈矛一齐拥上之际,突然双手一搓,往外连弹,立有无数前见银色火星朝前射去。知道法台重地已被看出,虽仗仙法禁制,不致被他攻破,但所发真火威力大得出奇,那么厉害神奇的庚金真气所化各种刀箭,吃真火弹将上去,纷纷消熔。虽然随灭随生,越聚越多,那火星也由少而多,化生千万,四外激射。

这时四外金刀火箭环攻那无数翠球不破,自生反应,变化出无数庚金神雷,已发出亿万道比电还亮的精芒,争先飞射,待要激撞爆发。只要和前面敌人所发真火一撞,五行自然逆运,如非预有准备,后患不堪设想,但又无法阻止。上官红不知师父何以不发动癸水仙遁,心正愁急万分。就这危机瞬息,金雷、火星快要对撞之际,先听有一幼童口音哈哈一笑,前面黑影一闪,突有一座墨绿色的玉碑涌现于刀山箭雨、金银光海之中,上面射出大蓬墨色光雨,好似具有极大吸力。丌南公所发千万点火星突作一窝蜂,暴雨一般往碑上射去,当时消灭。碑中心另有一道符箓,龙蛇电掣般闪得一闪,同时飞起一片黑光,朝丌南公当头罩下。丌南公见状大怒,左肩一摇,立有一支七寸来长,前有五彩星雨的碧色飞箭朝前射去,吧的一声大震,飞箭、神碑首先消灭,一齐无踪。那上下四外的刀山箭雨,万丈光芒,也已一闪不见,仍旧恢复原状。面前突现出两幼童,一丑一俊,正是李洪、石完。李洪手里拿着先前隐去的那支飞箭,笑道:"老怪物,你平日何等狂傲,今天又丢徒弟,又丢法宝,多丢人呢!这支箭小巧可爱,送给我吧。"

丌南公枉有那么高法力,受了圣姑百年前预伏的神碑禁制,因碑箭同时失踪,金刀全隐,连那无数翠球也同消灭,先还误以为两下对消,同归于尽,庚金仙遁已被破去。正痛惜所失至宝,忽见二幼童现身嘲笑,他们根骨之佳,从来未见。因素爱才,又因事前无备,另受一层佛法暗制,性又恃强好胜,呆得一呆,瞥见那支飞箭竟在幼童手上,不禁急怒交加。丌南公先还想:"此子必是未来以前,用传声和自己对骂的幼童李洪。虽是仇敌之子,毕竟年纪太轻,不值动手。"自以为自炼至宝,外人决夺不去,也没想到这类心灵相应之宝,怎会落于人手?意欲先将法宝收回,稍微给他吃点苦头,以示警戒便罢。及至行法一收,口喝:"无知竖子,乳毛未干,也敢无礼!"话未说完,忽听李洪急叫道:"老怪物不要脸!丢了的东西被我捡来,硬要夺回去。我制它不住,哪位老人家帮我一帮?"话未说完,这类道家心灵相应之宝,本是动念即回,外人决收不去。丌南公因觉对方颇有功力,并未过于轻视,及至运用玄功往回一收,那箭突发奇光,只在敌人手上不住震动,竟未收回。他心中一惊,这才动了真气,二次将手一指,想给李洪苦吃。口刚喝道:"小狗找死!"猛瞥见金红光华电舞虹飞,四面射来,同时更有一股金霞和大片连珠神雷,相继打到。骤出不意,敌人所用法宝又均仙府奇珍,那么高法力的人,竟会在阴沟里翻船,连防身宝光均被震破,如非玄功变化,法力高强,几受重伤。

丌南公百忙中回身一看,左侧站定四个小人:一个道装少年和三个幼童,都是面如冠玉,天上金童一般,仙风道骨,俊美非常。只是身材矮小,并非真个幼童,既非道家元婴炼成,又非精怪一流。内一道童形如婴儿,身穿荷叶云肩,短装战裙,臂腿裸露,背插两口金光闪闪、长不过尺的短剑。看去形似婴儿,偏生得猿臂蜂腰,双瞳炯炯,满脸英悍之容。这四人:一个手持宝镜,所发金霞雷火甚是强烈;相貌装束相同、宛如孪生弟兄的两个,各指一团佛光,两弯朱虹,也均佛门至宝;最小的一个,似知丌南公不大好惹,把两口金剑收回。接着,佛光和朱虹也收了回去。只为首的那一个手中宝镜未撤,丌南公的护身宝光便被所发金霞雷火震散。

丌南公当时暴怒,忙把手一扬,发出五道青色光气,右手朝前抓去。就这目光到处,时机不容一瞬之际,斜刺里突飞来一片红霞,中杂无数银芒寒星,宛如天花猛射,飞冲过来。丌南公看出厉害,忙伸左手一挡,另发出一片青光。刚挡得一挡,面前突又涌现出一幢冷荧荧的青光,中裹一个幼童,比前见四小还要生得灵秀可爱,只一闪,便将那四小人裹住。丌南公的右手五指青光还未抓到,忽然失踪不见。丌南公的五指神光所到之处,休说一间大洞室,便是百亩广场,敌人也万无漏网之理,不知怎会被他们逃去,一个也未抓中。再看红霞来处,也是一个和李洪年貌相仿的幼童,已朝自己哈哈一笑,一瞥即隐。

前后左右八个幼童,除一个相貌奇丑,瘦小枯干而外,根骨品貌都似天府金童,一个赛过一个。心方惊奇,耳听李洪欢笑之声,忽想起飞箭尚未收回,忙即回顾,二童已全隐去。连用法力禁制,打算迫令出现,并将隐形破去,哪知全无用处。正运玄机推算下余七幼童的来历,忽听一声霹雳,由脚底飞起一团银色雷火,当时爆炸。虽因先前受了暗算,料知这八个小敌人全都淘气,决不就此罢休,必要再来,有了防备。但没想到那么坚逾精钢的地面,敌人会由下面来攻,又几乎吃亏。认出那是灵石精气所炼石火神雷,忙即抵御还攻时,先前那幢青色冷光裹着前见相貌丑怪的幼童与原宝主人,随同雷火出现,一闪不见,又未抓中。

丌南公越想越气,连施法力、异宝,均无用处,一时急怒攻心,正待施展毒手。青囊仙子华瑶崧忽然飞来,见面便朝丌南公先施一礼,笑道:"老前辈别来无恙? 可能容贫道稍谈片刻么?"丌南公和华瑶崧之师女仙谈无尘,昔年在南海磨球岛离朱宫见过一面,瑶崧随侍在旁。知她在方今女散仙中交游最广,人最和善,先见突然飞到,料是敌党。正待喝问,对方已先开口,执礼甚恭。李、陈诸人又被易静传声止住。丌南公素来讲究礼貌过节和气度,敌人以礼来见,不便先寻人家晦气,强忍怒火,点头笑道:"我与令师虽曾见过,并无深交,无须太谦,有话但说无妨。"华瑶崧便把上官红告诉癞姑的那一套话从容说出。

丌南公因对方言中有物,暗带讥刺,辞色偏是那么谦和,无法发作。再想此来实是理亏,与平日信条不符,难怪贻人口实。无奈势成骑虎,恶气难消,一时气愤疏忽,自恃法力。又想神仙三劫,已过其二,平日虽有准备,这千三百年的最后一关,必更厉害,多造罪孽,终非好事。何况对方公然声称,双方同是玄门清修之士,并非谁怕谁,但恐崩山坏岳,引发滔天浩劫,故来商量。果真神通广大,就该敌人手到成擒。如见不胜,便以无量生灵出气,纵令不畏天命,不恤人言,也是无聊,有损平日声誉。否则,敌人生死尚且随意,幻波池仙府岂非囊中之物? 只管占为己有,何必毁它做甚? 对方所说原颇有理,无可反驳,转不如表示大方,给他一点厉害。

丌南公心念一动,脱口便答:"我早看出,峨眉门下小狗男女,有人暗助,偏又藏头缩尾,不敢现形,意欲迫他们出来,与我一见高下。再者,他们欺人太甚,我虽不值计较,将其处死,也须稍为惩罚。只将他们擒回山去,等他们师长到我黑伽山,必先释放,再分胜败,决不伤他们性命。免得齐漱溟这小辈妄自称尊,偏会缩头不出,我又无暇寻他。既说果真无人暗助,今日我便不将小狗男女擒去,只破五遁而外,也决不毁灭全山,以免引起浩劫。好在我不须乾罡至宝,一样成功,何在乎此? 你让这班小狗男女齐出卖弄便了。"

华瑶崧知丌南公已上套,笑答:"老前辈不必动怒,自来大人不见小人怪。他们多高法力,也是末学后进,如何能与你比? 贫道因双方强弱太差,峨眉开府时,又受齐道友之托,自知法力浅薄,也不敢班门弄斧,只想釜底抽薪,从旁稍为指点,并与老前辈定此信约,略尽寸心,使他们稍占便宜。免得双方各走极端,毁损仙府,祸害生灵,于愿已足。他们如能幸免,固所心愿;便被老前辈全数擒去,也无话说。既然老前辈不肯息那雷霆之怒,非与这班后辈一分高下不可,自应遵命。不过老前辈驾到已将一日,除李英琼在五指神峰重压之下安然入定,意欲借此磨炼而外,余人并无伤损。方才那八个幼童,乃齐道友令郎李洪约来,有的贫道还未见过,突然而至,连主人均出意料。他们又均年幼淘气,致有冒犯,实则与主人无干。我想五行仙遁先后天合运逆行,具有鬼神不测之妙,也非易破,今天恐来不及。请以三日为期,无须呕呕,使老前辈可以尽量发挥威力,他们也可借此一开眼界,长点见识如何?"

丌南公听她冷嘲热讽,句句有刺,偏又被人问住,难于发作。最错误是不应说那今日不胜便走的话，本来无心之言，随口而出，恰被对方乘机说出日限，并还多说了两天限期。表面放宽，显她大量，并露轻视之意，暗中却是借话答话，把自己扣住，到时不胜，非走不可。话出如风，凭着道力身分，其势不能反悔。照此情势，分明敌人暗有能人主持一切，算定未来，有恃无恐。五行仙遁已甚神奇，加之敌人年纪虽轻，无一弱者，方才那八个幼童已见一斑，成败直拿不稳，又不便下那天人共愤的毒手。刀南公匆匆未暇寻思，随口应答，铸此一错，尤其是法宝不能使用，无形中已吃大亏，偏又说不上不算来。冷笑道："华道友巧思利口，足见为友热肠。我本意当时不胜就走，既这等说，不是暗中有人，便是小狗男女仗恃人多及地利，想要卖弄，我全依你如何？"

华瑶崧知他气极，刚从容笑着，待要退去，忽听一幼童怪声怪气喝骂道："这老怪物不要脸，刚才用鬼手满地乱抓，活见鬼，还说当时成功，吹甚大气？有这三天，不把他狗头砍下才怪。他骂我们好几次，陈师伯再不许动手，我要气疯了。"说时，华瑶崧也就刚退出去。

刀南公心恨易、李诸人，事由爱徒而起，情出不已，又觉理亏，尽管辞色强横，还稍好些。对于李、陈等八人，因自修道以来，从未受人侮辱，又损伤了两件法宝，心中恨毒到了极点，早想施展杀手。无如这八个小敌人个个机警滑溜，捞摸不到。正打算施展九天都箓斩魂摄形大法杀他几个出气，一听那语声时高时下，有时发自地底和洞壁之中，捉摸不定，心中痛恨，也不发话。

华瑶崧一走，便以全神贯注，暗运神通，准备冷不防猛下毒手。哪知急怒神昏，又受仙法禁制，他明明看见石完用的是石火神雷，急切间竟未想到敌人具有独门穿山行石专长。仙府洞壁，本就坚逾精钢，方才金遁，乃圣姑神碑仙法妙用，并未破去。华瑶崧一退，主持仙阵的敌人惟恐李、陈等八人受伤，又知刀南公定约以后不会铤而走险，行那绝着，此时正在中枢要地主持总图，准备五行合运，一起夹攻，威力妙用尽量发挥。幸是刀南公，如换别人，甚至九烈神君夫妇到此，也不免于伤亡。刀南公因是气愤太过，恃强太甚，一心想置敌人于死地，连平日不杀弱者的信条全都置之脑后。先恐一击不中，又受敌人轻笑，引满待发，不肯似前稍见身形，便贸然下手。后来听出人在东壁，话已说完，正和同党低声密语，似向一人求告，请其相助，来夺防身法宝。暗骂："小狗该死，竟敢如此大胆！"于是猛下毒手，右手一伸，立有五股罡气朝壁上发声之处射去。

刀南公为当今旁门散仙中第一流人物，修炼年久，除有十二件最著名的法宝外,更炼就独门乾天罡煞之气。照例这类邪法一经施为,五指罡气所到之处,一任对方长于隐遁和多么坚强的防护,无不应手成擒,当时粉碎。满拟多坚厚的洞壁也无用处,哪知五股罡气刚射到壁上,连转念都不容的当儿,心灵上忽起警兆,仿佛暗中具有一种不可思议的强大阻力反震回来。心中一惊,正在定睛查看,三环佛光夹着两道剪尾精虹已电掣飞来。一入眼,便认出是佛门至宝如意金环和前古奇珍断玉钩。不敢轻视,只顾暂时闪避,惟恐身外宝光为敌所毁,百忙中应敌,一面收宝,一面运用玄功,化为一道青光,电也似急往侧飞去,打算暂避正面来势,另用别的法宝迎敌,以免先前所用防身法宝不是敌手,而为所毁。万没想到,这八个幼童另有制胜之策。李洪更因心爱石完、钱莱,初上场时,尚恐敌人恼羞成怒,激出事来,身旁几件至宝多未使用。及至双方定约以后,宽心大放,便向同来高人求告,想把刅南公那件防身法宝夺来给石完,有意诱敌,冷不防把三环、双钩猛发出去。

刅南公虽然连受这几个幼童侮弄,看出不是寻常,心仍自恃,未免疏忽。因见敌人所用乃仙佛门中至宝奇珍,来势特快,连转念的工夫都没有,微一心慌,先用玄功遁出圈外,不曾先收法宝。就这事机瞬息之际,身刚变化飞遁,突由斜刺里飞来一团石火神雷,当时爆炸,银星如雨,四外猛射中,又有两弯朱虹、两团佛光、一道金霞夹着大蓬神雷,纷纷打到,电舞雷轰,声势猛烈已极。百忙中不顾再收法宝,怒喝一声,双肩一摇,全身立有奇光涌现,晃眼人便成了一座光幢,高约两丈,粗约丈许,光焰奇强,照得全洞都变了碧色。刅南公人在其中,手掐法诀,尚未施为。先前那道宝光本是八十一个翠连环连系而成的一件法宝,不用时,好似一条手指粗的翠练,平日用作束腰丝绦之用。一经施为,便织成一片青光,包没全身,收发本极容易。这时因在怒火头上,李、陈诸人同时发难,各以至宝还攻,又要闪避,又要还攻,八面兼顾,不由得闹了个手忙脚乱。那条翠练刚复原形,还未上身,一幢冷荧荧的青光裹着一大一小两个幼童,已在雷火宝光横飞猛射之中突然出现,电一般疾,只一晃眼,便将那翠练夺去,一闪无踪。刅南公身上宝光恰刚涌现,翠练也正还原,已快往腰间围去,那幢青色冷光竟敢在他身前出现,才一入目,法宝便被人夺去,来势神速,不容一瞬。

刅南公几曾吃过这样大亏,焉能不恨,怒喝一声,伸手一弹,立有五串火星朝那冷光现处一带射去。此时身前忽有红光一闪,又是一个震天价的响雷迎面打来。只听得二幼童笑声已入地底,所发乾罡神雷也已纷纷爆炸,朝敌人打去。那乾罡神雷威力甚大,又当愤极之际,全力施为,全洞立被雷火布满,轰隆之声密如万鼓急播,震得山摇地动。如非易静防护严密,禁制重重，又有七位异人暗用佛法相助，纵因敌人好胜，不肯食言，下那毒手，就这千万迅雷，仙府也被震毁无疑。

丌南公方想防身至宝青阳柱一经取用，敌人任何法宝均不能奈何他。这班小人刁钻狡猾，不杀几个，难消恶气。正待行法，二次摄取敌人形神，猛瞥见面前突又现出一个金莲宝座，八个小对头环坐其上，先前来攻的法宝、飞剑已全收去。内中两人，分别拿着方才夺去的飞箭、翠练，正朝着自己指点说笑，满脸淘气之容。那西方金莲神座，乃是一朵大约丈许的千叶莲花，拥着一个形如蒲团的宝座。四外莲瓣尖上齐放毫光，往上飞射，上面更有一圈佛光，祥辉激滟，花雨缤纷，飞舞而下，两下里一合，恰将八人全身护住。那万千团雷火尽管纷纷爆炸，四外攻打，近前便即消灭，莲瓣也未摇动一下。雷山火海中，拥着这么大一朵金莲，越显得光焰万道，瑞彩千条。上坐八人又都生得灵秀清奇，实在可爱，一个个天府金童也似，端的壮丽无比。

丌南公毕竟功力高深，与寻常左道妖邪不同，见此情景，方想："这伙小敌人无一不是仙福深厚，根骨超群，如何会死我手？所用法宝全是仙佛两门奇珍，威力绝大，法力稍差的人，早为所杀。如今又使出这等伏魔防身的佛门至宝，除他们更是万难。真要连经三日无功，如何下场？此是庚金重地，自从神碑出现，阵法忽收，便未再现，这么猛烈的雷火，也未将其引发，好些可疑。难道敌人自不出面，只令八个小畜生出来讨厌不成？"想到这里，细一查看，就这万雷爆发，莲座涌现的转眼之间，当地已变了形势，上下四外一片混茫，竟不能看到边际。那雷火看似猛烈，震撼全洞，但也只有环绕金莲宝座四外的一片，一任全力施为，占地似只有数亩方圆，此外便是黑沉沉望不到底。微闻风水相搏，波涛之声隐隐传来，才知敌人法力果非寻常，竟在不知不觉之中转变阵法，将自己由金宫移往北洞水宫以内。五行仙遁就要发动，虽然不怕，要想破阵如愿，却是太难。

丌老怪方在愧愤交加，忽听陈岩对李洪笑道："洪弟，老怪物防身法宝，乃九天之上浮游空中的一颗前古未灭完的大陨星炼成，老怪物曾仗它抵御天劫，视若第二生命，轻易不用。今日一见，果非寻常。我们修道年限虽没他长，居然一出手便把老怪物的全部家当都吓得搬了出来，他还损兵折将，失去几件法宝，人已丢够。我们各有至宝防身，反正两家半斤八两，彼此都奈何不得，谁耐烦看他这副丑态？本是来趁热闹，与主人无干，依还岭上那么好的景致，同去游玩一回如何？"李洪笑答："陈哥哥不必代主人分这仇恨。易师姊他们受命自天，仙福深厚，老怪物有力难施，只有丢人。不过我们须防他窘极翻悔，把吐出来的口水又咽回去。你懒得看他那副怪嘴脸，我们暂时让他,试试五遁威力也好。上面不必去了,免得看他八个妖徒有气,一动手,又说我们倚仗人多,欺负他们。"

丌南公听二人信口讥嘲,句句刺心,怒火重又上撞。知道敌人身在金莲宝座之上,任何法宝均攻不进。一时情急,刚要发动太戊玄阴斩魂摄形大法一试,眼前佛光一闪,敌人连那千叶金莲花忽全隐去。紧跟着波涛之声突然大盛,骇浪怒鸣,飙风突起。同时眼前一暗,突现出千百根水柱,电漩星飞,急涌而至,前发神雷,竟被消灭,风涛之声宛如地震海啸,猛烈异常。那千万根水柱,大小不一,先是一根根的白影,带着极大的压力,互相挤轧,忽然一撞,便是霹雳爆发。刚刚散落崩坠,后面的快要涌到,黑影中又有几根水柱电一般冲起。初现细才如指,晃眼急旋暴长,上与天接。白影也由淡而浓,变成灰白色的晶光,四外环绕。那么多而又亮的水柱晶林,天色偏是黑暗如漆,密密层层。丌南公空具慧目法眼,竟不能透视多远。那压力也逐渐加增,上下两面更有灰白色的光云相对流转压上来。

丌南公以为自己已身陷北洞下层癸水阵内,先还想用专破五遁的几件法宝取胜擒敌。及至取宝一试,满拟戊土精气所炼至宝能克癸水,而当地五行仙遁又均发源于癸水灵泉,此宫一破,在五行法物未全毁去以前,虽不能全部瓦解,下余四宫便不能将先后天五行随意运用,化生逆行,岂不功成一半?哪知易静早得师长仙示,已用仙束中临时现出的灵符仙法,乘他和八小对敌,愧愤分神之际,倒转禁制,将他移往圣姑伽因昔年遗留,近照道书总图重又加工布置的小须弥境环中世界禁圈以内,又把五行仙遁正反相生,逆行合运,发挥全力,瞬息百变。丌南公法力虽高,人已入网,棋输一着,自误先机,如何能够成功。戊土之宝刚化为一片黄云,夹着万点金星,往那水柱丛中打去,一片青霞电闪而过,水柱不见,上下四外仍是暗沉沉的。刚看出五遁逆行反生乙木,来克戊土,暗道:"不好!"未及回收,暗影中突然现出一圈青蒙蒙的光气,才一入眼,大片黄云、金星便似万流归壑,只一闪便全被收去,一齐不见。紧跟着红光骤亮,四外又成了一片火海。当此突然转变之间,威力之猛,不可思议。丌南公虽仗护身法宝神妙,本身法力又高,但骤出不意,也几乎禁受不住,差一点没将宝光震散,不禁又惊又怒。似这样五行化生,转变无常,几使丌南公穷于应付。

光阴易过,一晃便到了第三日。圣姑遗留的禁制渐渐消解,丌南公方始惊觉,运用玄机暗中推算,才知中了敌人圈套,故意相持,使其无功而退,只是详情仍未知悉。尤其卢妪所设最后一关,因在仙法埋伏之下,竟连影子也不知道。暗忖:"空负多年盛名,亲自下山,与几个无名后辈为敌,已是贻人

217

口实;再要无功而退,并还伤人折宝,岂不难堪?尤其镇山至宝灭神坊现落人手,连收不回,除却胜后夺回,便敌人自甘送还,也不能要。时限又是快到,看眼前形势,直无胜理。"越想越恨,怒火烧心,愧愤交集。

丌南公猛一转念:"自己虽受敌人愚弄,也只因不为一朝之愤伤害生灵,只要不引起浩劫,便不算食言。许多法力、异宝均未施为,此时敌人一个不见,分明想挨过今日,再由华瑶崧出面质问,激令自己收兵回山。平白丢此大人,有力难施,还无话说。反正青阳神柱防身之下,五遁威力虽大,也拦阻不了自己,何不运用玄功变化,穿行各洞,深入内层,能将总图破去更好,否则便施杀手,伤得一个是一个。"意欲先向敌人示威,发一警号。只见金刀、烈火、巨木、惊波、黄沙、风雷夹着大片五行神雷,交相应合,变化无穷。丌南公只守不动还好一些,稍一施为,立生巨变,声势猛烈,即使丌南公修道千余年,也是初次遇到。不过既已主意打定,仍然厉声大喝道:"峨眉鼠辈,再若藏头不出,我便要冲进来了。"声如巨雷,自觉这类巨灵神吼,能够裂石崩山,传出老远,如无仙法防护,连这洞府也要震塌。

丌南公正要查明五宫躔度方位,冲将出去,眼前倏地一花,所有五行仙遁一齐停止,面前突现出一条长圆形的甬道。内里黄云隐隐,两边壁上风沙流卷,时隐时现。丌老怪以为敌人看出不妙,仍想延宕,将自己引往中宫戊土。反正须要冲破,飞遁神速,也就不去管它。便以全力施为,催动遁光,往前冲去。禁法已解,立显神通,比起刚才初遇敌时迥不相同。戊土禁制也被引发,只见黄云万丈,土火星飞,飓风暴发,神雷大震。丌南公并未放在心上,连人带宝化成一道青色光气,疾如流星,往黄云尘海之中电驰冲去,虽觉阻力甚强,未生别的变化。无如五宫躔度,纵横交错,疏密相间,稍微疏忽,便难通行。再要激动五行合运,又和方才一样,固然不致受伤,到底费事。只得强忍愤气,耐心穿越过去,也经了好些时,才把土宫走完,转入南洞火宫,仍和开头一样,先现甬道。走完甬道,到达中枢重地,再按躔度飞行,最后转往别宫。似这样,将近大半日,才把五宫走完。

丌甫公因知幻波池仙府经圣姑多年苦心布置,最重要的所在除北洞下层癸水灵泉发源之所而外,尚有灵寝五行殿、十二金屏以及中宫后殿金门宝库所在。全洞秘径宛如人的脏腑脉络,环绕五洞,上下盘旋,长约三千七百余丈,外由五行仙遁封闭。只要五遁一破,便可直入奥区,报仇取宝。哪知刚把五宫走完,绕回土宫,五遁合运,重又同时爆发。

丌南公猛想起时限将到,成功无望,怒吼一声,正待以全力穿山破壁,朝里硬冲,忽又听众幼童拍手欢呼哗笑之声,眼前倏地一暗,光影变灭,其疾如电,五遁齐收,身影皆无。再运慧目一看,当地乃是一片十丈方圆的圆形洞室,上下四外空无所有,只离地三数丈,现出"小须弥境环中世界"八个金光古篆,一瞥即隐。地上有四五丈大的一个圆圈,内画五遁神符,自己连人带宝立在当中。才知敌人故意使自己通行五宫,然后由南而北,重用仙法倒转禁制,把自己引回原处,这一惊真非小可。

丌南公方在愧愤交加,先见八幼童突然全数出现,纷纷笑说:"你怪叫做甚?用尽神通,闹了三天三夜,始终没有跳出圈子外去。可还要托华仙姑代为说情,向主人再讨三天限期,试上一试?"丌南公闻言大怒,因知敌人机智非常,各备至宝防身,公然出现,必有所恃,先不发动,表面冷笑,暗中行法。猛地扬手,飞起一圈接一圈的五彩云漩,电一般疾,分朝八人飞去。这类玄阴太戊摄神之法最是阴毒,多高法力的人,只要朝彩圈一对面,元神立被摄去。初意敌人不是隐形逃遁,便用法宝抵御。谁知彩圈刚一飞起,八人身后忽有七个相貌清奇、手持念珠的老人突然出现,各用大中二指往外一弹,也未见有宝光飞出,只听吧吧连声,所有彩圈全被震散。李、陈等八人便纵遁光纷纷向外逃去,七老立隐。

丌南公已受佛法反应,法力虽在,心神已是受了禁制,比起先前只有更深。怒极心昏,急起追赶,见前面八人遁光连在一起朝前急飞,相隔也只数丈远近,就是追不上。敌人更不时回身,将连珠神雷纷纷打来。所经道路上下弯环,甚是曲折,似电一般由两侧闪过。晃眼追出老远,眼前突有一片银霞闪过,再看前面八人忽然失踪,身已落在一片银色光海之中,四外空空,并无阻力。只有一事奇怪:一任飞向何方,用尽神通,找不出一点途向;光涛万丈,虽不伤人,也无法将其消灭。这等情势从来未见,连用几次法宝,想将银光震散,并无用处,又推算不出底细。

一会,丌南公便听到门人厉声咒骂,中间又杂有先来的仵氏弟兄口音,好似全被敌人困住神气。心想:"身在幻波池后洞深处,相隔门人立处甚远,如何会在对面?"心中奇怪,暗用木门传声一问,众妖徒答说:"在上面等候了三日夜,不见师父出来。心正不解,方才忽见一片青霞拥着仵氏弟兄,由一小红人火无害押了前来,说了几句难听的话,和一少女往侧面隐去。因愤敌无礼,见仵氏弟兄尚为青霞所困,知是乙木遁法,意欲解破,刚一出手,青霞忽隐。突飞起一蓬青丝,由空中洒将下来,将弟子等笼罩在内,用尽方法,不能脱身。那青丝虚笼身外,只一冲突,立被绑紧。敌人分明有心恶作剧,师父快来破去,免被轻笑。"

丌南公一听,两地相隔甚近,知被敌人由幻波池引了上来,不知是甚阵法,怎会冲不出去? 没奈何,只得命门人暗中呼应,以便朝那发声之处冲去。满拟飞行神速,比电还快,只要查明方向朝前硬冲,一任阵法倒移多快,怎么也能冲出光海之外。谁知还是无用,急怒攻心,莫可如何。忽听左近有一幼童忽喊:"姊姊,你闯祸了。师父命你采黄精,如何妄将仙法发动? 大姊胆子更大,索性把师父新得的法宝也偷出来玩。我们拜师才得几天,就这样淘气。师父三日前原因敌人厉害,恐我们年幼无知,遭了波及,如何这等大胆?"另一女童答道:"我原是闲中无事,试着玩的,不料会有一人困入阵内。我怕他告知师父,不敢放他出去。再说,阵法又未记全,如何是好?"另一女童娇声笑道:"我听师父说,来人法力虽高,言而有信,只要过了约定时限,不问胜败,便即退走。如今已过三日夜,师父事完,必要出来。这阵法我倒会收,就怕被困的人向师父告发,这顿打怎受得了? 等我和他商量一下,你看如何?"

丌南公先受丽山七老佛法禁制,这时又为卢妪仙法所迷,神志虽未全昏,人已失了常度。因觉那银光奇怪,既看不出它来历,也不知道破法。情急之下,只图脱困出去,偏是无法向敌人的门下开口,越想越愧愤。正生恶念,想要循声抓人,迫令开放门户,却见面前人影一晃,现出一个女童,见面便笑道:"你这人哪里来的? 先不要动,有南星原卢太婆相助,你也伤我不了,反将我好意埋没。你被吸星神簪宝光制住,一辈子也逃不去,岂不冤枉? 最好安静一些,等我和你商量完了,如愿动武,由你如何?"

丌南公见这女童年约十二三岁,头脸手臂全都浮肿,满是紫癜,疙瘩隆起,乍看奇丑。就在面前银海中现身,摇头晃脑,神态滑稽。细一注视,虽然年幼,无甚道力,然而不特根骨之佳从来少见,便那本身也是一个极灵秀的美人坯子,只为身是异胎,身上还有一层浮皮未蜕。不知怎的,心生怜爱。暗忖:"莫怪峨眉势盛,连第三代门人也是这等根骨。今日已成惨败之势,再如相持,便成无赖。何况东极大荒两老怪物均是昔年对头,事前自恃神通,未经细算,被人暗布圈套,占了先机,还有何说? 既是这样,转不如就此下台,等法宝炼成,再寻敌人师徒一拼,显得来去光明。"

丌南公心念一动,便笑答道:"你这女孩叫甚名字? 不必害怕,我便是你师父的对头丌南公。今日既有卢妪老贼婆行法暗算,老夫误中诡计,已经认输,迟早我自会去寻她。我自从隐居落伽山以来,常人决难见我一面,今日与你总算有缘。你本一身仙骨,只是异胎包皮未脱。你师父未必有此法力为你解去这层附身丑皮,我可代你去掉。并非卖好,想你放我出去;既知老贼婆闹鬼,便有对敌之法。知你奉命在此布阵,使我难堪,我已认输,也不怪你。事完只管加功施为，也决不伤你，无须开放门户，我自会出阵。你意如何？"

这丑女童正是竺笙。当丌南公说时，乃师癞姑已听出对她垂青，口气甚好，早就暗中传声，教了几句。竺笙听完，立即大喜道："我知老前辈早变成了好人，此来只是受激，出于无奈。小女子名叫竺笙。还有一姊一弟，他们巧服仙草，早已由丑变美，只我还是丑八怪。丑还无妨，臭却难受。蒙你老人家开恩，将这附身臭皮去掉，感激不尽。"丌南公笑道："此来本为给两个门人报仇，不料为人暗算。我素性人不犯我，我不犯人，行事悉随所喜，最爱灵慧幼童，反倒作成了你。虽然此仇必报，但我向无反顾，不会再来。命你师长将来去凝碧崖等我便了。"说罢，把手一指，立有一股青气将竺笙全身包没。竺笙先觉奇热难耐，强自镇定，面无难色。丌南公笑道："想不到你竟有如此胆力灵智。"随即用手一招，竺笙头脸背腿和胸前所附浮皮，忽全离身而起，化为几缕轻烟消灭，奇臭难闻。人便瘦了许多，相貌骤变，美秀非常。丌南公笑说："你们快去施为，那支铁簪还难不倒我。"竺笙忽然下拜道："小女子受老前辈脱胎换形之德，无以为报，你那镇山之宝灭神坊被家师收来，赐予弟子，现想奉还原主，略表寸心，请收回去吧。"

丌南公匆促间不知癞姑仗着卢妪仙法隐蔽，将灭神坊暗中递与竺笙。见她刚拜谢完，手上忽然多了一件法宝，正是已死爱徒伍常山失去之宝。凭着自己身分法力，心灵相合的镇山之宝，被敌人收去，落在一个毫无法力的女童手中，如何能向其取回？强忍悲愤，再朝竺笙细看了一眼，猛一动念，苦笑道："你虽受人指教而来，向我行诈，我实爱你根骨灵秀，索性转赐予你也好。但此宝威力太大，不可妄用。好自修为，老夫去也。"

丌南公话刚说完，未及施为，癞姑突将仙阵收去，带了竺笙姊弟和上官红一同现身，方要开口。丌南公一眼瞥见门人尚被轻丝笼罩，就在对面不远。李英琼也在五指神峰光幢笼罩之下，经过三日夜，头上慧光越发明朗，下面紫色祥焰更显光辉。七情障所化彩虹柔丝在自己的替身手指之下，环绕神峰之外，与敌人宝光相映，反倒减色。又见癞姑师徒五人虽然美丑不一，均是极好根骨。同时先前对敌的八幼童也都出现，内中一个将手微招，便将那大蓬青丝收去，互相说笑，已无敌意，甚是天真。此外还有几个峨眉门下，无一不是成道之器。

丌南公知对方不等自己破法，便将仙阵法宝撤去，分明是有意奚落。于是更不发话，微微一笑，青光微闪，人便到了八妖童所附彩云之上。手微一招，法宝齐收，师徒十一人立被彩云拥起，先前那道形似垂天长虹的青色光气重又出现,直向遥天抛射过去。彩云之上,依旧鼓乐仙音,箫韶并奏,晃眼直上天中,余音尚在荡漾遥空,青虹已隐,端的比电还快。

英琼也已起立,众人相见,说起前情,俱说莫怪人言丌南公与别的左道旁门不同,果然言行如一,来去光明。如非夙世情孽所误,将来也许不致灭亡。上官红因竺氏姊弟尚未拜见各位尊长、同门,便正式分别引见。英琼侧顾岭上诸人,只余英男师徒和袁星、神雕未来,便开口询问。癞姑因爱徒化媸为妍,丌南公刚走,毫无动静,一时疏忽,心颇欢喜,顿忘卢姆之戒,闻言大惊,忙把前事朝英琼一说,请往池底小坐。英琼惟恐英男吃了九烈神君的亏,话一听完,便匆匆先往静琼谷中飞去。癞姑正拦众人,说:"此事不宜人多,我也不去,请至幻波池中一谈。"

陈岩本来要走,吃李洪强行拉住,刚谈起丽山七老暗助经过,忽听静琼谷内一声极闷哑的雷震,一道红光裹着火无害破空直上,电也似疾,往依还岭右侧高峰上飞去,一闪不见。随听厉啸之声起自谷中,一片黑色妖云,突然向空激射,中裹两个相貌丑怪的男女妖人,谷中禁制竟拦他们不住,也不知先前怎么来的。一到空中,立即展布开来,晃眼便似狂涛蔽空,天都遮黑了大半边,疾如奔马,朝火无害电驰追去。英琼、英男同了雕、猿各纵遁光,尾随在后,急追过去。

要知来敌是谁,请看下文分解。

第二九四回

转媸为妍　玄功参造化
回嗔作喜　爱侣述缠绵

话说丌南公师徒走后，众人相见，正在谈说前事，相对喜幸，癞姑因料易静与陈岩必有渊源，故令约往相见。刚托李洪陪了陈岩同往幻波池小坐，忽见静琼谷内飞起一道红光，正是余英男新收门人火无害往依还岭侧高峰上投去。紧跟着便见九烈神君夫妇驾着大片妖光黑云疾如奔马，由后追去。英琼、英男也相继急追。

陈岩本不想回往幻波池去，李洪因听癞姑用本门传声，暗中叮嘱，再四强劝。陈岩笑道："洪弟，我知你受人之托而来。并非我固执成见，你去问她，我虽历劫三生，并未一日相忘，但她始终弃我如遗。这还不说，最使人不无介介的是，她与幻波池前主人伽因道友昔年瑜亮并生，丰神美艳，迥绝仙凡，因为不愿见我，不转世也罢，怎么连元神也故意炼成这等丑态，这还有什么故人情分么？"

癞姑知道易静前生名叫白幽女，与圣姑同时，美艳齐名。后来转世，拜在一真大师门下。因为疾恶太甚，致受邪魔忌恨，最后伤了两个魔女，被赤身教主擒去惨杀。幸得各位师长解救，元神未遭毒手。经一真大师用法力凝炼元神，又为引进到妙一夫人门下。因是元神炼成，形如童婴。平日觉她两生均负艳名，何以元神炼得如此丑怪？每一问起，总是闪烁其词，似有隐情，不肯泄露。这时听了陈岩之言，才知她与陈岩还有好些渊源因果。

癞姑正要劝说，忽见青囊仙子华瑶崧飞来，手持半片上有血迹的玉璧，见面便朝陈岩笑道："原来道友便是桓真人么？易道友昨日无意中开读仙示，得知不久便遭大难。强敌鸠盘婆自在神剑峰魔宫败逃回去，虽觉此是近三百年中初次丢人之事，心中气愤，终想大劫将临，还在顾虑，不肯重蹈故习。无如孽徒铁姝忌恨前仇，再三诱敌，不肯罢休。事有凑巧，鸠盘婆又在魔宫地底得到一件至宝，炼成以后，休说敌人，连天劫都能抵御。但是此宝尚缺半丸西方神泥，知道圣姑伽因留有一丸在此，落入易道友手内。又加易道友和她有不解之仇，再经魔女怂恿，如不取得神泥，非但法宝难炼，仇人还可用它反毁那件至宝，迟早必要上门。既是定数，反正难逃，与其受辱埋头，遭人轻视，结果吉凶还是难定，转不如先下手为强，乘机往幻波池杀死仇人，取来神泥，既除后患，并可炼成法宝，抵御灾劫也较有指望。鸠盘婆虽然神通广大，自信甚深，行事却极审慎，谋定始动，准备把雪山九鬼炼成神魔，再来下手，因此迟了些日。这时各位师执尊长因四九天劫将到，多在准备本身安危大计，无暇他顾，就有两人，也不一定能占上风。陈道友虽不能获全胜，却可助易道友免难。我知陈道友对她海枯石烂，深情不变，如将此事说出，决不坐视。她说无须，想起前生双方负气之言，本应由她亲出迎接。无奈丌南公神通广大，她在五行殿内主持应付，按照总图，五遁威力妙用几乎全部发挥。虽然未到最后关头，便将强敌由后洞引出仙府，未被识破，攻入后宫重地，将总图毁去，但因中宫戊土杂有那丸西方神泥，威力特大，收取较难。五行正反逆行合运，变化又达七十余次，也须依次转变复原，方可将全宫禁制就势撤收。以后再有强敌上门，只需顺便取上一件五行法物，便可随意应用，比前省事得多。异日开建幻波池仙府，也显得峨眉派的威望气度。这些事全都费神，李英琼又有事他往，不能相助，实在无法分身。烦我转告，说陈道友见此半片玉璧，必能量她苦心。陈道友如非她先来见不可，便请在此稍待如何？"

陈岩不等华瑶崧说完，早把玉璧要过，再由身畔取出同样半片玉璧，两下一对，立时完整如一，当中现出一颗心形血影，色彩比前还要鲜明，直似一颗血心嵌在里面。陈岩面上立现悲喜之容，凄然笑道："想不到我和她也有今日。既然同心，不曾背盟，自应我往见她；况又事忙，不是故意。洪弟，你我累生骨肉至交，愚兄隐藏多年的恨事，为此还延误仙业，你尚不知底细，请同往见易姊姊一谈如何？"华瑶崧笑说："此间来日大难，各位师长为试门人道力，磨炼心志，非到万不得已，便不开关，也少相助。英琼正和强敌相持，金蝉、朱文等近来法力大进，又得了几件至宝奇珍，成功无疑。此事不宜人多，旁观尚可，切忌出手。还有几个受伤的人，已被林寒、庄易接入预设的仙阵之内医治，不久尚有变故，也全仗他二人接应脱险，暂时不必往寻。我还有事，要告辞了。"说罢，作别飞走。

李洪送走华瑶崧后，便陪陈岩往幻波池仙府飞去。癞姑带了长幼两辈同门，也随后跟去。只钱莱、石完、李健、韩玄、沙余、米佘等六个小人俱都喜事，欲往观战，同往岭侧白象峰上二元仙阵中飞去。金蝉、朱文与李英琼合斗九烈神君夫妇，下文另有交代，暂且不提。

只说癫姑等飞入仙府，见五行仙阵尚未全撤，光焰万道，闪变如潮，中宫正路已被神泥所化祥霞封闭。陈、李二人在前，同驾一道佛光，刚一冲进，金霞电漩，分而复合，又听易静传声呼唤，由东宫转入。张瑶青同了云九姑等刚由金宫甬道飞来，说朱文事完先走，易静一人在五行殿主持总图，使其复原，尚未完事，欲请癫姑相助。下余四宫遁法已都撤去，只中宫戊土因有神泥相合，留为后撤。癫姑听出易静想令自己代为主持，不愿余人同往，便请张瑶青等陪了众人，去往外环四宫游玩，等中宫复原，再同入见。

癫姑匆匆说完，便由东宫绕往五行殿内。到后一看，陈、李二人已先到达。陈岩目视易静，满脸均是久别重逢伤感之容。易静手掐灵诀，面对总图，并未如法撤禁，也将一双怪眼注定陈岩。二人同是隐蕴无限深情。癫姑暗忖："情之一字，真个误人不浅。我虽不知这两人的遇合经过，即以目前而论，哪一个不是仙根仙骨，道法高深，偏对前生情侣如此留恋。妙在是易姊姊劫后元神小若童婴，已变得如此丑怪瘦小，对方全不以此为意，仿佛看她仍是前生那样国色天香。便易姊姊平日那么言笑不苟，神态庄严的人，此时也会是这等情景。她将来分明是天仙中人，偏口口声声说是甘愿做一散仙，比较逍遥自在，免得拘束。自己还代她可惜。原来还有一个三生情侣，不舍忘情，等她同遂心盟呢。"

癫姑正在寻思，易静已经觉察，笑道："二妹，我的事也不瞒人。这位陈道友前生姓桓，隐居在东川寿王峰，你此时当已想起。本来是我三生良友，为了一念情痴，几乎两误。我和他劫后重逢，尚有许多话说，请你代我主持片刻如何？"癫姑看出五行已全复位，便中宫戊土也已复原，撤收甚易，那丸神泥并无预想之难。知她除自己同门深交，小师弟李洪又是陈岩良友，无须避忌而外，余人全不愿使与闻。

癫姑便含笑点头，将易静换下，一面主持总图，一面留神静听。见易静刚下法坛，陈岩便扑上前去，互相执手呆立，都是目有泪光，一句话也说不出来。后来还是李洪在旁笑道："陈哥哥和易姊姊已是神仙一流，何苦这样情重？"

陈岩叹道："洪弟，你哪知道，我若不是她，也未必能有今日。可是这历劫三生相思之苦，也够受的。家师由地仙修到天仙，本想带我一同飞升，也为愚兄痴心太甚，甘受师责，地老天荒，心志难移，非要与她合籍双修，长此相聚，不肯罢休。后来我因转劫两世，受尽艰危，功力虽然精进，她却始终避我如仇，连面都见不到。她本是天仙化人，为了想修仙业，恐我纠缠，到了今生，竟借着鸠盘婆一劫去转世，并将前生容貌毁去。以为我爱她美貌，所以纠缠,故意变成这样丑怪,使我灰心绝望。

"我先前只知一真大师为她炼形固魄,清规森严。前辈师执,本就不容违犯,又守昔年对家师所发誓愿,非等破璧重圆,双心合一,重放光明,不能相见,否则便有形神俱灭之灾。我不足惜,她必连带受害,因此不敢前去。后知她故意毁容,我仍未改初衷,正在设法想见一面,忽听说她毁容以前曾将所持半璧索去,交与大师,用佛法毁去,使我绝望。一算时日,毁璧之前,我正神游在外,心灵上忽生警兆。等到赶回寿王峰,肉身已为妖人所毁。那璧本是一面整玉,因当最前生兵解转世时,曾将二人心血滴在上面,精诚所注,血痕深嵌玉里,成一红心。转世以前,分裂为二,每人各带一半,意思是今生无望,期诸来世,双心合一,破璧必能重圆。

"后她转世改名白幽女,愚兄改名桓玉。始而遍寻不见,等道成以后,将人寻到,她因误投旁门,矫枉过正,欲以贞女清修,由旁门中上跻仙业。愚兄所重在人,此缘无关宏旨。她自劫后一见,便避若尹邢。经我追求不舍,中间又经过多次患难艰危,她方感动。相见不久,又为圣姑伽因孽徒妖尸玉娘子崔盈所害。经我将她元神救护回山,正想为她另觅躯壳,或是一同转世,途遇家师和一真大师唤住,问知我二人心意,都想来生夫妇同修。二老苦劝不听,家师命把两半玉璧取出,同立盟誓。并说:'璧在人在,璧亡人亡。只等双心合一,破璧重圆,便可如愿。'随将元神交与大师带走,由此便没了信息。她因凤孽颇重,又转了一次劫,始投大师门下。

"我自前生初见,情根与日俱固,本来重人而不重色,毁容无妨,不该将玉璧毁去。我前闻她形如童婴,以为玉体被毁,特意借一幼童复体,只是不该刚一回生,便又毁璧。我虽长年相思,见面之望已绝,心中不无怨恨,但我思念更苦。知她在此,才随洪弟同来,意欲暗中助她成功,岂有不愿相见之理?无奈家师法力无边,如违盟誓,我固不利,她也有害,因此不愿相见。适见破璧重圆,昔年血痕已化同心,才知二位师长有意成全,用佛法禁制颠倒阴阳。我本疑她不会如此薄情,竟会推算不出。今我二人已将成道,天仙本非所愿,不去说它,地仙实在意中。只是鸠盘婆外,尚有一个对头也颇厉害。只需过此两关,等到三次峨眉斗剑,群仙劫后,从此天长地久,不会分离的了。"

易静闻言,接口笑道:"玉弟此时当知我的苦心了。如非恩师相助,毁容易貌,那冤孽先就放我不过。迟早仍还你一个白幽女如何?"陈岩喜道:"当真的么?不怕洪弟与癫道友见笑,我虽是修炼多年,因是幼童,仍不免于童心和洪弟一样,言动天真,自觉所附童身尚还灵秀,易姊姊偏毁了芳容。经我多年苦修，早已脱胎换骨，此身又不舍抛弃，正想易姊姊如允双修，也将容貌毁去，好和她配对呢。"易静忍不住伸手朝陈岩头上指了一下，笑道："痴子！难为你多年修为，还改不了老脾气。"癫姑见陈岩看去只十来岁年纪，神情既极天真，语气又是那等痴法，忍不住笑了起来。陈岩笑道："癫姊姊笑我脸老么？"癫姑笑说："不敢。"陈岩又道："我历劫三生，本是为她一人，便笑我也不怕。"随问："易姊姊，何时恢复昔年容光？"易静笑答："你才说重人而不重貌，如何又对此事关心呢？"

语声才住，猛瞥见总图上金云电漩，光焰潮飞，知有自己人冲禁而入，为神泥所化佛光所阻。易静原防别的同门进来，说话不便，特以神泥封闭土宫，免其闯进。一听癫姑说是英琼，忙即飞身上坛，刚要行法撤禁，英琼已在定珠慧光笼罩之下冲了进来，见面笑说："九烈老怪夫妇刚被我们赶走，不料又来一人。因其指名要易姊姊出见，不似有甚恶意，神情好似海外散仙，又非左道妖邪一流，法力颇高，初见颇为谦和，本想引入外洞相见。神雕忽用鸟语急啸，说来人不是善良，最好向易姊姊问过再说。如今金、石二弟和朱师姊他们均在上面守候，特来告知。不料神泥与戊土合用，威力甚大，如换红儿、袁星，恐还更费力呢。"易静闻言，朝陈岩看了一眼。陈岩把小脸一绷，气道："这厮又想欺负你么？"癫姑忽然笑说："二位劫后重逢，且先谈上一会，我看看去。"说完，大头一晃，人便无踪。

英琼说："那人决非庸流，众人向其盘问，面有不快之容。袁星又把神雕之言用本门传声暗告众人，正想将其引往静琼谷内。石完听袁星说，来人是易姊姊的对头，在旁插口，语多无礼。妹子如非俞姊姊劝阻，令先请问，同时又接林、庄二位师兄传声相告，不许冒失，因见来人前恭后倨，末后辞色不善，问他姓名来历，又不肯先说，也许早动了手。癫姊姊见闻广博，对敌神情又极滑稽，此去必有事故，待妹子前往相助如何？"说时，陈岩、李洪两次要走，均被易静强行阻止。英琼刚把话说完，易静忙拦道："琼妹，不可与来人一般见识，请代我用传声劝住众同门，我自前往会他。"

陈岩闻言，似更不快，接口说道："姊姊，你还要见此人么？"易静闻言，脸上一红，笑道："我与此人早就情断义绝，但他专为寻我而来，如不往见，必不肯去。众同门又均气盛喜事，一句说僵，非动武不可。此人虽然心狠狡诈，自近百年隐居海外以来，早已敛迹，不再为恶。他虽无义，决不愿由我二人身上使其败亡。好在四九天劫，不久即至，他决难于避免，何必与他一般见识？"陈岩道："话虽如此，但他多年修炼，交游甚多，正邪各派都有。你连经三劫，前后师长都是道法高深，冠冕群伦，近又奉命开府幻波池，得了圣姑珍藏,功力大进,他断无不知之理,竟敢孤身一人登门寻事,不是炼有邪法、异宝,有恃无恐,便有大援在后。你一时姑息,必留后患,转不如就此将他除去,省事得多。"易静微愠道:"玉弟,你怎会说出这样话来?也不替我想想?"陈岩笑道:"我如非此人作梗,怎会受这三生数百年相思之苦?想起最前生,他视我如仇,忘恩负义,却又对你那等情薄心狠。后知白幽女是你转世,欲以贞女成道,双方情义早断,依然苦缠不休,百计暗算。到了今生,还是不肯放松。久闻他机智阴沉,处心积虑已有多年,对我仇恨尚浅,对你曾有不能并立之言,可恶已极。我说此话,并非真要由我二人手内杀他,只不愿你和他再见。你如不去,我便罢休,否则休怪我狠。"

英琼见易静满脸均是愁虑之容,知她性情刚直,素不怯敌,连丌南公那么厉害的人物也都从容应付,怎对一无名散仙如此顾虑?以为来人法力真高,想再请命出视,相机行事。易静又对陈岩笑道:"玉弟,我的苦心,已蒙相谅,怎连这点事都不通融呢?"陈岩默然未答。李洪笑说:"我虽不知你二人的事,但是来人如真蛮不讲理,莫非怕他不成?易姊姊不令动手,陈哥哥又不令易姊姊出去,来人决不肯退,如何是个了局?依我之见,就让易师姊与他一见,讲理便罢,如不讲理,不问事情如何,敢来幻波池扰闹,便要给他一个厉害。"话未说完,易静好似吃了一惊,忙把新撤收的五行仙遁重又复原。随听长啸之声由岭上传来,易静喊声:"不好!"忙道:"玉弟、洪弟,千万不可动手。待我和他说几句话,遣走再说。"说罢,将总图用身旁法宝暂行护住,随纵遁光,匆匆飞出。

英琼见易静虽将五行仙遁发动,比起先前应敌时威力要差得多,并将五行分化,不令合运逆行。照这样仅凭各宫本身威力,只要来人明白天星躔度和五行生克、各宫步位,即便入伏被困,仍能自保。分明是怕来人受伤,故意如此。一时好奇,也纵遁光追去。刚到外洞,便见前面黄尘高涌,风沙弥漫,烟光浓雾之中,有一道人驾着一道遁光,冲将进来,虽被陷入戊土遁内,依然朝前猛冲。易静固然恐伤来人,戊土威力未全发挥,但似此光焰万道,飓风怒鸣,黄尘如海,中杂无数戊土神雷,纷纷爆炸,威力也非寻常。那道人正是先前指名要见易静的无名怪客,竟丝毫不以为意,拦他不住。戊土只就本宫发挥,未生变化,如非另有太清仙法挪移倒转,照来人法力之高,直非被其冲破不可。

方觉果非寻常,易静已与来人对面。同时耳听众声呼叱,前面尘海中又飞来十来道遁光。当头一只玉虎,周身毫光如雨,银芒电射,头上一座山形金光,中拥三人,正是金蝉、朱文、石生,带了钱莱、石完、李健、韩玄、沙佘、米佘等六小弟子,以及英男、俞岙、赵燕儿、石奇诸人,一同电驰飞进。钱莱、石完同在太乙青灵铠所化一幢青莹莹的冷光笼罩之下,抢向前面,同声大喝:"好个狡猾妖道!口出狂言,敢用障眼法欺人,妄入仙府。今日教你来得去不得!"话未说完,石完一扬手,便是七八团石火神雷连珠打出。钱莱紧跟着手掐灵诀,一按遁光,身形一晃,二人同时无踪。方瑛、元皓同时赶到,也电一般抢向金蝉等前面,大喝:"二位师侄,不可动手!"那一连串的石火神雷,已先爆发。易静见状大惊,不及阻止,扬手飞出一片中具两个乾卦的镜光,想将神雷收去。说时迟,那时快,金蝉、朱文因在上面受了来人愚弄讥嘲,未免有气,也是一到,便将天心双环合璧飞出,易静六阳神火鉴的宝光立被荡退了些。

道人一味向前猛冲,见了易静,怒火中烧,正想下手,不料上面敌人来势极快,先为神雷将防身宝光震破。如非功力甚深,几被打死,就这样,人已受伤不轻。方在激怒,待要还攻,两圈青、红二色的心形宝光已相对射向身上,当时被困在内,法力失效,全身不能转动。刚恶狠狠咬牙切齿,骂得一声:"小狗男女!"易静深知天心环的威力,宝光已将来人制住,只要相对一合,形神皆灭。口方急呼:"蝉弟、文妹,快些停手,此人是我旧友。"

话未说完,一片佛光红霞由斜刺里拥着两人飞来,直投双环之中,正是陈岩、李洪。李洪手指如意金环,与陈岩手上一道红光同时飞到,金环、佛光先罩向道人身上。陈岩手发红光,又将天心双环两头挡住,笑对道人说:"元道友,你自负人,如何怪她?况已为你兵解,历劫三生,双方情义早断,苦苦纠缠做甚?休看这里诸位道友年幼,哪一个不是累劫修为,根骨深厚?便这几个后起之秀,你也未必能占上风。天劫将临,还是早做准备的好,请回海外去吧。"说时,金、朱二人已将法宝收去,戊土禁制也被易静止住,现出一间广堂玉室。

道人见当地金庭玉柱,宝气珠光;面前敌人不分长幼,个个仙风道骨,福缘深厚,知非敌手。救他的,恰又是前三生的情敌和另一幼童。不禁愧愤交加,怒说:"此仇早晚必报!你们人多势盛,我去也。"随纵遁光飞起。英琼见他手掐法诀,似要施为,料在临走以前要暗下毒手,方在暗中戒备,想将定珠放起,冷不防给他一个没趣,便知这班人全不好惹,免其再来寻衅。忽听前面有人接口道:"元道友,你的飞针、旗门、请带走吧。"声随人现。道人本是心中恨极,想在去时用法宝向陈、易二人暗算,手刚抬起,猛瞥见面前人影一晃,现出一个癞女尼。认出是昔年心如神尼的徒孙癞姑,手里拿着先在上面埋伏的诸天旗门,笑嘻嘻站在面前。这还不说,最厉害的是现身时觉着身旁法宝囊微微一动，那随着自己心意扬手即发的太阴六绝神针，不知怎的，竟会同时到了敌人手内。那百零八座旗门，不用时长才寸许，由一个八角金牌托住。飞针恰也百零八根，分插在旗门中心。阴谋已被敌人识破，愧愤交集之下，怒道："我不知你会背师门，改投峨眉。蒙你见还，后必有报。此时无暇多言。"随手接过，手指处，旗门、飞针一齐不见，金牌也已缩小多半，悬向胸前。重又回头，咬牙切齿恶狠狠手指陈、易二人，说了句："行再相见！"忙纵遁光，电驰往外飞去。

众人因被易静止住，全未追赶。正要谈说前事，忽听洞外霹雳连声，山摇地动，一连串响到上面。同时又听神雷大震，势更猛烈。易静喊声："不好！"当先飞出，只见洞外灵泉水柱刚被震散，重又复原，地上水深数尺。也顾不得行法退去，匆匆穿波而上。刚出水面，便见天边一条红影，在密云层上略闪即隐。钱莱、石完和火无害、上官红、竺氏姊弟三人，还有神雕、袁星，正由前面赶回。易静知道敌人受伤逃走，事已至此，叹口气，只得罢了。

原来余英男师徒二人带了神雕、袁星，遵照卢妪仙示，先在静琼谷中防守。英男本将离合五云圭放起，令火无害藏身其内，装作被困神情，等候九烈神君夫妇到来。后听音乐之声，卅南公已驾彩云青虹气走，知道强敌将临，故意手指火无害喝骂，令其降顺。正做作间，忽见火无害连使眼色，暗示有了警兆。英男侧耳一听，地底似起了一阵极强烈的异声，声虽低微，来势绝快，只一两句话的工夫，便由远而近，到了依还岭前。因全山地面均有仙法禁制，敌人又不愿改道上方，到了岭前，略一停顿，便往地底钻去。英男知敌人要由地心深处斜穿上来。又见火无害神情比前紧张，忙作戒备时，忽听身后有人笑语道："余道友，可容愚夫妇一谈么？"英男故作失惊，先将防身宝光飞起，将身护住，飞向一旁，转身回顾，见面前立定男女二妖人。男的是一身非僧非道的装束，腰间挂着一个黄玉葫芦，头戴星冠，冠上钉着九朵手指大小的烈焰，左肩道袍上钉着五柄殷红如血的魔叉。所着道袍前短后长，色作暗绿，上有烟云风火，随时隐现，变幻无常，若将离身而起。神情虽然诡异，相貌尚颇清秀。女的却是丑怪异常：身材比男的几乎高大一倍，虎头鸟面，目光如豆，钩鼻尖嘴，肤黑如漆，肩披绿发，蓬头赤足，相貌威猛狞恶，宛如山精海怪，不似人类。穿着一身黑衣，上面烟云滚滚，蓬勃欲起，一身都是邪气。站在男的身侧，二目凶光注定在火无害身上，隐蓄凶威，大有一触即发之势。

英男知此一男一女正是九烈神君与恶妇枭神娘，故意怒喝："你是火无害的同党么？"随即装作怕来人将火无害劫走，随手一指，那面阳圭便往阴圭槽中合去。火无害见敌人已被瞒过，立时乘着宝光变幻之际，运用玄功离圭而出，隐了身形，飞向崖顶守候，准备诱敌入伏，更给妖妇吃点苦头。九烈神君先未觉察，笑答："余道友不必多疑。你所困那妖孽，昔年将我夫妇一部魔经盗去毁掉，累我受了许多苦难，仇重如山，特来寻他。如不嫌弃，我情愿用一件法宝与你交换。否则你虽将他擒住，不能除去。此贼性如烈火，也决不肯降顺，稍纵即逃，又留后患。你意如何？"英男怒答："你便是九烈老怪么？趁早快走，免招无趣。"

九烈神君还未及回答，猛由空中射下一蓬银色针雨，细如牛毛，奇亮如电。妖妇枭神娘见英男口出不逊，本在暴怒，手刚扬起，未及发难，火无害太阳神针已先到了头上，来势神速，声光先又隐去，到了头上，飞针方才爆发。妖妇虽是擅长玄功变化，也禁不起这至宝暗算，如非应变神速，稍有警兆，立即飞遁逃避，并发出防身魔光妖云，几受重伤。就这样，她满头怪发仍被太阳真火毁去了一半。当时暴怒，就着飞身闪避之际，扬手便是大片妖云黑影，内里带着千万点金绿色的火星，暴雨也似向空激射。同时耳听身后另一少女大喝，似由谷口飞来，急于追敌，也未回看，便和九烈神君破空飞去。

后来女子正是英琼，见到的稍晚，九烈夫妇已朝火无害追去，忙和英男身剑合一，尾随急追。等追到岭侧高峰之上，只见前面烟光电闪中，火无害和九烈夫妇已先后相继投入金蝉等所设仙阵之内。英琼刚到阵前，还未入内，朱文忽由幻波池飞来，暗用传声向二女说奉了癫姑之命来此会合，使双心合璧，抵御老怪。说完，同往阵中飞进。

金蝉原和石生、石奇、俞㚑、赵燕儿等会合新奉命来的三个同门，在岭侧白象峰顶设下仙阵，暗中埋伏。俞㚑把守阵门，一见火无害飞到，连忙开放门户，引了进去。紧跟着，九烈夫妇也已到达，仙阵虽未现出行迹，但九烈神君毕竟修炼多年，见闻广博，遥望火无害飞到峰顶就忽然不见，情知有异。依了枭神娘，便要朝前猛冲。九烈神君终是持重，刚按遁光降落峰上，待要查看，红光一闪，面前现出一个美貌道姑，也未说话，把手一指，立有一座旗门平地涌out。九烈夫妇虽看出那是太清仙法，自恃神通，全未放在心上。枭神娘更是性暴，扬手一片金、绿二色的火星打将过去。敌人身形忽隐，随见火无害人影一闪不见。越发急怒，双双入阵。刚刚飞入旗门以内，忽听雷声殷殷，前后左右突又现出数十座同样旗门，其高都在十丈以上，烟光万道，霞彩千重，时隐时现，一任运用法眼观察，竟看不真切。

九烈神君知道厉害，凭自己的功力虽然不怕，照此情势，主持人决非峨眉群小，急切间偏又推算不出详情。九烈神君自知大劫将临，不敢造次，忙即立定,大喝道:"我与你们无怨无恨,何苦为一妖孽自伤和气?"话刚说完,先是金蝉、石生同在法台之上出现,紧跟着李、余、朱三女一同飞来。金蝉首先喝骂道:"无知老怪!枉自修炼多年,平日狂傲,连眼前的事都看不出来。那火无害已被我英男师妹收到门下,你都不知道,怎么还敢猖狂?趁早回宫,我念你虽是邪教,近年已知敛迹,不与你计较;再如逞强,在我依还岭扰闹,教你形神俱灭!"

九烈神君见对面敌人都是仙根仙骨,知是峨眉门下高徒,年纪虽轻,法力不弱。内中金、石二人,更是宝光外映。既在此布阵相待,事前必有成算。方要开口设法下台,枭神娘已按捺不住怒火,扬手便是一粒阴雷,朝法台上打去。金蝉通未理睬,只将手中灵诀往外一扬,面前突又现出一座旗门。九烈夫妇所炼独门阴雷,威力最是猛烈,弹指之间,整座山头都能震成粉碎。哪知打到旗门之内,碧光一闪,化为一蓬绿烟,便已消灭,连雷声都未听到,不禁大惊。

枭神娘怒吼一声,立用玄功,通身黑烟火星乱爆,一催妖光,便往旗门内飞进。九烈神君知她犯了凶性,劝说不住,只得施展神通,一同飞入。刚进旗门,法台忽隐,那旗门一座接一座涌现不已,四方八面都似走马灯一般,相对乱转,隐现无常,到处烟光如海,上不见天,下不见地,连施邪法,均无用处。九烈神君见枭神娘怒发如狂,暴跳不已。四外烟光越来越盛,压力逐渐增加,一个敌人也见不到。想起多年威望,竟为几个无名后辈所制,也甚愤怒,把心一横,便将那苦炼多年,准备抵御天劫的九子母阴雷取在手内,厉声喝道:"峨眉后辈,速将火无害交出,还可两罢干戈;否则,我这九子母阴雷一发,全山齐化劫灰,你那太清旗门决敌不住。一震之后,至少五百里内生灵均遭波及,玉石俱焚,悔之无及了。"随听左侧有人冷笑,骂道:"师父,你看这妖孽口发狂言,有多讨厌!妖妇更比鬼怪还丑,看了有气。弟子给他们吃点苦头如何?"

九烈夫妇循声回顾,先不见人,那语声也是若远若近,心中恨极。定睛一看,前面忽现出一团极淡薄的红光,四边青色,内里现出金蝉、石生、俞峦,还有一丑一俊两个幼童,正指自己笑骂,不由大怒。因为被仙法所迷,金蝉又将宝光隐去,只现出一圈红影,没看出那是前古奇珍天心环。虽然恨极,仍以九子母阴雷威力太大,天劫又将临身,惟恐造孽太重,更遭天谴,两次欲发又止。

口正威吓,劝令敌人明白利害,忽又听右侧也有人在喝骂嘲笑,内中一人颇似火无害的口音。回头一看,果是火无害,同了几个少年男女,也在一片心形淡光之中现身,只是光作青色,外有红边。仇人相见,本就眼红,况当身困阵内,进退两难,怒火上攻之际。悍妻枭神娘因孽子黑丑为叶缤所杀,原因在于魔经被火无害盗去,故对火无害切齿多年,再三催逼九烈神君下手,哪还再计利害,扬手一团紫、绿二色暗沉沉的宝光,直朝对面敌人打去。那九子母雷珠大只如杯,随着主人意念,发出极强烈的威力。照例出手时光并不强,暗紫、深绿二色互相闪变,无甚奇处。但一经发威,立发奇光爆炸,当时光焰万丈,上冲霄汉,下透重泉,方圆千里内外,无论山川人物,一齐消灭,化为乌有。那被阴雷激荡起来的灰尘,上与天接,内中沙石互相摩擦,发出无量数的火星,中杂熔石沸浆。由千里以外远望,宛如一根五颜六色的擎天火柱,经月不散。若将地壳震破,引发地轴中蕴积的千万年前太火毒烟,灾祸更加猛烈,端的厉害无比。

九烈神君虽因急怒交加,迫而出此下策,心中仍有顾忌。满拟此宝威力之大,不可思议,敌人法力多高,也禁不住这一击之威。正在运用玄功,不令九雷连发,减少它的威力,以免灾区蔓延太广,多害生灵。万没想到那团紫、绿二色的雷光刚一离手,心形青光突然大盛,方看出此是一件奇珍。心念微动,红光一闪,前见那圈外青里红的心形宝光倏地同时飞来,比电还快,一齐照向阴雷之上,直似具有一种其大无比的吸力将其吸紧,四外均受压迫,休想移动分毫。猛想起双心合璧正是此宝,不禁大惊,忙即行法发动阴雷时,竟被敌人宝光制住。只见雷珠宝光不住闪变,光甚强烈,似想发挥全力爆炸,只为四面逼紧,休说无法施威,连移动都难。这一惊真非小可,忙以全力回收,已收不回。正愁急间,前面突又现出一座旗门,门内法台上立着十几个少年男女,指点自己这面,互相说笑。那两圈心形宝光,也已缓缓往里合拢。一时情急,正待拼着损耗元神,运用玄功上前抢夺,猛瞥见一团佛家慧光祥霞激滟,突然出现,罩向心形宝光之上。同时又有一朵形若灯花的紫色灵焰飞入心光之中,将那粒阴雷裹住,紫焰往上一包,慧光祥霞再往上一压,四道宝光合为一体,本身元灵真气立被隔断。

九烈神君知道对方所用多是闻名多年、难得见到的仙佛两家至宝奇珍,威力神妙,不可思议。想起此宝关系未来成败,盛气立消,忙用魔语警告枭神娘,不可发威开口。随对众人笑道:"想不到贵派后辈中竟有这等能手,我今日甘拜下风,只要将九子母雷珠还我,从此互不相犯如何?"英琼首先喝道:"老怪物,你做梦哩!这样害人的东西,我今日替你毁去,免你将来多害生灵。本想将你夫妇一同除去,姑念近年不曾为恶,本门与人为善,不咎既往,放你逃生,已是便宜。再如唠叨,连性命也保不住了。"九烈夫妇闻言大怒,方在厉声咒骂,待以全力相拼。金蝉见九烈夫妇身上烟云滚滚,光焰四射,一个头上九朵烈焰,连同左肩上的妖叉已将飞起,笑骂:"无知老怪物!你那仇人已深入你魔宫根本重地,门下魔徒现正纷纷伤亡,你那本命元神也眼看随着魔灯就要消灭,若再执迷不悟,在此相持,就来不及了。"

九烈神君闻言,想起天劫厉害,多高法力的人,事前也推算不出来。有时并非人为,多半咎由自取。想起闭宫多年,本定不再预闻外事,不料孽子黑丑无故惹事,妄向郑颠仙寻衅,致为金钟岛主叶缤和峨眉女弟子凌云凤所杀。自己虽然愤恨,因知注定劫数,孽子不遵父命,自取灭亡,空自悲愤,还不想当时报复。无奈悍妻枭神娘历劫三生,只此一子,爱如性命,闻讯大怒,强迫自己非报此仇不可。因受她两次救命之恩,追随两世,才有今日,不肯过分使其失望。后经再三劝说峨眉势盛,此时万不可以树此强敌,否则仇报不成,还有杀身之祸。这才答应对凌云凤这个仇人暂且留为后图,先去找叶缤报仇。

依自己的心意,对方人多势盛,法力又高,此时叶缤又在元江大熊岭,如往寻仇,郑颠仙和峨眉派这班人决不坐视。最好过上些时,冷不防赶往金钟岛,杀他一个痛快,以免作梗。枭神娘偏不肯听,也没商量,独往寻仇。刚一到达元江上空,便遇叶缤、杨瑾和峨眉派几个女弟子迎上前来。枭神娘只想到峨眉派的紫、青双剑厉害,不知对方持有佛门心灯。正待施展玄功,猛下毒手,忽然一朵佛火灯花迎面飞到。匆促中不及防御,竟将苦炼数百年的魔光震散,身受重伤,逃了回来。欲速不达,元气大为损耗,她悲愤交加自不必说。又经自己再三力劝,强自按捺怒火,重炼魔光,等到炼成,威力已不如前。

先曾算出敌人在川边倚天崖对面双杉坪石洞之中,苦练绝尊者遗留的《灭魔宝箓》,日运玄功入定,报仇机会原好。无奈崖对面便是芬陀神尼所居龙象庵,敌人又持有佛家至宝心灯,此去无异自投虎口,决难占到上风。枭神娘也因元江一败,有了戒心,不敢似前冒失。特在魔宫之内设下法坛,将乃父伏孤拔老神魔遗留的一件奇珍,自刺心血,苦炼成功,虽不能仗以破那心灯,却可防身,乘机伤敌。当老神魔火化时,留有遗命,说此宝威力太大,又太阴毒,只能使用一次。并还迫令枭神娘立下誓约,不能违背。故不得不慎重其事。等到炼成,重用晶球查看,才知心灯乃谢山所有,叶缤只是借用,已早送还。神尼芬陀也不在庵内,等敌人《灭魔宝箓》炼成,方才回庵。如在炼法要紧关头赶去,十九可望成功。一时小心怯敌,自失良机,悔恨了一阵,无计可施。最可恨的是敌人神通广大,不特报仇极难,更须防她寻上门来。

每日闭宫自守，本想挨过最后天劫，再打复仇主意。

不料怀恨多年的夙仇火无害，忽又由月儿岛火海之内逃出。想起伏孤拔老神魔之遭火化虽是定数，仇人如不将他未炼完的魔经焚毁，也不至于遭那惨劫；而且爱子黑丑也不会死，自己夫妇神通必定更大，成了不死之身，怕那天劫做甚？更恐仇人性如烈火，仇怨又深，记着昔年三入月儿岛向其寻仇之恨，突然上门闹事。越想越急，以为飞遁神速，仇人正被峨眉门下擒困神圭之内，报仇容易，往返不过半日，决可无事。哪知对方仙法神妙，晶球视影只现出前半段，仇人降敌全不知道，贸然前来，连自己也因积仇太深，忘了利害。又偏巧在途中耽延，因不愿和丌南公生事，直到他师徒走后，方始下手。万没想到，敌人竟算出此事，先有防备，落入圈套，还将心神相连的至宝九子母雷珠失去。敌人这等口吻，必有原因，也不知所说强敌是谁。

九烈神君越想越惊疑，忽听俞峦拦住金蝉，越众向前，笑道："九烈道友，可还记得贫道俞峦么？昔年先师曾对你说，你本质并非大恶，只为一时昏迷，又受魔女救命之恩，入赘魔宫，相从为恶。暂时虽可快意，劫数一到，便不免同归于尽。如能中途洗心革面，及早回头，魔女虽然灭亡，你本身并非全无解救。事隔数百年，想还记得？你已多年未出魔宫，忽然向人寻仇，便是自取灭亡的先机之兆。姑无论此仇该报与否，你也修炼多年，具有神通，来时还有晶球视影查看这里动静，也不想想，你那仇人既被余道友困入神圭之内，怎会事隔多日，人物景象原样未变，是何缘故？你那强敌便是前金钟岛主叶缤，现由乌鱼岛追一妖人，前往你的魔宫。妖人以为你夫妇魔法甚高，和叶缤又有杀子之仇，所以敌人已经停追，他还故意引逗，意欲诱敌入宫，与你夫妇合力报仇，以致误人误己，把杀星引上门来。我料此时当已到达，你那些门人侍者决非其敌。如知利害，速舍雷珠，赶回宫去。我劝诸位道友念你多年苦修，实非容易，不加阻止，那盏元命灯或能保全。这还是念你近年颇知敛迹，本着各位师长许人迁善之心，不愿过分。否则，这二元仙阵乃太清无上仙法，虽是妙一真人近日传授，但因金、石、朱诸位道友功力深厚，阵中又有大方真人所借旗门，你想要全身而退，并非易事。那粒雷珠威力太大，阴毒已极，已被收来，断无还你之理。再如迟延，你就两头皆失，难于幸免了。"

九烈神君原来与俞峦见过，一听已至其魔宫的强敌就是叶缤，正中心病，不禁大惊。但就此退走，一则难堪，二则所说到底不知真假，应敌匆匆，无法推算。悍妻连遭挫败，怒发如狂，毛发皆竖，也必不甘退走。心方愁虑，忽然接到魔宫最危急的信号。经此一来，连枭神娘也大惊失色，心胆皆寒。

九烈神君更不必说,略一寻思,忙向俞峦道:"俞道友之言有理。如念昔日相识分上,烦告峨眉诸人,说我此来,本寻火无害报仇,与他们无干,也不知仇人怕死降敌。如今既有仇敌上门寻事,不容不回。那粒雷珠关系我夫妻重大,从未用过,如非此阵威力神妙,怒火头上,也不至于出手。但请将来借我一用,劫后定必奉赠,并还传以分合运用之法,千万不可送往九天之上将其震毁,便感盛情了。至于这二元仙阵虽甚高明,仍然拦我不住,只管施为便了。"

金、石诸人见他说时面容悲愤,口气仍甚强横,方要开口,吃俞峦摇手止住,答道:"贫道必为婉劝,请先走吧。"话还未完,九烈夫妇心灵上已连生惊兆,魔宫告急信号也联翩而至,知是危急万分,不暇多言,道声:"改日图报。"把手一挥,两道魔光合为一体,立时掉头往阵外冲去。金蝉愤他口气太狂,便将仙阵旗门一齐转动,发挥全力妙用,想使服输告饶,方肯放走。

第二九五回

苦缔心盟　三生寻旧约
宏施佛法　七老悟玄机

话说俞峦久经苦厄,被困多年,心情最是平和。见金蝉以全力发挥仙阵,一时云旗闪变,光焰万丈,风雷之声震撼天地,声势比前还要猛烈得多,惟恐激怒九烈神君,危害附近生灵,方要劝阻,哪知九烈神君夫妇魔法真高。先前志在擒敌,仙阵神妙,并有许多顾忌,知道敌人长于隐形飞遁,旗门变化无穷,难于捉摸,没奈何才下毒手,以为取胜虽然不行,逃走却非难事。加以根本摇动,情急万分之下,先曾夸口,不甘认输。再听出所设乃是二元仙阵,又多了神驼乙休的伏魔旗门,所以如此神妙。退志一决,早在暗中施展魔法,取出一件专测各宫部位躔度的法宝蚩尤九宫鉴,查看好了门户方向,运用玄功变化向前猛冲。只见光焰海中,一道黑色魔光长约丈许,四围金星血花乱爆如雨,冲行光海之中,每遇旗门阻路,立时激荡起千重金霞,万道毫光,随同风雷滚滚,云旗闪变,一冲即过。尽管旗门去了一座又现一座,阵法不住倒转,竟拦他不住。金蝉上来错了主意,以为阵法颠倒,便可将其困住,等到发现,忙即催动阵法,把旗门移向前面阻路,依然没有他快。晃眼之间,便被冲过四座旗门,逃出阵外,破空遁去。才一出阵,魔光突然暴长,仍和原来一样,化为黑色妖云,中有无量金、绿二色火星,不住闪变,半天立被布满,狂涛一般蔽空飞去,晃眼已到天边,剩了一片极小的黑影,一瞥不见,端的比电还快。火无害因愤九烈神君骂他怕死,心中愤怒,本来要追,吃俞峦在旁看出,暗向英男示意禁止,未得如愿,空自愤恨。不提。

众人见状,才知九烈夫妇魔法果然厉害。经此一来,不特收得九子母阴雷,无形中积了一件大功德,并还断定敌人由此知难而退,不会再向本门生事,俱都喜慰。由俞峦在旁指点,仍用天心双环和定珠、兜率火将阴雷制住。再由金蝉把伏魔旗门缩小,按方位布好阵势,将雷珠包围在内,一同退出阵外。照日前仙柬上所现灵符法诀,如法施为,俞峦一声令下,金、朱二人和英琼一面收回四宝,一面施展仙法,扬手一片霞光,罩向阴雷之上,当时裹住,大小四座旗门齐射霞光。阴雷随同四宝一撤,紫、绿二色的魔光突转强烈,刚一闪变,待要暴长发生威力,已吃旗门霞光制住,仍在乱转。及被灵符所化金霞包没,方始缩小,渐渐复原,化为豆大一粒雷珠。金霞也已缩小,变为薄薄一层,紧附珠外。金蝉便收到手里。钱莱、石完、李健、韩玄、沙余、米余六个小人,随同杨鲤、陆蓉波、万珍、郁芳蘅、廉红药等男女同门在旁观战,相继上前会见。

众人俱想和李洪、陈岩、易静、癫姑诸人长谈。金蝉、朱文、英男、石生四人更恐李洪同了陈岩飞走,难得再遇,又急于想见新收的门人竺氏姊弟,见陆、万、廉、郁四女同门因和俞峦初见,尚在叙谈,不耐等候,当先飞走。刚到岭上,便见袁星、上官红同了竺氏三姊弟与一道人对谈,似在争论。神雕钢羽盘飞空中,银翼凌空,目光若电,注定下面,好似对那道人示威戒备神气。袁星瞥见四人飞来,忙用传声禀告,说那道人强要面见易静,因听钢羽空中连啸,说来人是个对头,因其不似妖邪一流,以礼来见,未便动强。令其稍待,以便请示,偏不肯听,请四人暗中留意。金蝉等见那道人相貌不似别的妖人丑恶,但是面带诡笑,一双怪眼隐藏奸诈。本来神情似甚和易,当四人飞来,先见到的便是金蝉、朱文这一双情侣,面上微微一惊,立时转身迎上,开口便向金蝉笑道:"道友便是妙一真人爱子金蝉么?这位必是女神童朱文了?"金蝉见对方身上不带邪气,笑语温和,开口便道出自己的名姓、来历,神情似甚和善,转问:"道友尊姓?仙乡何处?"石生、英男同了俞峦、杨鲤、万、郁诸人已先后赶到。道人除乍见金蝉、朱文微微一惊外,对于后来诸人并未介意,神态从容,也未再问名姓,闻言笑答:"易道友是我旧友,多年未见,新近闻说在幻波池开建仙府,特来一访。我乃绝海荒礁的无名炼士,姓名、来历,不值一谈。易道友也未必愿诸位知道详情。只请领往一见如何?"

金蝉还未回答,因空中雕鸣甚急,袁星传声转告,说易师伯正在五行殿主持仙遁,使其复原,此时不可放其入内。并说来人身带法宝甚多,必须留意,但不可先动手。金蝉听完,道人话也说完,便据实答道:"卅南公和九烈老怪夫妇逃遁不久,易师姊现正有事未完,便我们同门师弟妹也见不到。若道友非见不可,请在岭上稍待如何?"道人笑答:"一别多年,思如饥渴,易道友如见是我,断无不快之理。贫道也是身有急事,因听说易道友在此,百忙中抽暇赶来。幻波池五行仙遁难不倒我,只为身是来客,不便冒昧登门而已。"

英琼在旁,因平日最信钢羽之言,听它连声急叫,说来人是易静的对头,休说不宜放进,最好不令易静出见,否则有害。她本已激动侠肠,再听道人口气强傲，软中带硬，直似不问情由，非见不可，并还不肯等待。心中不快，上前说道："道友为何不通情理？这幻波池虽是易师姊居长，实由三人为主。今当强敌初败之际，我们有事不见外客，你又不说名姓、来历。易师姊的身世交游，曾听说过，并未说过有你这样朋友。实不相瞒，我李英琼此时便不容外客登门，请你回转。易师姊如和你有交情，自会登门拜访，否则她也不是怕事的人，你何必忙此一时呢？"道人闻言，朝英琼细看一眼，笑道："道友便是峨眉三英之一么？果然名不虚传。所说也似有理，无如贫道天性固执，又与易道友分别太久，知她此时有事，不能出见，意欲登门拜访。你们如若倚仗人多，强行阻止，贫道只好做那不速之客了。"石完在旁听了有气，上前喝道："易师伯是主人，不许你见，你待如何？"

道人刚把脸色一沉，俞峦得道多年，最是见多识广，见道人穿着一件青灰色的道袍，非丝非帛，胸前有一团八角形的宝光，隐隐外映，非用慧目法眼查看不见，已猜出几分来历。恐双方言语失和，冒失动手，一面止住李、石二人，暗告英琼不可动武，令见易静问明再说，一面又向对方婉劝。道人虽怀必胜之念而来，到后看出众人无一好惹。心想："所寻的人即便前知，也不至于逃避不见。反正仙遁不易冲破，不如将计就计，冷不防暗中冲入，施展毒手更好；否则等她离开五行殿出见，迎上前去相机行事，也可成功。"心念一定，立时应诺。

英琼刚一飞走，道人以为峨眉三英中英琼最是难斗，身旁又有佛光内映，看去法力甚高，此人一走，省事不少。笑对众人道："我闻诸位得天独厚，虽年幼道浅，颇有几件法宝。贫道炼有几座旗门，意欲请教一试。只要有一位知道此宝来历，贫道立即回山，不再登门惊扰，如何？"众人本就不快，再听这等说法，越发有气，同声应诺。道人说声："献丑。"手伸处立现出一片八角形的金牌，上面钉着许多旗门，看去形似玩具。扬手便是数十道彩光飞向空中，落将下来，电也似疾，闪得两闪，旗门失踪，当地却成了一片光海。随听道人笑喝："你们只要破得了我这件法宝，我从此低头，永不再寻易静贱人晦气。你们看如何？"钱莱、石完等六小弟子首先气愤，忙纵遁光循声追去。然而一任众人冲荡攻打，道人始终不见，声音却是时东时西，始终是那几句话，无法寻踪。宝光甚强，压力更大，幸而均有飞剑、法宝防身，否则决难抵御。那旗门先是隐而不现，后因众人法宝神妙，始稍出现，但随阵法变动，略现即隐，一座也伤它不了，还以为道人藏身阵中。后来癫姑赶到，因由阵外冲入，看出上当，忙用传声令众会合，说对头已经冲入仙府。

俞峦本知底细，因恐双方各走极端，还想善罢，隐而未露。及听癫姑说破,众人大怒,准备施展全力,破那旗门,这才告以收宝之法,并说此宝非道人所有,不可毁损。癞姑笑答:"我已知底,只无俞道友详细罢了。"随令众人按九宫方位立定,再由金蝉、朱文用天心环罩定中心主位,余人也各施展法宝,镇压各宫,然后按照《太清宝箓》,如法施为。众人起初原想和道人斗法打赌,没打算他会冲出阵去,及听癞姑、俞峦先后指点,辨清方位门户,立时通行无阻。道人素来外和内刚,居心阴险,因那旗门由他借来,如将敌人困住更好,否则此宝一失,宝主人必不甘休,立为峨眉树一强敌,岂非绝妙?没料到有人知道底细,并不加以毁损,乘着无人主持,便容容易易将此宝收去。

众人因此却被激怒,同往幻波池中追下。俞峦见道人如此行径,断定必是易静的深仇,来者不善。恐众人冒失飞进,受了暗算,除雕、猿、上官红、竺氏三姊弟暂留上面不令随下外,并令金蝉、朱文各取法宝,当先开路,余人也各小心,见了敌人,不可冒进。金、石二人听了俞峦之言,惟恐同门弟子中人冷箭,便将玉虎金牌取出,穿波而下。一到下面,看出中宫戊土仙遁已被敌人引发,忙即冲进。

道人先未想到五行仙遁威力如此强大,阻碍横生,虽然预有准备,身藏至宝,并无畏惧,到底还费了许多事,才把甬道冲出。到了中宫腹地,觉出不如预计之易,仇敌又是人多势盛,正在急怒交加,易静突然飞来。道人妒火中烧,表面一点不显,假装久别重逢,想望已久,意欲骤出不意,乘机发难。不料阴谋诡计早被易静看破,却不叫明,借着戊土神雷阻隔,立在三丈之外,开口便问:"我早转世,与你情断义绝,寻我做甚?"道人闻言,不禁大怒,刚喝骂得一声:"无耻贱婢!"众人已先后飞来,眼看被天心双环制住,性命难保。幸而陈岩体会三生爱友心意,强拉李洪,合力将他救下。癞姑因在上面收那旗门,使其复原,到得稍后,现身以前,又先将他飞针盗去。

道人这才知道厉害,怀着满腔恶气,匆匆飞走。到了外面,想将幻波池灵泉顺手破去,却被神雕在空中发现,告知袁星,正要下击。钱莱、石完疾恶心盛,不问青红皂白,上来便发石火神雷,并且还想由地底进攻。不料仙府地面本就坚硬,又经仙法禁制,钱莱虽仗青灵铠护身,石完穿山行石独具家传,但上下游行,仍是费力,刚一停顿,便见陈、石二人飞来解救道人。钱莱、石完有气,欲往上面等候。刚到外面,便见敌人行法,想破水源,不由大怒。石完扬手便是大串石火神雷,二人又各将仙剑、法宝纷纷放起。道人见势不佳,又恐敌人闻声追来,咬牙切齿,一路连声咒骂,往上飞去。雕、猿、上官红和竺氏姊弟迎上,再一夹攻,差一点没受了重伤。就这样,还被神雕一爪将道袍抓裂,连皮去了一大片,方始运用玄功破空逃走,仗着飞遁神速,雕、猿不曾追上。

易静等也闻雷声赶来，见面略谈前事。癫姑随说："幻波池从此多事，并有几位同门受伤。幸有林寒、庄易二位师兄在前面高峰上设有仙阵接应，并备灵符、灵丹医治，或者无妨。以后遇敌，必须小心。"并问金蝉等是否回转天外神山光明境去。金蝉笑答："乙师伯来时，曾命我们等幻波池建府之后，再回小南极。癫姊姊如不嫌我师徒，暂时还不走呢。"易静和英琼同声笑道："请还请不到诸位师兄姊弟呢，正好借此盘桓些日，同到里面谈吧。"随同飞入仙府。

众人分别礼见之后，易静、陈岩见竺氏三小姊弟个个仙根仙骨，灵慧非常，便问长问短。才知因有大荒二老预先指教，以其道路不对，只传寻常吐纳之功，无甚道力，但所得法宝已能应用，又传授了几种防身法术，各有一种飞行灵符，不禁大为奖勉。陈岩又取出三柄金钩、一面玉牌，分赐上官红和竺氏三小，作为见面之礼。上官红和三小大喜拜谢。李洪笑道："陈哥哥，你是长辈，如何偏心？眼前后辈门人有好几个，为何单赐红儿与竺氏姊弟呢？"陈岩方答："这四件法宝，乃我昔年初从师时所得，多年未用，因见他四人灵慧可爱，随意转赠，实为无心之举。别位贤侄，改日再赠吧。"易静笑道："我们下一代的门人何止百数，你有那么多的法宝么？"癫姑笑道："我和陈道友初见，不便说笑。毕竟三生良友，与众不同，一个爱屋及乌，一个关心过切，惟恐陈道友没处去弄那些法宝赐人，把话说在头里，就此下台。都是洪弟没有眼力，本来陈道友只赐易姊姊两位高足，因三小姊弟都是新入门，初次相见，不得不连类而及，你偏多口。休说那么多后辈门人，无法遍及，此风一开，以后我们尊长更不好当了。教人家为难，有多讨厌哩！"

易静平素庄严，不善辞令，闻言脸上一红。陈岩也觉不好意思。英琼爱护易静，虽然不知详情，先已看出几分，怕二人不好意思，接口笑道："癫姊姊少说笑话，正经的还未谈呢。我闻洪弟小小年纪，飞越宇宙极光，往来天外神山光明境，和本门七矮兄弟同诛万载寒虬，两次大闹魔宫，如入无人之境，不愧九世清修，功力高深，果自不同。先在岭上戏弄妖徒时，身后曾有七位异人同来，今在何处，如何未见？莫非功成即退，已早飞走了么？"李洪见陈岩不好意思，癫姑又在取笑，神态滑稽，众人全都好笑，颇悔失言。闻言，乘机改口笑道："那七位老人家乃是滇缅交界高丽贡山井天谷中隐居的丽山七老居士，怜我年幼胆大，恐吃老怪的亏，赐了我一件法宝，与七老心灵相合。我一动念，七老元神立用佛家心光遁法，马上飞来相助。有了这件护身符，老怪多凶，我也不怕。你当是我自己的本事么？可惜此宝是片树叶，经七老命我采来,临时炼成,只用三次,便失灵效,否则有多好。"

朱文笑道:"幸亏只用三次,洪弟那样胆大淘气,如能常用,有此七老随身,仗了靠山,还不到处惹祸才怪。"李洪刚把俊眼一翻,想要开口,金蝉在旁,恐李洪又说出不中听的话向朱文嘲笑,忙接口道:"洪弟虽然胆大,功力也实不弱,不枉九世修为,难怪七老垂青。你此行遇合必奇,何不说出来,使我们高兴呢?"朱文正恐李洪天真,口没遮拦,当众取笑,说完前言,方在后悔,闻言也忙改口说:"李洪根骨福缘,无不深厚,前生受尽魔难,此时理应苦尽甘来,畅所欲为,故此各位师长前辈都加期许。"李洪到底童心未退,有些好高,看出了兄长和朱文的心事。丽山之行,本最快心,先向金、朱二人笑道:"蝉哥哥、文姊姊放心,兄弟虽然童言无忌,当着许多人,我是不会扫你们兴的。"随将前事说出。

原来李洪别了金、石诸人和田氏兄弟,独往丽山井天谷山中赶去。到后一看,当地乃是高山顶上,一个四无出路的井形巨谷,四面危崖壁立,中现平地,只有当中地上放着一个非金非玉的钵盂和一座小石香炉,炉中香烟袅袅,四周空无一人。那香非檀非麝,闻之心神皆爽。李洪一时福至心灵,触动灵机,见向南壁上石洞若龛,似与两旁六洞有异,便恭恭敬敬地向洞跪拜,通诚求见。还未起立,忽然一阵旃檀香风吹过,与先闻香味不同。方疑主人施展大小旃檀佛法,将要现身,紧跟着一片极柔和的祥霞淡淡地闪了一下,倏地眼前一花,现出大片奇景。定睛一看,已换了一个境界,身子却未移动。那地方乃是一片园林,左右水碧山青,繁花似锦,白云如带,横亘峰腰。到处仙山楼阁,望之不尽。虽无光明境天外神山来得富丽,但是景绝清华,一尘不染,另具一种美妙幽静之趣。对面是片大花林,高均五丈以上,离地三丈始发繁枝,叶大如扇,色作翠绿。上面开着不少花朵,形如千重白莲,清香扑鼻。行列又极疏整,每树相隔竟达六七丈,色作翠绿,琼枝四出,亭亭若盖,荫蔽亩许。远望好似百十根大约两三抱的青玉柱,撑着一座花山锦幕。

花林深处空地上,似有几个白衣老人席地而坐,料是七老引其入见,忙向花林重新礼拜。耳听有人笑呼"洪侄",听出是神驼乙休的口音。抬头一看,果是乙休同了七位老人环坐地上。不知怎的,身未立起,人已到了花林之内。心想:"七老道法真高。照这样见客,有多省事。"正要行礼,旁坐一老笑道:"小客人已礼拜了两次,不必再多礼了,起来说吧。"李洪一听,心才动念,已被道破,不由大惊,哪敢怠慢,忙即应声起立,走向乙休身侧,恭求引见。乙休含笑,命坐在侧,手指七老,一一引见。

李洪才知为首一人姓文名成,得道已千余年。当初原是世家公子,从小好道,踏遍宇内名山,终无所遇,只结识了五个同道至交:一名诸有功,一名钟在,一名毕半,一名余中,一名归大年。大家都过中年,方获奇遇。先在无意中服食了几株仙草,由此身轻力健,能手擒飞鸟,生裂虎豹。信心更坚,智慧也日益空灵,终于在高丽贡深山之中,得到一部玉匣道书。又隔些年,得一散仙鄢望指点,并与六人结为兄弟,一同修炼,人都称为"丽山七友",又名"七老"。仗着道法高强,常年游戏民间。因为行侠好义,到处除恶扶善,救济孤寒,本是无心为善,却积了不少功德。

七老多半出身富贵人家,讲究衣食园林之奉,得道之后,积习未忘。为避尘嚣,远离中土,在高丽贡山,寻到一处奇景。当地乱山环绕,与世隔绝,但是遍地琪花瑶草,水木清华。再经七老用仙法布置兴修,景更灵秀,取名隐仙崖。七老长年炼丹修道,啸傲其中,不时结伴出外云游,散仙岁月,本极逍遥。

这日门人入报说:"门外来了一个穷和尚,定要面见诸位师长,劝他不听,话甚诚恳,特来禀报,可否许其入见?"七老因所居四外无路,来人怎会到此?又非道术之士,心中奇怪,方命引来相见。忽听佛号之声,一个相貌清瘦的老和尚,已经从容走来。来人正是尊胜禅师,见面问答不几句,便劝七老归入佛门,做他徒弟。七老见他毫无法力,强为人师,妄自尊大,又好气又好笑,始而不允,后竟翻脸逐出。不料禅师抱有极大愿力而来,禅功坚定,操行艰苦,说什么也要将七老度去。七老始而当他无知之徒,未与计较,逐走了事。后因禅师被逐之后,便在左近井天谷中打坐念经,行时并发宏愿,非将七老度入佛门,决不罢休。所持又是佛家金刚天龙禅唱,不论相隔多远,心念所及,全能使对方听到。由此七老时闻经声,琅琅盈耳,日夜不断,枉有一身仙法,不能去掉。连经七日过去,始终不停,其势又不便寻去理论,本就有气。

这日无心中谈起和尚奇怪,并无法力,怎会由老远把经声传入耳内,别人偏听不见?四老毕半偶答:"这和尚虽然不会法术,颇似一个有道力的高僧,否则你我七人的法力,经声怎的禁制不住?可惜那日把话说僵,又将他逐走,不便再去寻他。如再上门,我真想仔细问他一问呢。"经声忽止,门人又来禀报和尚求见。话刚说完,禅师又已走来。双方各用机锋问答了一阵,七老全被问住,无言可答。又见禅师固执来意,一时恼羞成怒,便问:"你有何法力,收我七人为徒?"禅师微笑答说:"我四大皆空,用甚法力?只为见你七人善根深厚,迷途未返,不久天劫将临,发此慈悲。只凭定力宏愿,将你七人引度到我门下,要那法力做甚?"七老怒喝:"我弟兄七人均精玄门禁制之术，法力高强。你以为稍具禅功，便妄言定力坚强，要人从你，岂非做梦？"禅师笑道："我历劫多次，已参上乘妙谛，悟彻真如，休说你那区区禁法，便十万天魔、刀山火海也奈何我不得。我既引度你们，哪怕历时千年，誓愿未完，决不离去，你们终有回头之日。"诸有功比较性暴，怒喝："你哪知厉害，我们念你只是狂谬无知，也不伤你性命。你只要禁得住三清禁制之术，果真大无畏，甘受诸般痛苦，再作商量。你有此胆量没有？"禅师答："你此念一生，便是向我佛门俯伏的预兆，请尽情施为吧。"说罢，居中趺坐，就在当地入定起来。

七老均觉和尚是个凡人，禅功多高，也决禁不住禁制苦痛，本想二次赶走了事。一则诸有功话已说出，不好收回；二则又见禅师神态安详，坦然自恃之状，未免有气。先想稍微试上一试，只要他出声求饶，立即罢手。一上来还不忍施展禁法，先命门人鞭打，只一两下，便打了个皮开肉绽。但禅师不特毫无痛苦，反倒满面笑容。诸老心疑他用禅功暗护心神，不畏痛苦，下令重打。不多一会，便血肉模糊，惨不忍睹，人已体无完肤，却仍是端坐不动，笑容未改。七老运用慧目查看，并不似有甚护身熬痛之法，实在打不下去，只得停手。头一次还用灵丹为他医治，禅师也合掌称谢。伤愈，立问皈依与否。七老怜他痴愚，也未理他，只命门人逐走了事。隔不多日，禅师又寻上门来，照样求见。七老后才觉出，只一动念，稍有想见之心，禅师必不等通报，自行走进。后来约定不去想他，置之不理，禅师虽未再自走进，但那经声越发热闹，除相见片时停止外，仍是不断。七老终于大怒，将禅师擒往所设法坛之上，连用禁制迫令死心，不许再用经声聒噪。禅师笑答："你们自己要听，干我何事？如嫌烦恼，何不皈依？"七老大怒，立施禁法劫制。接连七日，禅师备受水火金刀与挦发刺身之刑，历尝诸般苦厄，始终定力坚强，面不改色。

这日，七老正用毒刑禁制，觉着伎俩已穷，除非将人杀死，但又无此冤仇，真是骑虎难下。正在为难，禅师忽然口宣佛号。因连经七日毒刑，水米未进，声音本极微弱，但七老听去，却似当头棒喝，心神皆震。本就有些感动，经此一来，猛触灵机，当时大悟，不约而同，一齐拜倒，口称："弟子知罪。"俯首皈依。禅师也已一息奄奄。七老忙撤禁法，奉上灵药，为之医治，留在当地，供养了三日，同请拜师。禅师笑说："时尚未至。我佛门中最重因果，你们先前不合将我毒打，并下禁制酷刑，便我自愿解冤，将来也难免于身受。何况你们天劫将临，非多积善功，减孽消灾，不能避免。我本具有降魔无上法力，因为凤鞶未完，曾发宏愿，只以坚诚毅力普度有缘，虽有法力，并不施为,直与常人一般无二。现我暂收你们为记名弟子,再传尔等降魔法力,由此分头去往人间,修善积功。我在此期中还有一个大魔头须要亲自度化,等到完成夙愿,你们功行也将圆满,我自有去处。因你们虔诚苦留,勉受数日供养,就便传你们道法,传完自去,留我无益。"说完,一一传授。七老才知师父法力无边,越发感激涕零,由此拜在禅师门下,各自苦修。

禅师第七日便自离去。后为尸毗老人所困,七老寻去,本要动武,因禅师再三禁止,只得罢了。后来尸毗老人危急之际,被禅师赶来度化,魔宫瓦解。七老也经禅师指点,悟彻玄机,连经两次天劫,得了佛门上乘真谛,不久就要披剃,更换禅装。所居仙府,已赐予两个门人,经众苦留,在未披剃以前,暂留月余。

神驼乙休经赤杖仙童指点,七老本是昔年旧交,又正有事相烦,便寻了来。并且告知李洪,令其来见。七老以前本在井天谷崖洞之上,分居苦修,洞穴大仅容身,长年风吹日晒,和禅师一样,操行至为坚定。这次因为证果在即,念在师徒情分,归来小聚。又算出故人来访,特在当地款待。李洪到时,七老看出他累世修为,前生又是天蒙神僧高弟,本就看重;又见李洪诚敬天真,越发期爱,便施法力移山换岳,引其入见。

乙休说完前事,七老笑问李洪:"有何心愿,不妨明言。"李洪恭答:"弟子前生法力已全恢复,法宝也有几件,不敢心贪,妄求恩赐。只是幻波池中有几位师姊,现因老怪卝南公前往扰害,虽有好几位师兄、师姊赶往相助,决非卝南公师徒之敌。务望恩怜相助,使弟子此行不为老怪所败,感谢不尽。"七老中的鄢望,闻言朝下余六老互看了一眼,似有默契。一会便命李洪往取一片树叶,互相传递,各诵咒语一遍,再画一灵符在上面,交与李洪,说:"此是西方佛木杪椤树叶,经我七人施展佛法,已与心灵相通。如有甚事求助,照我们所传诀印施为,我们元神立时随念即至,一任对方法力多高,也伤害不了你们。只是时间匆促,此符仅能用三次,便失灵效,不到紧急,不可轻用。你功力根骨均是上乘,好自为之,成就必早。"说完,门人献上一种特产的瓜果,李洪拜谢领命,吃了一些。

到了次日,乙休便令李洪先行,赐了一个锦囊,令其到时开看。鄢望对李洪最是期爱投缘,临分手时说道:"六位道兄外功早完,惟独我还有欠缺。此去皈依佛门,必还要往人间修积,也许还有相逢之日,不似你和别位道兄只有一面之缘。"李洪知道七老一心皈依,不久便同证果,为此一人耽延,必非得已。佛家素重因果,蒙主人厚待,理应图报,猛触灵机,躬身答道:"弟子蒙七位老前辈深恩成全,无以为报,请代完此善愿,不知可否?"七老闻言,面上同现喜色。鄢望笑道："此子真个可爱。我本不应使你小小年纪，为我当此重任，但我佛家原重报施，我弟兄七人誓共安危成败，为我一人耽延正果，心正不安。难得你有此愿力，倒也两全其美，彼此有益。蒙你代我完此善功，无以为报。此是我昔年行道时所用宝囊，内中法宝虽非你随身至宝之比，也颇有用；还有两道灵符、一面宝镜，足能防身；另外一本道书，上载点石成金之法，用以济世救人，方便不少。全都赐你，由此你便算我替身如何？"李洪大喜，忙即拜谢。乙休笑道："仙佛两家，衣钵相传，门人继承师志，理所当然。我知道兄和诸道友一样，至今未收门人，既以衣钵相传，此子将来又系佛门中人，索性收他做个徒弟，岂不更好？"六老纷纷赞可。鄢望笑说："本有此意，只为李洪乃寒月道友门人，不便掠人之美。既这等说，我们收他做个记名弟子吧。"李洪随向各位师长行礼，将宝囊接过，学了用法，方始拜别。

李洪出山一想："此行真个奇遇。听各位师长闲谈口气，对我十分嘉许，仿佛任意而行，无往不利，纵有险难，也无妨害。此去幻波池，并不须多少时候，为时尚早。初次拜师，不令随侍，期前便命起身；又说不到日期，不可先往幻波池和金石峡去，却又不肯明言。闲这好些天，教我往何处去呢？"

李洪心中寻思，因见当地只井天谷后七老所居隐仙崖一带风景灵秀，余者都是穷山恶水，瘴雨蛮烟，林深菁密，无可流连，便任意飞行，不觉飞过云、贵两省，转入湘江流域。已然飞过衡山，想往洞庭湖飞去，忽想起："七老与乙师伯两次催走，不容停留请教，师父又以宝囊相赐，也许命我就便行道，或是另有原因。记得衡山后面青龙涧危崖之下，有一前生对头隐藏在内。此人姓白名虹，本是双身教中漏网的余孽。昔年因有两个同道为他邪法暗算，一时仗义，同了好友桓玉往海外除他，将他所爱妖妇和门人同党一齐杀死；只他一人仗着邪法身外化身，逃来中土，到处搜寻不见。后来才知逃到此地潜伏，往寻未遇，反被妖人乘机潜往自己所居大峨山红梅洞，将全洞用邪法震碎，并盗走了两丸灵药、一葫芦仙酿。回山发现，再往寻他，忽奉师命往雪山坐关，静待转世，未得如愿。此时想起这妖邪罪恶滔天，早该遭报。所居崖洞虽然隐僻，但与追云叟白谷逸、金姥姥罗紫烟二老所居的仙府邻近。这等极恶穷凶之徒，为何任其潜伏，不加过问？此事相隔已百余年，不知伏诛也未？还有好友桓玉，自从昔年一别，杳无音信。我在雪山坐关多年，并还转了一世，他也未前来看望，好生不解。"

李洪心念一动，立即回身，打算先往衡山查探妖邪还在也未，事完再往武夷、仙霞一带寻找桓玉踪迹。因知妖人白虹邪法既高，人更机智狡诈，飞遁神速，更擅天视地听之术，为双身邪教中有名能手三凶之一。但是好色如命,每遇俊童美女,从不放过,淫凶无比。意欲引其出面,特用法力隐形飞往,到了无人之处降下,又将宝光隐去,装作游山迷路的幼童,慌慌张张步行往青龙洞跑去。那洞藏在后山幽谷之中,两面危崖,左边一条山涧紧贴崖下,只右边一道洞岸,岸上满布兰蕙之类香草。洞并不深,洞底山石高高下下。一条瀑布,由上流头奔腾而来。洞中满生苔藓,连水也被映成了青色。望去宛如一条青龙,沿涧疾驰,吃大小山石一挡,激溅起无数浪花水烟,映着日光,珠霏玉涌,景绝幽丽。才进谷口,便闻幽香沁鼻。李洪童心未退,因见山光黛波,崖花如绣,泉声汤汤,松风稷稷,空山寂寥,四无人迹,别饶静中之趣。

一路观赏前行,竟忘了故意做作。最后行到昔年妖窟附近,知道瀑布后面藏有一座崖洞,宽仅数尺,高约丈许,其形如枣,地名就叫仙枣洞。瀑布由上面倒挂下来,恰是一条水帘。内里甚深,前半并还有里许长一个水洞,妖人便藏在水洞尽头左侧旱洞以内。内里洞径纵横交错,有好几十条歧路,到处都是钟乳结成的晶衕甬道。前行七八里,连经险窄难行之处,转入山腹地底深处,方到妖人平日隐迹潜修的水晶洞室之内。地势前高后低,因有天然石堤,隔成水旱两洞,也是一处天然奇景。昔年曾有仙灵寄迹,后被妖人无心发现,仗着邪法地利,逃路又多,防备更严,昔年李洪寻他两次,均被脱逃。入洞除他,比较艰难,本想诱他出洞。到了洞前,见无动静,想起前事,重又假装把路走错,往回路仓皇飞跑。到了谷口,回顾无人,拿不定妖人伏诛也未,意欲入洞查看,有无邪法防御。刚把身形隐起,忽听有人喝道:"大胆李洪,我白虹被你害得家败人亡,早就想要寻你,不料你已转世,累我在此等候多年。你转世不满十年,一个无知幼童,竟敢来此窥探。我已炼成法宝,今非昔比。你如有本领,可到我洞中见个高下。你那隐形法无用,我有天视地听之宝,无须鬼鬼祟祟,装腔作态。"

李洪天性疾恶,既愤妖人淫凶,又恨他说话强横,暗骂:"该死妖孽!休说我灵峤三宝和断玉钩你不能当,即便邪法厉害,我还有金莲宝座和七老师长所赐法宝桫椤灵符,分明有胜无败,到时叫你知道厉害。"因想自己隐形神妙,敌人只看出前半来去,以后绝看不出,乃是诈语,便未回答,仍然隐形飞进。刚到洞前,那条瀑布本似匹练下垂,宽约丈许,长达十丈,李洪一到,忽然中断,倒卷而上,现出洞门。随听里面有人笑道:"你来了么?这一转世,更像一个玉娃娃。惟恐你衣服淋湿,特把水帘卷起。若有胆子,快些进来,莫要惹我白虹生气,你就吃苦了。"

李洪听出语声颇远,似由后洞深处远远传来,甚是耳熟,也未留意。因料隐形法被人看破，一赌气，索性撤去隐形，暗中戒备，飞身入内。妖窟本来过两次，妖人未遇，不过毁损灵景，便即退走。这时一见，竟比昔年景更灵奇。走入旱洞甬道，便见琳琅璀璨，光彩晶莹，回廊曲甬，到处通明，宛如置身水晶宫阙之内，富丽清华，美不胜收，也未见有邪法禁制阻隔。

李洪心中奇怪，越是这等情景，敌人越不好斗。眼看地底妖窟将要飞到，正在加紧戒备，忽然被人由后面打了一掌。凭自己的法力，事前又暗自戒备，敌人近身竟无警觉，心中大惊。未容寻思回顾，双肩一摇，背上断玉钩先化作两道交尾精虹，电掣飞起。百忙中飞身回顾，一道朱虹突然出现，和钩光斗在一起，电舞虹飞。双方略一纠缠驰逐，敌人也未现身，只听光中喝道："你我法宝厉害，莫要毁损灵景，暴殄造孽。有本事，和我到外面打去。"

语声才住，朱虹已当先遁走。李洪越听口音越像熟人，宝光也甚眼熟，决非左道中人。一见逃走，急忙追了出去。方想妖人便改邪归正，也不应是这等情景，人已追出洞外。朱虹在前，眼看追上，忽听哈哈大笑道："洪弟，你我才百余年之隔，便不认得我了么？"李洪早疑心对方是个旧友，闻言一时醒悟，方喊："你是桓玉哥哥么？想得我好苦！怎还是当年的脾气，不先明言，取笑做甚？"话未说完，人已现身，相貌并非桓玉，乃是和自己年岁差不多的幼童，惊问："你是桓哥哥么？百余年不闻音信，难道和我一样转世不成？"

幼童这才说道："我确是桓玉。昔年与你别后，我便回武夷山中修炼。为替你复仇，连寻妖人几次，因敌人约有同党相助，互有胜败，循环报复了好些年。最后我将婴儿炼成，偶往海外神游，寻一道友。归来一看，才知妖人白虹向边山四恶中的鬼母朱樱门下妖徒借来异宝碧磷冲，由地底冲入，杀死守门人，将我的肉体用火焚化。幸而婴儿早已炼成，本想就以元婴成道。不料极乐真人李静虚大弟子秦渔因被天狐宝相夫人所诱，毁了童贞，在云南长春崖无忧洞服罪自杀。照着昔年誓言，应该历劫三生，才能重返师门。他投身在左近一个陈姓富家，生而能言，不昧夙因，想起前情，时常悲愤。加以思恋恩师，由六岁起，每晚背人哭求恩师原恕，早赐接引，但终无回音。他法力已失，此去云南山高路远，长春崖地更险阻，生自富贵人家，无法前往，日夜愁急。这日想起昔日誓言必须转劫三世，以为早日自杀，再往投胎，岂不可以早见恩师？主意打定，便背了家人，逃往山中跳崖自杀，被我路遇。我本想救他回生，他再三向我苦求，要将他肉体借我回生，再由我送他前往转世。我本来想变作一个幼童，游戏人间，此举倒也两便。刚一答应，极乐真人忽然飞降，向我指点了几句，并赐了这一身装束。我欲拜师，真人不许，另赐了两封仙柬。随说秦道友不到时机，便先自杀，不但有违真人初意，欲速不达，并还有害。念其初犯,头一世姑且从宽,再去转劫,须以童贞成道,以待时至。应劫三次,方能恢复从前功力,重返师门,不可自误。念其向道心坚,特降殊恩,转世成童,便有遇合。又对我说:'陈家父母钟爱此子,他亲恩尚还未报,陈家不久又有大祸,你既借他躯壳,应代他报恩三年,等陈家灾难脱去,方可回山。'问我愿否,我自遵命。

"陈家富而好善,远近皆知,左近盗贼因他全家向善,都不肯侵犯。谁知第二年陈家长子习武好交,偶因任侠喜事,打抱不平,打伤了一个土豪之子,官府受贿,买盗栽赃,欲兴大狱。被我暗用法力显示灵迹,警戒贪官土豪,把事消灭。我因三年期满,早和父母言明来历,并改用乃子陈岩原名,示不忘德,当时去往山中游玩。回家得知瘟疫流行,全家病倒,将全家医好,又救了好些人民,方始拜别父母家人,入山修道。

"我想起妖人可恶,又听说他与赤身教主鸠盘婆的门人铁姝勾结,我有一位三生良友为他所害,早要寻他,一离陈家,便往这里寻来。这厮本极狡猾,知你雪山坐关,只我一个强敌,自用阴谋将我肉体毁去,双方仇恨越深,恐要寻他报复,曾经勾结魔女,到处搜寻我那投生之地。以为我必转世重修,欲在襁褓之中,乘机下手,将我生魂摄去,交与魔女,祭炼神魔。万没想到我会附在十二岁的幼童身上,这厮遍寻不见。虽然不曾死心,却没想到只隔三年,我会寻他。他虽擅天视地听邪法,我寻他时,我的相貌已变。妖人正因一事得罪魔女,由洞中看出我是一个有根器的灵慧幼童,意欲生擒入洞,献与魔女讨好,以致自寻死路。我知这厮邪法颇高,又极机警,于是我便假装成富贵人家小孩游山失伴迷路到此,在洞外埋伏停当。他才出洞,便被我在暗中断了逃路,再将天蚕丝所织宝网放起,将他笼罩在内。你知此宝隐现大小,由我心意,初发时毫无影迹,占地甚广。这厮竟未觉察,已经入网,还在发狂行凶。我才自道来历,和他对敌,历数他的罪恶,这厮方知上当。吃我用太清仙法禁制,逼他献出那年巧取豪夺的法宝、灵丹,并将宝网收紧。这妖孽知无幸免,先还倔强想逃,并向魔宫发出告急信火。无奈我早防到,魔光信火已为宝网隔断,不能发生灵效,身子又被网紧。那天蚕丝细如毫发,一上人身,便紧嵌皮肉以内,周身麻痒,苦痛难当,任多高邪法,也难施展,况又加上太清禁制,如何能当。我生平这样收拾恶人,尚是初次。妖人痛苦不堪,只求速死,不敢再强,所有夺来的法宝也全献出。最后我才用极乐真人所赐雷符将他震死,神形皆灭。只那一团魔光信火是个难题,无论把它放出网外或是消灭,魔女必定跟踪寻来,甚是讨厌。

"我因故居已毁,你又功行圆满,将要转世,此时决见不到。你我故居也早为妖人所毁,因见妖人故居颇具奇景,便在里面隐修。先还恐魔女突然寻来,事隔多年,并无影迹。此洞经我布置兴修,景更灵妙。妖人原设天视地听之术并未撤去,所炼旁门道书也被我由晶壁之中寻到,全部学会,三百里内人物往来,当时可以查见。

"这日无意中发现极乐真人同了苦行头陀由衡山上空飞过,忙即迎上,拜谢前番指点,并赐灵符诛邪除害之德。真人告以妖人白虹因将魔女铁姝得罪,双方无异绝交,我住在此,决无后患。那团信火本是千年阴磷炼成,魔女赠与妖人,以作求救之用。未发时,只是一块死人的白骨,出手化为一团绿阴阴的魔光,一闪即逝。魔女接到信火,立即来援。幸我识得它的来历,不曾消灭,也不曾放出,长留网中。惟恐稍微疏忽,仍被遁走,魔女素来言出必行,虽愤白虹犯了她的禁条,但此信火赠与在前,已经许以有难相助,必要践约,早晚是个后患。如能使其复原,却可留作他年诱敌之用,省得占住宝网,好些不便,便向真人请教。真人随令将网取出,施展法力,扬手一片金霞罩将上去,当时复原,成了一块白骨,上面笼着极薄的一层霞影,交我藏好。并说用时只消把外层禁法撤去,微呼铁姝,立化碧荧飞走,无论相隔千万里,不消半盏茶时,魔女必定飞来,神速已极。将来鸠盘婆师徒行法害人时,可发信火将铁姝引开,以便冲入魔阵,救那被困的人。真人并说:'这魔宫信火与铁姝心灵相通,魔法规例又严,炼时曾起重誓,一接信火,无论多忙,相隔多远,也必抽空赶来;否则所炼神魔接到信火,知有敌人生魂心血可啖,正犯凶威,主人如不亲往,必起反应,群向主人为难。铁姝决想不到有人收以备用,此举实是绝妙,不可大意。'真人说完飞走。

"我自然心喜,拜送回山,又在洞中修炼了几年。新近出山闲游,得知你已经转世,今生必成正果,深代庆幸。又听说你在武夷绝顶,从一新归佛门的散仙谢山勤修佛法。一算你的转世年纪,也就十岁左右,且又初入师门,即便前生法力已全恢复,也未必许你下山,武夷又是旧居,便寻了去。不料仙府云封,难于入内。又用天视地听之法仔细查看,才知你师徒二人均不在内。无意中发现后山深处有一妖窟,中有男女数妖人,内有一妖妇正是丌南公的爱徒沙红燕。我在去年听一同道说过妖妇与峨眉门下易、李、癞姑三人结仇,大闹幻波池之事,便留了心,暗中隐形赶去,并仍用前法查听。得知群邪日前侵犯幻波池,受伤败逃,来此医治,不久还要大举往犯。同时发现米鼍、刘遇安二矮暗中跟来,欲用黑眚丝妖幡去破敌人邪法,以身殉道,将功折罪。只是洞中邪法厉害,禁制重重,二人身形虽隐,强弱相差。我恐其徒劳无功,平白送死,又怜二矮苦志,特地现身,引往旧居山谷之中,指示机宜,并在暗中相助,居然把妖人一件至宝毁去。二矮元神被我救出,打算护送转世之后,再往幻波池,暗助主人抵御强敌。

"中途忽遇秦渔,与他一见如故,又有借体重生之惠,重逢甚喜,便同下降,互谈前事。得知秦渔已转劫三世,都是美少年,备受妖妇淫娃蛊惑,而他总想以童贞成道,故均是未届中年,便遭兵解。最近方蒙极乐真人念他向道坚诚,许其重返师门。因其历劫三生,相貌如一,故此一见即知。谈完前事,秦渔随说此来原奉师命,将二矮元神要去,为觅投生之所;令我暂回青龙涧,等有人来相访,再同结伴往幻波池去,不可起身太早,又指点了几句别的话。我与他作别回山,正在寻思来人是谁,不料是你寻来,使我欣慰非常。因由洞中看出你故意做作,我便故意相戏,将你诱往洞中相见。"

第二九六回

逝水惜芳华　路远山深求宝诀
冲空闻异响　烟霏雾涌遁神魔

　　话说李洪和陈岩劫后重逢，喜出望外，同去洞中聚谈了一日。算计为时尚早，李洪想起前生几个至交良友。那东海底水洞中隐居的燃脂头陀和滇池香兰渚前辈散仙宁一子的门人林总，当年分别时，曾说就在这几年内兵解转世，重返师门，不知是否如愿。还有云南石虎山白眉禅师的大弟子采薇僧朱由穆，虽是与父亲同辈的世叔，如以前生师门渊源来论，还是平辈师兄弟，李洪因为他是父亲好友，始终不敢以兄弟相称。一向蒙他厚爱，法力又高，自从石虎山坐关以前分手，便未再见。后来峨眉开府时虽见了一面，但当时自己还是婴儿，刚蒙天蒙禅师恢复灵智，取得断玉钩，匆匆一见，未暇畅谈领教。小神僧阿童近在小南极受伤，被其带往石虎山修炼，也不知复原与否。此时无事，正好乘机往访旧友。这几人与陈岩前生又都相识，略一商量，便同了去。

　　二人先往东海寻访燃脂头陀未遇。又去寻访林总，知已改名蒋翊，重返师门。无如兵解以前为邪法所伤，元气损耗，初返师门，年纪虽比李洪略大，功力却差得多，新近奉命炼丹，不便扰他清修。

　　二人告辞出来，便往石虎山飞去。朱由穆已经他往，只小阿童一人在山，三人交厚，连聚了三日。阿童年轻好交，觉着自往峨眉与七矮一起，到处受人礼敬款待。师兄辟谷多年，便自己由小南极归来，也断了烟火之物，往往禅关一坐，多少天不进饮食。难得嘉客上门，李、陈二人又未断绝烟火，山居清苦，休说美酒佳肴，连碗粗茶淡饭都端不出来，自觉不好意思。

　　阿童想起离洞五百里哀牢山深山之中，有一片世外桃源，名叫卧云村。主人萧逸，妻子欧阳霜，乃大雄岭苦竹庵郑颠仙门人。只因昔年妖人侵害，全村几遭灭亡，幸蒙穷神凌浑门下弟子白水真人刘泉等相助，转危为安。全村人民多半好道，前月无意中闲游路过，见一幼童甚是清秀，与之一谈，正是萧逸幼子萧璇。小小年纪，竟看出阿童是个异人，再三苦求，请往村中礼待。

恰巧萧逸之侄萧清和门人郝潜夫，受了内弟欧阳鸿指教，往青螺峪寻师，刚同起身。路遇阿童，听萧璇一说，一同延至村中，待如上宾。当地桃源乐上，物产丰富，风景清丽，饭食精美。阿童见主人为他特备素斋，恭敬诚恳，再四挽留，素日面嫩，未便不辞而别，心正为难，事有凑巧。卧云村自妖人伏诛，一向安静。这日萧逸长子萧璋，忽与妖妇宋香娃狭路相逢，当时虽得逃走，妖妇仍在跟踪追逐，意欲逃回村中求救。不料乃母欧阳霜随师海外炼丹未归，萧璋到后才知，匆促之间，还不知道来了一位小神僧，见母不在，惟恐贻害，迎出山去。妖妇已经追到山口，萧璋正在拼命迎敌，眼看危急，阿童闻报赶去，妖妇晦星照命，还想将阿童一齐摄走，不料被佛光罩住。幸仗应变机警，见势不佳，负伤忍痛，地遁逃走，差一点没送了性命。阿童为防她再来，次日又将朱由穆洞中灵符取了一道，给卧云村送去。全村上下，自然把阿童尊若天神。以后便不曾去过。

阿童暗忖："上次行时，主人再三苦求，日后无事时前往小住。村中产有几种瓜果，均是欧阳霜由海外移植而来，现正成熟。前月曾听主人说过，请到时前往尝新。李、陈二人到前数日，萧璋又来石虎山邀请，因为禁法所阻，自己又正用功，他在洞前寻了一阵，未得入门，留书而去。"意欲陪了二人往村中游玩，借用主人佳庖，款待良友，便和二人说了。彼此都天真贪玩，前生良友，劫后重逢，自更有兴，略微一谈，便同起身。

三人到卧云村后一看，萧逸父子已设盛筵，在彼恭候，似有前知。阿童心中一动，事出不意，便自己也是临时动念，萧氏父子怎会早知道？因正说笑，未及询问，就此忽略过去。时正中午，席设村中赏秋亭内，亭在小峰之上。左侧山坡有大片枫林，望去一片红霞。下面遍地秋花，凌霜竞艳。小峰上下，疏密相间，种有十几株桂花树，金粟离离，缀满枝头，微风动处，隐闻妙香。端的秋光照眼，到处霜华，天色又是那么高旷晴朗，白云丽霄，秋风不寒。虽当九秋之际，依旧是遥山拥黛，近岭萦青，方塘若镜，岚光欲合，陪衬得当地风景分外清丽。虽是主人胸有丘壑，半出人工，但也具有移步换形，左右逢源之妙。筵席又精极味美，荤素具备。三人齐声赞美称谢。

萧逸笑说："三位仙宾所经海内外仙山灵景不知多少，哪一样美酒佳肴不曾尝过？荒山僻野，不值一顾。昨夜才与小儿、村众勉强选择一处稍微清净之地，以便领教。内人海外带来瓜果和刘公枣，幸在此时成熟。因候仙宾降临尝新，尚未采摘，只此不是寻常果实，差强人意。前月如非神僧解救，全村又有灭亡之祸，大德深恩，全村铭感。仙凡云泥，难得有此福缘，警奉杯觞，所望不弃庸愚，多住些日，感激不尽。"

三人还未回答,忽见一对少年夫妇各捧着径尺玉盘,盘中堆满瓜果,飞步跑来。到了峰前,方始立定,恭敬走上,入亭奉上玉盘,一同下拜。三人见这一对少年夫妇并非庸流,女的更是琼肌玉貌,皓齿明眸,仙骨珊珊,容光照人。陈岩暗忖:"村中怎会有这么好人品?似此美质,如果有人援引,当是散仙中人无疑。"方和李洪、阿童起身谦让,萧逸已指小夫妇笑道:"此是舍侄萧玉和舍侄媳崔瑶仙。前月小神僧光降,恰值有事出山未归,深以未得拜见仙颜为憾。昨日听说小神僧要来,并还陪了陈、李二仙同降,特意斋戒沐浴,虔诚拜见。他二人昔年曾陷妖窟,几乎化为野兽,备受苦难,幸蒙白水真人和诸位仙长怜救,才得死里逃生。由此志切清修,心诚向道,日夕拜祷,时往山外寻访异人,意欲拜师学道,无奈仙凡分隔,苦无机缘。昨夜向我哭诉,说人生朝露,瞬息百年,有如梦幻,欲求三位神僧、仙长特降深恩,收录援引。弟子见他们意诚心坚,不揣冒昧,代为陈情,不知神僧、仙长尊意如何?"李洪、阿童等同声笑答:"我三人虽然累生修为,今方转世,俱都年浅,自己尚在从师学道,如何能收徒弟?"

原来瑶仙自从劫后重生,便志切修为,先想求欧阳霜为之援引,刻意巴结。不料欧阳霜对于瑶仙虽颇怜爱,终不忘乃母屡次陷害之仇,萧玉又曾忘恩犯上。又知他夫妻情厚,志在同修仙业,不愿分离。师父常说,自己为了丈夫子女,尘缘未断,致误仙缘。便为他们请求,也必不允。所以一任瑶仙苦求,均以婉言谢绝。瑶仙觉着韶光虚度,芳华易逝,仙缘遇合,始终未得。最后想起义妹绛雪被岷山一位女仙救去,曾听说她将来仙业有望,并与萧清尚有重逢聚首之日。人生百年,转眼老死,婶娘不为援引,似此长年在家盼望,外人都轻易见不到一个,如何能有仙缘遇合?绛妹忠义,情逾骨肉,如能寻到,必为设法引进。恰巧去年一胎双生,又都是男儿,由此娘、婆两家均已有后。便向丈夫明言,决计去往岷山寻找绛雪,求其引进,由此夫妻分房。因刘泉等四仙行时,曾传萧清扎根基的坐功口诀,被瑶仙学去,便照所传,先行用功,商议起身之策。

萧玉自离大难,原有求道之想,又对瑶仙情深爱重,向无违背,闻言笑道:"我只要不离开瑶妹,无不依从。否则,当时教我成仙,我也不愿。"瑶仙娇嗔道:"婶娘常说,我根骨甚好,出家必有成就。还不是为了你这个累赘,便遇仙人,也不会要我?否则婶娘早为援引,何待今日?我看除了绛雪这条路,简直无望。她因见你以前因为爱我太深,百无顾忌,误认你天性凉薄;她又痴爱二弟,见你为我打他,越发轻鄙不满。我虽志切仙业,也不愿辜负深情,舍你而去;一心只想仙人垂怜,也不想做天仙,只求夫妻同修,做一散仙,能得长生,于愿已足。不过我心志虽坚,起因仍由于人生短促,芳华易逝,欲与你长相厮守。这等求道,情缘先自难断,就遇仙人,也必难蒙见许;再与你一路,必更艰难望少。你如真爱我,应知七十古稀,转眼老丑,与其暂时欢聚,何如长驻青春,永不分离,好得多呢。"萧玉满口答应,从此只是干亲热,不再有那床笫之私。瑶仙还不放心,恐其日久,情不自禁,有了仙缘遇合,他偏违约败道,反生危害。除日常警诫劝勉外,又在村中呆了多半年,连经试探,试出萧玉果是虔诚坚毅,尽管爱极,从无欲念,才知丈夫真个情深爱重,到了极点。果如所言,只要不分离,无不顺从,芳心越发感动,誓欲夫妇同修,不成便认命,怎么也要在一起。

　　等寻到岷山,把所有洞穴崖壑幽隐之地全都踏遍,到处景物荒寒,哪有一条人影。山行野宿,受了许多苦楚,终不懈怠。这日想起仙洞云封,寻踪无处,连绛雪那么患难深情的姊妹尚且避而不见,何况别的仙人,越想越觉无望。萧玉本以爱妻为重,虽然失望,还稍好些。瑶仙越想越伤心,忍不住痛哭起来。夫妻二人正在抱头痛哭,忽见一片尺许大的芭蕉叶无风飞堕,上有朱字。拾起一看,上写:"速回卧云村,到后不久,便有遇合。"并说阿童三人某日来访。寥寥数语,也未具名。料是绛雪指点,不知何故不见,又未详言。这一来,总算有了几分指望。二人惊喜交集,向空拜谢,立往回赶。回村一问,阿童已早来过。日前萧璋去请,也无回音,不知来否。二人好生后悔不该晚归。昨日郑颠仙的门人辛青飞来,交了一信,令萧逸背人拆看,才知陈、李、阿童三人次日必到。萧玉斋戒沐浴,连夜布置,并向叔父苦求,请代求说,以为蕉叶上所说遇合必应在三人身上。及听李洪、阿童这等说法,瑶仙首先情急,想起以前经历与求道之难,好容易遇见三人,仍是无望,不禁伤心得流下泪来,还待苦求三人,代向别位仙师援引。

　　陈岩见她可怜,已先笑道:"不必如此。以你夫妻根骨,尤其是你,学道并非无望。古来夫妻同修,成道的甚多,只是机缘未至而已。但我三人道路不同,又不应收女弟子,如为你遇机引进到别位道友门下,却非无望。念你诚求,由我先传入门口诀,你夫妻照此勤习,即便遇合艰难,日久也能领悟,至少得享修龄。再如机缘巧合,修成散仙,也在意中。我有一位前生好友,是位女仙,今尚未遇,他日重逢,必定为你引进便了。"瑶仙先觉绝望,想不到三人中有一人会自开口应诺,不由喜出望外,感激涕零。陈岩随传二人吐纳导引之术和初步炼剑之法。二人俱都聪明,一点就透,三人均颇期许。

　　李洪前听陈岩说,前生有一良友,是一女仙,便想询问,被陈岩用话岔开,始终不知所说乃是易静。因其答话支吾,料有隐情,也就不再追问。一算日期还早,主人再三留住,瑶仙温婉恭谨,用功勤奋,再加苦求,三人俱都面软,便留住下来。本意照着乙休所说时日,同往幻波池,左右无事,落得成全这一双少年夫妇。萧玢、萧璇、萧琏三小兄妹也都好道,乘机跪求,日夜随侍在侧,求告不已。三人见三小兄妹个个灵慧向上,又曾得乃母传授,服过郑颠仙所炼灵药,根骨颇佳,向道之心尤为诚切。阿童先生怜爱,说自己不到收徒时候,转劝陈、李二人收到门下。陈岩便说:"洪弟是佛门中人,萧琏又是女子。他三人将来当有遇合,便欧阳道友也必为之设法援引,本来无须。既然如此苦求,不便拂他们向道之心。我意萧玉、瑶仙及他们三人一齐收为记名弟子,由我三人遇机传授,免使失望如何?"阿童还想推辞,李洪最爱萧璇,心想:"师父常说,我虽年幼,屡世修为,功力甚深,将来尽可便宜行事,无须禀告。只在未奉命下山以前,不可多事。此子如此灵慧,师父当必喜爱,便真收为弟子,料必无妨,何况是记名弟子。"听陈岩一说,首先应诺。阿童不便独异,只得暗运玄功,向师门通诚求告,并无回音。知道白眉恩师法力无边,动念即知,如不允许,至少心灵上必有警兆。于是离座,先去亭外向师跪祝,请恕擅妄之罪,并求恩允,终无警兆,也就欣然答应。当由萧逸设下香案,令小兄妹五人同行拜师之礼。三人也分别传授。

李洪见萧璇生得相貌俊美,玉娃娃也似,神态言动十分天真,好些均像自己;对于自己也最亲热,依依身侧,极少离开,越发怜爱,有心赐他一件法宝,才称心意。无如所有均是仙佛两门至宝奇珍,功力不济,易被妖人夺取。再者弟子五人,也不能太偏爱一个。想了想,只得罢了。陈岩也想每人赐件法宝,只因入门不多几天,恐其年幼无知,炫弄生事,因而终止。二人均有此念,不曾明言。

过了些日,师徒八人正在宾馆中背人传习,遥闻破空之声由山外传来。陈岩心细,听出有异,笑说:"这里不应有人飞行经过。来人飞到后山一带,何事停止,又未下落? 必有原因。前月妖妇曾来扰害,莫非卷土重来? 我去一探,你二人暂不要去,以防有事。"说罢,破空飞走。李洪想要跟去,被阿童拦住说:"妖妇邪法十分厉害,恐其乘机暗算,虽有大师兄灵符防护,敌人一到,立生反应,毕竟谨慎些好。陈兄传声相召,再往接应不迟。"

李洪还未及答,忽见萧逸门人吴敏飞跑进来说:"外面演武场上,凭空出现了两男一女,喝令村主出见。家师本想发动灵符,因三位仙师在此,来人颇似妖邪一流,恐将其惊走,又留后患,命弟子来此禀报。同时命人款待来人,推说村主出山未归,问其有何见教。"二人一听,立即飞往,五小兄妹也由后跟去。阿童回顾门人追来,恐有闪失,唤住李洪,索性众人同行前往,会在一起,由自己隐蔽佛光,相机应付,以防有失。

两地相隔不远,还未赶到,便见前面广场上站定三个道装男女,周身邪气,一望而知全是左道妖邪。内一妖妇,装束华丽,相貌奇丑,正在指手画脚朝萧逸所派门人厉声喝骂。大意是说:

> 一行三人乃天门神君林瑞好友,先听林瑞被杀,欲代报仇,探询数年,近遇黑神女宋香娃,才知仇人乃是萧逸夫妻引来。本想洗劫全村,鸡犬不留,因宋香娃看中萧璋,代为说情,才暂时作罢。如想避免惨劫,速令萧璋与宋香娃结为夫妇,再将那日所见几个少年唤出,并选三十六个童男女,由她带回山去,才可无事。

说时,众人也已赶到。李洪闻言,首先有气。妖妇和同来两妖人偏还不知厉害,正在口发狂言,厉声恫吓。一眼瞥见左侧树林中跑来两个少年男女和五个幼童,个个仙根仙骨,灵慧非常。内有一个小和尚和一个十来岁的短装幼童,更是鸡群之鹤,从未见过这等好人品,不禁狂喜。也未寻思,内一白发红脸妖道首先喝道:"这几个童男女便合我意。"李洪在幻波池见癞姑对敌隐形打人,觉着好玩;后来戏弄仵氏兄弟,与丌南公斗法,因对方法力太高,不曾快意。此时一见妖道乱发凶威,正好拿他试手。也未发话,只一晃,便将身形隐去,到了妖道身前,和在依还岭暗打仵氏兄弟一样,迎面就是一掌。

这男女三妖人俱是九烈神君门下妖徒。因乃师宠姬宋香娃被孽子黑丑气走,黑丑为寻妖妇回去,受别的妖人蛊惑,在大熊岭送了性命,妖妇不敢回去。九烈神君最爱妖妇,暗命三妖徒寻访,劝其回宫,好容易才把她寻到。宋香娃已爱上萧璋,又恐枭神娘怀恨迁怒,不能相容。仗着同来妖妇丑杨妃张春桃受过她救命之恩,以前便互相勾结,狼狈为奸;另有两妖徒蝎尊者陶西、鬼婴儿史家泉,都是淫凶好色,容易上钩,便用罗刹消魂邪法蛊惑,勾引成奸,从而加以挟制,说九烈老怪近年闭门避祸,不能奈何他们,逼令叛师,另立邪教。三妖人竟为所动。妖妇不久途遇萧璋,追到卧云村,受伤逃回。伤愈之后,归寻三妖人商议,说村中俊男美女、灵秀幼童甚多,意欲强迫萧逸令萧璋顺从,献出少年男女,另选三十六个童男女回山,祭炼邪法。事有凑巧,飞往后山,又与萧璋路遇,宋香娃知他法力有限,认作囊中之物,用邪法困住,当时逼迫顺从,意欲就地成奸。同时令三妖人照计行事。

三妖人因在事前查访出小神僧阿童不在村中居住,至多有一个欧阳霜,并不放在心上。正在大发凶威,猛觉眼前一暗,面门上早中了一掌。原来李洪因愤妖道凶恶，这一掌比打仵氏兄弟还重，吧的一声，当时满脸开花，面骨、牙齿一齐打碎。妖道正是陶西，骤出不意，纵有一身邪法，年老成精，也禁不住这佛家小金刚掌。又正张口说话，遭此猛击，连舌尖也被断牙咬碎，几乎痛晕过去。急怒攻心，一面忙施邪法防身纵避；一面施展毒手，扬手一团碧阴阴的妖光飞起。李洪认出是粒阴雷，料知妖道心中狠毒，妄想把全村震成粉碎，以图泄愤。惟恐波及无辜，不愿再打，先将如意金环化为三圈佛光，连环飞出。阴雷立被金环宝光收去，闪得一闪，同时不见。

妖道因受暗算，恨极敌人，一面手发阴雷；一面还想将肩上三柄妖叉化为三股叉形血焰，带着大股腥秽难闻的黑烟飞舞而出。怒火头上，本打算毁灭全村，并用妖叉搜杀仇敌。阴雷刚发，猛想起此来的目的，这么多灵秀童男女，还有一个美妇，一齐杀死，岂不可惜？微一迟疑，金光一闪，阴雷不见，这一惊非同小可。同时瞥见史家泉和妖妇张春桃正要下手擒那少年男女，内中一个小和尚突然把手一挥，立有大片佛光祥霞一闪，同来少年幼童一齐不见。只小和尚一人手指一道青虹，将两个同党飞剑、妖叉敌住，认出那是铜椰岛天痴上人所炼神木剑，越发惊疑。妖道想起宋香娃前月受伤，敌人也是一个小和尚，方疑适才打人的也是他，待要上前助战。就这面上伤痛刚用邪法止住，转念瞬息之际，猛听一幼童口音哈哈笑道："无知妖孽，今日你来得去不得了。且先教你临死以前遭点恶报！"陶西闻得幼童就在身前不远发话，想起先前一掌之仇，怒火上攻。舌尖已断，话说不真，怒吼一声，扬手大片黑烟，中杂一蓬金、碧二色的火星，连身飞扑上去。满拟势急如电，只一抓中，或被妖光邪气射中，仇敌立被惨杀，还将生魂摄去。哪知恶贯满盈，临死以前，还要多遭惨报。

李洪见妖道陶西神态狞恶，出手便发阴雷，知他凶残，特意惩治，使多受苦，动作比他更快，身藏至宝，万邪不侵，又在暗中，妖道如何能是对手，妖光射处，一下扑空。妖道又听出敌人语声已到身后，心还自恃邪法防身，不以为意。因是仇深恨重，急于报复，也没再看同党对敌形势，只顾乱发妖光邪火，想将敌人杀死，通没想到防身邪法并无用处。幼童语声才止，吧的一声，左颊上又挨了一掌，护身妖光立被击散，残牙尽碎，皮绽血流，痛上加痛。妖道情急惊慌中，正不知如何是好，忽听空中又一幼童大喝："这等妖孽，也值多费手脚，我们还有事呢。"

妖道陶西忽听出又有敌人赶来助战，连遭重击，敌人身形未现，心胆已寒。方在惊惶，眼前先是人影一闪，遍地妖光邪火中现出一个粉妆玉琢的幼童，与前见幼童相貌相似，只是背上多了一只连柄玉钩，颈挂金环，胸悬一朵金莲花,周身佛光祥霞环绕,与前见大不相同。大片妖光、邪火涌将上去,近身便即消灭。手指自己笑骂,神态从容,若无其事。猛地想起一个强敌,未容转念,同时一道朱虹,已随空中语声其疾如电直射下来,来势万分强烈。陶西颇为识货,看出厉害,百忙中又见同党已被小和尚的佛光罩住,不由魂魄皆冒,胆寒欲逃。刚一飞遁,那道朱虹已罩向身上,全身立被裹住,猛觉浑身针刺火烧,其热如焚,痛苦异常。心寒胆裂之下,凶威尽敛,不住团着舌头,颤声惨叫:"仙长饶我狗命!"一个十余岁的金冠短装的英俊幼童已随红光飞堕,戟指骂道:"陶西无耻老妖孽,你认得当年的桓真人么?你连元神都保不住,还想活命不成?"说罢,右手往外一扬,那道朱虹本由左手发出,法诀扬处,红光内突现出千万点金花。只听妖道连声惨号,一串极繁密的轻雷响过,金花纷纷飞舞爆散,妖道立被炸成粉碎。一溜黑烟刚由身上出现,亿万金花往上一合,妖道残尸血肉连那黑烟一齐化为乌有,形神皆灭。

李洪与陈岩累世至交,从未见他对敌时施展过这样毒手,好生奇怪,笑问何故。陈岩笑答:"我前生有一良友,曾受妖贼欺凌,稍微过分,也说不得了。"李洪知他素喜感情用事,延误天仙位业,也由此,因不肯说,也未往下追问。

另一妖道史家泉和妖妇丑杨妃张春桃,见来了一伙少年男女幼童,上来也想下手生擒。妖妇比较机警,因见来人根骨特异,尤以小和尚更甚。自从飞到,所有村民全都纷纷逃避,只由一个少年代村主答话,满脸均是惊惶之容。这伙幼童如是常人,怎会这等胆大,成群来此,并还兴高采烈,面无惧色?宋香娃前遇强敌,也正是个小和尚,莫要吃亏上当。心念一动,方想招呼同党查看,陶、史二妖人已先动手。就这晃眼之间,祥霞一闪,少年男女幼童一齐不见,只小和尚一人上前动手。阿童自小南极归来,功力更高,妖人如何能与为敌。陶西刚受惨报,还未伏诛,妖妇先被佛光罩住,如非阿童想试神木剑的威力,早已全遭惨死。史家泉也是为恶多年,恶贯满盈,分明见妖妇已被祥霞裹住,无法冲突,还在妄想施展独门阴雷,粉碎全村泄愤。阿童本性仁慈,不愿过分。因见二妖人相貌丑恶,神态凶横,所发又是最狠毒的阴雷,惟恐一时疏忽,被他爆发一粒,引出祸害,不顾再用神木剑比斗,将手一扬,那片祥霞立时展布,将男女二妖人一齐罩住,连闪两闪,连人带阴雷一齐消灭。紧跟着陈岩、萧璋也先后飞到,将老妖人除去。三妖人都是形神均灭,连残魂也未逃走。陈岩随说后山对敌之事。

原来萧璋归途路遇妖妇,已被邪法困住,始而奋力苦斗,口中不住大骂,不肯降顺。妖妇色欲蒙心,一面遣走同党,打算人去以后,施展邪法勾引。

萧璋正在苦斗间，鼻端忽闻到一股温香，立觉心旌摇摇，不能自制。眼看中邪人迷，危急万分，陈岩忽然飞到。妖妇总算命不该绝，因随九烈神君多年，见多识广，一见红霞，便认出敌人来历，不等红霞中的金花上身爆炸，便先遁走。陈岩大喝道："大胆妖妇，可认得昔年桓真人么？今日便宜了你。萧璋是我师侄，如敢再来卧云村扰闹，教你形神皆灭！"妖妇虽看出红霞金花来历，因见敌人是个幼童，又不舍得萧璋，已经逃远，还想回身观望。及听这等说法，才知果是往年有名散仙桓玉，不禁大惊，这才死心飞走。陈岩解了萧璋邪法，因听雷声，忙即赶回，一到，便认出往年仇敌妖贼陶西。因易静前生曾被陶西乘隙盗去一件至宝、七粒灵丹，后遇鸠盘婆，几遭惨祸。陈岩怀恨多年，苦于寻他不到，不料今日巧遇，如何能容。故此上来便下毒手，将其除去。因恐妖妇宋香娃约了同党卷土重来，萧逸和众小兄妹也再三留住，不放起身，遂在村中又待了数日，不见动静。

这日俞允中同了陆地金龙魏青路过当地。允中前和萧逸一见如故，又因那年曾与萧清、郝潜夫约定卧云村事完，即往青螺峪求见，待了数年，不曾前往，不知萧、郝二人因事耽延，新近才得起身，恰巧当日路过哀牢山，便道来访。萧逸父子师徒闻报大喜，忙迎进去，并为陈、李、阿童三人引见。偶谈起妖妇来犯之事，魏青笑说："昨日路遇峨眉弟子诸葛师兄，谈起九烈神君夫妇。九烈神君因为妖妇背叛，不肯回宫，枭神娘因为孽子黑丑被杀，事由寻找妖妇而起，新近妖妇又勾引派去寻她的三妖徒，叛师不归，九烈神君虽气愤，还好一些，枭神娘却恨之入骨。妖妇得信胆寒，近已逃往滇西深山之中，依一妖人暂避。峨眉、青城两派门人因她造孽无穷，又用邪法伤过一个峨眉女弟子，现正搜寻她的踪迹。近数年内，妖妇决不敢在人前露面，村主只管放心。"

陈、李二人算计幻波池期限将近，早想起身，因主人和几个记名弟子再三哀求，知道妖妇说来就来，就此一走也不放心，正在为难，闻言大喜。萧逸和众弟子仍在强留。陈岩说："此去幻波池，期限只有两三日。本想顺道访一老友，因为妖妇漏网耽搁，既知无事，必须起身。好在小神僧所居离此不远，只要用佛法稍为布置，一旦有警，瞬息可至。他又奉命暂时不能离山远出，就便照护，再好没有。何况妖妇不敢再来，相见有期，多此一二日之聚做甚？"萧逸等无奈，只得定了后约，离别起身。阿童本也要走，因素面软，被主人留住，只陈、李二人先行。

李、陈走到路上，李洪笑问："所寻老友是谁？"陈岩笑说："也是一位散仙。因他为人侠义，豪爽慷慨，后来仙缘遇合，在太行山出家，修成散仙，道号水云子。他曾采取万载玄金,炼就飞剑,未发时形如米粒,黄、白二色,自成一派。我与他已经相别多年,前三月我才访问出他住在大峈山斜对面日月崖,久欲往寻,正好便中同去。"李洪惊道:"他不是昔年在太行山独斗群魔,用亿万金银沙剑连诛三十六妖党的苏宪祥么?我想见他已非一日,只因前生修炼甚勤,后又在雪山坐关,无甚闲暇,他又行踪不定,未能如愿。如今乘便往访,再好没有。"陈岩笑道:"宪祥乃他俗家名字,我说的正是此人。他那独门飞剑,发时宛如亿万点米形金银光华积成的瀑布长虹,分合由心,化生不已,端的异军突起,神妙非常。我意欲约他同往幻波池,不知他去否。"

二人飞遁神速,边说边谈,不觉飞到大峈山境。前年陈岩原曾来过,日月崖就在山的东北,离毒手摩什魔宫只二百余里,两座峰崖遥遥相对。水云子苏宪祥所习虽是玄门正宗,因是得道多年,人又和易,不喜树敌结怨,正派中仙侠固多好友,便几个异派中的首要人物也颇有交往。因知轩辕老怪师徒声势浩大,不是寻常所能除去;老怪师徒也知他交游众多,法力高强,无故不愿树此强敌。所以彼此所居相去虽近,各不相扰。当地双崖对峙,下藏幽谷,为山中风景灵秀之处。共只一条出路,洞府便在谷的尽头。前面大片平地,生着数十百竿特产大竹,有水桶般粗细,高达六七丈,森森矗立,蔽日插云,因风振籁,声若鸣玉,与泉响松涛相与应和,景绝幽静。洞门也极高大整洁。当初原是无意中发现,辟作别府,太行故居仍在。宪祥往来两地,每处均有两个门人留守。

二人到后一看,谷口双崖已全倒塌,洞也残破崩裂,乱竹纵横,老竹多半倒断,地上却生着不少小竹,蓬蒿没顶,荒芜异常,好似经过地震山崩神气。陈岩方在奇怪,说主人法力甚高,怎会这样残破?李洪忽想起小寒山二女火炼毒手摩什之时,曾用七宝金幢;敌党又均是有名妖邪,所用阴雷法宝,威力猛烈:故左近山峦多被震飞。也许彼时主人他出,未及行法防御,受了波及。

正说之间,遥望一溜金光由斜刺里飞来,直飞入洞,宛如星雨自空飞泻,一瞥不见,神速异常。二人正立在洞前大竹之下,来人似未发现,电射飞入。陈岩方说:"此人剑遁,正是苏道友的家法。"待不一会,前见金光同了一溜银光忽又相并飞出,似要越崖飞去。陈岩见后来遁光也似银雨流天,向空倒射,分明与主人一路。方要追问,那两道遁光刚到崖顶,未及越过,忽似有甚急事,双双掉头往洞口退回。同时又听异声破空,由远而近,甚是凄厉。陈岩听出来历,忙即低喝:"洪弟隐身,待我助他一臂之力。"

李洪闻言,刚把身形隐起,一股黑烟已疾如电驰,由空中直射下来,神速已极。落地现出一个身穿翠叶云肩,腰围翠羽短裙,臂腿裸露,头插金刀,胸前斜挂着一串死人骷髅的少年赤足魔女。身材容貌俱都美艳，只是周身黑烟浮动，碧光环绕，映得面色绿阴阴的，又是那样装束，看去有点怪模怪样。前两道遁光已往洞中飞进，魔女一到，便朝洞门媚笑道："我早看出你藏身这里，藏躲无用。不过，你师父不在家，你并不算失约，照我师门规条，不便登门便了。我也不逼你，只想做一忘形之交，与你有益无损。如负我好心，拒人千里之外，真要使我难堪，我就要命白骨神魔入洞搜寻了。反正躲不掉，无论逃向何方，均难脱我掌握，何苦敬酒不吃吃罚酒呢？"

陈岩早认出来人乃魔母温良之女玉魔女金刀仙子温娇。知道魔母晚年自知罪恶，皈依佛门，自用魔火涅槃，并许宏愿，誓以来生修积，忏悔前非。门人侍者均经强迫转世，等到来生收归门下，改邪归正。只有爱女温娇，因素钟爱，人又机警，不肯随同转世，事前设法规避。魔母因爱女虽然精习魔法，性颇良善，所佩白骨神魔和几件异宝均是自己传授，从未收摄生魂炼宝害人，只得任其立下重誓，未加强迫。温娇也真守约，一向隐居在巫山夜叉崖魔洞之中，不特无甚恶行，并与左道妖邪断绝来往。自己虽未见过，照此装束神情，断定是她无疑。洞中两人也必是宪祥的门下。暗中盘算如何应付。

温娇连说两遍，不听回答，意似不快，两道秀眉往起一皱，戟指喝道："你当真不理我么？我虽魔女，与你道路不同，但我遵奉母诫，一向隐居山中，守身如玉。只为那日见你人品甚好，我嫌独居寂寞，一见投缘，欲与你结一忘形之交，时常来往。就这样，仍不肯违誓先行开口，因你对我怜爱，方始明言。你也并非无情，只因听我说出来历，方始避我如仇。实不相瞒，我自出生以来，从未和一男子交往。已经对你再三俯就，你如坚执不允，使我难堪，却休怪我心狠。"洞中仍无回答。魔女面容骤转悲愤，将手一指，左肩上斜挂的十二个白骨骷髅突然口喷绿烟，鬼眼闪闪放光，头上绿发蓬松倒竖，纷纷厉声呼啸，作势欲起，狞恶非常。

陈岩知道厉害，暗道："不好！"正待出手，那十二元辰白骨神魔一个个已经暴长，离身飞起。魔女也正准备翻脸，又似迟疑，于心不忍。手朝胸前一拍，项下所悬一面三角金镜突射出一股冷森森的白光，将那十二神魔一齐罩住，厉声喝道："你们且慢！"底下话尚未出口，陈岩看出魔女本性不恶，欲发又止。刚一停手，旁边李洪不知底细，一见大只如拳的骷髅一个个绿发红睛，突颧凸口，白骨森森，獠牙外露，神态已极狞厉，随着魔女手指，突然自动张口，离身暴长，七窍生烟，厉声飞起，以为魔女想害主人弟子，不禁大怒。也未和陈岩商量，左肩一摇，断玉钩化为两道交尾精虹，朝前飞去。魔女瞥见宝光耀眼,又惊又怒,娇叱道:"何人大胆,敢来干预我事?"说时看出敌人法宝不是寻常,神魔又全放出,急切间收不回来,将头一昂,前额所插三柄金刀突化金碧光华,朝断玉钩迎去。两下里才一接触,魔女似知不敌,有点手忙脚乱,回手一按,胸前寒光大盛,连人带神魔一齐护住。并准备隐形飞遁,施展魔法,另下毒手。

陈岩瞥见李洪出手,忙喝:"洪弟且慢!"声才出口,眼前一片淡微微的金光银霞一闪,耳听有人低喝:"陈兄请陪贵友同往崖后相见,由小徒他们闹去。"陈岩听出是熟人声音,心中大喜,料有原因。李洪因见魔女金刀虽非断玉钩之敌,魔法却非寻常。已将如意金环化为两圈佛光飞起,同时扬手又发出太乙神雷,想将那十二个骷髅震毁消灭。这原是同时发动,转眼间事。陈岩见李洪金环、神雷相继发出,不及阻止,只得现身,扬手一道红霞,将李洪所发神雷挡住。紧跟着暗用传声二次喝道:"洪弟,主人在此,不令你我出手,还不快走!"李洪会意,刚收法宝,陈岩尚恐不及阻止,一纵遁光,拉了李洪,便同越崖飞去。

魔女温娇先不料敌人这么高法力,本待避开来势,行法伤人,猛瞥见左侧竹林下现出两个幼童,一个又指金环迎面飞来,本就心惊,急怒交加,惟恐佛光上身,刚运玄功变化逃避,又见大片金光雷火一闪。深知太乙神雷威力,方觉不妙,自身无妨,那十二神魔易发难收,秉性凶野,不伤人不肯归来,一个不能兼顾,难免不为敌人所伤,再炼无望,本身元灵还要损耗。正在惶急失计,想要拼命,百忙中又瞥见另一幼童扬手发出大片红霞,将神雷挡住,拉了敌人,收回法宝,同驾遁光越崖飞去,方才心定。由此对陈岩心生感念。不提。

李、陈二人飞到崖后一看,崖那面竟是山坳中的大片园林,繁花如锦,水木清华。四山环绕中建有一所楼台,房舍不多,但极高大崇闳,玉栋瑶阶,翠宇雕栏,地平如镜,一尘不染,端的神仙宫室,自具光华。楼前石平台上,立着一个五短身材、年约四旬的道人,未等二人近前,便先拱手笑道:"果是桓玉道兄枉顾。闻说道兄庐舍为妖贼所毁,借一童体重生。多年未见,甚是想念,曾往武夷寻访,两次未遇。又因忙于修炼,道兄踪迹隐秘,恐系有心避人,未再往访。不料今日光降,实为快事。这位道友颇似传说中的李洪道友,真是幸会了。"

道人正是水云子苏宪祥。互相礼见之后,同去楼中落座。李洪笑问苏、陈二人:"为何不令与魔女对敌?"宪祥笑道:"昔年魔母温良虽习魔法,但与边山四恶中的鬼母朱樱一样,素无大恶;劫前更知回头,已经转世,改邪归正。她女温娇,更能遵守母诫,隐居巫山夜叉崖深谷之中,闭洞虔修,守身如玉。小徒杨孝偶往大峨山看望老友马芝云,归途路过巫山,见下面风景灵秀,形势幽险,乘兴往游。不料魔女这日忽然静极思动,偶出闲眺,一见钟情。因守乃母遗诫不许先向男子开口,假装失足坠崖,身悬孤藤之上,婉转娇啼。小徒不知她有心引诱,心生怜爱,将其救起。正谈得投机之际,小徒忽想起荒山危崖,如何有此孤身美女? 坠崖求救时婉转悲啼,好似弱不禁风;上来以后便满面喜容,又未受伤,口气神情也太亲密,不由生疑。试拿话一探来历,竟是平日所闻魔女温娇,不禁大惊,急欲逃回。不料对方法力比他高得多,任逃何方均被挡住,不能脱身,打又打不过。没奈何,和她定约,说师规极严,爱之实以害之,不论如何,也须禀明师长才敢交往,否则宁死不从。魔女看出他并非真个无情,只是胆小为难,仍然纠缠不已。小徒急于脱身,便照平日所闻魔规,故意激将说:'我师父神通广大,你只要斗得过他,或蒙允诺,便可依从。'魔女先不知小徒住在此处,受骗放走。

"小徒回山复命之后,便在洞中修炼,不再出山。隔崖山洞因我不在,为妖党邪法无意震毁,我早迁来此地。内中只有两座丹炉,愚师徒近年采有不少灵药仙草,由两小徒轮流守炼。前半残破,后洞尚存,为防妖邪盗取,洞中设有两层禁制。魔女寻小徒不见,本在日夜苦思。近三月小徒奉命出山两次,均被魔法看出,将人软困,不能脱身。总算魔女情深爱重,只要小徒几句好话一说,立时放掉。小徒两次问我,因想试验他的道心,均未回答,实则凤缘前定,难于避免。他对此女原是又爱又怕,进退两难。

"今日偶往附近采取山果,不料魔女早就疑心他藏在大峇山中,只因被我禁法遮蔽,无法寻踪。日常都用魔镜四下查看,一离洞口,便被看出,飞遁又快,想在暗中掩来。小徒因恐邪正不能并立,近正打算斩断情丝,隐避数年,加紧用功,到时再与相抗。不知魔女情深,只要肯允婚,情愿随夫改邪归正。小徒乃惊弓之鸟,先还不敢出洞,因受同门讥笑,今日又正轮值,以为相隔不远,当时可以飞回,致被发现,寻上门来。我由外面回山,正想唤他二人问话,刚一出山,便见魔女远远飞来。小徒听我呼唤,不敢违命,又想我不会坐视魔女上门欺人。刚一过崖,魔女迎面飞到,只得遁回,向我告急。我原想成全此事,只是往年好胜之心尚还未退,不愿就此应允,正在盘算。李道友出手正好,经此一来,魔女已知厉害,愚师徒不算受迫允婚。方才已传命小徒,照我所说行事。

"此女将来大有用处,并还去掉一个邪教,免受妖邪勾引,为害人间,实是两全其美之举。不过她那本命神魔,虽因魔母昔年算出她将来有归正之机,曾用极大魔法损耗不少元气为之化解,恶性邪气仍未全消,我已请求采薇大师改日为她解去邪气。就这样,还须费我二十七日炼魔之功。幻波池之行,我虽不能前往,但是峨眉诸道友不久尚有险难。此女好胜情热,心感陈道友方才相助,免却佛光照体之德,得与小徒结为夫妇,一见有事,必以全力相助,纵难全胜,终是有用。我听采薇大师说过,但不知详情。二位道友可是日内要往幻波池去么?"

二人便把来意告知。前生良友忽然快聚,自是喜慰。宪祥出身富贵之家,对于衣食园林之奉,仍是积习难忘,成道以后,偶然也用烟火,性又好客,所藏美酒、佳肴、仙果甚多,便留陈、李二人在此小住,到日再去。

第二九七回

绝海剪鲸波　万里长空求大药
穿云飞羿弩　诸天恶阵走仙童

话说李洪、陈岩因听苏宪祥转述采薇僧之言，不应早往，便在当地住了两日。当夜魔女随杨孝同来拜见，请命求婚。三人见魔女温娇已将魔装换去，身上魔光以及十二白骨神魔念珠已全收起，看去直似一个温柔娴静的美艳少女。温娇见了三人，躬身礼拜，态甚诚谨。宪祥当时允婚，告以采薇大师之意，命起赐坐。温娇听说要为她请来神僧消除本命神魔所赋邪气，越发感激心喜，重又拜谢。李洪暗用传声向陈岩说："新夫妇初见，可要赐点见面礼?"陈岩笑说："无须。你看魔女神态恭谨，楚楚可怜，实是因夫重师，为情低首。否则，此女魔法甚高，法宝更多，寻常看不上眼。七老囊中法宝未到开看时候，将来必有大用，不宜转赠。"李洪只得罢了。新夫妇随即拜辞，往后洞走去。

到了第三日，李、陈二人作别起身，中途遇见金、石等十人，因有成竹在胸，并未联合一起，略谈几句，便带上官红同飞依还岭。陈岩先不知心上人易静的苦心孤诣，直到破璧重圆，血痕重现，两心合一，方始看出真意。见面不久，昔年对头便已寻来，虽然败走，料知决不甘休，还有一场大难也将到来。照着各位师长预示，易静处境最是危险。李、陈二人偏又在东海见到燃脂头陀留书，约定幻波池事完，请二人往东海底水洞相见;又听苏宪祥说起一件要事，不能不去，去了又不放心，好生为难。易静笑对陈岩说："玉弟修道多年，怎的未达? 我已历劫三生，始以元神成道。自居幻波池以来，幸蒙师恩，功力颇有进境。修道人自不免艰难苦厄，似我生平，终必转危为安，并还因此增加道力。事有定数，最好听其自然，事先愁急，并无用处。"

陈岩原是关心过切，知道难于幸免。心想："燃脂头陀乃前生至友，自在海底坐关，一别近两甲子，难得他功行圆满，既算出自己和李洪要去寻他，留书约晤，必有原因。他又有一件佛门至宝香云宝盖，威力无上，神妙非常，用以防身御敌，多厉害的邪法、异宝也不能伤。易静仇敌乃有名邪魔，魔法厉害，如得此宝，立可助其转危为安。宪祥所说之事，也颇关系重要。此行实

266

是一举三便。与其守在这里，易静灾难依旧不能避免，何如赴约之后，借了法宝再来，并还可向燃脂头陀求助，请其指点玄机，比较稳妥。"

李洪和燃脂头陀更是九生至交，并有两次同门之义，情分深厚。李洪雪山坐关以前，曾往访看，也值坐关，未得面谈。只留有一封书信，指明前因后果。并说此次坐关要两个多甲子才能完功，转世之后，始可再见。李洪因和头陀前几生从未分别这么久。头陀以前坐关必要神游人间，修炼善功。期前双方均有约会，等头陀元神转世，立往相见。因他凤孽至重，发愿最宏，操行尤为艰苦，本身虽具极大神通，却并不使用，所有法力均经禁闭，专以虔心毅力，苦参佛法。邪魔又多，强敌环伺，日在艰难凶险之中苦熬，结果多遭惨杀。李洪时常暗助，头陀不愿，屡以婉言谢绝。但是双方交厚，不容不见。似此一别百余年，尚是初次，所以李洪也是急于往访。

陈岩与李洪略一商量，便同起身。陈岩本意早去早回，虽知易静这场大难不能避免，总想事情难定，也许人力可以挽回。如将法宝借到，取来灵药，早日赶回，至少人可少受一点苦厄。途中想起燃脂头陀留书之言，说此时坐关已完，要在海底留住月余，何时前往均可。苏宪祥为助魔女消除邪气，要用二十七日苦功，行法炼魔，还要请采薇大师帮忙，不知何时开始。意欲先飞往大岑山，如见宪祥无事，便约同去北海，求取所说灵药。然后三人联合，同往两天交界的天蓬山绝顶灵峤仙府，向三仙求取蓝田玉实。到手以后，再寻燃脂头陀叙旧。易静灾难，事应一月以后，照此行事，东海回来，正可赶上。好在魔女温娇已经成婚，耽延月余，并无害处，只要宪祥行法不曾开始，便不妨事；如已行法，自己再去东海也不晚。主意打定，便和李洪说了。李洪自然不愿违背良友心意。

及至飞到大岑山一看，宪祥、杨孝均已他出，只剩门人章勉留守。章勉说："日前采薇大师曾来飞书，师父看完，立即飞走。杨师兄因魔女对他情深爱重，只图长年相聚，并无邪念，二人约定，只做名义夫妻，各保元真，同修仙业。但是夫妻仪式却要举行，已经禀明恩师，同去魔宫成婚。"

陈岩因听杨孝夫妻先行，未随宪祥一起，行时又未提到炼魔去邪之事，不知何意。心想："难得宪祥尚未开始炼魔，只要寻到，仍可按照预计行事。只是其间只有一个多月的光阴，须飞驰海内外，往返数十万里。那最关紧要的两种灵药，又在北海一个著名旁门散仙所居岛上，求取不易，稍微失机，药取不成，还要树一个强敌。宪祥虽和岛主有交，但是此人乃旁门散仙中能手，法力甚高，性情古怪，并非好惹，兴许翻脸成仇，而又非得此灵药不可。对方法力既高，更在岛上设有十三门恶阵，与峨眉仙府左元洞情欲十三限有异曲同工之妙,破它甚难,旷日持久,岂不误事? 还有天蓬山绝顶高居两天交界之处,中隔十万里流沙与三万六千丈罡风之险。就说主人期爱李洪,开府时曾许其异日随时前往,不致拒而不见,到底上去艰难,往返路途又极辽远。好在前已约定,宪祥知道自己要来寻他同去海外,不会在外多延时日。与其先往东海,不如就在当地等他回来,先取灵药,免误时机。"便硬请李洪一同留下。

哪知等了十来天,宪祥终未回转。李洪苦念良友,又再三催走。陈岩没奈何,只得留下一书,请宪祥回山立往东海相见,同往北海求取灵药,炼魔务望稍缓,免得延误。

陈岩、李洪飞到东海,会见燃脂头陀,三人叙阔之后,陈岩告知来意,向其求助,并请运用玄功代为推算。燃脂头陀笑说:"陈道友道法也极高深,怎的如此痴情? 此去金银岛,恐那情关七阵不易通过呢。"陈岩听出话里有因,再四探询。

头陀笑答:"敌人不是寻常,先期推算,详情难知。道友来前,我只算出苏道友此时无暇,要在十日之后才能来此。因事起仓促,他前说的话,本以采薇大师来否为定,并非违约。道友欲借我的香云宝盖,本无话说,偏生此宝被一老友借去御魔护法,不在手边,尚有月余始能交还。事情决误不了,到时自会送去。倒是金银岛主吴宫得道多年,功力甚深,虽然出身旁门,以前极少恶行。自从移住北海,仗着天时地利,更与外人隔绝。他那金银岛深藏海眼之下,本是一座浮礁,随着极光感应升降。经他多年苦心布置,全岛均经法力炼过,平日深藏海底泉眼之内,每一甲子浮起一年零三个月,岛上几种灵药仙果也正此时结实。你所需两种灵药,本和灵药仙草毒龙丸一样,乃九天仙府灵药奇珍,偶有几粒种子在千年前被罡风吹坠,落向岛上。功效用途虽与毒龙丸不同,也是道家最珍贵的灵药。此人性情奇特,他因内中有一种瑞云芝,又名朱颜草,有返老还童、化媸为妍的妙用,正邪各派修道之士只要知道它的底细来历,必往求取。后不知何事激怒了他,说修道人要这容貌美好做甚? 为此在岛上设下一座十三门恶阵,自称:'此岛所产灵药乃是天生,非我种植,但平日不愿人扰我清修。等到此岛浮出海面,灵药成熟之时,决不禁人来取。自来仙法易修,灵药难求,经我苦心培护,才得保存至今。来人除非和我有缘,自愿相赠;否则必须经过前岛所设十三门恶阵,深入灵药产处,才可任意采取。'陈道友得信较迟,还有一月,岛便封闭下沉,再取便须一甲子后。易道友遭难之事,虽然凶险,依我之见,还是先取灵药,才不至于误事。等道友天蓬山回来,易道友难期也已将满,早去无益。幸亏魔女温娇因苏道友有事耽延,未将魔光邪气先行炼化消灭,将出力不少;否则易道友的对头便是鸠盘婆,很难对付。道友以为如何?"

陈岩也知所说有理,心急无用,只得耐心等候。实则忙中有错,欲速不达。当二人由幻波池起身时,如依李洪先飞东海,必与宪祥路遇,就不能同去北海,也可拿了宪祥书信,往见金银岛主,将药取到,少生好些波折。燃脂头陀佛法高深,明知宪祥就在附近岛上,代采薇大师炼丹候人,因其无暇分身,去也无用,事有定数,便未明言。

陈岩在海底水洞中又候了十来天,宪祥方用飞剑传书,说自己现在东海钓鳌矶,奉采薇大师之命代炼灵药,去救大师好友姜雪君的俗家眷口亲属九十四人和洞庭山成形灵木,现刚炼成。本想回山炼魔,姜仙子忽然飞来取药,说起李、陈二人寻他之事。先想往寻二人,并拜见燃脂神僧,忽又遇见两位道友寻来,不便同往,因而终止。请速往相见,即日起身,免得过了限期,金银岛陆沉误事。二人见书,立即辞别,飞往钓鳌矶一看,宪祥所说两人,乃昆仑派小辈剑仙小仙童虞孝、铁鼓叟狄鸣岐。

原来虞孝因和武当七女中的石氏双珠交厚,这日相见,缥缈儿石明珠说道:"峨眉派近来人才辈出,许多后起之秀全都仙福深厚,除多得至宝奇珍而外,并还得有各种灵药仙丹。最著名的便是灵峤宫蓝田玉实和幻波池的毒龙丸,加上本门大小还魂丹,或能脱胎换骨,起死回生;或能永驻芳华,长生不老,并还增加若干年的道力。端的得天独厚,非众所及。本门七姊妹均有美名,便小师妹司青璜也是天生丽质,丰神俊秀。平日颇觉容华不下于人,尤难得的是同门姊妹全都如此,早已艳传人口。前次峨眉开府,见到小寒山二女和英、云姊妹,已觉有些相形见绌,自愧不如。近日遇到几位灵峤宫女弟子和峨眉门下诸姊妹,美容尚在其次,最难得的是个个仙骨珊珊,宛如朝霞,容光照人,几乎不可逼视。问知除本身修炼而外,多半仗着玉实、灵丹之类。我姊妹同修仙业,虽不至于衰老,比较起来,终不如人,不知将来有无这样福缘呢。"

虞孝自来钟情明珠,爱逾性命,当时未说,记在心里。又想自己曾在峨眉被困十三限内,经诸葛警我接引,才得出险。因而心存妒念,立意踏遍海内外名山,寻求灵药,赠与武当七女,去博明珠欢心。辞别不久,便听一海外散仙说起金银岛灵药朱颜草结实之事。忽想起好友苏宪祥与岛主交厚,以前只知他每隔些年必往相见,产药之事怎未提过?又听说此行十分凶险,意欲前往探询,并请相助。于是偕狄鸣岐向大呇山飞去,不料途遇诸葛警我。因觉对方为人诚恳谦和,前次被困十三限,蒙其相助脱险,不特毫无得色,反倒殷勤慰勉,心生好感,难得不期而遇,便同降落,晤谈了一阵。别时,警我

269

说是新由钓鳌矶故居回转,见水云子苏宪祥在彼炼丹。虞、狄二人还庆幸不曾错过,忙同寻去。宪祥丹刚炼完,送走姜雪君,将所借丹炉藏起要走。见面一谈来意,因虞、狄二人不愿往见燃脂头陀,才以飞剑传书将李洪、陈岩召来,五人得以会合一起。陈、李二人见对方乃正教门下,人又英爽,颇为喜慰。虞、狄二人虽因李洪是妙一真人之子,上来尚有门户之见,及见对方年幼天真,根骨法力那等高强,由不得心生赞佩,消去芥蒂。又有宪祥居间,于是越说越投机,无形中成了好友。

五人准备停当,便由钓鳌矶动身,向金银岛飞去。飞遁神速,不消多时,便转入北海。先见下面暗云低压,恶浪排空,水天相接,一片混茫。一眼望过去,老是雾沉沉,一派荒寒阴晦之景。再往前飞不远,便见狂涛滚滚中,拥着不少大小冰块,随波起伏,疾驰而来。跟着又见大小冰山林立海上,顺流而下,不时撞在一起,发出轰隆巨响。那数十百丈高的冰山,本是矗立海上,透明若晶,回浪生光,已极好看。经此一撞,化为无数碎冰,向空激射,浪花飞涌,骇浪如山,更是奇绝。陈、李二人屡生修为,见闻甚多,重寻旧游,仍觉壮观。虞孝、狄鸣岐初次见到,更是惊奇,赞赏不已。

五人原由宪祥引路,并告机宜,随同北飞。又飞行了一阵,望见前面冰山丛中时有黑影出没洪波,并有数十百支水柱向空激射,暗雾迷漫中波涛汹涌,越发险恶。知是鲸群闹海,喷水为戏,正要赶往。宪祥笑指道:"越过那片鲸群,便是北极冰洋境界。再朝北飞万余里,就是陷空岛北海尽头,金银岛尚在侧面。"说时遁光一偏,改朝西北飞去。约飞万余里,始终是在海气蒸腾,暗雾茫茫之中飞行,除一片无边无岸的冰洋大海而外,只偶然看到几座冰山,望不到边。后来渐离寒带,除了天,就是水,连冰山也见不到一座,海雾却越来越浓。如非五人都是慧目法眼,离身数尺,便不见人。虞、狄二人方觉荒寒沉闷,笑问:"还有多远才到?"宪祥只低声说道:"前面就是金银岛。岛主生性奇特,好些禁忌。方才路上我已说过,到时由我领头,相机行事。此时不可开口。"

正说之间,忽然飞出雾阵之外,前面形势大变。原来来路海面波涛险恶,水作黑色。一出雾阵,水色立变,一眼望过去,碧波滚滚,水色清深,与来路大不相同。最奇的是两水交界处一青一黑,全不相混,整整齐齐,宛如划了一条界线。那雾也只笼罩到黑水之上,过界以后,雾影全无,上面更是云白天青,风和日美,一片清明空旷之景。遥望天边碧波无垠中,隐约浮出一黄一白两点岛屿。因相隔太远,波浪又大,直似一顶金冠,一个银盆,随着浪头起伏,出没波心。日光照将上去,反射出万道金光,一片银霞,当中又有一团日影。白云往来,上下同清,遥望已觉奇丽非常。渐飞渐近,岛影也自加大。这才看出,那岛形如玉簪,两头圆形,中段较细。左边半岛外围满布金色奇花,中拥一座金碧楼台。右边半岛石质如玉,并无房舍树木,却被一片银霞笼罩其上。中段相连之处作珊瑚色,上面设有一座飞桥,形若彩虹,先并未见,似方出现。下面与陆地相通,不知要这百十丈长的虹桥何用。心方奇怪寻思,宪祥忽然挥手,令众暂停,自往岛上飞去。

李、陈、虞、狄等四人起身时,原经宪祥指教,忙把遁光停住,各用慧目法眼注定前面。这时离岛约有四五十里,遥望宪祥纵着一道遁光,如星雨流天,向前飞射。眼看快要到达,忽由当中朱堤海岸之上飞射出一蓬五色光网,双方刚一接触,便同往岛上飞去。紧跟着起了鼓乐之声,远远传来,仙韶迭奏,响彻水云,听去十分娱耳。一会,乐声止住,便不再有动静。眼看红光照波,晴阳耀水,海面上射起万道红光,照得那座金银岛屿耀彩腾辉,精芒四射,越觉庄严雄丽,气象万千。

四人久候无音,深知主人强傲孤僻,不近人情,渐生疑虑。李洪提议隐身往探;陈岩关心灵药,自不必说;虞、狄二人也是少年喜事心性,又各练就隐形之法,见李洪小小年纪如此胆大,也自然不甘落后。四人略为商议,便同飞往。因岛上自从乐声止后,老是静悄悄的,除斜日返照,色彩格外鲜明外,别无异兆,不似待敌情景。四人身形又全隐去,以为不致被人觉察。陈岩虽觉宪祥不应一去不回,杳无音信。继一想:"他法力甚高,主人困他不住。何况双方原有交情。"稍微动念,也就罢了。哪知四人一时性急,竟因此生出枝节。

原来五人来时,岛主人吴宫已早警觉。五人索性一同登门拜见,求取灵药,就不答应赠送,也不致反面成仇,几于误事。宪祥偏是小心太过,深知主人性情古怪,行事难测,飞到岛前禁地边界,便将四人止住。意欲先由自己以礼求见,代四人先容,再说来意,如蒙赠与固好,不然也可按照岛规行事。如果主人虚应故事,不与来人为难,以陈、李二人的法力,必能成功,连虞、狄二人也占了便宜。哪知主人先前倒也殷勤,后将宪祥迎入东半岛金宫之内款待,宪祥说起来意,并代四人求见,岛主便改了态度。原来岛主吴宫素来强傲,不肯下人。因听来人中有两个幼童,均具极大来历,李洪更是九生修为的妙一真人爱子,前生曾在天蒙神僧门下,今生又是寒月大师高弟。吴宫虽少恶行,终是旁门左道出身,双方邪正不同。近一年中,照例开岛,来访同道和昔年旧友,多是在峨眉开府时受了万妙仙姑许飞娘之托,想要乘机扰害,后见对方仙法神妙,知难而退的那些向隐海外的旁门散仙和五台、华山两派余孽,这类人如何能说峨眉好话? 吴宫有了先入之见,日前飞娘又亲来勾引,吴宫一时不察,竟落在飞娘的套中,对于峨眉由不得生了忌恨。宪祥口气再一夸大,越发勾动气愤。

吴宫人本阴鸷沉着,喜怒不形于色。宪祥修道多年,仍是当年豪爽性情,襟怀坦白。又以生平度量最大,从不与人结怨,正派中固多好友,异派中除却一些极恶穷凶的妖邪,也有不少相识。以为和主人交好多年,他那海洞岛宫在封岛时期照例不纳外客,只自己一人随时可以出入,怎么也能给点情面。万没想到吴宫海底独修,素少交游,在这半年期间,会被群邪说动。妖妇许飞娘又以色为饵,加以勾引。虽知对方存心诱惑,表面自高身价,若即若离,时冷时热,吴宫也还有些顾忌,不曾成奸,但已道心摇动,为色所迷。宪祥满拟峨眉领袖群伦,声威广播,主人早听自己说过,必定借此结纳,所以尽情倾吐,历述峨眉诸长老的威德、法力与人才之盛。及至说了一阵,见主人老是望着自己静听,还当他向来如此,不以为意。等到说完,还未回答,偶一眼瞥见吴宫口角上微带冷笑,才觉话不投机。

宪祥正待劝说,吴宫忽然笑道:"苏道友,我知你是好人,照例有求必应,意欲借我讨好峨眉,交接那班狂妄无知的乳臭小儿。却不知我行事任性,向不懂甚情面。他们如有自知之明,打算由你说情,向我求取灵药,就该随你来到岛前通名求见。我纵不肯轻易相赠,但他们以后辈之礼而来,我也不会使其失望而归。他们偏狂傲无知,令你先来说话。我如被峨眉派声势吓倒,双手奉上,他们自是称心省事,否则不是明夺,便是暗取,分明打着先礼后兵之计。人说峨眉派自恃走了几年运气,夜郎自大,果然不差。我就此答应,情理难容。依我本心,直以仇敌相待。姑看在你的分上,人不犯我,我不犯人。好在半岛设有十三门恶阵,灵药就在西半岛,向不禁人采取,只要有本领能通行十三门,由他们随意采取,如何?"

宪祥见他犯了本性,力说:"同来四人并无一个峨眉派在内。李洪虽是妙一真人九生爱子,但他早归佛门,转世年幼,新近下山,谈不到狂傲二字。虞孝、狄鸣岐乃昆仑门下。陈岩更是一位独修的散仙,为一前生情侣来求灵药,与峨眉派何干?"吴宫仍是不听。后来宪祥又说:"李洪只是年幼好奇,随来观赏灵景,并无求药之意。同来四人,只他一个与峨眉派有渊源,既不取药,便不相干,道友何必多心?"吴宫被问得无言对答,方在沉吟,忽似有甚警觉,双目微闭,隔了一会,冷冷地答道:"既这等说,我留道友在此对饮半日。来人如不自恃,必在禁地外候道友出见,不敢冒失,任意横行。只要候到子夜,我必放道友出去,引其入见。我看道友分上,十三门恶阵的威力至多用上一小半,稍有法力便可通过,决不使其难堪。否则便是成心上门欺人,情理难容,我也不过分难为他们,只照旧例相待如何?"说罢,便命门人将岛上禁制连同埋伏的法宝一齐施为,加紧防守,倒要看看来人是否如他所料。又对宪祥说:"你我交好多年,想来不致为此几个乳臭小儿伤了和气。"

宪祥见他将全岛阵势发动,外面禁制重重,分明已受人蛊惑,此时一走,立成仇敌,下手越难。他那禁制又极严密厉害,更有几件异宝,连想传声通知都办不到。暗忖:"同来四人以陈岩见闻最多,来时路上已曾告以虚实,不会不知轻重利害。在未见自己以前,总共半日夜的光阴,也许能够等候。主人骄狂任性,如能挨过子夜,证明不是有恃而来,盛气一消,他那灵药向不禁人求取,只要他不故意作梗,便有法想。四人如不能忍耐,或因久不见人,心生疑虑,冒失行事,我索性和主人说明,按照岛规破阵取药。狄、虞二人功力、法宝虽然稍差,陈岩、李洪前生法力早已恢复,更有几件仙佛两门的至宝奇珍,料他也无可奈何。"

宪祥念头一转,觉着自己和主人交好多年,以前还曾为他出过大力,不料竟会受人蛊惑,翻脸不认人,越想越有气,强笑答道:"道友如此多疑,我也不便多言。不过来人年幼,行事未免疏忽。如能等过子夜,得蒙道友相谅,再好没有;如因我久不出现,不耐久候,难保不来此求见。道友心有成见,先入为主,既非见怪不可,他们不知底细,误触禁网埋伏,必当主人有意为难,再不放心我的安危,难免冒失。可否念其无知,开放门户,容他们按照岛规,通行十三门恶阵,取那灵药呢?"吴宫冷笑道:"道友,我们到底也相交多年,不犯为此伤了和气。他们以礼求见,自好商量;便直叩岛宫,照例行事,也可凭他们功力福缘,以定成否。只要不欺人太甚,决不出手。"

宪祥早听他吩咐门人将全岛阵法埋伏一齐发动,外加三层禁制封闭阻隔,端的如临大敌。那云网更是前古奇珍,由昔年一旁门散仙手中得到,重又炼过,隐现由心,神妙非常,威力甚大,不易冲破。如用法宝毁去,立成不解之仇。还未入阵,这头层关口先难通过,况还有好些布置。分明自己不说,还能照例而行,经此一说,不特不给丝毫情面,反更视若仇敌。心虽愤怒,仍想委曲求全,暂由他去,表面笑语从容,一毫不露。

二人都是海量,每见必饮。宪祥由谈话中听出吴宫和许飞娘相识,妖妇常来岛上小住,并将岛上灵药要去不少,知他倒行逆施,早晚自取灭亡。多年交好,虽代可惜,无如忠言逆耳,劝必不从,只得听之。心还想:"来时主人曾以鼓乐相迎,四人不会不知,也许不致冒失。"

宪祥正在盘算,万一双方走了极端,如何化解。忽听异声如潮,由前岛传来。吴宫面容骤变，端起酒杯向空一泼，张口喷出一股真气，随手一指，那半杯残酒立化一片青光，悬向席前。吴宫怒道："道友说我多心，且看竖子何等猖狂！实不相瞒，如非深知你的为人，此时便容你不得。"

宪祥闻言也大怒，正要发作，目光到处，瞥见那片酒光形如一面晶镜，全岛景物立时呈现。只见岛前面现出千丈锦云，将全岛罩住，云烟闪变，卷起无数大小旋涡。内有两大云漩，所到之处，寒光如雨，交相飞射，不时移动，左右冲突，好似有人由云网外强行冲入。岛岸虹桥之上，立着一个披发仗剑的赤足门人，手掐灵诀，朝外连指，烟云光雨立时加盛。同时从岛岸上一座临水的楼台里面飞出两人，各在一道光环围绕之下，往云层中冲去。宪祥暗想："四人法力真高，冲行这等具有极大威力的云网之中，仍未被擒，连隐身法也未破去。"瞬息之间，两道白光合而为一，正朝内中一个云漩冲去。双方微一接触，先由白光中发出大片黑色火弹，便听爆炸之声连珠乱响，对面云网中来敌即有点不支，相形见绌。黑色火弹爆炸以后，再化为一片邪气隐隐的墨色妖光，往上罩去，云网中人隐形立破。

宪祥刚看出是狄、虞二人，暗道："不好！"虞孝已扬手发出一道青白二色、其亮如电的箭形宝光，朝那百丈锦云与墨色妖光射去，箭头上立射出万道精芒，妖光立即被冲散消灭，云网也被冲破一个大洞。二人现出全身，更不怠慢，就在箭光前冲，锦云如潮，四下飞滚，分而未合之际，各纵遁光，同由云衢中直射过来，冲破头层云网阻隔，落向岛上。二人把手一招，将箭招回，仍旧插在背上。宪祥知道虞孝用的是前古奇珍后羿射阳神弩，猛想起此宝正是主人那两件最厉害法宝的克星，心方稍慰。同时又瞥见旁边一个云漩在锦云丛中，随同无量光雨环绕追逐飞射中，往来冲突。因那云层厚密，变化无穷，生生不已，中杂无量数的血神针，常人到此，只一挨近，先被云网卷走，或是困在其内，不能行动，再被发动神针，更难活命。云漩中两人虽然不曾受伤被困，就此通过，也非容易。云衢刚现，那云漩也如电一般快，由左侧急转而来，只一闪，云漩不见，人仍未现形影。料知是李、陈二人随同穿过，虞、狄二人隐形法已破。那九天云网为射阳弩穿破一洞，虽然仍能使用，终有缺陷，主人如何能容。

宪祥惟恐二人吃亏，忍气笑道："道友可看出来人是四个么？内有二人已隐形穿云而过。前面所现两人，便是昆仑门下。他们许因久候我不至，前来探望，误犯禁网，无法脱身。这两人带有后羿射阳弩，情急试用，穿云而入。此举虽然被迫无心，道友或不免于误会。事已至此，请止住令高足，容其通行全阵如何？"吴宫心痛至宝残破，本极愤怒。一听敌人所发竟是射阳神弩，并有两人隐形飞入，不禁大惊，心念一动，待施毒计。门下徒众见敌人破了师父云网至宝，现身穿入，已全激怒，纷纷出斗，当时把虞、狄二人围住。

原来陈岩等四人久候宪祥无信，欲往隐形窥探，并无敌意。哪知前行不远，便入禁地。海面上那些旁门禁制，休说陈、李二人，连虞、狄二人也拦不住，稍施法力，便即冲过。本来开头四人联合一起，也是小仙童虞孝心高好胜，又仗着那三支射阳弩，自从开府珠还以后，乃师钟先生用少清仙法又重炼了一百零八日，威力越发神妙，多厉害的禁网也能冲破，不免有恃无恐。又见李洪一个未成年的幼童具有那么高法力，未免内愧。李洪又天真爱群，惟恐二人受伤，稍为分开，便抢上前去，想将二人一齐护住。二人见他用灵峤三宝防身，却将宝光隐去，岛前海面上的禁制也非寻常，李、陈二人一前一后，将虞孝和狄鸣岐护在中心，一同前进，连冲过三层禁制，直达岛前，如入无人之境。虞孝以为因人成事，越想越发不好意思。刚和狄鸣岐暗中示意，将陈、李二人分成两起，敌人的埋伏骤然发动，人已陷入云网之中。当时只觉眼前一花，身上一紧，千丈锦云直似实质而又具有黏性的丝绸，一层接一层，急涌起千层云片，花飞电舞，环身裹来。仗着峨眉开府回山之后连用了几年苦功，功力大进，虽未被那云涛卷去，但是上下四外云光变灭如潮，压力绝大，冲突艰难。已与陈、李二人分开，不便再合在一起，只得施展全力朝前猛冲，云网也越加盛，怎么也冲不出去。

四人来时，原经商定，主人乃宪祥老友，不到万不得已，不可动武。以为灵药采取，有例可援，至多费点事，有宪祥和主人的交情，决不至于成仇敌对。及见云网如此厉害，虞孝暗忖："宪祥曾说采药人到此，只需和主人打个招呼，便由轮值门人引入十三门阵地，怎会如此关闭坚拒，连岸都不许上？"刚一回顾，陈、李二人已经不见。一时情急，正待朝前猛冲，防守徒众见云光电漩，却不见人，知来强敌，立发凶威，飞身迎去。因知敌人身隐电漩之内，猛施毒手，将师传旁门异宝猛发出去。此宝名为泥犁珠，乃昔年冥圣徐完所赠，最是阴毒，专污法宝、飞剑，并破隐形之法。妖光爆散，二人被迫现身，如非功力高深，几连飞剑也被污毁。一时情急暴怒，忙将射阳弩发出，邪法立破，人也穿云而过。

李洪见二人通行艰难，本想仍合在一起。陈岩早看出虞、狄二人心意，暗用传声阻止说："这两人好胜，面上又有晦色，暂时不必明助，听我招呼，再行下手。"刚把李洪拦住，事有凑巧，这时双方各不相顾，因敌人发出黑色妖光，李洪、陈岩均能透视云雾，看出妖光污秽，恐虞、狄二人受伤，连忙冲云赶去。刚一赶到，前面云层已被神弩射穿一条云衢，忙随之飞出，隐身一旁，正准备相机行事。吴宫门下共有八个弟子,十二侍者,一见敌人穿云飞入,落向岛上,全都暴怒,各指飞剑、法宝杀上前去,同声厉喝:"小狗纳命!"虞、狄二人见来势凶横,已是有气,一面迎敌,一面喝道:"我们一行四人拜见岛主,求取灵药,事前还托苏道友代为先容,我们不耐久留海上,特来拜见,即便岛主不重朋友之情,也应按他平日条规,容我们照例行事。似此禁制重重,如临大敌,已与他平日所说有异,你们又无故倚众行凶,是何道理? 我想岛主得道多年,前辈仙人不应如此量小,莫非不在岛上么?"说时,双方各用法宝、飞剑恶斗,已杀了个难解难分。

二人虽愤敌人可恶,因想宪祥在此,真相不知,问又不答,好些顾忌。为防备走极端,射阳弩不肯轻用。敌人法宝、飞剑均颇厉害,二人寡不敌众,眼看要落下风。李洪本就越看越有气,又见敌党中有一身材瘦小,吊睛塌鼻,满脸奸诈的妖人,同一个身材微胖,眉有黑痣的中年妖人,新由左侧飞来助敌,满身都是邪气;不似前斗诸敌虽是旁门,不施邪法,身上还看不出。方在奇怪,瘦的一个突然扬手发出一道妖光,形如灯焰,却与英琼新得的紫清神焰兜率火不同,碧光荧荧,四外黑烟包没,刚一出现,腥秽之气刺鼻难闻。自己还不怎觉得,虞、狄二人忽然面带惊惶之色,往后败退。妖光黑烟立即爆散,眉有黑痣的一个又张口喷出一团血光,连那妖光一起化为大片黑烟血云,正朝二人电驰飞去。其他十几个敌人已被二妖人在出手以前喝退。

李洪不禁大怒,扬手先发出太乙神雷,数十百丈金光雷火打将下去,血云妖光当时震碎。二妖人见状,怒吼一声,一个二次口喷血云,一个把手连指,空中妖光正待由分而合,李洪如意金环已化为三圈金光,朝前迎去,只一闪便将二妖人连人带妖光一起罩住,云光立灭。二妖人正在手忙脚乱,挣扎欲逃,说时迟,那时快,李洪身上断玉钩已化为两道交尾精虹,电驰飞来,迎着妖人环身一绞,金光祥霞往下一压,两声惨号过处,形神皆灭。

众妖徒见敌人形影不露,神雷、法宝威力惊人,又惊又怒,正在进退两难,虞、狄二人已经中邪欲倒。李洪见事已至此,心想护住二人,索性动强。刚与二人对面,还未开口,忽听陈岩大喝:"洪弟与二位道友留意!"声才入耳,一道白虹突由岛后比电还急地作半环形凌空抛射过来。李洪见那白虹其长何止百丈,粗约四五丈,光并不强,来势却万分神速,一头尚在岛后,一头已作弧形自空下射,带着轰轰雷电之声,前头半段更发出无数的光箭,声势猛恶,从未见过。李洪正要迎敌,一道红霞已由身后电射而出,迎将上去,红霞之中,金光乱爆。

两下里刚一接触,猛又听遥空有人大喝道:"双方停手,听我一言!"四人刚听出是苏宪祥的口音,声到人到,来人已到了众人头上。人还未降,双手齐扬,各发出一股银光、一股金光,宛如亿万金银米聚成的两道长虹匹练,从半天空倒挂而下,将双方的白虹、红霞分头裹住,不令对敌。一时红、白、金、银四色宝光照耀中天,霞光万道,映照得全岛大放光明,连天和海水全被映成了异彩。宪祥人还不曾下降,白虹首先撤回。陈、李二人忙同现身,将法宝收转。宪祥也便落地,朝虞、狄二人脸上看了一眼,惊道:"二位道友已中邪法毒气,幸我带有灵丹,请二位各先服一粒,洪弟再用佛光一照,方可无碍。"

二人称谢,将丹接过,刚服下去,便听远远有人喝道:"苏道友今日这般行径,可是心存偏向,意欲与我为敌么?"宪祥向空笑答:"吴道友,你当知我平生不喜树敌,何况是你。只不愿双方各走极端。好在前杀二人,乃是五台余孽,与令高徒们无干。如蒙看我薄面,两罢干戈,仍按旧规通行十三门恶阵,任往西半岛采取灵药,便感盛情了。"吴宫接口道:"这样也好。道友如不与我为敌,便请回来,有话商量。"宪祥笑答:"小弟遵命。"说罢,转对四人道:"今日之事,原出误会,幸蒙岛主见谅,请照旧例而行。此阵妙用无穷,随人意念而生变化,更有各种埋伏。还有先杀二妖人乃五台派余孽,同党甚多,近又拜在摩诃尊者司空湛门下。妖师自为大方真人所败,逃来海外潜伏,所居离此颇近,飞遁神速,洪弟不可疏忽呢。"李洪听了,也未十分留意。宪祥说完,匆匆飞走。

前斗众妖徒本在旁观,宪祥刚走,眼前倏地一暗。陈岩、李洪见状,知道阵法已经发动,忙喝:"虞、狄二道友,我四人联合一起,彼此互助,免遭暗算。"语声才住,天由暗而明,全山景物一起不见,只面前大片平地,矗立着一座红色牌坊。李洪刚要走近,陈岩拦道:"洪弟怎的如此冒失,也不查看一下?"

李洪早看出牌坊两侧似有一圈雾影,环若城堡,牌坊好似城门。雾虽极淡,几非目力所能辨认,但是里面景物全被挡住,凭自己的目力竟难透视。牌坊里面,仿佛斜阳平西,回光倒影,一片暗赤昏茫之景。一眼望过去,暗沉沉似雾非雾,似烟非烟,但又望不到底。因在前生听父母说过,情关七念与欲界六魔总名十三限,实则相为表里,牵一发而动全身。休看魔头厉害,威力之大,不可思议,如想战胜情、欲二魔,并非难事。只要到时澄观息机,心有主宰,先照师门传授,守定灵台方寸之间,使其返照空明,便宛如璧月沉波,天空云净,点尘不着,上下同清。再由有相转为无相,使其神与天会,里外空灵,慧珠明莹,大观自在,本来无我无物,有什么情欲严关之险?后蒙恩师传授佛法,深参上乘妙谛,雪山坐关以来,越发悟出玄机,定力道心无不坚强。此次转世重来,休看言动天真,照样疾恶如仇,也只是数中因果世缘,随遇如此，应有即有，应无即无，功力只较前世更为高深，任多厉害的邪法魔头也难自己不住，本大无畏，有何可惧？李洪因知陈岩虽然修道多年，法力高强，但最厉害的情关一念，却难勘破，同来四人，独他比较可虑。又因敌人恶阵辅以邪法，终是左道旁门，头关如破，底下便要减去不少危害。尤其是这些牌坊，乃法宝炼成，只要毁去一个，余者就许全失灵效。意欲当先飞入，仗自己功力和随身法宝，破去阵法，固是绝妙；即或不能如愿，身任其难，后来三人也可相机应付。

因此听了陈岩之言，笑答："陈哥哥，此阵虽是初次经历，我想不会比凝碧仙府左元十三限还要厉害，十三限我曾通行两次，并未遇阻。这类阵法，照例各行其是，除非有人当头把阵破去，彼此身经均不相同。反正不能联合一起，而这头层情关必定厉害，我们都是多情善感的人，一个把握不住，难免被困，因此我想先试一下。至于他那些鬼门道，我早料出来了。"

陈岩深知李洪良友好意，便笑答道："洪弟用意甚好，我也想借此一试自家道力。现我看出此阵虽颇凶险，并还暗藏好些埋伏禁制，以加此阵威力，无如主人弄巧成拙。别位我尚不知深浅，如愚兄想要冲破情关七阵，就不被困，必定艰难。幸我两人均带有几件法宝，虞、狄二位道友射阳神弩也具专破邪魔灵效。主人阵中埋伏之宝，必与此阵相连，在他原为镇护这十三座牌坊，增加威力之用，不料那些法宝与牌坊联合一起，反易牵动全局。我们只要破去一两座，纵不全数瓦解，决可通行自如。我先也不知道，因由妖人白虹手中得到天视地听之法，方才光景一暗，我料阵法发动，忙即行法查听，得知就里，看出破绽，为此将你唤住。还是四人合在一起，一同前冲比较容易。既成一路，谁也不会吃人的亏。你看如何？"

李洪闻言，猛想起丽山七老那片桫椤灵符尚可再用两次，多厉害的邪法也无妨害，何况还有金莲宝座和灵峤三宝用以防护身心，纵有一二人心神摇动，有自己主持，也可无害。只因宪祥说得太凶，有了先入之见；前在峨眉通行十三限、火宅严关，又曾经见到情、欲二魔的厉害：以为魔头来去如电，十分阴毒，一入阵地，便各不相顾，稍微疏忽，必受暗算。没想到身有佛家至宝与七老灵符，不但本身无虑，还可兼顾同来三人，不由宽心大放，连声应诺。

二人原用传声问答。虞、狄二人中邪遇救，刚刚复原，对于李、陈二人早已心生敬佩，自愧弗如。见李洪被陈岩拦住，相对默然，知用传声商量。方要探问如何前行，二人话已商定，陈岩笑道："此阵虽是厉害，好在主人曾说，我们只要有本领，便将全阵十三门一齐毁去，也无话说。二位道友射阳神弩甚是有用，洪弟也有两件法宝，足可防身。我们四人就此一试如何？"二人刚一点头，李洪忽听宪祥传声说："你们四人虽有至宝随身，灵药仙草终是主人培植，此次不过受了妖人蛊惑，最好还是适可而止，以免结仇树敌。"李洪知自己行动宪祥全都看见，也未答话，把头微点，略为示意，便同起身。于是四道遁光联合一起，再由李洪暗中戒备，遇到危难，金莲宝座万一无效，立将灵符展动，向七老求救。初意敌人阵法和左元十三限大同小异，不去触动埋伏，再将本身元灵守护，不为幻象所迷，便可免去危害。

也是双方该结仇怨，不可避免。吴宫此阵本是异宝炼成，再加魔法妙用。因素好胜，惟恐来敌太强，知道此中微妙，将那形如牌坊的十三道阵门毁去，除各种禁制外，每阵门上均有法宝镇护。又为便于运用，两下里合为一体。经此一来，果然增加了好些威力妙用。表面上任人采取灵药，实则生性吝啬，这多年来，除却吴宫一时高兴，自愿相赠的三数人外，生人从无一个安然通过。平日也以此自满，狂傲非常。不料气运将终，遇见这四个对头，内中李洪更是他照命克星。吴宫先见来访的二妖人为敌所杀，刚一出手，便被宪祥止住。同时试出敌人飞剑的威力神妙，竟是平生仅见，又惊又怒。表面上似看宪祥情面，许其通行十三阵，按例采药，心里却恨极。本就有些情虚，又见敌人把四道遁光连在一起，精芒强烈，势若雷电，直往阵中冲进，惟恐阵法拦阻不住敌人，将药采走，于心不甘，面上难堪，还无话可说。又因所杀二妖人乃许飞娘约来的妖党，总共才来两次，为助门人，却被敌所杀，不为报仇，无颜再见妖妇。越想越恨，便将所有埋伏一齐发动，邪法、异宝全数夹攻。这一来，无形中各走极端。

李洪等四人刚一入阵，猛觉一片淡微微的红影微一闪动，忽然现出异景。只见风和日暖，水碧山青，遍地繁花，香光如海，到处好鸟娇鸣，笙歌迭奏，山巅水涯之间，现出不少金碧楼台，端的富丽清华，仙景不殊。置身其中，由不得令人心旷神怡，妙趣无穷。四人知道此是幻象开始，互用传声略为警告，各把心神守住，付之不闻不见。然后由陈岩施展天视地听之法，暗中查看好了方向门户，等到一生变化，立即下手。本想不到万不得已，只要能够冲过，便不去破它。李洪看出敌人正在运用阵法，倒转门户，必须静以观变。又见沿途花林中有宫装美女往来游行，出没其间。方在暗笑："我道十三阵有多厉害，这类障眼法也来卖弄。反正不怕，何不试他一试，看能闹甚花样？"忙用传声令三人留意，故意笑道："陈哥哥，美景当前，你怎不多看两眼？"话才出口，花林中的美女忽然纷纷跑出，当着四人歌舞起来。有的宫装高髻，霞帔霓裳，手持箫管，音声柔媚，艳歌时作，十分娱耳；有的雪肤花貌，臂腿全裸，楚腰一捻，起舞翩跹。端的声容并妙，荡冶无伦，观之心醉。

李洪知道这一开口一动念之间,已将阵法引动,底下便要出现诸般色相,好些丑态。不耐再看下去,笑骂道:"有甚神通,不妨施展出来,我们不耐烦看这丑态。只管闹着障眼法儿闹鬼,我就要不客气了。"话未说完,面前忽地光华乱闪,所有人物山林一齐失踪。先是一片粉红色的烟光朝众人飞来。陈岩看出此是左道中最阴毒的迷魂邪雾,得隙即入,只要闻到那股檀香,立时中邪入魔,不能自制。陈岩暗骂:"妖道说不为恶,偏设下这种恶阵,已够造孽,还要加上这类阴毒的邪法。如不看在宪祥分上,我必教你难逃公道。即我四人善罢,似此行为,早晚也是自取灭亡。"

　　陈岩正在警告虞、狄二人小心防护,不令邪雾侵入,忽听轰轰巨震,宛如万雷怒鸣,一片暗赤色的密云,天塌也似,带着极强烈的雷声,正往头上压来。脚底立成血海,左右前后更有无数绿油油的钉形妖光暴雨一般乱射而来。陈岩认出全是左道中最恶毒的邪法、异宝。同时眼前一花,十余座金银珠玉所结牌坊突然涌现,里六外七,分为两层,发出各色妖光邪气,环绕身外,似走马灯一般电驰而过,闪得两闪,全都不见。上下四外的血云、妖钉排山倒海一起压来,轰轰厉吼怒鸣之声,宛如山呼海啸,地震天崩。当时上不见天,下不见地,只是大片暗赤色血云包没四外,什么也看不见。如非四人所用仙剑均是神物奇珍,不必再生别的变化,飞剑必为所污,人也早已中邪被擒,决无幸理。

　　陈岩先还和李洪同一心思,想等少时十三门恶阵联合施威,试验自己功力。后见血云妖雾越来越浓,几乎成了胶质,四人遁光竟觉迟滞,不能似前任意飞行;同时那环身攒射的碧色妖钉,冲射之力更是强大,四人剑光竟受震动,只一撞,便自粉碎,化为一蓬暗绿色的妖雾,一层接一层包围在遁光之外,血云再往上一挤,晃眼之间,行动越发艰难。

　　陈岩渐渐看出厉害,刚把手一指,待要出手,一片佛光涌处,李洪忍耐不住,已先发难。先将金莲宝座化为丈许大一朵千叶金莲花,花瓣尖上各射出万道毫光,向上冲起,将四人托在中心莲台之上,头顶上又现出一圈佛光,上下四外全被护住。佛光金霞刚一涌现,周围血云绿雾立似浮雪向火,当时溶化,纷纷消失。那无数妖钉只要挨近金莲宝座,也便无踪。李洪见状,知已必胜,心中一宽,大喝:"主人再不施为,我们就要冲阵而出了。"说罢,扬手发出连珠神雷,四外乱打。

　　这时身外血云已都消散,现出空间。陈岩早在暗中行法,查知方向门户。血云一退,看出脚底正是两半岛相连的中腰一段,头上便是来时所见那道百丈虹桥,照此情势,破法极易。因有佛门至宝防身,那十三门恶阵一任邪法施为，决难伤害。陈岩也大喝道："苏道友，请告岛主，说此阵玄妙，我已尽知。双方本无仇怨，我们蒙他允许照例行事，不如作个人情，放我们由虹桥之下过去，免伤和气。难道真要一拼不成？"说时，李洪得了陈岩暗示，随同手指之处，时进时退，时左时右，驾着金莲宝座向前飞驰，只见前面一座黄色牌坊突然涌现。四人在金光祥霞护身之下，内里尽管烟云闪变，势如潮涌，还未生出变化，瞬息之间，人已飞过，跟着前面又有牌坊涌现。

李洪暗忖："这妖道真是不知进退，莫如给他一点厉害。"心念一动，立即手发神雷，朝牌坊打去。同时又将灵峤三宝连同断玉钩一齐施为。再掐灵诀，朝脚底一指，四人便飞到第二座牌坊下面。脚底金莲突然暴长，万道毫光齐往四下飞射，太乙神雷又连珠乱打，诸般法宝一齐施威，前面绿色牌坊立被震成粉碎。紧跟着牌坊上面现出九团栲栳大的血球，也已飞起。

虞孝见李洪法宝如此神妙，好生惊佩。入阵以前，听说射阳神弩有用，便留了心，老早就跃跃欲试。一见血球飞到了空中，忽发奇亮，料非常物，也没和陈岩商量，右肩微摇，三支神弩同时飞起，空中血球立被射中了三个，吧吧吧三声大震，当时爆散，化为无数缕血丝血片，满空飞舞。陈岩看出厉害，心中惊奇。李洪手指处，三环金光飞迎上去，只一裹，全数消灭。虞孝见已成功，正指神弩追射下余六球，猛听空中大喝："四位道友停手！"四人听出宪祥又来解围，刚一缓势，眼前一亮，重见光明。上下四外的血云、飞箭连同残余的六个大血球，忽然一闪不见。恶阵齐收，重又现出实景和清明的天色。再看当地，乃是虹桥尽头，西半岛后面的一片花林之外。

宪祥刚由空中飞下，见面笑道："恭喜四位道友，岛主看我薄面，已将阵法收去，请即采药去吧。"四人闻言心喜。见前面又是一座玉牌坊，上写"诸天灵药之圃"，字作银色，四围花林也是灿若银霞，更无杂色。四望当地，并无房舍，但是到处香光浮泛，奇石云升，峰峦秀拔，掩映于琼林之间，更比东半岛景物还要清丽灵秀。

五人正待穿越花林，往圃中采取灵药，忽听天边传来极强烈的破空之声，才一入耳，一片从未见过的青色奇光已由遥天空际如狂潮云飞，电驰而来，只一闪，便凌空飞堕，将全半岛一齐笼罩在内。众人均是久经大敌的能手，竟未看清，当时只觉心灵一震，机灵灵打了一个冷战，五人倒有三人被敌人邪法制住，心神无主。内中一人功力较深，元神虽未被其摄去，也只仗着应变尚快，勉强支持，仍是行动艰难。同时面前落下一个长身玉立的中年道者，满脸俱是怒容。

要知来者是谁，如此厉害，请看下文分解。

第二九八回

宝相灿莲花　万道霞光笼远峤

金针飞芒雨　千重暗雾遁元凶

话说陈岩、李洪同了昆仑派门人小仙童虞孝、铁鼓吏狄鸣岐,在金银岛上大破十三门恶阵。岛主吴宫因受妖妇许飞娘蛊惑,见来人破了他的邪法,心中大怒,已经出手,眼看双方势不两立。水云子苏宪祥因为双方都是朋友,岛主吴宫虽是旁门散仙,也曾交好多年;而且在海宫隐修,除骄狂自大外,敛迹已久,所以不愿双方各走极端,忙将独门金银沙剑化为一道长虹,将双方隔断。同时吴宫也看出敌人功力甚深,法宝神妙,李洪、陈岩各持有仙佛两门至宝奇珍,已占有胜无败之势,而小仙童虞孝的三支后羿射阳神弩更是专破他那邪法的克星。吴宫本知难胜,无奈迷恋妖妇许飞娘,正在火热头上,所引见两妖党又为敌人所杀,相形之下,情面难堪,一时恼羞成怒,欲以全力相拼。骑虎难下,本无把握,所以苏宪祥一拦,立时见风转舵,暗打日后报仇主意,任凭来人往采灵药,不再过问。陈、李等四人志在灵药,本无敌意,又看宪祥情面,当时停手。

金银岛天生灵境,仙境无边,陈、李等四人随着宪祥一路观赏过去。走到诸天灵药圃前玉牌坊下,四望到处玉树琼林,香光浮泛,奇石云升,朵云自起,比东半岛景物还要灵秀清奇,不带一丝火气。正待穿林而入,忽听天边传来极强烈的破空之声,才一入耳,一片青色奇光如狂潮电卷,已达上空,只一闪,便当头下压,将西半岛完全笼罩在内。来势之神速,竟和老怪丌南公师徒飞降依还岭时不相上下。青光之中,更杂有比电还亮的亿万银针,轰轰之声宛如雷震,声势十分惊人。

那来人正是摩诃尊者司空湛,前因路过元江上空,将神驼乙休伏魔旗门盗走,乙休正值开府事忙,不暇顾及。后来韩仙子铜椰岛应援,途遇双凤山两小邪天和、邪天相,欺她元神出游,上前夹攻,结果反为韩仙子所败。于是勾动旧仇,铜椰岛事完,乙休夫妇约了采薇僧朱由穆和姜雪君,同往双凤山诛杀妖人,由中土追逐,往返海内外数十万里,追到北极冰洋上空,才将两小杀死。在两小未死之前，因被乙休夫妻穷追不舍，宛如丧家之犬，一时无处投奔，又想为二人树敌，曾将乙休引到司空湛洞府之中，结果仇未报成，反将司空湛的阴谋败露，吃乙休把伏魔旗门夺了回去。司空湛弄巧成拙，邪法全破，仗着人甚机警，比别的妖邪知机，见势不佳，当先逃遁。乙休夫妻也因他恶运未终，邪法又高，急切间难于除害。双凤山两小却是罪大恶极，仇恨太深，如被逃到卪南公那里，或与一干为首妖邪勾结，以后不知要害多少生灵。所以见司空湛逃走，并未追赶。

司空湛逃到海外，因知敌人性情是除恶务尽，既恐随后穷追，又因所炼邪法、异宝必须三数年工夫才能炼成；海外这班旁门中人均非乙、韩、朱、姜四人之敌，其他如磨球岛离朱宫少阳神君之类法力高的几个，又和峨眉派这班敌人均有渊源。想来想去，只有大魃山青玕谷前辈旁门散仙苍虚老人得道千余年，行辈法力比谁都高，只是一向自负，比卪南公还要狂傲。正派群仙见他虽是旁门，得道年久，已数百年不往中土走动，有时下山也只去好友少阳神君离朱宫中小坐，对于门徒法规又严，无甚恶迹，因此谁也不肯惹他。昔年司空湛和本门大师兄混元祖师偶游海外，与苍虚老人无心相遇，因他狂傲太甚，当时虽执后辈之礼，心实不快。一别多年，不曾上门，虽是急难往投，仗着以前还能忍耐，对他恭敬，多少有点人情。所居大魃山，横亘地极中枢，两海交界之地，中隔七千里流沙落漠。当地的水，比东极大荒还重十倍，鹅毛也要沉底，并有海雾蜃气之险。主人性情更怪，故仙凡足迹不至。此去投奔，只要肯服低，必可依附，不特闭门炼宝，无人敢犯，还有好些益处。

哪知苍虚老人竟听好友少阳神君之劝，说是地仙千三百年大劫将临，现当正邪相持，势不两立之际，最好闭户清修，不问外事，连门人也不许下山，免得微风起于萍末，牵一发而动全身。司空湛还未入境，便被看破，闭关不令入境，以法使海雾浓黑如漆。司空湛遁光飞到里面，宛如置身胶海之中，运用全力朝前猛冲，虽然迟缓，还能勉强前进。头关还未渡过，忽然千百股蜃气宛如无数具有极强烈的彩虹，齐朝来人猛冲直射。司空湛那么高法力，竟被阻住，不能前进。后来看出主人故意不令入见，便用激将之策，暗示主人怕受连累。老人自来尚气，因来人狡诈，措词得体，再加卑礼求见，不便再拒，当时撤禁放入。见面后便对司空湛说："老夫并不怕事，但和你交情有限。如令你在我青玕仙府居住，便算老夫门下来客，从此不容外人欺侮，我不犯为你出这大力。大魃山两端有不少岛屿，借你暂居无妨。我原知你此来用意，凡在离山千里之内，均我禁地，在我庇荫之下，只管放心。你的事，我不过问。敌人如来寻你，只要在我禁地之内，决不置身事外。你如离开，我却不管。"说完，便令门人茹黄沙领往大爰山极北边界一座小岛之上安置。

司空湛机警诡诈，善观风色，长于趋避，本身邪法又高，从未败过，因此享有多年盛名。只为一时贪心，路过元江大雄岭，发现伏魔旗门，因觉郑颠仙可欺，急切间又没想到那是神驼乙休之物，盗走以后，始知底细，已成骑虎之势。知道此老难惹，又想起昔年仇恨，索性一不做，二不休，欲借旗门诱敌暗算。不料阴谋未成，反遭惨败。平日妄自尊大，一听苍虚老人辞色这等强傲，心中不忿，此外偏又无可投奔，只好忍受。

到了那小岛一看，不禁气愤起来。原来大爰山为海外有名的灵山仙境，因当地轴中枢，山又特高，上接天汉，为两间精气所萃，环山各岛，景物也都灵秀，嘉木葱茏，花开不谢，时有珍禽异兽和海中水陆两栖的鱼龙介贝之类出没游行，天色气候也极清和。惟独司空湛所居墨云岛偏在北极冰洋左近，共只百余亩方圆，是一座小岛，高出水面可达数丈以上，通体深黑，寸草不生，终年愁云笼罩，拔海壁立，四面孤悬。岛形又奇，上丰下锐，近水一段更细；远望过去，宛如一朵墨云，由海中冉冉上升。终年悲风怒号，浊浪排空，荒寒阴晦，直非人境。

司空湛见主人先是闭关坚拒，后经苦求，设词激将，虽被说动，见面时辞色神情那等强傲。又特选此孤悬辽海的无人荒岛令其居住，岛上面除却比墨还黑的礁石外，一无所有，远看顶上似颇宽大，实则无一平整之处。如换常人，休说居住，行动皆难。茹黄沙又有乃师习气，意颇轻视。越想越恨，偏值事急求人之际，没奈何，只得耐心忍受。

司空湛送走茹黄沙后，忙发信号，通知门下众妖徒，令其寻来，会同炼法。过了几天，妖徒只有三人赶到。一问缘故，才知门下九妖徒，除有两人自告奋勇愿留中土，遇机向各正派门下寻仇报复而外，还有四人已先后为敌所杀。最痛心的是宠姬爱徒赛阿环方玉柔，就在自己元江盗旗门之际，为陆地金龙魏青用白骨锁心锤所杀，连元神也被锤上魔鬼吸收了去。事后才知，已是无法挽救。想起方玉柔之死，一半是受了许飞娘的引诱，因此把许飞娘也恨在心里。一面加工祭炼邪法，一面暗命妖徒随时留意，如遇许飞娘，不妨告以移居墨云岛之事。

妖徒自到岛上以后，不时轮流奉命往各海岛采取灵药，日子一多，海外各旁门散仙渐与相识，与小南极四十七岛诸妖邪尤为交厚。这时司空湛已用邪法在岛上筑了一所大宫殿。因当地骇浪如山，湿云低垂，常年晦暗，如在深夜，先想驱散云雾，使现天光。后见海面辽阔，只大爰山相隔数百里算是最近，下余三面都是一望沉冥，寻常人数步之外不能见人，单现出当地一点天光也觉无聊。一赌气，索性不去管它，先命门下妖徒穷搜海底，由奇鱼介贝腹中觅取珍珠。一年之中，惨杀了无数海底生灵，居然采集到许多大小宝珠和数千年珊瑚之类。又用邪法布满岛面，所居宫室也是晶玉所建。落成之日，全岛大放光明，在海面上远望过去，宛如一座霞光万道的光塔，矗立在万丈愁云惨雾之中，顿成奇观。

司空湛每日炼法之暇，又命三妖徒分头往北海岛上采取奇花异草，移植其间。小小一座无人荒岛，在邪法布置之下，竟点缀出好些灵奇之景。当地与金银岛只千百里的海面，司空湛早知岛主吴宫种有不少灵药仙草，方欲设法结交，以备到时往来。

末一年上，邪法炼成，金银岛也正浮出海面。司空湛正想如何下手，三妖徒中有一个名叫滕柱的，偶往小南极乌鱼岛寻人，归途偶与许飞娘巧遇，约了同来。司空湛本来暗恨飞娘，想下毒手，摄取她的元神。见面一谈，才知飞娘竟为寻那吴宫而来，说有同道引进，愿代求取灵药，只请异日合力，同报前仇。司空湛见飞娘恭顺，又想由她身上代向吴宫求那几样灵药，免得自己前去，对方慨然允诺还好，如被坚拒，动起手来，胜之不武，不胜为笑，平白失去身分。于是暂缓下手去寻飞娘晦气。飞娘先往金银岛求见，只说闻名往访，并不提起求药之事。反是吴宫为美色媚态所迷，震于飞娘名望，飞娘又故意矜持，若即若离，欲擒故纵，极尽迷惑之能事，引得吴宫神魂颠倒，自然将所产灵药分别献上。飞娘故作漫不经心神气，到手便即辞别。不久，又把同党和司空湛门下妖徒先后引去。吴宫虽是得道多年，孽缘遇合，竟为所迷，百计逢迎，自不必说。

司空湛灵药到手，正要二次发动阴谋，闻报吴宫对飞娘入迷，忽想起金银岛常年沉在海底泉眼之中，岛上琼楼玉宇，瑶草琪花，金光银霞，气象万千，更有不少天产灵药，如能假手飞娘据为己有，免得依人檐下，服低受气。地方又极隐秘，离大雄山又近，即便敌人寻来，当时逃回墨云岛也来得及。何况邪法、异宝已全炼成，只未试过，焉知不是仇敌对手？因觉利用飞娘之处甚多，重又中止前念，对飞娘再三夸奖，告以心事。

飞娘知他为人阴险凶狠，难于共事，此次众妖徒不期而遇，并非本心。已代他取来不少灵药，还不知足，妄想夺取金银岛，以为己有。暗忖："此时峨眉势盛，用人之际，同党越多越好。吴宫相待又是那样至诚，以怨报德，自残同类，已太过分。对方不过为色所迷，并非弱者，一个弄巧成拙，就会失掉一个大帮手。平白树一强敌，还要被人议论，使别的妖邪灰心，太不合算，情理上也讲不过去。无如司空湛向来有己无人，一说翻脸，立时成仇。自己功

285

力虽较以前强得多,也未必是他对手。"又想起昔年因与杨瑾苦斗不胜,正值司空湛路过,曾经怂恿他出手相助,他不但不允,反倒一怒而去,分明已怀恨,以他为人,本应见而远避,如何反来寻他?悔已无及,表面上不敢露出,满口应诺。意欲设法拖延,挨到金银岛出水期满,沉入海底,再行相机应付。

司空湛先未看出许飞娘的心事,后见时久无信,忽听妖徒归报,吴宫对于飞娘,固是神魂颠倒,便飞娘也似日久生情,受了感动,不禁大怒。这日偶命二妖徒前往查看,致为陈、李诸人所杀,形神皆灭。本来暂时不会得知,偏巧这时来一妖党,也是飞娘约来的五台余孽,到时本想出手,后见双方法力均强,敌人固是难斗,妖阵也无法入内,隐身旁观,无意中听吴宫门人说起二妖徒被杀之事,又惊又怒。又听出苏宪祥袒护敌人,与吴宫多年交好,以为自己日浅交薄,万一吴宫被苏宪祥说动,成了一路,岂不自找苦吃?因而并未现身,暗中飞走。初意也因司空湛难惹,不敢与之亲近,正在踌躇,想不到忽与妖徒滕柱相遇,忙即告知。

滕柱日前往四十七岛赴众妖人乌鱼大会,不料金钟岛主叶缤同了女弟子朱鸾、朱红和凌云凤寻来,跟着又来了一个强敌,乃神尼芬陀的门人女仙杨瑾。人还未到,先用冰魄神光将四十七岛上空一齐笼罩。四十七岛群邪,有的被凌云凤用神禹令制住,有的死在杨瑾法华金轮之下,总共逃走不多几个。只有乌鱼岛主乌龙珠见势不佳,连拼掉五个身外化身,并仗自己一件师传异宝,勉强逃往九烈神君魔宫之内。本意是诱敌上门,使主人出场应敌,不料九烈夫妇同往幻波池寻仇未归。魔宫男女门人、侍者自恃魔宫内外的魔法禁制,奋力迎敌,并用魔灯连发警号求救。无奈敌人厉害,乌龙珠身遭惨死,形神皆灭;魔宫徒众纷纷伤亡。九烈夫妇闻警赶回,仍是不敌,总算见机,勉强护住本命魔灯,幻化遁走。那么壮丽的一座魔宫,竟被敌人毁灭。滕柱如非见机先逃,也几乎不免于难,就这样,仍受伤折宝,才得逃回。看出敌势太强,正想回山禀报,一听说两同门兄弟为两幼童所杀,越发愤怒,忙回墨云岛报警。

司空湛闻报大怒,连忙赶来,两地相隔甚近,晃眼到达,当时便下毒手,欲为爱徒报仇,并向吴宫示威。满拟所炼庚甲运化天芒神针厉害无比,敌人只要被那金、木两行真气合炼之宝所发青光银针罩住,上下四外重如山岳,内中亿万根天芒针更无坚不入,无论多神妙的防身法宝,稍露空隙,立被侵入。哪怕只是一丝青光,或被一根细如牛毛的光针乘隙飞进,身外排山倒海的乙木神光和庚金精气所化亿万银针齐受感应,大量侵入,内外夹攻,光层立被冲破,将敌人宝光震散,人也粉碎,化为血雨,尸骨无存。

陈岩等这五人中,只苏宪祥深知敌人法宝底细,陈岩也晓得一个大概,此外休说虞、狄二人,连李洪九世修为,都不知真相。来势那等神速,本难免于受害,幸而五人各有至宝随身。宪祥更是交遍海内外,人又机警。陈、李二人先在依还岭尝过丌南公的味道,长了见识,青光刚在天边出现,便知有异,心中一动,同时施为,打算不论来势善恶,先把各人身子护住,看清再说。宪祥更料定来人不怀好意,扬手先是两股金银沙合成的长虹,刚想挡向前面,将五人一起护住,不料司空湛怀恨太深,上来猛用全力,那天芒神针更如水银泻地,无孔不入,感应之力绝强,宪祥尽管警觉得早,仍仅护住本身。那狂潮一般的青光银雨,已乘隙穿进,只一闪,虞、狄二人立被罩住。二人虽仗近年功力大增,飞剑、法宝均与心灵相合,不曾被其上身,宝光先将全身护住,无如敌势太强,防身宝光以外,四面逼紧,非但不能移动,那亿万银针看似极细,冲射之力偏大得出奇。

就这转瞬之间,虞、狄二人已觉难支。又见陈岩飞起一片红霞,包没全身,内里空隙竟达丈许,不似自己四面逼紧,行动艰难。李洪更是仙佛两家至宝同时施为,那青光银雨,上来先被如意金环的宝光荡开;两柄断玉钩跟着化为两道精虹交尾而出,飞舞光海之中,大片银针多被绞碎。李洪似见敌人法宝神妙,随灭随生,想冲过来,相助自己脱险,又将金莲神座放起。一时佛光万道,祥霞千重,青光银雨只一挨近,便被冲散。敌人法宝也是变化无穷,怒涛一般,前灭后起,威力绝大,急切间仍冲不到自己身前。宪祥在一座亿万金银沙合成的光幢之内,也向自己这面冲突,也为青光银针所阻,暂时尚难会合。

虞、狄二人见同来五人,只自己这两人相形见绌,觉着不是意思。虞孝情急,想用射阳神弩试上一下,忽听宪祥大喝:"虞、狄二位道友,只守在宝光之中,自有解救,千万不可妄动。"虞孝贪功好胜,话未听完,三支射阳神弩已先离手飞出。三道箭形宝光刚飞出去,前面青光针雨立被冲破了一个大洞。二人方喜法宝得胜,虽听苏、陈二人同喝:"留意! 勿令妖光邪气侵入。"并未警觉。百忙中瞥见陈岩已由光海中冲将过去,与李洪合在一起,面带惊急之容,正朝自己这面猛冲。心想:"自从神弩飞出,身外已轻了好些,陈岩何故手指自己大声惊呼,是何缘故?"说时迟,那时快,就这转眼之间,虞孝猛觉微微一片青光在防身宝光之内出现。心方一动,青光突然加强,贴着光层,往外暴长。定睛一看,原来宝光层内忽起了一片青色奇光,将内层布满,向外暴长,防身宝光已不能由心运用。暗道:"不好!"

总算虞、狄二人命不该绝。本来司空湛的乙木精气已随神弩穿光而出之际乘隙侵入，稍一施为，敌人就不惨死，也被青光粘附，包没全身，一任法力多高，也难解脱。而司空湛心太狠毒，偏想由内发动，先将敌人身外宝光震破，外层的光潮针雨再合围上去，两下夹攻，恨不能把敌人绞成肉泥，并把元神摄去，永受炼魂之苦，才快心意。就这稍缓须臾之际，敌人已经得救。原来虞孝自在峨眉通行左元十三限，领回前在白阳山妖尸无华氏墓中所失三支后羿射阳神弩回转成都以后，觉着自身法力、飞剑哪一样都不如人，于是日夜加功，用心苦练，数年之中，功力大进，远非昔比。乃师钟先生见他忠义坚诚，极能向上，格外器重，又因自己不久大劫将临，便将本门心法尽量传授，并赐了几件法宝。这时对敌，因觉飞剑不如宪祥等三人，不曾放出，只用师传防身至宝碧云盾护住身外。及见敌人青光侵入，有了警兆，立运玄功，身剑合一，就这晃眼之间，竟将危机脱去。

司空湛见敌人防身宝光已甚强烈，刚被青光撑满，往外暴长，还未震破，身剑已经合一，急切间仍是无可奈何。正想加功施为，猛觉佛光耀眼，四五道金霞银虹忽由斜刺里猛冲过来。前头有一形似风车的法宝，电也似疾，旋动起大蓬五色金花银雨，冲行光海之中，如鱼游水，所到之处，大量青光、飞针雪崩也似纷纷消散倒退。晃眼之间，五个敌人会合一起，同被亩许大一朵千叶莲花金光宝座托住。司空湛不由急怒交加，仍在妄想就势还攻，暗用侵入的乙木庚金真气所化青光由内爆炸，将虞、狄二人的防身宝光震破。不料那莲花座上射出万道毫光，竟将内外隔断，邪法失了反应，外面的不能继续侵进，内层的却往外暴长。虞孝看出护身宝光要被震破，不等宪祥招呼，先将碧云盾收去。青光还待就势伤人，自行爆炸。宪祥手中忽发出无数大小金银光圈，朝那刚化飞针、四下激射的银针光雨一裹，便同收去。

司空湛见状，觉着多年盛名，连几个后生小辈都制不住。所用天芒神针乃金木合运之宝，历时百年，费尽心力，并经海内外许多有名人物相助，才得苦练成功，平日所向无敌，仗以成名，竟被敌人损耗不少，好生痛惜。当时怒火上攻，正打算把新近炼成准备和神驼乙休夫妇拼命的几件法宝取出施为，敌人已先发难。

原来宪祥看出敌人厉害，李洪虽有佛门至宝，但不善运用，为友情切，竟将轻易不肯施展的一件至宝放将出来。正赶上虞孝不听招呼，妄发射阳神弩，身前青光虽被冲开，却被乘隙侵入。宪祥暗道："不好！"扬手发出一蓬上具百零八片形似风车的五角金花，出手加大，上面花叶一齐转动，朝前猛冲。陈、李二人见状，不等招呼，立时一同下手。五人相隔亦近，因见敌人来势厉害，苏、陈、李三人均想挡在前面将虞、狄二人护住。不料司空湛邪法高强，又是久经大敌，成心要把敌人分开，以便单独下手。三人猝不及防，来势万分猛烈，无形中竟被冲开。等到三人法宝发动，相隔已远，好容易施展全力，才得冲近一些。如非宪祥把昔年降魔之宝耶迦宝相轮施展出来，陈、李二人应变神速，狄鸣岐或者无妨，虞孝万难幸免。

五人会合以后，狄鸣岐见李洪等三人法宝威力如此神妙，自愧弗如，不由敬佩非常，不再强撑门面，首先把防身宝光退去。虞孝也将飞剑收去。五人同在金莲宝座之上，正待合力御敌，宪祥瞥见司空湛已气得须发皆张，二目隐蕴凶光，头发也全散开，手掐灵诀，正在施为，看出那是大小十二诸天秘魔大法。宪祥知道这类邪法专摄敌人元神，本就十分阴毒；又用他炼成法宝，发出诸天神雷，更是厉害。自己深知底细，固然无害；陈、李二人屡生修为，看似年幼，如论法力功候，便寻常地仙均所不如，又有佛门至宝防身，元神也不至于摇动；虞、狄二人却是吉凶难定。司空湛如见不胜，铤而走险，方圆千百里内全被邪法笼罩，当时便使天地混沌，成了死域。在此禁圈之内，无论飞、潜、动、植，齐受邪法催动，互相摩擦爆炸，加上风雷水火鼓荡，便会发出一种不可思议的威力。以致骇浪冲天，海水群飞，风木相搏，云雷互震，粒沙滴水，均能发出惊天动地的大震。亿万霹雳，连续不断，永无休止。休说被那连珠密雷打上身来，便那无量爆炸之声，法力稍差一点的人，连心神、人体也要被震散。声势猛烈，无与伦比。方今各异派为首妖邪，只三数人精于此道，内中以丌南公和苍虚老人功力最高。上次在幻波池，峨眉诸弟子用尽心力，拿话激丌南公，便为防他情急无计，下此毒手，不论胜败，均有无数生灵遭殃之故。大概因为司空湛心中恨极，怒火无可发泄，竟不畏造孽，引发巨灾，下此毒手。众人在金莲宝座上，又有金环佛光笼罩全身，就算全无伤害；这上下方圆千百里内，均被敌人运用邪法，就着阴、阳二气元精所发出来的无量迅雷笼罩在内。此与寻常雷火不同，由一丸化生亿万，越往后越细，到了最后，看去细如灰沙，但震势威力反倒更大。敌人再行法倒转，任走何方，均难突出重围。

宪祥深知厉害，不禁大惊，忙喝："各位道友留意！此是敌人大小十二诸天秘魔邪法。"虞孝三支射阳神弩本在光海之中往来冲突，所到之处，青光针雨纷纷消散，虞孝还想加功施为。幸而陈岩也是行家，看出不妙，不等宪祥开口，暗告李洪小心戒备，如见自己扬手，速将丽山七老所赐桫椤灵符如法施为。同时告知虞孝，将三支射阳神弩收回，以免匆促之间，为敌人邪法所毁。

也是虞孝不该失此前古奇珍。司空湛本来急怒攻心，正施邪法，猛下毒手,因见那三支后羿射阳神弩冲行光海之中,竟将多年苦心祭炼的至宝庚甲天芒神针毁去不少,敌人又有佛门至宝防身,正当行法紧急之际,其势又不能将天芒针收转。愤恨之下,心想:"神针已为金莲宝座和射阳神弩所伤,几乎毁去了一半,就将敌人震成粉碎,也是无法补偿。反正敌人难逃罗网,对方所用又全是前古奇珍、仙佛两门至宝,与其同归于尽,不如夺得一件是一件。但那金莲宝座为佛家伏魔防身的至宝,与宝主人心灵相连,未必容易下手,一个不巧,就许护了宝主人突围逃走,都不一定。即便能震死两个法力稍差的,将元神摄去,仍是得不偿失。只这三支神弩,不在金莲宝光之内,比较容易得手。"故临时变计,意欲顺手牵羊,先用邪法将神弩收去,以致延误了时机。

原来金银岛主吴宫因当日吃亏受气,心中痛恨,又恐妖妇许飞娘来了无颜相见,又知敌人立于有胜无败之势,正在气闷,无计可施。忽见青光飞来,中杂亿万银针,将西半岛一同笼罩,知道司空湛赶来报仇,先还心喜。后渐看出对方来意不良,一半似向自己示威,不禁怀疑。正在东半岛行法遥望,忽又见司空湛使出毒手,发难以前,借着青光隐蔽,并在暗中放出大片淡白色的妖云,紧贴地面,潮水一般向全岛展布开去,竟朝东半岛暗中涌来。邪法阴毒,无形无声,如非吴宫行法查看,决看不出丝毫迹兆。经此一来,越认定司空湛怀有恶意,又急又怒,暗骂:"妖道,竟想连我一起暗算。此时敌你不过,且让你和敌人先拼死活。败了,看你笑话;胜了,也教你落个空欢喜,平白丢人。"心念一动,匆促之间,顿忘前岛主人所留仙偈,暗中行法,把平日准备好的幻影现出,不等妖云展布,忙把全岛沉向海底。

这时双方俱都各仗法宝神通,凌空应敌。司空湛报仇之外,还想霸占金银岛,为防岛上仙景灵药受伤被毁,早把近地面一带用邪法护住。又放出妖云,想将全岛笼罩,准备少时强迫吴宫降顺,将岛献他居住。性太贪狠,一心三用,未免分神。吴宫在岛上修炼多年,不特升降由心,并还神速隐秘,不易查见。更炼有一座与金银岛同一形状的幻图,只一施为,和真的一样,不特外人难于分辨,内中并还伏有邪法异宝。

司空湛一时疏忽,先被瞒过。正收神弩之际,百忙中想起吴宫师徒见自己施展这类邪法,不会不知来意。抽暇查看,东半岛上景物依然,人影一个不见,心中奇怪。他毕竟修道多年,见闻、法力均非寻常妖邪可比,心一生疑,立即暗中行法试探,幻景竟被他识破,不由恼羞成怒。知道岛已下沉,欲乘海眼未封闭以前,抽空先给吴宫一个厉害。忙由身上取出一件法宝,待朝海底追去。就这微一缓手之际,射阳神弩已被敌人收回,闹了一个两头均未顾到。越想越气,如非先除敌人要紧,直恨不能运用玄功变化,追入海底,将吴宫师徒一齐杀死,才快心意。

当时司空湛咬牙切齿,把心一横,不愿再寻吴宫晦气,右手一招,那大如山海的青光银雨,全数收去。紧跟着张口一喷,先是龙眼大小一团似光非光,似气非气,上具七种异彩的宝珠,急如流星,直上云空。同时左手诸天魔诀往外一扬,那宝珠形的气团一闪不见,大地上立变成了黑暗世界,上不见天,下不见地,四望沉冥,浓黑如墨。那么强烈的金莲宝座佛光,虽然远射数十百丈,光外仍是一片深黑。妖人已经无踪,四外也无甚阻力,又不似雾,只是黑暗得怕人。所有日月星辰,海岛宫室,峰峦花树,一任佛光远照,也看不出一丝影迹。静荡荡的,休说是风,连先前所闻海涛之声,全听不出。

随听黑暗中一声大喝道:"无知鼠辈,速将所有飞剑、法宝献出,虽仍难免一死,还可放你们元神逃去,免得形神皆灭;再若倔强,我大小十二诸天秘魔神雷一经发动,悔之晚矣!"说时那当空沉沉黑影中,突然现出一个七色彩气合成的气团。初出现时,宛如千万丈浓厚黑云中涌现出一轮彩月。那七色彩气一层接一层,氤氲流转,变幻不停。开头只有海碗般大,越转越急,气团也往外暴长,转眼便有丈许方圆。

宪祥见那气团突然出现,电漩星飞,停空滚转,晃眼暴长,势更迅速。不知李洪恃有桫椤神符,动念便能发生威力妙用,现出丽山七老的真形,多厉害的邪法也无用处。只是因那灵符只能用三次,李洪惟恐糟掉,不到万分危急,不敢使用,故意延挨。宪祥料知邪法转眼发动,除仗佛门至宝防身,别的法宝、飞剑还不能够妄用。否则那亿万迅雷受了宝光激动,威力只有更大。心正发愁,想把自己飞剑、法宝全数施展出来,把众人层层包围,以防李洪骄敌疏忽。宝光受了巨震,稍露空隙,被其侵入,固无幸理;便那一震之威,也未必全能禁受。

李洪不等宪祥施展,已大骂司空湛道:"妖孽,施此邪法,必遭天诛!"陈岩和虞、狄二人附和,同声喝骂。司空湛狞笑一声,便不再发话。眼看空中气球已长有亩许大小,旋转更急。本来一色接一色,随时变幻,忽然增多,先变为两三种颜色同时出现,逐渐加多。到了五色具备,气团突发奇光,由当空黑暗影里射将下来,光影闪变,耀眼生花。苏、陈二人俱知七彩如果同时出现,那极强烈的爆炸便会立时发生。这一来,连陈岩都着了急。

眼看危机瞬息,忽听遥空中有一老人厉声大喝道:"我容你在墨云岛栖身,原是情面。你自造孽,本来不关我事,可知我大雠山灵景要被你引起的地震毁损么?"语声来自天边,才一入耳,便见一股五色星砂如天河倒倾,电驰飞来,将气团裹住。紧跟着又有一片青霞在当空连闪几闪,连气团黑影一齐隐去,天地立转清明。

众人定睛四顾,司空湛不知去向,妖法全收。发话的老人也未现形。最奇的是整座金银岛也了无踪迹,碧波万里,与天光云影上下同清。海面上空荡荡的,一眼望出去,水天相接,一片混茫,哪有一点陆地影子。众人先前多疑司空湛用邪法移开原地,见此情景,方觉奇怪。忽见苏宪祥面带惊疑之容,同问何故。

宪祥答道:"金银岛以前本来隐居着一位水仙,后来仙缘巧合,得到一部道书,由旁门改归正教。成道以前,见岛上景物灵奇,更有不少灵药,恐被妖邪发现毁坏,默用玄机推算未来,将此岛封闭海眼之内。后被吴宫无意之中寻到,入居之日,又发现水仙所留偈语。大意是说:

> 后来的岛主与他颇有渊源,可惜误入旁门,凤孽太重。如能在岛上隐修四百八十年,便可寻到那部道书,得归正果;如妄离岛,与左道旁门勾结为恶,便有杀身灭神之祸。中间还有一次大劫,只看此岛不满日限,受迫沉水,便是劫难将临之兆。事前有人来求灵药,表面来人是个对头,实是未来救星,万分危难之中,全仗此一线生机。到时不问是何原因,只要此岛因故下沉,必须好好将灵药献与来人,加意结交,不可与之为敌。由此封闭海眼,再用水仙遗留的上清灵符加以禁制,断绝出入,不与外人相见,耐过三十七年,才可无事;否则,凶多吉少,必无幸免。

"吴宫每一谈及此事,便多疑虑。看今日形势,分明司空湛被一前辈散仙逼走。吴宫不是看出司空湛有甚恶意,便恐邪法毁损仙景、灵药,故将此岛沉入海底。水仙遗偈,分明应验。不问吴宫为人如何,终是交好多年的朋友。自从他由终南移居北海,一直在海底潜修,未往中土。此次金银岛按时出水,虽有许飞娘等妖邪勾引,渐为所惑,也只互相结纳,恶迹未张。照着司空湛先前来势,对他实是不善,又与群邪勾结,吴宫早晚必败。我与他相交多年,不忍坐视其危亡。他又骄狂自恃,不听忠言。我欲追往海底,加以力劝,不知能否挽回。还有众人所须灵药也未采到,陈岩又是非此不可,如坚拒不允,决不罢休,双方再一破脸,立成不解之仇,势难两立,因此为难。"

陈岩一听金银岛已经下沉海眼之内,好生愁急。冷笑道:"此人毫无信义,欺软怕硬,与群邪勾结,早晚自取灭亡。岛上灵药本是天生,并由前岛主人仙法培植。他不过暂居此地，据为己有，又故意设下十三门恶阵，表面上要人通行全阵，便可随意采取，等到来人成功以后，无法刁难，又将此岛暗沉海底。这等无耻行径，实是容他不得。他以灵药为饵，设此恶阵，海内外修道之士，每隔六十年必有许多人来此受害。道兄此去，他如好好献出，或由小弟自往采取，我们来者是客，暂时还可宽容；如若居心鄙吝，言而无信，休说他那海眼禁制重重，我只一人前往，如不将药取到，永不再回中土。"李洪见他情急之状，因是借体重生，外表上仍是一个秀美幼童，这一急，把一张美如冠玉的俊脸气得通红。忙笑劝道："陈哥哥，你往日何等温文和气，今日为了前生好友，气得这个神气，可见'情'之一字，累人不浅。我看你情关一念，决难勘破，难道当真要'愿作鸳鸯不羡仙么'？"陈岩也觉自己心乱气浮，不似修道人的襟度，闻言心中一动。尚未及答，宪祥接口笑道："桓真人且莫着急，包在我的身上，决不误你的事。真要不行，我豁出重作冯妇，把多年未曾再用的法宝，由海眼旁攻穿一洞，隐形入内，不论明暗，都为你把药采来如何？"陈岩喜谢。

三人交厚，言笑无忌。便虞、狄二人，也是一见如故，患难之交，友情更深。宪祥去后，四人谈笑了一阵，方觉宪祥自从隐形深入海底，久无音信。各用慧目法眼隔水下望，见那一带海底深达数十丈，近底一带水色深黑，竟看不真切，知有邪法隐蔽。惟恐宪祥众寡悬殊，吴宫本非弱者，又得地利之助，恐有差池。

四人正在商议入水查探，忽见海底飞起一道金银色的遁光，看出人已回转，遁光未掩，料已得手。晃眼宪祥已纵遁光穿波而上，手中持着一个玉树琼枝结成的花篮，中有好几种灵药仙草，香光浮泛，五色缤纷。陈岩最注重的是那朱颜草所结果实，一问宪祥，始知整本采来，根须齐全，毫无伤损，好生欣喜。那草形似灵芝，周围生着九片形似兰叶的叶子，当中生着两个色如红玉的桃形果实，异香扑鼻，艳光欲流，令人心神为之一爽。除朱颜草是一本整的，紫枝翠叶，上结两只仙果而外，下余六种，有四种是果实，两种是花，均是九天仙府的灵药仙果。李洪见篮中还有几枚朱果，自思前生曾蒙父执宁一子赐过两枚，深知它的灵效，笑问："这等尊贵朱果，岛主如何舍得送人？"宪祥说了经过。

原来吴宫刚把金银岛沉入海底，便想起水仙遗偈，屈指一算，正是所说年限。又想到当日对敌情形，同来敌人除宪祥外，下余全都年幼，法宝、功力无一不高。后又行法查看，见司空湛大小诸天秘魔神雷已将发难，敌人固是危急万分，震波所及，便自己所居海眼也未必不遭破坏。才知司空湛邪法厉害,果是惊人,如被得胜,自己也是不得了,至少金银岛必被强占了去。

吴宫心正惶急,忽由天外飞来一股五色星砂,将那满布祸胎,转眼爆发的七彩气团裹去,邪法全收,司空湛也便逃走。他因未听出来人是苍虚老人,不知底细,那五色星砂看去又不带邪气,只当是陈岩等人的同党,以司空湛那么高邪法尚为所败,何况自己。想起先前不合仇视陈岩等人,心疑水仙偈语所说祸根由此引发。本身凤孽太重,正在悔恨交集,觉出这几人志在取药,本无敌意,又是宪祥好友,只要应付得宜,怎么也比司空湛强得多。无奈岛已往下沉,非再经一甲子无法上升。来人必以为自己食言背信,吝而不与。他们又知海眼禁制严密,如用法宝强行攻破,必定激发地震海啸,海水便成沸汤,要伤害亿万生灵,正教中人决不肯犯此大恶,势必怀恨而去,由此成仇无疑。

吴宫平日自大,又不甘心低头服输,亲自献上。正在为难,宪祥忽然飞到。宪祥起初本想隐形穿地而入,及见禁制严密,稍一动作,便被警觉,只得现身叩关,相机行事。不料吴宫竟改了态度,亲自撤禁迎入,也不说自己怕事,只说:"我已答应,决无反悔。只因看出司空湛来意不善,惟恐毁损灵药,故将全岛下沉。现在各种灵药均已成熟。尤其苏道兄孤身前来,未存敌意,任凭道兄采取。并代向贵友致意,说我以前全是误会,不必介介。"后来还是宪祥为友情热,设词探询,这才问明心事。便劝他说:"峨眉派向不无故和旁门中人为难,你海底清修,又无恶迹,只要从此闭关谨守,不与妖妇许飞娘等群邪勾结,熬过三次峨眉斗剑,四九天劫,便可无事。"吴宫闻言,也颇以为然。

宪祥知他为人素来阴沉固执,这次竟改常态,深代欣慰,随往采药。也是众人仙缘遇合。岛上原有一棵朱果,自从水仙在日结实过一次以后,便未结过果实,每年只开空花。宪祥采药时,忽闻异香,寻去一看,树上竟结有十余枚果实。吴宫记得水仙遗偈说那朱果每五百年结实一次,因此岛得天独厚,地气灵奇,结实分外饱满,多具灵效,但是年限也长。还有此岛所产与别处不同,一见果色深红,便须采下,否则到时自行坠落,到地立隐,就能当时拾起,也要减少多半灵效,务须留意。宪祥到时,果正成熟,已出意外。再一点数,除师徒十余人外,下余恰有五枚,如赠今日来人,正好每人一枚。事情哪有如此巧法?意欲乘机收风,就此见好,慨然取出五枚相赠。

陈岩不料吴宫变得这样快法,也便消了气愤。宪祥随将灵药仙果分赠众人。见陈岩拿了朱果不舍就吃,笑道:"桓道兄,此果不耐久藏,离树就吃,才见灵效,与别处仙山所产不同。日前无意中听一道友说起,峨眉仙府种有好几棵朱果,莽苍山危崖山石之上原有一株,也经仙法移植到了峨眉仙府。易道友曾在仙府住过,必蒙师长恩赐,道兄不必再留,请先吃吧。"陈岩脸上一红,笑答:"我见它红鲜可爱,不舍就吃,并无他意。"随将朱果吃了。

陈、李二人均有童心,先等宪祥时,不愿飞空停留,由陈岩用仙法禁制海水,成一亩许大的平地,质如水晶,光明莹澈,镜面也似,孤浮海上。前、左、右三面的碧波急浪吃那晶镜一挡,激动起千重玉雪,高达数丈,本要由晶面上漫过,吃禁法一逼,宛如起了大半环水墙,银光滚滚,珠喷雪涌,顿成奇观。众人同立其上,指点云水,四顾苍茫,多觉波澜壮阔,雄壮无伦,恋恋不舍就去。陈岩急于赶回幻波池,笑道:"我们均擅水遁,洪弟爱玩海景,何不就把这万里鲸波化成一道晶堤,凌波飞渡,到了前面交界有雾之处,再用剑遁飞行,不更好么?"

李洪笑道:"你莫性急,易师姊那场急难,为时尚早,我们期前赶到,有害无益。我在井天谷曾听七老暗示先机,当时不明白。方才想起仙机玄妙,不曾明言,敌人魔法又高,哪怕相隔万里之内,形声如同对面,稍有举动,立被警觉,所以燃脂头陀的香云宝盖不肯预借。虽然他向来不打诳语,答应不会是假,但看那神气,许有原因。你看苏道兄每谈及此事,均用传声相告,依我观察,易师姊被困之地,恐未必是在幻波池呢。"

陈岩本觉幻波池禁制重重,鸠盘婆多高邪法,也未必敢轻于深入,何况亓南公失机不久,前车之鉴,不会不知,焉肯自讨没趣?本来怀疑,只因易静和众人都说得那么肯定,不由不信。及听李洪这等口风,料知不会是在幻波池应敌,势更凶险,归心越急,表面却不露出。笑对众人说:"我只想先送灵药往幻波池,交她服用,便往东海待机,决不期前多事,致生危害。"宪祥笑答:"此事日前已听姜雪君仙子和我谈过,非缜密不可,否则爱之适以害之。好在这里离魔宫甚远,还不至于被她查见。一出冰洋雾阵,最好一字不谈,有话也等见了燃脂神僧再说。仗他佛法禁制,既可无害,还可由李道友请其指点,要强得多。今日所采灵药,原为易道友脱难时之用,何必先行赶往?其实易道友师门灵丹甚多,又得幻波池圣姑遗赠的各种灵丹,除朱颜草可以化丑为美,恢复她的前生仙容玉貌而外,别的多用不着,心忙做甚?"

陈岩不便再说,细一寻思,也知徒急无益,只得罢了。事不关心,关心则乱。虽是修道多年,对此三生情侣,关心过切,依然放她不下。为此情关一念根深蒂固,由来已久,无法解脱,终于延误仙业。否则,以陈、易二人的仙力功候,修到天仙并非难事。其结局,陈岩固是自误天仙位业;易静也为对方深情感动,夫妻同修,虽然名为夫妻,散仙岁月分外逍遥,每经四五百年,必有一次大劫,备历惊险苦难,才得幸免。本身元气已经损耗,又须苦练一甲子以上,才得复原。众同门俱都代她可惜,易静丝毫不以为意。这是后话。不提。

众人商定以后,陈岩笑对宪祥道:"我这晶虹渡水之法,能使万丈洪波平若镜面,随流飞遁,瞬息千里。如在旁人眼里,还则罢了,当你的面,岂非班门弄斧? 我看还是请你大显神通,使我们一开眼界如何?"宪祥为人谦虚,又知北海一带隐有散仙异人,惟恐炫弄惹事,再三婉辞。众人不允,同声劝说。

宪祥不便推辞,立即施为,把手一扬,笑道:"诸位道友请上。"随之立有一股金、银二色的星花彩虹随手飞起,贴着水面朝前平射出去。海中心立现出一道金银星砂结成的长堤,由当地起,紧贴水面,朝前突伸,其长无际,直射入最前面云水相涵之中,宽却只有丈许。所到之处,海波全被压平,两旁惊涛骇浪激起丈许高下的浪花,偏是壁立如墙,当中长堤上点水不沾。望去又似千百里长一大条金银砂筑成的甬道,两旁晶墙对峙,直达天边。端的壮丽神奇,美观已极。宪祥等众人走到堤上,自己也站了上去,手掐灵诀,朝前一指,那道金银长堤立时比电还快,朝前飞驰。

第二九九回

妙法渡鲸波　电射虹堤惊海若
香云冲癸水　星飞莹玉破玄冰

话说陈岩等站在金银砂结成的长堤上，由宪祥行法，朝前疾驰。只见前面依旧两道晶墙，夹着一条长堤，身后所过之处，海水却似狂雪山崩一般，往中间合拢。回头一看，海面上直似起了一条银线，海波滚滚，随同长堤往前缩退，飞行神速。宪祥又恐多生枝节，行法更快，不消多时，便离前面两水交界的雾阵不远。李洪知道一入雾阵，宪祥必要收法，改由上空飞行。觉得海天万里，碧波无垠，当中水面上架起一道金线飞堤，实在好看，不舍撤去。笑说："奇景难遇，苏道兄稍缓前行，容我多看一会如何？"忽听陈岩传声急呼，令众戒备。

原来陈岩虽知易静劫难不可避免，早去无用，不知怎的，道心不宁，仍急于回转中土，惟恐中途多生枝节，以致延误时间。因而一面随同飞驰，一面暗中行法四下查看，果然前面浓雾之中现出异兆。本想请宪祥将飞堤收去，改为御遁飞行。继一想："李洪童心未退，又不服人。便是宪祥也是轻易不出手，只要施为，遇敌决不后退。眼看距离前面雾阵不过二三百里，瞬息飞到，雾影中虽有异兆，相隔尚远，是否与己为难，尚自难料，就此让避，也嫌胆怯。"于是改用传声，令众留意。只见十百股白影，长虹也似朝着他们这面飞来，看去劲急异常。

李洪和虞、狄二人均是初见，还不怎样。宪祥一见，便知对方来历，料知适才行法为戏，无意之中将北海隐居的一位水仙惊动。这才想起浓雾笼罩之下，正是水仙别府左近。那水母姬旋的弟子绛云真人陆巽，因奉水母遗命，在海底静修，身早走火坐僵，须要静修三百六十年，才能复体重生，在此期中，不许外人惊扰。为此在所居水宫的海面上，行法造出八百里方圆的浓雾。在他境内，照例有人飞空经过，必须相隔水面千丈以上飞行，才可无事。离水稍近，门下好些弟子均是修炼多年的水族炼成，神通甚大，对师最是忠心，知道乃师所炼元神尚未凝固，最忌惊扰，必定群起夹攻。宪祥以前往来金银岛，虽知当地禁忌，因飞行均高，不曾惊动下面水族，日久无事，只当人言过甚，便未在意。这次同了众人前来，因陈、李二人俱有童心，贪看海中群鲸戏水，飞行既低，遁光更强，路又走偏了些，相隔水面只一二十丈高下，一直不曾改高。中途宪祥虽然想到，见无甚事，也就忽略过去，不知所经正是水宫上空。等到水仙门下弟子发现，纷纷追出，因飞行神速，未被追上。众人却不知道，这班水族修成的人类，气量甚小，全都愤恨，断定众人是往金银岛，必要回转，早就隐伏水下，布阵相待。其实众人归途比原路稍偏，本可避开水宫正面；或由上空飞走，也可无事。众人偏令宪祥施展仙法，飞渡洪涛，那道金银长堤，把千百里海面齐焕霞辉，相隔老远便能看见。如非水仙法令严密，惟恐门人生事，不令出境，早已迎上前来。

宪祥为人外和内刚，平素对人虽极宽厚，但也不肯受人欺侮。见此形势，料知对方有意为难，暗忖："久闻水仙为人甚好，但他门下弟子均是水中精怪炼成，以前专喜兴风作浪，残杀水中生灵，又喜与过往的人为难。正教中人均因水仙人甚方正，长于玄功变化，神通广大，法规甚严，所受劫难苦痛非常，所以从不惊扰。好在这班水族自从乃师走火入魔坐僵以来，只在水宫方圆千里之内出没游行，并不他往。过时自己只要稍微留意，把遁光升高一些，便可无事。又是海天尽头，难得走过之地，谁也不肯计较。近又听说水仙三百六十年灾难已满，元神凝固，休说离水飞行，便是由他宫前水遁经过，也不妨事。自己这一行不过飞离水面较低，并不妨事，何故如此倚势欺人，布此恶阵？平生喜与同道交往，早想见识此人，未得其便，就此退让，未免示弱。对方虽是水中精怪炼成，多具神通，见人逃走，必定不容。当地似在水宫境内，就许追来为敌，也躲不掉。"宪祥一时乘兴，也未告知众人，索性不再收法，把手一指，那道金银堤立似惊鸿电射，朝雾阵中直射过去。

陈、李二人见宪祥闻警，眉头微皱，金银长堤反更加宽，去势很快，晃眼穿入雾阵。那雾阵横亘两水交界之处，上与天接，一片混茫，甚为浓密。这时吃那千百丈长虹般飞堤上面的金光银霞一映，所到之处，齐闪霞辉。飞行又快，雾气受了冲动，卷起千万层彩绮霞绡。下面的惊涛骇浪，又成了亿万金鳞银甲，电转星翻，四外偏是那等沉黑，越显得奇丽壮观，气象万千。再看先前所见数十百道迎面斜射而来的白虹，突然一闪不见，均以为对方知难而退，已先隐避。

宪祥也觉当地本是主人水宫所在，对方来意善恶，尚未得知，就算有意为难，当未交手以前，先就行法示威，也觉无礼。心中生悔，忙收缓进，故意对众笑道："我只顾迎合诸位道友好奇之念，略施小技，忘了此地乃水仙宫阙。我们已入禁地，还在班门弄斧，此举实太冒失。且喜发觉尚早，这里相隔水宫尚有三数百里，还是改由上空飞行，以免惊扰主人，贻笑失礼。"陈岩会意，方要接口，李洪和虞、狄二人均不舍那奇景。李洪先说："此地既离主人所居尚远，我们只在水上飞行，有何妨害？譬如海中大鱼由此经过，莫非不许么？"虞、狄二人从旁附和，力言："下面虽是水仙宫室，我们也未在他宫前扰闹，这么大一片海，既非私有之地，为何我们在三百里外经过都不许？"宪祥笑说："话不是这等说法。主人得道多年，因奉师命，闭关清修，本来不应惊扰。我们不知便罢，既然知道，再如故犯，实在失礼。就这样，将来再过此地，遇机相见，我还想负荆请罪呢。"李、虞、狄三人未及回答，陈岩听出宪祥口气，惟恐多事，从旁力劝。

就这几句话的工夫，又前进百余里，已到雾阵深处，尚无动静。宪祥越以为先前误会，心更不安，便不等众人再说，先将金银沙堤收去。众人见宪祥执意不肯，只得听之，随同飞起。满拟千百里雾阵，不消多时便可飞渡，下面又是暗沉沉的浓雾依然，除却海涛冲击之声，毫无异兆。谁也没想到，转眼便有变故发生，危机四伏，一触即发，虽然无害，却生出好些枝节。暂且不提。

众人正飞之间，宪祥首先觉出飞行时久，始终仍在暗雾之中，方在奇怪，忽听陈岩大喝："妖物敢尔！"众人本是各驾遁光，联合同飞，一路说笑前行，多未留意。闻声惊顾，一片红霞已由陈岩手上电驰飞出。红光照处，两个身材矮瘦、形似夜叉的怪人，手中各持两柄形似雁翎的奇怪兵器，带着大串寒星，本由暗雾之中突然来袭，因吃红霞一迎，似知不敌，各自化身飞遁，朝下面海涛之中流星下射，晃眼不见。

原来陈岩刚才心里不宁，疑有变故发生，本在行法查看。及见飞行时久，觉出有异，格外留神观察。不料对方隐形甚妙，身外更有浓雾遮蔽，海雾又极浓密，看去仿佛被风卷起来的雾团，先未看出真相。后用天视地听之法仔细观听，见那雾团随在遁光之后紧追不舍，越看越怪。想要行法试探，是否里面藏有妖人，忽闻雾影中有人低语。一个说："敌人剑光强烈，飞遁神速，虽被困住，想要一举成功，仍是很难。隐形暗算也未必有用，一个不巧，反为所伤，太不值得。"另一个答道："看敌人先前来势，甚是难斗。师父神游未归，不用法宝暗算，至多将人困住，要想擒他们，决非容易。再要被他们看出门户方位，就许逃走，都不一定。还是照二师兄所说，试他一下的好。"

陈岩看出雾阵团中有几点碧光闪动，似是妖人双目，知道妖人不但精于隐形，并还另有法宝隐蔽行迹，故此行法观察，均看不出。如非听出语声，难免不中暗算。所放冷箭又不知是何法宝，必定厉害。正想暗告同伴留意戒备，未及开口，那两团浓雾已由后面追近。陈岩料知来者不善，扬手一片红霞飞将出去。那两人原没想到踪迹已被陈岩看破，本想由雾影中发出两大串寒星，乘隙暗算，双方势子都急，恰好撞上。这两人均是水仙门人中的能手，因见敌人虽然困入阵内，还拿不定是否可以得胜，特地隐形暗算，已经尾随多时。先因对方遁光强烈，惟恐一击不中，未敢冒失。后听同门发动信号，连催下手，心想："本门隐形神妙，又加上法宝隐蔽，敌人决看不出，就不成功，也可全身而遁，发动阵法，再与一拼。"哪知两串寒星刚发出手，猛瞥见敌人扬手一道红霞，迎面飞来，两下里才一接触，红霞中突现出千万点金花纷纷爆炸，寒星消灭，护身黑雾也被冲散。二水仙不禁大惊，仗着飞遁神速，忙即逃去。

众人只当妖人已逃，不敢再来。但所设阵法不知底细，急切间不易冲出，飞行徒劳，便即停飞。正在各运慧目，观察门户方位，商讨应付之法，忽听吧的一声，下面暗雾影中，突然飞起一团斗大白影，来势甚急，到了众人身旁，吃身外宝光一挡，当时爆炸。众人觉出威力甚大，如非功力都强，另换一个法力稍差的人遇上，纵不受伤，附身宝光也必震散。就这样，大家仍受了一点震撼。李洪首先激怒，喝骂道："这一大片海面，并非私有之物。我们又未去他海底水宫惊扰，只由上空飞过，与他何干，为何倚势横行，用此恶毒阴谋，埋伏暗算？真是欺人太甚！照此情势，平日不知如何横行，就他开放门户，想要善罢，也是不行，非和他分个高下，除此妖孽不可。"

话未说完，猛见无数团白影突然出现，最大的约二尺方圆，小的只酒杯大小，虚悬空中，往来飞舞。被身外宝光一照，看去白色透明，内里水云隐隐，旋转如飞，快慢不一。苏、陈二人认出此是水母门中独有的癸水雷珠，乃大量海水精气所萃，一经施为，生生不已，越来越多，威力极大。恐虞、狄二人功力稍差，难于抵挡，忙令五人把遁光联合一起，合力防御，以免疏忽。待了一会，见上下四外已被这类形如水泡的白色雷珠布满，为数何止千百，多半停空急转，只有百十团环绕身外，飞舞不停。

众人正想敌人既将从不轻用的本门癸水雷珠发出，怎不爆炸？忽见前面又飞来一片银色冷云，上面拥着七八个道装男女，多半奇形怪状，高矮胖瘦，各不相同。内中只有两个身披鲛绡的白衣少女，貌最秀美，所穿衣服薄如蝉翼，玉肤如雪，隐约可睹。这伙敌人的相貌神情大多诡异。尤其为首一人扁头阔身，鼻孔向天，一只怪眼生在前额之上，凶睛怒突，大耳垂轮，满头红发，纠结如绳。穿着一身红衣，面赤如火，背插两柄大叉，手持一剑，连人带兵器,通体红色,貌更丑怪,不似人类。偏都不带一些邪气,同在水云拥护之中冉冉飞来,手指众人,正要发话。

李洪看出敌人有意作态,故示从容,越发有气,立意想给对方一个下马威。于是将身一纵,飞出遁光之外,朝前喝道:"大胆妖孽,无故兴妖作怪,通名受死!"为首怪人不知李洪出时防身宝光已隐,见是一个未成年的幼童,相貌又生得那么英俊灵秀,反倒不忍加害,厉声喝道:"乳臭小儿,有何本领,敢发此狂言?此是绛云真人仙府所在,你们师徒数人,如由上空飞过,彼此无仇无怨,自然无妨。为何卖弄神通,贴波飞驰,激动海涛,惊扰我师父的清修?为此饶你师徒不得。看你小小年纪,不值计较,快叫你师长出来答话。否则,你们已经陷我阵内,本门水府癸水雷珠具有无上威力,便大罗神仙遇上,也是不死必伤。弹指之间,全成粉碎,休要后悔。"

李洪原想先发制人,给对方一个厉害,早将法宝、飞剑暗中准备停当,表面却不显露行迹。及至闻言,不由大怒,不等说完,左肩一摇,断玉钩首先化为两道剪尾精虹,迎面飞出。跟着又是连珠霹雳,朝前打去。为首的怪人乃水仙门下二弟子唐铿,得道年久,法力颇高,又得独门传授,精于玄功变化。上来因李洪将宝光一起隐去,所驾遁光并不甚强,又见众中只有一人年长,误将苏宪祥认作一行师长,没把李洪放在眼里。他正发话间,忽看出对面敌人全是金光红霞,层层防护,仿佛深知雷珠厉害,防御甚严。而这幼童竟敢单人出斗,根骨又是那样灵秀。方在生疑,猛瞥见银虹电舞而来,宝光强烈,从来罕见。方觉敌人年纪虽小,法力功候均非弱者。待要行法抵御,一试深浅,已是无及。就这微一动念之间,银虹突然暴长,朝那一片水云环绕上来。怪人看出不妙,待要一退,水云已被银虹裹住。下余几个道装男女,全是那水仙门下,法力颇高,见势不佳,各将法宝、飞剑纷纷施为。

不料李洪误以为敌人恃强,凶横撒野,心有成见,立意给对方吃点苦头,准备先用断玉钩试上一下,看出敌人深浅以后,再下杀手。一见断玉钩银虹已将敌人连所驾水云一齐围住,因是天性仁厚,忽想起断玉钩乃前古奇珍,威力绝大,敌人虽然可恶,听宪祥之言,水仙为人甚好,法规又严,这班异类修成的人均有多年苦功,到此地步实非容易,也许罪不至死,何苦斩尽杀绝?心中一动。就这银虹电卷的瞬息之间,忽见七八道青、白二色的寒光同时由敌人手上飞起,晃眼将所驾冷云包没,老远便觉冷气森森,寒威逼人。断玉钩银虹竟被挡住,敌人虽似有些相形见绌,急切间却伤他不了。

李洪正待另取法宝施为,对面两少女忽然张口一喷,便有两股灰白色光气由口中激射而出,吃身外银虹挡了一挡,忽自碎散缩小,化为大量细如游丝的微光往外乱窜。耳听宪祥急呼："李道友留意！"说时迟，那时快，断玉钩所化银虹虽将敌人连同身外寒光、冷云一齐围住，龙幡也似不住闪动，往里束紧，但四边仍有空隙。李洪本意是先将敌人防身云光破去，只使稍微受伤，并无全数除去之念，一时疏忽，竟被那光丝乘隙穿出。刚瞥见两三丝极细微光穿出银虹之外，突然暴长，宛如两道极强烈的水龙迎头冲到，来势比电还快。

李洪先因断玉钩未将敌人护身云光破去，原想发动太乙神雷和如意金环再试一次。一见寒光如龙，从对面冲来，又听宪祥连声警告，忙将左手一扬，数十百丈金光雷火随手而出，朝那两道水龙打去。同时如意金环也相继飞出。满拟敌人多厉害的邪法、异宝也禁不住神雷一击之威，至不济，也将它冲荡开去。谁知这两股寒光乃敌人千年苦功所炼元丹真气，本身便具极大威力，奇寒无比。常人遇上，固是百步之外，必要冻僵惨死；便道力稍差的人也禁不住。最厉害的是这两股丹气，与空中布满的大小癸水雷珠有相生相应妙用。如非李洪仙福深厚，无意中将如意金环同时发出，照样难免受伤。

事也真巧。宪祥经历最多，深知敌人来历深浅，一见两个少女发出丹元真气，便知不妙，方喊："李道友留意！"那细如油丝的寒光已乘隙穿出，生出感应。宪祥惟恐李洪不知底细，受了误伤，慌不迭一纵遁光，电驰追去，身外金光银霞狂涛一般往前卷去，欲将李洪护住。就在这事机瞬息之际，太乙神雷已经爆发，震天价一声巨响，数十百丈金光、雷火满空飞舞爆炸。那两股水龙迎头撞上，立被震散。宪祥知更危急，未容寻思，随听吧吧连声，四外气团也纷纷爆炸，震势更比神雷还要猛烈，身外宝光已受震撼。当头金光银霞竟被那千百团形似水泡的癸水雷珠连续爆炸，震退了些，急切间已不能与李洪联合一起。知道这类水母所传独门雷珠威力之大，不可思议，一经发动，生生不已。往后势更猛烈，到了后来，这千百里方圆的水宫上空织成一片雷海，敌人事前又有阵法埋伏，休说破它，连想辨清门户逃走都极艰难。

宪祥正在愁急，前面李洪的如意金环突化佛光飞起，也是晃眼加大，展布开两三亩方圆，将人护住。宪祥曾在金银岛见过李洪持有仙佛两门的至宝奇珍，当时李洪身在金莲神座之上，又只放出一环，还显不出此宝的威力妙用，这时一见，不禁大喜。

原来李洪先发出一环，想破敌人法宝。及见四外雷珠纷纷爆炸，当头水龙被神雷击散，化为酒杯大小无数水泡随同爆炸，震势猛烈，繁密异常，又都是由小而大，互相撞击。爆炸以后，化整为零，重又由灭而生，越来越多。心灵上竟生出警兆,看出厉害,百忙中先将三枚金环全数施为。看去上下三圈佛光,凌空将人护住,环绕身外,上下均有空隙,但那么强烈繁密的水雷竟被挡住,一个也未上身。宪祥等见状,立时乘机忙催遁光迎将上去。两下里刚一会合,李洪看出敌势太强,又将金莲神座放起,化为一朵亩许大小千叶重叠的金莲花,将众人一起托住。花瓣上的毫光金芒电射,齐往上升,高出众人头上十来丈,吃那三圈佛光往下一压,重又化为千重灵雨,倒卷而下,将五人围护在内。这时那满空水泡形的雷珠已排山倒海一般,夹着雷霆万钧之势,齐从四面压来,霹雳之声成了一片极强烈的繁音巨响,海啸山崩,无比猛烈,已分不出是风是雷。

众人在仙佛两门至宝防身之中,静以观变,暂时虽看不出有何危险,但那无量数的雷珠先似万千炮弹,由上下四外齐往中心涌来,尽管纷纷爆炸,还看得出一点缝隙。打到外面光层之上,立即溅起千万重金花芒雨,四外水雷也被挡退老远,不得近前。到了后来,因佛门至宝威力神妙,防御严密,挨近便被挡退。敌人也将那取之不尽,用之不竭,由无量海水精气中凝炼成的癸水雷珠大量发挥。经此一来,直似把千寻大海所蕴藏的无量真力朝着五人夹攻,水雷也越来越密,密到一丝缝隙都无,千万丈一片灰白色的光雾中夹杂轰轰怒啸,将那高约十丈、大约亩许方圆的一朵金莲花围绕在内。那无量数的水雷已分辨不出爆炸形迹,上下四外都被光雾布满。除前头爆裂的密雷被宝光逼紧,化为亿万水花芒雨,密结如墙,停滞不动外,只见无量银色星花,明灭乱闪。再往前便是白茫茫一片光影,内中翻动千万层星花,狂潮一般朝前涌来,压力震力之大,简直不可比拟。

众人连运慧目查看,休想看到敌人一点影迹。李洪意欲仗着法宝之力冲将出去,宪祥、陈岩齐声拦阻。宪祥说:"这类癸水雷珠,乃水母昔年独门仙法,威力之大,不可思议。我们此时差不多被敌人把这么大一片海面的真力由四面八方吸来,一齐压到我们身上,中杂化生无尽的亿万雷珠。照此情势,好似水宫主者绛云真人也被惊动,在彼暗中主持,有意怄气,否则敌人决无如此大胆。如非李道友持有西方至宝金莲神座,我们不死也必重伤,或是仅将元神逃出。别的不说,单那奇寒之气先禁不住。还有,我们此时无异陷身雷海之中,敌人所埋伏的阵法甚是神妙,为雷珠光潮所掩,门户方位全辨不出,急切间如何能够脱身? 一个不巧,还要发生巨灾,伤害无数生灵。虽然孽非我作,事情总由我们而起。不知道也还罢了,既然知道,再如硬冲,激成灾害,便须分任其咎,如何可以大意? 李道友再如不信,以你我的法力,事前有备,又有法宝防身,骤出不意,稍微冲出宝光层外,略试它的寒威,还可办到。但是行动必须神速，不可全身出现，以防回时艰难。那癸水真气，感应之力奇强，只要一丝侵入，这如山如海的雷珠一生感应，随同乘隙而入，纵有至宝防身，也难禁受。我看以水仙的为人，决不会纵容门下如此妄为，其中必有隐情。陈道友无须愁急，时至自解。"

李洪终觉所言太过，仗着所有法宝均与身心相合，便照所说，冷不防想冲出宝光层外，试上一下。人到金莲宝光外层，还未透出，猛觉一股奇寒之气迎面袭来，不由机灵灵打了一个冷战，心灵上重又生出警兆。知道不妙，忙即退回。对面已有大蓬光雨激射而来，那环立若墙的雷海光壁也受了感应，冲动更烈。宪祥笑问："道友，你看如何？"

陈岩原听人说过水母师徒的厉害，知已被困住，难于脱身。惟恐强行突围，引发灾变，又不敢轻易尝试。正在为难，宪祥默运玄机，推算了一阵，笑说："陈道友只管放心。虽然不免耽延，兴许还要因祸得福都不一定。"李洪也说："我有丽山七老所赐桫椤神符，真要不能脱身，只要将灵符展动，立可转危为安，无须发愁。"

陈岩也知为日尚早，但不知怎的，老是想和易静见上一面，神思不能宁贴。先未觉得，闻言忽然想起自己历劫三生，修道多年，就说事太关心，也不应如此烦躁失常，莫非有甚不好之兆将要应验不成？越想越疑，料定事故不久必要发生，只得凝神定虑，把先前杂念一齐去掉，听其自然。

宪祥和陈岩是两生良友，交情之厚，不在陈、李之下。又经推算，口虽不说，早已洞悉前因，得知未来结果，陈岩前途危机隐伏，回去越晚越好。虽幸和李洪一起，尚有解救，到底无事为妙。恰巧水仙门人作对，将众困住，癸水神雷虽然厉害，但有西方金莲神座和诸般法宝防身，决可无害；并且不久还有一位异人要来会合。借此拖延，实是两全。一听李洪说起丽山七老桫椤神符，恐其不耐久困，妄自发难，又不便当众明言，忙接口道："此符只能使用三次，日前幻波池七老现身如算是两次，再用一次便失灵效了。七老既赠此符，必有深意，否则何必只限三次？我们眼前虽居险境，我们的法宝足能防身；而水宫的主者又是正人，此时尚未见面，是否知道门人违命犯规，恃强欺人，还不能定。就算纵徒行凶，也是一时负气，不是本心。依我之见，好在无害，不如守到主人出来，问明再说，免伤和气。此符却是千万不可轻用。"

李洪答道："当七老前辈传授此符之时，听那口气，共可抵御三次危急，不许妄用。能省下不用，防备未来，自然是好。不过易师姊危机将临，真要拖延日久，为免误事，也就说不得了。"陈岩原见过七老元神和佛法威力，暗忖："有此大援在后，有何可虑？易静又是屡生修为，师门钟爱，决不会坐视灭亡，置之不理。莫要因为关心太过，反倒惹出事来。"念头一转，心情也就宁贴。宪祥暗中留意，先见陈岩自从上路以来，老是心躁气浮，有时直不似修道多年的行径。知道此举关系他的安危甚大，一时疏忽，遇上那几个前生强敌，被其看破，立有性命之忧，一直代他愁虑。及见恢复常态，才稍放心。

虞、狄二人法力较差，法宝、飞剑更非苏、陈、李三人可比，见敌人声势这等猛恶，自知不济，只得守在里面，听凭三人主持进退，不再过问。

这时癸水雷珠已密压压结成一片，震力之猛，自不必说。上下四外的水雷光气几成实质，六合之内都被这无量雷珠塞满，除当中这朵大金莲花而外，更无丝毫空隙。西方至宝果非寻常，敌人威力越大，反应之力越强，那莲花瓣上放出来的毫光和那三团佛光、一幢祥霞反倒较前加倍强烈。但对方水雷威势也有增无减，一任李洪施展全力，也只相持不下，仅保住不受危害，想要随意冲动，突围出困，仍是万难。似这样相持了好些时日，五人身在水雷包围之中，仿佛天地混沌，四围被无量元气包满，轰轰之声既密且急，震得人耳鸣心悸，哪还分得出天色早晚。

不知经过多少时日，后来还是苏、陈二人看出突围艰难，除却水仙神游归来，或是有心释放，要想脱身，直似无望。惟恐相持日久，误了时机，各用仙法留意推算，算出被困已达十日以上，便把时日记下，静待解围。又过了几天，陈岩因先前警觉兆头不好，心生谨慎，还好一些。李洪却因被困多日，身陷雷海之中，四外均是灰白色的寒光，中杂亿万密如雨雪的银花，电漩星翻，不住闪变，看去似光似气，但是压力奇重，比钢铁还坚。如非金莲宝光四外抵住，休说寒威难耐，震势奇大，便那压力也禁不住。敌人始终不曾再现一个，这些日来，曾和虞孝连声喝问，一任冷嘲热骂，百计引逗，始终人影不见，毫无反应。一算日期，不知不觉已是二十来天。李洪不由烦闷起来，便对众人说道："易师姊他们大难将临，固然另有救星，到底放心不下。能早飞回中土，在旁待机，到底好些。何况燃脂头陀所借香云宝盖尚未到手，不知借宝的人送还也未。主人缩头不出，却任门人大胆妄为，倚势行凶，实在可恨。我想那水仙既是得道千年，法力高深，入定已有多日，这等猛烈的震势，断无不知之理。似这样分明是师徒合谋，有意作梗，我们守到几时是个了局？自从被困，从未出手还击，就不轻用桫椤神符，也应给他尝点味道。我想大家合力试他一下，否则我们也是屡生修为的人，却被这些水中精怪随便困住，太丢人了。"

宪祥早就算出前后因果，知拦不住，微笑未答。虞、狄二人日久气闷，因自身法宝威力较差，不便先发，闻言首先赞好。陈岩见宪祥未开口，便拦住三人暂缓发难,笑问:"苏道兄,你意如何?"宪祥答道:"我想绛云真人决不轻易与人结怨。照我看法,前数日或许是他门人见我们飞行太低,乃师元神刚刚凝固,魔头甚多,最忌惊扰,一时气愤,便出头作对。休看先前亿万雷珠同时爆炸,那等猛烈的声威,海面以下,水宫左近,早被他们禁制隔断,听不出一点声息。否则,我们经过时只将海涛冲击,尚恐惊动,他们到了第三天上,身外水雷光气,看去几同实质,声势仿佛更猛,癸水精英已连成了一片,敌人怎会始终不曾再见一个?仿佛主人有什么要事,将这北海癸水精气化为一片雷海,将水宫四外护住。我们不过适逢其会,又当双方敌对之际,单放我们脱身,匆匆不知底细,难免敌人就势反击,更多危害。所以只好将错就错,将我们留在此地。此时为时已久,主人难关已过,只剩余波,也许暂时无暇及此。你们只看近两日来,四边癸水精气尽管和以前一样坚如万丈钢壁,无法冲动,但是里面雷珠爆炸所发出来的光雨银花,层次分明,快而不乱,十分自然。不似先前纷纷乱爆,互相冲荡,轻重大小不一。压力虽仍大得出奇,也与以前两样,上下匀称。我只是猜想,也还拿他不准,真要试上一下,也无不可,只不要伤人便了。"

陈、李、虞、狄四人互一商量,决定把法宝、飞剑由光层中发将出去,等将敌人激引出来,然后相机应付。主意打定,狄鸣岐忽想起身边还有一件法宝,乃恩师新传,名为青阳轮。因素谦退,不愿卖弄,又见众人法宝神妙,惟恐相形见绌,未肯轻用。这时想起,此是乾天真火所炼之宝,专能煮海烧山,对方都是水中精怪修成,如将海水烧成沸汤,决禁不住。好在金莲宝座防御严密,不会反害自身。心中一动,便取了出来,对众人说道:"此是昔年西海离朱宫少阳神君赠与家师之宝,名为青阳轮。新近家师因为证果在即,转赐小弟。因其威力太大,不论金铁石土,人物鸟兽,遇上立成灰烬。小弟功候有限,惟恐不能随心运用,多伤生灵,殃及无辜,从未轻易用过。现在我们被困日久,照苏道兄所说,水宫上空方圆千里之内,已被雷珠布满,如有生物,早被震成粉碎。当前敌人多是水中精怪,如将此海炼成沸汤,必定存身不住,好歹也将敌人见到,问个明白。如有本领,不妨一拼,何故藏头露尾,又伤害我们不了,偏是长此相持,使人气闷?诸位道友以为如何?"

李洪连声赞妙。陈岩接口笑道:"此宝如将海水煮沸,实是极好制他之法。还有虞道友的三支射阳神弩,乃前古至宝,也颇有用。听苏道兄屡次所说口气,恍惚还有文章,不愿与主人结怨为敌,偏又不肯详言。为了息事宁人之计,莫如先与他打一个招呼,如知利害,先把人现出来,分明曲直,动手不晚。"陈岩又随即向前大喝:"我们往金银岛采药,路过此地,并不知道海底有人潜修，只是无意经过。就嫌我们遁光强烈，有甚惊动，也应明言，为何上来便用埋伏暗算？见敌不过我们，又隐藏不出，并发动这等猛恶的癸水雷珠。就说我们是你对头，这方圆千里以内生灵何辜，无故受此荼毒？你们的师父固是有道之士，便你们虽是异类修成，也有千百年苦练之功，当知因果，无端造此大孽，难道不怕恶报？我们在此已二十余日，任你们施为，可曾伤到我们一根毫发？真有法力，何妨出门见个高下？我们先前闻你们师父是个前辈修道之士，事出误会，不愿结怨，专一自保，只守不攻，至今不曾还手。今见癸水雷珠的威力不过如此，中土尚还有事，难再相待。再不出现，这位狄道友的青阳金轮乃少阳神君所赠纯阳至宝，一经施为，此海立成沸汤。我和李、虞二位道友，也各持有仙佛两家至宝，休说你们异类修成，便有法力的散仙也禁不住。为免不教而诛，先此警告，再无回音，我们就要下手了。"

陈岩说时，微闻海底深处钟磬之声远远传来，无如密雷怒哄，轰轰震耳，似有似无，听不真切。说完，对方仍无反应。众人俱都有气，事前原经商定下手方法，仗着所用法宝均与心灵相合，又有金莲宝座内外隔绝，可以退守，便由陈岩发令，先命虞孝将三支后羿射阳神弩朝前射去，等到冲开一洞，再将各人法宝相继飞出，相机行事。虞孝本心，因那射阳神弩乃前古至宝，威力绝大，如非宪祥再三主守不攻，陈、李二人有那么高法力均未发难，早已出手了。这时想起金银岛所得灵药已有多日，急于回转中土，给武当七女送去，巴不得早日脱身。所以闻言立即施为，扬手发出三支射阳神弩，化为三道金碧色箭形奇光，朝前射去。箭光到处，只听一种极刺耳的异声，一连响将过去，虞孝因觉前面阻力甚大，一再加功施为。那无量数癸水雷珠合成的光海，近三日来，看去虽似万丈洪涛，高深莫测，势也猛烈，较前更密，但是似动实静，亿万星花密层层不住飞舞，上下四外远近相同，毫不紊乱。仿佛汪洋大海，尽管波浪滔天，起伏不停，终古如斯，更无变化。吃那三支神弩穿入以后，立似海上起了飓风，一处受了冲动，所有雷珠齐受反应。雷珠本来细如星沙，因是大小平均，疏密如一，尽管一层接一层相继爆发，因为威力相同，互相抵消。犹如亿万流萤，在那万丈光海中不住闪变明灭，更无别的异兆。及受神弩冲射，立现奇景，本来米豆般大小的水泡突然暴长，无论多大的空隙立被填满。再受四外小泡冲散，立时爆炸，左近雷珠齐受反应，晃眼之间，蔓延了一大片。虞孝不知敌人藏在何处，再以全力施为，指定三支神箭，在光海中往来乱窜，全海雷珠齐受冲动，生出反应。又和开头一样，那些水泡形的雷珠失了均势，有的大如铜锤，有的小仅如豆。大的刚刚爆炸，小的立时长大，将其填满，重又爆炸。似这样随灭随生，声威也越来越猛，上下四外的亿万雷珠齐往中央压到,互相冲击排荡。同是排山倒海一般威力,轻重快慢却又不同。

李洪因末两天压力平均,不用玄功主持也不至于有甚变故,又当合力应敌,准备出手之际,未免疏于防范,事情发作又快,只一两句话的工夫,四外雷珠齐受反应,威势猛烈,较前更甚,急切间不暇兼顾,金莲神座的护身宝光竟受了冲动。这一惊真非小可,忙用玄功主持,觉出威力大得出奇,差一点便镇压不住。最厉害的是前后左右都具有山海一般的压力,偏是此轻彼重,瞬息万变,丝毫松懈不得,只顾全力防御,忘了招呼。其他三人都想出手,但所想各不相同:虞孝志在搜敌;陈岩见时日将近,急于回转中土;狄鸣岐是想为师门争光,试试这青阳金轮的威力。三人又见阵中水雷虽起变化,那存身的金莲神座已是祥霞闪闪,万道毫光,屹立光山雷海之中,未受摇动。但宪祥只是不赞一词,微笑在侧,大有脱困在即之概,使三人越发心定。

先由陈岩扬手发出百丈金花红霞,直冲光层雷海之中,只见金花乱爆,红霞电飞,满阵飞舞。所到之处,那无量数的大小水泡纷纷爆炸,震势猛烈。到了后来,忽然一个挨一个,蜂窝也似密接起来,好似无数水泡挤在一起,不住摩擦滚转,发出一种极尖厉的异声,刺耳难闻。就在这蓄怒待发之际,吃陈、虞二人的神弩、飞剑往前一冲,轰轰怒啸中,又夹着惊天价一声大震,四外雷珠立被这密集的大片水泡自行排荡开数十百丈,形成一个大洞。二人方想癸水雷珠均是同形同质之物,为何自相排荡,现象不同?说时迟,那时快,就这瞬息之间,空处已被一团突然暴长的大水泡将其填满。刚被荡开震散的大小雷珠突似狂涛一般往上一涌,那数十百丈的大泡受了冲击,立时爆炸,所排荡开的空处又比先前大了数倍。同时左近也发生同样现象。开头都是无数大小雷珠密集一团,正在摩擦,突然爆炸。刚现出大片空地,立有一两团雷珠暴长,将其填满,再行爆炸,声威越来越猛。那雷珠见空即填,也越来越大,此应彼和,纷纷继起。许多未得乘隙暴长的水泡、雷珠受了波动,宛如亿万光球、气团,将上下四外一齐填没,随着大泡震破之势,如金刀划水一般朝前涌去,星飞电漩,往来翻滚,纷纷炸裂。本来亿万密雷轰轰怒鸣,已比山崩海啸还要猛烈,内中又夹着好些大水雷的爆炸之声,休说常人,连陈、虞诸人那么高法力,又在金莲神座防护之中,均觉耳鸣心悸,神思不宁。但还自恃法力,一味坚持。

陈、虞二人的法宝、飞剑尚未收转,狄鸣岐的青阳轮又相继发难。出手先是三寸大小,上有六角的星形金轮,飞出金莲神座光层之外立时暴长。狄鸣岐初次施为,惟恐威力不大。因觉此时上天下地,方圆千里之内,均被癸水元精之气布满，无论火力多强，也不至于伤害生灵，放心大胆，只顾加功全力施为，顿忘师诫。宪祥虽早算就，及见祸变就要爆发，也惊疑起来。那金轮到了外面，已长成亩许大小，六根芒角齐射银芒，远达丈许，比电还亮，一齐转动，飙轮飞驭，直冲光海之中。五行各有克制，水本克火。无如青阳金轮所发三阳神火，自身具有坎离妙用，与寻常真火不同。大只亩许的一圈金轮，投入无边雷海之中，何况此时水雷爆炸之势又是最剧烈的时候，本来相差悬殊，决显不出它的威力。轮上芒角长只丈许，按说两面相形，大小威势差得太多。谁知那比针还细，长只丈许的银色奇光，竟不受真水克制，反因水力寒威生出妙用。只见万道银芒随同金轮电漩星飞，到了光海之中，所有雷珠只一撞上，立即消散。所到之处，所有雷珠、水泡齐化热烟。转眼之间，变成一条其长无比的白虹，随同金轮飞舞，只顾往前伸长出去。始而白气两旁的雷珠不等爆炸，凡是挨近一点的全都自行消散，只远处还在爆炸不已。

狄鸣岐见状大喜，以为成功在即，手掐灵诀，催动金轮，将六根芒角的银色火花似暴雨一般大量发出。那无量的雷珠、水泡沾着一点，便化为大蓬热烟，晃眼之间，当前一片便被热烟所化白雾布满。陈、虞二人也误以为破阵有望，便令狄鸣岐收回金轮，由内而外，贴着金莲神座宝光外层往前开去。那金轮已在光海中环绕一大圈，四外全是热烟所化浓雾，隐闻水沸之声。等到金轮后撤，由内而外，电也似急地从四面飞转过去，所到之处，前面光墙首先雪崩也似纷纷消退。同时万丈热烟蓬勃而起，上下四外全是白雾布满。李洪见状，便把金莲神座宝光往外加大，向前展开。刚觉出前面光墙虽减退了些，无形中另有一种极奇怪的阻力，忙按神光微微一试，竟是奇热无比，心灵上又生出了警兆。方在惊奇，侧顾宪祥立在旁边，好似耳目并用，正在出神查看，面带惊疑之容。未及问询，忽听轰的一声。紧跟着轰轰沸水之声忽然大作。再朝四外定睛一看，原来金轮已越转越远，就这一会，已开出了好大一片空处，热烟越发浓密。只见白茫茫一眼望不到底，内中仅有金轮宝光和那三支射阳神弩在内飞舞滚转。

陈岩先发出去的那道红霞金花，刚由浓雾影中急收回来，面上也带惊疑之容。李洪方要询问，陈岩已先开口道："苏道兄，怎的如此现象？我这飞剑原与心灵相合，本是万邪不侵，寒暑无害，竟会觉得奇热难耐，是何缘故？"宪祥还未及回答，忽然异声大作。先前大量水雷受了金莲神火激射，多被烧化，只隔远一点的仍在爆炸，发为巨响，不知怎的，忽随异声停止。好似全海的水均被煮沸，四外光墙齐化热雾，内具一种极奇怪的压力，排山倒海一般地往中心狂涌上来。宪祥看出不妙，忙喝："虞、狄二位道友，速收法宝，免有疏失。"

虞孝早就觉出射阳神弩先前飞行光海之中，穿梭也似，随心运用，无不如意，所到之处，雷珠、水泡纷纷炸裂，威力甚大。自从金轮转过一两圈后，环绕金莲神座宝光圈外的大量雷珠纷化热雾消散，照理当前一大片癸水雷珠已破，底下应更容易，谁知热雾中忽生出一种极强大的粘滞之力，神弩飞行雾海之中比前要慢得多，到了后来直似进退两难。虞孝心正惊疑，忽听宪祥大声示警，心中一动，忙即收回，猛觉阻力加增，几乎收不转来。幸而狄鸣岐素来谨慎胆小，又最信服宪祥，见金轮神火所到之处，雷珠、水泡尽管纷纷消散，大量热雾却是越来越浓；并不似恩师所说，此宝一经全力施为，不论多大的水，当时均可烧干，并还不畏癸水克制。怎会有此现象？也是心中惊疑，一听宪祥知会催收法宝，忙即照办。恰巧金轮回飞，本不畏热雾阻力，很容易地收了回来。

宪祥看出癸水雷珠受了三阳真火反克，已生变化，惟恐有失。一面招呼虞、狄二人收回法宝，一面急呼："李道友，速以全力施为，莫令逼近。"李洪依言，忙运玄功，将金莲神座与三支如意金环一齐施展，数十百丈金光祥霞，立即往外暴长。四外热雾本来紧压宝光层外，吃李洪施展全力，宝光加盛。虽然多排荡出数十丈空处，但那热雾吃宝光一逼，先是光云电漩，宛如千万层白色轻纨，朝外面光层包围上去。后来雾层一密，沸水之声忽然由大转小，晃眼停止。那形似轻纨的雾影，也由浓而淡，渐渐隐去，青晶也似，将那百十丈高大一幢金色莲花包住。众人定睛一看，上下四外已全冻为坚冰，无论哪一面都是一片晶莹，仿佛埋藏在万丈冰山之内，金光祥霞映照之下，幻为丽彩，一眼望不到底。众人不禁大惊失色。

李洪想用法宝开路，穿冰而行，试上一试。宪祥见众人已被癸水雷珠所化玄冰包围在内，仗着佛门至宝防身，就此相持，还可无事；如若冒失前冲，虽仗法宝之力不致受害，也难保不引发别的巨灾，伤害生灵。偏生先前所算救星至今未到，心正有些忧疑。一见李洪手掐灵诀，待以全力破冰而行，不禁大惊，拦道："此与常冰不同，变化多端，威力极大。如非佛门至宝功用神妙，四面挡住，不令上身，休说常人，便我们五人吃那万丈坚冰往里一合，也无幸理。就这样静守不动，暂时还可无事；如若施展法宝、飞剑，妄想脱身，那重如山海的坚冰齐往中心压来固挡不住，便是宝光稍露空隙，只要有一丝冷气被其侵入，马上里面全被布满，会连骨髓一齐冻凝，多高法力也是凶多吉少，如何可以大意？此本昔年水母独有的无上仙法，不须法宝，全由阴阳二气与癸水精英凝炼而成，最是厉害。我们与主人素无仇怨，怎会平白下此毒手？如是门人所为，又不会有这么高法力。最好静守待机，不可妄动。再等半日，如无动静，由我行法，向主人探询心意，问其何故如此，当有答复。否则，主人既把昔年水母轻不施展的天一玄冰都施展了出来，怎会一个也不出面？我先前原料主人今日必有为难之事，正当要紧关头，我们无心经过，适逢其会，他那门人事前不知底细，妄下埋伏，等到双方交手，我们又占了一点上风，主人警觉，已成骑虎难下之势。此时越看越像，千万轻举妄动不得。"

李洪因想到了最后一关，还有杪椤灵符可以运用；又见四外坚冰被宝光挡住，不能合拢，反正无害。闻言觉着有理，决计专心静守，相机而动。陈、虞二人觉着先前陷身阵内已有多日，尚无脱身之策，如今敌人把全海的水冻成坚冰，要想脱身，岂不更难？心正忧急，猛瞥见右侧冰海深处有一点青莹莹的冷光闪动，后面紧跟着一蓬碧荧和一幢形如伞盖的金霞，由右侧面万丈冰海中缓缓驶来。所过之处，四外坚冰纷纷碎裂，立被冲开了一条冰衢。金光刚过，坚冰由分而合。看去好似内有三四人，由那青色冷光和大蓬荧火在前开路，金霞随在后面，朝着自己这面直穿过来。那冰本是一片晶莹，又深又厚，吃来人宝光一映，齐焕异彩，分外好看。最奇的是穿行冻海之中，如鱼游水，不似有甚阻力，只是行动甚缓。冰又冻凝，吃青光金霞一冲，竟似受了激动，宛如波涛起伏，闪动起千万点金鳞碧浪，比起四外冰壁受了宝光回映，又是一种奇景。

陈、虞二人正拿不定是敌是友，不多一会，隐闻一片极繁密的玎玱鸣玉之声，清脆娱耳，青光金霞已经邻近，到了宝光层外停止，现出四人。李洪认出当头二人正是前往小南极四十七岛救父的南海双童甄艮、甄兑，一个手指青光，一个手指鬼母朱樱所赠碧磷冲，当先开路。身后随定一个手持一件形如伞盖，上发金霞的小和尚，还有一个身材矮胖的道装怪人。不禁大喜，忙用本门传声询问来意。甄艮答说："事在紧急，无暇多言。绛云真人为了抵御魔劫，将昔年水母用万载玄冰精气凝冻之宝发动，方圆千里之内齐化坚冰，加以仙法运用，任走何方均难脱身。开头虽对诸位道友不免误会，此时却非针对我们。现奉天乾山小男真人之命来此，代小师弟和诸位道友开路，去往水宫，助真人抵御邪魔。无如这天一玄冰奇寒无比，虽仗小男真人一道灵符和燃脂神僧所借香云宝盖护身通行，终恐小师弟收宝之际万一疏忽，为寒气所侵。请速准备，只等香云宝盖与金莲宝光相接，速急收宝，与我们四人合为一起，仍由愚弟兄开路前往。水宫事完，再作详谈如何？"五人闻言大喜。

宪祥知道金莲宝光太强,仗以防身虽然极好,但冲动太甚,容易激出反应,忙告众人留意戒备。李洪笑说:"这里百丈方圆之内,均被宝光挡住,甄师兄和同来二位道友只管过来,此宝与我心灵相应,收发容易。"甄兑笑道:"小师弟终是那么性急。我岂不知西方金莲神座的威力,只为此时我们全在万丈玄冰之中,此冰不比寻常,乃两间混元真气阴阳相战,凝炼而成,看似坚冰,实则中藏分合变化之妙,威力之大,不可思议,稍为冲动,立生出极强烈的反应。我虽持有鬼母碧磷冲和香云宝盖防身,外加小男真人一道灵符,缓缓前行尚恐激出反应。你那宝光之内空处太大,突然一收,上下四外重逾山海的坚冰猛然往下一压,整座冰海齐受震撼,说不定生出什么灾劫。我们或者无妨,水宫主人就许为此受到危害,或被邪魔乘机侵入。此时他正以全力主持仙法,无暇分神,否则早已通知,岂待今日? 你须看香云宝盖的金霞与金莲神座相连,然后缓缓收势,越慢越好。就这样,小男真人所赐的一粒混元珠,仍须留在此地,以防万一,将来能否珠还,就说不定了。"随即请身后同来的小和尚上前,把手中香云宝盖朝前一指,那一幢金霞祥光便拥了四人,由冰壁中缓缓冲出。四外坚冰立受冲动,宛如狂涛起伏,光云乱闪,半晌方止。

李洪才知厉害,便照所说,将身外宝光往里缩小。甄兑连说:"洪弟不可太快,越慢越好。"说完扬手飞起一团豆大光华,穿出金莲宝光之外,立时散开,化为一片青、白二色的光气,布向光层之外,将四边冰壁挡住。甄艮仿佛如释重负,笑道:"小师弟放心施为,难关已过,不妨事了。"李洪将那法宝缓缓收去,各把遁光会合一起。同来小和尚随掐灵诀,朝香云宝盖一指,金霞光幢随将众人遁光一齐罩住。仍由甄氏兄弟当先开路:甄艮手指一片青色冷光,盾牌也似挡向前面;甄兑指定红花鬼母朱樱的碧磷冲,发出一蓬碧色荧光,由青光之中微微透出。上面七叶风车一齐转动,朝那万丈冰层之下缓缓冲去。

李洪见飞行甚缓,又见同来小和尚生得唇红齿白,满脸笑容,持有香云宝盖,知从燃脂头陀手中借来,料定双方必有深交。那道装怪人的相貌与甄氏弟兄相似,匆匆相见,尚未叙谈。于是笑问:"二位甄师兄,这两位道友是否同辈?"甄氏弟兄和那小和尚好似全神贯注在前面,不曾回答。道装怪人已先接口道:"我名归吾,前生名叫甄海。艮、兑弟兄乃我前生之子。我近由乌鱼岛脱困来此。这位神僧乃燃脂头陀好友笑和尚,本是峨眉门下苦行头陀的高弟,李道友怎会不相识呢?"

李洪久闻前生同盟好友玉仙童方还与申屠宏、阮征号称东海小三仙,已经转世,重返师门,改名笑和尚。因为误犯贪嗔,奉命在东海面壁十九年,以示惩罚。此人屡世苦修,功力甚深,更得师门真传,长于隐形飞遁,为后辈同门中有名人物。因十九年坐关之期未满,连峨眉开府均未到场,怎会来此?想起前生交厚,好生欢喜。因见笑和尚全神贯注在香云宝盖之上,只是偶然笑向自己看上一眼,知其无暇分神,不便打扰,只得转问归吾在何处相遇。归吾随说了经过。

第三〇〇回

蜜爱轻怜　再世仙缘圆旧梦
精芒掩曜　无边毒火堕诸天

原来小南极附近飞龙岛散仙飞龙真人本是旁门左道,以前曾因受正教仙人惩治,几遭诛戮。但由此洗心革面,不再为恶,长年在岛上苦修,极少出外。偶游中土,行经海南岛,适值甄海投生在一个姓归的渔民家里,因是怪胎,受尽欺凌。年才七岁,父母双亡,仗着生来力大,为一土豪牧马。这日骑马下山,马忽失足滑跌,人虽未伤,马却跌成残废,不敢回去,连夜逃走,为奇蛇所伤,被飞龙真人救去,收到门下,取名归吾。飞龙真人知其根骨深厚,夙孽甚重,对他说道:"旁门中人终无好结果,我不久便要兵解转世。现将本门道法全数传你,等我兵解以后,最好遇机改归正教,切勿自满。"归吾感激应诺,每日苦练,不满十年,便将师传全数学会。飞龙岛上原产有一种灵药,乃师命他加意防守。一日,飞龙师又对归吾说:"我连日默运玄机,已算出前因后果,得知你前生二子现名甄艮、甄兑,已拜在峨眉门下。因他们天性纯孝,时常背人向天泣告,苦求师长恩允,许其父子重逢,他们以后必定寻来,你便可归入正教。你的前生夙孽,也因二子孝心感格,减去不少。你那前生爱妻也转了世,做了小南极四十七岛旁门散仙白菱礁主的女儿,名叫白明玉。不过不到时候,不能前往相见,否则便要生出许多危害。"

这时归吾已尽得师传,洞悉前因。想起以前夫妻二人海外同修,本极恩爱逍遥,只为一念贪嗔,受人蛊惑,往紫云宫夺宝,致被仇人虎头和尚将强敌引上门来,身遭惨死。爱妻也因伤重而亡。如今既知下落,恨不能当时便寻了去。无如他素敬师长,不敢违背,等了些年。正在日夜相思,白明玉忽来岛上盗取仙草。因其投生时法力尚在,灵智未失,前生之事尚还记得不少,但不知丈夫就是本岛主人。正下手采药之时,归吾忽然警觉,发动禁法,将其困住。因不知来人是前生爱妻,欲下毒手伤害,又爱其美貌,忽然心软,发话现身。明玉这才认出对方乃是前生丈夫,忙即出声相唤。归吾因明玉相貌已变,先未认出,直到对方大声疾呼,方始问明经过。劫后重逢,悲喜交集。旁门中人，本来不禁婚嫁，何况是前世夫妻，不免重温旧梦。

明玉之母乃一妖妇，人最凶狠，淫荡无耻，与四十七岛群邪多有交往。因为明玉贞烈端好，本非所喜。明玉虽将灵药取回，但其法宝已被丈夫破去，有点得不偿失。何况又在岛上留了三日，才行回去。本想禀明乃母，不料才一回岛，便见乃母好友、邻岛妖人徐神君父子在座。知道乃母滥交，徐神君之子水灵儿徐通对自己垂涎已久，屡次求婚，乃母还曾强迫许婚。均因自己厌恶对方，誓死不从，为此失欢。恐其进谗，未敢向母禀告自己与前生丈夫团聚之事。等徐氏父子走后，乃母重提旧事，仍令嫁与徐通。明玉已与丈夫隔世重逢，自然不肯。妖妇恋奸情热，只图讨好情夫，见女坚拒，不由大怒。吓得明玉有满腹的话不敢出口。就此因循下去，不时私往飞龙岛与丈夫相见，年月一多，自然泄露。妖妇和徐氏父子俱都愤恨，几次往寻归吾生事，于是成了仇敌。

明玉终被乃母监禁，不能擅离一步。归吾思恋爱妻，竟冒奇险，由地底暗入白菱礁，强将明玉救出，带了逃走。刚一回岛，男女妖人便已寻来。归吾也是恨极，用师传异宝，冷不防将徐神君杀死。妖妇同了徐通见机逃走，随约四十七岛妖人赶来报仇。因众寡悬殊，归吾不敌，只得带了明玉逃走。眼看快被仇敌追上，幸遇南海玄龟殿前辈散仙易周之子易晟，将妖妇杀死，群邪也都受伤惊逃。易晟便令归吾夫妻在玄龟殿附近觅一小岛，暂时隐居，以待仙缘遇合，全家团聚。

归吾夫妻住了些年，忽忆前师遗命，曾说前生爱子本年必往小南极相会。同时又想起岛上所产灵药虽然深藏岛洞山腹之内，已用法术封禁，外人不易寻到，也难采取，但今当结实之期，意欲暗中回岛查看，将灵药连根移来，以免落入敌手。哪知刚到不久，便被徐通用邪法查见，约来乌鱼岛上妖人，将夫妻二人一起擒去，欲用阴火炼化归吾附身宝光，将其残杀；并逼明玉归顺，供众妖人淫乐。被困四日，受尽苦难，正在拼命挣扎、万分危急之际，总算五行有救。

原来金钟岛主叶缤门下女弟子朱鸾，因那年峨眉赴会之后，乃师去往双杉坪炼那绝尊者《灭魔宝箓》，想起前在灌口手刃亲仇以前，曾被仇敌邪法所困，多亏土木岛主商梧之子商建初相助，才免于难。又见对方少年英俊，并为自己受伤，深觉对人不起，但所居远在北海，不便往访。不知凤缘前定，彼此一见钟情。回岛不久，又出去行道，商建初三寻始遇。朱鸾见他中了妖道毒刀，几乎残废，虽仗陷空岛灵药解救，元气亏耗，尚未复原，事由救护自己而起，好生不安。双方本就倾心，日子一久，情爱越厚，不时背了众同门，另

315

往别岛约地相会。

这日朱鸾忽然想起故乡风物，双方情爱日益加深，师父又不在家，师妹朱红和别的同门、侍者见自己与商建初一双两好，不但不为叫破，反想促成神仙眷属，处处与己方便，日子一多，渐渐成了形影不离，便与商建初商量，欲回故乡一趟。商建初爱极朱鸾，百依百顺，闻言立即应诺，两人便往中土飞来。二人本意是往湖南故乡，畅游三湘七泽之胜。中途听一同道说起东海三仙旧居钓鳌矶附近，尚留有不少灵芝，本年正当结实。于是仗着师门深交，欲往求取，以为当地必有峨眉门人防守，一求即允。不料到后一看，芝圃四外竟设有极严密的仙法禁制，无法入内。商建初见她失望，意欲讨好。因自上次受伤回山，虽受乃父商梧责罚，却赐了两件法宝，均是土木真气炼成，便和朱鸾说，打算用土遁入内，采取灵芝。朱鸾因峨眉乃师门至交，怎能行此盗窃之事？执意不允。

二人原坐在钓鳌矶旁山石之上，正在说笑，忽听远远破空之声。商建初自从灌口吃亏，遇事留心，闻声仰望，见三道暗绿色的妖光夹着几丝红线，正由天边破空穿云而来，看出是左道妖邪，忙把二人身形隐去。晃眼之间，遁光飞堕，现出一僧一道，相貌均甚凶恶。内一妖道背插妖幡和九柄短剑，更是一身邪气。才一落地，便朝右侧危崖下走去。二人听出妖道乃慈云寺漏网的七手夜叉龙飞，另一人则是妖僧。因听人说苦行头陀门人笑和尚在东海钓鳌矶洞中面壁十九年，名为受罚，实则是乃师借此传授他本门无形仙剑，以为三次峨眉斗剑之用。七手夜叉龙飞想起前仇，欲乘对方入定之际，施展邪法暗算，收炼生魂。

朱鸾知道妖人不怀好意，首先激动义愤。商建初本恨妖人，又听心上人的话，便一同暗中跟去。到了洞前一看，因有仙法禁制，妖人无法攻入，便在洞外布下妖阵，意欲摄取生魂。朱、商二人因以前曾为邪法所败，还不敢现身冒失动手。又见洞外禁制神妙，邪法无功。正想看上一会再相机下手，忽见邪法发动，妖幡上飞起四五十个魔鬼影子，不住舞蹈，厉声悲啸。朱、商二人身在妖阵以外，听去都觉心惊神摇，令人生悸，知道邪法厉害。忽见一个面如冠玉，又白又胖的小和尚，满脸笑容，在一片金光笼罩之下，由洞中飞出。数十魔鬼立时张牙舞爪，扑将上去，小和尚立被困住。商建初知是笑和尚的元神，便先将乃父镇山之宝六甲金光幛扬手飞出，想将笑和尚护住。不料那形似六角屏风的金光刚一发动，人影一闪，忽然不见，自己踪迹却被二妖人看破。妖道扬手便是一片碧阴阴的妖光，电也似疾布满天空，往下压来。朱、商二人逃避不及，隐形法竟被破去，只得动手。二妖人的邪法十分厉害,幸而商建初持有父传至宝,放出二行真气,将身护住,未遭毒手。

双方正相持间,二妖人忽似有甚警兆,一同破空遁去。朱、商二人因见笑和尚先前失踪,不知是否为邪法所害,正在互相谈论,因洞口有仙法禁制,无法入内查看。忽听壁中有人笑道:"二位道友,怎的如此性急?这两个妖人日前已经来过,知我面壁入定,意欲暗算;不知我年来苦修,未等期满,内功已经圆满。同时我又发现先恩师的遗偈,得知此举实是师恩深重,玉我于成。本不需要十九年功候便可完满,只为尚有孽缘未了,意欲令我多留数年,免去烦扰。无形仙剑炼成,虽可随意出山,但峨眉仙府参拜教主,仍须十九年期满,才能前往。在此数年之内,仅许出洞三次。本来我已约有两位同门好友,打算用一幻影绊住敌人,等他到来,一起夹攻,将其除去。不料妖道恶运未终,已被逃走。你们虽然误了我事,盛情高义也颇感谢,此时尚难出见。你二人前坐山石之上,有家师留赐的灵符,我转赠二位道友,万一有甚为难之事,不妨照我所说用法,将符展动。因家师遗留的法宝、灵符均已被我得到,飞行颇快,不消多时,便能赶往相助。还有先逃妖道名叫龙飞,炼有九子母阴魂剑和一面摄魂妖幡,邪法厉害。你二人已和他成仇,遇时必须留意才好。"

朱、商二人闻言,才知笑和尚法力甚高,原来故意诱敌,连忙称谢。寻到所赠灵符,笑和尚传了用法,又指示去往芝圃的门户,二人大喜称谢。采了两本灵芝,同往南海飞去。刚到金钟岛,见小师妹朱红和一妖人对敌,正在相持。二人连忙上前,一同合力将妖人打败,妖人受伤逃走。

一问,方知妖人乃乌鱼岛主乌灵珠之子乌角,天性淫凶,无恶不作。朱红去邻岛闲游路遇,被其暗中跟来,先畏岛主叶缤的威名,不敢轻于招惹,只是恋恋不舍,时往窥探。后来探出叶缤不在岛上,一时色令智昏,约一同党,暗用邪法隐形,打算冷不防把朱红暗中摄走。不料岛上设有仙法禁制,并有一面宝镜。朱红日前又早发现有一相貌奇丑的猴形怪人在岛前隐形窥探,先不叫破,暗告同门设伏相待。二妖人还未深入宫中,便被朱红将隐形邪法破去。同来妖党见势不佳,已先逃走。只乌角一人尚在恋战,不肯就走。

朱鸾想起四十七岛妖人的多年夙仇,师父双杉坪炼法便为此事,孽子竟乘师父不在,来此相犯,不由大怒。商建初为了迎合二女心意,自恃父亲所传法宝,欲代除害。乌角偏不知道死活,第二日又约了几个妖党前来,一到便被商建初杀死了两个,乌角受伤逃走。当时不追,原可无事。为讨好心上人,一同追往乌鱼岛上。岛主乌灵珠正用邪法阴火祭炼归吾夫妻,忽见爱子被敌人追来,看出对方乃土木岛主门下,先还不想结怨。无如商建初自恃法宝神妙,又愤妖人先前出语淫秽,立意将其除去,一任对方警告,终不肯退,于是动起手来。乌灵珠乃四十七岛妖人之首，妖法厉害，因知土木岛商氏二老十分难惹，虽然动手，仍不肯结怨。一时疏忽，竟被二人仗着二行真气开路，闯入法坛，将归吾夫妻救出险地。乌灵珠本意想将二人困入法坛，一见对方发动二行真气，又持有土木岛镇岛之宝六甲金光幡，再一喝问姓名，竟是商梧独生爱子，越发不敢伤害。

朱、商和归吾夫妻四人会合以后，仍可逃走，偏见成功容易，敌人邪法均为自己所破，一时贪功好胜，妄想将乌鱼岛众妖人一齐杀死。孽子乌角又是恶贯满盈，看出乃父首鼠两端，赶往后宫向乃母哭诉，一同赶来，想逼乃父为他报仇。到时正遇上乌灵珠和来人一面对敌，一面发话警告之际，惟恐敌人胆小逃走，不由分说，母子二人一齐动手。商建初本已看出敌人邪法厉害，伎俩未穷，偏生朱鸾天性疾恶，尚无退意。乌灵珠又口口声声说："我与你父无仇无怨，你年幼无知，不值计较，姑且宽容，但所救两人必须留下。"因此不肯退走。正在相持，待以全力一拼，一见孽子同一妖妇重又出现，不由勾动怒火，扬手把土木神雷打将出去。妖妇母子自恃太甚，以为敌人深入重地，死活由心，万无败理，其实已是煞星照命。

原来商建初因在灌口受伤，断去一臂，回山受完责罚，将断臂续好之后，商梧便对他说："我门人、子侄，从未吃过人亏。你既心爱此女，限在三年之内，接来本岛完婚。另将本门至宝土木晶砂赐你，外加柬帖一封。寻到此女，便即回岛完婚，过期不成，休再见我。"商建初因为养伤，已和朱鸾数年未见，闻命大喜，伤愈立往寻访。不料朱鸾奉命行道，很久不曾寻到。最后前往金钟岛相访，方得相遇，并还看出对他钟情，心中狂喜。后来探明心意，同了朱鸾回山，禀知父亲，说朱鸾已经允婚，但要禀明师父方始来归。以为父亲、叔父言行如一，向无更改，三年期限将满，朱鸾又非等师父回山请命不可，恐父怪罪，还在提心吊胆。不料商梧听完之后，对小夫妻甚是奖勉，并赐朱鸾一件防身法宝为见面礼。此宝名碧云屏，一经施为，便有一片碧云将身护住，万邪不侵。

这时，建初因心上人痛恨仇敌，不肯退走；又见乌灵珠有些情虚，好似怯敌。心想："自己的防身法宝十分神妙，又带有土木晶砂，至多不胜，全身而退，当可无害。"于是全力发动，妖妇母子恰巧撞上，骤出不意，竟被震成粉碎。朱鸾恨极孽子，又将新近炼成的冰魄神光往起一合，连元神也一齐消灭。

乌灵珠当时大怒，悲愤填膺，咬牙切齿，把心一横，所布妖阵本已准备停当，当时发难。朱、商二人法宝虽然神妙，俱有威力，无如对方精于玄功变化，邪法厉害。先前妖妇母子之死，只因其轻敌太甚，以为敌人已陷妖阵，弹指之间,便可报仇,没料到那等快法。双方来势又均极神速,乌灵珠又在迟疑不决,就这事机瞬息之间,微一疏忽,母子二人已被土木神雷震成粉碎,形神皆灭。这原是朱、商二人一时侥幸。等到敌人真个翻脸成仇,以叶缤法力之高,昔年屡与四十七岛群邪恶斗,尚难全胜,何况乌灵珠近年为防叶缤报仇,又联合群邪炼了不少邪法、异宝,朱、商二人如何能是对手?不过乌灵珠对商梧父子仍有点惧怕,因而一面发动妖阵,将仇人困住;一面又向四十七岛群邪发出警报,一齐召来,以备万一。

四人在阵中被困了三日,商建初虽仗父传法宝护身,并用土木晶砂、二行真气护在宝光之外,暂时不致受害,无如敌阵中阴火凶毒异常,休说脱身,稍被乘隙侵入,便遭惨死,连元神也被摄去,永受炼魂之惨。群邪因见敌人晶砂神妙,急切间不能奏功,为防夜长梦多,商氏二老警觉赶来,仇报不成,反为所败,索性各把邪法、异宝纷纷施为,把整座乌鱼岛笼罩在万丈妖云阴火之下。

商建初看出厉害,先还想父亲得信,必要来援,才一被困,便将本门告急信号发出。哪知两次求救,到了第四日上尚无音信。心疑飞光信号被阴火邪法隔断,这才急起来。惟恐心上人遇险,万分愁急之中,忽想起笑和尚所赠灵符,忙即取出,如法施为。又隔了一日夜,救兵仍未见来。知道父亲和叔叔钟爱自己,闻警决不坐视。便笑和尚赠符时的口气,也是十分诚恳,又系第一次向其求救,焉有不来之理?必为邪法所破无疑。生机已断,眼看那紫、碧二色的阴火邪焰像火山也似包围在宝光层外,二行真气已被化炼去一半,群邪多人更在一旁各施邪法、异宝助威,中间又杂有大片阴雷,声势猛恶,比前更盛。乌灵珠见持久无功,意还不足,更把多年苦功炼来对付叶缤的七二秘魔元命神幡和摄心铃取出施为。这两件都是魔教中有名异宝。摄心铃更是厉害,共有三枚,其中一枚在峨眉开府以前为两位长老毁去,乌灵珠剩有一枚,经用邪法重炼,凶威更盛。

朱、商和归吾夫妻四人,先见妖人取出一面上绘无数血影的妖幡,才一展动,幡上便涌起一片血光,光中现出许多奇形怪状、相貌狞恶的魔鬼影子,一个个张牙舞爪,口中发出极尖锐的惨啸,在大片其红如血的妖光中沉浮隐现,呼啸不已。不知怎的,目光竟被吸住,想要不看,直办不到。一会工夫,便觉目眩心悸,周身冷战,神魂欲飞。后来还是朱鸾看出不妙,忙令三人留意,才把心神勉强镇定,一味运用玄功,潜心内视,不去看它,觉得稍好一些。

耳听妖人厉声喝道:"无知狗男女!急速束手就擒,听候发落,还可以少受苦难;如再倔强,我那无上仙法一经发动,白受许多苦难,仍不免一死。那时求生不得,求死不能,悔之晚矣!"说罢,便将摄心铃取出,刚一晃动,四人便闻得一种极悠扬娱耳的异声隐隐传来,虽然满阵都是妖光邪火布满,那么强烈的风火之声,竟掩不住这种异声,听去十分真切。只觉得越听越好听,渐渐全神贯注,顿忘处境之危。这摄心铃最是阴毒,专摄修道人的元神。乍听无奇,只一入耳,便随人心意发出各种极为微妙的异声,元神立被吸住,渐渐神志昏迷,真魂出窍,休想活命。也是四人命不该绝,众妖人中有数人忽然看中二女美貌,意欲先奸后杀,再炼真魂,不令乌灵珠当时杀害,以致缓了一步,邪法便不曾全部发挥。

四人正相持间,朱鸾忽听铃声有异,猛想起以前师父曾说乌鱼岛妖人邪法厉害尚在其次,最厉害的是手中有一魔教中异宝,名为摄心铃,共是三枚,各有妙用,以乌灵珠所得一枚为最厉害,又经邪法炼过,遇上必须小心。方才所闻异声,必是此铃无疑。忙即暗告三人留意。本来还是无力防御,事有凑巧。当初妖人为防应敌之际误伤同党,四十七岛妖人全都经其指教,得有密传。明玉之母本是四十七岛群邪之一,也曾在场,明玉曾听乃母说过,听朱鸾一说,想起前言,不禁大惊。忙用玄功先将双耳闭住,再朝众人警告,传以防御之法。经此一来,才得勉强支持。但是众人说话时也为妖人听去。

乌灵珠眼看敌人心神摇动,快要成擒,忽被明玉提醒,转危为安,不由大怒,便向众妖党大喝道:"贱婢白明玉,乃白道友所生逆女,乃母为她惨死,摄心铃的用法她原知道,现被泄机,只好将此宝妙用全力发挥,使其形神皆灭,不必保全。此是贱婢自寻死路,不能再照诸位道友原意了。"说罢,把手一招,收回妖幡,手掐灵诀,朝空一扬。立有一团心形碧光飞起空中,晃得一晃,碧光便自加大,光中现出许多赤身魔女影子。铃声也响个不住,先是铃语幽咽,凄人心脾。四人因有明玉邪法防御,又都是各存戒心,还未受甚危害。及至响了一阵,铃声骤转洪烈,宛如无数大鼓迅雷,中杂狂风烈火,一齐怒鸣,震撼天地。

四人中朱鸾法力较高。商建初法宝最为神妙,自从闻警,得知妖铃厉害,惟恐有失,又发出一片二行真气,由里面将四人一齐护住。那铃声听去虽极猛恶,并无他异,心方略定。铃声忽转淫艳,碧光中的赤身魔女都是粉光致致,皓体呈辉,媚目流波,风情无限,朝着众人搔首弄姿,轻盈起舞,做出许多淫荡不堪之态。稍一注目,多看两眼,心神便被摄住。众人两耳本已封闭,又加二行真气防护,原可不受铃声摇惑。谁知五官相连,目光被摄,两耳也受了感应,立时心旌摇摇,不能自主。最厉害的是明知邪法厉害,耳目所及,心神一受迷惑,真魂将被摄去,偏生不能自制。身外阴火阴雷及各色妖光血焰,又似狂涛暴雨一般纷纷压到,护身宝光和外层的二行真气已被炼去十之八九。六甲金光幛虽然无恙，但是二行真气化尽以后，是否仍能支持，尚说不定。

眼看情势更加危急，众妖人正在笑骂相告，说是成功在即。摄心铃所化碧色心形妖光忽然转成紫色，光焰更强，内中赤身魔女更现出许多妙相。白明玉曾听乃母说过，知妖光一转成粉红颜色，生魂便被摄去；跟着一片黑烟冒过，妖光再转纯黑，人便成了灰烬，永受炼魂之惨。眼看妖光由碧转紫，渐渐由浓而淡，快由深红转淡红，知危机已迫，绝难逃生。无奈先前疏忽，被其乘隙侵入，再想行法防御已办不到。自己知道底细，耳目尚被摄住，其他三人更不用说。白明玉想起死时惨状，惊魂都颤，越想越伤心，扑到归吾身上，痛哭待死。

忽听暗中有人笑骂道："该死妖孽，竟敢使用这等恶毒妖阵。今日你们恶贯满盈，劫数到了。"众妖人闻声大怒，细一查看，哪有人影。各将法宝、飞剑只朝那发话之处飞射过去，还是不见敌人影子。随又听暗中骂道："无知妖孽，你那邪法只可向别人卖弄，岂能伤我毫发？我不过见正主人未来，他是我师父的朋友，不便抢先，姑且由你多活片时；否则，一举手间，你们这群妖孽立遭惨戮。不信，我先将你这摄心铃破去，教你看点颜色如何？"众妖人闻言，忽想起阵中已成火海，还有无数阴雷、异宝夹攻施为，听敌人口音，年纪不大，竟在阵中隐形发话，若无其事，连影子也见不到。料是能手，不禁惊奇，一齐朝那发话之处各以全力纷纷夹攻。

那摄心铃本来高悬在四人头上，光已转成淡红，四人均觉四肢绵软，心神如醉，老是要晕的神气。商、朱二人耳听阵中来人隐形发话，十分耳熟，因心神已为邪法所制，危机一发，急切间也未听出是谁。还是明玉比较内行，见丈夫向前呆望，神思昏昏，知道不妙，正在强摄心神，大声疾呼哭喊："是哪位仙人来此，请快将妖铃破去，救我四人性命。否则，妖光一转粉色，我们便没命了。"话未说完，猛瞥见一幢金光祥霞大约亩许，突自空中出现，只闪得一闪，便将摄心铃妖光裹住，一片香风过处，妖光立灭。乒乓两声，现出一个形似人心，拳头般大的黑色妖铃，尚在满空跳荡。

众妖人一见金光，认出是佛门至宝，眨眼之间妖光消灭，摄心铃正在金光之中跳动挣扎，不由又惊又怒。乌灵珠更是情急，忙纵妖光跟踪追去，想将妖铃夺回。说时迟，那时快，一团拳大红光突又出现，打向妖铃之上，霹雳一声，震成粉碎。乌灵珠枉有一身邪法，飞遁神速，竟未追上。敌人也始终未现身。妖铃一破，四人邪法立解，恢复原状。那六甲金光幛乃前古至宝，本有灵性，宝主人虽然中邪，将要晕倒，仍能发出威力，不令阴火侵入。但那外层的二行真气已被阴火化尽，救星稍微到晚一步，四人仍无幸免。

经此一来，四人全都复原。先还不知隐形人是谁，竟具有这么高法力。正待询问，请其现身，忽听哈哈笑道："无知妖孽死到临头，还敢发威么？你们要见我不难，可惜不能白见。"话未说完，吧的一声，乌灵珠身旁有一妖人竟被隐形人照脸一掌，打了个皮开肉绽，口鼻歪斜，鲜血直流。

原来那妖人乃团沙岛主伍神师，人最阴险狡诈，因敌人不肯现身，表面随同群邪毒口咒骂，暗中却把独门异宝天魔钉准备停当，打算冷不防朝那发话之处猛下毒手。此钉经妖人多年苦功炼成，发时只有寸许长一丝灰色妖光，打中人身，立时暴长，火弹也似化为一蓬血光，将人震成粉碎。更能由心运用，大小隐现，无不如意。比宝相夫人的白眉针还要阴毒得多，最难防御。为数又多，满拟大量发出，凭着自己心灵运用，追赶敌人不舍，一任对方隐形飞遁和防身法宝多么神妙，似此半隐半现，至多能避开一半，另一半决躲不掉，只要稍露空隙，立被打中，便不死也必重伤。心里正打着如意算盘，没想到死到临头。

那来人不特借有佛门至宝香云宝盖，万邪不侵，威力神妙，并还持有前师留赐的聆音查形的一枚玉环，外加无形剑气防身，多厉害的邪法也无用处。本意想打乌灵珠，因见妖人长于玄功变化，不易击中，正想主意。忽见旁立妖道相貌丑恶，神情鬼祟，手藏袖内，暗掐法诀；另一手托着一百零八根短只三分，碧光闪闪，似钉非钉之物，先取一半发将出来，光细如丝，出手变成灰色，又由千百丈阴火妖光之内发出，如非师传玉环查看，多好慧目法眼也难分辨。这一半发出以后，便环绕在自己的身外，因被无形剑气挡住，无法进攻。但那妖钉似有灵性，始终环绕身外，冻蝇钻窗一般钻射不已。另一半出手不见，针光全隐。那人知其隐光暗算，心中有气，忙即飞身上前，施展佛家金刚掌，只一下便将妖人打了个头晕眼花，鲜血直流，几乎晕倒。

妖人当时怒火上攻，一面行法止痛，一面准备邪法，待要还攻。乌灵珠看出敌人隐形神妙，法力高强，双方一明一暗，更易吃亏，知非其敌，忙喝："道友留意！"话未说完，耳听哈哈一笑，面前人影一晃，现出一个又白又胖的小和尚，先那一幢金光一闪不见。

众妖人先因敌人隐形神妙，邪法无功，均以为是一个本领极高的正教中仙人。及见来人现身，竟是一个未成年的小和尚，生得唇红齿白，带着一脸顽皮淘气神情，说话偏是那样难听，全都大怒。四十七岛妖人原以乌灵珠和伍神师、四首神君崔晋为首。方才接到警号，都当来了强敌。有几个吃过叶缤大亏，怀恨多年的，更误以为叶缤寻来。又急又怒，各把前些年所炼邪法、异宝一齐带上，人数也不下八九十人，除却有限几个妖人事前离岛外出，其余全都赶到。先见敌人已被困入妖阵，正受阴火化炼，还当乌灵珠小题大做。后来问出中有一人乃北海土木岛主商梧之子，虽然有些顾虑，但都自恃人多势众，早有准备，仍未放在心上。不料现在有人隐形入阵，连受讥嘲，并将至宝摄心铃破去，伍神师又被打伤，全都痛恨。内中乌、伍二妖人更因先前吃了大亏，怒上加怒，恨不得把敌人吞吃下去，才能消恨。隐身人现身以后，再一细看，对方空着双手，笑嘻嘻摇头晃脑，凌虚而立，并无法宝、飞剑随身，急切间竟看不出他的来历深浅。如非先前吃过大亏，又见那么强烈的阴火妖光，敌人竟在阵中从容出现，若无其事，决想不到会有那等厉害。对方年岁不大，从未听人说过，除有限十余人之外，多疑还有师长随来，隐形在旁，故示神奇。不由同声喝骂，纷纷施为，一时阴雷妖光如暴雨一般，齐向小和尚打去，四外的阴火更是潮涌而至。乌灵珠二次又取妖幡连连晃动，打算破去隐形，摄取敌人元神。

哪知敌人正是东海三仙中苦行头陀惟一爱徒笑和尚，已经尽得师传，身有无形剑气防护，万难伤害。只是性喜滑稽，故意取笑。等到邪法异宝一齐发动，忽然哈哈一笑，仍然空着双手，凌虚飞行在妖光火海之中，如鱼游水。那么多邪法异宝夹攻上去，分明已打到身上，不知怎的竟如无觉。身外也无宝光出现，口中直喊："妖人太多，我一个人除他不完，只杀一半，又恐金钟岛主怪我多事。内中还有一个妖人，又有人受他母亲所托，向我说情，我看他母亲碧梧仙子面上，想要委曲求全，偏不认得此人，教我为难。我多年不曾出山，手又痒得厉害，如不给他们吃点小苦，手痒难受，错了机会，以后哪里能找到这么多的妖邪杀痒去？"边喊边跑，神速异常。

笑和尚跑着跑着，忽然把头一晃，便到了某一个妖人身前，扬手便打，手法又重又快。最厉害的是挨打的人虽有法宝防身，并无用处，一打必中。打上便是一个满脸开花，不是头破血流，便是半边脸肿起老高；再不就是一掌打个半死，几乎闭过气去。众妖人先还当挨打的几个一时疏忽，防备不严，为敌所乘。后见无打不中，而且每打必重。渐渐看出只有崔晋和精通玄功变化的主要十余人不曾受伤，余者无一能免。群邪连受打击，全都大怒，恨之切骨。对于先困四人，已无暇再顾及，各以全力与隐形之敌拼斗。一时大片妖光邪火和各色宝光如虹飞电舞，狂涛暴雨一般，紧紧追逐在笑和尚身后。哪知并无用处，敌人好似始终不曾在意，飞驰又是极快，一任多么厉害的邪法、异宝，到了笑和尚身上，始终和没事人一样。

乌灵珠见同党吃亏太甚，自恃还有两件法宝，以及与几个为首群邪合炼的邪法可用。当初只因这些邪法、异宝太狠毒,易受正教中人嫉视,上干天忌,又是专为对付叶缤一人而炼,共只能用三次,约定非遇叶缤本人,不许妄用。如今见敌人十分猖狂,群邪纷纷受伤,齐催他下手,不禁犹豫起来。

原来乌灵珠所炼诸天秘魔乌梭为魔教中无上利器,最是凶毒,一经施为,诸天日月星辰齐受感应,发出一种极强烈无比的毒火烈焰,天际罡风也被引来。在一个时辰以内,方圆三数千里内,成了一个大黑气团,天昏地暗,日月无光,全被这类毒焰布满,无异混沌世界。附近岛屿也差不多全要陆沉,至于山崩地陷,热浪沸空,更是题内文章。这还是行法人事前有备,虽不能收,事完之后仍可行法将其送往两天交界的罡气层上化去,尚且如此猛恶,否则在此方圆千里内外固成死圈,所有生物无一幸免;便是邻近之处,无论人畜,沾上一点毒气,也必惨死。他当初是因为叶缤的法力太高,炼有冰魄神光,居于有胜无败之势;近又学会绝尊者的《灭魔宝箓》,功候更深。这多年来双方仇怨日深,群邪虽各炼有几件邪法、异宝,恐非其敌,这才下了数年苦功,把他发现多年,因为许多顾忌而未敢尝试的魔教中无上法宝秘魔乌梭取出,联合十二个有力同党,在海底深处辟一洞穴,外加重重防备,费尽心力,炼成三枚。打算将来强仇上门,能胜更好,否则便与一拼。

乌灵珠这时虽然恨极笑和尚,一则觉着对方是无名之辈,小题大做还在其次,最要紧的是此宝隐秘多年,从未试过,贸然取用,被正教中人得知,固必不容,又犯天忌;再被强仇知道,有了准备,岂不徒劳?还有四十七岛俱都邻近,岛上宫室园林,均经群邪多年苦心经营,才有今日,一经发难,便全毁去。炼时又是极难,非有十二个有力同党相助,合力同炼,不能成功。炼时稍一疏忽,前功尽弃,还会引火烧身。每日提心吊胆,费了数年心血,好容易才得圆满。虽因年时尚浅,功候还差,又因上干天忌,不敢试验,能发而不能收,未达炉火纯青之境,但用以对敌,多高法力的人也禁不住。因为慎重,除一同炼法的十三人外,下余同党均不知道。一旦使用,敌人固是必死,便四十七岛群邪也必难于保全。当初乌灵珠为防伤害同党,虽在海底设有躲避之处,事前将人撤退,或者无妨,到底不曾试过,为此踌躇,欲发不敢。

乌灵珠正劝众人稍安毋躁,自己还有法宝不曾使用,真要不行,再打主意。不料笑和尚因见伍神师相貌丑恶,行事险恶,发出那样凶毒的妖针,越看越有气,有意除害,偏不当时下手,故意恶作剧,仗着飞遁神速,隐形巧妙,出没无常,专和他作对。冷不防飞身过去,扬手就打,也不施展杀手,一味引逗恶闹,打得又狠又准。就这一会工夫,竟打了个遍体鳞伤。一任邪法、异宝防护,毫无用处。伍神师拼着挨打,听其自然还好一些,防备越严,打得越重。也不知敌人用什么方法，打在身上，又痛又痒，连骨髓一齐酸麻，万难禁受。刚一行法把痛止住，第二下又打上身来。防是没法防，攻又没法攻，空自愤怒，咬牙切齿。那三枚秘魔乌梭炼成以后，为防强敌法力太高，未等应用便有疏失，原交乌、伍二妖人分别保管，二妖人也不敢妄用。后来伍神师挨打次数太多，痛苦难禁，暗忖："多年盛名之下，为一无名后辈所伤，此仇不报，以后如何见人?"虽然越想越恨，仍然顾忌此宝的威力太大，恐伤同党和各岛宫室灵景，还是迟疑不决。

事有凑巧。同党离依岛主云雷真人黎望，忽由中上飞回，遥望岛上妖阵发动，知有强敌，赶来相助。黎望本是昔年正教中弃徒，兼有正邪两家之长，法力尚在其次，更有一件至宝，名为云雷仙网，一经施为，多么厉害的水火风雷，均能防御。发时一片红色仙云，中杂亿万五色火星，除防身外，并能发出大片五色神雷，神妙非常。当众妖人炼宝之时，知道毒焰厉害，虽然能致敌死命，自己的岛宫也化劫灰，甚或波及同党，只有此宝可以制止。无如黎望虽因犯过被逐，投身邪教，毕竟出身正教，颇知邪正之分；又见所投妖师为恶太重，致遭诛戮，死得极惨，越发胆寒。更想起昔年母亲碧梧仙子崔芜兵解以前曾再三托人告诫，彼时正为心中气愤，一意孤行，不曾在念。及至妖师遭劫，母亲坐化，想起以前不听母教，渐生悔恨。虽与群邪同居小南极，相交多年，不便离去；又因以前失足，随同为恶，积重难返，正教中无门可入，因循至今，遇事却有分寸。

黎望一听乌灵珠等人祭炼那么凶毒的邪法异宝，知道此举既干天忌，又犯众怒，决无好结果。始而设词推托，不肯加入同炼。后竟避往中土，去了数年，方始归来。一听妖人向其借宝，以为御敌时作防身之用，迫于情面，虽然应允，并非所愿。没奈何，只得时常离岛外出，意图回避。邪法炼成以后，敌人既未寻来，群邪也因为以前连遭惨败，一味养精蓄锐，暗中准备，不敢轻易发难，始终隐忍待机，不曾出手。

当初秘魔乌梭炼成之时，群邪曾与黎望约定：将来有事，如若他出，便以信火催归，请其相助。黎望这次由外回来，发现乌鱼岛上来了强敌，不便坐视。心想："敌人连妖阵尚不能破，群邪明占上风，决不会施展此宝。"因而本打算敷衍。不料才一到达，十三妖人倒有一半请其相助。自己答应在先，难以反悔，只得将宝网发出。先是手掌大一蓬彩绡掷向地上，立似轻云飞絮，海上狂涛一般，往四方八面，贴着地皮海波，电也似疾地舒展开去，晃眼工夫，极大一片海面，全被这片彩云紧紧盖住。

第三〇一回

赤手戏元凶　潋滟祥辉生宝盖
沉沙惊浩劫　昏茫黑海耀明灯

　　话说笑和尚见阵中飞来一个妖人，相貌神情均不似别的妖人那样丑恶，和群邪相见，行法密语了几句，便随手发出了一片彩云，向四外展开。这时乌鱼岛已全在妖光、邪法笼罩之下，四周海水全映成了暗赤颜色。

　　小南极海水本来极清，海中水藻均能见到。四十七岛宛如碧螺浮波，朵云自起，异态殊形，林立远近海面之上。上面是云白天青，晴空万里，下面是沧波浩渺，天水悠悠，海峤仙山，本就景物清灵。何况在万里碧波之上，被这广阔无垠的大片彩云漫将过去，所有大片海面，远近各岛，连同岛上的琼楼玉宇，花木泉石，立时蒙上了一层五色轻绡。景已奇丽，云中更有无数五色星花，不住翻动隐现，吃天际华日，海中洪波，上下交映，更成了奇景。

　　笑和尚本仗无形剑气护身，隐去遁光，步空凌虚，飞驰往来于妖阵之中，追逐妖人，打之不已，追上就是一下金刚掌。刚开头，群邪还在妄想施展邪法、异宝上前夹攻；后见无效，连受重创，内有数人已经骨断筋伤，差点送命，多被打得寒了心。笑和尚更是狡猾，专在阵中横冲直撞，其疾如电。内中几个比较老实一点的，偶然逃避不及，对面撞上，反倒放过；越是狡猾逃得快的，越躲不掉。除精玄功变化的有限十余人外，全被打得又恨又怕，狼狈已极。笑和尚正打在兴头上，忽见彩云现后，群邪照样奔逃，自己在后追逐，眼看打中，不知怎的，彩云一闪，突然涌起，便将妖人隔断在下，逃得稍快便打不中。

　　笑和尚本来识货，看出彩云中五角星花乃是雷火，便那彩云也不带甚邪气。猛想起来时原受师兄诸葛警我与师弟林寒、庄易之托，说林寒前生有一至友，乃小寒山二女谢氏姊妹的义母碧梧仙子崔芜，她生有二子：一从母姓，名叫崔晋；一从父姓，名叫黎望。均已投身邪教，现居小南极四十七岛，不久便要遭难。林寒前生曾受崔芜重托，转世后遗忘。近年功力大进，洞悉前因，回忆前事，好生为难。本意想求同门相助，无如法力高的几个均奉师命，各有要事,不便前往;法力差的,去又无用。自己更不宜去。因诸葛警我秉性诚厚,同门有求必应,便告以苦衷,求其为力。诸葛警我自从开府之后,居山勤修,法力更高,算出前因后果,知道笑和尚无形剑已经炼成,更有一粒乾天火灵珠,新近又将师父遗赐的法宝得到手中,法力之高,不在三英、二云、七矮之下,便将林寒引去,当面拜托。笑和尚人最热诚,当时应诺。正商量何日起身,前生好友燃脂头陀忽然神游来访。三人知燃脂头陀海底坐关,苦修多年,功行已将圆满,佛法甚高,便向他求教。头陀说他也为此事而来,随即指示机宜。笑和尚听出敌人邪法厉害,好似自己虽无危害,一个防御不周,便要波及旁人。知道头陀那香云宝盖乃佛家至宝,万邪不侵,便向其求借。头陀慨然允诺,并说用完回来,还有他人要用,不妨转借,将来由其送还。还说此人也是彼此前生至交。

这时笑和尚想起彩云来历,正与燃脂头陀所说相同。方才又查看出崔芜昔年孽子崔晋也在当地,正要设法警告,加以开导,发话稍迟,对方已先发难。就这心念微动之间,先是乌灵珠见敌人后半未再隐形,误以为妖幡奏效,将敌人隐形法破去,妄想就势以全力摄取敌人元神,竟忘敌人法宝威力神妙。笑和尚早就想破那面妖幡,因为敌人精于玄功变化,又是与妖人心灵相连之宝,惟恐打草惊蛇,不能成功,反被警觉,欲发又止。妖人这一施为,正合心意。乌灵珠欲借伍神师诱敌,故意施展玄功变化,掩向伍神师身侧,才将妖幡突以全力施为。笑和尚由玉环中查见敌人动作,见状正合心意,故装不知,立时暂止前念,冷不防身剑合一,猛冲过去,先朝伍神师扬手一掌。为首三妖人仗着彩云掩护,本在诱敌,想要发难。

乌灵珠见笑和尚扑来,还当敌人中计,乘着彩云飞涌,同党逃避之际,突以全力发动,大片妖光带着数十条魔鬼血影,张牙舞爪,猛扑上去。满拟妖幡厉害,无论对方法力多高,只要被魔影扑中,当时闻到一股血腥气,便遭惨死,元神立被摄去。便有法宝防身,也无用处,稍差一点,反为所污。敌人事前无备,多半可以成功,哪知竟然无用。只见一团金红色的宝光闪得一闪,猛想起先前至宝摄心铃被毁,便是这团红光。乌灵珠心念才动,待收妖幡逃避,已是无及,霹雳一声,血光邪烟飞射如雨,一片恶鬼惨号之声过处,妖幡被震成粉碎,神形皆灭。这一件与心灵相连之宝本是炼来报仇,强仇还未见到,先已消灭,本身元灵还受了重伤,如何不急。当时怒火上攻,忙将最后一个杀着施展出来。

也是群邪恶贯满盈,都在怒火攻心之下,一心杀敌,忘却顾虑。他这里刚一发难,伍神师因为受伤太重,仇恨越深,又见乌灵珠迟不施为,心中有气,不再招呼,便先出手,双方恰是一齐发难。这类邪法、异宝,用上一枚,已是震撼乾坤,哪能两枚并发? 当时只见两道长约尺许的黑色梭形之物火箭也似,尾部发出极强烈的银色火花,带着一串霹雳之声,刺空直上万千丈,晃眼无踪,休说肉眼,便法力稍差的人,也看不出一点影迹。同时岛上所有邪阵邪法,在为首妖人同声大喝之下,忽然一闪不见,全数失踪。商、朱、归、白男女四人,只当妖人逃走,商、朱二人又认出来人是前在东海所遇笑和尚,早就惊喜交集,忙同上前拜谢。

笑和尚毕竟是行家,见那黑梭形的妖光直上九霄,其高莫测,群邪法宝齐收,忽同隐去,看似逃遁,遍地彩云尚在;群邪虽被自己痛打,尚无败象;为首妖邪又无一受伤:这等形势,必有凶谋毒计。忙用玉环仔细查看,果然彩云之下,有数十个妖人影子,手指上面,交头接耳,似在咒骂指说。猛想起头陀之言,心中一动,忙向四人迎去,大喝:“邪法厉害,已将发动,诸位留意!”随又手指云下面的群邪喝道:“我乃先恩师东海三仙之一苦行头陀大弟子,现在恩师妙一真人门下。因为一位同门好友代碧梧仙子崔芜求情,说她两生之内,各生有一个逆子:一名黎望,一名崔晋,都与小南极妖邪同流合污,无恶不作。此时群邪数尽,请我相机行事。二子如能痛改前非,弃邪归正,便为设法解救,以免同遭惨戮。如知悔悟,快来与我一起;否则,少时金钟岛主来此诛杀群邪,你们便要形神俱灭,同归于尽了。”

话未说完,忽听遥空之中,隐隐传来万千霹雳之声,当头日光忽呈异彩,日边现出万道银芒,日轮中心却转成暗赤颜色,宛如一个大血轮,高悬空中。日轮之外,又出现不少奇星,也是五颜六色,星边上各射出不同色的毫光。更有数十百道不同颜色的长虹,满空交射,顿成奇观。天空光华电射,纵横交织,那么色彩鲜明,美丽夺目。因为星日中心光气不强,都是一片浓影,下面大地上反比先前昏黑起来,看去死气沉沉,好似蕴有无限杀机,由不得使人生悸,似有大祸将临之兆。天也变成青灰色,一丝云影皆无。

笑和尚修道多年,历劫三生,久经大敌,似此邪法尚是初次见到,情知厉害,不敢大意。耳听天心高处霹雳之声越来越密,全都响得出奇,却不见有雷火打下。星日所发奇光,也是越来越强。笑和尚正令众人小心戒备,不可分开,猛瞥见高空中有两点黑影一闪,估计少说也有好几千丈高下,自下仰望,竟能看见,其大可想。知快发难,急忙加紧戒备时,黑影已经加大,突发奇光,只闪得一闪,天崩地塌般接连两声大震,宛如亿万迅雷集成一片天幕,再化为一幢伞形黑色怪火,大逾山岳,突自当空向下飞堕。离头顶还有一两千丈,随着亿万迅雷之声同时爆炸,化为奇大无比的一蓬黑色火雨,铺天盖地猛罩下来,来势比电还快,只一闪,千百里方圆的海面,齐被这种黑色怪火笼罩在内。如非笑和尚防御得快,香云宝盖又随着心念化为一幢金光祥霞,伞盖也似将五人一齐护住,本身法力又高,决禁不住。而且即便火毒不能上身,那一种极强烈的繁密的爆炸之声,也禁不住。众人全被怪火笼罩,火是一片纯黑,中杂无量数的大小火星。看去不大,最小的简直细如灰沙,最大的也只龙眼大小。震势却猛烈得出奇,互相冲击,连续爆炸,并未见其灭后重生,只数量太多,狂涛一般齐向中心涌到,越来越多。当空星日奇光已经不见,天地也早混沌,好似陷身无边黑海之中,受那恒河沙数的黑色怪火迅雷猛击。

众人虽仗法宝护身,尚能防御,不曾受害,但是上下四外的压力重如山岳,香云宝盖的金光祥霞竟受了震撼。一任笑和尚运用玄功,全力防御,依然镇压不住,随着怪火冲击,震撼不已,激得宝光外层金芒霞雨四下飞射。商建初看出厉害,欲用法宝相助防御。笑和尚正以全力戒备施为,一眼瞥见商建初手掐灵诀,忙即喝止。商建初两粒土木雷珠已朝外打去,只见青、黄二色两团酒杯大小的光华脱手飞起。笑和尚本可自内封闭,不令飞出,因想此时整个海面已在诸天太虚煞火笼罩之下,反正不免浩劫,妖人处心积虑造此无边大孽,此宝一出,劫火受了冲动,固然不免增加威力,但伤害不了自己,妖人或许还要受伤,因而没有阻止。就这转念瞬息之间,二行雷珠早已冲光而出。

太虚煞火乃妖人采集万千年地心罡煞之气,会合两极元磁精英所炼魔教中独一无二的至宝,全名为诸天星辰秘魔七绝乌梭。一经施为,便和火箭也似直上九霄,超出两天交界大气层外,停空急转,跟着四周发出亿万道的黑色光线,越转越快,具有极强大的吸力。除日光最强,吸引力大,易受感应,日轮中的元磁煞火首先被引发外,凡是挨近一点的天空星辰,多被吸引,相继受其感应,发出本身罡煞之气,与之相合。黑梭受不住空中日星煞火冲射,自行爆炸,再将先前引发的诸天星辰罡煞之气与元磁太火毒焰带同飞堕,一近地面,大地上的罡煞之气立与相合。无论是何固体、液体还是气体,全受感应,发出一种极微妙的冲力,方圆数千里内生物全灭。这还是妖人功候尚差,所炼乌梭中的元磁真气为量既少,又欠精纯,不能飞得太高;如真炼到极点,真能将天空中无数巨星中的罡煞之气大量引来,齐向地面冲射,更能使大地上的生物一齐毁灭。威力之猛,端的不可思议。

方今群邪中长老,只三数人有此法力。但这数人俱都邪法极高,深知厉害,便多愤恨仇人,也不敢行此险着下策。既恐功候欠缺,易发难收,引起无边浩劫;更恐炼时激动正教中的强敌,画虎不成,引火烧身。那元磁真气,与地肺中的太火毒焰、罡煞之气,又最难得到。内中除黑伽山主丌南公和轩辕老怪每人炼了一种与乌梭大同小异之宝,也都炼来防备万一与敌人拼命同归于尽之用,不到万分危急,决不出手。就这样,日前丌南公往幻波池寻衅时,峨眉派诸长老明知敌人对几个后生小辈不会铤而走险,仍令门人软硬兼施,小心应付,以防引起别的灾害。丌南公第一次在阴沟里翻船,尽管气愤,尚未下此毒手。

乌灵珠等四十七岛群邪,也是恶贯满盈,自取灭亡。因和叶缤仇怨太深,势不两立,偏巧乌灵珠和另一妖党昔年无意中发现海底魔窟中有一部《魔神经》和三枚未炼成的乌梭。先知这类魔教中的异宝均有魔头暗中主持,必须向其降服,才能取用,仇虽可报,由此却受了魔头暗制,不能自主,死而后已,因而并未敢动,匆匆退出。一日又遭惨败,心中恨极,为首群邪商量报复,想起前事。因见上次出入魔窟并无异兆,乌梭又只是未炼成的质料,误以为前主人和魔头已为正教中人所灭,同归于尽。不炼此宝,不但报仇无望,而且早晚必为仇人所杀。这才决计重入魔窟,祭炼此宝。刚把一册《魔神经》看完,如法祭炼,还未成功,魔头忽在暗中发话,迫令归顺,才知上当,无奈势成骑虎,欲罢不能。只得把心一横,连同党十三人,加功祭炼下去。祭炼之处是在小南极海心深处,本就隐秘,又有魔头暗护,直到炼成之后,并无敌人上门,魔头也未再出现,越发放心。哪知大劫临头,乌灵珠本意只用一枚已足,不料同党记仇,同时发难,再想阻止,已是无及。此宝不曾试过,两枚并用,威力更大得出奇。敌人仗着香云宝盖防身,虽然被困,并未受害,自己反吃了亏。所居各岛宫室、林泉、灵景甚多,虽幸玄门至宝云雷仙网将劫火所罩死圈之内的海面连同远近各岛一齐护住,自己为防灾害扩大,又将死圈以全力缩小,但也有千百里方圆一大片在死圈之内,其中包括四十七岛。伤害生灵虽然不多,但是云雷仙网仅能暂护一时,久仍无效。岛上宫室园林受不住那猛烈震撼的声威,已先纷纷倒塌崩裂,时日一多,十九陆沉。

最可虑的是事完以后,因为劫火威力太大,无法送往九天气层之上将其消灭,正教中人一旦发现,必定群起来攻。还有此宝威力虽大,并不理想,几个无名后辈尚难加害,何况正教中的有名人物。敌我相持之际,其势又不能收手。云网主人黎望见此形势,又在愁急埋怨,说是宝网存亡与共,现已不支,稍久必为劫火所毁,下面岛宫和诸同党仍难保存。如非二枚并用,决不至此。因为黎望近年貌合神离,乌灵珠心本不快,再听语气不满,越发愤怒,但当用人之际,偏又不能翻脸。正在强忍,那太空煞火受不住猛力冲动,尤其是五行神雷猛击，两下里一撞，立受反应，哪禁得住两粒二行雷珠一齐打出。只见寸许大两团青、白二色的宝光，在万丈黑色火海中闪得一闪，立时爆炸，震势猛烈，已胜于前。炸后雷珠受了吸力反应，竟化成无数大小青、白二色的星光，杂在弥天黑焰之中，爆炸不已，随灭随生。下面岛屿当时陆沉崩塌了好几座，多年辛苦修建的仙山灵景全数毁灭。紧跟着又起了极强烈的海啸，海水像开了锅一样，隔着云网往上狂涌，水力奇大。云网竟受了冲动，先是微微起伏，还不厉害，及至无数土木神雷一一爆炸冲击，上下夹攻，更禁不住。只见一片广大无垠的彩云，随同水火夹攻之势，上下起伏飞扬不停。本来煞火所到之处，任何物质均受感应，发出强烈的火力，互相冲射。云网只要破一小洞，全海的水一齐化为水雷，与之会合，来势更是比电还快。一经爆炸，群邪十九震成齑粉，被煞火水雷卷去。便是人身毫发之微，也随同爆炸，终于形神俱灭。

众妖人均在云网之下，同立岛上。乌鱼岛陆沉以后，各自飞空应敌，由为首十三妖人全力主持头上煞火。只见海沸已起，海中的惊涛骇浪山崩也似狂涌上来，云网大有不支之势，众妖多半大惊失色。乌、伍二妖人最是凶横，见黎望满脸忧愤，正以全力指定那片彩云防御煞火，狞笑道："道友此时愁急无用。你那云网稍露空隙，巨灾立成，除我们主持此宝的十三人外，无一能免。休说收网遁走，稍微照顾不到，你必首当其冲，休想活命，连元神也保不住。不如落个整人情，为我们支持到事完之后。只要你不背叛我们，尚不至于惨死，不比虎头蛇尾强得多么？"

黎望先听笑和尚发话，说受乃母好友之托而来，便已心动，无如云网已先施为，不及回收。又知群邪厉害，心肠狠毒，自己答应在先，中途退缩，他们必不甘休；更怕因此发生巨灾浩劫。不由首鼠两端，迟疑不决。及见煞火厉害，宝网难支，心更生悔。又听乌灵珠是这等说法，分明群邪看出自己与他们同床异梦，已存心不善，自己便能支持到终局，也必翻脸成仇，合力加害。真是骑虎难下，心生悔恨，已经无及。旁立崔晋本与群邪一党，因和黎望是同母两生兄弟，见他出了死力，还受恶气，心中不服，便趱近前去，借话示意，令其相机遁走，仗着云网连他一起护住，当可无害。黎望不是不知收回云网可以全身而退，终因出身正教，深知厉害，骤然一退，惟恐引起空前浩劫，群邪也必不容，不敢冒失。眼看云网起伏更猛，宝光已渐减退，忧心如焚。

这一面，笑和尚等五人自从土木二行神雷发出以后，见外面煞火宛如火上添油，越发狂烈。香云宝盖虽无损伤，因是借来之宝，未与心灵相合，要减去不少灵效。这时已渐不能随心主持，震撼更急，看去宛如十来丈高一幢天花宝盖，上下腾挪，往来摇晃于弥天黑海之中。上下四外的无量煞火神雷互相击撞，狂涌而来，打到身前，吃香云宝盖一挡，激射起千重灵雨，亿万金花，虽未被其侵入，形势已危险万分，不由也着起急来。

眼看双方危机已迫，均难持久。猛地在千万丈黑海星涛之中，远远飞来一朵如意形的灯花，青光荧荧，其大如斗。后面跟着一幢上具佛家七宝，高约三丈的金光祥霞，光中拥着一个妙年女尼和一对相貌相同，各着一身白色仙衣，年约十三四岁的少女。长幼三人，都是容光美艳，望若神仙，再由那幢金光祥霞拥护飞来，越显得宝相庄严，仪态万方。说也奇怪，那么强烈的煞火神雷，上天下地，方圆千里内外，全被布满，威势何等厉害，但这三人手指前面灯花开路，飞行无边黑海之中，竟然平稳异常，其疾如电。所到之处，大量黑色煞火和那青、白二色的神雷星花，挨着便自消灭，当时冲开一条火衔。等到煞火由分而合，狂涌上去，来人已经飞近。同时又见左侧面飞来一道遁光，内有二男一女，联合同飞。

笑和尚见是本门遁光，暗忖："闻说峨眉开府以来，日益发扬光大，人才辈出，果然不差。这么厉害的煞火，自己炼就无形剑气，尚不敢轻撄其锋；来人只凭本门剑遁，竟能飞行自如，不受危害，法力之高，可想而知。"心正惊奇，这两起人已先后飞到。只见那二男一女往香云宝盖之下投来，连忙放入。内中两个相貌丑怪的矮子，一到里面，各喊一声爹娘，便朝归、白二人怀中扑去，抱头痛哭起来。

原来这两人正是南海双童甄艮、甄兑。因奉仙示，领了师传道书上一道灵符，越过子午极光线，急飞小南极，来救父母。眼看飞近，遥望前面黑烟冲天，由海面起直上九霄，把天空都遮黑了大半边。知道父母被困乌鱼岛，煞火厉害，挨着必死，自己只能仗着灵符防身，想要杀敌救出父母，还须另仗别人相助，只得在当地遥望。等了一阵，不见人来，心中愁急。正打算由海底地遁前往，忽见一道青光冲空破云，横海飞来。看出是本门中人，连忙迎上前去一看，正是凌云凤，带了子午宙光盘，奉命来助，心中大喜。便将遁光会合一起，取出灵符，如法施为，立有一片淡微微的银色烟光飞起，贴向遁光之外，同往前面黑海中飞去。因那灵符神光又淡又薄，紧附三人身外，故难看出。

云凤、二甄和笑和尚初次相见，知他是本门先进，法力高强，执礼甚恭。笑和尚闻知来意，听说持有宙光盘，知是专破两极元磁真气与太火毒焰之宝，心中大喜。笑问："师妹，何不下手？"云凤笑道："妹子此来，固奉师命诛邪除害,但一半是应前辈女仙金钟岛主一音大师之约。现在大师已率小寒山二女谢家姊妹同时赶到。此时将煞火收去,群邪难免不乘机逃遁。恩师仙示,原说大师来前,曾用绝尊者《灭魔宝箓》中的十二诸天降魔大法将四周封禁,不令漏网。但是群邪中颇有能者,这几个妖人多擅玄功变化,练就三尸元神好些化身,煞火便由这几个为首妖邪所炼,阻他不住。还有谢家姊妹的义母碧梧仙子崔芜,生有两个孽子,推爱屋乌,欲加保全。故此下手以前,必须慎重。这宙光盘的用法,按照本门师传,一学就会。待我转告师兄,请代主持。妹子还要同了二甄师兄遁往海底妖窟,用神禹令除那几个海中精怪修成的妖人。请看大师不是动手了么?"

笑和尚早看见先来的长幼三女仙飞近乌鱼岛上空,便即停住。那朵如意形的灯花时青时黄,有时又作金红色,悬在三人前面,不住闪变。上下四外的煞火星光涌上前去,便自消灭。晃眼之间,灯花祥光所照之处,竟空出了宙许大一块地面。群邪隔着彩云,朝上手指咒骂,万雷聚哄之中,也听不出说些什么。笑和尚听了凌云凤之言,才知这长幼三女仙便是闻名已久的金钟岛主叶缤和小寒山二女谢璎、谢琳。方觉二女相貌灵秀,仙骨仙根,真是天仙一流人物。忽见下面云网波动处,一条梭形黑影冲将上来,这次不似先前直上九霄,竟朝那朵灯花打去。眼看撞上,灯花一闪不见,乍看似已消灭。笑和尚早听人说,叶缤的好友谢山得有一件佛门至宝,名为心灯,所发佛火灯花威力神妙,不可思议。连本门前辈叛徒、有名的血神子邓隐那么高魔法神通,尚被此宝消灭,怎会未见发挥,便自化去?心疑有异,忙取玉环查看,果现出一朵灯花影子,只是光华已隐。才知一音大师叶缤胸有成竹,小寒山二女又持有佛门奇珍七宝金幢,群邪决难幸免。正在寻思,双方已斗了起来。

原来叶缤知道群邪所炼乌梭三枚,只发出两枚,尚有一枚未发,为首诸妖人均精玄功变化,人数又多,惟恐事败逃遁,如将此枚乌梭带去,势必留下一大祸胎,因而故意诱敌,迟不发难。为首群邪见敌人在宝光护身之下停立空中,前面悬着一朵形似灯花之宝,四周煞火涌将上去,竟被消灭了好些,但敌人始终藏在金霞之中,未有别的动作。心想:"人言七宝金幢威力神妙,今日一见,不过如此。那灯花形的宝光,不知是否传闻佛家心灯?敌人分明仗着这两件法宝想破这诸天煞火,没想到多寡相悬,煞火威力太大,金幢仅能防身;那朵灯花也只将煞火挡开一些,并无大用。敌人也许还有别的顾忌,不敢发挥全力。"因知敌人不好惹,惟恐夜长梦多,又生别的变化,事已至此,不如把残余的一枚乌梭冷不防发将出去,只要将那灯花法宝破去,十九可操胜算。谁知祭炼这类魔法最是危险,一经施为,休说不能胜敌,只要持久无功,便要反害自身。群邪此时已受魔头暗制,一味倒行逆施。内中虽有两个邪法最高,知道厉害的,禁不起怒火头上,又有同党怂恿,也一时心神无主。等把最后一枚乌梭发出,猛想起先前两枚同发已制不住,如今全数发动,不论胜败,这场滔天大祸无法收拾还在其次,自己无妨,这班同党如何脱出死圈之外?心方一惊,瞥见上面灯花忽隐,不知敌人早准备好灭魔大法,除此大害,再以毒攻毒。

叶缤见群邪把第三枚乌梭发出,早把佛火灯花的光华隐去。乌梭一下没有打中,冲入上空,吃那排山倒海的煞火和土木神雷、青白色星花火雨上下四外一齐冲射,未等飞高,便行爆炸,天崩地陷,顿时大震。下面云网先被击穿一个大洞,大蓬煞火立似天河倒倾,电射而下。群邪逃避不及,除为首十三个祭炼乌梭的妖人和精通玄功变化的几个之外,当时便死去了一大半,身首被震成粉碎。元神再吃煞火猛压下去,围住一冲射,当时炸散,形神皆灭。下面海水立被击开了百亩方圆的大洞,四边壁立,飞涌如山,宛如群峰环列,向上飞涌起数十百丈。再吃煞火一压,海水也受了感应,化为无量水雷,自行冲射,连珠般爆炸起来。眼看由近而远蔓延过去,整片海水纷纷分裂,化为雷潮,与煞火相合,冲破地肺,生出无边浩劫。

说时迟,那时快,这原是转瞬间事。叶缤见群邪作法自毙,神雷、仙网已被冲破,妖人纷纷伤亡,海水群飞,骇浪山立,煞火所冲之处,大量海水化为万钧霹雳,自行爆炸,由上而下,再往四周自行排荡冲射,蔓延开去。暗道:"不好!"忙喊:"璎侄、琳侄,还不下手诛邪救人,等待何时?"口中说话,手掐灵诀,往下连指,那朵如意灯花重又出现。同时由叶缤手上飞出一团紫色祥光,作一大圈往海中飞射,晃眼成了一个千百亩方圆的光筒,将下边煞火一齐罩住,不令往外泄出。那朵灯花也已加大十倍,外面射出金红色的奇光,内裹一朵青莹莹的如意,其高近丈,悬在光筒之上,先将云网破口补上。然后回顾笑和尚,连声笑道:"道友宙光盘大有用处,请先准备,听我招呼,助我消灭煞火。来时,死圈四围已下禁制,无须顾虑。"叶缤说时脚底忽然涌起一朵青莲,祥辉电射,和那灯花一样,四周煞火神雷只一近前,便自消灭。小寒山二女身形微闪,连那七宝金幢一同隐去,不知去向。

这时最苦的是云雷真人黎望和乃弟崔晋,云网一破,二人心胆皆裂。本以为此宝分合由心,先打算收转残余,防身逃遁。不知怎的,似被一种极大力量吸住,急切间收不转来。眼看煞火已和水雷连成一片,狂涌而来。为首诸邪有的仗着玄功变化,魔法神通,各在一幢魔焰拥护之下,一个个咬牙切齿,互相呼喝,欲与仇敌拼命,至不济,也使同归于尽。内有多人,仗着飞遁神速,已然窜入海底秘窟。黎望知道云网如不能收回防身,海水齐生反应,死圈又远及千里之外,无论飞遁多快,也难脱身。休说自己逃得稍晚,除精通魔法的为首十三妖人而外,那逃往海底的群邪,少时也无一能免。反正难保,好在云网只破一洞,未尽消灭,莫如仗着前师真传,索性不逃,互相兵解,运用玄功,将元神附在云网之下,保得一时是一时。万一敌人法力真高,借着这点时机,将煞火破去,免掉这场浩劫,自己功德不少,必为敌人宽免,就许为了以身殉劫,因祸得福,都不一定。便忙告诉崔晋准备时,忽听少女口音娇叱道:"谁是我义母碧梧仙子崔芜之子? 通名免死!"二人先听笑和尚一说,早就心动,闻言惊喜,忙答:"愚弟兄便是碧梧家母的不肖之子。二位道友可是小寒山姊妹么?"话刚出口,猛觉身上一轻,同时眼前奇亮。

黎望、崔晋定睛一看,先前所见七宝金幢,突又在海底出现,高达数十百丈,金霞闪闪,祥雨霏微,上面七宝齐放毫光,挺立海中,徐徐转动。海水立被映成异彩,宝光照处,当时波平浪静,恢复原状。先前爆发的煞火神雷、青白星花,好似被甚东西托住,自行上浮。上面虽仍是黑焰弥空,神雷如海;下面却是碧波平匀,一望清深,连水底魔窟也被照见。为首群邪似知厉害,已各远遁,光幢之外,却不见人。二人心想:"小寒山二女乃母亲义女,修为年岁比自己要少得多,竟有这么高法力,真可钦佩。"

二人正面向金幢称谢,忽见天空四周起了一圈明霞,奇光如电,估计少说也在数百里外,似将死圈一起环绕在内。那么强烈的煞火,本是无边黑海,上与天接,多高慧目法眼均难透视,此时竟会掩不住那环绕若城的明霞奇光。暗忖:"是何宝光,如此强烈?"忽见明霞渐往中心收缩过来。当空煞火神雷的威势本就猛恶已极,天地早成混沌,方圆千里以上,直似一个极大洪炉,内里包满烈焰,火星乱爆,互相冲射,更无一丝空隙。吃这四周光墙往里一压,威势骤加百倍,轰隆巨响声中,更杂着亿万密雷的怒啸。身经其境,固成灰烬;便在金幢宝光笼罩之下,也觉目眩神惊,心魄皆悸。仰望上空,叶缤先前所发的防御劫火的筒形金光已经收去,化为一片金霞,将云网破口遮没。头上悬着那朵如意形的灯花,叶缤仍由一朵丈许大的青莲托着,手掐灵诀,停空含笑而立。另一面,由那满面笑容的笑和尚为首,在香云宝盖护身之下,面前飞起一盘长圆形的宝光,内中银光闪闪,细如牛毛,似正待机。先困四人随在身边,满面均是笑容。后来一个青衣少女和两个矮子,不知何往。

黎望、崔晋曾听群邪说过,这诸天星辰秘魔乌梭所发煞火,均是当空日星中蕴藏的太火毒焰，被其吸引而来，无论多高法力，甚至是此宝主人想要收退，也只能釜底抽薪，不能压迫。否则抗力越大，威力更加狂烈。此时见上空煞火毒焰已被四外明霞合成的光围由大而小，逐渐逼紧，密压压齐往中心聚拢；好似一个极大地雷，内里已经发火通红，连铁皮也被烧成熔汁，无端加上一层铁皮，将其包没，郁怒莫宣，一经爆发，便不可收拾。明霞不知是何法宝，少时逼到急处，若被煞火震破，这一震之威，就不崩天，也必裂地；这大片海水和下面地壳，也立被击散震碎，所生灾害，必比先前更猛十倍。二人误以为叶缤和同来诸人过信法宝威力，不知这魔教中至宝的厉害，心中愁虑，朝着金幢大声疾呼，欲请小寒山二女行法传声，告知金钟岛主，不可大意，免受危害。

二女本用无相神光护身，暗中主持七宝金幢。先听黎、崔二人心意不恶，曾想以身殉劫，知此一念转移之间，已可减去不少罪孽。后在暗中查看，他们竟是一身道气，如在易地相逢，照此言行，决想不到会是妖邪一党。觉得曾受义母抚养之恩，无以为报，难得这两人居然悔悟，大有转机。否则暂时虽仗自己之力免其一死，将来仍难保全，岂不有负义母兵解以前重托？心里正代他们高兴，猛瞥见二人身前不远，有两条同样相貌的黑影由海底穿出，好似看出金幢厉害，略一迟疑，重又往海底钻去。看出妖人欲以邪法暗算，忙将金幢宝光转动，并飞身往擒时，黑影已往海底钻去，隐遁神速，凭自己近年的功候，竟未追上。前面二人也似毫无觉察。知道黎望、崔晋等二人与四十七岛群邪以前是同党，必知来历。正要询问，忽见头顶彩云金霞之上，千寻黑海之中，突射出万道银芒，隔着彩云碧波，幻为异彩。耳听轰轰巨震之声，十分强烈，和先前所闻又不一样。定睛一看，原来已被四周明霞裹成一根撑天黑柱。本来烟囱也似，紧束着那大量劫火，往九天高处上升激射，只因火力太大，那黑色煞火与土木二行神雷受逼太甚，竟似成了实质，先还无甚异状，到了后来，光团越发缩小。

叶缤在佛火灯花防身之下，由那青莲拥着，施展灭魔大法，逼住煞火毒焰，强行上升，尚能行所无事。笑和尚等五人仗着香云宝盖护身，虽以全力施为，竟几乎镇压不住，时受煞火猛冲，东西摇晃，时上时下，难于稳定。笑和尚所持宙光盘，早按本门心法准备停当，看出煞光受迫，威力更猛，叶缤偏又迟不发令，心正不解。猛觉头顶压力暴增，心中奇怪，忙用玉环查看。原来那方圆千里以外的煞火神雷，自从被叶缤用灭魔大法放出一圈上接重霄的明霞，由死圈外围紧紧环绕，往中心缩小以后，仍有数十里方圆一圈无量数的煞火毒焰，便由这烟筒形的光圈中朝九天之上猛射而上。看神气，似想将它送往大气层上,仍由天空日星将那毒焰吸收回去。本来无事,不知怎的,当空突然飞来一片蓝色妖云,竟将那么强烈的毒焰挡住。煞火受迫,无从发泄,本就郁怒莫宣,出口又被封闭,立时由上而下,随着那片蓝色妖云反压下来,猛烈冲射,威力之大,直难形容,连那一圈筒形明霞,也受了剧烈震撼,好似震散情景。

笑和尚见状,方在惊疑,俯视海底,金幢忽隐。先由玉环中看出小寒山二女隐身金幢之内,好似待机而动,忽然不见。正想查看踪迹,忽见两条黑影由海心深处电也似疾,朝崔氏弟兄扑去。二人似出不意,骤中邪法,当时晕倒,立被黑影拥入海底,一闪不见。想起此来原受林寒重托,救此二人,现为妖人所擒,吉凶难定,不禁大怒,待要追去。忽听叶缤大喝:"笑道友速将宙光盘中子午神光线发射出来,待我和璎、琳姊妹除此元凶。"

同时眼前倏地金光奇亮,抬头一看,正是小寒山二女在七宝金幢笼罩之下,同在当空现身。那蓝色妖云中裹着一条蓝影,本由当空飞降,欲以煞火向下反击。一见七宝金幢突在头上出现,似知上当,只一晃,妖云收处,蓝影化为三条,上下飞舞,像冻蝇钻窗一般,往来乱窜。无如明霞若城,四面挡住,冲突不出。上面又有七宝金幢罩定,两旁虽有空隙,无如佛门至宝威力神妙,不敢冒失上冲。只得掉头星飞电掣一般往下射来,打算由万丈黑焰毒火中穿地逃去。

笑和尚动作何等灵敏,一听招呼,目光到处,手掐灵诀,朝宙光盘中一指,那根虚悬的神针立射出一蓬细如牛毛的银芒光雨,所到之处,下层煞火神雷首先纷纷消灭,化为轻烟。上面煞火神雷随后压到,吃那针头上所发子午神光线再一冲射,也相继消灭。光线虽然极细,光却强烈,亮逾银毫,带着轰轰雷电之声,那么繁密的煞火神雷,宛如浮雪向火,挨着便被消灭。笑和尚见状,精神大振,忙以全力施为,指定针头上子午神光线,在那黑海中上下冲射。

就这顾盼之间,三条黑影已由极高空中东窜西逃,缩成尺许大小,直飞下来。忽听一声轻叱,叶缤头上那朵如意形的灯花突又一闪不见。青莲花瓣上立有一片青霞向上飞起,将人包没在内。那三条蓝影原是参差飞降,各不相顾。当头一条竟似想和仇敌拼命,本来向左,猛一掉头,蓝影突然加大,内中裹着一个赤身露体的妖人,由胸前发出一片血光,猛朝叶缤扑去。这头一条蓝影已暴长一两丈,内中所拥妖人,相貌十分狰厉,相隔叶缤约三四丈,猛然手口齐张。先由口中喷出一串比血还红的光气,朝前激射。两只其大如箕的怪手上,更发出连珠火弹,齐向叶缤打去。胸前血光骤转强烈,火镜也似朝前照去,来势神速,猛恶已极。叶缤竟似不曾理会。笑和尚虽知叶缤法力高强,不致受伤,因愤妖人丑恶,百忙中扬手飞起师传璧月刀,一圈金碧光华刚飞出去,忽见豆大一点淡微微的黄影在当头蓝影胸前闪了一闪。蓝影中妖人似有警兆,慌不迭改进为退,待由斜刺里穿破彩云,往海中遁去。猛听吧的一声极轻微的爆音,一团如意形的佛火灯花突在妖人胸前爆炸,妖人及其身外蓝影一齐震成粉碎,吃残余的煞火神雷往上一围,宙光盘中子午神光线再冲射过去,当时消灭。

第二条蓝影正往斜刺里飞去,笑和尚本想用子午神光线除他,因见煞火神雷为数尚多,宙光盘初次运用,威力甚猛,稍一分神,便难驾驭,不敢怠慢,连先飞出去的那口飞刀均需以心灵运用,不敢分神兼顾。幸亏所化金碧神光正在飞舞,蓝影一到,恰好迎头挡住。这第二条蓝影,只有尺许大小,瞥见金碧刀光迎面飞来,忙运玄功,往左侧面飞遁过去。不料小寒山二女因奉叶缤之命,专除这为首三凶,不令漏网。眼看妖人三尸元神已有一条被戮,成功在即。忽见所救两人,因先前自己奉命用七宝金幢封闭上空逃路,行前疏忽,忘了崔晋、黎望本是妖党,这一悔过输诚,成了群邪仇敌,自然不会放过。又因他二人邪法颇高,并非弱者,不曾带走,竟被那两条黑影擒去。情急往援,欲早收功,便将新近炼的碧蜈钩化为一道丈许长的翠虹,电射而下。谢琳又从叶缤处学会绝尊者《灭魔宝箓》,扬手发出一蓬灭魔神雷。蓝影中妖人与乌灵珠均是四十七岛群邪之首,邪法甚高,更擅玄功变化,练就一部《魔神经》,法宝甚多。新由北海回来,见四十七岛多半陆沉,岛上灵景宫室全部毁灭,群邪纷纷伤亡,不禁暴怒。自恃邪法神通,所炼《魔神经》更有极深功力,与众不同,径由高空中施展邪法,封闭出口,冲焰冒火而下,意欲来一个冷不防,将敌人杀死。不料当头一条元神先被消灭。第二条吃金碧刀光一逼,正往一旁飞遁,一道翠虹围绕上来,欲逃不及,当时绞为三段。仍想把残魂合在一起,设法遁走,不料一蓬紫色雷火已当头打下,当即震成粉碎。

末条妖魂蓝影见势不佳,敌人追得又紧,意欲隐形潜藏,待机逃遁,谁知恶贯满盈。笑和尚因先前妖人突由空中出现,连身外宝光均受震撼,忽存戒心。一面主持宙光盘消灭煞火;一面把师传玉环放大,悬向面前,由内而外,留神查看。此宝乃苦行头陀多年随身至宝,多神妙的隐形法也看得出。一见妖魂越发缩小,将身隐去,似要乘隙逃遁,如何能容。此时恰好煞火神雷自经子午神光线冲射,上空更有七宝金幢缓缓下压,上下夹攻,同具无限威力,就这应敌匆匆,前后几句话的工夫,已消灭了一大半,渐渐化成热烟黑气;爆炸之声,也渐渐轻微;身外也轻松了许多。笑和尚料知无害,表面仍向残余煞火冲射。觑准妖魂所在,冷不防一指盘中神针,针头上的子午神光线猛向妖魂射去。只听轰轰雷电声中,一声惨啸,妖魂立现,分裂成数缕蓝烟,箭一般朝空射去。小寒山二女正由上空压着残余煞火飞降,一见残魂余气还想遁走,忙把金幢宝光微微一转,一片金霞电射而下,残魂立被吸去,晃眼无踪。二女高呼:"叶姑,我们救那两人去了。"人随声隐,重又不见。

叶缤见是时候了,惟恐众邪逃窜,不能一网打尽,便对笑和尚道:"道友大功告成,可将法宝收起,由我将这残余毒焰煞气送往大气层上,使其消散,免使飞堕人间为害。"此时那残余的煞火神雷早已全数消灭,只剩黑烟飞扬,往来鼓荡,尚极浓厚,但已不能发火爆炸。笑和尚闻言,便把宙光盘收去。叶缤手掐灵诀,正待施为,忽似有甚警兆,面容微微一变。口喝:"强敌将临,笑道友你走无妨,香云宝盖不可收去。"说罢,将手一扬,那明霞合成的光筒本似一根撑天宝柱,由海面起直上重霄,忽随叶缤手指,裹着煞火神雷所化毒烟黑气突然上升,如长虹射空,照准天心高处,电也似疾,不一会便超出云层,剩了一条笔直的彩虹。然后光影由大而小,渐无影迹,烟消火灭。日华耀空,天色重转清明。那遮盖海面的云雷仙网,尚在浮动,不曾收起。

笑和尚见大功告成,所救二人又被妖人邪法擒去,不知吉凶下落。还有凌云凤、南海双童甄氏弟兄相见匆匆,谈不几句,便同仗灵符护身穿波而下,至今未回,不知是否成功,欲往寻找。心想:"香云宝盖既不能收,留在这里也是一样。"便将诀印传与归吾,令代主持。自己身形一晃,隐形往海底飞去。刚到海底,耳听远远空中有人厉声大喝:"叶缤贱婢!"随见一道白气,由高空中电也似疾,横海飞来。忙用玉环查看,内中现出一个相貌丑怪的黑衣年老道婆。这等来势,从未见过。心方奇怪,白气已将到达上空。叶缤也未答话,玉手一扬,立有一股电气霞光激射而出,将那白气迎头敌住,也和长虹一般,两下里抵紧,时进时退,就在海面上相持起来。笑和尚暗想:"此人是谁,怎未听说?"看出她法力甚高,偏又无甚邪气。忽听海底连珠迅雷一阵响过,中杂传音求救之声,忙即循声飞下,深入海底。只见当地乃是一所水晶制成的洞府,深藏海眼深处,上面海水受了邪法禁制,宛如一片碧绿晶幕,张在上面。小寒山二女正与群邪斗法,为首一人正是乌灵珠,另有几个妖邪也均精玄功变化,各用邪法、异宝与二女苦斗。暗忖:"二女七宝金幢何等威力,怎不使用?"忽听二女用峨眉传声说道:"笑师兄,这里是海眼深处,离地肺甚近,海底更有亿万生灵,七宝金幢威力太大,不便取用。众邪看出我姊妹心意,冒险强斗,不肯离去。虽然除去几个,尚有六人均是为首元凶,一个也容他们不得。因有许多顾忌,暂时尚难成功。还有小妹所救两人,为乌灵珠邪法所制，身上附有阴魔，正受苦难，妖孽也以此挟制。须有一人将那护身阴魔除去，才能解救。久闻笑师兄法力甚高，炼有无形仙剑，望乞相助，救此二人脱险，感同身受。"

笑和尚闻言，见自己的隐形法竟被二女看出，先颇惊奇。后想起二女与本门女弟子颇多交好，既能用本门传声，隐形法自必瞒她不住，不禁好笑。忙以传声应诺，往内搜寻。又听呼救之声，寻到当地一看，崔晋、黎望已被困在法坛之上，也未绑吊，只身上各附有一条魔鬼黑影，正施魔法凌虐，疼得二人满地打滚。不禁有气，仗着隐形神妙，法坛上主持邪法的妖党不曾警觉，轻悄悄掩将过去，施展无形剑气，冷不防罩向阴魔身上。紧跟着发出乾天火灵珠，一片红光金霞连闪两闪，魔影立被消灭。扬手又是一个太乙神雷，将全洞震成粉碎，妖党也被无形剑所杀。立即带了崔晋、黎望一同飞出。就这往返不多一会，小寒山二女也已成功，六个为首妖邪竟被谢琳将先准备好的灭魔大法骤然发动，顿时除去了四个。只剩乌灵珠与伍神师二首恶，运用玄功变化，飞遁逃去。

三人忙同追出，仰望空中，见叶缤与新来强敌正各指着一条白气、一股彩霞，长虹一般互相抵御，横亘海上，相持不下。谢琳看出来敌十分厉害，不由有气，正要飞身上前助战。忽见一股青蒙蒙的光气由海中电射而出，朝天空两道长虹之中冲去。

要知来人和那新来强敌是谁，因何结怨，请看下文分解。

第三〇二回

排难解纷　热雾海中飞宝鼎
除恶务尽　明霞天半起金城

话说笑和尚在海底魔窟杀死了妖人,救出了崔晋、黎望;谢璎、谢琳也消灭了四个妖人,惟独首恶乌灵珠和伍神师逃脱。三人追出海面,仰望空中,见叶缤与新来强敌各指一股彩虹、一条白气,互相抵御,横亘海上,相持不下。谢琳看出来敌不比寻常,心中有气,正待上前助战,忽见一股青蒙蒙的光气由海中心电射而出,朝两道长虹之中冲去。定睛一看,正是凌云凤。笑和尚见云凤满脸怒容,手掐法诀,似要施为。因见来敌不是庸流,暗忖:"叶缤乃散仙前辈,得道多年,近又炼成绝尊者《灭魔宝箓》,多厉害的敌人也非对手,来人不会不知她的厉害,竟敢拼斗,已是奇怪。叶缤那么高法力,又有几件至宝,偏都不用,只将冰魄神光化为一股彩虹与之相持,其中必有原因。凌云凤无甚经历,如冒失出手,所持神禹令又是前古奇珍,威力甚大。黑衣老妇看不出是何来历,所发白虹毫无邪气,万一是位前辈地仙,无心开罪,惹出事来,岂不讨厌?"笑和尚念头一转,忙用本门传声急呼:"凌师妹,不奉一音大师之命,不可冒失出手。"

云凤原是奉命搜戮潜伏海底的那些水中精怪修成的妖党,刚刚得手,听甄氏弟兄说上空来了强敌,似是昔年水母一派。云凤先并不知水母来历,后来偶然遇到齐灵云、周轻云、严人英、林寒、庄易等五人,无意中谈起水母许多怪僻。并说:"水母得道数千年,虽然早坐死关,封闭在北海水底地窟之内,但她还有几个门人和宫中男女侍者,个个法力高强,所炼癸水雷珠、玄阴真气和其他癸水精英炼成的法宝,件件厉害,又最恃强好胜,异日无心相遇,最好不去惹她。好在对方除却稍微骄狂自大而外,绝少恶行,教规也颇严厉;即便后辈门人众多,品类不齐,间有少数为恶之徒,也应问明来历、姓名,寻他师长,不可妄自出手。"云凤彼时因未婚丈夫俞允中苦缠不舍,心中为难。允中又有一事求助,自身奉有师命,不能同往,前番误杀雷起龙之事尚还未了,便命沙佘、米佘二小陪了允中先去。想起丈夫情深义重,只为向道心坚，根骨又差，连像峨眉男女同门中的轻云与人英、灵云与孙南那样男女同修，做个名义夫妻，常在一起，都办不到，未免心中烦闷。故未上心去听灵云等人的话，只知水母门下法力甚高，俱有专长，别的均未留意。这时听说来敌乃水母一派，想起叶缤以前重托，说将来四十七岛妖人还在其次，内有数人法力虽不高，但和一前辈水仙颇有渊源。自己也非敌那水仙不过，只是不愿伤她，但不给她一点厉害又不肯退。算来只有神禹令是她克星，最好到时用神禹令将其惊走，免生许多事故。云凤因感叶缤相待之德，一直记在心里。闻言匆匆赶出水面，一指禹令神光，刚朝上空冲去，耳听笑和尚传声急呼，不令造次。想起此是同门先进，法力既高，见闻又广，传声阻止，必有原因，但神禹令已经发出。

那股白气本由黑衣老妇右手发出，与叶缤凌空相持，时进时退，彼此旗鼓相当，无一人露出败意。及至云凤飞出海面，禹令神光电射而出，黑衣老妇面容骤变，怒喝得一声："贱婢也敢欺人！"忙把左手一扬，先是一股同样白气，将神禹令敌住。同时把口一张，喷出一蓬细如米粒的银灰色光雨，为数何止千万，暴雨也似，朝云凤当头罩下。云凤因神禹令威力太大，上场照例不肯发挥全力，本是身剑合一，朝前急飞，见那细如星沙的云光刚一近身，便觉奇寒侵肌，几难忍受，心方一惊，打了一个冷战。

说时迟，那时快，就这危机瞬息，一转眼之间，猛瞥见一道金光破空横海而来。刚看出来人遁光眼熟，光中已现出一个年约十六七岁的白衣少女，正是神尼芬陀惟一传衣钵的弟子杨瑾。云凤身已冷不可挡，如非近来功力日高，身剑早已合一，仙剑护身，虽被云光罩定，不曾侵入，当前一片又被神禹令冲荡开去，几遭不测。惊喜交集之下，正在奋力抵御，只见由杨瑾左手五指上发出五缕红线，朝自己面前射来。这时云凤身外已被银灰色的光雨紧紧裹住，密层层快要融为一体。这五缕红线看去细极，色作深红，又劲又直，无甚奇处。谁知此是太阳真火凝炼而成，威力十分猛恶，和那云光刚一接触，黑衣老妇便似知道不妙，把手一招，想要回收，已是无及，那大量银沙挨着红线，纷纷消灭，化为大蓬热雾，弥漫海上。

黑衣老妇急怒交加，厉声大喝："你虽仗着人多，今日教你知道我厉害！"话未说完，一股灰白色的光气由口中喷出，到了外面，和那残余的银色光沙会合，不等红线追来，先自纷纷爆炸，化为大量热雾，四下飞腾，晃眼展布开来，千百里的海面齐在笼罩之下，仿佛刚开锅的蒸笼，奇热无比。云凤奇寒刚退，酷热又生，虽在剑光防护之下，依然热不可当。幸而当空白虹彩气忽然收尽，敌我双方均无踪影。只杨瑾一人在法华金轮之上，金光电漩，停空不动。正待用神禹令冲开热雾，赶往会合，忽听笑和尚二次传声急呼："师妹速用法宝防身，不可妄动！"声才入耳，海面上热雾更加强烈，热力比起烈火还要猛烈得多。遥望前面上下四外，已被这类似火非火，似气非气的热雾布满，什么也看不见。只有杨瑾法华金轮等师传佛门至宝金光祥霞，电潡星飞，在白色浓雾影里隐隐闪动，人影早看不见。那白雾不特奇热无比，更具极大压力，如非神禹令挡住正面，决难忍受。

云凤正想发挥全力，另取法宝一试，忽听杨瑾笑喝："闵道友，何苦为了两个门下败类，闹得身败名裂？一音大师近炼绝尊者《灭魔宝箓》，已早成功。同来小寒山二女又是忍大师门下高足，曾修上乘佛法，炼就有无相神光，更有佛门至宝七宝金幢。你便多大神通，也难占得上风。何况一音大师先前因为四十七岛群邪罪大恶极，意欲全数除害，又防煞火猛恶，波及无辜，曾在死圈外施展灭魔大法，以防漏网。道友得道千余年，当知顺逆利害。乘着此时胜负未分，各自回山，免累多年盛名，岂不是好？如觉这太阴凝寒之气阴极阳生，已经化生火雾，热力胜于烈火，易发难收，已经骑虎难下，非拼不可，那也无妨。我囊中带有九疑鼎和一粒混沌元胎，足能将它收去，只请稍安毋躁，免生枝节。"说罢，金轮宝光中突现出一张大口，由口中喷射出中杂亿万金花的五色祥焰，神龙吸水一般投向雾阵之中。那上与天接的方圆千百里无量热雾，忽随同那两股祥焰，往大口中飞投进去，晃眼便去了一小半。

云凤方觉身外一轻，耳听谢琳在旁低语道："这老婆子有多可恨！我叶姑再三让她，还自逞强。你那神禹令是她克星，可乘着杨仙子话未说完之际，冷不防给她一点厉害。你看如何？"峨眉这班同门对谢氏姊妹个个投缘，私交甚厚，谁也不愿违背二女心意。云凤更因自己根骨禀赋均非三英二云之比，全仗向道坚诚，欲以定力胜天，一面下苦用功，一面对于各位师长、同门格外恭敬。对于谢氏姊妹，更视若天人，早想结纳，未得其便。闻言暗忖："叶、杨二仙的法力神通，微妙不可思议，即便将敌人得罪，有她们在此，当无妨害。"忙即点头示意。谢琳见她点头，又附耳笑道："凌姊姊只管放心，真个闯出祸来，都有我呢。"

谢璎插口笑道："琳妹行事实在胆大。此人乃水母嫡传弟子，因犯师规，禁闭宫中三百七十二年。难得她竟以至诚苦修，由禁法中悟出妙用，参透玄机，自身脱困，并还长了无边道力。她和另一男同门绛云真人陆巽，分居乃师所留两处水宫仙府之内，虽未奉有遗命承继大统，已隐然成了一派宗主。只因性情乖僻，恩怨太明；近年开读水母仙示，又发现昔年遗音，得知将来与那男同门分掌教宗。一时好胜,以为神通广大,法令素严,门人不敢违背,多收无妨。于是海外旁门中人闻风来归,她又喜怒无常,感情用事,只要来人心志坚诚,便即收留。四十七岛群邪,倒有七八个在她门下,方才死于煞火,形神皆灭。因其天性好胜,门下弟子向不容人欺侮。门人犯了重条,由来人向其告发,绝不姑息。如与为敌,再有伤亡,门人身旁均带有水宫信符,一经受伤,向其报警,立即赶来。如是当场被杀,那信符也能自生妙用,向其报警。不问门人善恶是非,必先赶来,为门人报仇,然后回宫处治,决不轻饶。叶姑不愿各走极端,意欲退让,自己不出手,还不许我姊妹上前,她偏不知进退。我姊妹不便出手,凌姊姊用神禹令给她看点颜色也好。"

云凤知道谢璎谨慎持重,不似谢琳胆大喜事,这等说法,料无妨害,便将神禹令宝光朝前射去。自从九疑鼎大口一现,虽只有与二女问答几句话的工夫,满空热气白雾已被吞没了十之七八。对方意似不服,始而口中连喷银色光气,满脸愤激之容,也不发话,一味哑斗。后来热雾快要收完,正把黑脸上两道白眉往上一竖,口中喝得一声:"杨道友!"云凤因为先前连受了酷冷奇热,元气损耗,几乎重伤,心中怀愤,加上二女怂恿,哪还再计利害;反恐一击不中,遭人轻视。特意把神禹令宝光先行隐去,扬手先是一口玄都剑、三支火雷针朝前猛射出去。这时双方已将停战,黑衣道姑虽觉前见青光是她克星,自恃玄功变化,始终未把云凤放在眼里。一见剑光如虹,夹着一溜红光电掣飞来,冷笑道:"米粒之珠,也放光华。"张口喷出一股银色光气,欲将那一剑一针裹去。不料遇见对头克星,白气刚喷出口,把剑光裹住,猛瞥见先前那股青蒙蒙光气突然出现,自己苦炼千年的癸水元精竟被突然一撞,逼退回来。当时元气亏耗,受了内伤。先前满空热气,已将收尽。杨瑾手指九疑鼎所化大口,正在婉言劝说。叶缤也同现身。

黑衣道姑知道强不过去,待要乘机下台,因见凌云凤飞剑来攻,一时疏忽,意欲先给敌人吃点小苦,挽回颜面。不料一念轻敌,吃了大亏,不由怒火上撞,厉声大喝:"你们欺人太甚,休怪我狠!"说罢,把手一扬,刚由五指尖上射出五串光闪闪的水星,忽听杨瑾大喝道:"闵道友莫要造次! 此是前古至宝神禹令,还有离合神圭与宙光盘,正是助令师脱劫之宝,如今均在峨眉派手内,此女也是峨眉门下。遇此千载难逢之良机,道友为何将它错过? 当真为了一朝之愤,便自身不计,连师恩也全忘了么?"话未说完,叶缤将手一扬,一片霞光已飞向前,将神禹令宝光挡住。黑衣道姑也将所发水星收回,满面愧容,无话可答。杨瑾知其素来好胜,将手一招,收回九疑鼎,招呼叶缤、云凤,一齐飞上前去,见面笑道:"闵道友,自来不打不成相识,何况事出无知。

你那几个门人本是四十七岛中的妖邪,极恶穷凶,无所不为,道友为他们负气,未免不值。乘此胜负未分,由我作个鲁仲连,将来再令云凤带了前古三宝,前往水宫仙府,负荆请罪如何?"

黑衣道姑慨然答道:"道友盛意,令人心感。我因这几个孽徒为恶甚多,久欲处治。也因家师坐关,快要期满,不久复体重生,但在道成飞升以前,还有一场大劫,厉害非常,多高法力也难抵御,为此日夜加功,苦炼了两件法宝,昨日才炼成。忽接家师坐关以来第一次心声传语,说是此宝虽经贫道三甲子的苦功炼成,仍非天劫之敌,只有方才杨道友所说前古三宝,可以免难。但这三宝只是昔年耳闻,谁也不曾见过,何处去寻访它们的下落?并且这类前古奇珍威力神妙,即便被人得去,宝主人也非庸手,愚师徒隐居东北两海,千百年来,闭关清修,极少与他人交往,又是借来抵御天劫,一个不巧,人宝全毁,除非真有交情,对方决不肯借。再说,三宝也不会在一个人的手内。想起师恩深厚,眼看大劫将临,无力效忠,终日愁虑。正拼到时以身殉师,忽接信符警号,行法查看,得知门人均为叶道友和同来诸人所杀,一时气愤,冒失赶来。先见神禹令青光与别的法宝不同,还不知是家师所说三宝之一。适听道友之言,竟连那两件奇珍也同在峨眉派手内。贫道性情虽然刚愎,为了家师,粉身碎骨,均所不计,伤点颜面,有甚相干?我这人心口如一,真人面前不说假话。道友只要肯相助,请凌道友到时带此三宝光降水宫,助家师脱难,感谢不尽。既已化敌为友,如何还说负荆二字呢?"

叶缤笑道:"闵道友快人快语。其实,我事前还不知道,道友快来以前,才接小寒山忍大师心声传语,得知此中因果。为防各走极端,道友又不容分说,只得勉强相持。想起四十七岛元恶未除,另外还有几个余孽也未伏诛,惟恐夜长梦多,正在为难,恰值两生至好杨道友受了忍大师之托,赶来解围,本可无事。不料云凤因见不胜,出手稍快了些,否则便更圆满了。如今话已说明,成了一家。令师复体在即,昔年强敌太多,水宫仙府不可离人,道友请先回宫,日后再令云凤持了三宝,前往效劳如何?"黑衣道姑闻言惊道:"我知诸位道友法力高深,遇事前知,可是家师有甚警兆么?"叶缤笑答:"详情我不深知,听忍大师之言,似无大害。令师弟绛云真人陆道友虽有强仇上门寻衅,到时也有化解,终可无虑,放心好了。"黑衣道姑闻言,料知水宫有事,忙即告辞。

云凤便问叶缤:"现在群邪十九伏诛,为首元凶尚未消灭,经此长时耽延,如被逃走,岂不又有后患?"叶缤笑说:"无妨,我已有了准备,业已发动《灭魔宝箓》,四面封禁,只有一条逃路,也是我故意留下,迫令由此逃遁。这厮定必遁往魔宫，正好将那隐迹多年的元恶穷凶除去，免留后患。其实这两个魔头，男的还好一些，女的积恶如山，百死不赦，最好乘此机会除去，只不知可否办到。"谢氏姊妹自从道姑一走，便飞近身来，闻言插口道："时已不早，叶姑还不把这些余孽一网打尽么？"叶缤笑道："又是琳儿淘气，已然无事，偏给人家一个没趣。"谢琳笑道："自习《灭魔宝箓》以来，叶姑遇事不问青红皂白，老是怪我。那姓闵的道姑来时神态凶横，有多气人。要无叶姑在场，恩师又再三禁止，即便因她不是左道妖邪，照此蛮不讲理，我也决不放她过去，多少教她丢点人，才消气呢。请想，连姊姊都开了口，别人就不用说了。"谢璎笑道："琳妹自从学会《宝箓》，平添了许多杀机。我请凌姊姊施展神禹令，一半使其知难而退，一半也为此人性情偏激，不到黄河不死心，非使亲见此宝威力，才能心服口服，否则怎会这样听话？我乃好意，当是和你一样，真个与她难看么？"云凤闻言，才知谢璎此举含有深意。方要开口，忽见东南方飞来两道遁光，内一红衣少女正是叶缤门人朱红，同来那人是个身材高大的道童。

这时四十七岛上空，已被叶缤暗用冰魄神光一齐笼罩，光华已隐，不是自己人决进不来。叶缤又认出同来道童乃西海离朱宫少阳神君门人火行者，料有急事，见面正要询问，猛瞥见远远海底飞射起二三十道妖光。这时众人已全聚在一起，南海双童刚由海底飞出水面，朝前生父母身前扑去。笑和尚看出叶、杨二仙已有成算，便不再出手，正与众人叙谈，一见妖光四方八面纷纷飞起，正待追上。叶缤笑道："诸位道友无须动手，这班妖邪恶贯满盈，休想逃走。"说罢，手掐法诀，往外一扬，四外天边立起了大片金、紫二色的霞光，环立若城，下齐海面，上达天心，电也似疾，突往中心合拢，晃眼之间，由千百里方圆缩成百余丈大小。上面明霞闪处，满空冰魄神光忽然出现，照向金紫圈之上，宛如一口平顶大钟，将众妖人罩在下面。只见金墙环立，精光万道，明霞蔽空，幻为异彩，映照得千寻碧海齐焕霞辉，绚丽绝伦。众妖人看出厉害，便以全力向前猛冲，一时五光十色，纵横飞舞，电射星流，顿成奇观。

原来乌灵珠这日正是生辰，原定在岛上开一乌鱼大会，海内外同党妖邪赴会的甚多。先来妖党飞近小南极，发现满空煞火，上与天接，俱都害怕，不敢近前。有的一到便知难而退；有的先还观望，后见煞火消灭，看出不妙，俱都惊走。只苦那后来几个，正值煞火全消，群邪伤亡将尽，叶缤所用禁法十分神妙，来人能入而不能出，这班妖邪不知底细，误入禁地，飞近四十七岛上空，遇见内层禁圈冰魄神光阻路，方始惊觉，后退已是无路。同时发现敌人正与一黑衣道姑斗法,双方均具极高法力,看出厉害,正在惊疑。不料死星照命,乌灵珠等为首诸邪由小寒山二女、南海双童等手下漏网,仗着玄功变化,遁入海心深处;不知敌人欲擒先纵,防他铤而走险,攻穿地肺,以死相拼,故意放宽一步,叶缤早在上空布好罗网相待。群邪只剩四人,藏在一处泉眼之内,正在咬牙切齿,痛恨仇敌。一见妖党飞来,内有数人均是能手,妄想借此援兵,转败为胜,或是助其脱难。同时四人中有一个名叫滕柱的,乃摩诃尊者司空湛的得意门人,邪法既高,又持有两件异宝,人最刁狡,早看出敌势强盛,休说报仇,逃命都难。便向乌灵珠献计:把人分成四方八面,使敌人不能兼顾,乘机遁走,真要不行,再与一拼。否则逃尚无望,如何能胜?

乌灵珠也被提醒,立时变计,不听伍神师之言,和新来妖党略一商议,便自起身。初意是先由两人出水试探,如其上下四外均有禁制,仍回泉眼潜伏,能够穿地而出更好,否则便守在泉眼之内,敌人真要相迫,索性攻穿地肺,发动巨灾,与之拼命。哪知运数将终。乌灵珠自恃邪法较高,长于玄功变化,飞遁神速,本来令伍神师陪了来宾留守,自带二同党出水查看。谁知伍神师既愤乌灵珠专断,又以新来妖党中有两个至交,带有几件厉害法宝,认为只能与敌一拼,如把来赴会的人一齐隐藏在泉眼之内,觉得难堪。乌灵珠惊弓之鸟,又慎重了一些,因见敌人与一对头停空相持,同来好些敌党均作同观,神情可疑,只顾查看,没有就回。伍神师越发不耐,便和众妖党一同冲出。刚离原处,叶缤暗中埋伏的灭魔之法立生妙用,将泉眼封闭,断了归路。群邪见势不妙,只得仍照原计,分头突围逃走。果然乌灵珠先前所料敌人埋伏的灭魔神光长城也似,突然出现,将群邪一齐圈住,冰魄神光再往下一合,于是全成网中之鱼。

笑和尚等见群邪已被困住,冲逃不出,正要追杀。群邪知道凶多吉少,也都向前拼命,各施邪法、异宝,返身杀来。杨瑾看出中有数人均持有极阴毒的法宝,恐众人一时无知受了误伤,忙喝:"可随璎、琳姊妹一起,不可妄动!"说罢,一指法华金轮,宝光立时大盛,电瀑星飞,朝众妖人冲去。叶缤将冰魄神光往下一压,谢琳又将碧蜈钩放起,晃眼之间,群邪伤亡大半。叶缤原意是将这些妖邪全数除去,灭魔大法已早发动,弹指之间,群邪便可伏诛。只因来时受了忍大师指点,另有深意,故意迟不发难。及见乌灵珠肉身为杨瑾飞刀所斩,连伤了四个身外化身,知其七煞化身已去其四,即便逃走,也无能为力,便用传声告知众人,速退光圈之外。

这时群邪只剩乌、伍二妖人和四个赴会的妖党,滕柱也在其内,各仗玄功变化和邪法、异宝防身,正在舍命相持。忽见四外神光一闪,所有敌人一齐到了光层之外,情知不妙。滕柱因和乌灵珠至好,又因一人势孤,当地又是海心深处,泉脉纵横,只要能找到一处,穿入其内,便可借着水遁逃走,为此追随不舍。一见那数十百亩方圆的光圈突往中心收拢,伍神师和另外三同党相隔较近,猝不及防,撞向光圈之上,连人带元神全被吸住,挣扎不脱。紧跟着上面射出万道毫光,连声惨叫中,人便化为乌有。才知先前敌人不曾发挥全力,不由心胆皆裂。同时瞥见对面光墙也当头压来,快要上身,上面已射出千万道金紫色的精芒火花。又听乌灵珠大声疾呼:"滕道友,你再不施展那师传至宝,我们全无命了!"滕柱本带有两件旁门奇珍,因见敌人厉害,惟恐损毁,不肯轻用。见势危急,只得把心一横,伸手一按胸前,轰的一声,飞出一蓬伞形碧光,中杂无数银色火星,伞尖朝前,将二人一齐裹住,火花纷纷爆炸,发出亿万霹雳之声,火龙也似朝光圈上猛冲出去。那紫色的光圈立被冲开一洞,二妖人立时逃走。滕柱方喜师门至宝,威力神妙,忽听一声怒啸。回头一看,乌灵珠身外化身又被敌人消灭了一个。同时一片金霞由身后射将过来,笼护身外碧光,火雷忽全消灭。紧跟着又有一股极大吸力由身后猛袭过来,不由魂魄皆冒,连忙运用玄功,一同遁走。万分情急之下,又将另一件防身法宝放出,借着水遁,亡命飞逃。

这里众人本要随同追杀,刚被杨瑾止住,随听叶缤传声说道:"我尚有一害未除,必须追赶。除璎、琳二女随我追杀而外,余人可听杨仙子之命行事。"众人往旁一看,海面上灭魔神光已全收去,小寒山二女踪迹不见。

杨瑾随令笑和尚近前,递了一封柬帖,令带归吾和南海双童去往北海,如言行事。笑和尚见那柬帖是由火行者手上取来转交,内中还附有一粒宝珠,暗用玉环查看,不禁大喜。

杨瑾又朝云凤等嘱咐了几句,约定日后各人事完,去往幻波池相见。云凤便说来前途遇韩仙子指示玄机,说俞允中事情已完,暂时无须再令沙、米二小寻他。令她将宙光盘交与二小,先往依还岭助战,只等破去敌人法宝,便用所赐灵符飞行,赶往白阳山,将盘交与她,再回幻波池待命。令她在白阳山寻到前古固魄灵药,急飞小南极相助叶缤,诛邪除害之后,再往寻那对头女仙化解前怨。想起事太艰险,欲求杨瑾相助。杨瑾笑答:"你那对头经人指点,已经醒悟,不再记仇。不过夫妻情厚,故意逼你为他出力,好使元神早日凝固罢了。"

云凤因为误杀雷起龙之事,始而东藏西躲,设法应付,虽有至宝随身,无如自犯师规,虽是无心之失,师门法令森严,其势不能将错就错,没奈何,只得忍气吞声,受人闲气。后来三个男女弟子见师受辱,一同激怒,暗中埋伏,将女仙打伤,事情越发闹大。好容易经邓八姑、玉清大师设法化解,双方才行和解。事情虽暂时告一段落,但须云凤再往白阳山前古妖尸无华氏墓穴隧道之下,寻取二元神胶和另外一种灵药、一道佛家护神灵符,亲身送往海外,帮助对方凝炼雷起龙的元神,才可完卷。偏生对方所居远隔中土十万里外,地势隐僻,无论如何走法,沿途均不免与隐伏海外的左道妖邪相遇。师命又只许带同门人前往,不许约请同门相助。耳闻前途危机四伏,自知道浅力薄,全仗几件法宝防身,而威力最大的宙光盘又须交与笑和尚带往北海助人脱难。上面虽然附有韩仙子的灵符,到时只需行法一招便能飞回,但仙示上不曾提及,到时是否能够飞回应用,尚不知道,心中愁烦。满拟杨瑾乃前生祖姑,今世曾共患难,彼此情感最厚,必能为力。一听这等说法,好生失望,不便多说,只得辞别,先行飞走。

云凤走后,杨瑾对笑和尚道:"这宙光盘关系重大,你照柬帖所说把事办完,可将此宝交与灵云姊妹。盘底附有韩仙子的灵符,云凤又是此宝主人,一招即回。但是云凤此去另有遇合,此宝随身反而有害,此符化去又太可惜。待我将其妙用止住,以免云凤胆小,妄将此宝招回,致被妖人夺去,或又惹事树敌。"说罢,将盘要过,伸手一指,一片金光由盘底闪过,将灵符妙用停止。再交给笑和尚,令照柬帖所注日期行事。

白明玉见杨、叶二仙道法高深,万分钦佩,早有拜师之念。一见叶缤已和小寒山二女先行飞走,杨瑾正朝商建初、朱鸾发话,令回金钟岛待命,只等叶缤事完回来,便往土木岛成婚。朱红也随同回去。说完似有行意,忙赶向前跪地哭诉,请求收为弟子。杨瑾笑道:"白道友,请快起来。我已皈依佛门,不久披剃,你夫妻累生患难,必须同修,如何拜我为师?你累生修为,颇非容易,尤其两在旁门,未染丝毫恶习,今生更是莲出污泥,凤根不昧,实是难得。你前生二子修为勤奋,向道心坚,名列七矮,福缘深厚,你将来也必能得到他们的益处。机缘一至,自有成就。彼此道路不同,求我无益。"明玉仍然跪地不起。南海双童见母亲跪下,也随同一齐跪下,苦求不已。杨瑾笑道:"北海之行,虽然应在幻波池事完以后,为日尚早,不必着急。现在大家多半有事,各人本应分散。我这人素来面软,收徒虽然不能,把你引进到别位道友门下,以你心性禀赋,必蒙收留。本来我有离朱宫之行,且随我同往青门岛、小方壶两处,一试机缘如何?"明玉母子闻言大喜,连忙拜谢起立。

杨瑾随带明玉和火行者一同起身,先行飞走。众人也分别上路,笑和尚同了归吾、南海双童一行四人,也便起身。

当地与北海均在地极天边,相隔遥远。笑和尚为人谨慎,又因以前受罚面壁,遇事越发小心。知道日期虽然尚早,事关重要,杨仙子既命此时起身,必有原因。反正无事,不如早到北海,在彼相待,候到日期下手,比较稳妥。四人均精隐形地遁之术,因为途程太远,小心过度,行时商议:不由空中飞行,改用水遁和穿山地行之术,隐形前往。南海双童更持有红花鬼母朱樱所赠的碧磷冲,任何坚厚的精铁石土,那七叶风车所发碧光只一旋转,所射之处当时消熔。满拟这等走法,决不会显露行迹。前半途程倒也无事。

这日行经东北两海交界之处的黑刀峡。当地原是海中心突出来的六座大礁石,其高千百丈,石黑如漆,远望好似六把大刀,犬牙相错地钉在海上,形势奇险。风涛更是猛恶,终年骇浪滔天。那六座礁石,最低的离水也有五六千尺,全是刀尖朝下,钉向水中。离水六七丈以下,山脉纵横,高低不同,不下数十百处。本来风涛险恶,又被这些千百座伏礁层层激荡,海水到此,环绕这六座大礁石,产生激漩,海水群飞,倒卷而上,浪花如雪,低的两座礁石常被漫过。当地虽是两海交界之处,因地处僻远,景物荒寒,除却海中蜃雾幻景时有涌现而外,只此六座广约数十亩,其高千百丈,通体连苔藓都不生的平顶斜面黑色礁石,方圆四五千里以内,更无别的岛屿。休说仙凡足迹之所不至,连海鸟都不在上栖息。四人虽是累生修为,足迹遍海内外,当地尚是初次经过。

笑和尚见景象荒凉,风涛险恶,浪花撞在那些礁石上面玉溅雪飞,高起数十百丈,成为奇观,以为甄氏父子生长海中,必知地理。等到一问,竟连黑刀峡的地名都是出于传闻,当地是不是黑刀峡都不知道。一时好奇,试用慧目隔水查看。原来海下面竟是千石万壑,峰峦灵秀,琪花瑶草,满地都是。那六座黑色荒礁,便是山顶。最奇的是海面风涛那等险恶,离水五六丈以下却是碧波停匀,清明若镜。仿佛上面只有六七丈深的海水,下面千百丈深的大片山林均被一片奇大无比的琉璃笼罩。心中惊奇,正指给甄氏父子向前遥望,猛瞥见七八只一群似龙非龙,颈长十余丈,鹿头龟背,扁尾长拖,腹具四足一爪,通体碧鳞闪闪生光的怪兽,由一片高达数十丈,粗约十数围,碧干挺生,繁花大叶,纷披若盖的奇树林中缓步而出。这些怪兽,小的从头到尾,也有十七八丈长短。四足前高后低,那条长颈几占身长五分之三,嘴却不大,前胸生出一爪,形如蒲扇,似可伸缩。到了大树之下,将头一昂,便将树上花果咬落下来。先不吞吃,把头一低,放在胸前大爪之上。只见长颈不住屈伸起落,一会把前爪抓满,然后前行,边走边吃。吃时把头一低,含着一枚果实,昂头向天细细咀嚼,好一会才咽下去。吃上三数枚,爪向胸前一贴,便已不见。原来所贴之处,乃是一处凹槽,平日用作存粮之所。那么高大的怪兽,神态却甚纯善,行动更是从容。

笑和尚又用玉环查看,果然那些山林全是陆地,偏看不出行法之迹。越看越怪,觉着这些地方休说眼见,连听都不曾听过。互一商议,觉得似此海中灵域,美景清奇,必有水仙在内隐修,故此不见妖邪之气。难得发现,正好乘机往游。即便主人不喜外客入境,或有左道妖人在此隐迹,凭一行四人的法力,决可无妨。何况身形已隐,又精穿山隐形之术,说走就走,也不怕人拦阻。

四人均觉奇景难逢,反正时日甚宽,乐得就便一开眼界。经笑和尚一提议,全都赞好,略一商议,便同往前驰去。到了前面,同往下落,果然离海面六七丈以下,里面全是空的。上面海水仍是狂涛汹涌,骇浪如山。下面好似被甚东西将海水托住,不令下沉,只是看不出一点影迹。这一临近,越觉峰峦幽奇,景物灵秀,从来未见。急于穿波而下,也未仔细观察,便往下降。四人除归吾稍差外,均有极高功力,休说海水,便是大片钢铁,也能穿行自如。哪知事出预料,刚降六七丈,快达中空之处,眼看穿过,先是脚底浮着一片其大无比的潜力,软绵绵涌将上来,差一点没被连人荡退,抛出水面,却未见有法宝禁制之迹。笑和尚首先发现,觉着对方有意阻挡,不令入境,稍微疏忽,便吃大亏,不禁有气。正待行法强冲,正面猛地水云晃荡,急转如飞,连闪两闪,脚底一虚,忙按遁光,定睛一看,人已落在水层之下。便把遁光缓缓降落,到地再看,越发惊奇。原来水层之下,不特洞壑幽清,景物灵秀,有山有水,美景无边,并还有各种从未见到过的珍禽奇兽,往来游行。那些参天花树,无一株不是拔地挺生,粗逾十围,上开各色繁花,荫蔽十亩;远望好似一座座的花山,花光点点,时闻异香。地上浅草如茵,不见泥土。间有无草之处,现出一点地皮,望去好似银沙铺成,其细如粉,偏又点尘不扬,清洁已极。

正行之间,前面峰回路转,忽现一片平野。对面高山矗立,气势雄伟,山顶已透出水面,似是海面上所见六座礁石之一。海波在上,宛若一片其大无垠的晶幕,将山巅隔断,水色又极清明。仰望上空,水云飘拂,洪波浩荡,飞雪千里,骇浪山崩。加上涛声轰轰,汇为繁喧,隔水传来,令人耳目震眩,眼睛一花,仿佛那万里洪波就要自顶崩塌,整片下压神气。细看底层,却是一片平晶,纹丝不动。

笑和尚断定这片海水必有法宝托着,否则这方圆千里的洪波,当空之外还有四方,海又极深,压力之大,何可数计,多高法力禁制也难持久。连用玉环仔细观察,终无影迹可寻,越知主人不是寻常。一面暗用传声,令众留意。一面观察形势,见那高山前面是片平原,沙明如雪,寸草不生。平地上拔起二十四座小峰,都是玲珑秀拔,云骨撑空,异态殊形,彼此不相连属。石色宛如金银翠玉,也不相同。内中更有几座似是珊瑚水晶之质,光怪陆离,互相辉映,十分好看。南海双童口赞奇景,当先前进。笑和尚同了归吾,随在后面。刚到迎面两峰中心,笑和尚的心灵上忽生警兆,再看前面南海双童,已无踪影。

原来那二十四峰,乍看参差位列,似是天然生就,实则四面均有门户。四人先见两峰对立,相继前行,并未留意。及至笑和尚入门以后,发现双童失踪,心灵上又生警兆,情知不妙,忙止归吾,不令前进。运用玄功,乘着敌人尚未警觉,表面装作观景,暗将元神由原路遁出门外,飞向上空,绕着群峰外围,再细观察,这才看出那二十四峰竟是一座极奇怪的阵势。不特双童失踪,连自己的隐身法也被人破去,不由大惊,忙将元神飞回。

笑和尚正待分辨门户,寻到南海双童,再相机行事,忽听甄艮用本门传声说道:"我们误入阵地,今已被主人发现。只不知笑师兄和爹爹人在何方,望速传声告知,以便往寻。"笑和尚忙用传声回答:"此阵系十二元辰、二十四气排列而成。我如非近年遵奉师传,面壁苦修,就不被困,脱身也必费事。主人这等行径虽属不合,但他在海底清修,我们明知有人,不曾向他打招呼,也有不是之处。为了息事宁人,只要主人不公然出面为敌,我们便作无知误入。你们照我所说门户途向赶来会合,一同出阵,再作计较。如若通行艰难,可用碧磷冲开路,穿地来会,以免我和令尊深入重地。万一无法脱身,一旦用法宝破阵而出,立树强敌。我们本是一时乘兴,无意来此,莫要被人误会。再者,这些山峰秀俊灵巧,质如金玉珊瑚,不知主人费了多少精力,才有今日,就此毁损,也太可惜。"南海双童同用传声应诺。

笑和尚早把门户向背和阵中微妙之处看出大半,说完还不放心,又仔细观察了一阵,方用传声指点双童出路。并令其随时通话,说明途中经过景象有何异兆。甄氏弟兄答以依言行事。隔不一会,猛地一片青、白二色光雾飞过,跟着眼前一花,那二十四座奇峰忽然多出了好几倍。笑和尚早看出此阵虽非本门两仪微尘阵之比,但也颇具神妙。此举原在意中,试将元神三次飞起,竟不能冲出峰群之外。表面奇峰罗列,仅比先前多了几倍,只起过一片光雾,天色依旧清明,并无异兆。一经行动,便觉四外清蒙蒙,白茫茫,成了一片雾海,到处俱是阻力,天低得快要压到头上。情知敌人阵法发动,生出变化,本身已经被困,元神再不复体,更加艰难。仗着机智灵敏,擅长玄功变化,见势不佳,忙即遁回。就这样,仍费了好些心力,并仗隐形剑气防护,才将元神遁回。刚一复体,料知南海双童必已遇阻。

笑和尚暗忖："主人既不愿人入境扰他清修，便不应这等炫露。我们无心经过，一时好奇，入海游玩，与他并无妨害，即便多疑，也应明言。人不出面，只在暗中闹鬼，未免欺人太甚。反正难以脱身，莫如给他尝点味道。"心念一动，正待取出法宝，强行冲阵而出，还未及向南海双童传声告知，忽听甄艮传声说道："我二人已经入地，并无阻隔。此阵好似被人引发，并无主持。笑师兄现在何处？请速回答，自会寻来。"笑和尚随用传声互相联系，不消几句话的工夫，面前地底碧光乱闪，萤雨横飞中，南海双童循声赶到，穿地而出。

四人会合以后，笑和尚料知事情无此容易，隐身法又被对方破去，阵中已难隐形，所有言动均在敌人耳目之中，忙令众人速由地底冲出阵去。果然四人一起刚一入地，便听阵中天风海涛之声大作，地皮也在震动。仗着飞遁神速，晃眼飞出阵地。耳听身后风涛越加强烈，回头一看，一股青、白二色的光气正由地底来路狂涌追来。甄氏弟兄意欲返身迎斗，笑和尚不知敌人深浅来历与邪正之分，恐蹈申屠宏、阮征前生覆辙，不令动手，一味前驰。遁出七八十里，回顾身后，光气忽然回收，不再追赶。再用玉环查看，上面乃是一条广大山谷，景更灵奇。

依了归吾，本想就由地底冲出，越过海中群山，径飞北海。笑和尚因见敌人始终不曾现形，所设阵法埋伏又不带一丝邪气，威力妙用，却非寻常，自己历劫几生，修炼多年，竟未听人说过。又觉着当地埋伏，乃是无心引发，主人似无为敌之意。暗忖："此人必是前辈散仙，决非妖邪一流。这等高人，难得遇上，理应结纳。无故惊扰人家，也应打个招呼，免得日后生出仇怨。"便将三人止住，一同出土，也不再行法隐身，以示无他。故意笑道："我们四人原是无心经过，发现海中灵景，意欲观赏，后才发现此间隐有前辈仙人，正值误入伏地，几乎被困。此时不见追逐行迹，可知主人量大，恕我们无知，不曾见怪。我们无心惊扰，应向主人负荆，就便拜谒仙颜，你们看如何？"归吾会意，笑答："本来我们失礼。"

话未说完，忽听远远龙吟之声。那条山谷原极宽大，左面危崖峭立，上齐海空，壁间繁花盛开，碧苔绣合。前面一片平地，疏落落列着一片花林，树比来时所见要矮得多。虬枝交错，蜿蜒如龙，上头开满一色纯白、其大如碗、似莲非莲的奇花。另有一列花树较高，形似杨柳，有花无叶，花似剑兰，丝丝下垂，无风自动，时送异香，闻之心神为畅。前面是片湖荡，广约百亩，碧波平匀，晶明若镜。崖脚有一大洞，幽深莫测。四人奇怪如此深海之下，还有这样湖荡，湖中水光与上空海云相映，远望过去，宛如银霞。湖旁花树参差，奇石罗列。一石高仅数尺，广约数亩，突出湖中，石上种着数十百竿从未见过的方竹。林中设有玉几玉墩，几上横琴，前供炉香。水石清华，景更空灵，料是主人抚琴游赏之地。也未朝崖洞中细看，忙赶过去。近前一看，那湖竟是深不可测，少说也有千数百丈才能到底。方才龙吟之声，似由湖那面发出，等人寻到，声已停歇。侧顾竹林之中，香烟袅袅，炉香尚未熄灭，分明主人刚去不久，急切间查看不出洞府所在。心想："主人具有这等神通，我们到此，断无不知之理。方才龙吟，又似引客来会。看此情势，决无恶意。"

四人互相对看了一眼，便由笑和尚上前，先向竹林为礼，说道："后辈等偶往北海有事，路过仙居，欲来观光，误触禁忌，自知失礼，来此负荆，意欲拜谒仙客，请示仙机，望乞主人赐教为幸。"说罢，忽听身后风雨之声甚急。众人回头一看，乃是一条墨龙，长约数十丈，头如小山，上生三角，须长丈许，宛如钢刺，龙睛外凸，其大如箩，金光闪闪，远射十余丈，正由左侧那列高树梢上蜿蜒飞舞而来。到了四人面前不远，略一停顿，朝四人看了看，一声长啸，忽然掉头，往湖心深处穿波而下，那么长大猛恶的蛟龙投向水中，竟连水花也未溅起一点。去时身形似在逐渐缩小，入水之后晃眼缩成丈许长短。只见一条乌光电闪的龙影，由大而小，往湖心深处飞射下去，一闪无踪。

第三○三回

晤仙灵　畅饮青瑶乳
探宝库　言寻黑海碑

　　话说四人见那龙一现又去,越知主人存有善意。只奇怪走了这一段路,始终未见人影。甄氏弟兄心疑主人是龙修成,方才通诚求见,立时现形,否则怎会见人不惊,如此巧法?刚欲传声谈论,忽听琴音起自林内,却不见人。料是主人有意引客,只不知何故隐身不见。笑和尚因对方暗以客礼相待,不便再用玉环查看,只得同往林中走进。耳听琴音甚美,闻所未闻。隔林内视,见那瑶琴横在一张白玉短几之上,形制十分古雅,琴音荡漾,自然入妙,仍未见有人影。暗忖:"主人既将我们引来,何故不肯出见,奏这瑶琴做甚?"心中寻思,人已走入林内。见那方竹约有两寸粗细,节长二三尺,质似珊瑚,上面朱叶纷披,光影浮泛,鲜艳非常。竹下浅草蒙茸,间以杂花,五色缤纷,与碧草相映,格外好看。玉几玉墩,又都是整块羊脂美玉琢成。石岸微高,突向湖中,前临碧波,后倚绣崖,奇石异花,映带左右。

　　甄兑笑说:"此地景物灵秀,虽不似紫云宫那么雄奇壮丽,别有一种清空灵妙之致,自具胜场。主人隐居在此,清福不浅。"

　　话未说完,笑和尚暗中查看,见那琴弦好似有人勾拨抚弄,知道主人隐身石上。方想设词探询求见,琴声忽止。随听石上有一女子口音说道:"诸位道友远来不易,幸蒙光降,实是前缘。先前外子因荒居远在辽海,凡人为海中恶浪所阻,固不能到。便是修道之上,千百年来,也只三数人由此经过。内中一位,乃东极大荒前辈女仙卢太仙婆,还是愚夫妇请来。从此便无人迹。初见诸位,未免怀疑,后来看出无心经过,未存恶意。外子虽是得道千余年,无奈前孽太重,未脱孽骸,自惭形秽,本来羞于见人。后见诸位道友来意甚诚,方将诸位道友引来此地,初意只由外子略现行迹,以酬枉顾雅意。忽奉恩人卢太仙婆十万里外飞书传示,才知诸位道友此行来意和所带法宝。愚夫妇本身有一难题至今未解,自从北海成婚之后,迁居此地已九百年,便为此事延迟,至今不能修成正果。如蒙鼎力相助,感恩不尽。"

笑和尚听出主人好似水中精怪修成,先见三角墨龙,便是此女之夫,越发惊奇。又听说奉有南星原前辈散仙卢姁之命,知是师门至交,想借他们四人之力,成全这一双夫妻。初意女的也是水中鳞介之类,想系相貌丑怪,羞于出见。只奇怪水中精怪,怎会有此高情雅致?不特抚得一手好琴,连所居花树泉石,一切布置,无不别具匠心,一尘不染。略一寻思,微笑答道:"卢老前辈乃师门至交,主人既与交厚,又于十万里外飞书传示,我四人决无推辞。只不知所说何事,我等能否胜任?飞书是否仍在主人手内,可否借观?以便遵办。"

随听女子答道:"飞书仍在,便当奉上。事虽艰险,但诸位所带法宝正可合用。只消用碧磷冲开路,再用香云宝盖防身,便可深入,将那一十七粒灵丹、几件法宝、一道古人的灵符取了出来。愚夫妇固拜恩赐,便北海所寻水仙,也感大德。可惜第四重宝库禁法未满时限,寻不到它的门户,否则以诸位道友法力和那几件至宝,攻破库门,并非难事。看卢太仙婆仙示,好似库中藏有一部道书,应为贵派女同门所得。今日如仗鼎力,取得灵丹,愚夫妇愿代诸位留守,候那女同门到来,引往取书,免被左道妖邪发现,明偷暗盗,又生枝节。不知尊意如何?"说罢,琴几上忽多了一封柬帖,乃蕉叶所书,卷成一筒,由对面飞来。接过一看,不禁大喜,互相传观。

原来卢姁仙示的大意是:

这里的海水之下是一极大海眼,自男女主人由北海受一左道妖邪逼迫,逃来此地,发现海眼之内有一极深长的洞穴,内里门户甚多,均有仙法禁制。因爱当地景物灵奇,更有千年珊瑚林和各种琪花瑶草,珍禽异兽,鱼龙之类,心生喜爱,始定久居。于是由男主人用腹中丹气将海水逐渐辟开,使其中空,将四外和头上的海波隔断。然后潜往远近各岛,采取各种灵药仙果,种植其中。等到地方越开越大,功力也越深厚,四外海水全被所喷丹气托住,好似一座极大晶幕,将方圆千余里的山林景物一齐罩住。夫妻俩又去往海眼之内日夜查探,最后运用法力破去头层禁法,现出一座神碑,上刻朱书古篆。大意是说:此洞乃古仙人盘苹所居洞府,飞升以前,将生平几件降魔至宝和各种丹药、灵符藏在三四两层宝库之内,谁能得到,便是有缘。凡人服上一粒灵丹,当时便可脱胎换骨,至少成一散仙;如是异类服下,立可脱去旧有形骸,化为人类,法力神通也必增高不少。

男主人为此守候多年，中间曾遇昔年强敌寻上门来，眼看危急，幸而卢姁海上路遇，打败妖人，随即现身，指点玄机，令再守候一甲子。如有危难，可用所赐信香求救。过了些年，仇敌又约两同党上门寻仇，来势十分猛恶，男的眼看危急，幸而女主人机警，长于应变，暗点信香，卢姁元神当时赶到，用吸星神簪将妖人邪法破去，全数杀死，解了危难。女主人感激恩义，苦求拜师。卢姁不许，说自己渡过末次天劫，便可成道，传衣钵的门人只有一个，名叫白癞，决不再收弟子。姑念诚求，收为义女，仍允遇机相助。当日卢姁算出前因，知道笑和尚等四人带有子午宙光盘、香云宝盖和鬼母朱樱的碧磷冲，正可开那当中宝库，此是彼此有益之事。男主人龙玄得到灵丹，立可脱胎换骨，重化人身，由此成道。灵丹共是十七粒，内中七粒专备男主人脱体化人之用。下余十粒，具有凝神固魄无上灵效。此去北海，以众人之力，固可将那水仙的对头打败，但必除他不了，早晚仍是后患。对方神通广大，来去如电，法力极高，又炼有几件前古至宝，记仇之心极盛，一个不巧，狭路相逢，难免受他暗算。此人除却天性乖僻，刚愎自用，与水仙为死对头而外，别无什么过恶，照理也不应将其斩尽杀绝。最好将那十九灵丹带去，如法施为。到了最后关头，只消用上三粒，便可化敌为友，了此仇怨。不过那怪人自恃得道年久，平生最重恩怨，虽然消恨退去，决不输口。令女主人转告笑和尚等四人，可照杨瑾所说行事。

笑和尚等四人看完了卢姁的仙示后，又听女子说道：“外子性情古怪，而且多疑，贫道与他虽是多年夫妇，仍恐贫道舍他而去，以致贫道难见外人。今日嘉客到来，又蒙大义相助，如再隐形对谈，殊非敬客之道。贫道适才与外子争论，又经卢太仙婆传书指示前因后果，外子已经醒悟，抛弃成见。但他本人暂时还不能当面接谈，只好恭候诸位再来相见了。”

说罢，只见对面一片黑光闪过，跟着又是银光连闪，石墩上突现出一个白衣妙龄道姑，正在向他们盈盈下拜呢。笑和尚等四人见这道姑生得秀媚绝伦，美丽入骨，一身仙风道气，哪里像是异类修成之人。于是连忙答礼，请其引路前往，并问姓名。初意男的既是水中蛟龙，女的也必是其同类，怎会这等仙根仙骨，灵慧美秀，看不出一点异类修成的形迹？女主人似已觉察，笑对四人道：“诸位道友见贫道外子那等形相，以为真个水族修成么？”笑和尚素对女人面嫩，知被看破，脸上一红，未及答话，女主人随笑道：“此事难怪道友多疑，实则贫道固是人类修成，便外子本身也非水中鳞介。此事一半是凤孽，一半是自作自受，说来话长。开那宝库，尚须时日，不是一时可以成功，诸位道友尚有北海之行，无暇多言。卢太仙婆仙示原是两页，此时尚难详告。此去北海，见了绛云真人陆巽，可说黑刀峡海下仙洞镜天湖，住有他昔年北海旧邻老友，自会说出详情。如仍不肯明言，英云姊妹不久必来此地，诸位便知道此中因果了。此是贫道鼓琴之所，难于待客，请到荒居稍坐，略尝此间灵泉玉液和由南北海移植来的瓜果如何？"四人见女主人不肯明言名姓、来历，又听说英云姊妹不久要来，知有难言之隐，也就不再多问，同声谢诺。

女主人随请四人同行，缓步由来路花林之中穿行出去，走往前见危崖之下。四人见崖洞阴黑幽暗，深不可测，隐闻波涛之声由下面传来，女主人仍未停步。暗忖："难道所居宫室，便在崖底不成？这等阴晦的水洞，如何住人？女主人既说款客，决无此理。"心念才动，女主人已向前引路，往崖洞中飞去。甄氏父子久惯水居，还未在意。笑和尚却觉主人在此洞中待客，岂不气闷？先前只说当地景物如此灵妙，所居必是贝阙珠宫，金庭玉柱，五光十色，气象万千。哪知这等光景，黑洞洞的，连点光亮都见不到。早知如此，还不如就在原处立谈，还好得多呢。

笑和尚心正好笑，宾主五人已往洞中下降，约有十丈远近，地势忽然展开。四人各用慧目查看，当地好似整座山崖由内掏空，地甚广大，只是阴暗无比。主人下降颇缓，不便越过。甄兑忍不住问道："主人仙府便在这洞内么？"话刚出口，忽听殷殷雷鸣之声起自地底，暗影中好似两面洞壁均在移动，雷声随止。紧跟着眼前一花，大放光明。定睛一看，就这几句话的工夫，身已落向一座水晶宫阙之外。那水宫高约十丈，通体水晶建成，上盖碧瓦，质如翠玉。前面一座牌坊，也是翠玉建成，高约五丈。宾主五人正立坊前，往里走进。遥望晶宫，共只五座宫殿，作梅花形矗立地上。由外望内，晶墙厚约四五尺，内里立着数十根黄金宝柱，大可合抱，光影辉煌，壮丽无比。由牌坊起，直达宫前，是片平地，广约数十亩。两面均是花林，香光若海。初来时所见长颈龟身，四足一爪，身长二十余丈，似龙非龙之物，不下四五十条，还有各种珍禽奇兽，均在林中出没游行。树上更有许多大小翠鸟，飞鸣往来，娇音婉转，如奏笙歌。女主人一到，所有大小珍禽异兽，龙形怪物，一齐飞鸣来迎。女主人微笑摇手，便各退去，同隐花林之中。一会走到宫前，四人见那宫门又高又大，形似整片水晶，通体浑成，不见一丝缝隙。如非四边各有一条金线，上面更有不少拳大金钉和两个尺许大的金兽环，决看不出门户痕迹。方想："主人隐居在此，轻易不见外客登门，为何宫门紧闭，常年不开？"女主人已越众上前，朝那金环上用玉指略弹了弹。回顾四人笑道："诸位道友，请暂相候，等贫道更衣出迎如何？"

笑和尚沿途留心，本就看出女主人形体不似生人那么凝固，好似元神炼成。尤其所穿道装非纨非縠，雾约烟笼，若隐若现，随时变幻，从未见过。心正奇怪，闻言方答："女主人无须如此多礼。"女主人已含笑把手一扬，人便隐去。笑和尚见宫门未开，慧目法眼注视之下，似见一丝银光在门环中闪了一闪，这才断定，先前所见果是女主人元神。想系抚琴时周身赤裸，故此不肯见人。只不知那形似烟绡雾縠的道装是何法宝，凭自己的慧目法眼，竟未看出何物所制。主人未着衣服，幸而未用玉环查看，否则彼此都难为情。听那女主人之言，他那丈夫本是修道之士，怎会成一妖龙？多年恩爱夫妻，又在一处同修，何事多疑，连人都不许见，是甚缘故？越想越觉这男女主人情事奇诡，令人莫测。如非卢妪仙示，那湖中宝库灵丹与绛云真人陆巽成败有关，如在平时相遇，似此形迹可疑，藏头露尾，真不愿管这闲事。

笑和尚正和甄氏父子传声低语，忽听笙箫细乐之声起自宫内，一阵香风过处，宫门开放。跟着便见女主人带了一队手持香花、提炉的男女幼童，各穿着一身薄如蝉翼的白色仙衣，迎了出来。四人暗中留意，见那四十多个男女幼童美丑不一，却都一般高矮，一望而知是些异类修成，内中只有两个女弟子像是人类。再看女主人，先前所穿形似烟纨的服装已经换去，仍是一身纯白，但似鲛绡冰蚕所织，形体也与生人无异，知其元神已经复体。

笑和尚等方称谢，女主人见众对她注目，似有觉察，玉颊微红，嫣然笑道："贫道长年枯坐，有时无聊，只以元神出游，素喜琴瑟笙箫，时往天镜湖边偶然抚奏。说也惭愧，只为外子昔年对我痴情太甚，甘弃仙业，倒行逆施，致中妖人诡计，化身妖龙。虽幸道基坚定，借此躲过一场四九天劫，至今仍是异物。因见贫道昔年虽仗他舍身相助，得免大难，后蒙卢太仙婆恩怜，竟有成道之望，性又好洁，他因身化妖龙，自惭形秽，又恐我道业将成，弃他而去，任怎分说，也不许贫道自行出外。

"此地以前布满海水，自愚夫妇来此，才行开辟。外子附身的妖龙，有五千年以上的道力，所炼内丹颇有妙用。外子当初因受仇敌和妖龙夹攻，原身已毁。仗着多年修为，玄功变化，以及两件前古奇珍之力，将妖龙元神禁闭在陷空岛侧地窍之内，占了妖龙躯壳，连那内丹元气也被收来。彼时因逃难心切，本身元灵虽与妖龙相合，难再重化人类，又舍不得把本身多年苦功和妖龙数千年所炼内丹元精真气付之一旦，便自行兵解，暗中也占了不少便宜。上面和四方的海水，均是外子所喷丹气，与本身元灵相应，稍有警兆，或是外人入境，立被查知。我便负心，真想逃走，也办不到。就这样，他仍不放心，知我爱惜原有形体，特意将其禁闭宫中。只许元神在他丹气笼罩之下的千百里内往来游行，而且每一出游，他必紧随在侧，不肯离开。我见他痴得可怜，又气他不过，近来索性就在适才抚琴的镜天湖上抚琴，或是观赏千寻碧波透射下来的明月，有时一坐经年，连元神也不离宫一步。

"诸位来时，他早知道。因诸位隐形神妙，先看不出是何来历，只知有人想要冲破上面气层，强行飞下。他那丹气近年功力越深，差一点的人休说冲破，人早入网。后来觉出诸位法力厉害，恐有损耗，只得自开气层，将诸位放下来。用尽方法，查看不出诸位的影迹，恐是仇敌，心正忧疑。及至诸位误入阵地，这才看出不是左道妖邪一流人物，但仍拿不定是敌是友。那神峰共是七十二座，乃是昔年所得前古奇珍布成的阵势。表面只现三分之一，内中颇具变化妙用，多高明的隐形法，入阵立破。满拟将诸位困住，盘问明了来意，相机应付。不料诸位法宝神妙，法力高深，眼看就要困住，忽然穿地遁走。外子正由地底追赶诸位，贫道忽接卢太仙婆仙示，将其唤回。不久，诸位道友寻来，竟是愚夫妇命中福星，自然喜出望外。

"这里便是愚夫妇日常居处之地。外子因前古仙人遗留的水晶宫室经他盘踞，地上时有腥涎狼藉，气愤非常，方才借着贫道和诸位道友对谈之便，刚打扫干净。当中宝座四周是他常年盘踞之处，地上仍留有痕迹。贫道平日在上打坐，他便环绕身旁，这等苦光阴已近千年之久。至于贫道身世，实有难言之痛。便绛云道友昔年与外子至交，又是日常相见的近邻，也只知其大概。贵派英云姊妹中，有两位虽是紫云宫旧友，相隔千年，纵令现在法力高深，洞悉前因，见面时贫道不提前事，也恐未必能够想起。旧日姓名，也不堪奉告。如蒙不弃，唤我东阳如何？"

说时，四人已由主人陪往当中宫庭珊瑚椅上，分别坐在珊瑚宝座之上。就在四人前面不远，隐闻异香。细一查看，当中宝座乃整块万年碧珊瑚雕成，形制古雅，光彩耀目。座后有一白玉屏风，上面烟云浩荡，隐露鳞爪，如有神龙潜身其中，飞舞如活，知是一件奇珍，不禁暗赞。再低头一看，环着宝座，果有一圈龙蟠痕迹，料是主人丈夫平日盘踞之地。因其年岁太久，那么坚厚的水晶地面，也成了一环凹槽。再看四旁，五六尺粗的黄金柱上，也有龙蟠之迹。设词一探，才知男主人把女的爱逾性命，虽因附身妖龙，无法亲近，每当女的在宝座上入定，或是无事闲居，便将身形缩成丈许大小，环绕身侧，成了一圈，将女的围在中央，昂头向上，饱餐秀色，专一眼皮供养，心坎温

360

存,永不离开一步。又因女的好洁,自身腥涎不堪,有时爱极,情不自禁,朝女的身上微一亲热,立生悔恨,飞往两旁黄金柱上盘起,流泪求恕。女的虽然怜他情痴,但因此举关系双方成败安危,知其情热如火,一旦不能自制,元神裂体而出,立成两败。没奈何只得故作无情,厉声喝骂,以粉身碎骨相挟,一任男的哀鸣求告,始终不肯假以辞色。表面情薄,内心苦痛已极。男的一面痴爱日增,永无止境;一面却防爱妻只顾自己成道,又对他生出厌恶,弃之而去。因而成年忧虑,百计严防。直到当日接见仙示,得知孽难将完,女的本是他累生夙孽,竟为他至情苦心所化,不特灾退福生,并还从此天长地久,同证仙业。只等英云姊妹转世重逢,便可将元神炼成形体,同返旧居,做一水仙夫妻,长享仙福。

四人见女主人说时喜不自胜,诚中形外,情感无形流露,连本不想说的话也无心泄露出来。笑和尚和南海双童近年原听诸葛警我谈起灵云、轻云、紫玲三人固是紫云宫中旧主,连严人英、李英琼和凌云凤姊妹、青门岛主朱苹等,均是千年前旧侣至交。另外还有好些水仙,有的转劫来归,有的尚在坐关受难,或是海外隐修。只要易静、癫姑、李英琼、余英男等躲过鸠盘婆之劫,重建幻波池,开府依还岭,这班历劫多生,尚未得见的昔年仙侣,均要来投,并奉英、云诸人为宗主,光大峨眉门户。料知主人夫妇必与此有关。又探对方口气,以前所习道法虽然自成一家,有异玄门正宗,却决非旁门左道一流。想起本门人才辈出,四大弟子之外,又有三英、二云、七矮,一时并秀,日益发扬光大,定在意中。

正在心喜,忽听龙吟之声起自玉屏风中,音甚悠长,细润娱耳。抬头一看,原来屏上烟云浮动,鳞爪飞舞,竟是活的。随见一条墨龙影子,先现出一个斗大龙头,朝四人将头连点,长啸两声。跟着身形一闪,屏上烟云滚滚飞舞,龙便不见。烟云随同消散,仍是一片白如羊脂的美玉。女主人见状,似悲似喜,微叹道:"外子因不愿见外客,推说隐往后宫,暗中附身屏上,贫道坐处与屏风相背,不曾留意。方才诸位道友下问,因多感慨,无意之中吐露心迹,忘了外子尚在屏上,被他听去,知我不会负他,欢喜非常,亲向诸位道友致谢。现已亲往海眼,布置破禁之事。其实区区之心,早想对他明言。一则,以前为了拒婚,骗过他好几次,如无事实,未必肯信;再者,外子为人任性,有许多顾虑,如非知他脱困在即,又有嘉宾在座,当英、云姊妹未来以前,我也真不敢泄露心情呢。"

正谈说间,侍女捧来五个形制古雅,大小不同的古玉杯,中贮玉浆,色作纯碧,向客敬上。四人知是琼浆玉液,入口一尝,甘芳满颊,其凉震齿。方在夸好,侍女又用玉盘献上各种瓜果,均是罕见珍物,隽美绝伦,芳腾齿颊。

女主人笑说:"诸位道友屡生修为,又在峨眉门下,闻说凝碧崖开府之时,八百仙人齐来赴会,所赠海内外的灵药仙草,琪花珍果,堆积如山,多珍奇的仙果,诸位也早尝过,区区辽海荒岛所产之物,何足挂齿?倒是杯中青瑶乳,乃海眼地洞千万年前的灵玉液,经愚夫妇用各地移植来的八十余种瓜果灵药之汁酿配而成。本来质类空青,功能明目,人服少许,或点上一两滴在眼内,便能透视云雾,远及千里之外,况又加上各种灵药仙果。诸位道友道法虽高,服此一杯,也不无小补。

"我知北海之行为时尚早,此山天生灵景,颇可游观。反正早去无用,一个不巧,途遇左道妖邪,甚或误事。再说那宝库也非当时所能攻破。上来便用宙光盘,固可成功,但那藏珍宝库也是一件奇珍,将来送往幻波池也颇有用,毁了实在可惜。依我愚见,先陪诸位道友游玩全山。到了下手之日,先请二位甄道友用鬼母碧磷冲,由头层地底穿入二层,由内而外,将神碑上所说的禁制法牌取下,如法施为,二层门户自然开放。到了三层前面,查看有无古仙人所留仙示,如其无有,再用前法,将三层门户开放入内。这样不问如何,先将那封闭洞门的两面法牌保存下来,不致毁损。等寻到头层宝库,相机行事。照神碑所说和卢太仙婆飞书,仿佛那宝库能大能小,可以移动,只要两面法牌不毁,便有开闭之法。仙示又曾提起香云宝盖与宙光盘缺一不可。我知香云宝盖只作防身之用,进头层时必须用碧磷冲从地底开路。宝盖可以防身,不去说它。那宙光盘里子午神光线具有极大威力,无论任何物体,五行真气,只一挨上,便即消熔毁灭,化为乌有,妙用神奇,不可思议。既然非用不可,怎能保全?为此我还有些不解。那海眼与地壳相连,所差只数百丈,所用法宝威力太大,到时尚须小心,免生意外。"

四人初意,以为主人被困多年,难得卢妪仙示,指点玄机,机缘巧合,千年难遇,必定急于成功,延往宫中,稍尽地主之礼,便催下手。一见这等安闲从容不迫神气,好生奇怪。再一留意,竟是故意延宕。等众人吃完酒果,又令侍女献酒,接连三次献过。四人因其意态殷勤,又知仙酿具有好些功效,并未坚拒。可是每一取酒,必隔好些时刻。

归吾性急,到末次上,见酒来更迟,并且不曾装满,笑问藏酒之处相隔远近。主人闻言,笑答:"并不甚远,只是那青瑶乳,每隔些日才有数杯,又是见风即化,虽能行法吸取,量仍不多。每次取用,必须将原酿的酒用玉杯盛了,放到乳源之下,听其下滴,满了一杯,忙即盖好,不令见风。今日也是凑巧,乳量甚多,从来所无。我知此乳于诸位道友颇有益处,幸蒙仗义相助,意欲借此稍报大德。本想每位只敬一杯，尚恐不能如愿，谁知侍女来报，今日乳量奇丰，大出意料。又见诸位道友颇喜此酒，故再命取奉客。不料二次取后，玉液仍未枯竭，料定诸位道友仙福深厚，有此奇事，连贫道也随同沾光。直到三次往取，量方大减，故此末次只有多半杯，诸位道友莫轻看了它。饮完，请随贫道游观全景如何？"

又隔一会，女主人方请同游，并未由原来入口走出。先把五座宫殿游完，见了不少奇珍之物，到处珠光宝气，耀彩腾辉，令人目迷五色，眼花撩乱，观之不尽。末了绕往后宫，和前面一样，宫门紧闭不开。女主人刚把秀眉一皱，忽见一丝玄色精光由身后电驰飞来，射向门上，双门立时大开。女主人请众同出，只见和前宫一样，也是一座极高大的玉牌坊矗立后宫门外。女主人引了众人走过牌坊，前面现出一座金桥。宾主五人及随行二女弟子刚走上去，眼前似有一片乌油油的光华自头上飞过，一闪不见。耳听殷雷声声，从对面传来，由桥下响过。金桥似在移动，一会停止，又一玉牌坊阻路，内里云烟变灭，浩荡如海。正用慧目查看，仿佛内里具有好些山岭花树，只是看不真。人已走到牌坊之下，女主人随掐灵诀，往前一扬，烟云立开，眼前倏地一亮，现出大片峰峦崖壁，到处布满奇花异卉，百里香光，宛如锦绣，美景无边，令人应接不暇。

似这样每经一处，女主人必定从旁指点，不厌求详。四人看出她想尽方法沿途延宕，几次探询下手时刻，均被拿话岔开。对于来客，却是极尽殷勤，人既美艳，话又温柔，态更诚恳，使得人不好意思违她心意。反正为日尚早，只得听之。那一片海底山峦，方圆数百里，地域广大，灵景又多，不是一两日内所能游遍。当地为北极边界，海中又无昼夜，终日光明。四人贪看奇景，又为主人诚恳温柔的意态所动，只顾随同游赏，娓娓清谈，越来越投机，顿忘朝暮。

光阴易过，不觉过了好几天。最后还是笑和尚警觉，向其探询，并说："北海之行固然还早，途中仍难久延。最好由我四人先将法宝、灵丹取出，然后相机行事。否则事机稍有延误，便致两败。我看还是先下手的好。"女主人知道不能再延，没奈何，只得凄然答道："并非贫道故意拖延。一则神碑所载日期，是由庚辰至壬辰的十三日内，明日方是正日。二则，贫道本身有一强仇，新近发现愚夫妇在此隐居，已来寻仇两次。卢太仙婆仙示，曾说此人日内要来，我畏之如虎。我想借诸位道友之力，将其惊退。如蒙相助，深恩大德，终古不忘了。"

众人才知主人有意延挨。笑和尚暗中再一推算，已在当地耽延了好些天,以四人的法力,一时疏忽,竟未留意。照此情势,分明主人还在行法掩蔽。笑和尚人最耿直,似此有意相欺,颇为不快,但为主人礼貌诚恳所动,未便叫破,只在暗中留意。一面笑对主人道:"我们来此时久,既到了庚辰正日,不如先将宝库打开,取出法宝、灵丹。主人如有他事,只要不误北海之行,我们仍旧效劳如何?"女主人面上一红,答道:"这样也好。贫道实是对那来人胆怯,又知他还有数日才到,为此算好下手日期,等诸位大功告成,正是时候,欲一举两便,解此前孽。以免万一诸位成功之后,不愿久留,来人与外子只一对面,必无幸免,使贫道多年来委曲求全的苦心付之一旦,故此想留诸位等到那人来后再去。至于北海之行,决不耽误,诸位放心好了。"

四人听出女主人对那恶人竟想保全,好生奇怪。知道不肯明言,也未再问。略为商谈,女主人随说:"泉眼宝库,原在镜天湖下,离此尚远。待我通知外子,开出一条水路,再同飞往如何?"说罢,将口微张,说了几句,仍和众人缓步前行。那一带景物更是奇妙,移步换形,到处洞壑幽奇,水木清华,奇花异草,触目皆是。更有无数参天花树,大均数抱以上,灿若云霞,绵亘不断。宾主五人说笑前行,又经过了好些奇景。南海双童心疑女主人仍在故意延宕,正想开口,忽听远远龙吟之声,由前面地底传来。前面是一水潭,潭水澄泓,平波若镜。众人刚到潭边,潭水忽似开锅沸水一般,水花滚滚,往上高起。女主人笑道:"此间的地底泉脉纵横,凡是有水之处,均相通连。外子正开水路迎宾。本来还想延迟两日,适听传声,今日泉眼古洞中竟有异兆,也许珍藏多年的前古至宝、灵丹,应在今日出世,诸位道友定必手到成功无疑。"

说时,潭中水花已冒高两三丈,水塔也似矗立潭中,正突突往上冒起,倏地往下一沉,刚陷下去一个大深洞,四边的水忽全停止不流。俯视潭心深处,似有光影微微凸起,乍看相隔上面约有二十余丈,跟着便见往上涌来。等出水面,乃是一个大水泡往上冒起,眼看越长越大,约有五丈方圆,吧的一声,化为一片淡青色的光气,罩向众人头上,反兜过来,分而复合。脚底也现出一片青色云光,将众人托住,往下降去,其行如飞,晃眼直下千百丈,再改平飞。

四人看那前行之处,乃是一条其长无比的甬道,上下四外的水,全被那淡青色光气形成的空洞隔开。人由那片水云托住,朝前急飞。光衔甬道,跟着向前收去。所过之处,身后海水重又合拢。再看女主人面色,好似忧喜交集,阴晴不定。估计人已走向回路,约有二三百里远近,龙吟之声又起。女主人面色一惊,忙对四人道:"外子偶然疏忽,几为埋伏所伤。他因自惭形秽，在元神未脱体以前，暂时不愿见客，贫道必须赶往照护。宝库就在前面不远。外子已受微伤，正以全力支持，以防丹气中断。诸位到了头层洞内，洞外的水已被丹气隔开，只照神碑所说行事便了。"说罢，匆匆飞走，白光微闪，人影不见。

那淡青色的光徜本来前收极快，到这末一段，势忽转缓，好似力竭神疲。因听说主人受伤，恐其勉力支持，女主人已去，四人途径不熟，万一主人支持不住，又要费事。于是四人各纵遁光，朝前急飞，晃眼到一大洞之前，光徜忽收，那洞就在前面脚底。四人刚往下一落，仰望上面，水已合拢，只不下压，知已到达。加急往下飞降，又是千余丈，方始到底。

前面地势，忽然展开数十亩大小，两座华表分立地上，高约三十余丈。前面现出一座大洞，两扇质似精钢，高约五丈的大门，右边一扇大开，左边一扇已经残缺不全，遥望洞内光明如昼。因当地乃前古水仙隐修之地，又在两千年前留下许多灵丹、至宝，以前虽未听说，必非寻常人物。为示诚敬，先朝洞门下拜，再同走进。

入内一看，洞甚广大，只不甚深。当中矗立着一座金碑，上有朱书古篆。四人修道多年，本全通晓，细一辨认，不禁惊喜交集，出于意外。原来碑上大意，不特载明宝库藏珍应在当日出世，并还隐示天机，连四人之来也似早已算定。四人看完，便照预计行事。南海双童刚把碧磷冲取出如法施为，前面七叶风车星飞电漩，一蓬碧色荧光刚往地底冲去，洞中禁制已被引发。先由神碑后面射出一道黑色精光，朝着四人暴雨一般射来。如非事前先有准备，上来便自留意，应变又快，差一点没有受伤。跟着洞顶一蓬紫光当头压下，左右两壁也有七八尺长的火箭攒射过来。地底风雷烈火之声大作，全洞一齐摇撼，似要崩塌神气。笑和尚的香云宝盖恰在此时放出，化为一幢金光祥霞，将四人一齐笼罩在内，上下四外的火箭、神光立被挡开，声势尽管逐渐猛烈，却不上身。笑和尚为防万一，又将火灵珠取出备用。口喝："甄师弟，还不快走！"南海双童看出禁法厉害，从来少见，有些迟疑，闻言忙以全力施为，碧光电转，朝前疾飞，往下钻去。

初意下面地层必定坚厚，难于通行，谁知通行并不艰难，入地不过丈许，便入了烈火之中。这才看出古仙人的禁法神妙异常。下面地底直似一座极大洪炉，火光比电还亮，已成银色。内中更杂有无数火弹，打到身外金霞之上纷纷爆炸，威力奇猛，如非佛门至宝防身，几为所伤。回顾来路，更是险恶，先前所见紫光、火箭的冲射之力越来越强，正由身后潮涌而来。香云宝盖竟受冲荡，归路已断，前进尚可，后退直是万难。笑和尚见状，忙道："二位甄师弟不可退缩,照卢老前辈的仙示和神碑大意,今日必能成功,我们有进无退了。"说罢,扬手一粒火灵珠发将出去,初意相助甄氏弟兄开路,不料一时巧合,那粒乾天火灵珠正是地底阴火克星。一团金红奇光刚发出手,投向火海之中,那大量玄色阴火和身后射来的火箭才一接触,立时消灭,一闪无踪。又看出前面地层竟是白色银泥,碧磷冲荧光飞射中激荡起千重银旋。两洞相隔只十余丈远近,先为禁法阴火所阻,前进艰难,阴火一破,通行自如,晃眼便达二洞地底。

笑和尚与南海双童各用玉环宝镜查看出二层关口已经越过,忙往上升。透出地面一看,形势与头层相仿,只是空无一物,光景却极明亮,匆促间先不知光从何来。后经仔细查看,当中洞顶离地十丈,凌空悬着一面上丰下锐,长约六寸,前端具有双耳的人形铁牌。本身乌油油,仅现微光,但是越来越强,光也转为白色,照得全洞通明如昼。如非慧目法眼,见闻又多,决看不出那牌的妙用。知是至宝奇珍,忙同跪拜,通诚求告。拜罢起立,又用法宝试探,见无异兆。笑和尚行事谨慎,还不放心,突将四人聚在一起,收了别的法宝,只用香云宝盖护身,朝上飞去。到了牌前,见如钉在那里一样,看似凌空,实甚牢固。满以为取之费事,试用本门太乙分光捉影之法,手掐灵诀,朝前一招,牌便冉冉飞来,竟是容易已极,心中大喜。

刚往下降,待要去往三层洞内查看形势,开库取宝,还未落地,就这法牌到手,微一注视之间,地面上突有一幢金光涌起。回头一看,原来铁牌下面洞中心,埋伏着一座形似宝塔之物,高只丈许,色作乌金,光芒四射,立在地上。乍看不知用法,笑和尚方想行法收去,忽听内里有人说道:"此是镇海之宝,妄动者死!时机甚迫,不可延误。"以下便没了声息。

知是古仙人仙法留音,不敢冒失,忙用前法往三层洞内穿进。刚用碧磷冲开路,宝盖防身,穿地而入,上下四外的埋伏也一齐发动,这次竟比先前厉害十倍。才一入地,烈火风雷,火箭金刀,便潮涌而来。前面和身后来路更具有一种极奇怪的阻力,四人竟被困住。埋伏威力又是越来越大,进退两难,行动不得。笑和尚连用玄功施展全力,又和南海双童父子把所带法宝全都试遍,只有火箭风雷和那奔腾若海的火浪被火灵珠消灭,别的仍是无用。最厉害的是那无形吸力,四外一齐吸紧,连香云宝盖也被裹住。如非人在金霞笼护之下,内里还有空隙,势必手脚均难移动。

似这样用尽方法,困守了好些时候,无计可施。后才想起,那面铁牌也许有用,姑取一试。因还不知用法,上来只用铁牌朝外连晃。哪知此牌正是各种埋伏的枢纽,才一晃动,禁法和那吸力全数失效。四人忙往前行,越过三层洞门，深入地面，见洞顶上也悬着一面同样大小的铁牌。忙用前法取下。到手以后，见洞中空空，四壁浑成，一丝缝隙俱无。再用玉环宝镜查看，迎面洞壁之内果有一座似鼎非鼎，高约丈许之物，知道那鼎便是藏珍宝库。但是通体高达三丈许，深藏壁内七八丈，上面既无门户，又无缝隙，和洞壁一样，通体浑成，庞然一座大物，就能到手，也奈何它不得。何况越到里层，地势越低，二层洞内，又藏有镇海之主，可见相隔地壳必近，取时用力一猛，便易发生灾劫。想了想，不敢造次，连用两面铁牌向壁晃动。头一面宝光照处，洞壁上突发奇光，两下里相持了一阵，牌收光退，并未显出别的灵效。再用第二面铁牌晃动，更是静悄悄的，连壁上神光也未冒起。连试两次，均是可望而不可即。

归吾在旁，见笑和尚末一次把两牌阴阳两面同时并用，洞壁虽未分裂，牌上竟射出极强烈的宝光，为以前所未见，仔细一看，忽然醒悟。将牌要过，试一合拢，铮的一声微响，双牌合璧，一片金光过处，竟成一体。再细查看，两牌相合以后，前端现出一团形似太极的圆光，两仪二气，正在微微旋转不休，时隐时现。笑和尚见状，忽想起杨瑾转交那封柬帖所示先机，当时醒悟。把牌要回，握在手里，按照师传太清仙法，手掐诀印，朝前一扬，一口真气朝牌头上喷去。遂见一青一白两股光气细如游丝，起自牌上，朝前面似玉非玉，似金非金，连用法宝冲射不破的洞壁上射去。说也奇怪，先前法牌上那么强烈的宝光不曾收效，这细如游丝的青、白二气前头只有米粒大小一点金光，刚射上去，耳听轰的一声大震，眼前烟光变灭，腾涌如潮，正面洞壁忽然失踪，宝库也便出现。

众人见那宝库下具五足，形似金鼎，高约三丈，上面无门无口，看去坚厚异常。因先前双牌合璧发生妙用，有了经历，仍由笑和尚持牌查看，辨明向背之后，再用前法把青、白二色的光气发出，朝宝库上射去。方想："主人曾说此宝能大能小，似此重大之物，如无收法，岂能带走？"那阴阳二气已射到上面，鼎上五色毫光迸射如雨，每面各现出一座小门，同时开放。外面光华立隐。库中宝光闪闪，并有金铁交鸣之声。

笑和尚想起昔年偶往峨眉仙府去寻金蝉、石生同往苗疆，共敌绿袍老祖时，正值师祖长眉真人仙籁顶石洞藏珍七修剑由里飞出，便是这等光景。料知库中藏珍将要飞去，忙喝："大家留意，莫被法宝遁走！"边说边将香云宝盖向前罩去。不料鼎内藏珍颇多，六门齐开，匆促之间不及兼顾。只听乒乓连声，眼前五色奇光如虹飞电舞，金芒耀目，当头一道龙形紫色奇光先由正门之内激射而出。下余五门，也各有宝光腾起，其势比电还快。笑和尚见状大惊,忙将香云宝盖飞罩上去,已是无及,左侧门内又飞出七点火星,作"之"字行,互相追逐,飞舞而出,赶上那道龙形紫光,冲向出口一面洞壁之上,只听霹雳连声,洞壁立被震穿一个大洞,两件前古奇珍就此破壁飞去。

笑和尚原以为当地四外洞壁坚厚如钢,又有禁制,法宝决不能遁走,想用香云宝盖将宝库罩住,再把逃出之宝收回。谁知事起仓促,上来不曾留意,六面库门各有一件奇珍,除先逃两件之外,香云宝盖只罩住了三件。另外还有一件形似三根二尺多长的彩羽之宝,由库后相继飞出,被南海双童瞥见,各指飞剑上前拦阻,剑光才一接触,前面洞壁已现裂口,那三根彩羽立化彩虹飞去。只有一件钟形之宝由内飞出,吃归吾身剑合一,飞起一挡,逃势略缓,笑和尚忙发无形剑气追将上去,当头罩下,挣了两挣未挣脱,被笑和尚行法收到手里。

笑和尚料定库中法宝至少有六七件,竟被逃走了三件,对于北海之行,不知是否有关。追是没法再追,只得回到鼎前。在香云宝盖笼罩之下,侧耳一听,内里金铁交鸣之声越急,并杂以风火雷鸣。时见宝光往外冲出,都被金霞将门封住,不曾冲破。几次想收,未能如愿。笑和尚暗忖:"鼎中至宝,已失其三,似此相持,几时是个了局?"想了想,把金霞宝光往外加大,一面令归吾父子三人拦住法宝逃路,合力堵截。等到准备停当,把手一挥,先是金霞往外展开,突然空出大片地面。内中法宝本以猛力往外强冲,一有空隙,立时夺门而出,那么强烈的香云宝盖,竟会受了波动。如非笑和尚早有准备,几被逃走。

那法宝共是三件。一件形如双斧交叉,飞舞而出,斧头为正圆。其中一斧形如满月,寒光闪闪;一斧四边金芒电射,中心深红,宛如一团日轮。两斧斜插在一根形似长矛、奇光激射的斧柄之上,飞舞之时发出轰轰雷电之声。在三件法宝中,只此一件威力最猛。下余两件:一件形似一个大半圆的玉圈,上面蟠着七条灵蛇,口中各喷彩焰,其直如电,满空飞舞;一件是个两头尖针形的青光。

这三件宝贝才出宝库,便分三面冲逃,吃香云宝盖金光一罩,纷纷掉头向下,待往地底穿去。幸而南海双童都是行家,看出三宝本身具有灵性,早把碧灵冲和随带法宝、飞剑全数取出,结为一片光网,将地面封闭;笑和尚又将金光由下面分卷过来,成一光笼,将三宝围困在内。原想把三宝一起笼罩,再将金霞逐渐缩小,行法收取。岂知三宝各具威力,并似具有灵性,连冲数十次不曾冲出,便自停止,作三角形悬在光笼之内,各将宝光加强,朝外猛射。经此一来,光笼竟被撑住,难于缩小。

笑和尚见香云宝盖虽是佛家至宝,却是借来之物,初次运用,不能发挥它的全部威力妙用。又因卢妪仙示说库中灵药、藏珍与笑和尚等人的北海之行有关,此事关系重大,非同小可;七宝已失其三,这类前古奇珍不知收用之法,如被逃走,落在左道妖邪手中,岂不又留隐患;想要强行收取,又恐互有伤折:因而心中为难。又隔了些时,决计先取库中灵丹,查看内里有无别的藏珍和古仙人所留仙示,以免相持时久,夜长梦多,生出变化。主意打定,便令南海双童代为主持,自往库中查探。

这时三宝威力越来越猛,宝光精芒互相冲射,激荡起千重霞影,万点星花,看去威势甚是惊人。又作三角形停立空中,向外猛冲,力大异常,正挡在宝鼎前面。笑和尚费了许多心力,才得缓缓移开,停向一旁。笑和尚暗忖:"稍微移动,便如此艰难,照此威力,如何收法?"忙告双童:"小心戒备,不求有功,只求无过。等到入库取出灵丹,查看库中是否附有收宝之法,再作计较。"

笑和尚随往库中飞去,见库高三丈,门仅三尺大小。笑和尚施展玄功,飞遁入内。初意库中地势颇宽,六门大开,必可随意出入。哪知刚到里面,瞥见库中心似有光华闪动,疑有藏珍在内不曾飞去,便纵遁光,飞往当顶查看。看出那宝光作六角形,中藏一团形似鸡卵的灰白影子。心方一动,眼前倏地一暗,耳听金铁风雷之声四面涌来。知道库中还有埋伏,无心触动,喊声:"不好!"总算东海面壁之后,功力大进,人又机智万分,见势不佳,忙将无形剑气向外展开,先将本身护住,再用慧目法眼定睛查看。原来身已陷入万丈浓雾之中,上下四外,黑影沉沉,什么也看不见,不知多高多远。身外只是一片浓黑,耳听风雷大作,金铁交鸣,宛如百万天兵,夹着排山倒海之势和重逾山岳的压力,齐向中心压来。

笑和尚开头运用玄功,还能稍微冲行移动。晃眼之间,上下四外一齐逼紧,休说随意冲行,如非法力高深,人又机警,先用无形剑气四面挡开一大团空处,直连手足都难移动。换了常人,处此危境,急于出困,必将太乙神雷与随身法宝、飞剑放出,向外硬冲,当时便是祸事。笑和尚却是累生修为,见闻广博。先见宝库中心所悬灰白色形似鸡卵的气团,便疑中藏先后天五行妙用,知道抗力越强,反应之力越大。库中禁法埋伏虽极厉害,如无特殊变化,在南海双童等人眼里仍是三丈多高一座宝鼎。想起到达之前,主人推说丈夫受伤,前往救护,由此一去不归,看神气虽不会是有意欺骗,也许还有隐情。今日之事,稍失机宜,难免铸成大错。莫如把稳行事,相机应付为妙。于是只守不攻,先不作脱身之想,只是运用玄功,加强无形剑气防御之力。

等剑气越发凝固,稍微往里缩小,缓和了四面压迫的威势,便用本门传声向南海双童询问:"我入库以后,外面是何景象? 有无变故? 主人来否?"随听甄艮回答说:"笑师兄入库以后,似见光华微闪,六门同时关闭。方疑有异,门忽开放,仍和方才一样。只笑师兄人影不见,此外别无他异。只是三宝冲突更猛,光陷越强,金霞时受冲荡。主人始终未见,不知如何收法,恐难持久。"

　　笑和尚闻言,越知古仙人的禁制威力神妙,不可思议。如用法宝护身,施展玄功朝外猛冲,即使当时能够出困,也必狼狈不堪,藏珍、灵丹还未必能到手。正在仔细盘算,忽想起卢妪仙示曾说宙光盘、碧磷冲、香云宝盖三宝缺一不可。为防三宝威力太猛,误将地壳冲破,未肯轻用,人已深入三层洞内。既说此宝不可妄用,又说非它不可,也许是指破这宝库而言。当时触动灵机,忽然醒悟。上来惟恐毁损至宝,不敢骤然发动,先将法宝、飞剑结成一团宝光,环绕全身,外层仍用无形剑气四面防御。等到准备停当,便传声告知外面三人,务要联合一起,各用法宝防身,相机应变。最后才取出宙光盘,朝盘心所悬神针一指,针头上子午神光线便隔着宝光剑气冲射出去。那细如牛毛的银色光雨长才尺许,刚一射向剑气层外,那笼罩外层重逾山岳的浓影便似飞雪投火,当时消融,冲开一个大洞,跟着身上一轻。再用慧目法眼定睛一看,不禁惊喜交集。

370

第三〇四回

合力助痴龙　地穴神碑腾宝焰
潜踪闻密语　波心赤煞耀尸光

原来那黑影竟是太白玄金精气炼成,具有极大威力。人被围困在内,不消多时,便由气体化为实质,仿佛一块极大钢铁,将人埋葬在内。对方如是行家,还能仗着法宝防身,将四面挡住,困在其中,苟延残喘。若稍微疏忽,不知底细,或是临变心慌,以为身外只是一团黑气,不难冲破,妄用法宝、飞剑朝前猛冲,立生反应。再要误发各种雷火,那玄金精气立成熔质,人便似陷身在一座极大的熔铁炉内,任何法宝,均难免于炼化,金铁之质,更毋庸说,人也随同化为劫灰。端的厉害无比。

这时玄金精气已快化为纯钢,宙光盘恰在此时发动,子午神光线所指之处,四外快成实质的精钢纷纷消灭,化为乌有。笑和尚正防子午神光太强,宝库也遭波及,猛觉身上一轻,眼前大放光明,知已脱险,忙收法宝。待要观察形势,猛瞥见先前发光之处忽然飞落下三尺大小一团形似灯焰的银光,比电还亮。中心拥着一个道装小人,相貌奇古,身长不满二尺,手掐法诀,朝着自己微笑,把头一点,往外飞去。跟着便听外面连声雷震。赶往库门一看,由内到外,三层洞门已一齐开放,金霞仍在一旁未动,归吾和南海双童正在惊呼相唤。方想出看,忽闻宝库顶吧的一声,疑有变故,忙即回身仰望,先前银焰小人飞堕之处,当中库顶一团光影刚刚震破,光焰四射,尚未全消。跟着落下一个淡青色的皮囊,由那残余光烟托着,轻轻下落。先还恐是法宝,试行法一收,容容易易到了手上。只见这皮囊通体细鳞,青光闪闪,大约二尺,并未封口。伸手一摸,内里共有两个乌金瓶,高只数寸。另外一本用竹简制成的道书,共是七十三页。除开头三张朱书古篆,载明库中藏珍和灵丹妙用而外,底下每页均是灵符。末一页又是朱书古篆,大意是说:

三千年前,有一仙人盘莝在此隐修,因为夙孽太重,虽然积有无数善功,天劫仍难避免。仗着修炼多年,功力高深,在大劫将临

371

以前,连用百零八日苦功,虔心推算未来因果,运用全力,严密布置。又请一位同道好友相助,将他本身元灵用太白玄金精气包没,连同平生所用法宝、神符、灵丹,一齐藏向两座宝库之内。又用诸天禁制,将三层内洞一齐封闭,移山换岳,将整座洞府沉入海底泉眼之内。又以极大神通,重新布置出一座洞府,与原来的一般无二。就这样,仍恐仇敌看破,除行法掩蔽,颠倒阴阳,使其无法推算真情,又由那至交同道的元神附在本身肉体之上,在洞中相待,仗着事前留下的二十六道灵符,与强敌恶斗了二十九天。等到灵符用完,那至交同道的元神突然飞走,盘莘的原体自为仇敌所毁。对头虽然神通广大,练就蚩尤三盘经,邪法厉害,狡诈无比,觉出对方不应死得这么快法,连元神也似随同消灭,不曾遁走;最可疑的是那些有名奇珍一件未用:心中奇怪。但因仙人事前防御严密,设备周详,元神早已藏入海眼深处,由那至友附身应敌,双方法力均高。那新布置的仙山洞府均是宝物,经此二十九日苦战,十九已化为劫灰,灵符更具威力妙用。斗到最后一天上,至友的元神早已隐形遁走。那至友原与对头相识,元神一经复体,便装作由远处得信赶来解劝。事后,仙人便不再现影迹,海底泉眼早已有了仙法掩护。对头尽管半信半疑,事隔多年,访查无踪,又未见有转世行迹,也就罢了。仙人大祸虽免,元婴尚还不到功候,便在海底苦修。

又隔千年,强仇身遭末次天劫,形神皆灭,仙人的元婴也早炼到功候。无如当初发愿太宏,立意用千八百年苦功炼成天仙,自用所炼太白玄金真气,将洞府和宝库严密封禁,非到时机,等前古至宝宙光盘二次出世,便将三层洞门打通,也无用处。并且来人一入宝库,便受玄金精气包围,万无生理。日前回忆前事,定中推算,得知今日功行圆满,破禁放他的人,正是三千年前至友转劫到此。为感昔年高义,除外库中藏珍、灵丹之外,并将昔年准备飞升时防御九天罡煞之气和左道妖邪途中暗算,留作万一之备的七十三道灵符一齐相赠。还有那七件奇珍,均经自己千年苦炼而成,多高法力的人也收不去。虽然传有收法,仍非短时日内所能随意运用,特在行时代为行法禁制,以便笑和尚前往收取。不过此宝本身已具灵性,虽经行法禁制,令其改归新主,到手以后,仍须本身元灵与之相合,否则仍难免于生变。前逃三宝,已落在两个左道中人手内。本来此宝外人收它不去,因其持有克制之宝,才被收去。但仍难应用,将来终于珠还,无须往寻。

笑和尚见那灵符每道均附有用法,越发心喜。那十七粒灵丹,分藏在两金瓶内,瓶口微开,立闻清香,想不到得来如此容易。宝主人更是三千年前至交,更加欣慰。

随听南海双童连呼师兄,急忙飞身赶往一看,那三件法宝已全缩小,凌空悬立金霞之中,甚是安静。双童谨慎,恐又生变,不敢贸然收取。一问经过,才知双童正觉三宝威力越增,香云宝盖渐有制它不住之势,笑和尚又似被困库内,心正危急,倏地一朵银焰拥着一个道装小人由库内飞将出来,将手中灵诀朝外一扬,三宝立发出几声异啸。同时小人也带着连串雷鸣之声,往前洞飞去。所过之处,洞壁立开,现出门户,晃眼无踪。三宝由此悬在里面,不再往外冲突。笑和尚不顾答话,朝金霞中一看,三宝最长的也只七寸大小。其中斧形之宝,乃一块铁令符,上刻双斧。另一月牙形的玉环,上刻六条怪蛇,彩色斑斓,精芒外映。还有一根似铁非铁,长约三寸,上绘符篆的长针。都是宝光隐隐外映,知是前古奇珍。为防万一,先照道书所载用法,飞入金霞之内,如法施为,果然应手取下,才放了心,将香云宝盖一同收去。

笑和尚正和归吾父子三人同观道书,谈说前事,忽听洞外天空中异声大作,杂以龙吟,远远传来。想起前受女主人之托,说有对头要来侵害。仗她指点,自己得此前古奇珍,又蒙优礼款待,其势不能坐视。一声招呼,忙同归吾父子往外赶去。匆迫之中,只顾应援,忘了宝库尚未收取。因洞门已全开放,通行容易,晃眼便到头层洞外。耳听异啸龙吟之声,越发猛恶,仰望却不见其争斗形迹。上面海水吃墨龙所喷丹气逼住,宛如一座极大的水晶穹顶,将当地罩住。四人虽然未见主人的面,一则受托在先,又知来敌厉害,以为主人夫妇业已被困,或是落在下风,正在勉强支持,龙吟乃是求援,也未仔细查听,立时穿波而上。墨龙所喷丹气本极强劲,不易穿过,这次竟是毫无阻力,越料求援正急。笑和尚虽然想起宝库未收,内库尚未发现,以为助战要紧,况又不知收法。心念微动,立即丢开,同纵遁光,穿波而上。当地是在天镜湖底,离战场颇远,中间隔有好几座峰崖挡住目光,急切间也未取出玉环查看。

四人一离水面,便循声赶去。刚越过前面高峰,便见一个身材清瘦的道人手指五股黑烟,烟中各裹着一口飞刀,与前见墨龙在晶幕之下飞空恶斗。墨龙口喷青、紫二色丹气,敌住那五口飞刀,口中不住怒啸,似有不支之势。四人天生侠肠,对于主人本就心存左袒,又见道人手发黑烟飞刀,不似正经修道之士，越发生出敌意。南海双童首先飞身上前助战。笑和尚虽然后发，动作更快。因想试验新得法宝威力妙用，上来未用飞剑，只把身形一晃，便到了道人前面。道人瞥见斜刺里先后飞来四人，当头两个矮子剑光强烈，厉声大喝："你们哪里来的？"话未说完，笑和尚人影一晃，已越向前面，哈哈笑道："主人在此隐修多年，你这妖道叫甚名字？为何上门欺人？"那道人也是该当晦气，明明看出新来四人是正教中能手，仍然不甘就退，闻言反倒大怒，厉声大喝："无知小秃贼！也配问我名姓？我与妖龙仇深似海，你们既是三清门下，为何帮助妖孽，倚众欺人？趁早退去，还可活命；否则，休怪我狠！"

四人先见对方面带狡诈，不似善良，成见已深；又见道人口喷黑气，将双童飞剑接住，说话又是那么凶横，越料对方不是海中精怪，也是左道妖邪，闻言全都有气。笑和尚更因对方狂傲，不说名姓、来历，有意给他难堪。本想隐身上前打他一下，不料道人竟有法宝防身，笑和尚一掌打将上去，竟被一股潜力挡住，反震回来。如非功力高深，所用又是佛家小金刚掌，几乎反被所伤。同时归吾因觉两生修为均在旁门，前生爱子固已上进，笑和尚更是法力高强，望尘莫及，到处相形见绌，心生内愧，一见三人上前，也将法宝、飞剑一齐施为。

道人看出墨龙颇有逃意，不知是计。心恨四人作梗，又吃笑和尚那一掌，虽未打伤，也自有些警觉。厉声大喝："无知小狗，今日叫你知我厉害！"说罢，双肩摇处，背上所佩葫芦内立有大股黑气，中杂亿万寸许长的红、紫二色飞针，暴雨一般朝四人当头罩下。经此一来，四人越把对方认作左道妖邪。

笑和尚因先前一击不中，有了戒心，惟恐双童父子误中邪法，扬手先是一片无形剑气，将三人挡住，不令飞针上身。跟着发出太乙神雷，数十百丈金光雷火打向前面，黑烟、飞针立被震散。耳听女主人远远狂呼之声，墨龙全身均有丹气笼护，口中悲鸣越急，以为邪法厉害，便将新得三宝的腾蛇环发将出去。大半圈闪变无常的彩光，上面七条彩蛇，出手便自暴长亩许方圆，比电还急，飞舞而出，六条蛇口齐射五色灵焰，对准道人飞去。耳听女主人狂呼与龙吟之声，相与应和，也未听清，仍指法宝上前。道人见状大惊，面色立变，怒吼一声，放出一道玄色精虹将身护住，收回飞刀，破空便逃。无奈来时容易去时难。上空晶幕，原是墨龙的丹气与本身真灵相合，本是有意放他入内，败后想逃，如何能够，连冲两次，不曾冲破。那大半圈彩光带了七条口喷灵焰的怪蛇，又由后追来。没奈何，只得拨转遁光，满空飞逃。归吾和南海双童又各指飞剑、法宝，满空追截。

笑和尚本来要追，因见墨龙盘空未动，只朝四人点头示谢，不曾追赶，心中奇怪。螣蛇环又具有灵性，一经放出，除非主人将其收回，不追上敌人决不停止。笑和尚正在寻思，忽见女主人凌空飞来，还未近前，便双手连摇，高呼："诸位道友，手下留情！"说罢，回顾墨龙，大声呼喝，满面均是怒容。笑和尚想起女主人前言，心方一动，待将螣蛇环止住，就这两句话的工夫，一道玄色精光已朝女主人电驰飞去。还未到达，黑光中先射出一蓬墨色光雨，朝女主人打去，来势比电还快。笑和尚因看出主人夫妇争论，不便上前，稍微缓了一缓，玄虹已电驰飞到，才一照面，便下毒手。只听女主人悲呼："好狠！"似已受伤，人便往斜刺里遁去。墨龙见仇敌所喷墨雨将爱妻打伤，立时暴怒，怒吼一声，身形暴长，正在发威，想要拼命。忽听女主人又在大声疾呼："你不放他逃走，我就死在你面前！"随听玄虹中道人接口骂道："无耻贱婢，你休要讨好卖乖，今日叫你和那妖龙死无葬身之地！"说罢，玄虹微一掣动，又朝女主人电驰追去。

这时，螣蛇环和归吾父子三人的飞剑本在尾随急追，无如敌人已横心拼命，飞遁又极神速，乘隙飞来，先发出一蓬墨雨，将女主人打伤，重又急追过去。笑和尚早知女主人有难言隐痛，一见妖道要斩尽杀绝，不由大怒，一指螣蛇环加急前追，紧跟着隐形飞遁，也急追上去。墨龙更是怒火攻心，刚一回身要追，女主人忽由侧面飞回，面容惨变，大声疾呼："诸位道友，看我面上，请暂停手！我虽受伤，并不甚重。"说罢，回身猛朝墨龙扑去，一把抱住龙头，连推带撞，哭喊起来。道人在玄虹护身之下，本朝侧面追赶，不料女主人精于玄功飞遁，法力甚高。先前受伤，原是情急之际偶然疏忽，更没料到对方会下这等毒手。一经防备，便难追上。就这样，仍恐道人为众所杀，本想用化身将其引开，本身飞回拦阻众人，不令下手，强迫墨龙将其放走。偏生所幻化的替身又被对头看破，回身追来，一见女主人抱着龙头，代他哭诉，向众求情，不但不领好心，反而激发怒火，又是一蓬墨色星雨发将出来。

笑和尚刚刚追到，因见女主人情急狂呼，神态可怜，本想停手，一见妖道这等狠法，心想迫使屈服，永绝后患，便暗放无形剑气，想将主人护住，再行设法制服。谁知墨龙早有准备，先前乃是故意示怯，一见墨雨飞到，猛张口一喷，一团青、紫二色的光气飞将出去，两下里一撞，便自爆散，电也似疾，正朝敌人当头裹下。忽听女主人一声悲叫，光气忽又收回。道人幸脱危境，仍还不知进退，扬手又是七八十口裹着黑烟的飞刀朝前飞去。这原是同时发生，瞬息间事。笑和尚见妖道如此凶横，不知进退，早按仙人传授，暗中施为，把手一指，螣蛇环所化彩虹早已追到，被笑和尚止住，突似惊鸿电掣，暴长数十百丈,电也似疾将那玄虹围在中央,上面七蛇齐喷灵焰,环绕冲射。同时归吾父子三人也已追到,纷纷用法宝、飞剑上前夹攻。道人先仗玄虹护身,还不十分害怕,此时方想逃遁。笑和尚把手一指,那大半盘彩虹连同上面灵蛇,立似转风车一般,将道人连身外玄虹一齐裹住。晃眼之间,蛇口灵焰交射中,玄虹竟被消灭了大半,道人周身也被极大吸力裹紧,休说逃走,移动都难。这才知道厉害,厉声喝道:"阿东!莫非你看我今日为你葬送么?"

女主人似已将墨龙止住,凄然叹道:"似你狠心薄情,忘恩负义,况又自取灭亡,本应听你自作自受。现既知悔,宁你不仁,我不可以无义。"随向笑和尚带愧说道:"此是贫道两世冤孽,他虽多行不义,实不愿其由我而死,还望诸位道友看我薄面,放他去吧。"笑和尚故意摇头道:"放他不难,只是这厮过于阴毒,以恩为仇,放他必留后患,还是除去的好。"说罢,取出那面上刻双斧的古铁令符微微一扬,两柄日月双辉的神斧立时光芒万道,交叉飞出,照准道人头上待要下落。道人防身宝光已被灵焰化去十之八九,身被裹紧,无法逃脱。瞥见神斧飞起,当头下落,看出是前古至宝奇珍,心胆皆裂,颤声急呼:"神僧饶命!如蒙网开一面,从此决不登门与他夫妻为难。"笑和尚一面止住法宝,喝问道:"你叫什么名字?既然知悔,看在主人面上,放你逃生。下次再被我发现恶迹,休想活命!"说罢,把手一招,收回法宝。

道人满面羞惭,朝主人看了一眼,腾空便起。笑和尚看出对方目射凶光,知其不怀好意,连忙隐身追去。这次道人居然未受阻隔,冲破晶幕而出。刚到上面,不知有人暗中尾随,咬牙切齿,恶狠狠手指下面,厉声咒骂。笑和尚见他如此卑鄙阴险,不禁有气,刚要追上给他吃点苦头,忽见道人取出一块方形水晶,看了一看,好似有甚警兆,面上一惊,身形一晃,便纵水遁逃去,一闪无踪,只得罢了。暗忖:"此人所用法宝颇似左道中的能手,不知是何来历?主人不肯明言,未便询问。看他行事神情,早晚仍是后患。"正往回飞,女主人和归吾父子三人恰同迎来。再看墨龙,已先退去。

女主人似恐众人盘问底细,见面称谢之后,苦笑说道:"诸位道友高义,刻骨铭心。外子和今日来人有不解之仇,不知怎会被他算出强敌要来,借着受点微伤,将我骗去,软禁水中,意欲与敌拼命。如非强冲禁网,赶来解围,双方必有一伤。虽蒙手下留情,将其放走,仍然未如预计。可恨外子一味感情用事,不知利害。否则,仰仗诸位大力相助,只要不将我困住,诸位法宝早已到手。贫道再与诸位略为商议,将来人惊走。他只当古仙人的藏珍被我取得,此人贪小,只要将外子所得灵丹和他想了多年的一件法宝送他讲和,从此便可各不相扰,永绝后患,有多好呢!实不相瞒,诸位道友在此已有多日,前半固是借重鼎力,有意延挨;后半实由取宝耽延,看似不久,历时却久。请至荒居小坐,便请起身如何?"

四人闻言,一算日期,果然只剩两天限期,不禁心急起来,忙将灵丹分与主人一瓶,匆匆辞别,主人也未强留。笑和尚行时忽想起宝库未收,忙问:"此时往取,可来得及?"女主人笑答:"此时海眼洞府已全封闭,暂时取不成了。好在英、云姊妹不久要来,彼时再取不迟,请上路吧。"

四人随即冲波而起,往北海飞去。到了北海绛云宫海面附近,遥望前面,暗云海雾,上与天接。乍看还无过分惊人之处,后来越飞越近,入了雾阵之中。四人去时,奉有杨瑾密令,早将遁光连人隐去。因还有一昼夜限期,相隔绛云宫海面只七八百里,各将冲空飞行之声隐去,缓缓前进。看出越往前飞,雾气越重,灰蒙蒙望不到底。遥闻万雷轰隆怒哄之声,互相应和,声震天地。四人照着杨瑾所说,环着雾阵暗中查看。正贴水面缓缓同飞,忽听身前不远有两人低语争论。赶过去一看,原来当地乃是海中一座无人小岛,大只数亩,宛如一个碧螺浮在水上。地不甚大,但是花木繁茂,景物清丽。如非四外海气荒凉,终年愁云惨雾连接不开,真乃极好所在。那两人都是道装少年,临水而坐。听那口气,好似二人的师父与人有仇,算计敌人近日功德圆满,元婴炼成,快成气候之际,前往扰害。并还带了几个得力门人,持了几件法宝,分成三面埋伏,以防敌人元神飞逃,分头堵截。因嫌为日甚多,海面辽阔,景物幽晦,特由别处移来几座小岛,以便门人在上守候。四人才知两少年存身小岛,竟由别处移来。门人如此,乃师法力之高可想而知。

笑和尚足智多谋,暗忖:"为时尚有一昼夜,何不就便设法探听虚实?"心念一动,便用传声告知南海双童父子小心戒备,暗中查听,相机行事。不料那两人谈过几句,便离开了本题,所说全是同道往还和海外采药经过,不再提到正文。依了南海双童,既听不出所以然来,同时又听远远雷声爆炸,声虽沉闷,好似隔着极厚的浓雾,但是繁密异常,连千百里外的地壳均受震撼,意欲赶往前面观察。笑和尚本来要走,偶然一眼瞥见两少年互相对看微笑,所谈越不相干,猛触灵机。暗忖:"我们到时,这两人正在谈论乃师乘隙报仇之事,话未说完,我们才到岛上,忽然转了口风,对前事只字不提。莫要隐形法未被看出,岛上却设有埋伏禁制,人一上岛,立被警觉,也未可知。"心中一动,立用传声暗告三人:"同往岛西,隐形遁走,动作越快越妙。不听呼唤,不可回顾。"

四人原本立在两少年左侧花树之下查听动静,甄氏弟兄和乃父归吾刚纵遁光隐形飞走,内一少年面色忽变,微一冷笑,把手往外扬起,待要施为。

不料笑和尚早有准备,先和甄氏父子同纵遁光离开地面,却不飞走,人仍停在原处未动。一见少年伸手发难,故意把手一指,立飞起四条人影,由甄氏父子所去之处略现行迹,忽然改道,往斜刺里飞去。因知水仙门下男女徒众都是水族修成,因而所幻化的四条人影相貌均极丑怪,似人非人,各在一片灰黄烟光拥护之中朝侧面飞遁。少年手中两道红光也电掣而出,本朝甄氏父子这一面急追。那四条人影出现正巧,仿佛害怕敌人红光,改道逃遁神气。少年先误认为所发红光破了隐形之法,忙指法宝急追,不知对方乃是幻影,暗中有人主持。他这里一追,幻影立时遁入海中,少年立指红光往下追去。笑和尚防他看破,幻影入海,并不当时消灭,等到红光追上,方作为想逃无及,被那红光裹住一绞,立成粉碎,海水也似被血染成红色。

少年方始收回法宝,笑对同伴道:"师兄,你看这些水怪也敢来此窥探,岂非找死!"同伴青衣少年似如未闻,只向四外留神查听。隔了一会,微笑道:"我看事情无此容易,你当四个水怪是真的么?"少年答说:"我先和你说话,也许被他们听去了。或许我们一时疏忽,不自警觉。他们偏大胆冒失,入我禁地。如非我们行事慎重,过信传言,以为对方师徒法力甚高,又觉来人隐形神妙,暗中查听了好些时,不见丝毫形声,我早下手了。后来我见敌人逃遁,实在气他不过,还拿不定是否能够追上。试用红光一追,谁知他们只擅隐形之法,并无大用。你分明见我用赤尸煞光将其绞成肉泥,莫非还是假的不成?"

青衣少年笑道:"我看此事有好些可疑。这几个水怪既然擅长那么好的隐形法,必非弱者。何况水母师徒素来护短,她那门人向不许人欺侮,法力稍差,休说远出和人对敌,连她那绛云宫都不许离开一步。何况我们师父是她师徒三人多年来的凤仇大敌,又当仇人元婴炼成,功候将完之际,怎会纵令这类毫无法力的门人远出探敌?还有那四人死得太易,也未回手,死后连元神都未见飞起,此时我越想越怪。我二人奉命防守,责任重大,莫要上了敌人的当才笑话呢。本来连这几句话也不想说,因见敌人去后不曾再来,不问所杀是真是假,这赤尸煞光敌人不会不知,也许看出我们不好惹,幻化出几条幻影,本身早已知难而退。适才行法查看,不见行迹。师弟自信太深,这等粗心,极易误事,为此令你留意。现在双方胜败存亡,只此一举。师父正与陆巽在绛云宫中苦斗相持,整座绛云宫均在师父赤尸煞火笼罩之下,只要斗过明夜子时,敌人如无强有力的救兵赶到,万无幸理。

"敌人本来就是九死一生的关头,她那门下孽徒偏不知利害轻重。日前有几个中土隐修的散仙,同了昆仑派两个后辈由金银岛起身,因其中有两个

378

转劫重生的法力虽高,年纪却轻,童心未退,强着内中一人,用金银剑气化一长堤,凌波飞渡,偶然疏忽,忘了前面雾海中离绛云宫禁地不远,以致误入。这班狗仗人势的孽徒,也不想想他们师父多年闭宫苦修,功候快要圆满,正当要紧关头,我们师父这个大对头已是难于抵御,竟又多生枝节,无故添出好些强敌。并且来人自知疏忽,已经飞高,并向孽徒们赔话;所行之处,又偏在绛云宫侧面,至多剑气照耀海水,绛云宫前立有两座辟水牌坊,便在宫前,也不至于惊扰,何况相隔尚远。这班无知孽徒因想起宫前牌坊原是三座,昔年被神驼乙休用两件至宝奇珍换去一座,转送与峨眉妙一真人,以为开府的点缀,无法取回。乃师不久有难,连日正在加功苦练,见来人遁光强烈,恐惊乃师,分了心神,误以为他们那独门癸水雷珠威力神妙,师父之外无人能敌,不特仗势欺人,迫令来人认罪服输,并还看上内中两个幼童,妄想收为弟子。不料对方年纪虽轻,法力却高。表面困入他们雷山火海之中,实则来人和他师父素无仇怨,不愿树敌,未将那几件佛门至宝一齐发动,欲待他们师父出面理论,以防结怨树敌,或是双方各走极端,生出别的灾害。

"昨日陆蕖婴儿炼成,得知此事,又急又怒。正待责罚众孽徒,并与来人相见,也是劫难将临,行事颠倒,素来好胜,觉出孽徒已将水母独门法术、法宝一齐施为,不特没有占到一点上风,如非来人手下留情,几乎反为所制。而且又用法宝查听出对方心意,疑心他故意纵容门人出头为难,就此出面,无异向人认罪服输,越想越不是意思。同时又接到我们师父就要前来寻他报仇之信。那癸水雷珠,照例敌人法力越高,它反应之力也越大。虽是水宫奇珍,似连日这等用法,从来未有。如今绛云宫方圆千数百里以内,均被这类雷珠满布。最后又因敌人持有仙、佛两门至宝,将这一带化成万丈冰山,一直冻入海底,生出好些妙用。知道我们师父来去如电,神速无比,防不胜防,稍微疏忽,立被侵入,难得这几个过客只守不攻,不与为难,正好借着所持仙、佛两门至宝,激动癸水寒精元气,随时发生变化,护住当地。自身躲在海底宫中,由门下孽徒四外防护。满拟我们师父必为那万丈冰山、无边海气所阻,水宫左右更有各种埋伏禁制,决难侵入雷池一步。做梦也没想到,我们师父去时,托朋友借了一件法宝,名为太乙金鳞舟,加上自有的一件法宝,前数日赶来此地。

"事也真巧,到时正值癸水雷珠受了仙、佛两门至宝冲荡,生出反应,大片海水齐化雷珠,纷纷爆炸,密层层上与天接。我们师父便将元神藏身舟中,再借法宝妙用隐却形声,一直侵入海底。本来晃眼到达宫前,离那辟水牌坊也只数十里远近,眼看深入重地,一举成功。也是我们师父觉出敌人以前法力颇强，临事审慎太过，恐被敌人警觉，将太乙金鳞舟收去，欲以玄功变化隐形飞遁，深入宫中，一举将敌人师徒除去。没想到此宝乃西方庚金元精炼成，既与癸水相生，又是仙府奇珍，妙用无穷。虽是借来之物，难于发挥全力，用以护身隐形，却具有极大妙用，宝光又隐，敌人决看不出。这一舍宝不用，别的不说，身形虽隐，随带几件本门至宝和那赤尸煞光，隔老远便被敌人看破。对方原有准备，时刻都在提心吊胆，立将埋伏发动，先将我们师父隐形之法破去，上来声势十分猛恶。前听我们师父传声发令，差一点没被敌人困住。后来虽得冲破，但看出仇敌用的是缓兵之策，借着各层埋伏禁制，相持待救，以致破了一层，又是一层，直到今日，还未越过头座牌坊。

"我们师父本想攻破地壳，毁灭仇敌这座水宫，稍出胸中恶气，再作复仇之想。偏生下面布满层层埋伏，上空千余里方圆大片海面，又被那无心路过的人将癸水雷珠威力全部引发。师父如以全力施为，就能报仇出气，所发生的灾劫也不知如何浩大。一则造孽太甚，心有顾忌；再者，那几个人颇有来历，所持均是仙、佛两门俱有极大威力的至宝奇珍。他们这些自命不凡的正教中人，见我们师父发动这类空前浩劫，必定不容。我们师父虽不把这些后生小辈放在心上，一则胜之不武，不胜为笑；再者，对方师长均是有名人物，人多势盛，一旦成仇，不胜其烦。本来彼此素无嫌怨，何苦结仇自扰？不愿多事，只得强行忍耐。看那数人神情，也似守候待援，此时最好所盼援兵寻来，仗着他们法宝之力，将癸水元精真气所化雷珠冰山、冷焰寒云和受法宝反应所化热雾破去。上面起了剧烈变化，下面整座绛云宫立受危害。仇敌因见孽由己造，必多顾虑，也许连元神都不等复体，便赶出拼斗，都不一定。只一现身，必为我们师父所杀无疑。就这样，还防他师徒逃走，令我们几面合围，远远防守。如见外来的人，速用传声禀告。这一面乃是往来要道，敌人师徒如逃，固非经此不可；便是被困数人的援兵，也是必由之路。

"你只见方才杀那四人容易，却没想到事须合理。这里海气荒凉，终年愁云惨雾笼罩，怎会有此景物灵奇的小岛孤悬海中？外人经过发现，难免窥探。对方身形已隐，人数又多，来历、姓名丝毫不知，又未存有敌意，略为偷听了一阵，便已遁走，你为何便把本门独有的赤尸煞光妄自发出，岂不惹事？如非看出来人法力甚高，又未计较，我早向你拦阻了。依我之见，多半来人故弄狡狯；再不，也许绛云宫中逃出来的那些虾兵蟹将，被你无心相遇，一时误会，不问青红皂白，便下杀手，其实方才隐形窥探的四人已早遁走。这四人不是不知道我们来历，不愿无故树敌，便是行辈较高，又觉自己不应隐形窥探，或是应援心急，惟恐延误，自行走去。你在那里卖弄，人家早已飞走，你还得意呢！"

少年意似不服，还待争论。

笑和尚先见少年所发红光与众不同，分明是旁门家数，偏不带甚邪气，早就奇怪。后来隐形窥探，听出所发竟是赤尸煞光，忽然想起一个隐迹多年，久已不听说起的旁门老辈，不禁大惊，知这师徒四人和红云大师一样，最是难惹。所习虽是旁门，除性情古怪而外，法令甚严，无甚恶迹。昔年因与血神子邓隐交厚，当邓隐事急往投时，他虽不善邓隐所为，向其告诫，仍以死力护庇，致与师祖长眉真人对敌。如非师祖知其为友热肠，所用邪法虽极厉害，平日无甚恶迹，格外宽容，几被诛戮，形神皆灭。就这样，仍损失了许多法宝，仅以身免。如换别的左道妖邪受此重创，必定怀恨。他因看出对方有意宽容，不肯伤他性命，不特不恨，反倒心生感激。由此告诫门人说："以邓隐法力之高，又具有正邪诸家之长，尚为长眉真人所败，被困在西昆仑星宿海底，永无出头之日，何况我们？我生平从未经此大败，以我为人，最重恩怨，本来有仇必报，无如我和长眉真人对敌三次，均应惨死，全是对方留情，才得保此残生，否则连元神均必消灭。看似仇敌，实是有恩于我。我已放弃复仇之念，便是你们将来在外，如遇长眉真人门下徒子徒孙，只要是真人一脉相传，非到对方万分逼迫，生死关头，只许退让，不许还手。据我观察，真人那么仁慈宽厚，门下徒众必能仰体师意，也决无赶尽杀绝之事。"由此，把和峨眉派对敌列为他门下的禁条。笑和尚自从转世以来，不曾听人再提，想不到水仙仇敌竟是此人，不知何故，仇怨难解。休看自己这面持有仙、佛两门的至宝，如论法力神通，恐还未必是此人对手。再一回忆由杨瑾转来的少阳神君飞书仙示上面的语意，知道双方仇怨太深，一个闹僵，便不免惹出滔天大祸。

笑和尚心正忧疑，忽听远远水雷巨响之声正在猛烈头上，忽然停止。跟着起了一种极奇怪的沸水之声。又听南海双童传声遥唤。暗忖："这两人的来历已经探听出来，在此无益。不如去往前途，先查明了形势，好做准备。"本来要走，因见两少年争论不休，意欲给他们一个警告，行时故意触动岛上禁制，足先沾地，再行飞起。两少年似知来人未走，面色立变。青衣少年手掐法诀，往上一扬，立有大蓬红光四下飞射，又分布下来，将当地一齐笼罩在内，约有数十亩方圆，宛如一座穹顶形的光山压向海上，来势比电还快。笑和尚天性滑稽，本意是点醒对方莫太骄狂自恃，并想试验那赤尸煞光的威力。不料对方发动这等神速，只一晃眼，便被煞光笼罩在内。虽然法力高强，又有至宝随身，知道无害，但见此威力，也颇惊心。方想运用无形剑气一试，忽听青衣少年回身喝道："何方道友光降，请现身形赐教如何？"

笑和尚本打算触动埋伏，立时飞走，不料身刚离地，红光暴起，人便被困在内。于是索性不走，仍旧隐身，静待对方如何下手，相机应付。看出那红光好似一口大钟笼罩海上，光虽强烈，中空之处甚是宽大，并无异兆。知道对方先礼后兵，意欲逼令现形，问明来历、姓名，再作计较。因见两少年虽然回身喝问，并未看出人在何方，偏又故意做作，仿佛敌人已在眼前，被其看破，便有意淘气，也不答话，哈哈一笑，往两少年身后飞去。青衣少年冷笑道："这位道友当真不肯见教么？"说罢，将手一指，四外红光电一般连闪两闪，便往中央合拢，晃眼缩成三四丈大小停住。两少年重又同声喝道："彼此素昧平生，无故来此窥探，好意请教，再不现身，我二人便要无礼了。"说罢，见仍无回音，俱都大怒。一个手持法宝准备施为；一个将手一指，红光重又由大而小，往中心缩去。两少年立即透出光外，势子却比方才要缓得多，看神气好似迫对方现形，仍无伤人之意。等煞光缩成丈许大小一幢，罩向地上，重又停止，光更强烈，其红如血。内层更有亿万细如牛毛的芒雨朝内飞射。笑和尚早抢立在两少年的中间，运用玄功，紧附青衣少年之前，把对方当作盾牌，任那煞光透过，随同脱出光外。见那煞光如精芒电雨，果是厉害。

两少年因对方始终不曾回答，也未现出行迹，面上均有惊疑之容。最后厉声喝道："我二人因奉师命，不肯无故伤人，再三好言相劝，仍是不听。休以为隐形神妙，我这赤尸七煞神光虽不似玄武乌煞罗睺血焰神罡那等阴毒，威力却差不多。你已在煞光笼罩之下，再不见机，神光合一，我们纵不想下毒手，也是不死必伤，何苦来呢！"说罢，见仍无回音，一个便催下手，青衣少年还在迟疑。笑和尚忍不住哈哈一笑。另一少年知道方才未将敌人困住，大喝一声，扬手一蓬比血还红的飞针，朝笑和尚发声之处打到。青衣少年把手一指，先发红光重又展布，向前追来。这次笑和尚有了经验，自然更不会被他困住，刚一发笑，人早飞向一旁，跟着又是哈哈一笑。两少年见那么快的煞光飞出，竟被敌人遁走，又惊又怒，二次指挥神光电驰追去。笑和尚人早遁开，又在别处发出笑声。两少年见不是路，口中厉声喝问，煞光发之不已，当地四外全被这类煞光布满。

笑和尚只是一味引逗，既不现身，也不还攻。最后方始哈哈笑道："我本无心经过，后听二位道友谈论，得知令师竟是我闻名多年的老前辈赤尸神君。因二位道友说得那么凶，想要领教贵派独门赤尸煞光的威力；又以前途有事，无暇奉陪多谈，致多得罪。此时已经领教，这赤尸煞光威力果是惊人。改日再见，恕不奉陪了。"说时，另一少年已随手发出一片煞光，将人罩住。

笑和尚胸有成竹,此时已试出对方功候尚差,比平日所闻乃师功力相去尚远,也就不再闪避,任其罩住。青衣少年听对方发话,本想拦阻同伴不令下手,不料已经发难。方想回问,笑和尚把话说完,立运玄功,在无形剑气防身之下,冲破煞光,往前飞去。

两少年万没想到对方法力如此高强,煞光照体不特没有现形,反被冲破,通行无阻。又听笑声去远,知道追赶不上。因来人只是稍为戏弄,不曾为敌,自己不该先行下手,恐乃师见怪,也未传声禀报。后来想起来人去处正是绛云宫一面,非敌即友,此时到来,必与双方恶斗有关。无如师父性暴,禀告已迟,就此含混过去,或者无事,否则难免不受重罚。这一胆怯,立止前念,始终不曾禀报。笑和尚如在煞光初起时隐形遁走,原可无事。这一出声发笑,又引逗了一阵,无意之间与两少年结了嫌怨,以致将来惹出许多事来,几乎为此延误道业。暂且不提。

南海双童同了归吾,先由海中水遁,飞出三数百里,猛觉前面海水快要结冰。知道当地虽是北极冰洋尽头一带,但与陷空岛气候不同,相隔也远,终年只是暗云笼罩,并不甚冷。耳听万雷交哄,声更繁密,料知相隔阵地将近。海水受了癸水雷珠反应,已快成冰。因时尚早,笑和尚尚未追来,三人不敢冒失前进,同在当地等待,并用传声请笑和尚赶往商议。待了好一会,不见人来,重又传声询问。后接到笑和尚传声回话,说两少年乃赤尸神君门下,正想试那煞光威力,令其暂候。海中忽涌来大股热浪,雷声立止。心正惊奇,猛瞥见七八道细如游丝的各色光华,每道长只丈许或数尺不等,由斜刺里飞来,往侧面作半圆形绕去,转眼无踪。

三人一同隐身悬立海上,甄兑正取宝镜向前查看,忽在无意中看出,忙喊:"爹爹、大哥快看!"已无踪影。再看前面,镜光照处,万丈海波已早成了实质,一片灰白色的光影似冰非冰,上与天接,相隔当地不过二三百里。遥望中心阵地,无数水雷仍在纷纷爆炸。内中一幢金光高约十丈,四外均是灰白色的寒光包围,看去似光似气,中杂无量数密如雨雪的银花,电转星翻,不住腾涌闪变。三支青、碧二色的箭形精光和一团上有六角的星形金轮,正在那雷珠水泡互相挤轧爆炸的光海之中往来飞舞。轮上六根芒角各发出大量银色火花,暴雨也似射向四外密集喷发的雷珠水泡之上,沾着一点,便化为大股热烟,中杂沸水之声,渐渐热气越来越浓。隔了一会,飞箭、金轮一同收去,热雾也由浓而淡,忽然冻成坚冰,将那金光祥霞包围在内。看出此是水母宫中天一玄冰,方圆千余里内,由海底起,直达天空,已冻成一片其大无比的坚冰,少说也有千余里方圆,高达万丈以上。又看出那幢金光祥霞乃李洪金莲神座。虽因佛家至宝威力神妙，内中人物，宝镜不能透视，但先前所见那一轮三箭从未见过，可见同伴必不在少数。南海双童均爱李洪天真灵慧，人又义气诚恳。来时所观少阳神君来书，并未提到李洪被困之事。知道金莲神座，外人不会借用，既见此宝，李洪必已被困无疑。心正忧急，待催笑和尚速往应援，先将李洪救出险地，或与会合，再打主意。忽又听海底钟磬细乐之声隐隐传来。

　　笑和尚也已赶到。他和李洪屡世同门至交，曾听诸葛警我谈起他今生功力，更胜前生。怀抱之中，便被天蒙禅师度去拜见父母，由此恢复灵智法力。因为九生修积，根基福泽深厚异常，到处仙缘遇合，师长、同门个个期爱。未满十岁，便出行道，仗着累生修为，法力日高，又得有仙、佛两门至宝奇珍，上次随同七矮开建小南极天外神山光明境仙府，合诛万载寒蚿，出力甚多。年纪虽轻，几乎所向无敌。这次来时，燃脂头陀曾说他归途必与一前生好友相遇，可将香云宝盖转借，不料是他在此，心中大喜。知道金莲神座威力神妙，不论正邪各派多厉害的法宝、飞剑也不能伤，困守冰海之中，必有原因。也许奉有使命，或是知道绛云真人正与强敌相持，惟恐激出灾害，才不肯发难。只不知双方素无仇怨，水仙何故与他为难？少阳来书，只说水仙有难，令往相助，前途还有几个帮手已经先至，别的均未提起，好些不解。忙告甄氏弟兄说："李洪决可无事，不须忧疑。"

　　笑和尚说完，本想挨到预定时刻赶去，但甄氏弟兄深知天一玄冰威力，均想见着李洪，才能放心。笑和尚也因累生良友，急于相见，一经怂恿，立时动摇。暗忖："先与李洪本人相见，问明情由，再作计较，还可问出一点虚实。只要等到下手时候，或是提前赶往辟水牌坊之下隐形坐待，也是一样。如今相差共只两三个时辰，相隔还有千余里始到阵地中心，总共早不了多少时辰，当无大害。"心念一动，便率甄氏父子朝前赶去。

第三〇五回

入耳震神音　玉宇晶宫摧浩劫
凭空伸巨掌　魔光血影遁妖魂

　　话说笑和尚仗着事前有人指点通行之法，香云宝盖更是防身至宝，先照预计，由甄艮把从少阳神君来书附赐的一粒混元珠发将出去，化为一点青莹莹的冷光，甄兑又将鬼母朱樱所赠碧磷冲发出，二人在前面开路，以防万一。笑和尚手指香云宝盖，化为一幢伞盖形的金霞，紧随在后。三人均急于与李洪相见，一经议定，加急前飞，上来就快。相隔前面冰海只数百里水路，飞行神速，晃眼即至。耳听身后有人传声疾呼："你们暂缓前进，我有话说。"笑和尚方觉耳熟，四人已经飞入冰海之中，同时甄氏弟兄也听出发话的好似白发龙女崔五姑的口音。刚一停顿，忽又听另一人接口遥呼说："你们已入禁地，回也无用，不必回身。会见李洪之后，索性赶往绛云宫去，越快越妙。"三人听出是怪叫花凌浑的口音，忙用传声遥问："是凌、崔二位老前辈么？"随听凌浑传声回答："正是我夫妇由此路过。此事与天乾山小男真人、少阳神君有关，如不误事，将来你们全有好处。我二人暂时虽然不便出面，也许还有别人暗助，多厉害的阵仗也无须害怕，只管放心大胆，随意而行吧，那老家伙决不能奈何你们。你们已然冲禁而入，回身反与主人有害，快些去吧。"三人还想请问机宜，底下便不听回答。知这两位老前辈最喜提携后进，既说此言，十九成功，越发放心，恨不能当时赶到。无如那天一玄冰与常冰不同，冲荡之势稍缓，立起反应，生出变化，只得按住遁光，缓缓前进。

　　笑和尚心想："缓缓前进，能按照预定时限赶到也好。"先见香云宝盖金霞甚强，行动稍急，身外坚冰便起了波动，云光乱闪，暗中便有极大压力猛吸过来。后来看出乾天混元珠甚是神妙，加上碧磷冲，二宝合用，威力更大，通行万丈坚冰之中，如鱼游水，所到之处，不用施为，那么坚厚的天一玄冰，吃宝光照射上去，直以浮雪向火，沾着一点，便即消融，开出一条长大冰衕。只是人一过去，冰便合拢，恢复原状。而且相隔稍远，便觉上下四外均有压力吸来，宝盖金霞虽能防身，也觉行动吃力。当时明白内中妙用，忙赶上前，紧随甄氏弟兄之后,鱼贯而行,步法快慢如一。果然试出,只要距离相同,人离甄氏弟兄丈许以内,决可无事。心又一喜,便告归吾留意,不可落后,一同破冰而行。经此一来,自然快得多,不消片刻,便深入冰海之中。

遥望前面李洪等刚将所用法宝收回。取出玉环一看,同行还有四人,除小仙童虞孝、铁鼓吏狄鸣岐二人,甄氏弟兄曾在峨眉开府时见过一面外,下余一个中年道者和一个与李洪年貌差不许多的幼童,均未见过。正往前行,猛觉前面坚冰发生异兆,光云已隐,又在波动。待了一会,笑和尚知道四外坚冰均被宝座神光将其挡住,暗中蓄有极强烈的威势,随时均可爆发。不敢大意,忙以全副心神主持香云宝盖,紧随在甄氏弟兄之后,稳住势子,向前飞驰,晃眼到达,与李洪等人相见。一算时刻,所差不过两个时辰便到限期。心想:"此去绛云宫还有百余里坚冰阻隔,索性乘机赶往,到了辟水坊前再作计较。"又想引逗李洪,匆匆见面,把头一点,未容开口,便令起身。

李洪见来人面带微笑,和善可亲,越看越投缘。因笑和尚这次转世,相貌已变,先未认出。及至一问,竟是前生良友,不由喜出望外。一面忙告陈岩、苏宪祥和虞、狄二人;一面挨近前去,望着笑和尚笑说:"峨眉开府之时,因听娘说笑哥哥误犯教规,在东海受罚。虽知苦行伯父借此玉成,终是悬念。后来灵智恢复,遇见蝉哥哥,几次想往东海寻你,因申屠宏大哥和阮二哥他们再三拦阻,说你难期未满,去了也见不到;当地又时有左道妖邪前往窥探,虽然洞中禁制神妙,不能为害,恐我前往,又生枝节:所以不让我前去,只得罢了。想不到会在此地相遇。从此东海小四友重又聚会,真乃快心之事呢!"

笑和尚见他热情天真,喜形于色,仍是前生神态,劫后重逢,欣慰非常。但以大敌当前,对头赤尸神君法力高强,非同小可,必须将身外宝光隐去,以防警觉。而这几件仙、佛两门至宝,宝光强烈,隔老远便能被敌人看出,全仗自己以全力行法掩蔽,主持前进。先只含笑点头示意,不想回答。后见李洪意态诚恳,亲热非常,忍不住答应了几句。这一开口,李洪的话便滔滔不断。李洪先见笑和尚神态矜持,还当有甚施为须在暗中主持,问明原来是还有顾忌,恐被水仙对头听去,便笑说道:"笑哥哥不必多虑。我那金莲神座隐现由心,举手之间,便可将我们连人带宝光一齐隐去,无须多虑,其实我和苏、陈诸兄在此被困,已有多日,水仙不必说,对头也无不知之理,隐蔽无用。索性堂堂正正赶到当地,由你主持,大家听命而行,看他闹甚花样,相机应付,不是好么?"笑和尚虽觉明去恐要多生枝节,但是金莲神座金光祥霞上映重霄,对方不会不知,此举近于徒劳。不过这等明去,终太显眼,难得李洪有此至宝,并能由心运用,实比行法隐蔽要强得多。便令李洪如法施为,果然连人带宝一起隐去,越发高兴,赞勉不已。李洪随带苏、陈、虞、狄四人分别引见。然后仍由甄氏兄弟当先开路,下余诸人各在金光祥霞笼罩之下,聚合一起,一路说笑前行,兴高采烈。

不多一会,便将大片冰海走完,到了绛云宫前不远,遥望那雄奇壮丽,宝光万道的晶玉牌坊已经在望。初意水宫仙府,必被天一玄冰同时封冻。到后一看,由牌坊前起,环绕水宫百余里方圆的海心泉眼全是空的。仿佛万丈坚冰之中,空出大片地面。水宫本在海眼之下,四外仍是一片亮晶晶的青色玄冰布满,好似一个极大的水晶罩子笼罩在上。遥闻宫中细乐悠扬,静荡荡的,宫前一条人影俱无,全不像和人争斗神气。心中奇怪,先在牌坊下面等了一会,仍不见动静。宫中传出音乐之声,间以歌舞,好似主人正在款待嘉宾神气。笑和尚因仙示有好些不曾明言,急切间查看不出底细。如按常情推断,对头已早在此,应该动手,怎倒奏起乐来?便和李洪等商议,意欲隐形入宫,查探虚实。李洪也要同去。笑和尚不愿他扫兴,又知他年纪虽轻,法力颇高,身带至宝,决可无害,只得应诺。一面请苏、陈二人代为主持;一面告知甄氏兄弟随时留意,一有警兆,或遇强敌到来,速用传声告知。说罢起身。

笑和尚和李洪刚越过牌坊,到了宫前,见那水晶宫阙高达三数十丈,广约百亩,比起笑和尚等来路所见东阳仙子和墨龙所居海底宫阙,还要壮丽得多,只是宫外一片平沙,珊瑚林外无甚峰峦环绕。珊瑚却是千万年前之物,大可合抱,又均整齐,粗细差不多,色分七八种,为数不下千株,五光十色,彩影辉煌,宝气腾焕,将那贝阙珠宫围在中央。前面又横着两座极高大的辟水牌坊,越显得壮丽庄严,气象万千。宫门却是大开,由头层起,直达水宫中心,均可望见。首先入目的,便是那两行三四抱粗的金柱,一直排列到底,壮观已极。只是空无一人。

笑和尚心中奇怪,暗告李洪说:"这等形势,实出意外,令人莫测。对头赤尸神君,你我均未见过,仅听传言,说他乃左道中有名人物,昔年本与丌南公齐名。后来丌南公得了一部道书,法力日高,虽然相形见绌,仍非寻常左道之比。自为师祖长眉真人所败,一向隐居西昆仑,不曾出世。主人乃水母嫡传高弟,法力既高,又有几件师传至宝和独门癸水雷珠、天一玄冰,正邪双方对他俱颇重视。赤尸神君竟敢深入海底,冒着敌人地利之险,来此寻仇,必有制胜之道。我们虽然是累生修为,毕竟今生学道日浅,如论功力,终非敌人之比。何况对方因感长眉真人不杀之恩,对于本门弟子一向另眼相看,从无敌意。小男真人和少阳神君来书之意也曾暗示，最好能为双方化解，不令各走极端。除非赤尸神君执迷不悟，非要拼个存亡，才可下手，将其除去。那年峨眉开府，我正受罚在东海面壁，不曾领有道书柬帖。你又是在谢师叔的门下，未奉师父仙示，只凭杨、叶二仙转来少阳神君的书信，虽是师门至交，到底关系太大，你又天真喜事，胸中一有成见，到时难免冒失。此去务须随我行动，不可离开擅自出手。"李洪含笑应诺。

二人一路留意，边说边走，不觉到了水宫深处。沿途楼台殿阁，星罗棋布，到处玉宇瑶阶，琼楼晶墙，宝气珠光，目迷五色。只是静悄悄的，始终未遇一人。等到照直走进，过了三层宫殿，循着乐声来路正往前走，忽见前面大片翠壁阻路。绕将过去一看，原来墙那面竟是大片园林，瑶草琪花，玉树琼林，到处都是。当中还有大片湖荡，碧波若镜，似乎很深。二人原是隐形前进，因时限将近，沿途所见形势与预料好些不符，急于察知就里，美景当前，也无心观赏。

已快绕湖而过，忽听身旁有人对谈，口气甚是愁急。内中一人说："师父玄机妙算，今日之事，当强敌未来以前已先算出。只是元婴刚刚炼成，修为正勤，偏在此时，师兄妹他们无故逞强惹事，累得师父分心劳神。仇人又来得太快，无暇仔细观察。所说福星理应早到，断无不来之理，怎此时已到紧要关头，不见人来？"另一人道："敌人赤尸煞光好不厉害。如非师父临事慎重，为防我们为敌所伤，玉石俱焚，把仇敌诱往冷泉宫海心重地，仗着地利与昔年祖师所遗留的仙法禁制，就说师父不致受伤，我们怎能免去许多危害？此时援兵不来，莫非真要丢人，去向日前由此经过，被各位师兄妹用癸水雷珠、天一玄冰困住的那几位过客求助不成？"又一女子道："你们不该信口说话。虽然海心冷泉宫有敌人的煞光和原有的禁法封闭，我们又隐形在此，敌人不能听见，但听说这厮不只一人，还同有几个门徒埋伏在外，意欲断我师徒逃路，就许不耐持久，暗中掩来，被他听去，岂不丢人？"前一人答道："师姊你真多虑。此时方圆千里内外，均被天一玄冰布满，如非师父知道敌人持有玄门至宝太乙金鳞舟恃强硬冲，恐被引出危害，故示大方，早在煞光才现时便上前诱敌了。仇敌法力虽高，恐也难于通行。何况现在天一玄冰妙用已全发挥，他那几个孽徒妄想犯险深入，真是送死。并且此宝感应之力极强，敌人一入冰层，我们立时便可得知。那几个过客持有仙、佛两门至宝，虽能通行，但必激动玄冰，生出反应，而此时动静全无，怎会有人来此？"

笑和尚听出说话的一帮人数甚多，均在湖旁花林之内，他们的隐形之法也颇神妙。取出玉环正要查看，猛觉身旁柬帖微微震动。想起少阳之书原附有多半页的空白，书上语意也还未完，料有缘故。取出一看，上面果现字迹，不禁大喜。未及交与李洪，一片光华闪处，那封柬帖忽然不见，化为一片青霞，朝二人身上一合，便已无踪。当时觉着身上微有一点清凉，忙着窥探林中隐藏之人，也未留意。

笑和尚又取玉环查看，原来林中隐伏之人甚多，男女都有，美丑不一，十有八九生得奇形怪状，李洪等日前所遇男女诸敌也在其内，互相谈论乃师对敌之事，面色多半忧急。这才看出林中布有一阵，如非持有师传照形之宝，便甄氏弟兄的宝镜也未必查看得出。李洪因为日前对方口出不逊，神态骄狂，心生厌恶，本想隐身入林，让日前所遇为首诸人吃点小苦。笑和尚恐其误事，急忙劝阻。

二人正要同往湖心飞下，目光到处，忽然发现湖上虽是清波粼粼，一片澄泓，清可鉴底，而中心十来亩方圆一圈，似有一片圆形白光和一片红光，一上一下，互相抵紧。离水面数十丈以下，便被隔断，成了中空，四面的水也被隔开；仿佛一口大钟，直扣到底。湖底矗立着一座六角形的水晶宫殿，四外都是白玉平台，翠瓦金梁，珠柱瑶阶。余皆整块水晶铺砌而成，富丽非常，内中时见宝光闪动。先前所闻音乐之声，便由下面隔水传出。方想水仙门人曾说语声已被禁法隔断，乐声怎又传出？再细查看，原来那湖水竟与寻常海水大不相同，色作深碧，状类溶汁，并还发亮，知非寻常。

笑和尚、李洪原定运用剑遁往下飞降，后因柬帖上空白现出字迹，指示机宜，说此行无往不利，不妨任意行事，如遇阻隔，可将自带法宝如法施为，立可破禁而入。就这样，笑和尚仍恐误触埋伏，惊动主人和对头，意欲探明虚实，再相机行事。于是不由中央下去，先和李洪把遁光联合一起，避开正面，贴着湖边刚往下一冲，觉着阻力甚大，湖水如胶汁也似，粘滞之力极强。入水才三四丈，便见水中光影乱闪，一层层的白光鳞片也似往上涌来。由此越往下降，阻力越大，二人遁光行动，竟艰难起来。同时由湖底冒起来的白光，也一层接一层向上涌到，逐渐加快，已离脚底不远。笑和尚看出埋伏已被触动，就要发难。方想如何防御，李洪因嫌遁光下降艰难，心中不耐，左肩一摇，臂上断玉钩立化银虹飞出。笑和尚见玉钩宝光不曾隐蔽，急忙喝止。刚把新得到手的一根神针取出，未及施为，脚底白光一闪，忽全不见。同时身上一轻，人已下降，李洪也把断玉钩收去。

二人晃眼到底，定睛往前一看，宫廷里面，当中宝座上坐定一个羽衣星冠，仪容俊朗的中年道士。旁坐一个红衣道人，身材十分矮小，相貌十分丑怪，所穿道装火也似红，连通身皮肤也是红色，腰间系着三个白玉葫芦，背插一叉一剑,手执白玉拂尘,也是盘膝入定。二人互相对坐,一言不发。知道中座上便是绛云真人陆巽,旁坐道人乃主人的对头赤尸神君。料知主人先礼后兵,等将仇人引入重地,再仗埋伏禁制和原有地利,各以元神应敌。二人忙绕往侧面,再取玉环仔细观察。原来宝座旁边还立着一座玉屏风,通体约有七八丈高大,是一块整玉,玉色灰白,并不起眼,主客双方的元神正在上面恶斗。外面有一幢钟形青光,将那殿台罩住,外层又被敌人的赤尸煞光紧紧裹住,正往下压。笑和尚、李洪到时,青光已在波动,大有不支之势。屏风上面的白衣道人,面上却现喜容。全殿只此一红一白两个道人,又正对敌,乐声始终不曾停止,只不见有第三人。

李洪觉着奇怪,正向笑和尚询问,忽听耳旁有人说道:"此时下手正好,只不知那两粒宝珠带来也未?"笑和尚闻言,猛想起凌浑曾说有人相助,此人所说必指乾天混元珠与那粒火灵珠而言。偏巧来时匆忙,那粒混元珠尚在甄艮手内,不曾带来。原想先探明了形势虚实,再唤众人同来下手,此人却令提前下手。虽听不出是谁,因有凌浑之言,料定无害。又见外层煞光比先遇小岛上两少年所发要强得多,惟恐万一冲荡不破,虽然不致被困,到底讨厌。更不知对方还有什么杀手。莫如把众唤来,索性合力行事,比较要好得多。

念头一转,忙用传声告知甄氏弟兄,令由地底来会,一进二层,便用碧磷冲开路,由地底赶来,直赴湖底水宫之下,用宝镜看明上面形势,再以传声商议行事。苏、陈诸友来否听便。随听甄艮回话说:"那粒混元珠乃天乾山小男所炼至宝,主持人功力越高,威力越大。适听苏道兄说起,须交笑师兄持以应敌才好。现在只有陈道兄和小师弟一起意欲同来而外,家父和虞、狄二位道友因听苏道友说敌人量小记仇,既然来时未被发现,一切又有笑师兄主持,成竹在胸,何苦遭他怨恨?最好隐在一旁,面都不见,以免对方败逃时发现,无心相遇,恼羞成怒,以为异日之患,故全被劝阻,不曾同来。"笑和尚闻言回答:"湖中之水与常水不同,具有极大威力,必须留意,免为所困。"

隔不一会,甄氏弟兄同了陈岩由地底赶来。笑和尚看出地行甚易,毫无阻隔,三人来路相隔地面只有丈许来深,忙用传声疾呼:"甄师弟暂缓前进,索性停在地底。我和洪弟一同入地,直达斗法殿台之下,方再出土。"说罢,便和李洪运用遁光地遁入土。初意主人禁制如此严密,决难穿破,恐要费事;及至行法一试,竟是容易非常。才一入地,前面碧荧如雨,已电驰飞来。

五人会合之后,一问经过,才知甄、陈三人入地时也是先难后易:前半到处皆是阻力,不知怎的,忽然通畅。地层之下,本是白色细沙,那沙又白又细，既非泥土沙石之质，又非金铁一类，人行其中，十分粘滞，虽有碧磷冲开路，又精地遁之法，仍是十分难行。走出十来丈，沙中忽现光亮，似有埋伏将要发动。忽然白光一闪，阻力全消，如鱼游水，竟比往常地遁行路还快得多，晃眼便已到达。笑和尚自到当地，玉环始终不曾离手，听话时无心侧顾，只见中坐道人手藏袖内，暗掐法诀，正指自己这面。同时玉屏风上双方斗法正急，似因主人分心他顾，致为敌人所败，颇有不支之势，主人面上立现惶急之容。才知地底原有禁制埋伏，主人发现援兵到来，将其撤去，因为此举分心，已落下风，倘再迟延，必为敌人所败。笑和尚顾不得详谈，立命行动，本只数丈之隔，晃眼便已越过。

众人刚一升出地面，主人面上又现喜容。屏风上一白一红两个道人，高只二尺，各指飞剑、法宝，正在拼斗。原来那屏风初看只是一片整玉，质并不美，灰蒙蒙的，似有云烟在上，和大理石差不许多。如今众人近前细看，竟是一团云雾，内有两个二尺来高的道装小人在内斗法。一时云烟滚滚，煞光、血焰飞舞如潮，中杂一种异声十分强烈。先前在上面远听，好似在奏细乐；这一越过禁地，深入内殿，才知那异声也是一件法宝，洪细相间，震得人耳鸣目眩，魄悸魂惊，心神皆颤。以笑和尚等五人的法力，也几乎难于忍受。同时发现，屏风上面两小人各用飞剑、法宝拼斗，赤尸煞光越来越强，眼看快把屏风布满。

忽听中坐绛云真人大喝道："道友得道千余年，怎还不知进退？任你法力多高，绝难伤我。如敢逆天行事，休说天人共愤，便路过的诸位道友也必不容。以道友多年威望，万一败在几个后起道友之手，岂不难堪，何苦来呢？"话未说完，旁坐赤尸神君本在闭目入定，闻言倏地两道红眉往上一竖，猛睁火眼，厉声怒喝："我与你结仇多年，今日必须拼个存亡。闲话少说，有甚法力，只管施展出来。"绛云真人接口笑道："你当我真怕你么？我不过知你凶横野蛮，不可理喻，因此行法将你诱来此间，本想好言劝告，如若不听，便和你分个高下存亡，了却昔年公案。知你败后情急，定必反噬，只图快意一时，不惜多害生灵，造那无边大孽，为此行事慎重。偏巧日前有几位道友由此路过，门人无知，发动水宫埋伏。以来人之力，本可随意脱出，他们因恐激发灾祸，生出危害，想等我出面理论，虽然持有佛门至宝，始终不曾施为。我又因你延误，不能出见。现在这几位道友已经寻来，我顾虑已消，专以全力和你周旋，任你多大神通，也必奈何我不得。何如放弃前嫌，两罢干戈，以免各走极端，有害无益。"

说时，屏风上两个小人中的绛云真人元神已经不见，只剩赤尸神君的元神尚在烟云之中飞舞,并未复体。旁坐赤尸神君闻言厉声怒喝:"今日有你无我!"话未说完,中坐主人忽把面色一沉,冷笑道:"当真的么?"说罢,双手齐扬,左手一股银光射向屏风之上,右手一蓬大只如豆形似水泡的癸水雷珠跟着往屏风上射去,先发银光一闪不见。同时赤尸神君也是一声怒吼,由身畔涌起一幢红光,将人罩住。屏风上面已起了变化:先是光烟如潮,电也似疾连闪几闪。跟着霹雳之声大作,那无数水泡突由烟云中出现,纷纷爆炸,越来越多。赤尸神君的元神在一幢比血还红的光华笼罩之下,飞行云雷之中,往来冲突,双手指上发出十股比电还亮的紫色烈火,身外雷珠挨上便化白烟,纷纷消灭,晃眼之间,癸水雷珠全数消散,雷声立止。只有雷珠破后所化白烟,依旧聚而不散,热气蒸腾,越来越浓。赤尸神君仍指那十股烈火,在白色热雾之中往来飞舞,口中不住怒啸。后来热雾越浓,几乎成了实质,冲突也渐艰难。赤尸神君元神所化小人埋身雾海之中,时隐时现,神情渐觉狼狈。几次朝前猛冲,似想冲出屏风之外,刚一现形,四外热气便潮涌而上,将其包没。末了好似情急,厉声喝道:"贼妖道!不敢和我对面迎斗,只仗老虔婆所留法宝禁制多延时候,又奈何我不得,有甚用处?是好样的,容我与你对面分个高下;否则我必将老虔婆的禁制震破,引发浩劫,也说不得了。"绛云真人冷笑答道:"你有何法力,只管施为,孽由你造,与我何干?"说罢,张口一股灰白色的冷焰朝屏风上喷去。

众人方想:"敌人原体就坐在旁,元神如被困住,断无败理,少阳神君如何说得那等慎重?"及用玉环宝镜细一查看,原来赤尸神君护身煞光竟是由头起笼罩全身,到了脚下,合拢成一股由大而细,长达千百丈的光线,悬针也似冲入地底。上面只觉与地相连,却看不出什么形迹。光内周身均是细如牛毛的紫色毫光,迸射如雨。才知暗有准备,一朝失败,便铤而走险,豁出原身不要,与敌同归于尽,因此有恃无恐。

李洪人最疾恶,觉着对方过分凶横,知笑和尚意欲化解,老大不以为然。正打算到时乘机一试,忽听甄兑传声笑呼:"洪弟快看!"李洪一直注视那深入地层的煞光,盘算破法,不曾留意屏上。闻言朝前一看,不禁怒气全消,好笑起来。原来屏风上面本是一团浓雾,赤尸神君的元神先还偶现行迹。这时已被埋入雾中,什么也看不见,仅闻怒啸咒骂之声隐隐传出。自从主人一股冷焰寒光喷将上去,形势突变,浓雾全消,寒光一闪,那七八丈高大、形似屏风之宝,忽化为一座冰壁,看去不知多深。赤尸神君的元神已被埋入坚冰之内,手舞足蹈,身子悬空,停在上面。周身虽有红紫光华笼罩,但是上下四外一起被冰包没,几无空隙。休说飞舞往来,稍微行动均所不能。人已气得须发皆张,瞪目切齿,好似愤怒已极。

主人笑喝道:"你当已知我水府奇珍的威力了。此时胜败未分,如肯回头,彼此颜面无伤,岂不是好?"随听屏风上厉声答道:"你做梦呢!我不过误中诡计,又不愿自我造孽,被你引入腹地;又不合被你巧言引诱,各以元神出斗,二次上你圈套。休看老虔婆天玄屏暗藏癸水玄精,变化多端,想要伤我,固是难如登天;而我一举手,仍可把你师徒盘踞千余年的巢穴震成粉碎。趁早撤退,由我将元神复体,与你一决胜负,或能保住你师父的元神,我也消恨而去,否则休怪我下毒手。"主人厉声答道:"你当真要倒行逆施,不畏天命,那也由你。"

话才说完,只见屏风上面赤尸神君的元神忽然一声怒吼,和原体一样,先由身上发出亿万毫光,连冲几冲,不曾把冰层冲破。末次稍微冲开一些,只听一片铿锵鸣玉之声过去,身外坚冰重又合拢,压迫之力反而更大。一任赤尸神君的元神小人全身紫色毫光纷飞迸射,分毫不能冲动。小人越发暴怒情急,面容惨变,骤转狞厉。猛然奋力一挣,周身光焰突加强烈,四外坚冰竟被冲破,纷纷碎裂。未等由分而合,小人狞笑了一声,就这玄冰分合瞬息之间,先张口一喷,一蓬金、紫二色的奇光出口暴长,头上冰层先被挡退。跟着环身反卷而下,成一光笼,将小人包在里面,现出丈许大小空处。

绛云真人正在行法施为,见状面上立现惊惧之容,大喝:"诸位道友,速用法宝防身。这厮毫无信义,妄发十二都天秘魔神音。此事虽在预料之中,留神遭他暗算。"话未说完,众人瞥见小人自用煞光护体之后,四外坚冰因被煞光挡住,有了空隙,紧跟着回手一按腰间白玉葫芦,来时所闻异声重又大作,比起先前猛烈十倍。正觉入耳心惊,神魂皆欲飞越,小人又把手按在第二个葫芦之上,声更洪厉。众人因听主人警告,又觉出这异声十分奇怪,乍听去还没有太乙神雷声威猛烈,不知怎的,令人闻之,心神惊悸,不能自主,仿佛受了极强烈的震撼,连身上皮肉也快震散神气。

众中只笑和尚和陈岩比较知机,看出不妙。笑和尚首先将香云宝盖施展出来,但因应敌匆忙,身形虽仍隐而未现,宝光却忘了隐蔽。等到宝盖金霞突然涌起,再想隐蔽,已是无及。暗想:"对头蛮横,不可理喻。反正不能善罢,索性现出身形,先以好言劝解,如真不听,再按预计行事。"想到这里,刚和众人招呼,准备一同现身应付。绛云真人陆巽见众现身,满面喜容,笑道:"诸位道友,日前门人无知,多有得罪,少时再当奉教,且先除此妖孽再说。"

李洪因觉刚才那声音奇异,刺耳惊心,十分难耐,自己九世修为,多猛恶的场面俱都经过，似此怪声邪法，尚是初次遇到。又听陈岩传声疾呼，说这类秘魔神音最是厉害，寻常生物只要在百里之内听到，固是入耳必死，全身震成粉屑；便是法力稍差的人遇到，脏腑也要震裂，必须速取法宝防身要紧。李洪本就看着对头有气，一听这等猛恶，不由怒火上撞，也未告知众人，先将如意金环飞出，化为三圈佛光，将众人笼罩在内。跟着左肩摇处，断玉钩立化为两道交尾精虹，电掣而出，朝前飞去。

小人看出仇敌有些手忙脚乱，心正高兴，忽然一阵香风过去，前面涌起一幢金霞。跟着现出四个少年幼童和一个小和尚，年纪俱都不大，全都根骨深厚，功力颇高，身旁宝光、剑气隐隐外映，一望而知绝非庸流。心正惊疑，紧跟着由一幼童手上放出三圈佛光和两道精虹，电掣飞来，认出此宝乃前古奇珍断玉钩。闻说此宝曾落峨眉派弃徒晓月禅师手内，不知怎会被这幼童得去？此时虽然稍占上风，元神仍被天一玄冰所困，万一不能抵敌，岂不反为所伤？心中急怒，厉声大喝："我今日与你们拼了！"说罢，手朝第三葫芦一按，立有数十道其细如发的彩气激射而出，到了外面，互相纠结，略一掣动，便自消散无踪。同时那异声也越发加强，众人虽在宝盖金霞笼罩之下，听去仍觉心神震悸，差一点便难支持。

李洪忙问："笑哥哥，此是什么邪法，这等刺耳？"笑和尚还未及答，忽听冰裂之声，跟着惊天动地一声大震，寒光如电，四下横飞，互相激撞，迸射若雨。宝盖金霞之外，全被这类寒光白气布满，爆炸不已，异声越来越猛，震得整座宫殿一起摇撼，仿佛就要崩塌神气。再看主人，已不知去向。那座玉屏风随同上面冰层一齐震成粉碎。小人满脸得意之容，纵着一道煞光，正朝原身飞去。断玉钩本快追上，小人忽然回手一扬，飞起一道紫艳艳的煞光，将断玉钩敌住，就这晃眼之间，元神便已复体。仍由那一幢煞光笼罩全身，厉声大喝："妖道若敢作敢当，便不应藏头露尾。你这巢穴邻近地窍，再不现形答话，莫非真要我施展毒手不成？"

话未说完，李洪见那雄伟壮丽的一所贝阙珠宫，已被敌人邪法所发异声震撼得通体摇晃，快要全部崩塌，好些地方已经龟裂，碎瓦珠棂纷纷坠落，整片金玉铺成的地面已现出好些裂痕。心中愤恨，忙以全力指挥断玉钩急追上去。同时取出金莲神座，待要施为。忽听笑和尚疾呼："洪弟不可造次！待我上前。"说罢，身形一晃，便到了前面，拦住李洪，带笑说道："自来冤家宜解不宜结，况且双方势均力敌，谁也不能把谁杀死。一个不巧，引发浩劫，使生灵遭殃，误人误己，何苦来呢！"

赤尸神君修道多年，原有眼力，见笑和尚年纪虽轻，却一身道气，又不像道家元婴炼成，心中奇怪，闻言便问："你是何人，也配管我闲事？"忽听地底大喝："诸位道友，且自防身，这厮上门欺人，毁我水宫，今日万容他不得！幸蒙诸位道友仗义相助，我已借此抽身，将地层行法封禁，不怕他闯甚祸了。"众人循声一看，一幢寒光拥着主人，正由地底飞身直上，才一照面，扬手先是五股灰白色的光气朝前直射。赤尸神君狞笑道："你那老虔婆留的法宝禁制，已被我弹指之间震成粉碎。你既封闭地层，免得彼此造孽，再好不过。"随说，扬手一片煞光，将那寒光敌住，双方就此相拼起来。

李洪因被笑和尚强行止住，心正不快，又见双方斗法，急切间难分上下；异声又好似越来越厉害，整座水晶殿已纷纷崩塌，只剩了几根梁柱支持残局；因而越来越有气，实忍不住，暗告陈岩，意欲冷不防背了笑和尚一同下手。陈岩也觉敌人恃强太甚，双方至交，又都具有童心，各自以目示意，突然发难，飞剑、法宝一齐施为。李洪惟恐不胜，又将前在峨眉向女神童朱文讨来的乾天一元霹雳子暗取一粒藏在手内，夹在太乙神雷之中发将出去。

赤尸神君和绛云真人正在恶斗，各知对方功力差不多，全仗近数百年所炼的几件法宝取胜。赤尸神君见敌人防御周密，事出预料；更有几个不知姓名、来历而法力甚高的能手相助，虽还不曾正式对敌，单那防身法宝已具极大威力。惟恐一击不中，毁损至宝，还要丢人，心中愤极。正在暗中盘算下手之策，忽见对方两幼童一个发出一道中杂金花的朱虹，一个又将断玉钩施展出来。方想："这两幼童不知是何来历，先前只顾对敌，也忘了问。照此情势，分明众寡难敌，不如先下手为强，姑且试他一下。"猛瞥见数十百丈金光雷火对面打来，刚看出此是长眉真人嫡传家数，心中一惊。因觉雷火威力太大，剑光强烈，四外受制，好些吃亏。欲用玄功变化二次遁出元神，再将所带法宝施展出来。心念一动，忙照往常，一面运用玄功将元神飞出体外，一面放出一幢煞光想将原身护住。不料元神刚一离体，百忙中发现金光雷火之内夹着豆大一粒紫光，正朝原身打来。认出此是昔年威镇群魔的霹雳子，正是专破魔法煞光的克星。这一惊真非小可，忙即行法，回身抢护，已是无及。只听震天价一声大霹雳，随同太乙神雷齐朝原身当头打下，当时震碎；玉钩精虹和那金花红霞再往上一绞，立成数段。虽仗玄功变化，飞遁神速，元神不曾波及，多年修炼的法体却被两个幼童毁去，焉能不咬牙切齿，心中痛恨。明知这两个幼童必与峨眉有关，惟恐问出来历，不便下那毒手，也就不再询问。一声长啸，把手一招，先把残尸上面的宝囊葫芦随手收去，突然现形，厉声大喝："何方小狗，今日叫你们死无葬身之地！"

李、陈二人见仙剑、神雷同时奏功，将敌人肉身炸碎，方觉笑和尚小题大做,说得赤尸神君那等凶法,实则不堪一击。心正寻思,因敌人元神不曾离体飞起,是否隐遁也未看出,正在互相指点观察。忽听一声怒喝,赤尸神君突然出现,身形暴长十倍,在一片极浓厚的血光环绕之下电驰飞来。同时主人见状,也正大声疾呼,令众速退。于是李、陈二人先把本身护住,免遭毒手。这时敌人原身虽然被杀,前发五股煞光仍与主人所发寒光纠结一起。敌人元神刚一出现,便带着大片红云煞光,铺天盖地往下压来。血光之中更杂着无数一寸来长、两头均有精芒电射的梭形之物,东西不大,发时却带有轰轰雷鸣之声,前发三种异声也已合而为一。方觉震耳欲聋,身在金霞笼罩之下,均觉难耐,便戟指飞剑、法宝,待要上前抵御。忽听笑和尚和甄氏兄弟连声大喊:"洪弟与陈道友速退!"声才入耳,只听轰隆连声,整座殿台竟被那异声震成粉碎。对头元神带着大量煞光,也潮涌而来。内中梭形之物光芒暴射,越发强烈,好似刚点燃的火炮快要爆炸神气。

李、陈二人哪知厉害,本要迎敌,忽听绛云真人也在连声大喊:"此是蚩尤三盘经中最狠毒的邪法红云散花针,非比寻常,不可力敌,以免生出别的危害。"陈、李二人闻言,方在将信将疑,稍一缓势,一片寒光比电还快,已由主人手上飞出,挡向二人前面。同时一团青莹莹的冷光和一团金红光华相继飞出,悬立众人身前。赤尸神君手指梭形法宝,刚要发难,忽被主人所发寒光和这一青一红两团宝光挡住去路,停空一转,梭上精芒好似受了克制,立时减退。赤尸神君不由悲愤填膺,厉声喝道:"我与你们拼了!"说罢,身形一晃,重又隐去。煞光中忽现出五只大约数丈的血手影,待要往下抓到。

笑和尚见李洪手持一粒霹雳子,二次又想发将出去,忙抢上前一把拉住,低声喝道:"洪弟不可冒失!我自有道理。"说罢,将新得腾蛇环朝空一扬,大半圈形如新月的宝光立时飞向煞光红影之中,上面六条彩蛇齐吐灵焰,向前喷射。跟着又将那面铁令符往外一扬,两柄神斧交错而出,当时暴长十余丈,和那蛇环一样,停空不动,也未向前进逼。李洪被笑和尚拦住,见二宝飞起,因嫌异声震耳,只一离开宝盖金霞圈外便自难耐,心想:"笑哥哥不许我上前,何不把身旁法宝施展出来将身护住,看能将这异声隔断不能?"心念一动,便将金莲神座放起,飞身其上。绛云真人首先喜道:"有此佛家至宝,多厉害的邪法也不能为害生灵了。"笑和尚接口道:"赤尸神君,如再不知机,我还有一件前古奇珍不曾使用,就要对你无礼了。"说罢,扬手将新得神针飞出。那针出手,只有五六尺长一道两头尖、似梭非梭的玄色宝光,并不向前直射,笔直悬在空中,凌空急转,发出大片玄色精芒。煞光挨着一点,便自消灭。这原是瞬息间事。

赤尸神君一见敌人三宝相继飞出，身在香云宝盖金霞笼罩之下，本就无法侵害。内一幼童又发出一朵金莲，和同来五人一同飞上。暗忖："对方小小年纪，哪里来的这许多仙、佛两门至宝奇珍？"心方悲愤情急，那针形之宝转了一阵，两头梭尖上突现出玄色火花，色如乌金，其细如丝，四下飞布，晃眼成了两片丝网，急涌过来。先前恨极敌人，意欲一拼，不料所发赤尸煞光挨着敌人宝光便自消灭。又想所炼红云散花针并世无双，威力最强，具有子母相生之妙，收合由心，妄想一试。将手一指，那梭形之物立有一根爆散，化为大蓬血焰金针，刚闪得一闪，敌人梭尖上所发两蓬光丝已电驰卷来，满空红云散花针刚一出现，便被网住，后面七蛇口喷灵焰，跟着射到，血焰金针当时消灭。

赤尸神君猛想起那似梭非梭之宝正与红云散花针形式相同，威力却大得多，正是昔年长眉真人偈语预示所说之宝。心中惶急，仍然不甘就退，还想拼斗。刚把那三个玉葫芦往上一举，众人此时看出厉害，已同飞往金莲神座之上，香云宝盖化为一幢金霞，将人罩住。又将如意金环放起，化为佛光，环绕在外。莲花瓣上又射出万道毫光，往上激射。众人包没在内，只觉异声比前更猛，还未在意。忽听到处地震山崩之声响成一片，远近相闻。方疑有变，忽又听霹雳之声，一片金光由斜刺里飞来，光中一只大手，广约亩许，突然出现，带着风雷之声朝前抓去。随听一声怒啸，赤尸神君忽然不见，金光大手也已无踪，却又不见追去。

笑和尚觉着未如预期，正在观察，主人已满面笑容，举手称谢道："多蒙诸位道友仗义相助，贫道得免于难。可惜恩师昔年辛苦缔造的水宫别府，已被敌人秘魔神音震塌了十之七八。大约前殿尚还完整，请到上面奉陪一谈吧。"笑和尚知道主人行辈甚高，连忙还礼不迭，一同飞上。那笼罩冷泉宫的煞光，已被敌人逃时收去，只剩青光将水托住。主人当先领路，穿波而上。刚出湖面，四下一看，来时所见贝阙珠宫连同那些瑶草琪花，十九塌倒断裂，残珠翠玉，瓦砾也似狼藉满地。满目荒凉之中，仍觉珠光宝气，彩色辉煌。陈岩叹道："大好一片水宫仙府，竟被魔音震得如此残破，这厮真个死有余辜。先前金光中大手不知来历，也不知追上敌人元神没有？"说时，主人已用一片青霞引了众人飞往前殿落座，随口答道："这位道友必是贫道师妹约来相助的道家元神，当诸位道友未来以前，曾向贫道两次指示玄机。以他法力之高，仇人决非其敌。不知何故，不肯出手，直等诸位快要成功，才将这厮惊走。表面和他为难，实则暗寓维护之意，令人莫测。"

众中只笑和尚知道底细，一面陪同说笑，暗取玉环查看，早看出赤尸神君由外飞来，到了殿中，化为七条血影，张牙舞爪，欲前又却，好似恨急仇敌神气。知事紧急，忙即暗中戒备。因知李、陈二人疾恶童心，也未传声相告，故意从容笑道："这个暂由他去。其实昔年师祖长眉真人曾有仙示，说他虽是左道旁门，素无恶迹，因此有心成全，屡擒屡放，使知警戒。难得他竟能仰体师祖美意，多年在西昆仑苦修，轻不出外。今日虽他劫运临身，来此寻仇，自取灭亡，仍是转祸为福之机，由此洗心革面，立可归入正果，成一地仙。否则，他开头把路走错，不该炼那蚩尤三盘经和赤尸煞光，不遭兵解，必不舍将他多年修炼的法身弃去。不特永无成道之望，等到道家千三百年天劫降临，休说本身邪气感召，受祸必较旁人惨烈，便正经修道之士防御稍差，也必化为劫灰，形神皆灭。我此来原带有古仙人留赐的十丸三元固魄丹，意欲化解，赠他一粒，偏是执迷不悟。如今虽身败名裂，也并非没有救星。只恐他仇深恨重，盛气难消，一意孤行，不知利害，以为所炼三盘经邪法高强，并有七煞化身，已有不死不灭之能，定要随劫同尽就难说了。"说时暗中留意，见那六条血影本有六条待朝宾主六人分头扑到，已快上身，正当紧急之际，闻言略一停顿，忽在暗中退去。血光一闪，仍化为一，立在一旁，似忧似喜，先前盛气似已消退。

笑和尚方在暗喜，主人也大喜道："道友竟把黑刀峡海底龙氏夫妇守护的古仙人灵丹藏珍得到了么？"笑和尚含笑点头，未及回答，忽见一道金银剑光拥了四人一同飞进，正是苏宪祥同了归吾、虞孝、狄鸣岐等四人。与主人匆匆礼见，便朝陈岩、李洪急道："易道友不合一时气愤追一妖人，巧遇魔女铁姝，诱入魔窟。赤身教主鸠盘婆随后赶到，将易道友困入魔阵，施展九子母天魔大法，准备九鬼唉生魂，永除后患。易道友门下爱徒上官红得信赶去，如非途遇神尼赐了一道灵符、一粒宝珠，入门便遭惨死。现时师徒二人同困阵内，尚有二十四日劫难。虽还不到出困日期，但是魔法厉害，我们必须早为准备才好。"

众人闻言大惊，陈岩更是悲愤。未容答话，猛瞥见一条血影由斜刺里飞来。

要知易静性命如何，请看下文分解。

第三〇六回

固魄仗灵丹　散绮青霞消煞火
艳歌生古洞　飞光紫电斗元凶

话说众人正为易静担忧,猛瞥见一条血影由斜刺里飞来。定睛一看,原来是赤尸神君元神突然现形。只有笑和尚知他已明白自己此来用意和那三元固魄丹妙用,只因得道多年,行辈甚高,不甘服低,意欲借机试探,以防求丹不成,反受讥嘲。笑和尚先前原有成算,打好主意,一见血影张牙舞爪从对面飞来,动作却不甚快,惟恐李、陈诸人不知底细,把事闹僵,激出变故,忙用无形剑气挡在前面,暗用传声疾呼:"诸位不可妄动,我自有道理。"众人只李、陈、虞、狄四人不知底细。甄氏父子来时早经笑和尚预告,不等招呼,先将李、陈等四人止住。宪祥更是见闻众多,素来精细,见那血影乃敌人七煞化身,本可隐形暗算,却突然出现,飞行又缓,料想此举必有用意。果然,血影飞离笑和尚坐处一两丈,便显迟疑之状,刚怒吼得一声,似要发作。笑和尚已先笑道:"神君不必如此。自来祸福无门,惟人自招;祸福消长之机,全在你自己了。"

笑和尚话未说完,扬手一点豆大青光,清辉四射,到了血影头上,一声大震,突然爆炸。血影立被震散,化为七团黑气,正发出极凄厉的怒吼,待朝笑和尚扑来。青光爆散以后,忽化为大蓬青白色的光气,只一闪,将七团黑影裹住,晃眼之间便被裹紧,挤在一起。黑影意似愤极,连声怒吼,强行挣扎,无如那青白色的光气越裹越紧,渐渐成了实质,层层包围,往里紧压。终致由分而合,将那七团黑影挤成一团。先还连声怒啸,不多一会,那被青光震散的残余血气随同黑影紧束之际,全部消灭。黑影也逐渐合为一体,成了人形,方始不再挣扎,只是力竭神疲,十分狼狈。又隔有半盏茶时,黑影中逐渐现出一条赤身人影,和赤尸神君相貌一般无二。青白光气也由厚而薄,逐渐往光中人影透进,到了后来,只剩薄薄一层,紧贴在外,人形已经凝固,无异生人。

众人几次想要开口,均被笑和尚拦住。等到血影化尽,黑影由分而合,赤尸神君元神已经凝炼。笑和尚方笑说道:"恭喜神君转祸为福,与你元神合为一体。百劫难分的七煞赤尸血光,已被古仙人盘荤留赐的一粒三元固魄丹化去。当初因为神君曾习蚩尤三盘经,邪毒太重,如影随形,不易分解,以致受了不少苦痛。后来灵丹发生妙用,不特邪毒全消,元神更加坚凝,毫无损耗,反多补益。此去回转仙山,只要照家师祖长眉真人昔年遗偈加意修为,不特仙业远大,连那数中注定的天劫,也因今日化去。此处主人在海底清修,从不与人结怨。当初原因互相误会,几成不解之仇。今日神君虽将法体失去,主人大好珠宫贝阙也成了一片瓦砾。何况旁人相助,无心误伤,定数如此,与主人无干。即便不肯释嫌修好,也应化去前仇,以免循环报复,误人误己,何苦来呢!"随说,手中灵诀往前一扬,张口一股真气喷将出去,那紧附元神之外的一层光气忽然一闪不见,全数往里透进。赤尸神君面上立现喜容,行动自如,如非留心察看,决看不出那是元神所化。

笑和尚急忙起身,待要请其入座。神君似因自己通身赤裸,面有愧容,手方一扬,绛云真人已起身笑道:"多蒙道友大量与诸位道友解围,化敌为友。道友衣冠已经应劫,如不嫌弃,贫道已为道友准备,请即服用如何?"说罢,将手一招,两旁门人侍者忽然同时出现。众人才知主人竟有准备,连笑和尚先前也未看出,好生惊奇。内有两门人已捧了一套羽衣星冠,上前跪献。

赤尸神君随手接过穿上,笑道:"我此时如梦初觉,一切均在长眉真人先机预示之中。昔年曾向真人说过,我蒙真人屡次不杀之恩,此身早非我有,只要是真人之意,决不违背,多深仇恨也可化解。何况本来无仇,只为当初几句戏言,一朝之愤,才有今日。方才我已得知,诸位道友乃峨眉派门下。无如前习蚩尤三盘经,身受神魔隐形暗制,怒火头上,不特忘了昔年誓言,并还妄想仗着身外化身,隐形报仇。后听笑道友说起来意,心虽惊喜,仍未全悟。只知前古至宝三元固魄丹乃广成子所炼,为数不多,虽曾分赐门人后辈,尚有遗留,但只传闻,不知留藏何处。只知此丹具有凝魂固魄、炼气复体诸般妙用,更没料到其威力如此神奇。别的灵丹均是内服,此独自外而内,不特凝神固魄,并还将本身原附邪毒之气一齐化去,使我从此去旧从新,弃邪归正,与长眉真人遗偈相应;并借此一场大难,躲过未来天劫。原来肉体虽失,从此归入正道,仙业可望,岂非幸事?本来还想奉教些时,一则劫后余生,尚须静养,急于回山。再则来时因知主人不是好惹,求胜心切,曾令门人拿我法宝四外埋伏准备,这次再如挫败,便将这方圆千里的海底震成粉碎,并将癸水雷珠、天一玄冰两件水宫至宝破去。明知此举两败俱伤,无如只图泄愤,忘了利害。先前大败,本就怒极心昏,又被一位隐名敌人用佛家须弥手抓了我一下,越发愤恨。来时暗发密令,说敌势太强,我肉身已毁,正用七煞元神与敌拼命,事若不成,仗着元神化身,已炼到不死不灭境界,索性闯一大祸,至不济,也将这座水宫全部陆沉,化为劫灰才罢。不过敌人帮手持有仙、佛两门至宝,事尚难料,特令众门人里应外合,一同发难。他们对师忠义,见我历久无音,必多忧疑,也须前往晓谕。从此便是同道,相见有日,我要告辞了。"笑和尚答道:"我们尚还有事,改日再往仙山求教吧。"绛云真人急忙站起,与众人一同送了出去。神君道声:"行再相见。"便纵遁光穿波而去。

陈、李二人悬念易静师徒二人安危,早就情急。李洪知道易静难期未满,去早无用,虽然关心,还不怎样。陈岩却是关心过甚,神志不宁,几次想说话,均被笑和尚拦住。好容易把赤尸神君送走,大功告成,见主人又要请众人入宫,忙即辞谢,催众起身。绛云真人笑道:"诸位道友之事,我不深知。但那鸠盘婆魔法厉害,易道友既有二十四日难期,早去只恐无益有害。既然道友非走不可,我也难为强留。贫道癸水雷珠,乃恩师所传,颇有妙用,每位奉赠一粒,聊报高义如何?"笑和尚原意,水仙师兄妹二人将来成道,均非三元固魄丹不可。自己受天乾山小男与少阳神君之托,也要求取两粒癸水雷珠。但知此是水母所留奇珍,不便启齿。正想随同回宫设词探询,不料主人自愿送上,心中大喜。忙笑答道:"真人盛情嘉赐,敢不拜收。何况此宝还有好些用处,承蒙厚赐,感谢不尽。我知真人与闵仙姑元婴已固,大道将成,三元固魄丹颇有用处,敬奉两丸,聊报盛意如何?"真人大喜,双方各自收谢。笑和尚等一同告辞起身。

众人刚出水宫,便见海面上天一玄冰所化真气似两道白虹,其长无际,由上空射下,往水宫投去。海上仍是白雾弥漫,一片混茫,海水已渐复原状。宪祥笑道:"癸水威力,果不寻常。你看主人为了送客,忙着收法,并非容易。看此形势,分明早已下手,也只收有一半,可见先前威力之猛。"李洪笑道:"这话不差,我在幻波池也曾见过癸水禁制,哪有这等厉害?"笑和尚道:"即以绛云真人而论,法力也真高强。我们末学后进,终是较差。他那门人早就隐伏两旁,我用玉环查看,竟未看出。虽是暗中设有法宝掩护,但连恩师所炼佛家法宝,也竟看他不出,主人法力之高,可想而知。"

众人都兴高采烈,只有陈岩愁容满面,沉吟不语。笑和尚和甄氏弟兄因和陈岩初见不久,尚不知陈、易二人是三生爱侣。又知开府后,所有男女同门虽有几人多灾多难,结局均无大害。如非师长借此磨炼众人道力,以各位师长法力,只一出场,多厉害的邪法也非对手。虽听易静被困,敌人又是赤身教主鸠盘婆,为魔教中惟一厉害人物,总想易静乃元神炼成,又是一真大师的得意门人、南海玄龟殿散仙易周之女,还持有仙传七宝,便为对付鸠盘婆之用,开府以后又得师传本门心法和幻波池圣姑藏珍,暂时被困,只是应有灾难,难满即出,并还借此增长道力。所以得信时虽然一样吃惊,却并不十分愁急。又因绛云宫之行关系重大,起初只想癸水雷珠乃水府奇珍,向不借人,能求得一两粒,去向天乾山小男、少阳神君复命,于愿已足,不料每人赠了一粒。即使苏、陈、虞、狄四人的不便借用,李洪和甄氏父子,加上自己的,也有五粒。将来三次峨眉斗剑,用以抵御土精黄贡的戊土真气所炼之宝,要少好些危害。

笑和尚心中欣慰,互谈前事,又正飞往中土,反正为时尚早,未暇详询。及见陈岩那等悲愤愁急之状,觉得奇怪,方欲设词探询,李洪已先向宪祥问道:"水宫相隔海面数千丈,上面又布满癸水雷珠与天一玄冰,易师姊被困之事如何得知?"宪祥答道:"我们四人正在牌坊下面等候,先是一道金光,光中有一只大手,由里面追出一条血影,晃眼便同隐去。待了一会,忽见前辈女仙严婑姆元神现身,说她昔年成道时曾在北海寻一道书,误入水母仙府,因见宫中景物灵奇,认定道书、藏珍必在里面,连遇艰危,始终不懈。后来深入水宫重地,道书、藏珍不曾寻见,人却陷入埋伏,被雷珠、玄冰困住。眼看危急万分,忽听有人发话,才知那是水母闭关清修之所。先仗法宝之力,一连冲破了七层禁地。不料末一层却是癸水精英凝聚之地,加上仙法禁制,埋伏重重,决冲不破。如仗法室防身,静心耐守,或者还能挨到十四甲子以后,水母道成开关,一同出去。稍一躁妄,强与相抗,将所有禁制一齐触动,任凭多高法力,也必形神皆灭,死而后已。婑姆便问可有解救。水母答说:一是拜在她的门下,一同苦守,他年一齐出困成道;一是将来为她代办一事。任其挑选。婑姆因已拜师,便答应了第二件。话刚回复完毕,忽见前面现出一幢银光,罩向身上,拥了自己,由万丈神雷之中通行出来,直达海面之上。方想水母要办何事尚未询问,银光闪处,落下一部道书、一封柬帖。打开一看,原来新近坐化的师父乃水母元神转世行道,此举竟是试验她的道心毅力,所说的事便指今日援救绛云真人而言。婑姆随即又说起易道友被困之事。"于是苏宪祥便转述了一遍。

原来易静、英琼、癞姑师徒数人自从智激丌南公,逼走九烈神君之后,因余英男师徒奉命来归,巧收火无害,又收了竺氏三姊弟为徒。金蝉等男女同门听说赤身教主鸠盘婆不久来犯,易静将有大难,只有奉师命有事他往的几个和沙佘、米佘、李健、韩玄四小相继辞别，余人多想候到易静事完再去，谁也不肯先走。小辈仙侠云集幻波池内，一时冠裳如云，声势大盛。每日互相观摩，或是相助兴建，游览全山灵景，演习五行仙遁，快乐非常。光阴易过，一晃多日，并无丝毫征兆。

易静自与兀南公斗法之后，功力大进。因在前生本是玉骨冰肌，花容月貌，因受鸠盘婆之害，将原身失去，一时气愤，蒙恩师相助，受尽苦难，始将元神凝炼成形，人已十分丑怪。起初原想借此免去情孽纠缠，及至陈岩一来，劫后重逢，情爱只有更深，力请将来合籍双修，只图常共晨夕，别无他念。始知前两生的疑虑全出误会，越想越觉愧对，深悔以前不应百计峻拒，使其历劫三生，多经忧危苦痛。好容易劫后重逢，昔年玉貌如花，却化为嫫母。虽然从此可地老天荒，不再乖违，而形类童婴，人同骨立，连使对方眼皮消受都不能如意，益发问心难安。

于是易静想起两个罪魁祸首。内中一个本是凤孽运数所限，不去说她。最可恨的是女魔鸠盘婆，始而纵容门人魔女铁姝施展邪法，收摄凶魂厉魄，炼那白骨神魔，行凶害人，被自己无心撞破，彼时深知她师徒凶恶难惹，魔法又高强，并未打算多事。魔女偏生恃强欺人，双方动手，斗了三日三夜，未分胜负。后被师父好友神尼芬陀路过发现，将铁姝打败，于是成仇。鸠盘婆一味袒护铁姝，不究是非，暗布魔阵，将自己诱去，困入阵内。幸蒙恩师赶来救回山去，却因所中邪毒太深，难于补救。又想起平日所受辛苦艰难，九死一生，均由貌美而起，愤极之下，不特不想重生，并还苦求师父将元神炼得这等丑怪。追原祸始，全由鸠盘婆纵徒护短而起。

下山时，本向恩师立誓，仗着师传七宝，前往魔宫报仇。恩师再三劝阻，说仇人数限未尽，早去决难成功，反有危害。令先回南海，见过父母兄嫂，不久转投峨眉门下，机缘一至，立可成功。只是事前还有一场险难，能否躲过，尚还未定。自从奉命幻波池开府以来，每一想起仇人师徒，便自痛恨。早想前往魔宫一探虚实，因为开府不久，圣姑遗留道书和五行仙遁也刚通晓，偌大一座仙府，加上雕、猿，师徒不满十人，不便离开，更须防备强敌来犯，以致迁延至今。

兀南公这一难关已经过去，人也增加不少，本就打算报复前仇。因知癞姑为人持重，如被得知，决不容自己冒失犯险。想等仇人师徒寻上门来，仗着幻波池的地利，与圣姑留存的埋伏禁制，报仇除害。及至候了多日，鸠盘婆师徒始终未到，心渐不耐。暗忖："下山时师传与圣姑所留的两部道书，如今已全通晓，只等仇人师徒来过，便可为本门开建仙府，发扬光大。反正定数难移,敌来我往,均是一样。魔法虽然厉害,凭着师传七宝和下山时所赐法宝藏珍,即便不能全胜,决不致为敌所害,怕她何来?与其枯守待敌,何如直赴魔宫,见机行事,将其引发,倒可早完早了,除此隐患,早办正事。"主意打定,偏生金蝉、朱文、石生等均是初来,久闻幻波池仙府灵景,彼此同门,情分又厚,身是主人,不便独自离开,只得罢了。

易静为人强毅,想到必做。虽因嘉客未去,暂时隐忍,无如日前陈岩一来,将那多少年来静如止水的道心引起了微波。因觉以前愧对良友,对于仇敌更加恨极。近日又把道书上所现仙示与以前下山时恩师遗偈互相对照,好似自己虽有一场险难,仇人也必遭报伏诛。于是复仇之念更急,如非金、石等人仙府小住,已早起身。本就时刻寻思:仇敌如再不来,何时前往。这日朱文想起申若兰、云紫绡两女同门,一个遭遇可怜,一个年浅力薄,欲将二人接来幻波池中聚上些时。易静本喜若兰温柔忠厚,当铜椰岛分手时,约定将来接她往幻波池聚首。一别数年,彼此有事,不曾再见,日前和英琼说起,还在想念。紫绡更是女同门中年纪最轻的一个,和向芳淑一样,人既娇美,又最嘴甜,谁都喜爱。下山时,紫绡通行火宅严关,未得如愿,留山修炼。下山以前,曾向自己哭诉,说她年幼道浅,将来就得二次下山,也须各位师姊、师兄提携庇护。神情十分依恋,楚楚可怜,彼时曾经力允助她成道。也是一别多年,未曾相见。连日反正无事,正好与朱文同往,将二女接来幻波池聚上些日。便告诉朱文,意欲同往。这时众人三三两两,各自结伴闲游,未在一起。金蝉本和朱文形影不离,当时却因癫姑取笑了两句,偶然赌气,未在一起。只朱、易二人独立于静琼谷危崖之上,指点烟岚,并肩闲谈。朱文想念若兰,一时高兴,忘了易静不久便有危难,闻言立即赞好。依了易静,无须留话,就此起身。朱文却恐众人悬念,遥望余英男新收弟子火无害带了许多仙果由山外飞回,连忙招手唤下,令其转告众人,说是往接申、云二女,不久即回。说罢起身。

二女飞行到了路上,朱文忽想起易静不应离开,意欲劝阻。易静笑说:"我自入居幻波池以来,从未离山一步,难得借此一行,一览江南山水之胜。何况往返不消多时,难道就这半日光阴,就会有甚灾害不成?"朱文还未及答,忽见一道本门遁光,由斜刺里飞过。忙赶过去,将其拦住一看,正是裴芷仙,身已受伤,左肩头上流着紫血,面容惨变,孤身一人,仗着仙剑宝光尚还不弱,正在亡命飞驰,似有强敌在后穷追光景。见了易、朱二女,惊喜过度,哭喊得一声:"二位师姊救我!"人便晕倒。易静平日本喜芷仙温婉恭谨,又知她以前经历甚惨,身世可怜,十分爱护,平日还在思念。知她虽然根骨较差,平日却肯下苦用功,勤于修为,人又本分。照此情势,必是费了好些心力,由左元十三限通行过来,刚刚下山不久,便遇妖邪。因是下山最迟,无人结伴,势孤力弱,致为所败,并还受伤。不禁又怜又怒,连忙一把抱住,连呼:"师妹不必害怕,有我二人在此,必能为你复仇除害。"说罢,取出身带灵丹,按向伤口,又欲行法医治。

朱文平日也最可怜芷仙遭遇,正准备救醒转来询问经过,猛瞥见从侧面芷仙来路的密云层中飞来一道赤阴阴的妖光,料是妖人乘胜追赶,想将芷仙擒去,不由怒火上升。回顾芷仙被易静扶着,尚在昏迷不醒。心想区区妖邪,何值两人动手。也没和易静商议,一声清叱,飞身迎去。易静本要随同追赶,因见芷仙伤口流着紫血,半身已成黑色,分明伤毒甚重,只得救人要紧,没有当时追去。便将遁光按落,又取了两粒灵丹,塞向芷仙口内。又行法运用本身真元之气,为她消解邪毒。

隔了一会,芷仙方始醒转。一问经过,才知芷仙起初自知根骨禀赋均不如人,本无下山之想,每日在仙府之中用功苦练。对于师长、同门,最是恭谨,见人便即殷勤求教,众男女同门也都对她同情,无形中得了好些益处,自己还不知道。这日想起福薄命苦,眼看众男女同门纷纷下山行道,只自己一人独留,不禁伤感。心想:"我已修炼多年,又蒙恩师赐服过两次灵丹,近日连黄人瑜和周云从两个功力最浅的尚且下山,我何不往左元十三限试上一试? 即便不作下山之想,好歹也可试试自己年来道力。"主意打定,便运用本门心法,守定心神,往左元十三限内走去。初意此举难如登天,决通不过,也许还要受到好些危难。所幸值年师长是白云大师,人最宽厚,怜爱自己,遇到危急之际,只要跪祝,立可出险,胆子较大。哪知开头也颇艰难,刚陷禁制之中,忽然想起:"师长将来道成,全要飞升,不乘此时扎下根基,他年依傍何人? 祸福凶危,命中注定,似此畏难苟安,何时才有成就?"想到这里,猛触灵机,便不再胆小害怕,只照平日用功时光景,守定心神,把一切可喜可怖之境,完全当作幻象,不问前途是何境界,哪怕刀山火海,也照直从容走去。果然不消多时,竟将十三限严关通过。

芷仙心方惊喜,出于意外,忽见值年女弟子郁芳蘅手持一口仙剑、一个锦囊走来,见面道喜说:"值年师长知你今日道成,特赐锦囊、仙剑,以备下山行道之用。师妹根骨太差,全仗人好,道心坚定,师长、同门全都怜爱,才有今日。但是凤薹太重,孤身下山,危难当所不免;如不修积外功,又无成道之日:去留任意。此时下山,却须随时留意。各位师长赴休宁岛未归,白云大师现正入定,上面的话还是昨日所言,令我转告师妹,你自打主意吧。"说罢走去。

芷仙闻言,惊喜交集。但一想到目前群邪势盛之际,孤身下山,必多凶险,起初有些胆怯,在仙府中留了数日,不敢起身。这日正将师传仙剑和防身法宝取出演习,猛想起:"自己能有今日,死里逃生,全出恩师与恩人李英琼所赐。近闻她和易静、癞姑在幻波池开建仙府,功力大进。以前因为法力浅薄,不能前往,空自思念,无计可施。不料师长恩怜,苦志用功,居然有了下山之望。何不借这机会前往幻波池探望恩人,就便向其求教,如蒙指点,或许随同一起修炼,岂非万幸?峨眉离依还岭共只千余里之遥,方向途程,均听英琼说过不止一次。趁此无事,前往相依,英琼为人义气,必定乐于玉成,决不坐视。"主意打定,往寻芳蘅,见殿门未开,不敢惊动,只得望门下拜,二次叩谢师恩,拜辞起身。

芷仙刚飞到上面,大师兄诸葛警我忽由外飞回,见芷仙居然通过严关,奉令下山,也颇代她欣慰。笑说:"师妹能有今日,可见精诚所至,金石为开,功未白用。只是孤身一人,途中如遇妖邪,诸多可虑。我蒙藏灵子老前辈赐我防身灵符一道,尚未用过,今送于你。此去如遇危难,只将灵符展动,飞行便比往常更快得多。任受重伤,只要不开口说话,也可将你送到地头,不致中途遇害。"芷仙大喜拜谢。又问明了依还岭的途向,方始起身。

芷仙一路疾飞,不觉走有多半途程。方想照大师兄所说,至多还有个把时辰便可到达。沿途云白天青,并无异兆,心正欢喜。忽见前面高峰插云,上矗天际,因恐罡风力大,意欲绕峰而过。哪知初次独飞,把路走偏。先见途中无事,以为不久便可到达,高兴头上,不曾在意。后来飞行渐远,觉着沿途乱山如林,虽与平日所闻相同,所说用作标记的山形怎未见到一处?方疑把路走错,忽见前面山谷中一股黑烟向空直射,晃眼扩展开来。芷仙前被妖人乔瘦藤摄去,曾见过两个厉害妖道,均是这等路数。心虽吃惊,一则赶路心切,遥望前面云中大山,与众人所说的依还岭相似;再者,下山时得了飞剑、法宝,前在峨眉又曾见到过好几次极惊险的斗法场面,长了好些见识。这时忽然想起,将来在外行道,这等怕事,如何能行?心胆立壮,仍未想到与妖邪对敌,只想绕越过去便罢。哪知谷中妖道早用邪法看出来人是个美貌少女,生了邪心,立即用邪法拦住去路,人早飞起,芷仙还不知道。敌暗我明,踪迹已露,刚往侧飞,想将黑烟躲过,忽听一声磔磔怪笑,由斜对面飞来一片灰黄妖光,中一妖道,一手握着一面妖幡,一手拿着一口宝剑,拦住去路。觉着面熟,定睛一看,竟是昔年在乔瘦藤洞中见到过的妖道之一。

这妖道名叫飞刀真人伍良,曾想背了乔瘦藤,用邪法强奸芷仙未遂,一怒而去。不料狭路相逢，芷仙知其不怀好意，又惊又怒，不等开口，便将飞剑放出。妖道一见芷仙竟会投到正教门下，学成飞剑，也甚惊奇。于是发出两口飞刀，上前迎敌，口喝："贱婢速急投降，随我回山快活，还可免死！"芷仙恨极妖道，上来便以全力施为。妖道飞刀自非峨眉仙剑之比，略一接触，便觉不支。妖道偏是色欲蒙心，不知厉害，一面飞刀迎敌，一面暗使邪法，志在擒人。心神一分，吃芷仙飞剑将两口飞刀一齐裹住，只一绞便成粉碎。妖道大怒，邪法也已准备停当，忙即施为。芷仙如将身剑合一，也可无事。无如想起以前遭遇，心中痛恨，分外眼红；又见妖道飞刀已破，越发胆壮，不特没有退志，反想就势除害，一指剑光，便即追去。妖道看出厉害，忙施邪法隐形遁走，准备避开来势，再作计较。谁知飞剑神速，一任逃遁得快，左膀仍被剑光扫中，几乎斩断。经此一来，顿时大怒，想将芷仙杀死泄愤，扬手飞起两道尺许长的钉形血光。芷仙毕竟初次临敌，无甚经历。一见妖道受伤逃遁，还待指挥剑光跟踪追去，猛瞥见两道血光飞来，忙纵遁光闪避，同时招回剑光防护，已是无及，左肩头上竟被妖钉打中了一下。这还是因为妖道虽然痛恨敌人，色心犹在，妄想生擒到手，任意奸淫，再行杀以泄愤，料知妖钉奇毒，任是多高法力的人，中上也必晕倒，未下毒手，第二钉已经回收，否则命必不保。芷仙觉着伤处胀痛酸麻，心神迷糊，似要晕倒。情知不妙，惟恐落在妖道手内，身遭惨死，还受凌辱。恰好飞剑收回，忙把灵符取出，微一展动，心神便宁静了些。只是伤处奇痛，不敢再战，忙纵遁光，加急逃去。逃到宝城山上，才发现把路走偏，匆匆折回，恰遇易静、朱文将其救下，刚一出声，人便昏死过去。

易静问完前事，因朱文追敌未归，恐妖人邪法厉害，意欲追去。而芷仙初愈，元气亏耗，须人照看。心正寻思，猛又瞥见一道遁光穿云飞来，正是要去寻访的同门师妹墨凤凰申若兰，好生欣慰。匆匆不暇多言，忙嘱若兰速将芷仙送往幻波池，自己往助朱文同除妖邪就来。若兰笑诺，扶了芷仙一同飞走。

易静说完起身，朝朱文去路追去，飞约二百余里，始终不见敌我影迹。心正疑虑，偶然发现前面高峰之下有一山谷，想起芷仙方才所说，料是妖窟所在，朱文也许中了诱敌之计，忙即往下飞落。到地一搜，果见谷底有一崖洞，甚是高大，好似一片绝壁，刚用邪法开裂，隐闻男女笑语艳歌之声。易静入内一看，不禁怒从心起。原来洞共两层。外层石室数间，甚是整洁，用邪法照明，宛如白昼。内层是一广场，十分高大，洞顶银灯百盏，灿如繁星。下面铺着亩许方圆一片锦茵，十余对少年男女妖人赤身露体，正在口唱艳歌，互相交合,追逐为乐,淫荡之状,千奇百怪,污秽不堪入目。一时气愤,一指剑光飞将上去,只一绞,当时杀死了一大片。内有两个妖徒见势不佳,一面逃遁,一面大声疾呼求救。易静恨他不过,扬手又一太乙神雷,数十百丈金光雷火自手发出,震天价一声霹雳,连死的带活的一齐粉碎,妖洞也被震塌了半边,满地血肉狼藉。因洞中只此两层,更无门户,以为已尽于此。正待回走,忽想起妖徒事前仰首向上,疾呼"师祖救我",莫非妖人藏在洞顶石壁之内不成?

易静心方一动,待要回身查看,耳听近顶洞壁轧轧之声,山石似要崩裂神气。未及注视,忽又听洞外有人疾呼:"徒儿们快来!"声随人至,由外面飞进一个身材瘦长、生着一张死人嘴脸的妖道,左膀已被人斩断,头破血流,狼狈不堪,正与芷仙所说妖道飞刀真人伍良一般相貌。更不寻思,扬手一雷打去。妖道也是恶贯满盈,该当数尽。到前分明听到洞中雷声猛烈,因在途中和朱文苦斗,所用邪法、异宝全被天遁镜破去,因奉师命,惟恐引鬼上门,还不敢就逃回山去,一味隐遁闪避,朱文偏是穷追不舍。后来连受重伤,万般无奈,只得施展化血分身邪法,也不问是否再被敌人看破,亡命一般逃回。妖道虽听雷声,终想妖师隐藏洞壁之内苦练多年,邪法甚高,便遇强敌,也可无虑。成见已深,匆匆不暇寻思,直飞进来。入门发现洞壁崩塌,尸横满地,血肉狼藉,才知不妙。心中一惊,目光到处,瞥见一个小若童婴、相貌奇丑的道姑迎面飞来,人还未及看真,眼前倏地一亮,已被太乙神雷震成粉碎。

易静一雷刚把妖人伍良打死,便听轰的一声大震,正面洞壁忽然中分。只见一个白发红颜,身材微胖,一脸络腮长须,手持蒲扇的短装妖人,在妖光环拥之中跳舞而出。易静更不怠慢,一指剑光飞将过去。妖人笑道:"你是女神婴易静么?无故伤我徒子徒孙,今日遇见我宋胡子,就来得去不得了。"话未说完,手中蒲扇往外一挥,便有一片红光将易静飞剑逼住。易静见状大惊,看出妖人邪法厉害。暗忖:"这妖孽虽不曾听人说过,看那护身红光,似由人身发出。本门仙剑何等威力,竟被扇上妖光逼住,似有极大力量挡在前面,不得近前。并还知道我的姓名、来历,口出狂言,莫要中了他的道儿。"便留了心,一面留神妖人的动作,一面暗中戒备。

事有凑巧。易静门人上官红因听说乃师不久有难,终日忧虑。知道师父钟爱自己,随身七宝倒有两三件是在自己手内。虽然师父法力高强,随身七宝均与心灵相合,随时均可回收,毕竟带在身旁要好得多,免得万一变生仓促,不及取用。再四向师求说,请将所赐法宝暂时收回。易静见爱徒对她忠义,不愿辜负她的孝心,只得应允,当日刚将法宝收回,恰在身旁。见此妖人厉害，不似寻常，便将牟尼散光丸暗中取了一粒；并将兜率宝伞隐去宝光，暗中放出，护住全身；又将六阳神火鉴与灭魔弹月弩准备停当。同时暗用本门禁制封闭出口，以防妖人乘隙遁走。

易静一向自恃玄功变化，身带仙府奇珍又多，遇敌时总是从容不迫，相机应付。今日之所以如此谨慎，是因见这妖人有好些异样：走起路来不住跳舞摇摆，面上老带笑容；自称宋胡子，名字甚生，从未听过；照着先前所见，必是一个淫凶狠毒的厉害妖邪，偏生得那等慈眉善目，未语先笑，一脸和气；护身妖光又是那等强烈凝固，看去直似尺许厚的红色晶玉贴在身上，如非随同身子手足舞动自如，直似丈许大小一块红水晶将人包没在内。越看越奇，忽想起此人相貌颇似昔年被大师伯玄真子追寻数年，未得伏诛，后被天蒙禅师封闭在岷山飞龙岭山腹之内的欢喜神魔，又叫美髯仙童的赵长素，十九不错。他是有名的笑面魔王，早已年老成精，邪法甚高。平日笑里藏刀，无论何人，只要被他对面一笑，迟早必为所害。当初原是赤身教主鸠盘婆的情人，因为中途变心，宠爱另一妖妇，鸠盘婆妒念奇重，将妖妇抢来残杀，并将本身美貌自行毁去，变得奇丑无比。当初鸠盘婆对妖人毁容绝交时，曾按魔规立誓说："我已相貌丑怪，但你将来仍要求我宽恕。"妖人愤极之下，也向神魔立誓说："你如此乖张凶妒，我爱的人已为你残杀，连魂魄也被你收去，受那炼魂之惨，今生和你永无相逢之日。我如再来求你，便是我二人大劫将临，同归于尽之时。"鸠盘婆见他如此狠毒，毫无情义，竟乘自己一时疏忽，向双方同奉的本命神魔立此毒誓，不禁大怒，待要翻脸成仇。妖人深知乃妻虽然情重，比他还要凶毒，早有准备，一纵魔光，当时逃去。鸠盘婆方要追去拼命，被爱徒铁姝和众门人跪求阻止，由此也未再去寻他。

易静心想："自己正防鸠盘婆要来寻仇，偏巧与这禁闭多年的老魔头相遇，也许鸠盘婆之事由此引起。"心中一动，竟反常例，把随身七宝准备了好几件。见妖人用一柄蒲扇挡住飞剑，目注自己，满脸笑容，不战不追，也不再开口发话，料是暗中闹鬼。好在自己已准备停当，万无一失。只是觉得当地离岷山尚远，妖人禁闭多年，怎会在此出现？方才妖人破壁而出，分明初次行法冲破崖石。是否这老妖孽，还不能十分拿稳。故意喝道："无知妖孽，连真姓名都不敢显露，还吹什么大气？你本被天蒙禅师禁闭岷山飞龙岭山谷之内，何时暗用邪法，顺着山脉逃来此地？才得脱身，便又猖狂。以为我不知你这老魔鬼的来么？"话未说完，妖人两道寿眉忽然往上斜飞，哈哈大笑。易静一听笑声，便觉心神微震。暗忖："这妖孽果然厉害，凭自己的功力，又在兜率宝伞防护之下，心神竟会摇动。先前如无戒备，虽不至于便遭毒手，也必难当。这厮淫凶无比，如不乘机将其除去，必留大害无疑。"于是一面运用玄功，镇定心神；一面却故作邪法厉害，不能支持之状。易静料定妖人长笑无功，必要赤身倒立，悬舞不休，施展魔法，迷人心志。便不开口，冷不防左手牟尼散光丸，右手灭魔弹月弩，同时施为，发将出去。

这妖人正是欢喜神魔、美髯仙童赵长素。他见易静不曾随他的笑声晕倒，心方惊奇，不料散光丸、弹月弩相继飞到。这两件法宝均是一真大师所炼仙、佛两门至宝奇珍，威力绝大。赵长素不知敌人看破行藏，早具深心，等到二宝上身，相继发难，方才警觉，已经无及。散光丸首先爆炸，将护身魔光震散，元神立受重创。急怒交加，未及施为，寒光一闪，灭魔弹月弩同时打到。总算精于玄功变化，久经大敌，长于应变，见势不佳，忙用左手一挡，一片魔光刚刚电掣飞起，吧的一声大震，魔光还未飞出，便被震散，左臂膀连带震成粉碎。心中恨极，急忙运用玄功飞起，张口一喷，那条断臂便在血云拥护之下，化为一只亩许大的血手，朝前抓去。易静早有准备，一见血手迎面飞来，将手一扬，六阳神火鉴立时发将出去。

一真大师所赐降魔七宝，原以六阳神火鉴威力最大。本是一面圆镜，不用时小才寸许。一经施为，那面圆镜便随人心意大小，紧附身前，发出六道青光，重叠在一起，化为乾上坤下六爻之象。光由镜中发出，每束最长的不过六寸，粗才如指，青莹莹的，光色甚是晶明，看去并不强烈。但是越往外放射，展布越大。邪法、异宝吃青光一照，便即消灭。敌人逃遁稍迟，吃那六道青光射中，当时化为灰烬，决难幸免，威力本就神妙。易静自从入主幻波池以来，又加上五行真火妙用，比起以前越发厉害。

赵长素修炼多年，原是行家，一见敌人手上现出一面明如皓月的圆镜，中有六道青光迎面射来，知道厉害，不禁大惊。急忙行法回收，那条断臂所化血手已被宝光吸住，一片五色彩焰略一闪动，跟着一阵青烟过去，化为乌有。先前自恃魔法，不曾加意戒备，做梦也没想到敌人竟有如此厉害，再不见机，万难幸免。最厉害的是敌人所用法宝未出现时，光华全隐，等到发现，已为所伤，简直防御都难，如何能敌。不敢冒失前冲，慌不迭咬破舌尖朝前一喷，一片魔光闪处，立即幻化出好几个替身，恶狠狠朝前扑去。

易静虽然近来功力越高，毕竟心有成见，认定妖人著名淫凶狠毒，决不肯轻易退去，微一疏忽，只顾施展法宝、飞剑上前夹攻，以防妖人情急反噬，施展魔法，猛下毒手，全没想到会这等容易退去。等到六阳神火鉴接连照破两个幻影化身，心方生疑，仍以为妖人故意幻化，迷人眼目，暗中藏有杀手。震于前闻，防备更严，连轻易不用的阿难剑也已出手。因想当地正是山腹深处,崖高百丈,去路洞口一带已有仙法禁制,妖人决逃不脱。忽听哗啦连声,由先前妖人出现的裂口一直朝里响去,晃眼响出老远。同时镜光照处,接连又有四个妖人的幻影化身相继照灭,才知妖人幻化元神穿山遁走。

穷寇勿追,也可无事,易静也是该当有此一难。因为痛恨鸠盘婆,本就有些迁怒。又知妖人极恶穷凶,淫毒无比,心中痛恨,立意除他。一见穿山逃遁,自恃法力高强,身带十余件法宝、飞剑,均是仙府奇珍,又有一件裂石分山之宝,匆匆不暇寻思,一纵遁光,跟踪追去。初意妖人穿山逃走,不由洞外飞行,也许藏有阴谋,意图暗算。及至穿入石缝之中朝前一追,只见前面一溜血红色的火焰,电也似疾朝前急飞。开头一段,还有山石碎裂之声,追逐不远,便没了声息。为防妖人暗算反攻,在宝伞防身之下,取出圣姑留赐的照形之宝众生环朝前一看,原来前面乃是深山山腹之中的一条甬道,洞径只有丈许方圆,并不高大。看那石色,开辟已久,妖人似早潜伏在内。但是洞径笔直,极少弯曲,更无别的洞穴。

双方飞行均极神速,相隔约有一二里地。妖人几次隐形回顾,颇有情急反噬之意,又似有甚顾忌,欲发又止,飞遁更快。易静追了一阵,不曾追上,心中有气,一指阿难剑,一道金光电掣追去。妖人回手一片暗赤色的妖光飞迎过来,将阿难剑敌住;同时妖人身旁又有一团丈许大的紫色火焰飞涌起来。易静始终疑心妖人多年盛名,决不会如此胆怯怕事,未怎交手,便自败退。一见焰光强烈,认出是魔教中的紫河魔焰,越发警惕起来。加以穷追山腹之中,已经追出老远,地势又由上而下,越以为妖人必有阴谋诡计。为防万一,手掐灵诀,朝前一扬,兜率宝伞立放毫光。跟着发出一粒牟尼散光丸,化为一点寒星,朝那紫焰打去,吧的一声大震,紫焰立被震散。四外山石经此强烈巨震,也纷纷崩塌了一大片。再看妖人,踪影皆无,迎敌阿难剑的那团紫焰也忽然收回。

易静不知妖人诱敌,别有深意,只以为敌人是乘机逃遁,忙朝紫焰追去。果然追出不远,地势忽然下陷,现出一座大洞。跟踪追进一看,原来里面乃是深山山腹中的一座洞府,石室甚多,甚是高大整洁,陈设用具也都华美异常。前面紫焰正在尽头石门之中飞进,一晃不见。急忙追进去,门内又是一条甬道,比前高大,蜿蜒曲折于山腹之中,越降越低。再取众生环仔细查看,妖人正在侧面一条歧径上隐形飞遁,神态慌张,十分狼狈。紫焰却在前面时隐时现,不住闪动。于是忙舍紫焰,径朝妖人追去。

妖人似想声东击西,幻形逃遁,一见追来,逃遁更急。易静看出敌人力竭智穷,无法反击,越发心定。所行歧径,又只一条,并无别路。妖人一味朝

411

前急窜，更不回顾。易静见急切间不能追上，越追越有气，怒喝："无知邪魔，任你上天入地，也必使你伏诛，形神皆灭，休想活命！"妖人一言不发，只顾前驰。易静见沿途地势逐渐低了下去，前面不远好似到了尽头所在，妖人仍是飞逃不已。刚准备施展本门太乙神雷连珠打去，并以全力发挥六阳神火鉴的威力朝前夹攻，飞行神速，晃眼追到尽头。易静见妖人已入死地，除非外面石壁不厚，还可裂山而逃；如在地底，或是千丈山腹之中，即便精于地形之术，像自己这样强敌在后穷追，他也来不及施为。心念才动，妖人好似走投无路，长啸一声，便朝尽头石壁之上冲去，人影一闪，便已无踪。同时霞光电闪，宛如潮涌，突然迎面卷来。

原来赵长素昔年被天蒙禅师禁闭岷山之时，曾留偈语说："你这妖孽罪恶如山，早应形神皆灭，只为数限未终，姑且将你禁闭山腹之内。我佛家以慈悲为本，就这一两日夜的数运，未始不是你一线生机。如能洗心革面，忏悔罪孽，藏在里面，挨到劫难过去，从此改恶向善，虽然不免兵解，元神却可保全。我这降魔禁制，威力神妙，不可思议，只有正教中人，能够破解，任何飞剑、法宝，手到成功。你若倚仗邪法，妄想逃走，必被佛光卷去，连元神一齐消灭。除非时至自解，无论用何邪法冲破，一见天光，便只有一两日的寿命，必遭惨戮了。"赵长素深知天蒙禅师佛法高深，万难匹敌，起初被禁在内，也颇安分。日子一多，渐犯本性，但惧禅师佛法威力，还不敢轻举妄动。后用魔法查看，得知妖徒飞刀真人伍良带了许多俊童美女，潜伏在铁柱峰旁崖谷之中，相去约千余里。便用魔法开出一条甬道，由岷山飞龙岭山腹之中，一直开到妖徒后洞。仗着魔法隔石透视，与妖徒相见，传以魔法。日令门下男女徒孙在内洞交合淫乐，自己隔石观看为乐。

易静初来时，赵长素恰好离开，因听妖徒狂呼求救，还未赶到，吃易静一太乙神雷将残余妖徒杀死，洞壁也崩塌了一大片。由妖镜中看出易静来历，只不知这等厉害，大怒出斗，本想杀死敌人，并将生魂摄去祭炼魔法，谁知连遭惨败，已是心惊。同时又瞥见洞壁崩裂之处，正斜射下一线日光，想起禅师遗偈，不禁大惊，忙即回遁。心想："敌人不追便罢，如若追来，便借她的力量犯险，试上一试，只要将禅师禁法破去，便可由此脱身，免得违背他的偈言，又是祸事。"

易静哪知妖人诡计，一见光霞千里，潮涌而来，百忙中也未看清来路邪正，误以为中了魔法暗算，陷入埋伏之内。一时情急，先将阿难剑一指，随手取出一粒灭魔弹月弩朝前打去。等到法宝出手，看出前面霞光乃是佛家降魔禁制。猛想起地底追敌已经老远，昔年妖人本被封闭岷山山腹之内，莫要这里便是封闭妖人的出口。心念才动，还未想完，弹月弩已化为一点寒星，随同阿难剑飞去，与前面佛光才一接触，吧的一声，佛光一闪不见。目光到处，瞥见妖人赵长素在一片血云拥护之下，本吃佛光金霞裹住，正在挣扎，佛光一散，前面洞壁立现出一条裂痕，妖人便朝上面冲去，霹雳一声大震，山石中分，妖人立由裂口之中向前飞遁。

易静知道上当，不禁大怒，忙将圣姑留赐的开山法宝取出，把手一扬，一团酒杯大小的六角形紫色奇光突然爆炸，霹雳连声，前面山石立被震穿一个大洞。那紫色奇光所发迅雷更不停止，随灭随生，纷纷爆炸，朝前冲去，势绝神速，晃眼便将那数十百丈厚的山腹穿通，前面已现出天光。易静原以为妖人裂山而逃，必不甚快。此宝名为紫霆珠，与圣姑赐的乾天一元霹雳子，功效大同小异，并可由人心意发挥威力。因是初次经历，不知底细，所行之处地势又低，惟恐威力太猛，一下将整座山石震碎，连顶揭去，误伤生灵，造出无心之孽。只想仗着神雷威力，抢在妖人前面，用这生生不已的神雷阻住去路，将其包围，再用太乙神雷往上合围。能就此除害更好，否则，照此半日与妖人斗法经过，已看出他的伎俩不如女魔鸠盘婆远甚，平日所闻，也似太过，凭着自己近来功力和随身法宝，除他并非难事。于是便照仙传运用，不令神雷威力全部发挥。哪知当地果在岷山后面绝壑之下，这一临机慎重，虽只将山脚攻穿一洞，不曾误伤生灵，妖人却被逃走。

第三〇七回

雷发紫霆珠　霹雳一声逃老魅
身潜兜率伞　香光百里困神婴

其实,赵长素魔法原高,只为人太奸猾,上来吃了大亏;又见敌人所用法宝、飞剑无一不是仙府珍奇;加以昔年为天蒙禅师所败,把几件魔教中至宝丧失殆尽;又曾记着禅师遗偈警告,常存戒心,有些胆怯。就这样,仍想先仗敌人之力,破那佛家禁制,只要能够出困,立下杀手暗算。哪知禁法刚破,神雷便似狂涛一般随后涌到,如非精于玄功,飞遁神速,魔法又高,单这连珠霹雳,先就禁受不住。认出此与昔年幻波池圣姑威震群魔的乾天一元霹雳子威力相等,并还同一路数。猛想起前半年魔女铁姝路过岷山,便道来访,曾经提起目前正教昌明,尤以峨眉派为最。悍妻鸠盘婆因为大劫将临,不特格外敛迹,并还再三告诫门人,不许生事;未奉师命,如与正教中人为仇对敌,不问胜败,均加严责。

铁姝素来强横,本就心中气愤,偏巧这数年中几次连遇正教中人,发生争斗,均遭失利。最吃亏的是,有一次为了好友天门神君林瑞将所炼神魔借去,为正教中人所灭,自己得信赶去,途遇玉清大师出头作梗,神魔不曾收回,反为所败,回山又受师责。还有一次,助一好友夫妇与峨眉派女弟子朱文为仇,眼看追上,不料尸毗老人出面,将所追峨眉女弟子和灵峤仙府一个后辈女仙强行夺去,回山向师哭诉。这次总算乃师为之做主,但仍不敢径寻峨眉派的晦气,借口峨眉派未与铁姝为仇,并还望影而逃,与之无干;只有尸毗老人强行出头,欺人太甚,意欲报复,却仍不敢当时就去。过了些日,用晶球照影,看出对头四面楚歌,方始赶往赴约。那次时机不巧,对方敌人曾用仙法颠倒阴阳,隐蔽真情,好些事事前均未看出,以致失利。乃师总算见机,未等现出败象,当先遁走。铁姝复仇心切,还不肯就退,自恃带有九子母天魔,妄想乘人于危。不料到场强敌法力既高,并还专与魔教中人为难,整座火云岭神剑峰全都下有禁制。如非乃师知她性情刚愎,不肯就退,暗用魔法为之接应,几乎命都不保。铁姝经此一来,更加痛恨,自恃乃师当初炼九子母天魔时,为防神魔反噬,曾用铁姝为替身,师徒二人合力同炼,将来抵御天劫非此不可,任闯多大的祸,至多受罚;决不会亲下毒手,和别的门人一样,当时处死,身遭惨杀,还受炼魂之祸。因而日夜气愤,筹思报仇之法。

后又访出乃师平日引为后患的昔年强仇,已经一真大师佛法妙用,将元神炼成婴儿。法力较前更高,改名女神婴易静,投到峨眉门下,不久便要入居幻波池求取圣姑所留藏珍。此人最前生名叫白幽女,转劫三世,倒有两世为师父所杀,仇深似海,迟早非来报复不可。前数年,乃师还令门人打听她的下落,近年不知何故,不曾提起。及至回去一说,乃师声色不动,若无其事。后经再三怂恿,才说:"敌人现已投到峨眉派门下,她师长妙一真人夫妇与我相识,这两人虽是正教中有名人物,一向与人为善,对于异派,并不忌恨。本门教规:人不犯我,我不犯人。况我九天秘魔玄经已早炼成,多厉害的仇敌也无奈我何,不足为虑。看她师长面上,只要不来我魔宫侵扰,便由她去。"当时因见乃师每日运用玄功,勤炼魔经,以为欲取姑与,谋定后动。仇敌师长法力太高,惟恐泄露之故,也未在意。过不多日,乃师忽命金姝、银姝去往峨眉庆贺开府,才知师父畏惧峨眉,不敢报仇,还想借此结交。想起本教以往威名,怕过谁来,一直气在心里。新近听说仇人已做幻波池之主,尽得藏珍、灵药,功力日高,已不可制,越想越恨。铁姝对赵长素谈时,还埋怨师父胆小怕事,甚是气愤。

赵长素心想:"照今日敌人所用法宝和那道力,果如铁姝所言,甚至更盛。幻波池藏珍中,倒有好几件是自己的克星,如其全被得去,休说自己连经重创,惨败之余,非其敌手;便悍妻鸠盘婆欲杀此人,也非容易。"心胆一寒,猛生毒计。暗忖:"如与此女明斗,决非其敌,仇报不成,还要受伤。别的同党,有的已被正教诛戮;有的多年未见,不知底细,相隔又远。如将仇敌引往九环山鸠盘婆新辟魔宫,嫁祸东吴,固是极妙。只是急难之中望门投止,以悍妻为人,不但不会怜悯,必还尽情奚落。再要看破自己的阴谋,生出反感,就许将自己和敌人一同困入九连宫内,坐山观虎斗。自己如死敌手,她再发难报仇,固无幸理;便是自己侥幸得胜,也必历诉以前负心之罪,不肯轻易放过。不论胜败,均不好受,转不如设计诱激,借着别人将悍妻引出,既免嘲笑,还可免去应那昔年誓言。"

赵长素想到这里,便不再行法抵敌。为防被人事前看出,拼耗元气,二次咬破舌尖,施展魔法,幻化出一个替身,朝着反方向飞去。又恐敌人误认,不来追赶,另现出一点真形,朝前飞走。其实,易静见神雷未将妖人困住,一面朝前急追,一面早用法宝查看,已看出妖人幻化替身,东西分驰,赵长素便不故意做作,易静也不至于扑空;赵长素再一显露行迹,易静对那幻影化身直如未见,便紧追不舍。易静性刚疾恶,本就不肯放过,加以赵长素存心诱敌,不住现形引逗,易静怒火更被勾起,决计不将妖人追上,决不罢手。双方飞行都快,不消片刻,便入了川边大雪山境。易静起初也曾疑心妖人故意诱敌,一见所行途向与鸠盘婆魔宫相反,没想到鸠盘婆已迁至此,以致疑心消失。

原来近年鸠盘婆因为大劫将临,所炼各种神魔过于阴毒,大犯正邪各派之忌,而前居魔宫高居山顶,炼法时又易被外人发现。新近又为报尸毗老人之仇,乘其坐关入定,前往暗算,不料也大败而归,并且失去至宝一件。回宫以后,越想越觉连树强敌,不是好兆。想起自己所炼魔法虽极凶毒,从不无故害人。以前因为门下男女弟子淫凶为恶,并还清理门户,大加杀戮,重定严规,立下戒条,并非不畏天命。好些倒行逆施,均由昔年情场失意而起。如今祸在临头,不知何时就要发作,委实疏忽不得。心气一馁,顾虑便多,以为到处都是危机。本就认定滇西老巢不是善地,意欲觅地迁移,但恐铁姝等悍徒暗中讥笑,正在为难。

这日金姝、银姝偶往大雪山中采药,发现深山绝壑之中有一奇景。归告乃师鸠盘婆,用晶球视影一看,竟是古仙人遗留的一座洞天福地。因为以前封山禁法未撤,长年满布阴云,地又十分隐僻,所以从来无人得知。妙在山脉与魔宫通连,中间并有几处天然洞径,稍为行法,便可通连一起。好生欢喜,当即移居在内,至今才只半年。又在万丈冰壑之下,相隔百里,另有一座洞府与之通连,原是前主人女弟子所居,外景尤为灵秀。因防外人发现,便命铁姝移居在内。旧日魔宫老巢,令一门人留守,也不弃去。为求缜密,并用魔法隐蔽,将两处洞府入口封禁。只有赵长素一人听铁姝无心泄露,外人从未得知。

易静对旧魔宫原曾去过,一见所追途向不对,以为妖人夫妇有仇,前途不是妖窟,便是另一妖党所居之处。自恃法力,上次三探幻波池,那等惊险局面,并还隐身宝鼎之内,被那大五行绝灭神光线围困苦炼多日,尚且无害,何况年来道力精进,又有二十余件至宝随身,多厉害的邪法,也奈何自己不得。可惜事前不知,毫无准备,否则只消将方瑛、元皓二人带了同来,哪怕敌人所居是在万丈冰山之内,也不怕他逃上天去。越想胆子越壮。一面暗骂:"老妖孽无须诱敌,只要被我追上,休想活命!"一面暗中准备法宝和五行仙遁,并以全力紧催遁光,加速前追。打算只要追近敌人百丈以内,便以全力施为,同时发难,不等追到妖窟,先将妖人除去,免留后患。

赵长素先还恐怕敌人半途而废,或是看破阴谋,先自遁走,白费心力,因而故意与追敌保持不太远的距离。后有两次连受敌人法宝追袭,几为所伤,看出厉害,才逃得远一些。追到后来,敌人遁光忽然加快数倍,差一点被追上,越觉厉害,哪里还敢引逗,忙以全力加急前飞,遥望前途已将到达。想起昔年何等威名,只为害人太多,致为天蒙禅师所败,魔法、异宝多被破去,今日连个后生小辈均敌不过,反倒求助昔年门下。越想越难受,但又无计可施。一按魔光,正要往下飞降,下面阴云浓雾忽似狂涛一般往上一合,立被卷了下去。当地原有魔法禁闭,外人到此,只见到处冰峰刺天,雪岭入云,大片冰崖绝壑,冻云弥漫,冷雾昏茫。休说常人,便是慧目法眼,也不能透视到底。加上阴风怒号,雪尘飞舞,全是一派幽冷阴森凄厉之景,谁也不愿在此停留。万想不到,绝岭下面还有偌大一片奇景。即便得知,有那魔法层层禁制,中间一带更有魔火、金刀之险,多高法力也难冲破。

　　易静本用众生环查看逃敌踪迹,向前急追。嗣见妖人亡命飞逃,伎俩已穷,急于追杀,末了一段,恰未用众生环查看,一时疏忽。遥望妖人已快追近,相隔不过二三里之遥,脚底乱山纵横,到处均被冰雪堆满,前面冻云惨雾越来越厚。正追之间,妖人忽然穿入前面密云浓雾之中,看神气,似正掉头向下,近前再看,已经无踪。忙取法宝查看,不论何方,均看不出丝毫影迹。心正奇怪,忽听妖人咒骂之声发自下面。又有一个女子似朝妖人数说喝骂,仿佛妖人被那女子擒住神气。声音来自崖底,听去甚深,只不真切。暗忖:"这等荒凉幽寂的雪山危崖,难道还有仙灵隐居不成?"

　　易静心念才动,忽然一阵香风吹过,十分浓烈,好似夜合花的香味。心疑有异,运用慧目注视,前面仍是一片昏茫,布满愁云惨雾,也分不出地形高下。因那香风一阵接一阵由身后顺风吹来,方觉出花香奇怪。猛一回顾,脚底云雾开处,忽现大片奇景。原来身后乃是一片又宽又大,其深数千丈的冰崖绝岭。本来上面布满愁云惨雾,转盼之间,那壑中万丈愁云一团团疾如奔马,正往四外涌去,现出一片数亩宽的云洞。俯视下面,山原绣列,山光如笑,清丽绝伦,居然有山有水,有花有树。所有山峰,均不甚高,估计最高的不过七八十丈,但都玲珑秀拔,宛如二三十根碧玉簪倒插在锦原绣野、清泉白石之间。山巅水涯,现出好些金银宫阙,玉楼飞阁。更有好些珍禽奇兽,飞舞往来,意态悠闲。虽不似小寒山那等清空灵淑,而富丽堂皇只有过之。

　　易静暗想:"凝碧仙府也是深山地底,莫非此是地仙宫阙?妖人无心犯禁,已被擒住,主人特地开云引我出见,也未可知。"易静原极细心,虽觉花香奇怪,因见无甚邪气,也就减了疑虑。本来还想仔细查考,忽听妖人又怒啸了两次,又有主人笑语之声,急切间也没想到,凭自己的听力,上下相隔不过二三十丈,笑语之声已经入耳,又在留神查听,怎会一句也听不出? 始终认为妖人已被主人擒住,想是得道年久,行辈较高,欲令自己亲自去见,将所擒妖人当面交付,否则不会如此。即便话不投机,万一遇见妖党,凭自己的道力、法宝,也非所惧。略一寻思,便按遁光,往下飞降。

易静到地一看,比起由上望下,又是一番光景。景物之奇还在其次,最怪的是偌大一片地面,到处花树成林,香光灿烂,繁艳无比,已是从来少见;而那些楼台殿阁,又都是金银珠翠、美玉珊瑚之类建造而成,处处显得繁华富丽。分明是仙景,不知怎的,总觉得带有几分火气。先前所闻妖人和女子喝骂笑语之声早已停止。楼台房舍甚多,到处静悄悄,不见人影。心想:"对方如存敌意,不应如此光景。初次到此,不知主人姓名、来历,不便冒失。"意欲往那就近楼台殿阁之前,自吐来意,通名求见。为示谦敬,又存好奇之想,已经深入主人境内,也未飞行,一路暗中留意查看,戒备前行。初意那些楼台相隔不过二三十丈远近,转眼可达。因见景物繁富,一路观赏,也未留意。及至走了一阵,偶一回顾,先见好些楼台殿阁均已落在身后。当时因见景物宁静,除却富贵气重,到处金碧辉煌,异香浓烈而外,看不出别的警兆。以为沿途观景,将路走差;或是一时分神,忽略过去。并未想到深入重地,已陷埋伏之内,危机瞬息,将快发难。第二次恐又错过,看准地方,再往前走。不料走着走着,微一分神旁顾,前面金碧楼台忽又不见。再一回顾,却又到了身后。

易静功力甚高,上来不过闻到魔香,一时疏忽,暂时迷糊,本身元灵坚定,并未丝毫摇动。一经警觉,立时醒悟,忙用玄功镇定心神,当时灵智恢复,重返清明,只仍未想到主人存甚恶意。暗忖:"凭我三世修为,慧目法眼,眼前这点地面,怎会走过都不觉得? 主人分明有阵法布置埋伏,但不知是何用意。孤身深入,对方来历、姓名从未听人说过,不可冒失行事。看妖人到此,只先后怒骂吼啸了两次,便不再有声息,可知主人不是寻常人物。虽然自信无疑,到底小心些好。"

易静念头一转,仗着所用法宝均与心灵相合,又擅本门潜光蔽影之法,非到应敌出手,敌人决看不出。于是把师传七宝和下山时所得幻波池藏珍中最具防身功效的几件准备停当。表面却装作没事人一般,仍旧从容而行,一任沿途楼台殿阁相继变幻,往后移退,故作受迷不解,仍顺山径往那建有楼舍的大小群峰之中走去。魔法尽管长于变化颠倒,终瞒不过易静一双法眼,这一留意,早看出敌人所用乃是颠倒挪移之法,那二三十座小峰便是阵地。沿途所见金银楼阁，与先前上空所见一样，仍在原处，并未移动。后来所见，乃是主人暗中行法，将原有楼阁行法隐蔽，再将虚影摄去，使在前面出现，诱敌入伏。所以目光微一移动，便自失踪。主人真意虽不可知，这等对客，纵非为敌，也实狂傲无礼。想了一想，觉着可气："你既试我深浅，我也乐得卖弄，相机应付，使你看看本门弟子不是好欺，免得你夜郎自大。"

易静边想边走，心正寻思，忽见前面枝头满缀繁花，高约数丈的花林之内，走出两个垂髫女鬟。那片花林望去密层层，灿如锦云，花山也似，树高数丈，粗可合抱，形似牡丹。繁花密蕊，千叶连合，奇香浓烈，熏人欲醉。地上浅草如茵，上面满布落花，均未残败。望去宛如一片翠毡，上绣无数五色牡丹，鲜艳无伦。那两女鬟年约十三四岁，生得雪肤花貌，娇小娉婷，十分动人怜爱。各穿着一身雪也似白的罗衣，腰系淡青丝带。一个肩扛一柄鸭嘴花锄，上挑六角平底、形制精巧的花篮，内放五六朵各色大小鲜花；一个腰佩长剑，手持白玉拂尘。二女由花林深处从容款步而来，并肩笑语，态甚悠闲，对于易静竟似不曾在意。易静见这双鬟生得美秀绝伦，又吃当地景物一陪衬，人面花光，交相掩映，瑶岛仙娃，仿佛相似。暗忖："侍女如此，主人可知。也许是位得道多年的前辈地仙，因嫌自己未先通名求见，故意相戏。"

易静方在暗笑主人量小："既助我把妖人擒住，落得卖个人情，偏有许多做作。"忽见双鬟本朝自己这面走来，快要临近，忽然侧转，往右走去。易静见她们旁若无人之状，忍不住唤道："二位姊姊留步。此是哪位仙长洞府？"佩剑的一个转身笑道："你是哪里来的？"易静见对方笑颜相向，人又那么美好可爱，素日光明磊落，从不肯说一句假话，忙笑答道："我乃峨眉山凝碧崖妙一真人门下弟子易静。令师是哪位仙长，可容拜见领教么？"持花篮的一个面容忽变，冷笑道："贱婢已入死地，你和她有甚话说？"易静方喝："尔等为何口出不逊？叫你师长主人出来见我，免伤和气。"话未说完，双鬟同时一声冷笑，把手朝侧一指，喝道："不知死活的贱婢，你自看去！"易静闻言，往侧一看，面前倏地一暗。就这晃眼之间，双鬟不见，所有楼台殿阁，繁花美景，一齐失踪。面前现出一座十来丈高大的牌坊，上现"万劫之门"四个大字，其红如血。一片暗赤色的浓影，天塌也似，比电还快，当头下压。身子立陷入万丈红海之中，上不见天，下不见地，四外昏茫，一片殷红如血的浓雾将人埋在里面，隐闻血腥之气刺鼻难闻。

易静原是道家元婴炼成的形体，又曾在一真大师门下，对于佛、道两家均有极深根底，又得峨眉真传，这类邪法自难侵害。何况身带法宝甚多，早有防备，尽管深入重地，敌人发动极快，仍是无用。无如命中该有这次灾难，

419

到此境地,仍把对方当作一个旁门中的能手,没想到会是平生冤仇。

易静见状大怒,便运用玄功,施展法宝,将身护住。正待出手还攻,破那邪法,忽听另一少女用本门传声急唤道:"被困魔阵的可是幻波池易师伯么?"易静听这少女语声宛如鸣玉,清脆娱耳,似由地底发出。暗忖:"此是何人门下,怎会在此?好在敌人这类阵法,还难不倒自己。"便先停手,忙用传声回问:"我正是幻波池易静,追一老妖人误入埋伏。你是何人门下,叫甚名字?"小女忙答:"弟子叫石慧。家师是凌云凤。因寻家师未遇,途遇一女异人,故意相戏,追来此地,被魔女撞见,强要收徒,仗着本门地遁之术,逃来地底潜伏。本来魔女害我容易,无如弟子得那异人指教,逃时乘机偷了她一件要紧东西,她要追逼太紧,便用本门石火神光与之同归于尽。魔女既有此顾忌,又想收我为徒,暂时不肯杀害。只得把地底四面封禁,想断弟子逃路。其实,弟子因得家祖父石仙王的真传,只一沾地,不论万丈石土,均能穿透。因奉那女异人之命,在此等候师伯,不敢离去,好些都是故意做作。魔女凶毒异常,直无人理,她见妖阵无功,医好老男魔后必定亲来。此时无暇详说,且等师伯与魔女斗过一阵,将其打败,再用法宝、神雷朝下猛冲,只要把地面攻破一洞,弟子便可出土,来与师伯会合,一同应敌,那时再说不迟。"

易静本听金蝉、石生说起过凌云凤与南海双童收服秦岭石仙王关临之孙石慧、石完二人为徒经过,一听是石慧,好生欢喜。闻言还未及答,忽听恶鬼哭啸之声,凄厉刺耳。同时眼前一花,先是四外现出无数大小白骨骷髅,一个挨一个,密层层叠在一起,都是绿发红睛,面容灰白,口中獠牙利齿森森外露,口喷血焰,互相厉啸,似在唤人名字。全阵又被殷红如血的暗雾布满,衬得万千恶鬼的形态越发狰厉,看去怖人。易静虽听石慧说敌人是个魔女,因那地方与昔年所见魔宫东西相差好几千里,近年又未听说仇敌移居的话,仍未想到强仇大敌近在咫尺,转眼将发生恶斗。仗着法宝、飞剑神奇,早在暗中准备停当,一见恶鬼成群拥来,故意隐忍不发。待其快要拥近身前,突然厉声喝道:"无知邪魔,不敢决斗,却叫这类受迫无奈的凶魂厉魄前来送死。"说罢,冷不防将师传七宝连同别的两件法宝、飞剑一齐施展,立有大片宝光齐射精芒,朝众恶鬼冲射过去。紧跟着左手六阳神火鉴,右手太乙神雷,连珠也似四外乱打。

那群恶鬼均是铁姝多年聚炼的凶魂厉魄,名为七二神魔,虽极厉害,如何能是易静的对手。这类恶鬼经多年魔法祭炼,均具灵性,早就觉出敌人暗中有极强烈的剑气防身,未敢当时进逼。无奈魔女法令如山,魔阵已被催动,稍微后退,所受惨刑有胜百死。没奈何,只得口中悲啸,狂喷血烟,意欲缓进。谁知敌人发动甚快,威力更大得出奇,前排恶鬼首当其冲,被宝光神雷震散消灭。后面的前进不敢,后退不能,吃六阳神火鉴、太乙神雷联合夹攻,也是纷纷倒退,化为一团团的黑烟,微一滚转,只听一串唧唧啾啾和惨号厉啸之声,便化为乌有,当时消灭了一大片。

易静知道这些恶鬼害人甚多,正用飞剑宝光四面扫射,太乙神雷连珠猛击,杀得正高兴头上,耳听石慧在地底传声疾呼:"师伯留意,魔女来了。"声才入耳,猛又听一声极尖锐的厉啸,眼前血光一闪,黑影飞动中,现出一个臂腿赤裸,上穿翠叶云肩,下穿翠羽短裙,肤白如玉,面容冰冷,头插金刀,目射凶光的长身少女。定睛一看,不禁怒从心起,原来那女子正是铁姝。仇人相见,分外眼红。因知魔女邪法高强,不可轻敌,寻常法宝、飞剑无甚用处,开头便将师传七宝中的阿难剑发将出去。

自古邪正不能并立。魔女铁姝更是天生凶狠刚暴之性,自来有她无人,仗恃练就神魔和诸天秘魔玄经,自信无敌。本身魔法既高,以前所遇敌人又多旁门中人和海外隐居的散仙修士,不是其敌手;或是震于鸠盘婆的凶威,十九退让,自认晦气。有那少数不见机的,多遭残杀,连元神也被摄去,受那炼魂之惨。铁姝自从出山,多少年来不曾失利,于是夜郎自大,越发骄狂。平日自称"顺我者生,逆我者死",无论何人,均未放在眼里。及至前数年,为了天门神君林瑞,初与玉清大师为敌,便遭惨败,由此对正教中人恨极。但因乃师畏惧天劫,不许向正教中人生事,虽常腹诽,毕竟魔规严厉,不敢违背。只在暗中作祟,凡与正教中人为敌的妖邪,必以全力相助。不料第二次又将所炼神魔失去,等到得信前往寻仇,又遇尸毗老人,大败而归。本在咬牙切齿,无计可施,难得魔头赵长素将仇敌引上门来,如何还肯放过。明知仇敌法力高强,远非昔比,但以天性凶横,自负所炼魔法厉害,当地又布有极厉害的魔阵,十有八九可以成功。一时疏忽,忘了一件最重要的令符元命牌,前日被一不知姓名的少女巧得了去,尚未取回,好些吃亏之处。如非赵长素再三力劝,说仇敌已将幻波池藏珍得到,法力甚高,不是寻常,直恨不能当时挺身出斗。总算听了老魔之劝,强捺怒火,将敌人诱入魔阵内,然后发难。先还以为准备停当,不怕敌人飞上天去。一见敌人也是怒火上攻,方要开口喝骂,一道金光已电掣飞来。

铁姝素来骄狂,冷笑一声,扬手便是九柄碧光闪闪的飞叉,乱箭也似朝前冲去。满拟动作神速,只用一两柄便可敌住对方飞剑,下余上前夹攻,敌人只要沾上一点,便无幸理。何况敌人已陷魔阵之中,还有好些魔法妙用同时发挥威力,法力多强也禁不住。哪知易静一见铁姝现身,便知中了妖人之计,新仇旧愤,同时勾动,立意要致铁姝死命。心虽痛恨,但因魔法厉害,自己初来,虚实不知,又想起数中应有的灾难,越发不敢大意。因而把随身法宝、飞剑光华早隐,只以六阳神火鉴追杀恶鬼。上来先将阿难剑朝前飞去,暗中又发出一粒灭魔弹月弩和圣姑留赐的降魔至宝紫霆珠。

铁姝一味恃强,哪知厉害,飞叉与阿难剑刚一接触,觉出不是寻常飞剑之比,心方一惊,豆大一粒紫光突然爆炸,震天价一声霹雳过去,精芒电射,紫火星飞,那朝敌人进攻的八柄飞叉立被震断了一多半,不由又惊又怒。忙想行法回收,未容施为,紧跟着又是酒杯大小一团银光打向飞叉丛中,也是当时爆炸,将所有飞叉一齐震碎。那紫色雷火毫光一震之后,并未消灭,反似火浪般往上一涌,将残余的断叉残光包围在内,发出大串连珠霹雳之声,全数消灭。

铁姝心痛至宝,愤急之下,微一疏神,那柄主叉又被阿难剑裹住,投入雷火丛中,一片爆音过去,也同化为乌有。最厉害的是来势万分猛烈,神速无比,才一入眼,休说行法回收,连念头都不容转,便已消灭。当时愤火中烧,怒发如狂。方想另用邪法异宝取胜,谁知敌人比她更快,眼前倏地一亮,十余道宝光、剑光,有好几件降魔至宝在内,六阳神火鉴威力更是神妙,如何能当。铁姝也是气运将终,初时明明见六阳神火鉴宝光所照之处,多年苦炼的七二神魔宛如雪团向火,纷纷消亡,怒火头上,竟会忘了利害。前与尸毗老人拼斗,已伤耗了不少元气,尚未恢复,哪禁得起专破群魔的乾天纯阳真火焚烧冲射。先见宝光、剑气纵横飞舞,霞光万道,耀眼欲花,还在暗骂:"我练就八九玄功身外化身,神通广大,魔法高强,贱婢法宝虽多,能奈我何?"正想施展分身化形秘魔大法幻化元神,就势暗中致敌死命,猛瞥见宝光丛中飞来六道相连,形如两个乾卦的青光。想起先前那些神魔便为此宝所伤,必定厉害,怎的光并不强?心虽微动,还没料到仇敌深知她的功力虚实,以退为进,到了时机,再冷不防乘机发难,一齐施展。满心妄想伤敌,不曾在意。忽听赵长素大喝:"此是乾天纯阳真火,铁姝留意!"心方一惊,敌人身外十来道各色宝光突然合围而上,那乾卦形的青光立即射上身来,一任长于神通变化,依然措手不及。总算飞遁神速,见势不佳,咬破中指,向外一弹,立有一片血焰拥着一条化身,朝那宝光神火撞去,本身就此遁走。因为前后几次吃亏,元气大伤,以致日后死在一个凡人之手,暂且不提。

铁姝背运当头,好些魔法神通均未用上,才一上场,便遭此大败,心中更加痛恨,一声厉啸,黑烟一闪,人又隐去。易静恨极仇敌,一看当日形势,知道鸠盘婆师徒骄横残忍,惟我独尊,照例门人对敌,有胜无败,铁姝一败,必

422

定出场。何况铁姝魔法已得乃师真传，伎俩实不止此，自己不过占了应敌神速和几件降魔至宝的光，敌人受创不重，自己的难犹未已。此时危机密布，罗网周密，想要脱身，固是艰难。即便仗着法宝之力冲出重围，仇敌师徒来去如电，晃眼仍被追上，定数所限，不能避免。与其示怯，还不如就此与之一拼，将这最末一次难关渡过，也让各派妖邪看看峨眉派的道力。心念一转，便不再作脱身之想。

易静正在静以观变，忽听铁姝咒骂悲啸之声若远若近，似哭非哭，凄厉刺耳，令人心旌摇摇，闻之生悸。魔女原意是借着老魔头惨败来投的机会，想把事情闹大，使乃师觉得仇敌已追到门上，不能再装糊涂，置之不理。只要把乃师激怒出场，便可报仇。而鸠盘婆本人对于易静，虽认为将来是一个大害，终以顾忌太多，此时又正神游在外，并未想到当日竟会发难。

易静一听哭喊之声，知道敌人正在用呼音摄神之法，想要暗算。忙运玄功，镇定心神，接口骂道："无知女魔鬼，你那呼音摄神之法，只好欺侮凡人和左道妖邪，如何能够伤我？此时你还不曾伏诛，先哭做甚？你师徒恶贯已盈，便无昔年杀身之仇，早晚也必为世除害。反正须决一个死活存亡，既被你们引到此地，正好了断，此时有你无我，有我无你。可叫老魔鬼速出纳命，无须藏藏躲躲，装腔作态，首鼠两端，平白丢人。"

易静说罢，魔女并未再现，只听阴沉沉冷笑了两声，底下便没有声息。那身外暗雾，越发浓密。跟着万丈血云，似狂涛一般涌到，晃眼便被包没在内。易静昔年尝过魔法味道，深知厉害。一想恶斗将要开始，宝光已无须隐蔽，打算将防身宝光大都发出，只将几件降魔至宝暗藏在内，到时出其不意，给敌人一个重创。忽听身前不远赵长素喝骂道："易静贱婢！无故伤我徒子徒孙，又将我断去一臂。现已陷入血河阵内，任你多大神通，也必化为脓血而亡，连元神都保不住了。"

易静当日临敌，因知是本身成败关头；又因近读仙示，有二十余日灾难，反正不能避免。因此一上来便稳扎稳打，抱着以静制动的主意，沉着应战，全神贯注，已不是三探幻波池那等心浮自恃。一听发话的是老魔赵长素，先不发作，只是暗中准备法宝，照准敌人发话处，冷不防加以猛击。忽听石慧从地底传声说："师伯先莫动手，弟子持有祖父所赐一件奇珍，无论相隔千百丈的山石土地，均如掌上观纹，多厉害的邪法也能透视。惟独魔女的玄功变化比电还快，就能看出也无可如何。其他均可一望而知。这说话的是个断臂老魔，就在师伯身前不远，但有邪法防身，飞遁也是极快，看似想用邪法暗算神气。时机未到以前，师伯先不要动，以免一击不中，打草惊蛇，于事无补。还有弟子日前曾将魔女震摄神魔的一面白骨令符九天元命牌得到手内，弟子曾对她说：再如强迫，或用魔法暗算，弟子便用家传灵石神雷将那令符炸毁，与之同归于尽。铁姝为此顾忌，虽将弟子困住，不敢动强，便由于此。师伯最好暂时不动，少时照着弟子所说下手，必能成功。"

易静原因魔法厉害，全阵已成血海，浓如胶质，休说慧目法眼不能透视，便用众生环查看，也只稍微看出一点影迹。最奇的是万丈血海之中鬼影幢幢，闪变不停，为数甚多。赵长素似因以前吃过大亏，隐形之外，并还施有邪法防身，幻化出好些替身，杂在群鬼之中，不时飞舞闪变，隐现无常，急切间不易分辨真假。魔女铁姝更不见有丝毫影迹。偶然发现几缕黑烟往来飞动，都是比电还快，一瞥即隐，是否魔女本人也难断定。既不打算突围逃走，敌人邪法又刚刚开始，反正要被困些日，也须上来挫她一点锐气。正苦无从入手，一击不中，反为所轻，一听石慧这等说法，好生心喜。暗忖："前闻此女十分灵慧可爱，想不到初出茅庐，便有这等过人胆智。她仗着家传地遁，穿山逃走，本极容易。为了帮助自己脱难，苦守在此，果然可嘉可爱。"忙用传声回答："所说甚是有理。如若看准妖人真形，随时报知。"又说："此时敌我势不两立，反正要拼个死活存亡，何时相见都是一样。我凭法宝神雷威力，将地面震穿一洞并非难事，只要你说明地点，立可震穿魔网，出土相见。彼此合力应敌要好得多，为何还要等候？"石慧答以曾受异人指点，时机未到，还要等候些时。易静还未及答，忽听阴风怒号，鬼声啾啾，哀鸣怒啸，宛如潮涌，身外血云被数十丈方圆的防身宝光逼住，不得近前。不过除比以前还更浓密而外，并不见风。

易静用众生环查看，见血海中还隐藏着好些恶鬼头颅，全都大如车轮，红睛怒凸，绿毛森森，塌鼻阔口，露出上下两排利齿和两根交错的獠牙，二目凶光远射丈许，全都摆出一张似哭似笑的鬼脸，浮沉血海之中，望着自己不住欢笑飞舞，似欲得而甘心之状。若不用宝环查看，便看不出恶鬼影子。方料魔女想用所炼神魔暗中加害，忽听群鬼厉啸声中一声怒喝，面前血光一闪，突现出一幢黑烟，聚而不散，矗立血海之中，烟中裹着魔女铁姝，正在戟指咒骂。易静见魔女二次出现，已换了一身装束，依然裸臂露乳，面容死白。上身披着一件翠鸟羽毛和树叶合织而成的云肩，色作深碧，光彩鲜明，后面露着脊背，前面仅将双乳虚掩。下半身是一条同样面料的短战裙，略遮后臀前阴。本来玉立亭亭，加上楚腰一捻，柔肌胜雪，周身粉滴酥搓，通无微暇，侧面看去，丰神艳绝。偏生满脸狞厉之容，碧瞳若电，凶光远射，柳眉倒竖，隐蕴无限杀机。左肩头上钉着五六把尖刀，亮若碧电。刀柄上各刻有一个恶鬼头,看去不大,但都形态生动,宛然如活。左膀上另钉着九柄血焰叉,光焰熊熊,似欲飞起。右前额也钉着五把三寸来长的金刀和七支银针,全都深嵌玉肌之内,好似天然生就一样。秀发如云,已全披散,发尖上打着好些环结。前后心各有一面三角形的晶镜。腰间左插令牌,右悬人皮口袋。右手臂上还叮着三个茶杯大小的死人骷髅,名叫三枭神魔,与暗藏血海中的恶鬼相貌一般狞厉。通体黑烟围绕,载沉载浮,凌空独立血海之中。那么浓厚的血云,相隔又远,竟如镜中观物,纤毫皆见。

易静知道妖女恨极自己,全身披挂而来。那些魔法、异宝、血叉、金刀之类,还在其次。最厉害的是与先前所穿大同小异的云肩战裙和腰间所悬人皮口袋,一名秘魔神装,一名九幽灵火,同为赤身教镇山之宝,各有威力妙用,厉害非常。魔女既然全用出来,鸠盘婆必在暗中主持。自己还要被困多日,非先挫敌人锐气不可。心念才动,忽又听石慧从地底传声疾呼:"师伯留意,时机将至。这魔女除她甚难,只可少时用那令符试她一试,能否成功,还拿不定。倒是方才逃来老魔鬼现藏魔女身右,与魔女并立,相隔不过数尺,手持一弓三箭,箭头上已发出暗紫色的魔焰,中杂无数细如牛毛的魔针,指定师伯,似要发射,又似有甚顾忌,欲发又止。照弟子所遇异人指教,等到了时候,师伯只听弟子招呼或地底雷声,可用六阳神火鉴照定雷鸣之处,再用先前所发紫色神雷打下,便可将魔法封禁的地面震穿一个大洞,弟子立可飞出,与师伯合力拒敌了。"

易静闻言还未及答,魔女见敌人在好几层法宝、剑光笼护之下,目注自己,神态从容,一任厉声咒骂,直如未闻,不知敌人正朝地底传声。更没防到前日所困少女竟受异人指点,有意而来,初见时好些都是故意做作。因闻敌人男女同门人多势盛,内中有不少能手,下山行道时,又各赐有一面传音法牌,无论相隔千万里,只要将牌轻击,立可传声发话。同党接到信号,立时纷纷来援,神速非常。敌人此时不动,想是知道魔阵厉害,上来出其不意,略占一点上风,便改攻为守,暗发传音法牌,向众师长、同门求援。想起近年所闻峨眉派师徒的威势和乃师平日之言,尽管平素骄横,也颇惊疑。暗忖:"这里虽然地势隐僻,敌人同党仍能跟踪寻到。即便魔法禁制埋伏重重,仇敌师长多半闭关有事,未必会来,这班小狗男女虽然入门不久,偏是得天独厚,各有两件仙、佛两门中的至宝奇珍,从未听说他们败过。近闻人言,连丌南公、九烈神君那么高法力,全都吃亏而去。万一纷纷赶到,委实不易应付。再要把几个专管闲事,和峨眉交厚的老鬼如神驼乙休、凌浑夫妇、嵩山二老之类引来,更是惹厌。虽然近年九子母天魔已到功候,一部诸天秘魔玄经也全精通,无如两次和尸毗老魔对敌,元气伤耗太过。师父已近不死之身,自己却是功败垂成,至少要炼一甲子才能复原。不比以前,仗着神通变化,还可与人硬拼。照此情势,必须在仇敌援兵未来之前,将其杀死,才可报仇除害,稍出胸中恶气。"心念一动,顿犯凶性,怒骂:"贱婢先前耀武扬威,此时为何胆小,噤若寒蝉?"随即将左膀微摇,肩膀上魔刀和九柄血焰金叉当先飞出。紧跟着又将右额一拍,右额所钉金刀、银针也各相继电射飞出,朝易静夹攻上去。

易静问答已完,笑骂:"无知邪魔,你便把全副家当施展出来,也难免于送死。至多把衣服脱去,卖弄你那无耻下作的勾当,能奈我何?今日如非立意除你师徒,破阵飞走不过举手之劳。再者,老魔尚未现形,想看你师徒凶横多年,到底有何伎俩。你当我真个静守不动么?"说时将手连指,身外宝光突然大盛,兜率宝伞首先暴长,发出万道毫光,宛如一座金光祥霞结成的华盖,将人笼罩。下面又有一片金云将人托住,盘坐其上。铁姝那九柄血焰叉带着血焰金光刚一飞近宝伞之下,突飞起一蓬形似彩丝的云网,暴雨一般向前激射,只一闪,便将九叉一齐缠紧,缩在一起。魔女刚认出那形似彩丝,具有九色的云网,是师父常说幻波池圣姑昔年所炼降魔十四奇珍中的九曲柔丝,暗道:"不好!"忙即行法回收,已是无及,连同发出的魔刀也全被网住,缠了一个结实,休想挣脱分毫。

铁姝因这两件法宝乃鸠盘婆新近所赐魔教奇珍,与先前仇敌所破魔叉不同,威力甚大,并还专污正教中的法宝、飞剑,不料才一出手,便被敌人网住。恐后发出来的魔刀、魔针同样被人网去,慌不迭收了回来。然后行法收那另外两件法宝,不料连收两次不曾收回,以为敌人想将二宝收去。忽想起刀叉上面的血焰黑烟阴毒无比,得隙即入,敌人稍微沾着一点,便如附骨之疽,任是多高法力,也必昏迷倒地,周身溃烂,化为一摊脓血,万无生理。意欲将计就计,任其收去,到了敌人宝光层内,再行发难。猛瞥见对面宝伞下又飞出酒杯大小三团寒光,才一入眼,已投入彩网之中,吧吧吧接连三声大震,银芒电射,彩云飞舞中,大蓬金花血雨在彩网里面闪得一闪,那九口血焰金叉和那魔刀已全被敌人消灭。这些均是鸠盘婆新传,能与铁姝心灵相连之宝,又只瞬息间事,休说防御,连念头都不及转,便已消灭无踪。经此一来,元气大伤,如何不恨。换了别的敌人,还可施展玄功变化和呼音摄魂等极厉害的魔法,致敌死命;而易静偏是道家元婴炼成,又有好些仙、佛奇珍防护全身,只有师父所炼九子母天魔,用三十六日苦练之功,才能将其精气元神吸尽,别的魔法均用不上。

铁姝再一想到师父法令素严,对于门人曾下严令,不许与正教为仇,尤其是对峨眉一派。上次追赶朱文,事后还曾埋怨。今日虽是敌人上门送死,又是师父风仇,未来大患,无如师父从未吐过口风。而且敌人所追偏又是师父平生痛恨,认为忘恩负义的旧情人。自己和敌人斗了这一阵,敌人并还口出恶言,说她此来是为报仇除害,并将本门至宝和七二神魔消灭好些,分明欺到头上。照师父为人,纵因仇敌道浅力微,不值亲自出手,也必用传声指示机宜,为何全无动静?即便忘却旧仇,也不应如此甘受人欺。必因老魔头在此,心中怀恨,有意隔岸观火,以致自己连带遭殃,还失去好些法宝、神魔。悔恨情急之下,暗忖:"师父性情刚愎,因为老魔忘恩负义,曾有永不再见,见则除非老魔悔祸,照着昔年向本命神魔所发誓愿,甘受师父九百魔鞭,自刺心血,献与神魔,才可化解。否则双方必有一伤,决不两立。势已骑虎难下,有心遣走赵长素,无奈方才话说太满,无法改口。再如相持下去,就许被敌人将血河大阵连同诸般法宝一齐破去,遗羞师门,还要身受严罚。"不禁咬牙切齿,悔恨愁急,打不出主意。

赵长素老奸巨猾,见铁姝魔法无功,连遭挫败,而鸠盘婆又始终不见出面;敌人则只守不攻,所用法宝也已收回。听那前后口气,分明和悍妻师徒势不两立,自己便不引鬼上门,早晚也许一斗。悍妻此时不出面,分明是因为自己。暗忖:"你常骄横好胜,铁姝是你爱徒,如若连遭惨败,将所有魔宫至宝一齐失去,看你是否还能置之不理?"心念一动,立时喝道:"铁姝!你身旁现有至宝,为何不用?"

第三〇八回

宝鉴吐乾焰　一击摇芒弹月弩
鬼声逃魅影　满空飞血散花针

话说铁姝见连番失利,未免情虚。虽知秘魔神装、人皮口袋两件镇山之宝和右手臂上的三枭神魔尚还未用,但因敌人身旁带有好几件伏魔至宝,有的尚未见用,师父平日说得那等厉害,惟恐和前发诸宝一样,又被敌人破去,不出手又恶气难消,心正迟疑。听赵长素一说,立即被提醒。暗忖:"人皮口袋中贮九幽灵火,甚是阴毒,无孔不入,已极厉害。秘魔神装更是师父开山以来第一件至宝,与本命神魔灵感相通。师父并未说过幻波池珍藏能够破此二宝,何不一同施为,再将三枭神魔同时发出? 只要敌人宝光稍露空隙,立可成功。"主意打定,便即施为。怒火头上,竟忘了这三件法宝,倒有两件与所失令符息息相关。魔女刚一发难,易静也得到石慧传声,说老魔头手中魔弓二次拿起,只等魔箭发出,便是下手时候。易静刚答"如言行事",铁姝已将人皮口袋一拍,立有好些鬼气森森,形似寒灯残焰所结灯花的幽灵阴火飞起。

自来邪法、异宝来势均极猛烈,鸠盘婆所炼九幽灵火却是不同。发时先是三五点鬼火一般的亮光冉冉飞出,光既不强,来势又缓,每朵鬼火下面,各有一团似人非人的黑影。易静连用慧目法眼也看不真切,只管飞扬浮沉于血海之中。到了近前,也不往宝光上撞,只是在敌人身外环绕不动,一闪一闪的,别无他异。不知怎的,看去那么阴森凄厉,使人生出一种幽冷之感。易静不知此宝详细来历,一见是魔女恶狠狠最后发出的,料非寻常,意欲看明形势,再行下手,未免多看了两眼。正注视间,鬼火下面的黑影渐现原身,相貌并不十分狞厉,但都断手断脚,残缺不全。为首一个只剩多半边身子,白森森骨瘦如柴,前胸已腐,血淋淋的,五脏皆现,上面却顶着一个肥胖浮肿的大头,还咧着一张阔口。下余不是面如死灰,便是绿黝黝一张鬼脸,口中喷着白沫,又衬着头上稀落落几根短毛,越发使人烦厌作恶。有的纯是一个陈死骷髅,大仅如拳,色如土灰,本是一个死人头骨,上面偏生着两片新肉,烂糟糟的,说不出那等难看。有的连头带身子全都没有,只剩一两只残破不全的手足,不是白骨瘦长,形如鸟爪,便是又短又肥,宛如新切断的人手足,却生得又白又腻,红润鲜肥。各顶着一朵鬼火,发出吱吱啾啾的悲啸,闻之心悸神惊,说不出那一种阴森愁惨的景象。

易静那么高道力的人,微一疏神,目光便被吸住,连打了两个寒噤。知道厉害,又惊又怒,忙运玄功,刚一收摄心神,就这晃眼之间,忽然满阵皆火。匆促之间,竟未看出如何化生出来。阴风鬼气,越来越盛,那悲啸鬼哭之声,说不出那么难听。那些鬼火也不朝人进攻,无形中却具有一种极微妙的凶威。最厉害的是耳目所及,心神便受摇动,丝毫松懈不得。易静久经大敌,知道敌人伎俩还不止此,内中必还藏有别的变化。好在防身有宝,又是元婴炼成,好些魔法均难侵害。上来便豁出受这一场险难,没打当时脱身主意。心想:"敌人发动越迟,越可多挨时候,少费好些心力。不是举手成功,决不还手,看她闹甚花样。"心正寻思,铁姝等鬼火将人包围,准备停当,突把双臂一摇,黑烟飞动中,人便不见,化为一条黑影,在碧光笼罩之下,朝着易静扑来。易静知是魔女元神变化来攻,看似无甚奇处,内中却藏有阴谋毒计。忙将心神守住,暗中准备,静以观变。

魔女原因敌人法力甚高,不是寻常所能侵害,上来先不发挥全部威力。满拟九幽灵火无孔不入,敌人必以神雷法宝还攻,只要双方宝光冲动之际,稍有一丝空隙,立可乘虚而入。哪知这一次敌人竟似有了成算,一味坐视不理,元神又极坚强,不受摇惑。怒火头上,把心一横,立运玄功,把本身元神飞起,在秘魔神装防护之下,拼着元神受点伤害,意欲带了九幽灵火,朝敌人宝光层中强行冲入。此举凶毒非常,易静虽有兜率宝伞、六阳神火鉴和紫霆珠,又均是专破魔法的奇珍,虚惊仍所不免。

眼看危机就要爆发,易静还未看出厉害,一见魔女元神对面猛冲,以为敌人仗着变化神通和魔光护身,欲以全力拼斗,也许内中还有别的诡谋,心还暗骂:"无知魔女,我今日道力已非昔比,又有至宝护身,这等强拼有何用处?"忽见魔光奇亮,光中人影也渐明显。再一细看,就这晃眼之间,那防护外层的宝光不知何故,竟被魔女透进。事前丝毫迹兆俱无,那么强烈的两道剑光,阿难剑又是师传七宝之一,竟会拦她不住,这一惊真非小可。易静暗忖:"魔女身外碧光,不知是何法宝,如此厉害。头层剑光已被冲破,身外尚有万丈血云包围,不曾发挥凶威。如被魔女把末两层宝光攻进,再化生出别的魔法凶谋,如何能敌? 鸠盘婆未来便遭失利,少时师徒合力一齐夹攻,焉有幸理?"

429

易静心方愁虑,刚把六阳神火鉴朝魔女迎面照去,二层宝光也被透进。魔女似因得胜在即,满脸狞笑,正要开口喝骂,那六道青光已迎面射到。易静先以为此宝威力绝大,魔女多高邪法也难禁受,至多仗着玄功变化,飞遁神速,得以躲闪,决不敢正面迎敌。谁知那六道青光照将上去,魔女连躲也未躲。青光射向身上,魔女护身碧光也已加强,千万点金碧辉煌的火星花雨周身乱爆。神火鉴青光冲射上去,竟似不怕,依旧向前猛扑,只是前进比前迟缓,暂时也未现出受伤情景。

　　易静见状,不禁骇异,手持紫霆珠待要发出,忽听地底传声疾呼:"师伯,时候到了。那老魔头手中魔弓箭头正在对准师伯前心似发不发神气,分明暗中闹鬼,意欲乘隙暗算。立处就在魔女身后左侧,相隔不过五丈。魔女现用秘魔神装护住元神,想和师伯拼命。休看头两层宝光被其冲进,听弟子所遇异人之言,末层兜率宝伞决难被其侵入。那九幽灵火却甚阴毒,不能使其上身。弟子得异人指点,专为破此魔宫至宝而来,请师伯照着方才所说行事吧。"随听雷声殷殷,起自地底。

　　易静闻言大喜。再朝前一看,魔女虽仗秘魔神装之力猛攻不退,无奈火鉴威力神妙,随同敌人前进之势,光更强烈,魔女已被挡住,急得咬牙切齿,怒啸不已。易静为防万一,将手一指,又将上附五行神火发出助威。经此一来,威力越猛,那六道乾卦形的青光忽然连闪几闪,发出五色毫光,金芒电射,到了前面,化为五色神火,朝着魔女猛冲。魔女虽仗神装护身,也禁不住乾天灵火与五行真火合运的威力,怒吼一声,只一闪,便退出宝光层外。恨极之下,把心一横,准备施展最后毒手。说时迟,那时快,魔女一退,易静早照石慧所说,先把六阳神火鉴照将过去,跟着又是一粒紫霆珠。霹雳一声,六道青光夹着大股神火和数十百丈紫艳艳的迅雷烈焰,一齐朝左侧面打去。那浓如胶质的血海,立被冲破一个大洞,神雷烈焰纷纷爆炸,一直响到地底。

　　事有凑巧。魔女受不住神火威力,逃时正往左侧逃退,误以为敌人跟踪进逼,不曾留意,双方动作又都神速异常,一见地底被雷火震穿一个大洞,老魔赵长素隐身在旁,如非飞遁得快,几为所伤。想起前日误入魔宫的少女尚在地底被困,恐其受了误伤,或是就势逃走,连忙咬破舌尖,张口一股血焰喷将出去,欲将地穴封闭。同时施展魔法,要将妖阵复原。接着一声极凄厉的长啸过去,身形一闪,人又隐去,只剩那幢金碧魔火,悬空停立血海之中。右手臂上的三枭神魔忽然飞起,暴长丈许大小,各在一团浓烟围绕之下飞舞,五官七窍齐喷黑烟,口作厉啸,哭喊着易静的名字。刚一出现,猛瞥见一线墨绿光华,在那快要复原的地穴口边一闪。魔女本来隐身在侧,意欲运用三

430

枭神魔和九幽灵火、秘魔神装一齐施展，与敌拼命。一见绿光飞出，心方一动，忽听一少女口音笑骂道："该死魔女，禁闭我的邪法已被我易师伯破去，你那致命的东西却在我的手上，可要还你？"

魔女素来心狠手辣，动作极快，又当失利之际，越把敌人恨如切骨，恨不得一举手便将敌人粉碎惨死。上来见对方法宝神奇，还自持重，不料反而误了事，失去好些魔宫至宝，人还受伤，因此恨极。又见鸠盘婆始终不理，怒急心横，暗想："这两件法宝和三枭神魔，师父将来抵御天劫均有大用。我不如全发出去，能胜敌人自是快意，否则师父一见此宝不能保全，必定无法袖手。"主意打定，顿生毒计，先用两件试探，并不完全发挥，如见不胜，再将三枭神魔放出。在秘魔神装防护禁制之下，强逼神魔与敌硬拼。这类魔法虽极阴毒，却轻易不用，因为每一发难，不将敌人杀死，吸去生魂，决不罢休，否则便要反噬主人，端的厉害无比。魔女还恐不易全胜，又指挥四外环绕的九幽灵火乘隙夹攻，恰是同时施展，发动绝快，连转念的工夫都没有。只顾急于报仇，忘了那面本命神魔的令符尚在少女手中。

魔女前日因喜少女灵慧，自己尚无传授衣钵的门人，意欲收为弟子，少女偏是倔强不肯。如照平日，早已大怒，将其残杀，把生魂摄去祭炼神魔。不知怎的，见那少女生得灵慧美秀，人又那么天真胆大，一任威逼恐吓，老是笑颜相向，既不害怕屈服，也不出言顶撞。只说此时不愿拜师，非要问过所寻的人才能答应。由不得使人怜爱，便把她禁在魔宫之中。不知她用什么方法，将魔坛上那面元命牌取去。等到魔女回来发现，竟以此相挟，如再逼她，便将此牌毁去，与之同归于尽。魔女当时虽然有气，不知怎的，竟不忍下那毒手。后来因少女始终不说名姓、来历，只说她有一位尊长相依为命，定在三四日内在左近山头相见，必要寻来，如允拜师，便可答应，否则宁死不从。魔女拿她无法，将其困入魔阵地底。魔宫岁月，一向安静，从无外人上门，万没料到仇敌会来，一时疏忽，忘却前事。

此时魔女听了少女之言，猛想起那面元命牌关系重要，如被毁去，休说秘魔神装难于保全，那九幽灵火均是数千年前凶魂厉魄炼成，凶野异常，全靠这面元命牌统制，一旦被毁，这类恶鬼有甚情义，害敌不成，必向主人倒戈反噬。三枭神魔更是厉害，此宝一失，无法能制。除非当时有一修道多年的元神供其吸收精气，再乘其饱啖生人精血昏昏如醉，片刻之间，施展秘魔玄功，还须损耗本身元气，才能将其勉强制住。最后仍要师父亲自出手，另炼本命牌，方可驯服无事。

魔女见当此千钧一发之际，此女忽然遁出，心意难测。自己的魔法、异宝已全发动,急切间又收不转来。口中怒喝:"速将元命牌还我,免遭残杀!"随手一扬,一股血焰刚发出去,墨光一闪,忽然不见,跟着人影一晃,少女突在敌人宝光之中现形,与易静会合在一起。这才看出仇敌与前日误入魔宫的少女竟是同党,这一惊真非小可。急怒交加之下,强忍愤怒,正待把那三枭神魔强行收回,忽听霹雳一声,由少女手上飞起一片绿光,中拥一个赤身倒立的美貌少女,长仅尺许,生得又娇又嫩,肤如玉雪,美艳绝伦。魔女见元命神魔已经飞出,暗道:"不好!"无如本身命脉已被敌人宝光隔断,无法回收。

三枭神魔因刚放出来,尚未吸到敌人精血,主人再一强迫回收,立时暴怒,同声厉吼,张牙舞爪,目射凶光,狂喷毒焰,口中獠牙错得山响,一齐返身,欲朝魔女扑来。魔女知道这类凶魔翻脸无情,稍微应付失宜,便受其害。事前没料到来势这么快,当时闹了一个手忙脚乱,无计可施。魔女正在急愤,忽听一声大震,一团银色火花由少女右手五指弹出,打向左手那面元命牌上,本命神魔身上绿光立随雷声震散,现出一个其红如血、相貌狰狞的魔影。仇敌扬手又是一粒银光,吧的一声,血焰纷飞中,连那魔影也被震散,化为乌有。

那三枭神魔和所有凶魂厉魄,俱都赋性凶暴残忍,具有灵性,日受魔法禁制,服那苦役,并受炼魂之惨,怨毒已深,长年只盼多杀几个敌人,以便吸食精血元气,增长自己凶焰。无如鸠盘婆法令甚严,不许门人轻放神魔害人,一年中难得饱啖两次。好容易被主人放出,无奈敌人不是寻常,难于加害,本就怒发如狂,恨不得反咬主人泄愤。那面制它们的法牌令符忽为敌人所毁,这一来,好似骄兵悍将早就蓄有逆谋,意图反叛,一旦遇到良机,立时爆发,纷纷怒吼,齐朝主人争先扑去。铁姝见状大惊,又因元命牌一破,防身至宝秘魔神装立时暗无光华,不经魔法重炼,已难应用。一见群魔纷纷反扑,势急如电,慌不迭解下腰间那面三角令牌朝前连晃,牌上竟有一股紫绿色的火弹朝前射去,打得为首三魔满空翻滚,甚是狼狈。暂时虽被挡住,三魔仍然不退,反更激怒恨极,必欲得而甘心,前仆后继,目射凶光,口中连声怒吼,满嘴獠牙乱错,声势反更凶猛。四外千百成群的恶鬼,又各顶着一朵绿阴阴的鬼火,口喷毒烟,悲声呼啸而来。

魔女见不是路,不禁惊惶愤恨,拼着多耗元气,先将魔鬼暂时敌住,再向鸠盘婆求救。就这应变瞬息之间,赵长素隐身在旁,本可无事;及见元命牌被毁,神魔恶鬼齐向主人倒戈,明知形势不妙,就此遁走,也来得及。偏因记仇心重,人又凶狠诡诈,知道鸠盘婆不来乃是为他,暗想:"铁姝是你相依为命的爱徒,如今连失至宝,而且受伤,看你是否袖手不问?"正在幸灾乐祸,一见铁姝取出那面三角令牌将魔鬼挡住,知道此是鸠盘婆专制神魔之宝,铁姝似防所炼神魔恶鬼受伤太重,尚未发挥全力,便心生毒计,意欲激怒魔鬼,使与铁姝拼命,以便诱激悍妻出场。于是假意助战,将手中秘魔丧门箭对准神魔,口中大喝:"无知魔鬼,不去杀害敌人,怎倒忘恩叛主?"

铁姝本因乃师迟不出场,料定痛恶老魔,不肯违背昔年誓约之故。而老魔以前是自己的师长,此次患难来投,十分谦和,不好意思翻脸成仇。及至魔鬼群起反噬,连挥令牌,施展魔法抵御,均挡不住。因为这些魔鬼均经师徒二人多年物色,苦心祭炼而来,如以全力克制,双方元气均要大耗,再说也未必制服得住。心正为难,忽听赵长素这等说法,猛想道:"师父性情刚愎,言出必践,不将老魔杀死,决不会来。自己连失重宝,还受魔鬼围攻,情势已是危急,如再被敌人破阵逃去,师父面前如何交代? 这些魔鬼非有修道人的精血元神,不能使其就范。这厮虽是师父昔年情夫,双方早已恩断义绝,当此重要关头,还顾惜他做甚?"心念一动,竟起杀机,狞笑一声,冷不防施展玄功变化,元神化为一条碧光闪闪的鬼影,朝赵长素当头罩下。跟着把三角令牌一晃,朝人一指,为首三神魔立舍铁姝,朝赵长素欢啸扑去。

赵长素不料铁姝突然翻脸,偏巧手中丧门箭刚发出去,正射在三魔头上,这一受伤,越发暴怒,来势更急。赵长素见状大惊,想要逃遁,已是无及。铁姝又是行家,碧光一晃,便被制住。赵长素怒吼:"大胆铁姝,意欲何为? 我此来原为向你师父请罪,还未见面,为何下此毒手?"话未说完,三魔头已各咧着一张血盆大口扑上身来。赵长素知道铁姝于万分无法之中,意欲拿自己的精血去喂神魔,以图缓和危机。骤出不意,身子已被铁姝元神罩住,无法挣脱。情急之下,厉声疾呼:"铁姝不可太毒,就要杀我去制神魔,也请将元神保住,与你师父见上一面。"随听一个老婆子的口音冷笑道:"昧良无义的老鬼,还有面目见我? 昔年你对神魔曾发誓言,今已应验。我因不愿见你死时丑态,故未前来,累我徒儿伤了好些法宝。你既再三求告,容你见上一面,使我快意也好。"

易静听这声音宛如枭鸣,听去若远若近,十分刺耳,知是鸠盘婆飞来。心神立时一紧,知道敌人厉害,不可轻视。因见石慧年约十三四岁,相貌灵慧,美秀入骨,满头绿发,人极天真,自从见面,便连笑带说,亲热非常。身困魔阵,强敌当前,丝毫不以为意。恐其冒失受伤,刚在低声警告,猛听长啸之声已划空破云而来。同时目光到处,先是一溜黑烟,其疾如箭,凌空飞堕。烟中现出一个身材矮小,蓬头赤足,身穿一件黑麻衣,手持鸠杖,相貌丑怪的老妖妇。才到阵中，左手一挥，立有一片黑烟铁幕也似飞驰而至。黑烟中闪动着亿万金碧光雨，来势万分神速，只一闪，便将那头顶鬼火的无数恶鬼卷去。大片惨号厉啸声中，恶鬼全数不见，连那万丈血云也同收尽。只天光仍不见透下，四外茫茫，一片昏黄色的暗影笼罩当地，无论何方，均看不出一点人物影迹。只有鸠盘婆师徒，各在黑烟飞动中凌虚而立。铁姝腰间人皮口袋已经不见，所穿翠羽织成的云肩、战裙仍在身上，金碧光华却减去了许多，满脸愧愤狰狞之容。

这时赵长素已被那三个魔头咬紧身子，魔头也已缩小到拳头般大，白发红睛，目射碧光，各将利口在赵长素的肩臂、前胸连吮带吸，咀嚼有声。赵长素满脸惊怖之容，痛得连声惨号，已无人色。右手战兢兢掐着一个魔诀，口喷魔光，紧护头脸，强忍苦痛，意图死里逃生，尚在强行挣扎。鸠盘婆分明见易静、石慧同在宝光笼罩之下静坐相待，却直如未见。那三魔鬼本在吮吸人的精血，就这共总几句话的工夫，赵长素人已消瘦大半，成了皮包骨头，疼得凶睛怒突，目光如火，布满红丝，周身冷汗淋漓。身已被魔光罩定，除却手还能动，通身已不能动转。正在惨号悲呼，苦求饶命。

鸠盘婆朝赵长素冷冷地看了一眼，随把鸠杖一指，鸠口内立有三股中杂金碧光针的黑烟，将三魔罩住。魔头立被禁住，停了呼吸，同声悲啸起来。赵长素还以为五行有救，悍妻发了慈悲，肉体虽失，元气大亏，至少元神当可保住。连忙哀声求告，痛悔前非，欲求宽恕。

鸠盘婆却始终冷冷的，毫不理睬。等赵长素悲哭求告了一阵，方始冷冷地微笑答道："想我姊妹当初均极年轻貌美，因是生长番族，求婚的男子何止千百。只因从小好道，不肯嫁人。后来被你花言巧语，百计求婚，我恰拜在前师门下，因本教不禁婚嫁，以为你情痴意诚，不听好友同门劝告，毅然允婚。谁知你人面兽心，见我年纪稍长，另外恋一妖妇，宠妾灭妻，仗着魔法，对我虐待。我一时悲愤无计，暗往铁城山师祖魔宫叩关求死，历时四十八昼夜，受尽诸般苦难和恐怖艰危，魔宫忽然开放。我正求生不得，求死不能，泣血痛心，悲号无门之际，不料福缘巧合，当时竟是师祖七百二十年一次的开关之期。师祖忽现法身，指示玄机，并授我三部魔经，命为赤身教主。我因嫁你，元阴已失，而所创赤身教又是上乘魔法，须以童贞成道。为践宏愿，又受了许多苦难，方始自孕灵胎，修复元贞，按照师祖之命，建立教宗。因想你昔年对我无情，是由于我年老色衰而起，为报前仇，特意炼成这般丑怪相貌，并将妖妇擒来。对你仍念前情，并无恶意。谁知你忘恩负义，一味袒护妖妇，得信赶来，与我翻脸成仇，两次暗下毒手，幸亏我法力高强，已非昔比。

我因此大怒，才当你面，把妖妇连刺一百九十三魔刀，最后再用神魔将她精血吸尽，至今元神仍在魔宫，受那炼魂之惨。你当时心痛妖妇，直恨不能把我嚼成粉碎，才快心意。因奈何我不得，又对本命神魔立下毒誓，从此与我永不相见，见面必有一死。方才我不愿见你阴柔懦弱无耻卑鄙的丑态，本意由你自作自受，免得见面之后勾动旧日仇恨，使你身受更惨，道我心肠太毒，你偏非见我不可。本教最重恩怨，以牙还牙。今日之下，你还妄想保得元神回去，岂非做梦?"

赵长素知鸠盘婆为人忌刻刚愎，言出必践。昔年虽然同是魔教中人，彼此各有师承。彼时鸠盘婆法力不如自己远甚，以致受尽欺压。自从情场失意，妒愤入山，巧遇魔教中一位闭关多年的长老，奉命创设赤身教后，因受刺激太甚，性情越发变得残忍险恶，冷酷无情。闻言才知错会了意，本是多年夙仇。以前曾经千方百计想为爱妾报仇，无如悍妻曾修上乘魔法，万非其敌。隐忍多年，怀恨已深，本已立誓，除非能报前仇，永世不与相见。不料打错主意，自投死路。先前还想，自己固然薄情负义，对她不起，终是多年夫妻，当有一点香火之情。想不到身遭魔鬼狂噬，受尽苦痛，好容易忍死苦熬，将其盼来，听那口气，不特不肯丝毫放松，身受只有更惨。虽然魔教最重恩怨，尤其对于尊亲、夫妇薄情负义，处罚最惨。如照平常，也只事前多受酷刑，受完楚毒，一死了事。悍妻竟连元神也不令保全，连想像别的凶魂厉魄供她炼法之用，暂保残魂余气都办不到。

赵长素一时悲愤填膺，新旧仇恨齐上心头，厉声大骂:"丑泼妇，无须骄狂。今日我因命数当终，不曾细想天蒙贼和尚昔年偈语，一时疏忽，更没想到你师徒这等凶残阴险，自投死路。但你昔年连炼九次天魔大法，宇内无数孤魂怨鬼，被你师徒残杀毁灭的为数何止千百。虽然这些多是凶魂厉魄，你平日对于正教中人，也常以此掩饰罪恶，自称人不犯我，我不犯人，所炼虽是魔法，反为世人除害。尤其近一甲子清理门户之后，不收男徒，重定教规，表面骄狂自大，惟你独尊，实则天劫将临，内心胆怯，意欲借此敛迹讨好，免得正教中人寻你为难，用心可谓良苦。你那爱徒铁姝偏不争气，到处为你惹祸。无如同恶相济，她是你所炼九子母天魔的替身，奈何她不得。如今大难已被引发。我来时早看出你那仇人易静本无寻你之意，我与她也是无心相遇。我因受重伤怀恨，想起铁姝上月前来看我，曾说起你师徒现藏此山，不敢见人，铁姝被仇敌欺侮，见你不为做主，胆小怕事，时常怨恨。又想起你这泼妇以往仇恨，意欲坐山观虎斗，为你引鬼上门。你如得胜，仇敌师长均是天仙一流，见爱徒为你所杀，必不甘休，你师徒早晚形神皆灭，我固解恨;你如为敌所败,我更开心。而且我可将那被你用酷刑楚毒多年的心上人乘机救走,使其寻一美貌躯壳,借体回生,我和她天长地久,永远恩爱,气死你这丑泼妇,更是一举两得。谁知误中奸计,被铁妹贱婢暗算,为你师徒所害。此是我以前为恶太多之报,不去说它。我死之后,你那劫难也必临头,你不久所受,必定较我更甚。"

鸠盘婆听着老魔厉声喝骂,始终冷冷地望着,双目碧瞳隐泛凶光,任其叫嚣,直如未闻,也未出手。铁妹早已暴怒,两次将手扬起,均被鸠盘婆摇手止住。鸠盘婆听到末两句上,瞥见老魔手掐魔诀,知其死前还想用魔教中最阴毒的恶誓,拼着多受苦痛来咒自己,心中愤怒,表面仍声色不动。等到老魔把手中魔诀照准自己头上发出,待要把手伸向口内,这才狞笑一声,面色一沉,把手中鸠杖往前一指,立有一条血影由鸠口内电掣而出,朝老魔身上扑去,当时合而为一。

赵长素原想借着说话,暗施阴谋,冷不防猛下毒手,以本身元神与敌一拼。虽知双方法力相差悬殊,想要同归于尽虽办不到,但只要骤出不意,抢先发难,鸠盘婆惟恐她师徒受伤,必要猛下毒手,将己杀死。仇虽报不成,却可求得一个痛快而死。哪知鸠盘婆因他宠妾灭妻,忘恩负义,饮恨了多年,立意报复,连大敌当前均无暇顾及。表面不动声色,暗中却全神贯注在他身上,早有准备,魔法又高得多,动作比他更快。赵长素手才入口,还未及咬断向外喷出,血影已经上身,为神魔所制。不特有法难施,连言动均受了仇敌禁制,不能自主,身遭惨祸,还受大辱。又想起仇人先前口气,不知还有什么残酷花样。事已至此,无计可施,眼睁睁望着仇敌将下杀手,休说抗拒,连耳目五官均不能随意启闭。最难受的是那被三枭神魔吸去精血只剩皮包骨头的一只右手,刚塞到嘴内,牙齿已深嵌入骨,但未咬断,便为魔法所制,通身如废了一样,不能拔出。所施魔法又最阴毒,已经生效,但未发难,变为反害自身。仇人对此偏是不加禁制,只觉利齿深嵌指骨之内,奇痛攻心,一阵阵的血腥气,直往鼻中钻进,深入喉际,臭秽难闻,呕又呕不出来。空自痛苦激怒,冷汗交流,连想暂时急晕过去,少受片时的罪都办不到。干瞪着一双三角小眼,连痛带急,心脏皆颤。

赵长素料定鸠盘婆所下毒手还不止此。苦熬了一会,果然鸠盘婆先朝铁妹嘴皮微动,然后冷着一张丑脸,微笑说道:"以你忘恩负义,对我那等残暴,容你今日惨死还是便宜。你不是想你那心上人么?我命铁妹将她唤来,容你一见如何?"赵长素见她说话时满脸狠厉之容,料定不怀好意,凶谋毒计必然残酷。话又没法出口,连想闭目不看也办不到,只得由鼻子里悲哼了一声,战兢兢静待仇人宰割。随见铁姝将手中三角令牌朝空一招,厉声大喝:"贼淫妇速出待命!"隔不一会,便听一种极凄厉难闻的惨啸应声而来,乍听好似相隔颇远,少说也在百里之外。但那啸声凄厉悠长,划空而至,并未中断,来势更快。

易静、石慧见敌人内讧,反正不能免难,乐得乘此时机暗中准备,观察一点虚实。便不去理睬,各自运用法宝、飞剑,加意防护,静看敌人闹甚花样。及听悲啸之声破云飞堕,往前一看,乃是一个黑衣女鬼。看去身材瘦长,细腰纤足,一张薄皮瘦骨,微带长方形的鬼脸,面容灰白,全无血色,骨瘦如柴。貌虽不美,衣履倒还清洁。颈间挂着一个金锁,乍看直和生人差不许多。先落到铁姝面前,望着令牌下拜,刚低声说了一句:"贱婢待命,请仙姑恩示。"铁姝突把青森森的凶脸一沉,狞笑道:"你的情人丈夫怜你在此受苦,特向教主求情,容他一见,同你一同上路,你可愿意?"那女鬼想是遭受恶报年时太久,对方习惯和那毒刑均所深知,一听口风不妙,吓得面容惨变,周身乱抖,颤声悲叫道:"仙姑开恩,贱婢自知以前蛊惑老鬼,播弄是非,累得教主为我这淫贱夫妇受尽苦痛,罪恶如山。虽然日受刑罚,仍仗教主大恩宽容,才保得残魂,至今未灭,仙姑行罚又格外宽容,恩重如山。方才正在黑地狱中待罪,忽听恩召,闻命即行。因知仙姑厌恶污秽,又特忍受奇痛,在净身池中将周身血污匆匆洗去,方敢来此待命。这些年来,休说不曾想过老鬼,而且恨他入骨,便他真个来此,贱婢也决不愿见他的了。"易静不知鸠盘婆暗用魔法捉弄女鬼,用心残酷,见女鬼只对铁姝一人对答,鸠盘婆在旁直如未见,不禁奇怪。铁姝已冷笑答道:"当初你千方百计谋嫡夺宠,此时偏说这等违心的话,见与不见,由不得你!"女鬼听出口风越坏,好似怕极,颤声悲鸣道:"仙姑开恩,念在贱婢这多年来始终恭顺,早已痛悔前非,无论有何吩咐,粉身碎骨,无不惟命。只求仙姑在教主面前稍为解劝,免和那年一样应对错误,使教主生气,增加贱婢罪孽,就感恩不尽了。"铁姝狞笑道:"淫泼妇,不必假惺惺。我不骗你,老鬼实已来此,也只今日一见,除却教主开恩令你随他同行,以后更无相逢之日。不信你看。"

鸠盘婆也真阴狠,自己不现形,只将老魔赵长素现出。妖妇原因以前阴谋害人,造孽太多,身受恶报已有多年,又在鸠盘婆师徒积威之下,日受诸般痛苦,对于赵长素自认为惟一救星。但知魔法厉害,赵长素决非其敌,惟恐铁姝故意试探,只好假意悔祸心诚,不愿再与老魔相见,心实求之不得。又以铁姝性情反复,喜怒无常,又是执刑的人,前月回山曾说与老魔相见,托其照应,自己当日还免去一顿毒刑。如非铁姝说时神情不善,妖妇乃惊弓之鸟,心中胆寒,早已承诺求告了。

及听说完,铁姝把手一指,妖妇目光到处,果见昔年因为宠爱自己而身败名裂的旧情人站在一旁。以为双方以前原是师徒,也许年久仇恨已消,气也出够,老魔托铁姝向对头解劝释放自己,也说不定。人当急难之中,随便遇着一个相识的人,便认为是个救星,何况又是最爱自己的旧情人。加以平日所受酷刑楚毒太甚,有胜百死,当此度日如年,忽然发现生机,怎不喜出望外。惊喜交集之下,兴奋过甚,当时也未看清,刚脱口急呼得半声"夫"字,猛想起魔女心意尚且难测,心胆虽然发寒,终压不住多年苦望,早眼含痛泪扑上前去。晃眼飞近身旁,正要抱头哭诉,忽然发现赵长素形容消瘦,一臂已断,另一手塞向口中,睁着一双三角眼,一部络腮胡子似被烈火烧去,剩下许多短茬,刺猬也似,衬着一张狭长灰白、似哭似笑的丑脸,望着自己一言不发,好似心中有话无法出口,神情狼狈已极,不禁大惊。

妖妇暗忖:"对头恨我入骨,老魔当初又有誓不再见的誓愿,怎会来此?又是这等狼狈神态,莫非是为救自己,被人擒住?昔年老魔如听自己的话,先将对头杀死,哪有今日之事?只因自己不曾强迫老魔下那毒手,老魔又一疏忽,被对头逃往铁城山,巧遇魔主,反倒转祸为福。不久便将自己擒去,残杀炼魂。老魔虽然偏向自己,但这么多年来,明知自己日受毒刑与那炼魂之惨,始终置之不问。今日才来,又是这等神态。如再不知自量,来此冒险,意图尝试,岂不害我加倍受苦?"想到这里,顿犯昔年淫凶悍泼之性,又想借此证实前言,表明心意。这一勾动平日所积幽怨,觉着老魔弃她不顾,于是把所有怨毒全种在老魔一人身上,由不得细眉倒竖,小眼圆睁,扑上前去,一把抓住老魔前胸,咬牙切齿,先咒骂道:"你这丧尽天良的老鬼!你对教主忘恩负义,却害我遭此恶报,死活都难。固然我当初淫凶泼贱,信口雌黄,而你这老鬼何等狡诈机警,焉有不知之理?如今罪孽被我一人受尽,你却任意逍遥,置之不理。我宁愿在教主恩宽之下受那恶刑,也不愿再与你相见。你还有何脸面,来此做甚?"

妖妇机智刁狡甚于老魔,一边哭喊咒骂,一边暗中留意查看,见老魔眼含痛泪,不言不动,喉中不时发出极微弱的惨哼,声带抖战,料为魔法所制,已无幸理。再一想起先前铁姝口气,惊魂大震,断定凶多吉少。暗忖:"这老鬼极其刁狡,一向自私,口甜心苦。自己虽是他最宠之人,也常受其哄骗。多年不加过问还好一些,这一来,反更连我受害。"越想越恨,由不得气往上撞,恶狠狠厉声怒喝:"你这老鬼,害得我好苦!今日与你拼了!"说罢,张口便咬。妖妇口小,却生着满嘴又白又密的利齿,只一口,便将老魔又小又扁

438

的鼻头咬将下来。正待伸手朝脸抓去，猛想起老鬼魔法颇高，怎会始终不发一言，难道对头故意幻形相试不成？所料如中，索性装得凶些。心念才动，忽听身后有人冷笑，回头一看，心胆皆裂，慌不迭跪伏地上，哀声急喊："教主恩宽，饶我残魂！"

鸠盘婆冷笑道："当你二人合谋害我时，何等恩爱情热。今日你们患难相逢，如果两心如一，宁死不二，我也愿意成全，至少总可给你们一个痛快。谁知你们全是自私自利，为想求我宽容，一个不惜卑躬屈节，向我求饶；一个不查来意，只图自保，稍觉不妙，便下毒手。恶形丑态，一齐落在我的眼里。这等狗男女，我也不值动手。现将神魔放出，每人均有一个附身，相助残杀对方。你们既是欢喜冤家，如能恩爱到底，甘受我那欢喜狱中三百六十五种酷刑，哪怕只剩一丝残魂余气，也能仗我神通，保得你们残魂前往投生。虽然灵气消失，转世之后痴呆残废，所受天灾百难，不是人所能堪，到底形神不致全灭，我也消了多少年的恶气。如真恩爱成仇，当我面前自食恶果，以求速死速灭，免得多受苦难，你们元神虽然大伤，法力尚未全失，况有神魔助你们威力，可将对方杀死，谁先得胜，也占好些便宜。现将老鬼禁制撤去，由你二人商讨回话，路只两条，由你们挑选，决无更改。在未发令对敌或是自甘受刑以前，任你二人如何恩爱缠绵，互相商议，我决不问。此外还有一线生路，便是你们选出一人，独任艰难，先在我欢喜狱中受尽诸般酷刑。在我法力维护之下，虽然身受奇惨，却可将元神保住。自身受完孽报，再代心爱的人受上一次苦难。事完之后，将元神献与神魔。所代的人虽仍不免挨上九百魔鞭，却可放其投生，不再过问。你们可去商量回话吧。"

鸠盘婆说罢，铁姝把手一招。老魔赵长素因受铁姝元神禁制，身受奇惨，骨髓皆融，四肢酸痛，周身如瘫了一样。偏是全身不能自主，连想倒地都办不到，那罪孽真比死还厉害。及至附身元神一去，紧咬身上的三枭神魔也被鸠盘婆魔法禁制强行收回。禁制一失，方才所受奇痒酸痛一齐攻心，悲号一声，晕倒在地。正在强行挣扎，默运玄功，行法止痛，两条血影已经分头飞来，当时闻到一股血腥，便被附在身上合为一体，痛楚虽未消失，精神却倒强健起来。赵长素早看见爱妾先前惊喜交集，眼含痛泪，想要抱头痛哭。忽然面容惨变，乱骂乱咬，周身抖战不休，好似怕极神气。知道鸠盘婆师徒心狠意毒，这多年来爱妾不知受了多少残酷的报复。本来心中怜悯，继一想："泥菩萨过江，自身难保。"又见爱妾相貌已变老丑，骨瘦如柴，元神如此，本身可知，心情也就冷淡下来。及听鸠盘婆那等说法，深知欢喜地狱中三百六十五种酷刑，要经一年多才能受完。身在其中，休说度日如年，便是一分一刻，也使人肝肠痛断,受尽熬煎,比度百年还要难过。等到历尽痛苦,至多剩下一缕残魂余气,肉身早已消灭。这等罪孽,胜于百死。何况仇敌怨毒已深,必定尽情报复,一个忍受不住,仍是形神皆灭,平白多受好些苦难,本就没有打算走这条路。

妖妇却因这多年来受报奇惨,又知仇人言出如山,求告无用,当时惊魂皆颤。想了一想,除非老鬼真个情深,也许想起以前恩爱,拼着多受苦痛,保全自己残魂,前往投生,免得一同葬送,才有一线之望。自觉有了生机,朝着鸠盘婆师徒叩了两个头,道声:"贱婢遵命,只求恩宽和老鬼说几句话。"说罢,便往老魔身前扑去。因知鸠盘婆说话算数,魔法甚高,反正瞒她不了,当此千钧一发之际,不如实话实说。以为老魔最喜花言巧语,一到身前,便施展昔年狐媚故技,抱头哭喊道:"事到今日,我也无话可说。只求你念在昔年恩爱之情,反正难逃毒手,与其两败俱伤,何如为我多受一次磨折,保我残魂前往投生?"

话未说完,老魔正当创巨痛深之际,便是月殿仙人横陈在侧,也无心肠多看一眼。何况妖妇已在黑地狱中沉沦多年,元气大伤,变得那么枯干丑怪。方才又咬了他的鼻子,心早不快,嫌她只顾讨好仇人,做得太过。但一想到妖妇受了多年孽报,便能脱身,逃出罗网,也只剩一缕残魂,休说报仇泄恨,连想再投人类都是万难,何况仇人师徒决不放她过去。自己肉身虽然不保,法力尚在,又有好些党徒。仇人尽管狠毒,以前终是夫妻,她说此话,也许示意自己强迫爱妾多受一次欢喜狱中苦难,为己代死;或令自己将其残杀,消了昔年仇恨,再行网开一面,也未可知。本和妖妇同是自私自利,一般心理。不料还未开口,妖妇已扑上身来,连哭带诉,由不得心生厌恶。但在性命交关之际,一心想用巧语哄骗,劝妖妇做替死鬼。于是故意回手一把抱住,先用温言慰问,然后晓以利害,说:"仇人恨你入骨,不比对我,还有丝毫旧情。你反正不能保全,与其同归于尽,何如为我多受一点苦难,使我保得元神逃走,将来还有报仇之望?"

第三〇九回

恩爱反成仇　　更怜欢喜狱成　　魂惊魄悸

酷刑谁与受　　为有负心孽报　　神灭形消

　　话说妖妇深知老魔卑鄙怯懦，专一自私，闻言，料知生望已绝，不等说完，便朝老魔迎面一掌。随即厉声哭骂道："我早知你这没良心的老鬼，平日专一花言巧语骗人，供你快活。到了紧要关头，只顾自己，决不替人打算。当初我虽谋嫡争宠，播弄是非，还不是受你的骗，以为逼死仇人以后，便可尽情享受？照你昔年所说偌大神通，仇人还不是在你掌握之中，由你尽情处治，决不怕她跑上天去？谁知你口甜心苦，只是一张寡嘴，对于仇人却是优柔寡断，没照你所说下那毒手，反逼她逃出魔宫，以致为我种下祸根。后来我被擒去，你也不是不知道。彼时仇人法力比你高不许多，得信之后，若立时赶去，就算不能全胜，将我救走也颇有望。你偏胆小怕事，想等法宝炼成再去，也不问我身受有多惨痛，你那法宝即使炼成，仇人法力也更精进，只有更糟。果然仇人一到，你便被打败；当着你面，将我碎尸万段，零碎宰割。你身为男子，也是魔教中有名人物，见心爱的人受此酷刑不能解救，已是奇耻大辱。彼时仇人虽对你恨极，尚无日后之甚，你为我受点委屈，说上几句好话，使其消减仇怨，或者就此退走，也好一些。你偏和她翻脸，全没想到我在仇人掌握之中，那种罪孽如何忍受？你不特不肯服输，反倒激怒，一任我血泪呼号，再三求你认错低头，保我残魂免受魔宫三五地狱酷刑之惨，始终置之不理。仗着那件防身法宝，冷不防竟向本命神魔立下那等恶誓。固然仇人心狠，但她受你欺骗多年，不知为你受了多少苦难，眼看成道有望，你忽然另爱一人，将她法宝、魔经全行骗去，并还对她虐待，她又是一个热情的人，如何不痛恨到了极处？便我是她，也容你不得。最可恨的是，你起完恶誓，便把我元神丢在那里，匆匆遁走；起身时，又连发七口血花神刀、二十五粒阴雷，仇人并未受伤，却将魔宫灵景毁去好些，由此仇人恨你入骨，比我只有更甚。

　　"我这多年来，虽在黑地狱中受尽炼魂之惨与那七十二种酷刑，因为习

441

久相安,知难避此孽报,生望已绝,也要拼着苦熬下去。近年仇人师徒见我知道自作自受,尽管受尽熬煎,长年惊魂皆颤,度日如年,始终逆来顺受,未出丝毫怨言,近三月内已不似以前那样严厉。尤其铁大仙姑被我感动,不再故意凌辱;有时遇到高兴头上,还将每日应受割魂划魄惨刑宽免。正想再过些年,也许仇人日久气消,就不将我放走,我也自己请命,拼受三年零六个月的苦练,将我元神化为神魔,为她师徒效忠,从此免受无边苦难,岂不是好?谁知你这老鬼自己恶贯满盈,往别处寻一死路也罢,偏在我稍有一线生机之时跑来闯祸,害人害己。我因仇人对你怨恨太深,难得其中还有丝毫之望,故忍着冤苦和你商量。心想你把我害得这般光景,稍有人心,便为我粉身碎骨也不算过。何况仇人根本容你不得,元神万难保全,不过多受一年苦难,便可将我保全。我以为一说即允,谁知仍是自私,妄想骗我为你多受苦难,再向仇人腆颜求活。你此时精血已被神魔吸尽,元气大亏,即便保得元神逃走,也与寻常游魂怨鬼无异。亏你老脸,竟会说出为我报仇的大话。我此时已把你这狼心狗肺看了个透,想你舍己为人,必是无望。只怨我以前为恶太多,应当受此孽报,也不再作求生之想。想我助你,更是做梦!休说欢喜狱中每日须经七万次以上惨刑熬煎,非我所能忍受;即便举手之劳,照你这等薄情无义、卑鄙自私之人,我也宁甘与你同归于尽,决不会再上你当。我那孽报已早受够,漫说逃生无望,即便保住残魂,也只化生毒虫之类,连个人身都投不到。转不如形神皆灭,没有知觉,免得痛苦。你也无须多言,我此时只想求个痛快。好在各有神魔附身,你精血元气已全损耗,就有法力,也未必便占上风,且看何人得胜,抢这一个早死吧。"

赵长素原知妖妇以前恃宠骄狂,每喜出言顶撞,仍想骗她上套,任其哭诉,微笑静听,后来越听口气越不对。又一偷觑鸠盘婆,正朝自己冷笑,好似仇人当面现眼,快心得意之状。又听妖妇口气坚决,知难挽救。无如危机瞬息,当此存亡关头,除却欺骗妖妇,仍用前策,别无生机。心虽愤恨,仍然强忍怒火,不敢发作。刚朝妖妇喊得一声"妹妹",底下话还未出口,一片黑烟飞动中,铁妹忽在二人面前现身,冷笑道:"老鬼!你也是得道多年的有名人物,为何还不如贼泼贱有骨气?时已不早,易静贱婢尚困在阵中不曾纳命。师父虽许你们在临死以前说几句心腹话,原因你二人昔年那等恩爱,当这千钧一发之间,想起以前情分,必定争先求死,互相怜爱。果能始终如一,甘受毁身灭神之惨,毫无怨言,并还转为对方设想,只求所爱之人无事,自己甘愿粉身碎骨,历尽千灾百难,也还有点商量。师父就许为你二人至情感动,肉身难保,或将元神一齐放掉都在意中。谁知你这等脓包。你二人以前一个百计进谗,一个宠妾灭妻,甘受蛊惑,何等恩爱情浓。这时却互相埋怨,变作仇人冤家。似你们这等卑鄙无耻,淫贱下作之人,我师父最是痛恨,便原想放你们,如今也改了主意。你二人险诈存心,已经不打自招。除照师父所说自相残杀,更无别的道路。时机已过,不能再延,趁早求一个爽快的好。莫非还未受够,真个要到那三五地狱之中,每日受那七万多次惨刑,苦熬一年零一个月,再形消神灭不成?"

妖妇受了多年恶报,积威之下,固把仇敌畏如毒蛇猛兽,稍见仇人神色不对,心胆皆裂。便赵长素先为铁姝元神所制,已看出仇敌魔法之高,远非昔比。一听这等口气,他已胆寒心悸,哪里还敢丝毫违抗。又知铁姝凶暴甚于乃师,一言不合,便下毒手。虽然同是一死,却要多受好些罪孽,惊弓之鸟,不敢多言。仍觉妖妇是罪魁祸首,当初悍妻虽是人老珠黄,自己对她不似昔年那样热爱,并无恶感。只为妖妇日夜对己进谗,才致成仇,如今却怪自己。又听仇人口气凶残,万无幸理。念头一转,不由怒从心起,厉声大喝:"你这贼淫妇既然毫无情义,且叫你多受一点孽报!"说罢,飞身而起,待朝妖妇扑去。

谁知妖妇早已横心,又知老魔险诈百出,早有了防备,不等发难,一听口气不善,先下毒手,来势比他更快。妖妇功力虽然不如老魔远甚,但因鸠盘婆对她恨极,立意使其多受苦难,所以尽管倍加酷刑,并不伤她元神,久受炼魂之惨,苦痛虽多,妖魂反更凝固,无形中加了许多功力。而老魔前遇玄真子与天蒙禅师,已连受重创,魔法、异宝丧失又多;当日先为易静所败,受伤也不轻;紧跟着又受鸠盘婆邪法禁制,通身精血几被三枭神魔吸尽,元气大耗。如非仇人用心刻毒,欲令二人自相残杀,以图快意,各有神魔附身,赵长素简直不是妖妇对手。二人这一发动,铁姝狞笑一声,把手中魔诀一扬,便自飞走。于是二人便在神魔主持之下互相恶斗,残杀起来。双方本已成仇,又有神魔暗中捉弄,越发眼红,都恨不能把对方生嚼下肚,才称心意。

易静、石慧旁观者清,见鸠盘婆行为也真残忍狠毒。这男女二妖人先前身受已是那等惨状,临死以前还要使其互相残杀,多受痛苦。暗骂:"女魔师徒真个惨无人理!自己幸是近来功力高深,法宝神妙,只是暂时被困,终必脱险;如落仇敌之手,还不知是何光景。"心正寻思,老魔、妖妇已扭结一起,双方本会邪法,不知怎的,竟和常人打架拼命差不许多。女的扭住老魔连抓带咬,晃眼工夫,便皮开肉绽,因精血已被魔鬼吸去,直流黄水。老魔空有法力,竟被扭紧,分解不开。妖妇又是元神,并非肉体,不怕还手。急得老魔无法,连声怒吼,一面挣扎推拒,一面口喷魔光邪焰。烧得妖妇也是连声惨号,狼狈不堪，偏不知松手，一味惨号悲啸，依旧乱抓乱咬不已。不消片刻，一个周身稀烂，一个为魔光邪焰所伤甚重，兀自纠结不解。

鸠盘婆始终冷冷地望着二人，一丝表情俱无。铁姝手中拿着一个晶球，不时注视，偶然也朝老魔、妖妇看上一眼。忽似发现球中有甚警兆，朝鸠盘婆把球一扬，说了几句。微闻鸠盘婆说了一句："便宜他们！"铁姝随向老魔、妖妇戟指喝道："你们今日真个成了欢喜冤家，纠结不开了。我看这味道不甚好受吧？"

老魔早已痛得面无人色，气喘汗流，答不上话来。鼻子又早被咬掉。那只痛手刚由口里拔出，未及施为，便被妖妇抢先下手，扑上前去，把那咬而未断的五指相继咬折。两眼也被抓瞎了一只，满脸稀烂。周身奇痛，钻心透骨，偏被妖妇抱紧，欲罢不能。

妖妇同受神魔暗制，一味连抓带咬，向前拼命，连受魔火化炼，偏不知道逃避，也是连受重创，痛苦万分。明知仇敌借此泄愤，底下身受还不知如何残酷。闻言以为又要出甚花样，心神大震，胆落魂飞，连忙颤声哀号道："贱婢孽报，已经受够。望乞大仙姑念在贱婢虽然死有余辜，这多年来，深知咎由自取，始终恭顺，乞稍加怜悯，大发慈悲，只求得到一个痛快，形神皆灭，均所甘心。"说罢，呜呜悲哭起来。

老魔虽受神魔暗制，毕竟修道多年，是个行家，见此形势，忽然醒悟，知道惨祸必不能免，谁也休想得丝毫便宜。于是勉强挣扎，厉声喝道："铁姝！我虽与你师父有仇，你我以前终是师徒情分，有好无恶，何苦助纣为虐？并且眼前强敌尚未除去，仇敌人多势盛，夜长梦多，若早点将我二人杀死，到底要好得多，免却许多顾虑。如等敌人援兵到来，就算你师徒法力高强，能够得胜，也必多费心力，何苦来呢？我自知孽报，情愿形神皆灭，只求快些下手如何？"

铁姝闻言，狞笑答道："本来师父打算令你二人受完孽报，再用魔火缓缓炼化，使峨眉派贱婢看个榜样。是我再三代你们求说，方始改了前计，免去好些苦痛。现时便用魔火化炼，你二人如想早脱苦趣，休再强抗，免将师父激怒，多受罪孽。"说罢，把手一招，两条比血还红的魔影，便由二人身上飞起，一闪不见。

妖妇自知无幸，倒也认命，脱身以后，因受魔火焚烧，受伤太重，宛转地上，疼得不住哀鸣，静待仇人宰割，分毫未作逃走之想。

赵长素毕竟老奸巨猾，当此危急生死之际，自然惜命，何况魔法又高，擅长玄功变化。附身神魔一去，灵智恢复，不由又生妄想。于是故意瘫倒在地上,口中疾呼,哀求铁姝宽容。说他遍体鳞伤,苦痛已极,求念昔年师徒之情,容他自将肉体脱去,和妖妇一样,同用元神受魔火化炼,少受一次焚身之苦,也不想多挨时候,只给他稍微缓一口气。

铁姝天性强傲好胜,老魔惯以花言巧语讨好,平日颇为投机,先前暗算,原出不得已。见他这等哀求,竟为所动。偷觑鸠盘婆正朝手中晶球注视,不曾留意,心想:"老魔被困岷山,如非自己前往访看,怎会来投? 反正先除妖妇,然后除他也是一样。似此稍微徇情,师父当不至于见怪。"心念一转,故意怒喝:"老鬼枉自修道多年,这等胆小惜命,怕痒怕痛。先除妖妇,给你看个榜样也好。"扬手一蓬黑烟,先将妖妇元神罩住,当时发起火来,烈焰熊熊,将妖妇全身裹紧。妖妇疼得悲声厉啸,满地乱滚,惨不忍闻。

赵长素见铁姝答应,心中暗喜。因知仇敌厉害,哪敢显露丝毫行迹。一面装作喘息狼狈,不能自主之状;一面暗中默运玄功,打算冷不防施展魔教中解体分身大法,猛然逃走。如再不成,反正一死,没有两死,索性把身带几件未用过的法宝一齐全力发动,向仇敌暗算,报仇纵然无望,多少也使仇人受点伤害,至不济将这魔宫毁去一半,稍出胸中恶气。刚把毒计准备停当,一见妖妇受魔火焚烧时的惨状,越发胆战心寒,求生之念更切。口中疾呼:"铁姝手下留情!"猛然连身跃起,装作自杀,一片魔光迸射如雨,整个身子忽然分裂为八块,分八面跌倒地上。同时一条血影在一片魔光环绕之下,比电还快,破空便起。

魔女见状,便慌了手脚,厉吼一声,将手一扬,一片碧光便朝血影飞去。无如赵长素逃遁太快,铁姝又正收拾妖妇快意,不暇兼顾。事由自己徇情,宽纵老魔而起,惟恐鸠盘婆见怪,不禁急怒交加。老魔一见铁姝发出魔光追来,自己已快逃出三层埋伏,并无异兆。鸠盘婆也未有甚举动,仍以为鸠盘婆犹念前情,明知故纵,或许不再斩尽杀绝;否则一任自己魔法多高,鸠盘婆也无不追之理。心恨铁姝不肯卖这现成人情,一时气愤,竟将逃时准备反攻拼命的邪法、异宝施展出来。打算先把铁姝挡住,免其穷追,以便逃走,就势还可报那神魔吸血之仇。

铁姝近来因连受重创,元气大伤,远非昔比;又当一心两用之际,对于妖妇不合心肠太狠,所用魔法过于狠毒,虽以本身元灵主持,心神已分,功力减去许多;又因老魔已遭惨败,看出伎俩有限,未免骄傲自恃,丝毫没有防备。万没料到老魔情急反噬,竟把以前准备遇机救走爱妾,并寻她师徒报仇,隐藏多年始终未用的两件邪法、异宝,全数施展出来。自己所发魔光,先被老魔所发的一股紫焰敌住。紧跟着,烟光中又飞出四五十支飞叉,叉尖上各有三股金碧火花向前冲射,魔光立被冲散,铁姝本身元灵便受了反应。老魔见状大喜,意犹不足,妄想就势把铁姝杀死,于是紧跟着又把三支丧门箭朝下面射来。

这原是瞬息间事。当双方斗法时,老魔已经逃离上面出口只十数丈,晃眼便可越过。仗着肉身已失,仅剩元神,只要一离崖口,到了上面,立可施展玄功变化,幻形逃遁。因是行家,一任鸠盘婆魔法多高,也难追踪。只因百忙中瞥见铁姝元神受伤甚重,已难追赶自己。又见妖妇已由悲声惨号,变作吱吱怪叫,元神已被烧得缩成二尺大小一团黑气,眼看就要消灭。暗骂:"贱婢如此心狠,翻脸无情。上月你不寻我,我怎会上门送死,吃这大亏?"赵长素恨到极处,张口一喷,魔叉、妖箭威力骤盛。心想:"鸠盘婆此时不动,脱身十九有望。我既已拼命,若被你师徒追上,万难活命。反正成仇,不如将铁姝就便杀死。仇人所炼九子母天魔非她不可,有力帮手一去,天劫将临,万无生路。豁出断送这两件法宝,若能报仇,稍出恶气。即便仇人追来,有此三宝,也可抵挡一阵。只要稍微延迟,缓住来势,立可转危为安,不会再被追上。"想到这里,元神已将飞出崖口,不禁大喜。忽听头上一声冷笑,听出鸠盘婆的口音,心胆一寒,一片暗绿色的魔光拥着九个粉妆玉琢、形似童婴的少女已当头压来,知是仇人所炼九子母天魔。这一惊真非小可。忙运玄功变化,待要逃遁,已被绿色魔光罩住,当时闻到一股极浓厚的血腥味。自知无幸,怒吼一声:"罢了!"被那九个女婴往上一围,元神便受魔法禁制,不能自主,随同往下飞降,仍然回到原处。

这一来,只便宜了妖妇的残魂。本来铁姝因知乃师对这两人怨恨太深,本意还想讨好,打算把妖妇尽情处治,使其多受痛苦,再用魔火消灭。不料一时疏忽,中了老魔缓兵之计,本身元神还受了伤。因老魔虽是劫后残魂,所炼邪法、异宝仍具极大威力,不是当时所能解破。师父又是枯坐在旁,不言不动,不知是何心意。眼看老魔快要冲出重围,正在情急无计,不料九子母天魔突自空中现身,将老魔擒了回来,才知鸠盘婆暗中早有准备,只是神色不动,连上空三层埋伏均故意停止,不曾使用,便将老魔元神擒了回来。铁姝心中恨极,顿犯凶残之性,不愿再拿妖妇消遣,先把手一指,魔火邪焰突然大盛,环绕妖妇残魂一烧。只听连声极微弱的惨啸过处,残魂黑影便由浓而淡,最后现出薄薄一条与妖妇相貌相同的淡红影子,只闪了两闪,便被内中一团魔焰震散,化为千万缕血丝淡影,大蓬魔火往上一围,当时消灭。鸠盘婆仍坐原处未动。

魔女除了妖妇,立往老魔身前赶去,一面咬牙切齿厉声咒骂,一面施展魔法,朝前一指。那九个女婴儿本来环绕老魔身外拍手欢啸,舞蹈不休,看去宛如三五岁的童婴,一个个生得粉滴酥搓,玉雪般可爱,神态尤为天真,任谁看去也应生出怜爱。不知怎的,老魔见了竟是万分畏惧,满脸惊怖之容。

易、石二女始终在宝光笼护之下旁观。石慧天真疾恶,先见妖妇受刑被害时惨状,已经愤怒。后见老魔元神遁走,因听易静说起追敌经过和老魔的为人,一见要逃,便想仗着家传法宝防身,隐形追去。易静大惊,拦道:"这几个男女妖人,都是极恶穷凶,正好使其自相残杀,我们也可多挨时候。鸠盘婆端的比电还快,哪怕相隔万里之外,也能随着啸声飞到,神速无比,老魔决逃不脱。你那防身隐形之宝任多神妙,决非女魔师徒之敌。你与我同在一起,还能暂时自保;你冒失离开,再想回来,决非容易。那时进退两难,凶多吉少。还是不要离开的好。"话刚说完,老魔便被擒回。石慧笑说:"师伯你看,那些小孩有多爱人,老魔为何那样害怕?"易静方说:"此是仇人所炼九子母天魔,阴毒异常,一会现出原形,你就知道他们的厉害了。"

易、石二人正指点谈说间,一片怒吼声中,那九个女婴突然就地一滚,化为九个恶鬼,朝赵长素扑去。易静以前学道多年,经历丰富,见那九魔相貌虽然狞恶,但是面上有肉,一个个白发红睛,大鼻阔嘴,除满嘴利齿十分尖锐细密,其白如银,闪闪生光而外,并不似往日所遇各种凶魔恶鬼,形似骷髅,周身白骨嶙峋之状。知这九魔平日饱吸修道人的精血元气,又经主人多年苦练,已快炼成实质,形体与生人无异。邪法神通之高,更不必说了,只要被上身,休想活命。易静心念一动,便嘱石慧说:"九魔已现本来面目,老魔元神必为所灭。不久便会来攻我们。看方才老女魔擒敌神气,分明暗中魔网周密,我们决逃不脱。定数如此,除却耐心静守,等过了这二十四日限期,才有解救。你孤身出敌,万万不可。如乘老魔未死,敌人知我们不会逃走,暗用法宝攻穿地面禁制,再仗你的家传,骤出不意,仍由地底冒险遁走,或者还能办到。"石慧接口说道:"弟子所遇异人,也曾说过破了魔女元命牌后,便可乘隙遁走。但是师伯一人在此,被困二十多天,有多闷人呢!休说结局无害,即便为了师伯犯点险难,也是应该。弟子已早打定主意,随同师伯在此,等候时机,一同出险,决不离开了。"易静闻言,越发怜爱。但总觉她入门日浅,犯此危难,于心不安,苦劝不听,只得任之。

易、石二人再看前面,赵长素已被那九个魔鬼团团围住,不似先前三枭神魔紧附身上吸食人血,任意吞噬;而只是各咧着一张阔口,由口里喷出一股暗绿色的烟气,先将老魔全身罩定,裹了一个风雨不透,然后频频吞吐,吮吸不已。老魔被那绿气越裹越紧,丝毫不能转动。先还厉声惨叫,咒骂不停;到了后来,魔影越淡,不时发出极微弱的惨号。易静暗忖:"老魔昔年颇有凶名,如何这等不济,任凭敌人尽情残酷,丝毫抗拒都没有?"心中生疑,试取玉环定睛一看,老魔元神已缩成尺许长的一个小人,外层妖魂被九魔裹住,也如真的一样。料定是老魔元神化身之一,似知不能逃脱,万分无奈之下,仍想施展诡谋,将所炼三尸元神豁出多受些痛苦,葬送一两个,然后冷不防乘机遁走,以免形神全灭。因是诡诈多谋,将元神由外而内,一个罩上一个,任凭九魔饱唪,却将最重要的主魂隐藏在内。因外面两层全是真的,故此敌人不易看破。暗骂:"老魔真个奸猾!"那头一个化身已被九魔把残魂余气吸尽。

对面铁姝见老魔元神化去一个,又有一个出现,魂气反倒比前加强。便恶狠狠厉声骂道:"无知老鬼!我师父恨你入骨,任你擅长玄功变化,除却饱受痛苦,多挨一点时候,想要逃走,仍是做梦,何苦宁死还要遭恨呢?"说罢,将手连指,九魔口中烟气喷射更急。老魔在第一次被三枭神魔围困之时,自知必死毒手,万难保全,早就想好阴谋毒计,准备遇机拼命。即便不能与仇敌同归于尽,至少也使仇敌受点重创,少出胸中恶气。所以表面任凭魔鬼吞吸精血,仍暗用玄功将那一滴元精心血收去。铁姝恃强轻敌,见老魔的元神已被禁制,不能行动,却不知老魔运用元神暗中闹鬼,一时忽略过去。老魔一直也没机会施展,一任铁姝暴跳如雷,也不还口,表面仍似害怕已极,丝毫不露。也是鸠盘婆师徒恶贯满盈,心又过于凶毒,以致铁姝又受一次重创,等强敌到来,师徒二人功力已差。鸠盘婆固是孽满数尽,在劫难逃;铁姝魔法异宝虽然存在,本身元气大亏,功力减去多半,将来仇报不成,还不免于形神皆灭。此是后话,暂且不提。

易静旁观者清,暗查老魔在九子母天魔环攻之下,哀叫求恕,神情十分恐怖。心想:"双方结怨太深,魔女铁姝又是著名凶残,手狠心毒,反正不会丝毫宽容,老魔何苦丢人,向其哀声求告?"越想越怪,随用众生环再一注视,内中竟有三层血影:外层神情痛苦万分;内里一层血影要小得多,精气却极凝炼,影外并有薄薄一层魔光暗中隐护,不用法宝查看绝看不出;胸前还悬有两片宝光,正在暗指仇敌,切齿咒骂。暗忖:"这老魔头真凶。乐得让他二虎相争,相机下手。"

老魔欲分铁姝心神,以便逃走,于是故意激怒。见铁姝始终青森森一张恶脸,目蕴凶光,注定自己,只先后咒骂了两次,便一言不发。料知蕴毒已深,立意要使自己饱受痛楚,将元神唪那天魔,便全神贯注,戒备严密。虽然还有一件至宝不曾使用,但至多使仇人受到一点伤害,而敌人报复也更惨。

平白多受苦难,毫无益处;如不冒奇险一试,又只好束手待毙,别无丝毫生路。

老魔万分情急之下,把心一横,转口哭诉道:"我多不好,以前也是一家。我现受天魔环攻,万难逃脱。贱婢易静却是你师徒心腹之患,再不发动九子母天魔,救兵一到,仇报不成,还受残害,何苦来呢?我有一件法宝,专能查视过去未来之事,比起晶球视影分明得多,事关你师徒安危和天劫到来能否避免。先前恨你师徒太无情义,拼着同归于尽,不愿明言。此时惨痛难忍,不愿受那灭神之祸;又想好歹终是自己人,你师昔年也曾受我虐待,难怪她恨我:这才变计。我有抵御天劫之法,只要肯饶我残魂,情愿用以交换。反正我那三尸元神已被天魔啖去一个,就算昔年向本命神魔立有重誓,也算应过,于你师徒无害。不信,你只将天魔暂行收回,再用我这件法宝如法观看,自知真假。你们的共同仇人乃是元神化身,得有玄门真传,功力比我更强,不易除去。我也想好破她之法,但是此宝非我亲手运用不可。如想取巧,以为囊中之物,将我元神炼化便可夺去,那就弄巧成拙了。"

易静听他说时语声已是十分微弱,强挣着疾呼,啾啾哀鸣,宛如鬼语。又正受那恶鬼荼毒之际,自身难保,眼看形神皆灭,还想生心害人,不禁大怒,脱口喝道:"老鬼无耻!你那主魂藏在里面,正朝鸠盘婆师徒切齿痛恨,暗中咒骂,并有一层极强烈的碧光煞火环绕全身。分明不是想要乘机遁走,便是意图报复,乘机暗算。能逃更好,不能便伤得一个是一个,消除你胸中毒气。你自以为花言巧语,挑拨离间,便可阴谋得逞,岂非做梦!"魔女性虽凶毒,对于乃师却极忠诚,听了易静之言,不禁大怒,喝道:"老鬼,照你昔年宠妾灭妻那等可恶,就不应再听你的求告,由你自己受去。我好心好意手下留情,想不到你死到临头,恶性依旧,还想阴谋害人,真是天理难容!"随说扬手飞起一团血球,把手一指,九魔立时欢笑而起,转朝血球扑去。

老魔本来还想巧骗魔女将禁制撤去,忽听易静警告魔女,道破阴谋。又见魔女飞来朝着自己冷笑,面上布满杀机,越发狞厉。不知铁姝素性强傲,自恃魔法高强,虽听易静之言,并未十分介意。老魔却如惊弓之鸟,着急非常,惟恐仇人看破,九子母天魔二次上身,更无活路。口中哭喊:"休中仇人反间之计。我此时为你师父魔光围困,决难逃脱。本身精血早尽,连想滴血分身都所不能。共只转眼之间,你还怕我逃遁不成?"

铁姝对于易静之言,本是半信半疑,及见老魔情急之状,反倒生出疑心。正要喝问,猛瞥见老魔口中发话,胸前突现一团红影,内层元神果有碧光微闪,才知易静所说不差。心方一动,觉着自己不该大意。说时迟,那时快,吧

449

的一声大震，老魔身外魔光首被震破，一团形如日轮的暗赤光华，中发千万点金碧火花，已电也似疾迎面打到。同时一条老魔的人影在另一片深碧魔光环绕之下，向空射去。铁姝尽管得有师门真传，修炼多年，魔法甚高，毕竟老魔经历较多，机诈绝伦，双方门户又各不同，发难更快，当时先被金碧火花射中身上。如非玄功变化，飞遁神速，就这一下，不死也必重伤。不禁怒发如狂，正待行法抵御，猛瞥见老魔元神刺空而逃。不知老魔声东击西，以为老魔拼送一件至宝，元神就势逃走。

事有凑巧。鸠盘婆查知易静并非上门寻仇，乃是老魔诱敌追来，想起连日推算未来，这末一次的大劫似由人为。只因自身劫运所关，推算不出底细，心却忧虑。深知旁门中人决不敢来惹自己，眼前正教中除却峨眉派门人易静，只有天蓬山灵峤仙府门下两个女弟子以前结有仇怨。惟恐牵一发而动全身，再三严命门人，不许与正教中人为敌，谁知竟被引上门来。多年威名，仇敌口气又恶，虽然势成骑虎，仍想设法化解，最好使仇敌知难而退，从此化敌为友，才对心思。无如上来爱徒便中老魔诡计，把事闹僵，更把老魔痛恨入骨。于是借着处治这两个狗男女向敌示威，使之畏惧。满拟对方稍为气馁，再用巧言暗点，推说双方师长已成朋友，念在事出无知，只要肯稍微认过，便可放走，不与计较。此举如能办到，不特免去未来隐患，并不致有损多年威望，故对老魔、妖妇尽情荼毒。对于易静，只是软困，故意不加闻问。就这样，仍恐易静胆小害怕，暗用峨眉传音法牌向诸老、同门告急求救，少时得信纷纷赶来，敌人一多，事便闹大，更难化解。因是大劫临身，心神不宁，偌高法力的人，为了一点虚名，事前未向易静好言解说；又未仔细查看老魔暗中有无诡计，以为老魔的元神已受禁制，又有九子母天魔包围全身，吸食精气，决逃不脱。一时疏忽，没有防备，反被老魔的元神遁往上空。鸠盘婆于是意欲暗用诸天秘魔大法，将方圆千里的九环山魔宫上下一起隔断，免被外人得知，跟踪寻来。

铁姝却不知道师父的心意，一见老魔乘机逃走，以为那形如日轮的法宝任多厉害，必被师父收去。心又痛恨老魔，也未细想，便朝上空追去。铁姝原料老魔只想遁走残魂，没看出中藏阴谋毒计，只顾朝那魔影追赶。以为那团形如日轮的火球乃是一件异宝奇珍，现有师父在场，必能将其消灭。一时疏忽，不曾理会，专朝上空追去。双方飞遁均极神速，铁姝骤出不意，先为老魔所伤。因为起身稍缓，惟恐追赶不上，一面加急猛追，一面口中厉声疾呼："恩师快来！"晃眼之间，老魔元神已快逃出禁网。铁姝急怒交加之下，暗中埋怨师父大意，不知何故，竟将自设的三层禁网一齐止住。第一次追赶老魔时,连经施为,均未发生灵效,已是奇怪。先还疑是师父故剑难忘,旧情未断,有心纵令老魔逃走。后见乃师运用元神将老魔擒回,并用九子母神魔将其围困,分明不曾料中。此时偏又坐视老魔逃走,未加闻问,连血河大阵也未发动。万一仇人易静看出破绽,乘机逃走,不特心思白用,还留异日一个大害,这是何苦?连喊数声,师父未应。追赶老魔元神已快到谷口上空,两下里相隔不满十丈。正准备运用玄功,施展魔法,先将老魔困住,忽听上空传来一声怪笑。听出是鸠盘婆的口音,才知师父表面从容,实则和方才一样,暗有准备,断定老魔难逃毒手。中心一喜,厉声喝骂:"老鬼无耻,今日叫你知我厉害!"口中发话,元神早化碧光,电掣追上。

老魔原是故意做作,拼着再葬送一条元神,仗着法宝之力,暗用滴血分身秘魔大法冒险逃走。此举机密神速,连鸠盘婆也未想到,就此逃走,并非无望。只因恨极铁姝,早想乘机报复,又见追逼太紧,否则第二元神也可保全,不由怒火中烧,正待就势反击,与之一拼。忽听鸠盘婆笑声起自上空,与铁姝呼声相应。惊弓之鸟,未免心慌,忘了逃命要紧,妄想拼命,用法宝暗算铁姝,同时施展血光遁法逃走。

铁姝也是背运当头,只顾追敌,一听上面师父笑声,越发得意。刚追上前,用元神所化魔光将老魔罩定,待要擒往阵中,放出天魔,重加楚毒,忽听脑后风雷之声甚是迅急。因老魔元神已被魔光笼罩在内,猛力挣扎,似想突围逃走神气,不知是计。一面以全力施为,一面闪身回顾,正是先前所见形如日轮,中发亿万金碧火花的那团暗红光华,由内里发出风雷之声,由下面电掣追来。百忙中也未看出此宝来历,不是一躲可以了事。正待施展魔法、异宝上前抵御,不料心神已分。老魔虚实兼用,中藏毒计,那团红光在老魔主持之下如影随形,其疾如电。铁姝元神裹定老魔,因所困是老魔元神,不比肉身易制,对方又有准备,好些碍难。老魔更立意要致她死命,一面假装挣扎,引使分神,一面暗中发难。

铁姝看出仇敌法宝厉害,心更愤急,竟将专戮道家元神,奉有严命轻易不用的玄阴二五斩魂刀放将出来,一溜灰白色冷森森的刀光,带着一股阴风惨雾,照准红球迎面斩去。此宝乃铁姝用一甲子的苦功炼成,专破魔教中的至宝和修道人的元神,阴毒非常,满拟手到成功。谁知老魔怀仇多年,所有法宝均为对付她师徒二人而炼,铁姝这一发难,正合心意。两下里才一接触,铁姝猛觉老魔挣扎越猛,简直制他不住。心方一慌,暗道:"不好!"那九子母天魔威力太猛,又不能轻易发放,一心只盼鸠盘婆出手擒敌。微一迟疑,吧的一声大震,千重血雨中杂亿万金碧火花,突随红光一同爆炸。立有一条两尺来高,与老魔相貌相同的血影自内飞出,晃眼幻出无数化身,同时暴长,迎面扑来。这才看出老魔法力高强,出乎意外,不禁又惊又怒,忙运玄功往侧闪避。不料先被魔光所困那条魔影突然怒吼一声,一闪不见。耳听鸠盘婆厉声疾呼:"徒儿速退!免受老鬼暗算。"情知不妙,忙即退逃,已是无及。说时迟,那时快,只见魔光影里现出豆大一粒血光,闪得一闪,当时爆炸。铁姝如非逃遁得快,应变尚速,元神必受重伤无疑。

铁姝这一惊直非小可。急怒交加之下,往前一看,老魔所现化身竟有百十条之多。除当头迎面来扑的几个而外,下余均带着一缕缕鲜红如血的火焰,比电还快,分朝四面射空逃去。知道这类滴血分身上乘魔法,分合由心,只要逃出一丝残魂,一任对方禁制如何神妙,只要行法一收,立生感应,便可全数收去,合为一体。休看三尸元神已丧其二,仍能吸收别的游魂冤鬼的精气,重炼上十余年,便可复原如初。事前不曾防备,照此情势,恐师父也未必能全数收回。铁姝心正惶急,切齿痛恨,无计可施,眼前倏地一亮,一片深碧色的魔光突在天空出现,天塌也似猛压下来,只一闪,便将所有血影似网鱼一般全数网住。当空顿时成了一片碧海,一任妖魂在里面往来冲突,也逃不出去。老魔化身也越变越多,为数不下千百,在光网中悲声厉啸,怒吼不已。光网方圆不下百亩,也不往中心收拢,任其呼啸冲突,始终悬空不动。

易静、石慧守在下面阵内,仰望上空,看得逼真。暗忖:"魔阵深藏在内,本来不见天光,如何能够看到?"料定老魔闹鬼,不知出甚花样。老魔一死,便要临到自己头上。

鸠盘婆只是元神在上空施为,本身仍坐原处未动。忽然手指上空,冷冷地说道:"方才你居心险恶,故意引鬼入室,以为我如得胜,你可报那断臂之仇,为我树一强敌;我如为仇敌所败,也可代你爱妾雪恨,快意一时。此举虽已弄巧成拙,但如知机,不将我强行请来,照你此时所用法力,保全残魂逃走,并非绝对无望。也是你平素阴狠险诈,该当遭此恶报,害人不成,反害自身。你这多年来为想代你爱妾报仇,曾拜西昆仑沙神童子为师,所有法宝,专为对付我师徒而炼。可惜心机白用,未等寻来,便为玄真子、天蒙禅师所败。人言你邪法、异宝失去大半,我却知你人最阴沉,自来笑里藏刀,不肯外露,必有几件最恶毒的法宝不曾使用,来时本就疑你中藏诡谋。后见你三尸元神已被天魔吸去一个,身受那等苦痛,未见分毫抗拒,又值阵中困有敌人,元神飞空布置,一时疏忽;徒儿又是骄傲心粗,误中奸计,被你逃脱。按说你三尸元神已丧失其一,肉身又早尸解,昔年恶誓总算应验。如若就此逃走,就我师徒恨你太甚,不肯罢休,你仗着阴谋周密,我师徒已被瞒过,你那法宝和滴血分身上乘魔法均极神妙，冷不防施展玄功化身，四散逃走，无论如何也可逃出一些元神真气。你偏居心凶毒，当此千钧一发，死生呼吸之间，仍想害人，才致被我警觉，用碧目天罗将你困住。我知你那护身魔光能合能分，爆炸之力极强，我如将天罗收紧，你固不免于死，而本山灵景也难免被你震坏。为此我不加收缩，只将九子母天魔放在里面，由其缓缓吸收你的残魂。你以为化身越多，稍有空隙，逃走一两个便可如愿。却不知我恨你刺骨，方才已在暗中行法，每一元神均有诸天五淫丝紧附其上，宝光已隐。此宝威力神妙，一经上身，便如影附形，又无丝毫感觉，须等九子母天魔飞入网中方现行迹。任你多大神通，除比方才多受苦难而外，只有等灭亡，并无丝毫生路。这是你自作自受，只好静候形神皆灭了。似你这类无耻无义，淫凶险恶之徒，我言尽于此，不屑和你再说了。"

鸠盘婆说罢，将手一指。那九子母天魔先被铁姝用魔法飞起一团血光将其制住，本来同困光中，挣扎不脱，一个个急得厉声怒吼。老魔一逃，竟朝铁姝磨牙怒吼，目射凶光，似要反噬主人神气。吃鸠盘婆一指，血光立散，九魔飞身而起，待朝铁姝扑去。鸠盘婆厉声喝道："无知野鬼，放着现成美食不去享受，意欲何为？"说罢，扬手一蓬碧森森的光影，猛朝九魔扑去，光中立现出无数金针，打得九魔纷纷惨号。鸠盘婆重又喝道："无知野鬼，你们当知我厉害，此后要忠于主人，免遭无边苦难。我碧目天罗之中困有仇人三尸元神，这老鬼得道多年，元气凝炼，正可供你们享受，还不快去！"说罢，手又一指，那蓬碧光金针立押了九魔往光网中飞去。

赵长素一听仇人口气，自知万无生理，情急之下，仍然妄想趁着九魔入网、魔光分合之间冲逃出去，也在网中连声怒啸，待机而动，向前猛射。谁知敌人厉害，九子母天魔尤为神妙。那数十百条魔影守在网侧，正待相机前冲，九魔在鸠盘婆法力主持之下，竟透光而入。这一来，老魔的所有妄念都绝，刚惨号得几声，当头已有九个化身被九魔擒住。九个化身分明是虚影，竟与实质无异，吃九魔利爪分别抱紧，咧着血盆大口，猛力一吸，赵长素的魔影立时由浓而淡，晃眼化为乌有。于是九魔又改朝别的元神扑去。赵长素断定下余百余条魔影也必无幸，也把心一横，妄想拼命，欲将所炼诸天魔焰聚在一起，骤然发难，即便不能报仇脱身，好歹也将九子母天魔消灭几个。谁知九魔动作如电，来势快得出奇，晃眼之间，赵长素的元神化身又被吸去了好几个。这类化身均有灵感，痛痒相关，赵长素负痛情急，又知惨祸难免，只得用十八条化身分为两起，去供九魔吞噬，以缓来势。把下余百十条元神聚合一处，正待发难，还未及施为，就这晃眼之间，猛觉身上微一迷糊，每条元神均有五色彩丝缠紧，不痛不痒，只是通身软绵绵的，丝毫行动不得。休说聚合所有元神发动魔焰神火伤敌，连往一起聚拢均办不到。

老魔功力甚高，所炼三尸元神精气凝炼，无异生人。只要有一个受伤，或为敌人所杀，下余百十个化身同时感受苦痛。先前妄想脱身报仇，未得如愿。此时因受九魔啖吸生魂之惨，万难禁受，已经变计，不再求生，只想早死。无奈仇人怨毒太深，立意使他多受苦痛，并向易静师徒示威，哪里让他痛快。除开头为示九子母天魔的威力，才一照面，便将老魔化身吞食了二十六个而外，下余便改快为慢，由九魔在光网中分头捕捉，慢慢吞噬。老魔几次想把元神合为一体，均为柔丝所制，行动不能自如。眼看化身一个随着一个被消灭，所受苦痛凄惨无比，想求速死，都是万难。每失去一个化身，元神跟着损耗，抗力越发微弱，遭受越惨。敌人冷酷凶狠，师徒二人坐在一旁，互相说笑，直如未见。先还想反正是死，何苦再向仇敌服低。后来连附在身上的魔焰神雷，也被九魔相继吸收了去。如照平日，还可骤出不意，猛然发难，伤害仇敌；如今吃那五淫柔丝一绑，竟会神志昏迷，不能自主。实在忍受不住，由不得哀声惨号，只求鸠盘婆大发慈悲，赐以速死。

易静见老魔元神被擒，因他是罪魁祸首，先颇快意。又看出上空伏有极严密的魔网，深幸先前不曾冒失逃遁，为敌所笑。后见老魔困入罗网之中，被九魔鬼吞噬，所化元神又多，身受奇惨，令人不忍目睹。老魔已在连声悲号，苦求速死。鸠盘婆师徒却连理也未理，觉着敌人残忍太过。石慧年少天真，早就激于义愤，几次想要出手，均被易静止住。这时又在一旁怂恿，易静也忍耐不住气愤，大声怒喝道："老女魔鬼，眼看恶贯满盈，大劫临身，还要如此残忍。老魔虽然为恶太甚，对你负心，已将他杀死，形神皆灭，也就够出气了。剩这几缕残魂，及早消灭也罢，为何如此凶毒？似此恶行，天人共愤。你也修炼多年，难道不知因果？如因畏惧天劫，意欲示威，使我知难而退，真是做梦！休说我昔年无故受你魔徒欺凌，两次被你逼强出头，为你魔法残害，如非恩师和两位前辈仙长相救，连元神也难保全，此仇早晚已是必报；便你师徒积恶如山，我奉师命行道，对你这类妖邪魔鬼，也必为世除害，不肯放过。我如怕事，早已遁走，何必停留在此？一则想看你有何神通，敢于如此凶横；再则你还有二十余日末限未终，此时除你也是徒劳，暂作旁观，并借此试验道力。时机一到，便即下手，为世除害。你师徒的伎俩我已看透，不过如此。速将老魔元神消灭，免得我看了心烦。再将你这魔阵尽力发挥，看你能把我二人如何？再不发动，我们就要先下手了。"

鸠盘婆原意是想把易静吓退，只要对方口风稍微一软，立时见风收篷，化去前仇，免与峨眉结怨。不料心事被人叫破，所说的话又句句刺耳，由不得激发起凶野之性，欲待发作。铁姝自来痛恨正教中人，惟恐天下不乱。以为乃师近年因惧天劫，遇事敛迹，不敢与正教中人结怨。不知乃师因见敌人始终持重沉稳，不战不退，一味旁观，时作冷笑，仿佛胸有成竹，心疑有备而来；或是传音法牌已先发出，正在待机。因而心虽愤怒，犹有顾忌。铁姝却认为乃师怯敌，如不抢先发难，就许借口下台，将人放走，都不一定。不禁怒火上攻，仗着九子母天魔当初原是师徒合炼，虽然功力要差得多，驱以害人，却能指挥如意。于是手指赵长素，口喝："老鬼！便宜了你。"随即手掐法诀，朝空连指。九魔立时发威，同声欢啸，拥上前去。这时老魔仅剩二十几个元神，吃九魔抢上前去，各抱一个，互相吞噬，一片惨啸声中，晃眼全被九魔吞吸净尽。

鸠盘婆似在寻思，也未阻止。等老魔元神被吸尽，便扬手一招，那碧目天罗立似碧海飞堕，将当地笼罩在内。先朝铁姝怒容低喝道："你这业障！只知恃强多事，哪知利害。今日我一出手，便与敌人不能并立。你近年元气损耗大多，少时还得代我主持天魔，暂做替身，却不可轻敌大意呢。"

鸠盘婆说罢，方对易静微笑道："白道友（易静前生名白幽女），昔年因你伤我门人，不容坐视。我虽对你太狠，也是势成骑虎，不得不尔。当初只说以我诸天秘魔大法所炼神魔，必能使你形神皆灭。谁知循环报复，竟历三世，以至你今世炼成元婴，投到峨眉门下。我想令师乃正教宗主，领袖群伦，有岳负海涵之量，于人无所不容。贫道虽非知交，曾有两面之缘，蒙他不弃，说我所习虽非玄门正宗，行之于善，仍可救人成道。我因听他良言，重订教规，永不再伤无辜。峨眉开府，我虽未接请柬，仍令门人金姝、银姝前往道贺，以示从善如流之意。只说道友虽然两遭惨劫，今已转祸为福，不久即可成道，当不致再念前仇。今日道友穷追老鬼，寻上门来，我先神游海外，未及查知，后才算出道友追敌，事出无心。本意暗告铁姝，事完之后，听凭道友自去。不料道友始而口出恶言，分明见阵法已收，仍仗法宝防身，坐待不去；现又说出这番话来，未免欺人太甚。我如再容忍，不特自毁信条，便是门人也无颜相对。既成仇敌，终须分个高下。不过我仍看在令师情面，只要你肯知难而退，决不赶尽杀绝，稍微服输，便可放走。否则，我那九子母天魔固极厉害，便这血河大阵也不弱。先前为想善罢，不等徒儿施为，连同上空禁网均被我一齐止住。你虽被困阵内，尚未看出它的妙用。一经施为，威力之大，不可思议。你虽持有师传七宝，能否守住元神，不为子母天魔所啖，尚且难料。请自戒备，我要不客气了。"

易静久经大敌,深知敌人凶残横暴。最厉害的是魔法神奇,不论一言一动,内中均不免藏有阴谋暗算。既已打定主意,稳扎稳打,相机应付,挨满这二十四日灾难,再作计较。听了鸠盘婆之言,便暗用众生环查看对方言动,并未答话。

石慧因是早得家传,乃祖石仙王又对她钟爱,赐有两件防身隐形之宝,万邪不侵,至多被困,多厉害的邪魔也难侵害,早就不耐久候。一见仇敌变脸,空中魔光往下飞堕,笼罩全阵,更加急不可耐。只见那魔光形似一个极大的网罩,光色深碧。最奇的是上面网眼形似人目,仿佛亿万鬼眼合织而成,闪烁放光,看去冷冰冰的,由不得使人生出一种凄厉阴冷之感。又听易静传声低语,说那魔网是用无数凶魂厉魄和新死人的双目和千万年阴磷合炼而成,专制道家元神,一经入网,休想逃脱。内中更有不少诸天五淫丝,凶威越盛。只有五行神火和乾天灵火或者能破,多高法力遇上也无幸理。此外还有好些阴毒邪法,件件厉害。如非定力高深,身旁带有至宝奇珍防护,万无生理,千万不可冒失出斗。石慧闻言,心中不服,早就跃跃欲试,不等鸠盘婆说完,便怒喝道:"丑魔鬼!陈仙子说你日内大劫临头,形神皆灭,易师伯便是你的追魂使者。你不早跪下求饶,还敢口出狂言,我先叫你尝尝味道。"话未说完,扬手便是二十余团石火神雷连珠发出,照准妖婆师徒和上空魔网打去。

说也真巧,那石火神雷乃石仙王采取数千年前地底和山腹中蕴结的灵石真火,费数十年苦功凝炼而成之宝,正是阴魔克星。鸠盘婆师徒虽未受伤,铁妹在旁好容易盼到乃师说出对敌的话,自恃得宠,竟把鸠盘婆平日不许轻易使用的血河阵主幡一齐施为,四十九面高约三丈六尺,上面满布污血,隐现无数魔鬼影子的魔幡,突然一齐出现。双方恰巧同时发动,鸠盘婆固是势成骑虎,料无善罢;易静也是事出仓促,没想到石慧手口并用,不及阻止。只见二十余团酒杯大小墨绿、银白二色的火星作对飞出,比电还快,到了外面闪得一闪,立似震天价的迅雷互相冲击,当空爆炸。一串连珠霹雳声中,那四十九面魔幡刚一现形,立时四外血焰飞扬,如潮水一般往易、石二人身前涌到,吃那连珠神雷纷纷爆炸,魔幡便被震破了二十来面。幡上本附有不少魔鬼血影,未等飞起,一齐粉碎。恶鬼惨号厉啸之声纷纷四起,血河大阵竟被石慧无意之中破去一半主幡,减却好些威力。

鸠盘婆早就看出石慧发为翠绿色,根骨灵秀异常,不类常人,年纪偏又甚轻,心中奇怪。正用魔语传声向铁妹探询来历,忽听石慧说陈仙子说她大劫将临之事,想起昔年所遇女异人,心更惊疑,微一分神,遭此惨败,忙使魔法防护,已是无及。不由暴怒,厉声大喝:"无知贱婢,今日有你无我!"说罢,手中魔诀往外一扬,回手一按左肩,立有四十九把血焰金刀朝易静飞去。同时满阵均被血光布满,成了大片血海。

易静深知魔法厉害,得隙即入,忙嘱石慧:"千万不可妄动!"忽听上空有一少女传声疾呼:"恩师你在何处? 弟子上官红在此。"易静知道上官红道浅力微,如何能是鸠盘婆师徒对手? 忙用传声疾呼:"我数中应有二十四日灾难,终将转祸为福。你急速回山,不可停留。"话还未完,忽听鸠盘婆笑道:"此女倒也胆大。铁姝可撤禁网,放她进来。此女根骨甚佳,用她生魂祭炼法宝,再妙不过。"铁姝未及回答,一片青霞带着千万根巨木光影和轰轰隆隆风雷之声,已自空中飞堕。当头血焰吃青霞一冲荡,雪崩也似四下飞散,立被冲开一条血衕。鸠盘婆师徒和易、石二人全部大惊。

要知后事如何,请看《蜀山剑侠后传》。

457

图书在版编目(CIP)数据

蜀山剑侠传：函套：全九册 / 还珠楼主著. －－北京：中国文史出版社，2021.2

ISBN 978 － 7 － 5205 － 2698 － 2

Ⅰ. ①蜀… Ⅱ. ①还… Ⅲ. ①侠义小说－中国－现代 Ⅳ. ①I246.5

中国版本图书馆 CIP 数据核字(2020)第 245395 号

点　　校：裴效维　周清霖　李观鼎
责任编辑：卢祥秋

出版发行：**中国文史出版社**
社　　址：北京市海淀区西八里庄路 69 号院　邮编：100142
电　　话：010 － 81136606　81136602　81136603（发行部）
传　　真：010 － 81136655
印　　装：廊坊市海涛印刷有限公司
经　　销：全国新华书店
开　　本：720 × 1020　1/16
印　　张：257.75　　字数：4150 千字
版　　次：2021 年 2 月第 1 版
印　　次：2021 年 2 月第 1 次印刷
定　　价：598.00 元（全九册）